MATAR AL REY

MATAR AL REY

MATAR AL REY

José Luis Corral

Papel certificado por el Forest Stewardship Council®

MIXTO
Papel procedente de
fuentes responsables
FSC® C117695
www.fsc.org

Penguin
Random House
Grupo Editorial

Primera edición: marzo de 2022

© 2022, José Luis Corral
Autor representado por TALLER DE HISTORIA, S.L.
© 2022, Penguin Random House Grupo Editorial, S. A. U.,
Travessera de Gràcia, 47-49. 08021 Barcelona
© 2022, Ricardo Sánchez, por las ilustraciones de las páginas 423-426

Printed in Spain — Impreso en España

ISBN: 978-84-666-7120-0
Depósito legal: B-956-2022

Compuesto en gama, sl
Impreso en Rotoprint by Domingo s.l.

BS 7 1 2 0 0

En los últimos años del reinado de Alfonso X el Sabio (1252-1284), los reinos de Castilla y de León, reunificados desde 1230, vivieron sumidos en un permanente conflicto.

El primogénito, Fernando de la Cerda, fallecido antes que su padre, dejó dos hijos menores, Alfonso y Fernando; sin embargo, quien se convirtió en nuevo monarca fue Sancho, segundo hijo de Alfonso el Sabio.

Según el derecho tradicional castellano-leonés, en caso de fallecimiento del primogénito sin hijos mayores de edad, el trono pasaba al siguiente hermano; pero Alfonso X había cambiado la ley en las *Siete Partidas*, adjudicando la herencia a su nieto Alfonso de la Cerda.

Sancho IV (1284-1295), llamado el Bravo, no lo aceptó e impuso sus derechos; aprovechando la minoría de sus sobrinos los infantes de la Cerda, se proclamó rey de Castilla y de León y, a su muerte, fue sucedido por su hijo Fernando IV (1295-1312), un niño de nueve años.

El siglo que siguió contempló demasiadas muertes, demasiada sangre derramada, demasiadas intrigas, demasiados traidores y demasiada crueldad.

Los reinados de Alfonso XI el Justiciero (1312-1350) y de Pedro I el Cruel (1350-1369) fueron los más violentos de la historia medieval hispana.

En una época de conjuraciones e intrigas sin cuento para conseguir el poder, varias mujeres se erigieron en protagonistas principales de estos acontecimientos. En las vidas de María de Molina, Leonor de Guzmán y María de Padilla se dibujaron los retazos más sangrientos y pasionales de esos convulsos tiempos.

Así sucedió esta trágica historia...

1

La minoría del rey

1

El rey de Castilla y León necesitaba urgentemente que el papa Clemente V ratificara la legalidad del matrimonio de su padre don Sancho con doña María de Molina, o su trono peligraría.

Su primo, el infante Alfonso de la Cerda, no renunciaba a sus derechos al trono, que le correspondían según la ley de las *Siete Partidas*, y reclamaba la corona apoyado por una parte de la nobleza.

El matrimonio de los padres de Fernando IV había sido legitimado por el papa Bonifacio VIII, pero este pontífice, aun después de muerto, seguía siendo considerado como el gran enemigo por Clemente V, quien había anulado muchos de los acuerdos y decretos de su antecesor.

Si se decretaba la nulidad del matrimonio real, Fernando de Castilla y León se convertiría inmediatamente en hijo ilegítimo, de modo que el trono pasaría a Alfonso de la Cerda.

Tenía que actuar deprisa, muy deprisa. Envió al señor de Vizcaya, a pesar de que su padre había sido el preceptor de los infantes de la Cerda, a Aviñón para negociar la ratificación papal del matrimonio de sus padres.

—Es fundamental evitar que el papa Clemente procese al papa Bonifacio y anule sus decisiones —le dijo el rey al señor de Vizcaya.

—Pero si Bonifacio ya está muerto, mi señor.

—Sí, bien muerto y enterrado, pero el papa actual odia incluso a los muertos. Bonifacio se enfrentó al rey Felipe de Francia, que lo humilló de tal modo que la vergüenza lo arrastró a la muerte. Ahora Clemente es un títere en manos del rey francés; incluso ha trasladado la sede de San Pedro a Aviñón, abandonando la del Vaticano tras trece siglos y medio en Roma.

—¿Cuáles son vuestras órdenes, alteza?

—Deberéis convencer al papa Clemente para que ratifique la legalidad del matrimonio de mis padres, don Sancho y doña María, y para que no se ponga en entredicho todo cuanto ha sucedido en estos reinos desde la muerte de mi abuelo el rey Alfonso. ¿Lo habéis entendido?

—Por supuesto, señor, pero supongo que el papa demandará alguna compensación a cambio.

—Si ratifica todos los acuerdos y no cuestiona mi legalidad, decidle que le daré cuanto pida. El notario real os expedirá una copia del documento del año 1301 en el que el papa Bonifacio aceptaba como legítimo ese matrimonio; bastará con que el papa Clemente lo ratifique. Y si no desea que se cite en el nuevo documento al papa Bonifacio, que elimine su nombre, me es indiferente.

Los reinos de Castilla y León atravesaban tiempos convulsos; sus nobles y sus ciudades y villas andaban divididos y enfrentados.

Hacía ya casi medio siglo que la nobleza, antaño símbolo y encarnación del honor y la gloria, se dedicaba al robo, la rapiña, la violación y la intriga.

Los nobles castellanos y leoneses no eran los gentiles caballeros llenos de virtudes que se encumbraban y ensalzaban en los poemas y los romances, aquellos hombres de fama intachable que protegían a las damas y a los débiles, sino perversos malhechores sin escrúpulos que encabezaban pandillas de asesinos y ladrones, asolaban pueblos y aldeas, quebrantaban heredades y haciendas, saqueaban campos y ganados, quemaban casas y graneros, y violaban mujeres.

Los hombres de los concejos, artesanos, comerciantes y labradores libres, y los campesinos sujetos a la tierra, siervos de señores violentos y crueles, reclamaban protección y ayuda de su rey. Clamaban por un reino con justicia y una tierra con derecho.

A sus veinticinco años, don Fernando carecía de la bravura, la férrea voluntad y la energía de su padre. Sus tíos y primos le disputaban el trono y los grandes nobles ni acataban sus órdenes ni respetaban su autoridad.

Fernando IV pretendía someter a la nobleza rebelde, pero carecía de soldados para imponer la ley y la justicia real. Necesitaba la ayuda de algunos grandes del reino, todos ellos miembros de sangre real, como sus tíos don Juan Manuel y don Juan el de Tarifa, dueños de inmensas propiedades, más ricos y poderosos que el propio monarca.

Señores de extensos feudos en Villena, Cuenca, Galicia, Asturias, Vizcaya, La Rioja, Extremadura y el valle del Guadalquivir, los magnates del reino conspiraban contra su señor natural en permanentes conjuras que debilitaban día a día el poder del soberano.

—Necesito vuestra ayuda, tío —le pidió el rey Fernando a don Juan Manuel.

—Querido sobrino, mi padre don Manuel era hermano de nuestro abuelo el rey Alfonso el Sabio, de modo que por nuestras venas corre la sangre de nuestro antepasado común el rey Fernando, que ya goza de fama de santidad. Es mi obligación, como familiar vuestro que soy, ayudaros a conservar el trono; pero, señor mi rey, las leyes de la caballería, sobre las que algún día tal vez escriba un libro, obligan a los señores a corresponder a la ayuda de sus vasallos —ironizó el poderoso señor de Villena.

—¿Qué esperáis a cambio?

—Poseo abundantes feudos en Murcia y en Castilla, pero no tengo ningún cargo en la corte .

—¿Aceptaríais el puesto de mayordomo real? —le propuso el rey, tan solo tres años menor que su tío.

—Acepto.

Don Juan Manuel era el noble más poderoso del reino de Castilla, dueño de enormes propiedades y rentas, capaz de echar un pulso al rey y ganárselo.

—No me fío del señor de Vizcaya. Lo envié a Aviñón con la misión de que convenciera al papa para que ratificara la legitimidad del matrimonio de mis padres, pero creo que me ha engañado. Es un hombre demasiado ambicioso.

—Don Juan es vuestro primo y mi sobrino...

—Es hermano de don Fernando de la Cerda y tío de don Alfonso de la Cerda, que no ha renunciado a los derechos al trono y que asegura seguir poseyéndolos.

—Las Cortes de Castilla y de León ya zanjaron la cuestión sucesoria: vuestra alteza sois el monarca legítimo.

—Mis agentes me aseguran que el señor de Vizcaya está tramando una conspiración contra mí, y en ella están implicados varios miembros de la alta nobleza. Supongo, tío, que no sabéis nada de eso.

—Solo los rumores que corren por ahí, pero si hicierais caso de todos esos rumores, deberíais ordenar que encarcelaran a la mitad de vuestros súbditos.

—No es solo eso. Don Juan abandonó el sitio de Algeciras, que no pude conquistar por su traición.

El rey estaba planeando asesinar al señor de Vizcaya, al que consideraba el cabecilla de una conjura para derrocarlo, pero no se fiaba de nadie, pues cualquiera de los nobles del reino podía estar implicado en esa trama, incluso el propio don Juan Manuel.

Fernando IV creía que la mejor manera de acabar con las traiciones de la nobleza era dar un gran escarmiento, y qué mejor que apresar a uno de sus más relevantes miembros, nada más y nada menos que uno de los nietos de don Alfonso el Sabio, confiscarle todos sus bienes y ajusticiarlo.

Ejecutar al señor de Vizcaya en la plaza de alguna de las ciudades importantes del reino, como Toledo, Burgos o Segovia, constituiría un golpe de autoridad extraordinario y un aviso para posibles nuevos candidatos a encabezar una conjura contra la autoridad real.

—Ya sois mi mayordomo, ¿qué creéis que debería hacer con don Juan Núñez?

—Querido sobrino —don Juan Manuel apeó el tratamiento real—, confisca las propiedades del señor de Vizcaya, pero no ordenes su ejecución.

—¿Por qué no debo hacerlo, dímelo?

—Porque si ya tienes en contra a la mitad de la nobleza, con la ejecución de don Juan te enfrentarás al rechazo de la otra mitad

—Mis agentes me han asegurado que cuando fue en mi nombre a Aviñón me engañó y que no cumplió mis órdenes, sino que trató de poner al papa en mi contra. Lo hizo siguiendo instrucciones de su sobrino don Alfonso de la Cerda, que sigue empeñado en arrebatarme el trono que en derecho me pertenece. Debería ejecutarlo.

—No cometas ese error. Si ordenas la ejecución de un nieto del rey Alfonso el Sabio, toda la nobleza se enemistará contra ti. No lo hagas, porque si te enfrentas a todos, no podrás salvar tu trono.

—¿Qué harías tú en ese caso?, ¿te pondrías en mi contra? —El rey Fernando también usaba el tuteo.

—Ya conoces las leyes de la caballería: un hombre de palabra y de honor, y yo lo soy, debe estar siempre al lado de su señor..., mientras su señor también sea un hombre de palabra y de honor. —Don Juan Manuel dibujó una leve y enigmática sonrisa.

Los reinos de Fernando IV vivían sumidos en el caos. Los magnates y los nobles más poderosos intrigaban constantemente para deponerlo. Si había logrado mantenerse en el trono pese a su minoría de edad, había sido gracias a la habilidad de su madre, doña María de Molina, que una y otra vez había logrado abortar todas las conjuras tramadas contra su hijo.

2

El rey Fernando comía y bebía sin moderación y de manera desordenada. Carne y vino eran su comida y su bebida favoritas, lo que le provocaba un considerable desorden gástrico.

En abril del año 1311, en la ciudad de Palencia, se sintió muy enfermo.

Su esposa, la reina Constanza, hija del rey Dionisio I de Portugal, estaba embarazada de su tercer retoño. Las dos primeras, de las que solo sobrevivía Leonor, la primogénita, habían sido hembras.

Desde Palencia, con gran esfuerzo y consumido por la fiebre, el rey se trasladó hasta Toro, donde se detuvo para recuperarse de la enfermedad. Un tumor en la pierna derecha apenas le permitía caminar, y los médicos que lo trataban lo sometieron a sangrías con sanguijuelas, que no hicieron sino debilitarlo más.

Su trono atravesaba una situación tan delicada como su salud. Su hermano el infante don Pedro, ante la falta de autoridad del rey, encabezó otra conjura para hacerse con León y Galicia, algunos de cuyos nobles ansiaban desde hacía tiempo la segregación de Castilla para formar un reino propio, como ya lo fuera antaño. Los leoneses consideraban que su reino era el más importante y antiguo, y que Castilla no era otra cosa que un condado de León, donde radicaba la esencia de la realeza.

La revuelta de don Pedro estuvo a punto de triunfar, de no haber sido por la pronta y eficaz intervención de doña María de Molina, que, una vez, más supo volver a mantener la corona en las sienes de su hijo.

3

Mientras el rey curaba su enfermedad en la villa de Toro, la reina Constanza dio a luz en Salamanca.

Tras haber parido dos hembras, al fin parió al ansiado hijo varón, al que bautizaron en la catedral con el nombre de Alfonso; el heredero fue enviado a Ávila para ser criado a expensas del cabildo de la catedral del Salvador. Asegurada la descendencia masculina, el infante don Pedro se dio cuenta de que sus pretensiones de convertirse en rey de León y de Galicia carecían de posibilidad alguna de éxito; renunció a sus reivindicaciones y juró fidelidad al nuevo heredero.

María de Molina era quien sostenía el reino. Durante años había estado atenta a sofocar todas las conjuras y conspiraciones que sus propios parientes habían puesto en marcha para derrocar a don Fernando, cuya maltrecha salud no hacía sino empeorar el gobierno y alentar nuevas intrigas.

—La ambición ciega a los hombres. Todos los príncipes de esta familia quieren ser reyes. Ninguno se conforma con los grandes privilegios que les ha otorgado su alto nacimiento. Mis propios hijos don Pedro y don Felipe desean sustituir a su hermano el rey don Fernando, mis cuñados don Juan de Tarifa y don Fernando de la Cerda estarían dispuestos a sentarse en el trono si tuvieran la fuerza necesaria para lograrlo. Estoy segura de que todos ellos se sienten capaces, legitimados y con derechos para ser los reyes de Castilla y León. —Doña María se quejaba con notable amargura ante su nuera la reina doña Constanza por los diversos movimientos que se detectaban entre los nobles para hacerse con el trono.

—Castilla y León ya tienen un heredero varón al frente —alegó doña Constanza.

—Tu hijo es un niño indefenso, y la enfermedad puede llevárselo en cualquier momento. Y tu esposo tiene una salud muy precaria. No sé cuánto aguantará, pero, dadas sus condiciones y el poco cuidado que pone en ello, me temo que no sobrevivirá demasiado tiempo.

—Si muere mi esposo, ¿qué será de nosotros?

—Mientras yo viva —asentó doña María—, mi nieto será el heredero legítimo, y no permitiré que nadie le arrebate el trono, nadie.

—Si es preciso, pediré ayuda a mi padre, don Dionisio —dijo Constanza.

—Dejemos a tu padre a un lado. Si Portugal interviene en nuestros asuntos, lo que podemos dirimir como un conflicto interno podría convertirse en un gravísimo problema, e incluso desencadenar una guerra de consecuencias imprevisibles. No, Portugal no tiene que intervenir de ningún modo en los asuntos de Castilla y León.

—¿Olvidáis que mi hijo don Alfonso también es nieto de don Dionisio? —demandó doña Constanza.

—No, por supuesto que no lo olvido, pero tu hijo es el heredero de Castilla y de León, y me temo que pronto será rey, un monarca en minoría de edad, rodeado de ambiciosos príncipes que anhelan sentarse en su trono. Debemos resolver nuestros problemas entre nosotros, sin injerencia de un reino extranjero —sentenció doña María.

Conforme se deterioraba la salud del rey Fernando, cuyos médicos se sentían incapaces de mejorar, los magnates del reino cerraban coaliciones y pactos con la vista puesta en un inminente desenlace y en el reparto de los bienes del reino.

En los últimos meses del año 1311, dos bandos se disputaban el control del trono.

Uno de ellos estaba encabezado por el infante don Pedro, hermano del rey Fernando IV, a quien apoyaban las reinas doña María y doña Constanza; y el otro lo dirigía el infante don Juan, tío abuelo del rey, quien buscaba el apoyo de doña Constanza, a la que no cesaba de enviarle peticiones para que se pasara a su lado.

4

La nueva conspiración se puso en marcha.

El infante Juan el de Tarifa y Juan Núñez de Lara, señor de Vizcaya, se reunieron para sellar un pacto de sangre.

—Cada día que pasa, mi sobrino el rey está más débil. Este es el momento que esperábamos para acabar con él —propuso Juan de Castilla, hijo de Alfonso X.

Desde que murió Sancho IV, este infante, al que todos llamaban «Juan el de Tarifa», aspiraba a convertirse en rey. Hacía diez años, en la minoría de edad de su sobrino el rey Fernando IV, que se había proclamado rey de León, de Galicia y de Sevilla, pero poco después renunció a ese trono, pidió perdón y se sometió a Fernando IV. Pese al arrepentimiento público, en el fondo de su corazón no había perdido la ambición que lo guiaba desde tiempo atrás, aunque ya había renunciado a todas sus pretensiones y ahora apoyaba a su sobrino don Pedro como futuro rey.

—Sí, este es el momento para derrocarlo definitivamente —asentó el señor de Vizcaya.

—¿Habéis hablado con doña María?

—Le hemos enviado un correo y estamos esperando su respuesta, pero me temo que no apoyará nuestra rebelión. La reina viuda, como siempre ha hecho, defenderá la causa de su hijo don Fernando.

—Entonces, no podemos contar con ella.

—No. Vuestro sobrino don Pedro sigue siendo nuestro candidato al trono. De los hijos de don Sancho es el que concita mayor apoyo de los nobles. En cuanto derroquemos a don Fernando, proclamaremos rey a su hermano don Pedro.

—Si no contamos con su apoyo, habrá que neutralizar a doña María. Si consigue reunir en bando a varios nobles, y esa mujer tiene argumentos suficientes para hacerlo, nuestro plan fracasará.

—Lo estamos intentando, pero doña María mantiene fuertes apoyos en las tierras de su señorío de Molina y en comarcas linderas con Aragón.

La respuesta de María de Molina a la propuesta de Juan de Castilla y del señor de Vizcaya para que abandonara a su hijo el rey Fernando y apoyara a los nobles rebeldes fue contundente: el rey legítimo era don Fernando, y ella, como madre y reina, lo apoyaría y sostendría con todas sus fuerzas.

Una vez más, esa nueva conjura fracasó, aunque algunos rebeldes se resistían a admitir su derrota.

—Todavía podemos triunfar. Disponemos de varios centenares de caballeros y de más de dos mil peones; si nos adelantamos y asestamos un golpe de mano, podemos ganar esta partida —propuso Juan de Castilla.

—No, sin el apoyo de la reina doña María estamos condenados al fracaso —asentó Juan Núñez.

—En esta situación, ¿qué podemos hacer?

—Buscar un pacto con el rey.

—¿Estará dispuesto a hacerlo?

—Por supuesto. Sabemos que está débil y enfermo, y que tiene graves problemas con Aragón y con los moros de Granada; su heredero solo tiene tres meses edad, y la mayoría de la nobleza no lo apoyaría en una guerra por el trono. No le queda más remedio que pactar con nosotros.

Y así fue. A finales de octubre de 1311, Fernando IV firmó en Palencia una concordia con los nobles rebeldes. El rey se comprometió a respetar todos los bienes, haciendas y propiedades de la nobleza, que mantuvo sus ya abundantes y abusivos privilegios. A cambio, los magnates de todos sus reinos le prometieron fidelidad y lealtad, y se comprometieron a respetar lo acordado y a jurar al pequeño Alfonso como heredero legítimo de Castilla y León.

Una vez más, y ya eran muchas, María de Molina había logrado mantener a su hijo en el trono.

Acordada la paz con los nobles, para retener el poder real Fernando IV también necesitaba firmar una paz duradera con la Corona de Aragón, cuyo monarca, el astuto Jaime II, gozaba de un prestigio y un poder acrecentados porque el papa le había concedido el derecho a la conquista del reino de Cerdeña, que sumado al de otros territorios del Mediterráneo andaba camino de convertir al rey de Aragón en el monarca más poderoso e influyente de la cristiandad.

El rey de Castilla ya había cedido ante el de Aragón al concederle el dominio sobre las tierras de Alicante, Orihuela y Elche, que habían pertenecido por derecho de conquista a los castellanos; pero en 1304 pasaron a formar parte de la Corona de Aragón, integradas en el reino de Valencia. Aprovechando la minoría de edad de Fernando IV, Jaime II había invadido esas posesiones castellanas, alegando que habían sido conquistas aragonesas y que, por tanto, debían pertenecer a la Corona de Aragón. Las ocupó sin apenas resistencia. El aragonés renunció al dominio sobre Murcia, a pesar de haber sido una conquista de Jaime I, y la devolvió a Castilla, pero a cambio de que le cedieran el dominio perpetuo de Alicante, Elche y Orihuela.

Neutralizado el nuevo intento de golpe de la nobleza y calmados sus reinos, al menos por el momento, Fernando IV se dedicó a asentar la paz con Aragón para afrontar con las espaldas cubiertas el reto de la conquista del reino moro de Granada, la última tierra bajo domino musulmán que quedaba al norte del estrecho de Gibraltar.

Los reyes de Aragón y de Castilla se citaron en la villa de Calatayud en el mes de diciembre de 1311. En las semanas previas al encuentro, los embajadores de ambos monarcas se reunieron en varias ocasiones para cerrar los principios del tratado.

Las sierras que perfilan el valle del río Jalón amanecieron nevadas aquella mañana de diciembre.

A sus cuarenta y cuatro años de edad, Jaime II de Aragón se encontraba en la plenitud de su poder y de su vida. Nieto del gran Jaime I, hijo de Pedro III y hermano de Alfonso III, tenía una enorme experiencia como político, negociador y guerrero.

Empeñado en acrecentar los dominios de la Corona de Aragón, su gran proyecto consistía en dominar todas las tierras ribereñas del Mediterráneo occidental, desde Sicilia hasta el estrecho de Gibraltar. Aunque el reparto de Al-Andalus estaba ya acordado y la conquista de Granada era para Castilla, el aragonés no había renunciado a que una parte del reino nazarí, en concreto los territorios de Almería, cayeran en manos de la Corona de Aragón, como ya había ocurrido con los de Alicante.

El encuentro de los dos reyes fue muy cordial.

—Querido primo —le dijo Jaime II a Fernando IV, utilizando el tratamiento afectuoso entre los reyes—, te apoyaré en la conquista de Granada, pero, a cambio de mi ayuda, una sexta parte de ese reino será para Aragón, en concreto el territorio de Almería. Desde que hace dos años se resistiera esa ciudad a mi conquista, tengo una espina clavada.

Jaime II se refería al sitio de Almería que él mismo había dirigido sin éxito. El control del puerto de esa ciudad era primordial en los planes de la Corona de Aragón para el dominio de las costas del norte de África.

—Está bien: Almería será para Aragón en cuanto caiga Granada —aceptó Fernando IV.

—Cuando nuestros antepasados se pusieron de acuerdo y se aliaron en su lucha contra los moros, nuestros reinos progresaron y ambos ganaron tierras y riquezas. Debemos aprender del pasado y cerrar una sólida alianza entre nuestras Coronas.

—Estoy convencido de ello. Si la marina de Aragón bloquea el Estrecho y evita que los granadinos reciban ayuda de sus hermanos africanos, mis huestes tendrán más fácil la conquista de Granada.

—Ratificaremos este pacto con sangre, la de nuestros propios hijos. Como bien sabes, mi padre acordó que yo me casara con tu hermana Isabel, pero ese matrimonio no llegó a consumarse ni a consagrarse por la Iglesia, de modo que quedó anulado, aunque bien pudimos haber sido cuñados. La unión de la sangre real es sagrada; es precisamente la sangre lo que nos hace a los reyes distintos del resto de los mortales; es la sangre real lo que sacraliza nuestras personas y nos convierte en soberanos a los ojos de Dios y de los hombres. No lo olvides.

—Así me lo han enseñado —asentó Fernando IV.

—Este acuerdo debe ser ratificado con sangre real. Como ya han acordado nuestros embajadores, tu hija doña Leonor me será entregada para que sea educada en mi casa, y en cuanto alcance la mayoría de edad se casará con mi hijo y heredero don Jaime. Y mi hija doña María se casará con tu hijo y heredero don Alfonso. Este doble enlace sellará nuestro acuerdo.

—Sea —asentó el rey de Castilla y León.

—Dios lo quiere —dijo Jaime II.

El doble acuerdo matrimonial se ratificó en sendas escrituras junto a los demás acuerdos adoptados en Calatayud.

Los consejeros del castellano no parecían del todo contentos. Los hijos del rey de Aragón eran mayores en edad que sus homólogos castellanos. Tanto Jaime como María les sacaban doce años a Leonor y a Alfonso, lo que los colocaba en clara ventaja.

En cualquier caso, los dos hijos del rey de Castilla tenían cuatro y un año, de manera que todavía quedaba mucho tiempo por delante hasta que se pudieran celebrar y consumar sus matrimonios con sus novios aragoneses. Y quién sabe cuántas cosas podrían cambiar hasta que llegara ese momento.

Los problemas del rey de Castilla no acabaron con los acuerdos de Calatayud.

La astucia de Jaime II de Aragón se volvió a manifestar con rotundidad. Sabedor de las dificultades que atravesaba Fernando IV para mantenerse en el trono, acordó que una de sus hijas, la infanta doña Constanza, se casara con el infante don Juan Manuel, el poderoso señor de Villena.

Don Juan Manuel, hombre culto y refinado, era hijo del infante don Manuel, el menor de los hijos del rey Fernando III. Viudo de la infanta Isabel, hija del rey Jaime II de Mallorca, había acordado su segundo matrimonio con Constanza, hija del rey Jaime II de Aragón, cuando esta solo tenía seis años de edad. Desde entonces, la niña se había criado en el castillo de Villena, en espera de que cumpliese los doce años, la edad legal para que una mujer pudiera casarse en Castilla.

Dueño de grandes dominios, don Juan Manuel era el propietario de la espada Lobera. En la familia real castellanoleonesa se decía que, momentos antes de su muerte, el rey Fernando III había llamado a su presencia a su hijo menor y le había dicho que no le podía legar reino alguno, pues esa herencia le correspondía al primogénito, pero que le entregaba su espada más preciada, con la que había conquistado Córdoba y Sevilla.

—Esta es la espada Lobera. —Don Juan Manuel se la mostró orgulloso a su suegro, el rey Jaime de Aragón.

—No parece gran cosa —ironizó el aragonés.

—Es el símbolo de la realeza de nuestro linaje. Se cuenta que fue propiedad del conde Fernán González, el fundador del condado de Castilla, que andando el tiempo dio origen al actual reino, hace ya más dos siglos y medio. El conde la usaba en sus cacerías; muy pronto le atribuyeron poderes mágicos, de modo que también la empuñó en sus batallas. Es una espada que obra milagros.

—¿Lo habéis comprobado vos mismo? —preguntó el rey de Aragón.

—Quien empuña esta espada en un combate siempre resulta vencedor en la contienda. Tomadla.

Jaime de Aragón empuñó la espada Lobera y la blandió. Le pareció un arma bien equilibrada pero normal, sin nada que la hiciera especial.

—Mañana os convertiréis en mi yerno. Espero que si esta espada participa en alguna batalla, sea a favor de Aragón.

—Yo soy castellano, señor...

—Mañana mi hija Constanza se convertirá en vuestra esposa, y los hijos de vuestra unión llevarán la sangre real de Aragón en sus venas. Ya sabéis que, a diferencia de lo que ocurre en Castilla y León, las mujeres no pueden gobernar esta tierra, pero sí pueden transmitir la potestad regia. De modo que, si Dios lo quiere, alguno de vuestros hijos podría ocupar mi trono, y supongo que en ese caso esa espada sería suya.

—Soy miembro del linaje de los reyes de Castilla, no podría ir en contra de mi reino, ni de mi sangre —dijo don Juan Manuel.

—Tal vez la solución a este dilema sea que Aragón y Castilla se fundan en un mismo reino. ¿Acaso no fue esa la intención de nuestros antepasados los reyes don Alfonso el Batallador y doña Urraca?

—Lo fue, aunque las crónicas cuentan que aquel matrimonio resultó un fracaso y acabó anulado. Don Alfonso era un formidable guerrero, pero no tenía demasiadas ganas de engendrar descendencia. He leído en algunas historias que prefería la compañía de los soldados a la de las mujeres.

—El destino es inescrutable —cambió don Jaime de tema—. Vuestro sobrino el rey Fernando tiene muy mala salud. Mis espías en la corte de Castilla me informan de que no vivirá mucho tiempo. Su heredero, el infante don Alfonso, ni siquiera ha cumplido su primer año de vida, y la infanta Leonor será la esposa de uno de mis hijos, de modo que la corona de Castilla bien podría recaer en vos, don Juan Manuel, o en vuestros hijos. Pensad en ello.

La boda de Constanza de Aragón con don Juan Manuel se celebró a comienzos de abril en la villa de Játiva, en el reino de Valencia, justo cuando Constanza cumplió doce años. No fue del agrado del rey Fernando IV de Castilla, que veía en su pariente un competidor.

5

Había conquistado la ciudad de Gibraltar, pero había fracasado en la toma de Algeciras, por lo que el rey Fernando IV buscaba resarcirse de esa frustración.

Necesitaba un triunfo importante que hiciera olvidar el fiasco de Algeciras. Conquistar Granada resultaría el mayor de los éxitos, pues con la caída de la ciudad todo ese reino se derrumbaría y dejaría de haber territorios bajo dominio musulmán en la Península. El sueño de una Hispania totalmente cristiana parecía estar a su alcance.

Para lograrlo necesitaba unir a todas las fuerzas de sus reinos, pero sus agentes le informaban sobre las aviesas intenciones de algunos nobles, nada propicias a los intereses de la corona y sin intención alguna de ayudar a su rey.

Los magnates no cesaban de cuestionar su autoridad. Varios de ellos se consideraban con los mismos derechos y privilegios que el soberano, y no perdían la ocasión de demostrarlo. Dueña de extensos dominios, la alta nobleza vivía sumida en un permanente juego de intrigas, siempre aspirando a ganar más tierras, sumar más títulos, atesorar más riquezas y acumular más poder.

En el verano de 1312 Fernando IV andaba empeñado en conquistar varios castillos en el sur de Jaén, en la frontera con el reino moro de Granada, para asentar las bases estratégicas desde las que lanzarse a la conquista del rico sultanato de los nazaríes. Para lograrlo necesitaba que sus dominios se mantuvieran en paz, pero había demasiados interesados en impedirlo.

Las conjuras se desataban por todas partes. Una de ellas la encabezaron dos hermanos llamados Pedro y Juan Alfonso de Carvajal, que fueron acusados de tramar un atentado contra la corona, al asesinar una noche en una emboscada a Juan Alonso Gómez de Benavides, privado del rey y hombre de su absoluta confianza.

—Alteza —anunció un consejero real—, hemos apresado a los asesinos de Benavides. Son dos escuderos, los hermanos Carvajal. Los tenemos presos en esta villa.

Fernando IV estaba en la villa de Martos, preparando la toma de Alcaudete.

—¿Es seguro que han sido esos dos los asesinos de don Juan? —demandó el rey.

—Todos los indicios y presunciones que hemos reunido así lo indican.

—¿Han confesado su crimen?

—No, señor. Los escuderos lo niegan. Dicen que Dios es testigo de su inocencia, pero las pruebas en su contra son contundentes. Aquí están las declaraciones. —El consejero entregó un memorial con los detalles.

—En ese caso, condeno a muerte a los hermanos Carvajal.

—¿Cómo han de ser ejecutados?

—Serán introducidos en una jaula de hierro, con pinchos hacia dentro, y arrojados al vacío desde lo más alto de la peña de Martos.

La peña de Martos era un escarpado monte de piedra, con un cortado rocoso a modo de precipicio, en cuya cumbre se alzaba el castillo y a cuyo pie se extendía el caserío de la villa.

Los oficiales del rey comunicaron a los dos hermanos la sentencia. Ambos dos se declararon inocentes, clamaron justicia y alegaron que el rey los condenaba a muerte sin razón ni prueba alguna.

Uno de ellos proclamó a gritos, y en nombre de la justicia divina, que emplazaba al rey Fernando en un período de treinta días ante el Altísimo para que compareciera y diese razón de su injusticia al mismo Dios.

Informado de esa amenaza, el rey no se dejó convencer por esta treta y ordenó que se ejecutara la sentencia de manera inmediata. Mediado el mes de agosto, los dos escuderos fueron despeñados dentro de la jaula y acabaron muertos, hechos jirones entre los riscos de la peña de Martos.

Don Juan Manuel acababa de despertarse. Había pasado la noche en brazos de su jovencísima esposa la infanta Constanza de Aragón, a la que había desflorado recién cumplidos los doce años. Se levantó con apetito.

Mientras desayunaba en su castillo de Villena, un mensajero se presentó con una noticia urgente. Había cabalgado toda la noche para llevarla cuanto antes a su señor.

—¿Cómo ha sido? —preguntó don Juan Manuel.

—Nadie lo sabe, mi señor. El rey comió carne y bebió vino en abundancia, como acostumbraba pese a las recomendaciones de los físicos para que moderara la ingesta de comida y bebida. Ya sabéis el dicho de que «Comer y beber sin mesura daña la natura». Se acostó para dormir una siesta en una sala del castillo de Jaén, y, según dicen, aunque había estado enfermo en las semanas anteriores y había sido sometido a varias sangrías para intentar curar un tumor que tenía en la pierna derecha, esa tarde no se encontraba mal de salud. Pasaban las horas y no se despertaba, de modo que un criado lo llamó en reiteradas ocasiones, y ante el silencio como respuesta, entró en el aposento y lo encontró muerto. Nadie lo vio morir, nadie supo lo que le pudo ocurrir.

—¿Lo envenenaron?

—Los físicos que estaban con el rey y examinaron su cadáver aseguran que no presentaba síntomas de haber ingerido veneno alguno, ni tampoco se apreciaban signos de violencia en su cuerpo. Lo que se cuenta que le ocurrió es casi sobrenatural —relató el mensajero con la mirada llena de miedo.

—Explícate.

—Unas semanas antes de morir, don Fernando había ordenado ejecutar a dos escuderos a los que se acusó de ser los asesinos de su valido y hombre de confianza. Ambos escuderos, que eran hermanos, juraron que eran inocentes y para demostrarlo emplazaron al rey a comparecer antes de treinta días ante el tribunal del mismísimo Dios Padre.

—¡Qué!

—Poco antes de ser despeñados en Martos y ejecutados, los dos hermanos anunciaron que en el plazo de un mes se encontrarían frente a frente con don Pedro, pero no aquí en la Tierra, sino en un juicio divino en el más allá.

—Eso suena a una maldición.

—A mí me dijeron que era un emplazamiento. En cualquier caso, el rey estaba muy preocupado por lo sucedido y su ánimo se alteraba y conmovía, más aún conforme se acercaba el final de ese periodo de un mes vaticinado por los escuderos. En la corte de Castilla se rumorea que la muerte del rey Fernando ha sido consecuencia de la aplicación de la justicia divina y que ha pagado su culpa por la injusta ejecución de dos inocentes.

—Patrañas...

—Dos días antes de que se cumpliera el plazo, don Fernando se trasladó desde Martos a Jaén. Tenía la intención de acudir a tomar posesión del castillo y la villa de Alcaudete, conquistada por su hermano a los moros dos días antes, pero..., bueno, ya sabéis el resultado, mi señor.

—Impartir justicia requiere de una extraordinaria atención por parte de los jueces. En el libro del *Génesis* se lee que Dios demandará al juez que cause sangre sin haber mediado un pecado.

—Mi señor, algunos dicen que el rey no obró con justicia en el caso de esos dos hombres. Algunos ya lo llaman «don Fernando el Emplazado».

La extraña y misteriosa muerte de Fernando IV de Castilla conmocionó a muchos de sus vasallos. Hubo quienes consideraron que había sido envenenado por una facción de nobles preocupados porque este soberano tenía la intención de recortar los privilegios de la alta nobleza en beneficio de los infanzones, los artesanos, los mercaderes y los labradores; otros decían que había fallecido a causa de sus excesos con la comida y con el vino, y otros aducían que se trataba de un castigo divino por haber ejecutado a dos inocentes. Solo Dios podía saberlo.

Pero, a veces, las maldiciones se cumplían, incluso con los monarcas.

6

A comienzos de septiembre hacía mucho calor. El sol abrasaba los cerros de Jaén como una invisible cortina de fuego.

—Tenemos que sacar de aquí el cuerpo del rey, o se descompondrá pese a los aceites, ungüentos y bálsamos que le han aplicado los físicos judíos.

Hablaba el infante Pedro de Castilla, hermano del fallecido monarca, que se había trasladado hasta Jaén con la reina viuda doña Constanza para hacerse cargo del cadáver de Fernando IV.

—Mi esposo manifestó su voluntad de ser enterrado en Sevilla, junto a su abuelo don Alfonso el Sabio.

—En Sevilla se han desatado algunas revueltas callejeras, quizá no sea un lugar seguro, al menos por el momento. Córdoba está más cerca; lo llevaremos allí —dijo don Pedro.

—El consejo del reino te ha encomendado la custodia de mi hijo don Alfonso.

—Que cumpliré con cuidado.

—Yo ejerceré la tutoría.

—Sea.

Alfonso XI de Castilla y León tenía un año de edad. Comenzaba una larga minoría de trece años en la que el panorama que se vislumbraba presagiaba demasiadas dificultades.

La nobleza siguió maquinando sobre cómo conseguir más ventajas y privilegios, ahora con más insistencia ante la debilidad de un rey niño sentado en el trono; los musulmanes granadinos se reforzaron para mantener su independencia ante los planes de conquista de los castellanos, que quedaron paralizados a la muerte de Fernando IV, y la Corona de Aragón asentó su dominio sobre las tierras conquistadas de Alicante, Orihuela y Elche, e incluso planeó la anexión del reino de Murcia, aunque no la ejecutó.

Tras depositar los restos de don Fernando en Córdoba, la reina Constanza se fue alejando de don Pedro y se acercó a don Juan el de Tarifa, que hacía tiempo que buscaba aliarse con ella.

Negros nubarrones amenazaban con descargar una terrible tormenta sobre el reino.

La reina viuda necesitaba ayuda. Constanza era hija del rey de Portugal, y por parte de su madre doña Isabel estaba emparentada con los reyes de Aragón, así que pidió auxilio a Jaime II para que la apoyara durante la minoría de edad de su hijo.

—Vuestro tío el rey de Aragón acepta tutelar a vuestro hijo don Alfonso y se compromete a garantizar que velará por sus derechos durante su minoría y asegurará su permanencia en el trono —le comentó el mayordomo real a la reina.

—¡Alabado sea Dios! La ayuda de mi tío es imprescindible para que mi hijo conserve el reino.

—Además, vuestro padre, el rey Dionisio, ha comunicado que Portugal no se inmiscuirá en los asuntos de Castilla. Parece que vuestra madre, doña Isabel, lo ha convencido para que se mantenga al margen de cualquier intervención.

—Mi madre es una mujer extraordinaria. Cuando llegó a Portugal, con apenas diez años de edad, ya era una jovencita llena de piedad y de bondad. Supo ganarse a su pueblo y ahora es amada por los portugueses, que la consideran su mejor reina.

Lo era. Isabel de Aragón, nieta de Jaime I el Conquistador y del emperador Federico de Suabia, era paciente, educada y sutil. Esposa de Dionisio de Portugal, soportaba con paciencia las constantes infidelidades de su esposo, que tenía una legión de hijos bastardos, tanto de mujeres nobles como plebeyas. Doña Isabel, mujer de profundos sentimientos y de hondas creencias religiosas, rechazaba la conducta lujuriosa de su marido; sus firmes convicciones cristianas le hacían abominar de cualquier forma de pecado, pero era caritativa y acogía incluso a algunos de los bastardos reales en la corte de Lisboa, a los que trataba como los hijos del rey que eran.

Don Dionisio era un amante de la buena vida y de todos los placeres terrenales. Le gustaban la música y la poesía, los más deliciosos manjares y las mujeres bellas. Era un notable trovador, y gran mecenas de las artes y las letras portuguesas. Quería convertir a Portugal en un reino tan poderoso y fuerte como Castilla y León, y para ello necesitaba dotarlo de firmes señas de identidad y convencer a sus súbditos de que podían emprender grandes hazañas. En algunas veladas, en conversaciones con sus consejeros, soñaba con construir un gran imperio que se extendiera desde el curso del río Miño hasta el Algarbe y desde allí al otro lado del estrecho de Gibraltar por todo el norte de África. Hombre culto y refinado, había fundado una escuela de artes en Lisboa, que pronto trasladó a la ciudad de Coimbra, elevándola a la categoría de universidad, como ya habían hecho los castellanos en Palencia, los leoneses en Salamanca y la Corona de Aragón en Lérida.

—Sois la tutora de vuestro hijo el rey Alfonso. Tendréis qué decidir cuál va a ser su educación —le dijo el mayordomo a la reina Constanza.

—Mi hijo crecerá con los mismos valores y virtudes que me enseñó mi madre: fe en Dios, misericordia y caridad para los débiles, y constancia en el esfuerzo.

—Señora, un rey debe mantener su corona, y para ello ha de educarse como un guerrero, no como un clérigo; y también necesita conocer el ejercicio del gobierno, aprender las tácticas de la guerra, prepararse para la batalla...

—Mi hijo será educado en la paz y en el amor a Dios y a los hombres.

—La generosidad y la caridad son virtudes cristianas, pero también lo son la fortaleza, la diligencia y la templanza. Un rey debe atesorarlas todas, porque ha sido designado por la gracia de Dios y ungido por el santo óleo para regir un reino. A veces, mi señora, gobernar requiere de mano dura, e incluso se debe aplicar la justicia real con toda la fuerza si fuera necesario para salvaguardar la integridad del reino y la defensa de sus súbditos.

»Desde que murió el rey don Alfonso el Sabio, los reinos de Castilla y León se han visto sometidos a demasiados conflictos. La minoría de vuestro esposo se saldó con éxito, y don Fernando pretendía gobernar con mano firme y buen tino hasta que aconteció su desgraciada muerte. La minoría de vuestro hijo don Alfonso ha despertado de nuevo la codicia de los magnates de estos reinos, siempre dispuestos a conseguir más privilegios aprovechando cualquier atisbo de debilidad de la corona.

»Señora, nobles muy poderosos acechan en las sombras para conseguir más dominios y más riquezas si no hay un brazo poderoso al frente del trono que sea capaz de detenerlos en su ambición.

—¿Qué me recomendáis?

—Mi reina, para mantener a vuestro hijo en el trono, al menos hasta que alcance la mayoría de edad y sea capaz de gobernar por sí mismo, necesitáis la ayuda de vuestros parientes portugueses y aragoneses, sí, pero también la de los principales nobles castellanos y leoneses. La nobleza de estos reinos es muy poderosa, más que cualquier otra de esta tierra de España.

—¿Y en quién debo apoyarme? ¿Hay alguien en quien pueda confiar?

—Todos los nobles que conozco son egoístas y ambiciosos. En ocasiones puede ocurrir que se alíen entre ellos si así consideran que van a conseguir alguna ganancia, pero no dudarán en traicionarse unos a otros en cuanto cualquiera de ellos estime que puede obtener alguna ventaja engañando a los demás.

—Entonces, ¿no puedo fiarme de nadie?, ¿ni de uno solo de ellos? —demandó la reina Constanza con notoria desesperanza.

—Tal vez de don Juan Manuel. Es muy ambicioso, pero también es un hombre de honor. Es pariente de vuestro hijo, y ahora además vuestro de sangre también, pues se ha casado con la hija de vuestro tío el rey Jaime de Aragón, y mantiene muy buenas relaciones con vuestro padre el rey Dionisio. Es lo suficientemente poderoso como para equipararse a cualquiera de los reyes cristianos y mucho más rico que la mayoría de ellos; y posee una notoria ventaja sobre los demás magnates...

—¿Una ventaja...?

—Sí: concita el mayor de los consensos. En caso de que estallara un conflicto entre los miembros de la alta nobleza, a don Juan Manuel lo seguirían muchos de ellos, quizá la mayoría.

—Obraré como me aconsejáis; buscaré un acuerdo con don Juan Manuel.

Los dos bandos, encabezado uno por el infante Pedro de Castilla y otro por el infante Juan de Tarifa, anhelaban hacerse con el control del rey niño. Castilla y León se encontraban al borde una guerra civil, pues ninguna de las partes renunciaba a hacerse con el poder.

Para intentar evitar la guerra, se reunieron Cortes en Palencia. Allí se presentó don Pedro con un poderosísimo ejército de doce mil soldados, que había reclutado en el norte de Castilla y en las regiones de Asturias y Cantabria. Acompañaban a don Pedro su tío don Alfonso Téllez, hermano de la reina María, y varios magnates con sus mesnadas.

Don Juan de Tarifa tenía a su lado al infante don Felipe, a Fernando de la Cerda y a Juan Núñez de Lara, el poderoso señor de Vizcaya, con sus aguerridas huestes integradas por fieros montañeses vascos.

—Tenemos que evitar la guerra, y solo nosotras podemos mediar para que no se desencadene una batalla y se rompan estos reinos en pedazos —le dijo María de Molina a su nuera doña Constanza.

—Solo somos dos mujeres, ¿qué podemos hacer?

—Hablaré con mi hijo don Pedro y con mi cuñado don Juan. Creo que atenderán nuestras demandas, porque lo haré en nombre de ambas, de dos reinas de Castilla y León.

María de Molina envío sendos mensajeros a los dos cabecillas, que aceptaron las condiciones que la reina madre propuso.

—Mi madre sabe lo que hace —comentó don Pedro al leer el mensaje de doña María de Molina; con él estaba don Alfonso Téllez.

—Desde muy pequeña, mi hermana supo dar órdenes como el mejor de los estrategas. Si hubiera sido un hombre, no dudo de que se habría hecho dueño absoluto de todos estos reinos.

—Propone que el grueso de nuestros ejércitos quede acantonado lejos de Palencia, y que cada uno acudamos con solo mil trescientos hombres, que deberán acampar en las afueras de la ciudad.

—¿Y si se tratara de una trampa? —alegó Téllez.

—¿No te fías de tu hermana?

—Es muy astuta, y haría cualquier cosa por su hijo. No lo sé...

—¿No lo sabes?

—Tu madre apoya a doña Constanza, y la viuda de tu hermano está con nosotros, pero esta alianza podría cambiar de repente.

—¿Qué insinúas?

—Sé que doña Constanza duda sobre a quién apoyar, si a nosotros o a don Juan.

—Tenemos un acuerdo de honor, que además hemos rubricado con nuestras firmas.

—Querido sobrino, ¿quieres que te diga cuántos acuerdos firmados, incluso con sangre, se han roto e incumplido?

—Tienes razón. Don Juan no es de fiar.

—Haremos una cosa. Nos acercaremos a Palencia con los mil trescientos hombres que propone tu madre, pero nos seguirán a cierta distancia otros cuatro mil, por si fuera necesaria su intervención.

—Bien. Más vale ser precavido que pecar de ingenuidad.

Las sospechas de Alfonso Téllez estaban fundadas. Pese a que don Juan de Tarifa le había prometido a doña María de Molina que acudiría con solo mil trescientos hombres, se presentó a las puertas de Palencia con una hueste de cuatro mil. Don Pedro respondió enseguida y aparecieron los otros cuatro mil que andaban en retaguardia a prudente distancia.

La tensión se masticaba en los campos de Palencia. Una gran batalla parecía inevitable.

7

En la barahúnda en que se convirtió aquella convocatoria a Cortes, se produjeron cambios de bando y de alianzas. En medio de las tumultuosas sesiones, en las que solo se escuchaban reproches y cruces de acusaciones entre cada una de las dos partes, la reina Constanza abandonó el bando del infante don Pedro y se pasó al de don Juan de Tarifa, y lo mismo hizo el infante don Juan Manuel.

Doña María de Molina era la única voz con autoridad para imponer cierta cordura. Tomó la iniciativa, como había hecho tantas veces antes, y conminó a los jefes de los dos bandos a que salieran de la ciudad y se alejaran lo suficiente como para evitar un encontronazo que parecía inmediato e inevitable. Las dos reinas también salieron de la ciudad, y se instalaron en sendas aldeas cercanas, mientras en Palencia los partidarios de don Pedro se reunían en la iglesia de San Francisco del convento de los franciscanos y los de don Juan y doña Constanza en la de San Pablo del convento de los dominicos.

Durante varios días ambas partes debatieron un principio de acuerdo, pero no hubo manera de pactar nada.

—Don Juan no se aviene a ninguna razón. Dice que la ley está de su lado y se ha proclamado tutor del rey don Alfonso —anunció un heraldo a la reina doña María.

—¿Eso ha hecho? —se sorprendió la reina madre.

—Sí, mi señora, y así lo han ratificado sus partidarios.

—Bien, si quiere hacerlo de esa manera, así lo haremos. Acude presto a la iglesia de San Francisco y diles a los nuestros que allí están reunidos que aprueben el nombramiento del infante don Pedro y de mí misma como tutores legales de mi nieto el rey.

—Pero...

—Haz lo que te ordeno, de inmediato.

El mensajero montó en su caballo y regresó a todo galope a Palencia.

Mientras los pecheros se quejaban de que eran ellos los únicos que pagaban impuestos para sostener los gastos del reino, las Cortes reunidas en Palencia se habían dividido en dos facciones; cada una de las partes celebraba las sesiones plenarias en una iglesia distinta, y cada una de ellas aprobaba por su cuenta disposiciones diferentes, sin tener en cuenta lo que se acordaba en la otra.

Los partidarios de don Juan de Tarifa y de doña Constanza contaban con el apoyo de la mayoría de los concejos de las principales ciudades y de buena parte de la nobleza; por su lado, los partidarios de don Pedro y de doña María tenían como aliados a la Iglesia, a las Órdenes Militares y a la otra parte de la nobleza. El sello del rey niño estaba en poder de doña María, que lo estampaba en todos los documentos que emitía, en tanto los de don Juan solo podían sellarse con el del suyo propio, aunque no tardó en ordenar que se fabricara uno con el cuño real, para no ser menos que sus oponentes.

Las Cortes de Palencia se levantaron sin acuerdo alguno, y cada bando mantuvo sus posiciones, sin renunciar a nada y sin reconocer otra autoridad que la propia.

Una vez más, los dominios de Castilla y León estaban al borde del abismo y la ruptura.

Don Juan de Tarifa se dirigió al frente de los suyos a la ciudad de León, en tanto don Pedro ocupaba Palencia y desde allí se dirigía con su madre la reina María a Ávila, donde el cabildo de la catedral mantenía custodiado el niño rey Alfonso.

María de Molina envió mensajeros a los principales magnates, a los maestres de las Órdenes Militares de Santiago y Calatrava y al infante don Juan Manuel, pese a que este último apoyaba a Juan de Tarifa, para que mediaran entre los dos bandos que se disputaban quién tenía derecho a ejercer legalmente la tutoría del rey. La reina madre trataba desesperadamente de evitar una guerra abierta.

Mientras don Juan y sus huestes se mantenían acantonados tras las recias murallas de León, don Pedro protagonizó un golpe de efecto. Al frente de sus hombres se dirigió al reino musulmán de Granada alegando que acudía en ayuda de su aliado el rey Nasr, del que era buen amigo, pues estaba sufriendo una rebelión encabezada por el gobernador de Málaga.

En realidad, Pedro de Castilla tenía como objetivo la conquista del reino de los nazaríes, el último dominio que le quedaba al islam en la Península. Estaba convencido de que si lograba conquistar Granada para la cristiandad, nadie le discutiría su derecho a sentarse como soberano en el trono de Castilla y León.

Pero el rey de Granada fue derrotado por los malagueños y tuvo que refugiarse en su palacio de la Alhambra, quebrando los planes de don Pedro, que se vio obligado a regresar a Castilla, aunque no quería volver fracasado, por lo que asedió y tomó el castillo de Rute, a mitad de camino entre la Granada musulmana y la Córdoba cristiana. No había ganado el reino de los nazaríes, pero al menos regresaba de la campaña con un triunfo y había demostrado que era capaz de conquistar una poderosa fortaleza.

Entre tanto don Pedro regresaba de la frontera con Granada, la reina Constanza se sintió enferma de repente. Se encontraba en Sahagún, donde dictó testamento justo un día antes de morir; nombró albaceas a sus padres, los reyes de Portugal.

Falleció el día 18 de noviembre de 1313 y fue enterrada en esa misma villa, en el monasterio de San Benito el Real, donde también yacían los restos del rey Alfonso VI y varias de sus esposas.

Enterado de la muerte de la reina, don Juan de Tarifa acudió a toda prisa desde León; al llegar a Sahagún se encontró con su aliado, don Juan Manuel.

—¿Quién ha sido? —preguntó Juan de Tarifa.

—Querido primo, vas muy deprisa en tus deducciones —repuso don Juan Manuel.

—Doña Constanza solo tenía veintitrés años, y la última vez que la vi gozaba de una excelente salud. La han envenenado; estoy seguro de ello.

—Esa acusación es muy seria. ¿Acaso tienes pruebas de lo que supones?

—¿Pruebas? Doña Constanza abandonó la alianza con don Pedro y decidió apoyarme como tutor de su hijo. Es evidente que su muerte no ha sido casual.

—Antes de que acuses a nadie de asesinar a doña Constanza, te recomiendo que dispongas de pruebas en las que basarte.

—No necesito prueba alguna, me basta con saber a quién beneficia la repentina muerte de la reina.

—Sí que las necesitas. No puedes presentarte ante las Cortes y proclamar que doña Constanza ha sido envenenada sin más. Si lo haces, quizá te crean algunos nobles y los nuncios de varias ciudades, pero los maestres de las Órdenes y los prelados están con don Pedro y con doña María, y son ellos los que interpretan la voluntad de Dios. Piensa en las consecuencias que se desatarían si la Iglesia proclamara que tu denuncia es falsa y que doña Constanza murió a resulta de una repentina enfermedad.

—¿Qué me recomiendas que haga? —dudó don Juan.

—Con la muerte de doña Constanza has perdido la ventaja que tenías para ser designado tutor del rey. No te queda otra opción que pactar un acuerdo con don Pedro y doña María.

—¿Y dejar en sus manos la custodia de don Alfonso? No. Don Pedro no solo pretende ser el tutor de su sobrino, lo que ambiciona es convertirse en rey.

—Sí, eso creo, pero la manera de evitarlo es una tutela compartida. Si estás de acuerdo, yo hablaré con doña María. Es una mujer sensata, no me cabe duda de que aceptará.

—¿Y los nuncios en Cortes?

—Si con ese acuerdo se consigue evitar una guerra, aprobarán la tutela compartida. Los nobles lo desean, las ciudades lo necesitan y los eclesiásticos podrán presentarlo como un triunfo de la paz de Dios.

—¿Y cómo lo haremos?

—Reúne aquí, en Sahagún, a los procuradores que te son fieles, y entre tanto yo hablaré con doña María y le propondré de tu parte que ella sea nombrada tutora del rey y que tú y don Pedro seáis designados regentes con las mismas prerrogativas.

—¿Los dos a la vez?

—Sí, los dos, pero en ámbitos diferenciados. Don Pedro ejercerá como regente en los territorios que lo apoyaron en las Cortes de Palencia y tú lo harás en los que te proclamaron a ti. El pacto quedará sellado: ambos reconoceréis a don Alfonso como monarca legítimo, le juraréis lealtad, manifestaréis vuestro compromiso de mantener la unidad de estos reinos y renunciaréis a cualquier pretensión de ocupar el trono.

—Supongo que doña María aceptará nuestra propuesta; como dices, es una mujer sensata, pero no sé si su hijo cederá en sus pretensiones de convertirse en rey.

—Lo hará, te aseguro que lo hará —asentó don Juan Manuel.

Como don Juan Manuel había previsto, doña María de Molina aceptó la propuesta y convenció a su hijo don Pedro para que también lo hiciera.

La reina madre tenía suficiente experiencia en el gobierno, pues ya había sido tutora durante la minoría de su hijo el rey Fernando IV, y había superado problemas ingentes. Había logrado que su matrimonio con el rey Sancho IV, declarado nulo por el papa Martín IV, fuera legitimado por Bonifacio VIII y ratificado por Clemente V, consiguiendo así para su hijo Fernando la plena capacidad y legitimidad para ocupar el trono; había conseguido frenar las ambiciones de los principales nobles, y había firmado la paz con Portugal, demostrando una notable habilidad para la política. Dueña del señorío de Molina, sabía cómo gobernar un Estado y, sobre todo, era consciente de que un acuerdo entre los dos bandos de la nobleza era la única manera de pacificar el reino y de garantizar el trono para su nieto don Alfonso.

Sin nadie discrepante, los procuradores en Cortes de Castilla y León proclamaron como tutora del rey Alfonso a doña María de Molina y como regentes a don Pedro de Castilla y a don Juan de Tarifa.

En cuanto las Cortes aprobaron esas designaciones, doña María buscó la reconciliación entre el infante don Juan, su cuñado y último hijo vivo de Alfonso X, y su propio hijo don Pedro.

Los tres implicados dejaron atrás sus antiguas disensiones y se reunieron para sellar el pacto.

—Mi amado hijo y mi querido hermano—doña María de Molina se dirigió con ese afecto a su cuñado don Juan de Tarifa—, estoy orgullosa de vosotros. Habéis acordado lo mejor para estos reinos y habéis evitado una terrible guerra. Ahora ha llegado el momento de que gobernéis conjuntamente para el bienestar de nuestros súbditos y la grandeza de Castilla y León.

—Así lo haré —asentó don Juan.

—Di mi palabra, y la cumpliré —terció don Pedro.

—Pero no solo somos los tutores y los regentes, también tenemos la responsabilidad de educar a mi nieto, vuestro sobrino, como el rey que ya es y sobre quien recaerá la tarea del gobierno cuando cumpla la mayoría de edad.

—Mi sobrino debe ser educado como hubiera deseado mi padre el rey Sabio —asentó don Juan.

—Lo comparto, pero necesitamos que toda la nobleza se sume a este acuerdo —dijo don Pedro.

—Ambos sabéis que esa no será tarea nada fácil. Los nobles, y los conozco bien, están enfrentados entre ellos y no miran por el bien de estos reinos, sino por el suyo propio. En estos días algunos nobles andan de banderías por tierras de Huete, Hita, Escalona y Guadalajara, robando y asaltando a comerciantes en los caminos, comportándose como vulgares bandoleros y disputándose luego entre ellos el botín robado cual alimañas.

—Querida madre, eso es así, como dices, pero sabes bien que el apoyo de los nobles solo se produce a cambio de contraprestaciones; y me temo que van a pedir muchas para sumarse a nuestro acuerdo —intervino el infante don Pedro.

—No solo hay que contentar a los nobles. Hace ya varios años que la prosperidad de la que disfrutaron nuestros padres y abuelos se ha acabado. Corren tiempos de escasez y zozobra. Los campos producen menos alimentos, las hambrunas se generalizan y las enfermedades son demasiado habituales. Las revueltas en ciudades, villas y aldeas resultan frecuentes. Ahora mismo, la ciudad de Sevilla arde en conflictos desde hace más de un año, los enfrentamientos entre bandos rivales son frecuentes en Cáceres, Salamanca o Segovia, comarcas enteras sufren ataques y saqueos de grupos armados encabezados por nobles sin escrúpulos que actúan como verdaderos bandidos —terció don Juan.

—Sí, corren malos tiempos para estos reinos. ¿Creéis en las maldiciones? —les preguntó doña María.

—Mi hermano el rey Fernando no murió a causa de ninguna maldición, si es que a eso te refieres, madre. —Don Pedro aludía al rumor que corría por Castilla y que explicaba la muerte de Fernando IV por la maldición de los dos hermanos cruelmente ajusticiados en Martos.

—Yo no estoy tan seguro; algo debe de haber cuando la Iglesia condena a quienes practican augurios —dijo don Juan.

—Poco importa si las profecías se cumplen o si las maldiciones son efectivas, lo relevante es que son muchos los que creen en ellas, y eso es lo que debe preocuparnos. A tu hermano ya lo conocen como «Fernando el Emplazado».

—¡Bah!, eso son patrañas de iluminados y supercherías de ignorantes. En nuestras venas corre la sangre real de los monarcas de Castilla y de León, y ahora tenemos la responsabilidad de gobernar este reino hasta que mi sobrino alcance la mayoría de edad, y en tanto llegue ese momento quedan muchos años por delante. Ejerzamos nuestra responsabilidad como nos obliga nuestra condición, nuestro deber y el encargo que nos han hecho las Cortes —dijo don Pedro.

—Querido sobrino, eres un idealista. ¿Cuántos años tienes, veintitrés? —le preguntó don Juan.

—Ya he cumplido veinticuatro.

—Veinticuatro... Yo soy casi treinta años mayor que tú; he vivido más del doble de los años que ahora tienes; he visto el reinado de cuatro reyes: mi padre, mi hermano, mi sobrino y ahora el de mi sobrino nieto; he contemplado todo tipo de traiciones, intrigas y conjuras; he presenciado cómo mi padre ordenó ejecutar a don Fadrique, su propio hermano; he sido testigo de cómo mi hermano don Sancho se enfrentó con nuestro padre y lo humilló, para convertirse en rey por encima de los hijos de mi también hermano Fernando de la Cerda, el primogénito, y he presenciado el comportamiento miserable y la comisión de indecentes abusos de los más poderosos nobles de estos reinos. Créeme, sobrino, si te digo que hace falta mano de hierro y voluntad de granito para someterlos —concluyó don Juan.

—Señores, convendréis conmigo que la situación es muy complicada, por eso debemos estar unidos los tres. Si los nobles atisban cualquier signo de debilidad en nosotros, tutores y regentes del rey, se lanzarán cual lobos y nos despedazarán como a corderos —precisó doña María.

Los dos regentes, que habían pasado de un enfrentamiento abierto a una alianza sincera, estaban reunidos en la villa de Palazuelos con doña María de Molina en ese mes de diciembre de 1314 para preparar las Cortes convocadas en Burgos para el año siguiente, donde intentarían pactar las condiciones para pacificar el reino. Las rentas de la corona menguaban día a día, y había que encontrar nuevos recursos para evitar que las arcas del tesoro real acabaran completamente vacías.

—Sabéis, estoy convencido de que las profecías existen y de que las maldiciones se cumplen —dijo don Juan.

—¿Por qué lo dices, tío? —demandó el infante don Pedro.

—¿No te has enterado? Hace unos meses fue ejecutado Jacques de Molay, el último maestre de los caballeros templarios. Dicen que su cuerpo ardió en una islita en el curso del río Sena, en la ciudad de París. Corren noticias de que el maestre pronunció una maldición en la que acusaba a sus ejecutores, autores de su encarcelamiento y de la supresión del Temple, de haber cometido una enorme injusticia y profetizó que el papa y el rey de Francia morirían antes de que transcurriera un año. Pues bien, la ejecución de Molay ocurrió el pasado mes de marzo, y solo unas pocas semanas después falleció el papa Clemente, responsable de la supresión de los templarios, y apenas hace unos días que ha muerto el rey Felipe de Francia al caerse de un caballo en una cacería cuando perseguía a un jabalí. ¿Casualidades?

—Supercherías —replicó don Pedro.

—Sí, tal vez, pero la maldición se ha cumplido. Y hay más: el maestre anunció que la dinastía de los Capetos, la que reina en Francia, se extinguirá pronto.

—No creo en esas supersticiones.

—Pero la mayoría, sí, y para esa gente lo que importa es que la maldición del maestre del Temple se ha cumplido —comentó don Juan.

—Me temo que las profecías y los augures van a aumentar en los próximos años. En el *Libro de Alexandre*, que ambos conocéis, se lee que el nacimiento de Alejandro el Grande estuvo precedido de prodigios y señales en el cielo, pero que su formación como gobernante se debió a la educación que le proporcionó el sabio Aristóteles. Ese libro fue utilizado por nuestro antepasado el rey don Fernando como ejemplo para educar a su hijo don Alfonso el Sabio; y esa ha de ser la guía con la que se eduque mi nieto —añadió doña María.

En aquella reunión se ratificó el pacto que los dos regentes firmaron con doña María de Molina en Palazuelos y se aprobó la constitución de hermandades generales en los concejos de ciudades y villas para combatir a los bandoleros, que en realidad eran nobles y caballeros que formaban cuadrillas de hombres armados para atracar a los viajeros en los caminos, asaltar aldeas y quebrantar haciendas. Incluso había obispos que se dedicaban al robo y al saqueo, como el de Palencia, contra el que algunos ciudadanos de esa ciudad se rebelaron, alegando que actuaba más como un criminal que como un hombre de Dios.

Pese al acuerdo entre los dos regentes y doña María de Molina, las gentes de Castilla y León seguían viviendo sumidas en la zozobra, la inseguridad y el miedo. La gobernanza estaba asegurada, pero eran muchos los que proclamaban que la minoría de edad de don Alfonso iba a ser demasiado larga y reclamaban que hacía falta cuanto antes un soberano fuerte y justiciero que impusiera el orden, la ley y la justicia.

8

La lluvia no cesaba. Los caminos embarrados impedían que las carretas y las acémilas pudieran transitarlos, y las cosechas se pudrían en los campos anegados.

—¿No creías en las maldiciones? Y entonces, ¿por qué está pasando esto, por qué? —le preguntó el infante don Juan a su sobrino el infante don Pedro.

—Dios no está contento con las obras de los hombres; esta es la forma de manifestar su enfado y aplicar su castigo.

—Hace ya más un año que la Iglesia está sin papa, nuestro reino sin rey, o con un niño de tres años sentado en el trono, que es incluso peor... ¿Acaso no es esto una maldición?

—Castilla no carece de gobierno. Vosotros dos sois los regentes, y yo la tutora de mi nieto el rey Alfonso. Si cunde el caos, no se debe a la voluntad de Dios ni a ninguna maldición, sino a nuestra incapacidad para instaurar la paz —terció María de Molina.

—Hemos renunciado a nuestras ambiciones, hemos jurado lealtad al rey Alfonso y nos hemos comprometido a mantener la unidad de estos reinos. ¿Qué más podemos hacer, madre? —demandó Pedro.

—La maldad anida en el corazón de muchos hombres, pero Dios ha puesto en nuestras manos los instrumentos para impartir justicia.

—¿Justicia? Muchos nobles se niegan a obedecer nuestras órdenes. No entienden otra justicia que la fuerza —asentó el infante Juan—. No podemos mostrar un ápice de debilidad, o nuestro linaje se disolverá como cenizas en un vendaval. Las dinastías débiles desaparecen, como le ha ocurrido a la familia de los reyes de Hungría, antaño poderosa, incluso con aura de santidad, que hace quince años que ya no existe.

—Tienes razón, Juan, pero carecemos de la fuerza que sería necesaria para someter a todos esos nobles. Solo nuestro pariente el infante don Juan Manuel puede reunir más caballeros de armas que nosotros tres juntos, y hay media docena de magnates en estos reinos que tienen tanto poder y riqueza como él —lamentó María de Molina.

—Pues aliémonos con don Juan Manuel y que comparta la regencia con nosotros. Si no podemos doblegar a nuestro rival, procuremos que no se convierta en nuestro enemigo y hagámoslo nuestro aliado —propuso Pedro.

—Ese hombre no es de fiar. Cuando murió mi esposo el rey don Sancho, al que es cierto que apoyó en vida en contra de las pretensiones de los infantes de la Cerda, don Juan Manuel me prometió que no conspiraría ni contra mí ni contra mi hijo don Fernando, que todavía era menor de edad; pero no tardó un ápice en conjurarse para hacerse con la regencia.

—Yo sí confío en él. Fue don Juan Manuel quien me convenció para que firmara este pacto que ahora nos une y quien encontró la solución a nuestro enfrentamiento.

—Es un hombre taimado; si actuó como mediador entre nosotros, tal vez lo hizo para ganar ventaja y hacer que nos confiáramos. Sé que aspiró al trono, y es probable que todavía lo ambicione —alegó la reina madre.

—No tiene derechos —dijo Pedro.

—Depende de cómo lo mires, hijo. Don Juan Manuel es nieto del rey Fernando; su padre, don Manuel, era el menor de los siete hijos varones de tu bisabuelo.

—Sí, puede que ocupe un lugar en la lista sucesoria al trono de Castilla y León, pero ¿cuál?, ¿el vigésimo, el trigésimo? —dijo don Juan.

—Don Juan Manuel es muy ambicioso y muy astuto. No menospreciéis sus habilidades. Posee el don de la palabra, y podría encandilar a la mitad de los habitantes de este reino si se lo propusiera —terció la reina María.

—No lo menosprecio —replicó Pedro—; sé bien cómo actúa y las pretensiones que tiene, precisamente ando en querellas con él por el dominio de una villas y conozco cómo se las gasta.

—Pues ya sabes, hijo, camina con cuidado.

Pedro de Castilla era el segundo en el orden legal de sucesión al trono. En caso de que muriera su sobrino Alfonso sin descendencia, él sería el nuevo rey.

Don Juan Manuel quedaba muy lejos en el orden sucesorio, pero su poder y su riqueza lo convertían en un adversario formidable. Dueño de extensos territorios y dominios señoriales, inteligente y culto, era el verdadero árbitro de los conflictos en Castilla. Además, como señor de Villena, también disponía de ricos feudos en el reino de Valencia, y aunque el rey de Aragón no lo estimaba demasiado, en cualquier momento lo podría ayudar en caso de que aspirara a conseguir el trono castellano. Además, al estar la Iglesia sin papa, los monarcas cristianos disponían de más capacidad para saltarse la legalidad a su antojo y asestar un golpe para hacerse con el reino de Castilla o colocar a uno de sus fieles como rey.

Entre tanto, el niño rey Alfonso crecía en Valladolid al margen de las disputas y las querellas que se libraban en sus reinos, ajeno a las intrigas y a las conjuras de los nobles, entre ellos sus propios familiares.

Entre tantas presiones, tantos intereses y tantas revueltas, parecía un milagro que Alfonso llegara algún día a gobernar como verdadero rey. Entre aquella barahúnda de intereses, solo una mujer soportaba semejante carga y sostenía todo el reino: su abuela la reina María de Molina.

El infante Pedro pudo haber sido rey cinco años atrás, y en dos ocasiones. Primero cuando un grupo de nobles se mostró dispuesto a apoyarlo para derrocar a su hermano Fernando IV, y después durante los primeros meses de la minoría de su sobrino Alfonso XI. En ambos casos las conjuras que encabezó fracasaron.

El infante don Juan también había aspirado al trono, pero su pretensión no había concitado tantos apoyos como la de don Pedro. Cinco años después, la habilidad de María de Molina había logrado apaciguar a la nobleza rebelde y convencer a don Pedro y a don Juan para que renunciaran a cualquier intento de hacerse con la corona por la fuerza.

—Sabes, sobrino, si no nos hubiéramos enfrentado y nos hubiésemos unido hace unos años, tal vez ahora uno de nosotros dos sería quien se sentara en el trono de Castilla —comentó el infante don Juan.

—Tal vez..., pero carecíamos de la fuerza necesaria para conseguirlo. Ni siquiera juntos lo hubiéramos logrado.

—Tú gozabas del apoyo de buena parte de la nobleza.

—Pero no de la de don Juan Manuel, ni de la de los Lara o los Castro, ni tampoco la de los concejos de las grandes ciudades, y sin esas ayudas era imposible lograrlo.

—Al menos, los dos somos regentes ahora —se consoló don Juan.

—¿Qué crees que hará con nosotros don Alfonso cuando cumpla la mayoría de edad, se siente en el trono y asuma todo el poder real?

—Nos necesitará. Supongo que no cambiarán demasiado las cosas para nosotros dos. Además, ya he hablado de ello con doña María. Tu madre sabe que don Alfonso requerirá de nuestra experiencia, y ella se encargará, ya lo está haciendo, de decirle que nos debe el reino y que deberá recompensarnos por ello.

—¿Cómo? —se interesó don Pedro.

—Querido sobrino, la conquista de España no ha acabado. Todavía hay mucho que ganar en tierras de moros. El sultanato de Granada es rico, muy rico, en tierras, haciendas y negocios. Antequera, Priego y Alcalá son grandes villas en la frontera que pueden caer pronto en nuestras manos, y luego Málaga, Guadix y Almería, hasta llegar a la misma Granada. Esas ciudades y sus comarcas serán pronto nuestras, tuyas y mías, si sabemos actuar con habilidad. ¿Te imaginas las rentas que nos proporcionarán esos señoríos si logramos hacernos con ellos? Con las rentas de esos territorios en nuestras manos, don Juan Manuel parecerá un pordiosero a nuestro lado.

—¿Tanta riqueza atesoran las tierras del reino de Granada?

—Tantas... Sus campos y huertas son feracísimas, sus minas rebosan de hierro, plomo y plata, sus ciudades están repletas de botigas y artesanías, sus costas abundan en peces y sus comerciantes mercadean con Aragón, Italia y África generando abundantísimas ganancias. Y aún queda el oro...

—¿El oro...? —se extrañó don Pedro.

—Los granadinos comercian con el oro que se extrae de unas montañas que llaman del Sol y de la Luna. Se encuentran al sur del gran desierto africano, en una región que gobiernan reyes moros negros. Traen hasta la costa el oro de esas montañas en caravanas de camellos que atraviesan el desierto por rutas que solo los guías muy expertos conocen. Ese oro llega a Granada y allí se duplica su valor, porque los mercaderes de toda la cristiandad lo necesitan para sus negocios. Si lográramos hacernos con el dominio de Granada y controlásemos el flujo de oro a Europa, nos convertiríamos en los señores más ricos del mundo.

—Somos nobles y caballeros, no comerciantes —adujo don Pedro.

—Querido sobrino, no corren buenos tiempos para la cristiandad. Sabes tan bien como yo, pues lo estamos viendo cada día en nuestros señoríos, que las cosechas menguan, que nuestros campos producen menos trigo y menos cebada, que los árboles frutales se marchitan y que el número de nuestras cabezas de ganado disminuye con cada estación. El oro, Pedro, el oro es la solución a nuestras carencias. El oro lo compra todo, lo puede todo. Un cofre de monedas de oro tiene más fuerza que todo un ejército. Y el control de ese oro, de todo el oro de las montañas del Sol y de la Luna, puede caer en nuestras manos si logramos conquistar Granada. ¿Te imaginas...?

—La riqueza de un noble se cuenta por el número de sus vasallos y por la extensión de tierra que posee.

—Las cosas están cambiando. ¿Sabes quiénes son ahora los hombres más poderosos en Italia? Los banqueros, Pedro, los banqueros. Hombres que se dedican a cambiar monedas, a vender paños y pieles, a comerciar con el trigo, el vino y el aceite y a librar préstamos con intereses a otros. Esos son los poderosos, y, por lo que dicen, todavía lo serán más en los próximos años.

—¿Pretendes que nos convirtamos en segadores de mieses, fabricantes de paños, mercaderes de vino y prestamistas? ¿Nosotros, que somos hijos de reyes?

—No me has entendido. Lo que pretendo es que seamos los señores de los campos donde se cultivan esas mieses, los dueños de los telares donde se tejen los paños y los beneficiarios de la venta de vino, y que todas esas rentas vayan a parar a nuestras arcas.

—Un noble no debe trabajar con sus manos; no sé...

—Mira tus ropas, tu caballo, tus armas, tus castillos, tu hueste..., con todo ese oro en nuestras manos podríamos formar el mayor ejército que jamás se haya visto en estas tierras, pagar a los mejores soldados y disponer de los guerreros más expertos. En Alemania, Aragón, Inglaterra, Francia e Italia hay diestros soldados de fortuna que alquilan sus armas al mejor postor. La caballería del rey de Francia es invencible porque dispone de caballeros bien formados, perfectamente equipados y con ducha maestría en el manejo de la lanza; el rey de Inglaterra puede pagar regimientos de centenares de arqueros galeses que son temibles en el campo de batalla; el de Aragón domina el mar gracias a que dispone de arsenales donde construir sus formidables galeras; las ciudades de Italia florecen porque pueden pagar a grandes ejércitos mercenarios que las defiendan de sus enemigos... Y todo eso cuesta dinero, Pedro, mucho dinero.

—El oro de Granada...

—¡Exacto! Con ese oro podremos reclutar caballeros, arqueros y ballesteros que nos hagan invencibles en el campo de batalla. Ahora solo disponemos de caballeros que combaten por honor, fama y una parte del botín, de peones de las milicias concejiles que apenas saben manejar una espada y de campesinos que conocen cómo utilizar una horca para aventar la paja y una guadaña para segar el trigo, pero que no saben cómo usarla para cortar las cabezas de los enemigos en una batalla. Si conquistamos Granada y ganamos su oro...

—Por cómo hablas, supongo que ya has pensado qué hacer.

—Sí. Tomaremos Granada.

—¿Tomar Granada? ¿Lo crees posible?

—He pensado un plan que nos llevará cuatro o cinco años, pero que resultará. Escucha...

9

El hambre se extendía por toda la cristiandad. Dos años seguidos de intensas lluvias y de malas cosechas, con escasísima recolección de frutos y miles cabezas de ganado muertas por las enfermedades, parecían responder a una especie de nueva maldición divina.

Algunos decían que semejante cúmulo de calamidades se debía a un castigo divino por los numerosos pecados cometidos por los hombres y a que la Iglesia seguía sin papa casi dos años después de la muerte de Clemente V.

Tampoco faltaban los que echaban la culpa de semejante cúmulo de desgracias a la propia Iglesia, pues el papa Clemente había abandonado Roma para instalarse en Aviñón y someterse a los dictados del rey Felipe de Francia.

La muerte de Felipe IV de Francia, la de su sucesor Luis X, que ni siquiera reinó dos años, y, sobre todo, la del rey niño Juan I, muerto a los cinco días de su nacimiento, hicieron creer a muchos que se estaba cumpliendo la maldición del maestre del Temple pronunciada contra el linaje de los reyes de Francia en la hoguera en la que Jacques de Molay fue ajusticiado en París.

La cristiandad se sintió aliviada al fin cuando en el mes de septiembre de 1316 fue elegido en el cónclave un nuevo papa que tomó el nombre de Juan XXII. Era un cardenal francés que decidió mantener la sede de San Pedro en la ciudad de Aviñón, sometida al poder de los reyes capetos de Francia, a los que no pocos empezaban a considerar como «malditos».

—La cristiandad anda demasiado revuelta. Ingleses y escoceses se están matando en los campos de esa brumosa isla que comparten, Francia está sumida en la incertidumbre y la Iglesia camina al borde del cisma. La inquietud y el miedo se extienden por todas partes. Tenemos que asegurar la corona de Castilla en la cabeza de don Alfonso o estos reinos se sumirán en el caos y la zozobra.

María de Molina se había reunido en la villa de Carrión, donde estaban convocadas las Cortes de Castilla y León, con los regentes don Juan y don Pedro.

—¿Y qué propones, madre?

—Nuestro plan para casar a don Alfonso con una princesa de Francia ha quedado descartado, de modo que la mejor alternativa es acordar su matrimonio con una princesa de Portugal.

—Supongo, querida cuñada, que ya has elegido a la candidata —sonrió el infante don Juan.

—Don Alfonso se casará con doña María de Portugal.

—¿Te refieres a tu nieta, a la hija del rey Alfonso y de tu hija Beatriz?

—Sí. Don Alfonso y doña María tienen casi la misma edad y son primos hermanos; será una buena boda.

—Hará falta una dispensa papal; son parientes en segundo grado.

—El papa Juan la concederá. La Iglesia necesita aliados, y Castilla debe ser uno de los principales —asentó doña María de Molina.

Sobre una mujer se sustentaba el destino de todo un reino.

A sus cuarenta y siete años, doña María de Molina era viuda de un rey, madre de otro y abuela del rey niño Alfonso XI. Ella sola había logrado superar como regente y tutora la minoría de su hijo Fernando IV y mantenerlo en el trono pese a las constantes intrigas de los nobles, y ahora era la principal garante de su nieto.

Había tenido que neutralizar numerosas conjuras de los magnates de Castilla y León, que se confabulaban para apoyar a los diversos pretendientes al trono siempre que les aseguraran la concesión de más y más feudos y privilegios. Los nobles peleaban encarnizadamente entre ellos y los concejos de villas y ciudades hacían hermandades para defenderse de la violencia de los señores. Toda la tierra estaba alzada en revueltas.

Durante la minoría de Fernando IV varios de esos nobles habían conspirado para que el infante don Juan se hiciera con el trono, luego se lo habían ofrecido al infante don Pedro y ahora andaban maquinando ofrecérselo a don Felipe, otro de los hijos de Sancho IV y hermano menor de don Pedro. A sus veinticinco años, don Felipe rezumaba ambición por todos los poros de su piel y también ansiaba convertirse en rey.

Entre tanto, don Juan Manuel observaba la situación desde sus dominios del señorío de Villena, el pequeño Estado en el reino de Valencia que gobernaba como un verdadero monarca, con la connivencia del rey de Aragón.

—Varios nobles están tramando ofrecerle la corona de Castilla a tu hijo Felipe — informó el infante don Juan a su cuñada la reina madre.

—Lo sé.

—¿Qué es lo que tú no sabes de cuanto pasa en estos reinos?

—Tengo buenas fuentes de información. ¿Cómo crees que he logrado mantener en el trono a mi hijo don Fernando y ahora a mi nieto don Alfonso?

—Mi sobrino fue un juguete en manos de algunos nobles —alegó el infante Juan el de Tarifa.

—Lo sé. En numerosas ocasiones le insté a que pusiera fin a las demandas de los magnates que solo buscaban su propio beneficio, pero Fernando era demasiado pusilánime y carecía de la energía para hacer frente a esa banda de egoístas.

—Sí, menos mal que te tenía a su lado; sin ti, mi sobrino Fernando hubiera durado en el trono el tiempo de un suspiro. Eres una mujer extraordinaria. Sabes, tú y yo... quizás...

—Es tarde para eso, Juan, muy tarde.

—¿Tarde? Solo soy dos años mayor que tú. Todavía podríamos...

—No. No podríamos. Yo soy la viuda de un rey, la madre de otro y la tutora y abuela de un tercero, y tú estás casado con la señora de Vizcaya. ¿Acaso tomarías como amante a la viuda de tu hermano? El papa nos excomulgaría a los dos, y entonces, ¿sabes qué ocurriría? Toda la nobleza se nos echaría encima y estos reinos se consumirían en un incendio pavoroso. Yo represento el honor de Castilla, y no puedo derrocharlo.

—Tienes razón, siempre tienes razón. Ha sido una mala idea.

En las Cortes de Carrión, doña María de Molina desplegó toda su habilidad para la política y lo hizo con notable éxito.

Consiguió que la mayoría de la nobleza aceptara las disposiciones emanadas de las Cortes y frenó los conatos de conjuras que varios magnates tramaban para deponer a Alfonso XI y sustituirlo por su tío don Felipe.

Colocó a su lado, como preceptor de su nieto y consejero áulico, a Garci Álvarez de Albornoz, un rico hombre castellano que estaba casado con Teresa de Luna, miembro del linaje de mayor abolengo de Aragón y emparentada con la casa reinante en esa Corona, lo que le aseguraba la alianza de su poderoso monarca Jaime II.

—Muchos clérigos aseguran que las mujeres pueden hacer perder la cabeza y el alma a los hombres, y creo que tienen razón.

El infante don Juan cabalgaba al lado de su sobrino don Pedro por los campos de Carrión. Regresaban a la villa tras una jornada de caza con halcones.

—¿Quién piensa ahora en mujeres? Mira, ese pájaro es magnífico —señaló don Pedro a un gerifalte blanco que el maestro cetrero estaba acomodando en la alcándara colocada sobre la caja de una carreta.

—Me lo regaló el rey Ismail de Granada con motivo de su ascenso al trono de los nazaríes. En ese reino moro adiestran a los mejores halcones; cuando lo conquistemos, también serán nuestros.

—¿Y sus mujeres?

—Sus mujeres calentarán nuestras camas cuando nuestros caballos entren en la Alhambra.

Don Pedro, envalentonado por lo que le había contado su tío, realizó una incursión con sus tropas en el año 1317 y llegó hasta las mismas puertas de Granada. Su intención era observar las defensas de ese reino y preparar su conquista. Tras talar algunos árboles y quemar las cosechas, se retiró una vez conseguida la información que buscaba sobre rutas, castillos y lugares de aprovisionamiento para organizar una futura invasión.

Los dos infantes y regentes pasaron todo un año preparando la guerra contra Granada, acosando su territorio y tratando de desgastar a los granadinos, que pidieron treguas. Ambos estaban convencidos de que si les quedaba alguna lejana posibilidad de alcanzar el trono de Castilla y León, esta pasaba por conquistar el sultanato de los monarcas nazaríes.

El papa concedió bula de cruzada a esa guerra de conquista, y se organizó un gran ejército cruzado en el cual también se comprometió a participar el rey Jaime II de Aragón, quien, aunque acabó retirándose de la empresa, prometió ayudar con algunas de sus galeras.

El infante don Pedro, más fogoso y decidido que su tío don Juan, encabezó el ejército que se concentró en Toledo, Sevilla y Córdoba; logró que la Orden de Calatrava le entregara tres mil doblas de oro para financiar la campaña y fue el primero en dirigirse hacia Granada, en la primavera de 1319.

En las primeras semanas consiguió varios éxitos al vencer a pequeños destacamentos de soldados nazaríes, e incluso logró conquistar a mediados de mayo la villa de Tíscar, a tres días de camino al noreste de la ciudad de Granada.

En cuanto don Juan, que aguardaba en Jaén, recibió la noticia de la toma de Tíscar por su sobrino, se presentó con su hueste y con varios centenares de caballeros cruzados llegados de Occitania tras la llamada del papa a la cruzada. Ya reunidos, ambos infantes marcharon juntos al frente de nueve mil jinetes y doce mil infantes a la toma de Granada. En el camino pasaron por Alcalá y ocuparon la villa de Íllora, aunque dejaron sin conquistar su castillo, y siguieron adelante hasta Pinos Puente y la Sierra de Elvira, desde donde tenían los palacios de la Alhambra al alcance de la mano.

El sol caía a plomo sobre el valle del Genil aquel mes de julio del año 1319. En el campamento castellano los dos infantes planeaban la toma de la capital de los nazaríes.

—Esta es nuestra oportunidad. Los benimerines africanos no ayudarán a los granadinos, de manera que están solos frente a nosotros. Además, el sultanato está dividido. El soberano de Granada, Ismail, destronó hace siete años al anterior soberano, su tío Nasr, que ahora gobierna un pequeño señorío en Guadix y tiene ganas de vengarse de su sobrino, de modo que sus fuerzas están dispersas y enfrentadas. Si logramos derrotarlos en una gran batalla, Granada será nuestra este mismo verano... y también Castilla —comentó don Pedro.

—Querido sobrino, no tenemos fuerzas suficientes para ocupar esa ciudad. La fortaleza de la Alhambra está muy bien defendida; para tomarla requeriríamos al menos del doble de los soldados de que disponemos y de más máquinas de guerra —lamentó el infante don Juan.

—Debemos hacerlo ahora —asentó don Pedro, más joven y arrojado que su tío.

—No es conveniente desgastar a nuestras tropas en un ataque directo a Granada. Los miembros de la familia reinante de los nazaríes andan sumidos en constantes querellas entre ellos. El orden de sucesión al trono no es como en Castilla, donde prima el derecho de primogenitura y el del varón sobre la hembra; entre esos demonios moros es el emir reinante el que decide quién va a ser su sucesor, que puede ser un hijo, un hermano o un sobrino, e incluso un nieto. Y además, como tienen varias esposas, pueden elegir entre varios hijos y de distinta madre, lo que provoca que el harén de cada monarca se convierta en centro de numerosas intrigas, pues cada una de las esposas o de las concubinas, que en eso no hacen distinción, no cesa de maquinar para que su hijo sea designado como príncipe heredero —puntualizó el infante don Juan.

—Me imagino que en ese harén se cocerán más conspiraciones que en una reunión de nobles gallegos.

—Ya te comenté en una ocasión, querido sobrino, que una mujer hermosa puede hacer perder la cabeza e incluso el alma a cualquier hombre. Ganarse los favores del rey es lo que pretenden y a lo que dedican su tiempo todas esas mujeres; la que lo consigue y logra que su hijo sea proclamado sucesor, adquiere inmediatamente un rango superior a todas las demás, como madre del futuro soberano. De manera que las peleas por convertirse en la madre del heredero convierten el harén en un hervidero de conjuras, y es ahí donde podemos influir.

—¿Cómo? —preguntó don Pedro.

—Alentando revueltas, provocando tensiones y fomentando las disputas entre los príncipes con opciones a ser designados herederos.

—Eso lleva demasiado tiempo. Hace dos años que intentamos ese plan, pero Granada resiste. Hay que tomarla a la fuerza, y este es el momento. Vamos a ello.

Don Pedro, seguro de la victoria, no quería perder ni un instante.

La hueste castellana, compuesta por más de veinte mil hombres, se puso en marcha y avanzó hacia Granada, con la Sierra Nevada todavía cubierta por un manto blanco. Se estableció el campamento principal en la villa de Albolote, y nada más asentarse ya comenzaron a surgir algunas disensiones entre los comandantes del ejército cruzado.

La ciudad apareció como un sueño delante de la gigantesca montaña.

—¡Ahí está! —exclamó don Pedro, que ya conocía por expediciones anteriores la ubicación de Granada, al remontar un altozano de la sierra de Elvira, desde donde se divisaba la vega del Genil con el caserío de Granada al este, asentado en las estribaciones de Sierra Nevada..

—Hermoso paraje y hermosa ciudad —comentó don Juan.

—Que en unos días será nuestra, con todo este reino —sonrió don Pedro.

—Ayer comenzó el verano y los campos están sin cosechar, así que las provisiones de los granadinos serán escasas.

—Ya no podrán recoger las cosechas; si no nos ofrecen batalla, asediaremos la ciudad y la rendiremos por hambre. En cualquier caso, será nuestra antes de que llegue el invierno y esa montaña vuelva a cubrirse enteramente de nieve. —Don Pedro señaló el enorme macizo montañoso que protegía la espalda de Granada como un colosal guardián de piedra.

—¡Señores, señores! —Un jinete apareció al galope ante la

tienda de don Pedro, en cuya puerta, bajo un toldo que los guardaba de un sol abrasador, los regentes estudiaban con sus capitanes el plan a seguir para el asedio de Granada.

—¿Qué ocurre? —preguntó don Pedro.

El jinete saltó del caballo de un ágil brinco y acudió ante sus señores.

—Los granadinos han desplegado un ejército al sur de la ciudad, en el llano de la vega donde se unen el río Genil y ese riachuelo que atraviesa Granada—informó el jinete.

—¿Cuántos son? —inquirió don Pedro.

—La mitad que nosotros, señor.

—¿Estás seguro?

—Sí, mi señor. Nuestros oteadores están desplegados por varias millas en derredor de Granada, y no hay más tropas concentradas en ningún otro lugar.

—Debemos tener precaución, sobrino. Pudiera haber soldados escondidos en las numerosas quebradas que se extienden por toda esta tierra, y tendernos una emboscada. Los moros son maestros en el arte del engaño en la batalla —dijo don Juan, que ya había asumido que, si se entablaba un combate, sería su sobrino quien ejercería el mando directo.

—Si ofrecemos batalla cerca de esos montes bien podrían sorprendernos, pero lo haremos en el llano, en la zona más ancha de la vega, donde nuestra caballería pesada tiene ventaja. Desplegaremos oteadores por todas las alturas, de modo que si apareciera algún ejército ahora oculto en algunas de esas quebradas, lo veremos enseguida y podremos reaccionar a tiempo.

—De acuerdo.

—Ahora vayamos a comprobar cuántos son esos demonios y cómo están dispuestos.

Los dos infantes salieron al galope siguiendo al jinete que había traído la información, y comprobaron a lo lejos que el ejército nazarí de Ismail I estaba formado por unos cinco mil jinetes y que no había a la vista más contingentes.

—Los doblamos en número de caballeros y los cuadriplicamos si sumamos a nuestros peones, de los que los granadinos carecen. Mañana acabaremos con ellos —sonrió don Pedro.

—Te veo muy seguro de la victoria, sobrino. No es bueno mostrarse tan confiado.

—Dios está de nuestro lado, y la fuerza también —asentó don Pedro—. ¿Qué podría salir mal?.

—Debemos tener cuidado. Sabemos que es el arráez Utmán ibn Abí quien dirige el ejército de los granadinos. Es el mejor general del rey Ismail y goza de su absoluta confianza, pues fue él su principal ayuda para conseguir el trono. Los granadinos lo consideran un gran estratega, y tiene tal prestigio entre sus hombres que lo seguirán en el combate hasta la muerte.

Varios nobles, que encabezaban importantes mesnadas, se reunieron esa noche y cuestionaron el plan de batalla de don Pedro.

Lo que pretendía el infante era acercarse hasta las mismas murallas de Granada, establecer frente a la puerta principal un campamento estable y retar a los nazaríes a librar una batalla definitiva, de la cual esperaba salir victorioso y conseguir la entrega de la ciudad y su reino; pero si los nazaríes rechazaban el envite y se parapetaban tras los muros de su ciudad, entonces cerrarían el asedio hasta someterlos por hambre.

Los principales comandantes del ejército cruzado dudaron de esa estratagema y se entrevistaron en secreto con el infante don Juan, al que avisaron de que su sobrino se estaba comportando de manera precipitada. Con sus argumentos convencieron a don Juan de lo descabellado del plan, y este cuestionó la conveniencia de la conquista, sobre todo cuando un magnate leonés le sugirió que si don Pedro entraba victorioso en Granada, se proclamaría vencedor absoluto y entonces se sentiría con la fuerza suficiente como para reclamar todo el poder e incluso proclamarse rey de Castilla y León.

—Si cae Granada y vuestro sobrino don Pedro clava la cruz en la alto de los muros de la Alhambra, y a fe que lo hará con sus propias manos, ¿quién podrá negarle la realeza? Don Alfonso es un niño, y nadie cuestionaría que la corona ha de estar en la cabeza de don Pedro —le bisbisó el magnate leonés a don Juan.

—¿Estáis seguro de eso?

—¿Acaso lo dudáis? Don Pedro siempre ha querido ser rey, y si conquista Granada y se proclama como tal, muchos nobles lo aceptarán.

—Hay un rey legítimo: don Alfonso —asentó don Juan.

—Que es un niño de siete años que ha permanecido recluido en Ávila y Valladolid desde su nacimiento y al que casi nadie conoce. Si don Pedro se hace con el dominio de Granada y de todo su reino, nadie en Castilla, León y Galicia le negará su derecho a sentarse en el trono, nadie.

—Don Alfonso es el primogénito y ostenta los derechos a la corona.

—Olvidáis, mi señor don Juan, que vuestro hermano el rey don Sancho consiguió el trono de Castilla pese a que vuestro padre el rey don Alfonso había designado heredero a vuestro sobrino don Alfonso de la Cerda, al que correspondía el derecho de primogenitura. Don Sancho se acogió a las leyes viejas y logró hacerse con el trono. Don Pedro bien puede alegar ese precedente y asumir la corona con la excusa de que don Alfonso es un niño y de que Castilla y León necesitan a un hombre que defienda a estos reinos de tantos enemigos.

Las palabras del noble leonés hicieron mella en el ánimo de don Juan de Tarifa, que decidió no ratificar los planes de su sobrino. Le habían abierto los ojos, y comprendió que aquella guerra era en realidad la gran estratagema que había urdido don Pedro para apoderarse de la corona de Castilla y León.

La mañana del domingo 24 de junio don Juan se presentó en la tienda de su sobrino acompañado por varios nobles, los mismos que la noche anterior lo habían convencido para que abandonase la idea de conquistar Granada.

—¡Señores! —los saludó don Pedro—, esta noche apenas he podido dormir con tanto calor y con las primeras luces del alba he estado observando la tierra que se extiende entre nosotros y Granada, y creo que debemos establecer nuestro campamento ante las puertas de la ciudad. Hoy mismo avanzaremos hasta situarnos a una distancia de quinientos pasos de sus muros y...

—No habrá ninguna batalla; este año, querido sobrino, no —sentenció don Juan.

—¡Cómo! ¿Qué dices, tío?

—Sin el refuerzo de los soldados del rey de Aragón, no estamos en condiciones de librar un combate definitivo. Debemos retirarnos.

Don Pedro miró a los nobles y en cada uno de sus rostros vio dibujada la sombra de la traición.

—Rozamos Granada con las yemas de nuestros dedos, la tenemos al alcance de la mano; un esfuerzo más y esa ciudad con todas sus riquezas será nuestra. ¿A qué otra cosa hemos venido hasta aquí si no?

—Anoche tratamos este asunto, y todos consideramos que debemos retirarnos —insistió don Juan.

Don Pedro volvió a mirar a los ojos a cada uno de los nobles; ninguno pudo sostenerle la mirada. Entonces se dio cuenta de lo que estaba pasando.

Apretó las mandíbulas y los puños, y se mordió los labios para no manifestar la cólera que ardía dentro de sí. Dio media vuelta y se mantuvo en silencio unos instantes, intentando conservar la calma.

—Bien, señores, entiendo lo que sienten vuestros corazones, y comprendo cuáles son vuestros menesteres, pero a esta empresa le ha sido concedida la bula de cruzada por el mismísimo papa Juan. Ahí —don Pedro señaló las tiendas del campamento cristiano— esperan los caballeros e infantes de Galicia, de León, de Castilla y de allende los puertos de los Pirineos para ganar gloria, fama y fortuna en el nombre de Dios. Esta es una guerra santa y estas espadas —don Pedro blandió la suya— han sido sacralizadas por la bendición de su santidad y por la gracia de Dios para derramar sangre infiel e impura. ¿Vais a renunciar a tan sagrado destino?

Un tumulto interrumpió la entrevista de los dos infantes y los principales nobles.

—¿Qué es eso? —demandó don Juan.

—¡Señores, señores! —un mensajero llegó a la carrera—, los moros han atacado por sorpresa y han abatido a varios de los nuestros.

—¿Qué ha pasado? —preguntó don Pedro.

—Un escuadrón de caballeros de Aquitania ha asaltado una aldea cercana a Granada, pero cuando estaban recogiendo el botín sin poner cuidado en guardar sus espaldas resultaron sorprendidos por un regimiento de caballería de los moros, y los han desbaratado. La mayoría de los aquitanos ha caído, solo unos pocos han logrado escapar —informó el mensajero.

—¡Maldita sea! ¿Quién ha sido el responsable de ese insensato ataque? —gritó don Pedro.

—Dicen que un caballero natural del condado de Bearn, que actuó por su cuenta, pero al que de inmediato se le unieron los demás.

—Esa es una mala señal, un funesto augurio. Debemos retirarnos —insistió don Juan.

—¡No! —exclamó don Pedro con notable frustración.

—Está decidido; mañana levantaremos el campamento y regresaremos a tierra cristiana. Volveremos a Granada cuando las condiciones sean propicias —sentenció don Juan ante su cariacontecido sobrino.

El cielo de aquel lunes 25 de junio de 1319 amaneció despejado sobre la vega de Granada. La noche ya había sido calurosa, pero en cuanto despuntó el sol sobre las cumbres de Sierra Nevada, el calor, la humedad y el bochorno asolaron la vega, que parecía abrasarse bajo unos rayos solares que caían como ascuas invisibles, encendiendo el aire con la sensación del plomo fundido.

—Hace muchísimo calor —comentó don Juan al acabar una misa de campaña oficiada por el obispo de Córdoba, don Fernando Gutiérrez.

—Con calor o sin él, todavía podemos conseguir la victoria. —El infante Pedro seguía negándose a retirarse.

—Atiende a razones, sobrino. Todos los nobles han decidido marcharse. Nos retiramos, asúmelo de una vez. He propuesto que seas tú quien dirija la vanguardia, y yo iré con mi hueste en la retaguardia guardándoos las espaldas —propuso don Juan.

Con la inmensa mayoría de los nobles dispuestos a retirarse de inmediato, don Pedro aceptó a regañadientes su fracaso. No tuvo mas remedio que asentir al fin a replegarse y dio a los suyos la orden de dar media vuelta y, bien a su pesar, regresar a Castilla.

Desde algunas elevaciones cercanas, oteadores granadinos vigilaban los movimientos de retirada del ejército cristiano. En cuanto comenzaron a levantarse los campamentos y los primeros escuadrones pusieron rumbo al norte, los vigías llevaron la noticia a Granada, donde el general Utmán aguardaba al frente de cinco mil jinetes la hora de entablar combate.

Tras recibir todos los informes y comprobar que los cristianos se replegaban demasiado confiados, en absoluto desorden y sin prestar atención a sus espaldas, Utmán ibn Alí dio la orden de atacar a sus escuadrones de caballería ligera.

Las primeras cargas de los veloces jinetes nazaríes se produjeron sobre los flancos de la retaguardia cristiana y provocaron el caos en las filas que mandaba don Juan, que se retiraban sin guardar ninguna prevención y sin haber previsto un plan de defensa en la retaguardia.

Los cristianos no habían calculado que algo así pudiera suceder, y no previeron el ataque de los granadinos, de manera que ni siquiera habían tenido en cuenta disponer de la suficiente provisión de agua. El inclemente sol, el intenso calor y el denso polvo que levantaban hombres, caballos y carretas del ejército cruzado provocaron que muchos soldados, que no habían hecho provisión de agua, abandonaran sus posiciones y buscaran desesperadamente dónde encontrarla. La retaguardia cristina, que no dejaba de ser acosada por los jinetes ligeros granadinos, se desbarató enseguida; unos hombres prosiguieron adelante, procurando ponerse cuanto antes fuera del alcance enemigo, otros rompieron la formación y se dispersaron en varias direcciones en busca de agua sin ningún cuidado, y algunos más huyeron despavoridos de los ataques por los flancos.

Ante semejante desbarajuste, y como nadie hacía caso alguno a las órdenes que unos pocos comandantes daban para reagruparse y plantar cara a los ataques de los musulmanes, don Juan se vio perdido y envió a un correo para que don Pedro, que encabezaba la vanguardia, diese marcha atrás y acudiera en su ayuda de forma urgente.

Al recibir el mensaje, don Pedro dio orden de volver para socorrer a la apurada retaguardia, pero ya era demasiado tarde. Las columnas cristianas estaban sumidas en un absoluto desconcierto, y los soldados se dispersaban entre las nubes de asfixiante polvo y bajo un sol abrasador. Los cascos de hierro, las cotas de malla y los protectores metálicos de brazos y piernas quemaban como planchas expuestas a un fuego intenso. Los hombres inhalaban un aire ardiente que apenas los dejaba respirar y los sedientos caballos piafaban inquietos con los belfos llenos de una espuma amarillenta y reseca.

A una señal de don Pedro, el escudero que portaba su estandarte, con los emblemas del castillo dorado y el león rampante, signo de la condición de su sangre real, dio media vuelta y lo enarboló en dirección a Granada. Este gesto confundió todavía más a los caballeros de la vanguardia, pues algunos de ellos creyeron que indicaba el camino de Granada, otros que alertaba de la llegada de los nazaríes y la mayoría lo ignoró. Mirándolo con malos ojos, continuaron la retirada en medio de una absoluta confusión.

El desorden y el desconcierto también embargaron a las filas de la vanguardia. Unos seguían su camino hacia el norte, ignorando las órdenes de quienes pretendían regresar para auxiliar a los compañeros en apuros, otros dudaban qué hacer y vacilaban si proseguir en la retirada o volver hacia Granada, los menos se acercaban a don Pedro en demanda de instrucciones y solo unos pocos manifestaban su deseo de regresar en ayuda de los de la retaguardia.

Ante la terrible barahúnda que se estaba generando en el ejército cristiano, un caballero salió de las filas y alzándose sobre los estribos de su montura gritó con grandes voces:

—¡Hijosdalgo de Castilla, que rompéis huesos y enarboláis aceros, ahí vienen los moros, vayamos a combatirlos, que más vale morir por Dios haciendo el bien que vivir con deshonra el resto de nuestras vidas!

La exaltada arenga del animoso caballero no fue argumento suficiente para convencer a la mayoría para que acudiera al combate; algunos, incluso aceleraron la retirada.

Ante tantas dudas y vacilaciones, los primeros escuadrones de la caballería ligera de los moros andaban ya muy cerca del grueso de la desordenada vanguardia cristiana. Uno de los adalides moros se acercó tanto que hasta don Pedro pudo escuchar lo que les gritó en lengua romance para que todos los cruzados pudieran entenderlo:

—¡Regresad a vuestra tierra, perros cristianos, porque si seguís en vuestro vano empeño, ninguno de vosotros saldrá sano y salvo de aquí, y todos seréis presos o muertos. Venid al combate y esta misma tarde arderéis en vuestro infierno!

El firme reto del jinete musulmán incrementó la desconfianza entre las filas de la vanguardia.

Lleno de ira, con el rostro encendido como en ascuas, don Pedro gritó:

—¡Por Santiago y por Castilla!

Y enarboló su lanza dispuesto a cargar él solo contra los granadinos.

Viendo el estado de excitación del regente, que más parecía un loco desquiciado que el comandante de una hueste, dos caballeros se colocaron delante de su montura.

—¡Señor!, deteneos. No cometáis una locura —le dijo uno de ellos.

—¡Apartaos, señores, apartaos!

—No lo haremos, y antes mataremos a vuestro caballo que dejaros cabalgar hacia una muerte cierta.

—¡Dejadme pasar, os lo ordeno! —clamó don Pedro como loco, a la vez que picaba espuelas a su montura.

Los dos nobles tenían sujetas las riendas y no dejaban arrancar al caballo, que pateaba el suelo con sus cascos delanteros ante la contradicción de dos estímulos opuestos.

Don Pedro, lleno de furia, maldijo a los que lo retenían, arrojó su lanza al suelo, desenvainó la espada y, fuera de sí, lanzó un tajo contra uno de los caballeros que sujetaban las riendas, sin alcanzarlo, pero logrando cortarlas.

Libre de su freno, el animal arrancó al galope sin control. Don Pedro intentó dominarlo, pero al asir las riendas, demasiado cortas al haber sido tajadas, soltó la espada, que al caer hirió en el flanco al caballo. El animal, presa del dolor por el corte del acero, se encabritó, lanzando al infante hacia atrás como un pelele. Su cabeza se golpeó con el arzón de madera de la silla de montar y de nuevo sobre las ancas, y cayó a tierra tras recibir alguna coz de las patas traseras, quedando tendido sobre el suelo, malherido y sin conocimiento.

Sus caballeros acudieron a toda prisa a socorrer al infante; le quitaron la celada de combate y observaron que sangraba profusamente por la nariz y por la boca.

—Llevad a don Pedro a ese altozano y formad con los caballos y los escudos un círculo de defensa en su derredor —ordenó uno de los nobles, cuyo rostro reflejaba una honda preocupación por el estado de su señor—. Y traed enseguida a un físico, ¡deprisa!

Lo desvistieron de sus ropas y armas y procuraron que despertara, reanimándolo con paños empapados con agua.

El infante abrió los ojos, pero su mirada estaba como vacía, pronunciaba palabras ininteligibles y frases inconexas, y ni siquiera sabía dónde estaba o si era de noche o de día.

Pese al intenso calor, le castañeaban los dientes y tiritaba como si estuviera desnudo sobre la nieve; y aunque lo cubrieron con una capa de lana bermeja, ni aun así pudieron mitigar sus temblores.

Don Pedro, infante de Castilla y León, hijo del rey Sancho IV y de la reina María de Molina, señor de Cameros, Almazán y Berlanga, regente de los reinos de su sobrino el rey don Alfonso XI, expiró su último aliento. Tenía veintinueve años; pudo ser rey.

—¡Ha muerto, don Pedro ha muerto! —gritó un heraldo que llegó a la carrera a la cabeza del grueso de la vanguardia, donde formaban los maestres de las Órdenes Militares, el arzobispo de Toledo y el obispo de Córdoba.

—¿Dónde está el cadáver? —preguntó el obispo.

—Por allí lo traen, sobre aquella mula.

Media docena de caballeros se acercaba al trote con el cuerpo del infante colocado sobre una acémila y atado a los flancos como si de un fardo de cereal se tratara.

—En ese caso, nada tenemos que hacer aquí. Regresemos a Castilla —propuso el arzobispo toledano.

Los magnates se miraron unos a otros y asintieron.

Sin más orden que salir de allí cuanto antes, la vanguardia del ejército cristiano abandonó sus posiciones y se retiró por el camino de Íllora, sin preocuparse de lo que ocurría con el resto del ejército.

Desde sus atalayas, los vigías musulmanes observaron el desbarajuste de las huestes cristianas e informaron al general Utmán de lo que estaba ocurriendo.

El adalid granadino vio la oportunidad de dar un golpe de gracia a sus enemigos, y ordenó a su caballería ligera que se recompusiera y cargase sobre la retaguardia cristiana, que dirigía el infante don Juan.

Los soldados cristianos y sus monturas carecían de agua con la que refrescarse y mitigar la sed. Pasado el mediodía, el calor era sofocante; cubiertos con gambesones, cotas de malla y armaduras pesadas, con el sol calentando los cascos de combate como si de braseros se tratara, el sudor empapaba los cuerpos de los soldados cristianos, que solo pensaban en salir de aquel horno y llegar a una fuente para aliviarse.

Entre tanto, los de la vanguardia alcanzaron el curso del Genil.

Los caballeros llevaban puesto todo su equipo de combate y además acarreaban el botín que habían conseguido en los saqueos de aquella campaña. Algunos caballos iban tan cargados que apenas podían avanzar al paso.

Los jinetes granadinos aparecieron de repente, como un vendaval, y cargaron sobre las desordenadas tropas que se arremolinaban en la orilla del río esperando cruzarlo por un vado.

Sorprendidos y aterrados por los alaridos de los guerreros nazaríes lanzados a la carga como fieras, algunos cristianos se arrojaron a las aguas intentando vadear la corriente, que, aunque no era muy abundante, ocultaba bajo sus aguas pozas que actuaron como trampas y se tragaron a jinetes y monturas sobrecargadas con el botín.

Los que permanecieron en la orilla fueron masacrados y sus cuerpos alanceados como espantapájaros y arrojados al río, tras ser despojados de sus más ricas pertenencias.

Mientras tanto, en la retaguardia, el infante don Juan esperaba noticias de su sobrino; pero las que recibió fueron las peores posibles.

—Don Pedro ha muerto, mi señor —le anunció un mensajero.

—¡Dios!, ¿y qué ha ocurrido con la vanguardia?

—Se retira hacia el curso del Genil en desbandada.

—¿No vendrá en nuestra ayuda?

—Me temo que no, mi señor. Los señores prelados y los maestres de las Órdenes han dado a sus tropas instrucciones para retirarse, y eso es lo que están haciendo.

Don Juan sintió un fuerte dolor en el lateral de la frente, como si le hubieran pinchado la sien con un fino estilete. Se echó las manos a la cabeza, dio un par de pasos a trompicones y cayó de bruces al suelo.

Sus caballeros lo llevaron a lo alto de un montecillo cercano, donde unos soldados también habían acudido con el cadáver de don Pedro para defenderse en posición elevada; desde entonces, ese lugar sería conocido como «el cerro de los Infantes».

—Formad una línea de defensa —ordenó uno de los nobles.

Don Juan agonizaba. El desánimo era absoluto. Ninguno de los comandantes mostraba capacidad alguna para poner orden entre las filas cristianas.

Enterado de la muerte de don Pedro y de la agonía de don Juan, ese fue el momento que aprovechó el arráez Utmán para lanzar un ataque devastador sobre el campamento cristiano, donde todavía permanecían varios cientos de soldados, algunos heridos y enfermos, en espera de recibir instrucciones que no llegaban.

Intentaron resistir, pero fue en vano. Todos los que quedaban en el campamento fueron liquidados, en tanto los de la vanguardia seguían en su huida sin acudir al rescate de sus compañeros.

Sobre la cima del cerro de los Infantes, un puñado de caballeros aguantaba, confiando en recibir un auxilio que no llegaba. Al final de la tarde, los defensores del cerro supieron que los moros habían acabado con la retaguardia, saqueado el campamento y regresado a Granada, y que los de la vanguardia huían en desbandada, cada cual como podía, alejándose por el camino de Jaén, escapando a toda prisa de aquella malhadada jornada.

Don Juan seguía inconsciente pero, aunque deliraba, todavía respiraba. El puñado de supervivientes refugiados en lo alto del cerro decidió huir cuando caían las primeras sombras del atardecer, pues estaban seguros que, de permanecer allí, a la mañana siguiente volverían los nazaríes y acabarían con los pocos cristianos que todavía quedaban vivos. Si caminaban durante toda la noche, conseguirían llegar a tierras cristianas al amanecer y ponerse a salvo de los granadinos.

Colocaron sobre un caballo el cuerpo inerte de don Juan y ataron a la mula el cadáver de don Pedro, que previamente habían envuelto en unos lienzos.

Abandonaron el cerro tras ponerse el sol, en medio de una creciente penumbra, pues aquella noche, aunque el cielo estaba completamente despejado, había luna nueva y solo podía verse el brillo de las estrellas. En lo alto del montículo quedaron abandonados varios pertrechos y los dos estandartes de los infantes de Castilla y León, que nadie se preocupó de recoger.

Mediada la noche, en medio de la oscuridad y del silencio, murió el infante don Juan, sin que hubiera llegado a recobrar la conciencia en ningún momento. Las prisas, el miedo y los nervios provocaron tal desorden que nadie se preocupó de sujetar las riendas del caballo que portaba el cadáver de don Juan, que se perdió entre aquellas intrincadas veredas.

Tras caminar toda la noche siguiendo la posición de las estrellas y toda la mañana siguiente, al caer la tarde, tras recorrer casi medio centenar de millas, los supervivientes llegaron a la rica villa de Priego, con el cadáver de don Pedro sobre la mula, pero habiendo extraviado el de don Juan.

Juan el Tuerto, hijo del infante don Juan de Tarifa, recibió en Baena, a donde se dirigió una parte del ejército derrotado, la noticia de la muerte de su padre y la pérdida de su cadáver. No estaba dispuesto a soportar semejante deshonor, de modo que organizó un pequeño grupo de caballeros y salió a buscarlo desesperadamente. Tras una semana recorriendo aquellos intrincados parajes, no logró encontrarlo. La imagen del cadáver de su padre atado a la silla del caballo y vagando como alma en pena por los cerros y cañadas de la frontera lo atormentaba. Entonces remitió un mensaje al rey de Granada para rogarle que lo ayudara a encontrarlo.

El rey de Granada, hombre supersticioso, piadoso y temeroso de Dios, envió varias partidas de exploradores en su busca. Un muerto cabalgando por su reino como un fantasma no era un buen augurio. Lo buscaron sin descanso hasta que al fin lo encontraron. El cuerpo de don Juan seguía montado sobre su caballo, sujeto a la silla y en proceso de descomposición, como un jinete espectral y macabro.

El cadáver del infante don Juan fue llevado a Granada, lavado y ligeramente embalsamado en el maristán de los Ajares, al pie de la colina de la Alhambra. Una vez acicalado, se depositó en un ataúd forrado de paño de oro. Durante todo un día fue velado por los soldados cristianos cautivos en la batalla de la Vega. Tras comunicar a Juan el Tuerto que se había hallado el cuerpo de su padre, el rey se lo envió como señal de caridad y de concordia.

En Valladolid, doña María de Molina se enfrentaba a un complejo dilema. Los dos regentes habían muerto en el desastre de la vega de Granada y habían dejado sin gobierno a los reinos de Castilla y León.

La reina madre consultó con algunos magnates sobre la delicada situación, y propuso que fueran designados su hijo el infante don Felipe, tío del rey, y don Juan el Tuerto, hijo del infante Juan de Tarifa, como nuevos regentes.

Algunos nobles castellanos recelaron del nombramiento de

don Felipe, pues recordaban que hacía unos años los había combatido desde las tierras de Galicia, donde gozaba de muchos apoyos, y se decía que ambicionaba convertirse en rey de León y Galicia, rompiendo así la unión con Castilla que había logrado restablecer el rey don Fernando.

La querella estalló de inmediato.

Don Juan el Tuerto, hijo del infante Juan de Tarifa, no esperó a ser ratificado como regente y se hizo fabricar su propio sello real, además de firmar sus documentos como tutor del rey antes de que su nombramiento hubiera sido acordado. En un golpe de audacia se dirigió a la ciudad de León, donde recibió el juramento de su concejo. Los de Zamora también se inclinaron en principio por don Juan el Tuerto, pero pronto cambiaron de bando y le prometieron fidelidad a don Felipe, que desde Sevilla acudió a Tordesillas para hacerse con el control del reino; desde allí se presentó en León al frente de sus mesnadas y ocupó la ciudad por la fuerza; Sevilla renegó de don Felipe, aprovechando su marcha.

La guerra entre los dos tutores, con sus mesnadas recorriendo las tierras del reino de León, estaba a punto de estallar.

Para evitarlo, doña María de Molina los convocó a una reunión en Tudela de Duero, donde le pidió a Juan el Tuerto que rompiera el sello que se había hecho labrar, a lo que este se negó, alegando que le correspondía ser el legítimo tutor del rey. Al menos, la reina madre consiguió que su hijo don Felipe y Juan el Tuerto firmaran un acuerdo de amistad, que ambos juraron en presencia del obispo de Sigüenza, y con varios señores y prelados como testigos. Según ese principio de acuerdo, ninguno de los dos actuaría por su cuenta, y lo harían de manera coordinada, contando siempre con la aprobación de la reina.

Entre tanto, el infante don Juan Manuel terció desde sus señoríos en Murcia y Villena y, alegando que era el decano de los infantes y nieto del rey Fernando III, también se proclamó regente. Varias ciudades de Castilla lo reconocieron de inmediato como tal. La amenaza de la guerra civil era más grande y estaba más cerca de estallar que nunca.

Don Juan Manuel jugó sus bazas y se dirigió a Valladolid para entrevistarse con doña María. La reina era la única que tenía la plena legitimidad de la tutoría del rey Alfonso, pero era una mujer, y los nobles exigían que fueran uno o varios hombres los que ejercieran la regencia del reino. Alegaban que los granadinos estaban eufóricos tras la victoria en la guerra y que podían tener la intención de atacar las ciudades y villas de la frontera de Andalucía, como denominaban a la región que incluía los antiguos reinos moros de Jaén, Córdoba y Sevilla, conquistados para la cristiandad por Fernando III.

María de Molina y don Juan Manuel se encontraron en el palacio real de Valladolid. La entrevista entre los dos se presentaba como un verdadero duelo de titanes.

—Querida prima, los delegados de Castilla me han nombrado regente de tu nieto el rey Alfonso; te pido que, como su tutora, ratifiques esta designación.

—Querido primo —repuso doña María—, si no me han informado mal, solo han firmado esa resolución el obispo de Cuenca y los concejos de las villas de Madrid, Sepúlveda y Cuéllar. Para que te conviertas en regente legal, tu nombramiento deberá ser aprobado en una sesión plenaria de la Cortes de Castilla y León, y eso no ha sucedido todavía.

—En ese caso, convoca Cortes de urgencia y propón en ellas que me ratifiquen como regente. Aquí traigo las cartas del obispo y de esos tres concejos. —Don Juan Manuel depositó encima de una mesa los cuatro diplomas con los sellos pendientes—. Y en tanto las Cortes me ratifiquen, firma un documento por el cual me habilitas para ejercer la tutoría del rey conjuntamente contigo y la regencia provisional de Castilla y León.

—No puedo hacer eso; carezco de autoridad para ello —alegó María de Molina.

—Claro que puedes. Mi cancillería ha preparado el diploma; solo tienes que firmarlo y colgar tu sello.

El señor de Villena mostró un quinto documento, ya listo para ser certificado.

—No firmaré ese pergamino si antes no lo aprueban las Cortes. Además, son varias las ciudades que no te aceptan ni como tutor ni como regente.

—Escucha, prima —en realidad no tenían esa relación de parentesco, pero usaban este término para dirigirse uno a la otra—, el rey de Granada puede ordenar en cualquier momento un ataque a las tierras de Jaén y Córdoba. Castilla necesita un regente que sea capaz de enfrentarse a esa amenaza y defender la frontera.

—Eso lo decidirán las Cortes —insistió María de Molina.

—¡No seas testaruda y firma! —clamó don Juan Manuel.

—No forzaré la ley, de ninguna manera conculcaré el derecho de Castilla.

María de Molina se plantó ante don Juan Manuel y lo miró desafiante.

El infante conocía bien la determinación y la firmeza de la reina, que había logrado consolidar en el trono a su esposo el rey Sancho IV, superar las intrigas para destronar a su hijo Fernando IV durante su minoría y ahora para sostener los derechos de su nieto Alfonso XI.

Tras observar sus ojos y la sólida decisión que en ellos se vislumbraba, don Juan Manuel supo que aquella mujer no reblaría en su propósito, de ninguna manera.

—Eres terca como una mula. De acuerdo, no firmes si no quieres, pero te aseguro que si no lo haces, te arrepentirás.

—¿Qué pretendes con esa amenaza?

—Dispongo de una hueste de dos mil caballeros y seis mil infantes —don Juan Manuel exageró el número de sus soldados—; puedo someter una a una a todas las ciudades de Castilla y de León, y conseguir que sus concejos me nombren regente y tutor. Debes saber que estoy dispuesto a hacerlo. Si se derrama sangre castellana y leonesa por ello, tú serás la única culpable.

Don Juan Manuel, visiblemente airado y rojo de cólera, dio media vuelta y salió del palacio real de Valladolid como alma que lleva el diablo.

El desgobierno cundía por todas partes. Los reinos de Castilla y de León parecían a punto de partirse en pedazos.

Don Juan Manuel, empeñado en ser regente, se dirigió con sus tropas a la ciudad de Ávila. Estimaba que si lograba el apoyo de su concejo, las demás ciudades se sumarían sin dudar.

Pero Ávila no lo admitió. Los abulenses se parapetaron tras sus formidables murallas dispuestos a resistir el envite del nieto de Fernando III.

Desde Valladolid, doña María de Molina estaba convencida de que si don Juan Manuel se hacía con la regencia y la monopolizaba, sería muy difícil arrebatarle el poder, ni siquiera cuando su nieto don Alfonso alcanzara la mayoría de edad.

Conocedora de la ambición y consciente de las dotes políticas del señor de Villena, María de Molina envió una carta al infante don Fernando de la Cerda para que acudiera con su hueste a socorrer a los de Ávila, pero el nieto de Alfonso X se negó; sabedor del poderío de su tío, no quería enfrentarse con él en batalla.

Entonces, la reina recurrió a su hijo don Felipe, al que rogó que acudiera a auxiliar a los abulenses. Este aceptó, y desde Galicia y Zamora, donde andaba reclutando tropas, se dirigió a Ávila; pero cuando llegó ante los muros de esa ciudad, el concejo ya la había entregado a don Juan Manuel y lo había aceptado como regente. Todo sucedía deprisa, demasiado deprisa.

La hueste de Felipe de Castilla acampó en un altozano frente a los muros de Ávila, donde estaba parapetado don Juan Manuel.

—No podemos rendir esas murallas. Carecemos de fuerzas y no disponemos de máquinas de asedio para hacerlo —le dijo uno de sus caballeros a don Felipe.

—Retaré a don Juan Manuel a un combate singular —proclamó don Felipe.

—No aceptará.

—En ese caso, lo tildaré de cobarde y felón.

Don Felipe, rodeado de media docena de jinetes y enarbolando una bandera blanca, se presentó ante la puerta norte de la ciudad y pidió hablar con don Juan Manuel.

Tuvo que esperar un buen rato, pero, al fin, el señor de Villena se asomó a lo alto de la puerta.

—Te saludo, sobrino. Me han dicho que preguntas por mí. Bien, aquí estoy, ¿qué deseas?

—Vengo en nombre de mi madre la reina doña María, y en virtud de la autoridad que tiene como tutora del rey nuestro señor don Alfonso, que Dios guarde, te conmino a que entregues esta ciudad y ceses en tu rebeldía —gritó don Felipe alzándose sobre los estribos desde la silla de su caballo.

—Ávila me reconoce como regente legítimo de Castilla y de León.

—Si su concejo lo ha hecho, ha sido forzado por tu engaño y tu traición.

—Si no tienes nada mejor que proponer, te recomiendo que des media vuelta con tu gente y te marches por donde has venido.

—Eres un felón. Sal de esos muros y libra en duelo un combate singular conmigo. Quien resulte vencedor se hará con Ávila; esa será la voluntad de Dios.

—La naturaleza no te ha dotado con el don de la elocuencia.

—Lucha como un hombre y déjate de circunloquios.

—Que tengas buen día, primo.

Don Juan Manuel dio la espalda y desapareció tras las almenas.

—¡Cobarde, sal a pelear como un hombre! ¡No te escondas como una mujerzuela! ¡Traidor, traidor! —gritó en vano don Felipe.

Enojado y despechado, Felipe de Castilla ordenó que se redactara una lista con el nombre de las villas, aldeas y lugares que entre Ávila y Segovia se habían manifestado a favor de don Juan Manuel y permitió que fueran saqueadas impunemente por sus hombres. Pese a recibir llamadas de auxilio de algunas de esas localidades que lo habían apoyado, don Juan Manuel no acudió en su ayuda y permaneció a resguardo dentro de los muros de Ávila.

Cuando doña María se enteró de las atrocidades que estaba cometiendo su hijo don Felipe en las aldeas de la Comunidad de Segovia, le envió orden tajante para que cesara los saqueos y acudiera a Valladolid a entrevistarse con ella.

—Hijo, estos reinos no pueden seguir desangrándose. Has de poner fin a esta locura.

—Yo no soy el culpable de cuanto está ocurriendo, madre. Es ese taimado de don Juan Manuel quien no cesa de malmeter y maniobrar con todo tipo de malas argucias para hacerse con el poder en estos reinos. Es su desmesurada ambición la que nos ha situado al borde del precipicio. Si no acabamos con él, será él quien acabe con nosotros, con todos nosotros; no hay otra alternativa —aclaró don Felipe.

—Hijo mío, el orden de las cosas de este mundo lo establece Dios, y así se rige la naturaleza, donde el día sucede a la noche y el verano a la primavera, y así debe ocurrir en la sociedad. Los reyes lo son por la gracia de Dios, y es por esa misma gracia por la que la corona de Castilla y León pasó de don Alfonso el Sabio a su segundo hijo, mi esposo don Sancho, tu padre, y no a la rama de los infantes de la Cerda, vástagos del primogénito don Fernando. Es la gracia de Dios la que consagró rey a tu hermano Fernando, y ahora a tu sobrino Alfonso. Son las leyes de Dios las que rigen la naturaleza y las normas que deben regir el comportamiento y la vida de los hombres. Y esas leyes dicen que mi nieto don Alfonso es el soberano legítimo de Castilla y de León, pero como quiera que solo tiene ocho años y carece aún de la fuerza, de la edad, de la experiencia y de la sabiduría para ejercer el gobierno, debe haber una regencia que atienda los asuntos mundanos hasta que el rey cumpla la mayoría. Las Cortes de Castilla y León decidieron que fueran tu hermano don Pedro y tu tío don Juan los que ejercieran la regencia y que yo me hiciera cargo de su tutoría.

—Todo eso ya lo sé, madre, pero quien parece ignorarlo es don Juan Manuel, que ya firma sus documentos como regente y se ha apropiado del sello real.

—Mi propuesta es que tú te hagas cargo de la regencia hasta que Alfonso cumpla los catorce años.

—Y lo acepto.

—Pues compórtate como lo haría un rey. Ordena a tus hombres que cesen inmediatamente los saqueos a las aldeas de Segovia y que se abstengan de seguir quebrantando las haciendas de los labradores.

—Haré lo que dices, madre —asintió don Felipe—, pero don Juan Manuel no está dispuesto a renunciar a sus pretensiones, y no creo que podamos convencerlo con buenas palabras. Ese hombre solo entiende la fuerza de las armas y la justicia de la espada.

—Déjame hacer a mí. Hablaré con él y lo convenceré para que cese en su empeño.

—¿Podrás lograrlo?

—Hijo, ¿acaso no me conoces? He vivido situaciones mucho más graves a lo largo de mi vida. Tuve que convencer al papa para que legitimase mi matrimonio con tu padre y lo admitiera como verdadero rey de Castilla y León; tuve que enfrentarme a las poderosísimas fuerzas que durante la minoría de tu hermano Fernando cuestionaron que fuera el rey y evité en varias ocasiones las conjuras que se maquinaron para deponerlo; tuve que navegar en medio de tenebrosas tempestades para evitar que los nobles arrancaran la corona de su pequeña cabeza; tuve que sufrir cómo, ya mayor de edad, se convirtió en un títere en manos de los magnates, y consentir que eso sucediera para que no perdiese el trono; tuve que sufrir su muerte y logré que las Cortes ratificaran a Alfonso como sucesor y heredero legítimo, pese a que solo tenía un año de edad y ni siquiera podía tenerse en pie, y tuve que admitir la regencia conjunta de tu hermano Pedro y de tu tío Juan para evitar que estos reinos se sumieran en una sangrienta guerra fratricida.

»Ya ves, hijo, las circunstancias, y la voluntad de Dios, me han sometido a pruebas durísimas, pero siempre he salido adelante.

María de Molina evitó mencionar que algunos magnates gallegos habían utilizado al propio Felipe para acabar con el reinado de Fernando, y que Felipe había sido jurado por algunos de ellos como rey de León y de Galicia años atrás, aunque había renunciado a ese trono en pro de la unidad de la corona.

—Madre, te prometo que cumpliré con mi deber. Desde ahora declaro mi lealtad a mi sobrino don Alfonso, y lo reconozco como mi rey y señor; y acepto ser el regente de Castilla y León hasta que alcance la mayoría de edad.

La reina viuda abrazó a su hijo y lo besó en las mejillas. Felipe era el menor, y habría sido un monarca decidido y valiente si el tiempo y la voluntad de Dios así lo hubieran querido, pero el derecho de primogenitura lo había relegado del trono.

—Comienza a ejercer como tal y da la orden para que tu hueste deje de hostigar a las aldeas de Segovia.

—Así lo haré.

—Júralo.

—Lo juro, madre, lo juro.

En tanto el consejo de regencia y las Cortes ratificaban a don Felipe como regente, los cadáveres de los dos infantes muertos en la vega de Granada fueron llevados a Burgos, donde recibieron sepultura, tal cual había sido la voluntad de ambos.

Tras no pocas tensiones y debates, los nobles, altos eclesiásticos y nuncios de los principales concejos de Castilla y León aceptaron la propuesta de la reina viuda doña María para que el infante don Felipe, don Juan Manuel y Juan el Tuerto ejercieran la corregencia del rey don Alfonso, en tanto la tutoría seguiría en manos de la reina.

En el palacio real de Valladolid, un niño de ocho años recibía lecciones de gramática y latín junto a su hermana Leonor, cuatro años mayor.

—¿Cuándo seré rey? —le preguntó don Alfonso a su preceptor.

—Ya lo sois, señor.

—No; todos decís que soy el rey y me llamáis alteza y señor, pero no puedo hacer lo que quiera y tampoco puedo salir de este palacio cuando me apetece.

—Alteza, las leyes de estos reinos otorgan la mayoría de edad para ejercer el gobierno a partir de los dieciséis años, aunque de manera extraordinaria puede adelantarse a los catorce; hasta ese momento vuestros reinos serán gobernados por los regentes, vuestros parientes don Felipe, don Juan Manuel y don Juan.

—¿Y mi abuela?

—Doña María es vuestra tutora.

—¿Tutora?, ¿qué es tutora?

—Dado que todavía sois menor de edad, vuestra abuela es la persona que os representa y que dirige vuestra educación.

—Quiero ser rey y quiero mandar en mis reinos.

—Alteza, deberéis esperar seis años más...

—¡Seis años! ¿Has oído, Leonor?, ¡seis años!

—Hermano, seis años es mucho tiempo, pero luego tendrás toda la vida para ser rey y mandar sobre todos nosotros —respondió la infanta.

—El tiempo discurre más deprisa de lo que suponéis, señor. A vuestra edad un año os puede parecer toda una vida, pero conforme vayáis creciendo, las años discurrirán como estaciones, las estaciones como meses y los meses como semanas.

—¿Cuántos años tienes tú? —le preguntó el rey a su maestro.

—La próxima primavera cumpliré cincuenta, señor.

—¡Cincuenta! ¿Acaso eres el hombre más viejo del mundo?

—No, los hay más viejos que yo. Vuestra abuela doña María tiene cincuenta y cinco y todavía hay gente más vieja; el papa Juan pronto cumplirá setenta y cinco.

—¡Setenta y cinco años!

—Y ahora, alteza, debemos volver a vuestros estudios.

—Un rey no necesita estudiar.

—Claro que lo necesita. Un rey ha de gobernar su reino con justicia, y para ello debe conocer las leyes y entender las palabras que contienen; para eso estudiáis latín y gramática.

—¿Y una reina? ¿Porque voy a ser reina, verdad? —preguntó Leonor.

—¡Oh, sí, mi señora! Vais a serlo pronto. Apenas teníais cuatro años cuando el rey de Aragón solicitó a vuestro padre el rey don Fernando vuestra mano para su hijo, el príncipe aragonés don Jaime, el heredero de todos los reinos y Estados de la Corona de Aragón. Ya habéis cumplido los doce años de edad, en unos días viajaréis a ese reino para casaros con don Jaime, y cuando vuestro futuro esposo suba al trono, vos seréis su reina, la reina de Aragón.

Ese mismo verano de 1319 se había recibido una carta del papa Juan XXII en la que conminaba al rey Jaime II de Aragón a cumplir el acuerdo de esponsales de 1311 y proceder a casar a su hijo Jaime con Leonor de Castilla, y el aragonés había escrito de inmediato a doña María de Molina para cerrar la fecha de la boda.

La comitiva que iba a escoltar a Leonor hasta las tierras del rey de Aragón estaba preparada a la puerta del palacio real de Valladolid.

En el patio esperaba el carruaje engalanado con las armas de Castilla y León que iba a trasladar a la infanta.

—Vas a ser reina antes que yo rey —le dijo don Alfonso a su hermana cuando se despedían.

—Tú ya lo eres, hermano. Dicen que el rey don Jaime, mi suegro, tiene poco más de cincuenta años; si vive tanto tiempo como el papa...

—¿Cuántos años tiene tu esposo?

—Don Jaime ha cumplido veintitrés.

—¡Tantos! ¿Vas a casarte con un viejo?

—Es mi deber. Recuerda lo que nos han enseñado: los reyes y los hijos de los reyes debemos cumplir con nuestra obligación, y la mía es casarme con el príncipe de Aragón para que nuestros reinos sigan en paz.

—¿Cuándo volveré a verte?

—No lo sé, hermanito, no lo sé. Pero te prometo que te escribiré cartas y así tendrás noticias mías. ¿Te das cuenta?, para eso sirve aprender a leer, para que puedas escuchar mi voz escrita en un papel y saber cómo me siento.

Los dos hermanos se abrazaron. Nunca se habían separado, siempre habían estado juntos.

—Señores, tenemos que partir... —les dijo el capitán de la escolta.

Leonor subió al carruaje y tras ella las dos damas de compañía, de plena confianza, que la reina doña María de Molina había designado para acompañar a su nieta, y a las que acabó de dar las últimas instrucciones.

Al estallido de la tralla, las cuatro mulas que tiraban de la carreta arrancaron al paso y pusieron rumbo a Aragón.

—¿Cuándo volverá Leonor, abuela? —le preguntó don Alfonso a María de Molina, que había cogido de la mano al rey niño.

—Solo Dios lo sabe, Alfonso, solo Dios conoce nuestro destino.

Corría la última semana del mes de octubre de 1319. El mensajero real llegó al palacio de Valladolid jadeante y agotado; había cabalgado desde la villa de Gandesa, muy cerca del gran río Ebro, atravesando al galope todo Aragón y toda Castilla sin apenas detenerse salvo para comer, dormir y cambiar de caballo.

En cuanto le avisaron de la urgencia y gravedad del asunto, doña María de Molina se dirigió a la cocina del palacio, donde el mensajero reponía fuerzas dando buena cuenta de una escudilla de carne guisada de carnero con cebollas, habas y nabos, un buen pedazo de queso y una gruesa rebanada de pan.

—¡Oh!, excusadme, señora... —El mensajero se puso en pie al ver entrar a la reina—, pero no he comido en todo el día y apenas he descansado desde que al amanecer salí de Peñafiel.

—Sentaos. ¿Qué ha pasado?

La reina tenía noticia de que la boda de su nieta doña Leonor con el infante don Jaime se había truncado. Lo habían comunicado con señales luminosas a través de la red de atalayas que se extendía desde la frontera con Aragón, mucho más rápidas que cualquier jinete, pero se desconocían los detalles.

—Nos dirigíamos a Tarragona para celebrar la boda de doña Leonor y don Jaime, como estaba previsto, pero cuando atravesábamos un valle en el límite oriental del reino de Aragón, justo antes de entrar en la tierra que llaman Cataluña, nos alcanzaron unos jinetes que portaban un diploma del rey de Aragón. Nos dijeron que debíamos dirigirnos, acompañados por ellos, a una villa llamada Gandesa, pues allí se celebraría la boda.

—¿Era una trampa? —preguntó la reina.

—No, mi señora, era cierto. En Gandesa nos esperaban el rey

don Jaime, su hijo y el arzobispo de Tarragona, que iba a celebrar la ceremonia nupcial.

—¿No os pareció raro?

—En un primer momento sí, y recelamos por ello, pero al llegar a Gandesa todo parecía normal. La iglesia estaba engalanada, la calzada de la calle principal cubierta con paja y juncos y había algunas enramadas en las fachadas de las casas principales.

»Un notario nos mostró el acta por la cual el infante don Jaime aceptaba el matrimonio y prometía casarse con doña Leonor, tal cual estaba comprometido en el acuerdo de 1311. Pero todo se vino abajo de repente.

—¿Qué? —Doña María estaba sorprendida.

—Todo estaba listo para la ceremonia, pero el infante don Jaime huyó antes de que se celebrara.

—¿Lo visteis vos?

—Sí, mi señora. Yo estaba presente en el momento en que el príncipe escapó a la carrera. Al llegar a la puerta de la iglesia, y sin mediar palabra con nadie, salió al galope y desapareció como el rayo. Todos los que allí estábamos quedamos sorprendidos. Yo mismo llegué a pensar que se trataba de algún extraño ritual, y pregunté por la razón de aquel acto. El caballero aragonés que me acompañaba puso una cara de sorpresa mayor que la mía, y se encogió de hombros. El rey don Jaime tampoco salía de su asombro, y tardó algún tiempo en reaccionar.

—¿Qué ocurrió entonces?

—Durante una hora al menos nadie supo qué hacer. Los invitados a la ceremonia comentaban lo sucedido, el rey de Aragón se mostraba confundido y el infante no aparecía. Al rato, entre tanto desconcierto, vino un caballero e informó al rey de que su hijo había sido visto cabalgando como alma que lleva el diablo por el camino que conduce a Tarragona, y que, según parecía, no tenía la menor intención de volver.

—¿Y qué hizo entonces el rey don Jaime?

—Se puso rojo de pura ira. Al darse cuenta de lo que había hecho su hijo, ordenó que se suspendiera la ceremonia. Los que ya habían entrado en la iglesia y no se habían enterado de lo que había ocurrido a la puerta salieron despistados con caras de circunstancias. Una vez que se aclaró lo sucedido, algunos miembros de la corte aragonesa nos confesaron con discreción que el infante don

Jaime era un hombre de comportamiento muy extraño, que adolecía de fortaleza mental, que era depravado y que prefería la compañía de hombres en su lecho a la de mujeres; aunque también se decía que era un hombre muy religioso, y que siempre había manifestado su intención de profesar como novicio en un convento.

—¿No sabía todo eso el rey don Jaime? ¿No conocía cómo era su hijo?

—Claro que sabía las debilidades de su primogénito, pero se las perdonaba todas porque había sido durante varios años el procurador general de la Corona, que en esos reinos es el cargo más importante tras el rey, y según se dice había ejercido su cargo con eficacia, tanto que don Jaime estaba muy orgulloso de su heredero. Un caballero de la corte, que sirve en el palacio que los soberanos de Aragón poseen en Barcelona, nos comentó que el año pasado el rey descubrió que su hijo guardaba en su aposento de palacio un hábito de monje de la Orden de San Francisco, que solía ponerse para dormir; pero no le dio demasiada importancia, pues algunos reyes de Aragón han sido hombres piadosos y han lucido hábitos eclesiásticos, incluso uno de ellos fue monje antes que rey

—¿Qué más sabéis?

—Cuando le informaron de que su heredero había huido y que no regresaría a su boda, don Jaime ordenó salir en su busca y traerlo de inmediato a su presencia, pero los perseguidores no lograron alcanzarlo. El infante había cogido el corcel más rápido y consiguió llegar al convento que los frailes dominicos tienen en Tarragona, donde buscó asilo. Cuando salí de Gandesa para informaros, allí seguía refugiado.

—¿Qué ha sido de mi nieta?

—El rey don Jaime se portó con ella como un verdadero padre. Le explicó lo ocurrido, la consoló y le prometió que la devolvería sana y salva a Castilla; e incluso llegó a decirle que, aunque era mucho más mayor, y si no tuviera ya esposa, él mismo se casaría con ella para resarcirla de semejante afrenta.

»Y eso es todo cuanto sé, señora. El capitán de la comitiva me ordenó que saliera a toda prisa hacia Valladolid, y que lo hiciera sin detenerme salvo para lo imprescindible, a fin de informaros cuanto antes.

—Acabad vuestra comida y que os preparen un aposento para que podáis descansar.

—Gracias, mi señora.

El día de fin de año de 1319 llegó al palacio real de Valladolid un informe completo de lo sucedido en Gandesa. Poco después, doña María recibió una carta del rey Jaime II de Aragón en la que le pedía perdón por lo sucedido, se excusaba por el indigno comportamiento de su hijo y le confesaba la vergüenza que sentía como rey y como padre por lo que había hecho el infante don Jaime, cuyo extraño arrebato explicaba aduciendo un repentino ataque de locura.

Jaime, infante de Aragón, hijo primogénito del rey Jaime II, buscó refugio en el convento de San Francisco de Tarragona, renunció a sus derechos al trono, que pasaron a poder de su hermano Alfonso, que fue proclamado nuevo heredero de Aragón, y profesó como monje en la Orden de San Juan de Jerusalén, aunque acabaría tomando el hábito de la Orden de Calatrava. Siempre quiso ser monje, nunca quiso ser rey.

11

No es bueno que haya tres soles luciendo en el mismo cielo, y eran tres los regentes que se disputaban el control del gobierno de Castilla y León, y cada uno de los tres pretendía ser el único sol.

Esa situación solo provocaba debilidad en el ejercicio del poder, que aprovechaban los grandes nobles para beneficiarse ante la fragmentación de la autoridad, los recelos entre los regentes y la minoría del rey Alfonso.

Desde Valladolid, doña María de Molina hacía cuanto podía para mantener la paz, pero apenas tenía fuerza para imponerla en muchas regiones. Los nobles gallegos y leoneses campaban a sus anchas, extorsionaban a los campesinos, cargaban rentas abusivas a sus siervos y saqueaban las aldeas que se resistían a pagar los elevados tributos que les exigían. Los magnates leoneses recurrían a sus antiguos fueros y privilegios, anteriores a las leyes de la Siete Partidas, para extorsionar a los labriegos de sus señoríos y exprimirlos con sus abusivas exigencias. Los señores que habían ganado tierras y fortuna en la frontera del sur eran insaciables y exigían más y más derechos; muchos de ellos se comportaban como verdaderos bandidos, cogían a la fuerza lo que les apetecía, robaban a sus propios vasallos y actuaban al margen de cualquier ley o acuerdo.

En el palacio real de Valladolid, los problemas se amontonaban ante María de Molina.

—Señora —le anunció el mayordomo—, soldados del rey de Navarra han invadido y atacado algunas comarcas de La Rioja; en una de sus cabalgadas ha llegado hasta las cercanías de Burgos.

—¿Han causado daños? —demandó la reina.

—Sí, mi señora. Han robado cientos de cabezas de ganado, han talado árboles frutales y han quemado algunas casas y muchas cosechas.

—Ordenad a los concejos de Burgos, Vitoria, Logroño y Calahorra que organicen milicias concejiles para la defensa, y enviad cartas a don Juan para que acuda a la frontera con Navarra con cuantas tropas pueda reunir.

—De inmediato, señora. —El mayordomo hizo una reverencia y se retiró.

—¿Estamos en guerra, abuela? —le preguntó don Alfonso.

—Parece que sí, mi niño. Hay hombres cuya naturaleza necesita la guerra. El rey Felipe de Navarra es también rey de Francia, un reino muy poderoso al norte de nuestras tierras. Dicen que es un hombre muy ambicioso, que aspira a reconstruir bajo su dominio el gran imperio que creara Carlos el Grande.

—¿Quién es Carlos el Grande?

—Un rey que vivió hace muchos años y que fundó un imperio con el que quiso resucitar al desaparecido Imperio de Roma. El rey Felipe de Francia y de Navarra quiere emularlo, y para ello pretende conquistar todas las tierras que antaño pertenecieron a don Carlos.

—Con Castilla no podrá; cuando yo sea mayor, la defenderé del rey de Navarra.

—Claro, Alfonso, claro que lo harás, pero para eso todavía faltan cinco años.

—Abuela, quiero ser el rey.

—Ya lo eres, pero, como te he dicho en otras ocasiones, no puedes ejercer como tal hasta que cumplas catorce años. Tienes que esperar a que llegue ese momento. La paciencia, mi niño, es una virtud que tienes que aprender a practicar. La precipitación suele conducir al fracaso. No lo olvides nunca.

Tras el fiasco de la frustrada boda con el infante Jaime de Aragón, Leonor fue conducida a la ciudad de Tortosa, donde el rey Jaime II dispuso que quedara custodiada y a salvo hasta ser devuelta a Castilla.

En la primavera, con las fronteras en calma y con buen tiempo, Leonor regresó a Castilla escoltada por un escuadrón de caballeros; lo hizo sana y salva, pero soltera y humillada. Jaime II se excusó de nuevo ante María de Molina por lo ocurrido, e insistió en que su hijo se había vuelto loco como para explicar lo sucedido a las puertas de la iglesia de Gandesa.

La situación de la infanta castellana era terrible. Su horizonte vital se vislumbraba tan oscuro como el que presagia la más amenazadora de las tormentas. ¿Qué príncipe iba a aceptar casarse ahora con una mujer a la que su novio había dejado plantada al pie del altar? ¿Qué iba a ser de Leonor? ¿Qué futuro le esperaba? Su abuela no dudó en enviarla, al menos de momento. al convento de las Huelgas de Burgos, donde quedó recluida en tanto se decidía qué hacer con ella. Algunos consejeros le comentaron a doña María que lo más apropiado sería que su nieta profesara como novicia en ese cenobio, donde solían recalar infantas y reinas viudas, y que dedicara el resto de su vida a la contemplación y la oración como monja; pero la tutora se negó. Leonor era hija de un rey y hermana de otro, de modo que, a pesar de lo sucedido en Gandesa, seguía teniendo mucho valor para un futuro pacto. El matrimonio de la infanta aún podía ser útil para Castilla, aunque para ello hubiera que esperar algún tiempo y que remitiera el escándalo levantado por aquella frustrada boda.

En estos momentos nadie podía siquiera sospechar el destino que aguardaba a Leonor, y mucho menos el terrible final que años después sufriría la desdichada hermana del rey Alfonso XI.

Atribulada por las incertidumbres que se cernían sobre las fronteras de Castilla y León, amenazadas por navarros, franceses, aragoneses, portugueses y granadinos, acuciada por la presión de los nobles, desconfiada ante la indefinición de los principales concejos y con los tres regentes enfrentados en una larvada pugna por hacerse con el control del reino, doña María de Molina trataba de ganar tiempo.

Sabía que tenía que garantizarse la confianza del rey Jaime II de Aragón, y evitar que este monarca, empeñado en hacer de su Corona un imperio en el Mediterráneo, siguiera arrebatándole terreno a Castilla. Hacía ya dos décadas que Alicante, Elche y Orihuela habían dejado de ser castellanas y habían pasado a los dominios de la Corona de Aragón, que continuaba aspirando a incorporar el viejo reino de Murcia. Los aragoneses y los valencianos alegaban que Murcia había sido ganada por su gran rey Jaime el Conquistador y que les correspondía su propiedad por derecho de esa conquista. Los castellanos respondían que en todos los tratados internacionales firmados por varios soberanos de ambos reinos, y ratificados en diversas ocasiones, Murcia pertenecía a Castilla, y así lo habían confirmado también varios papas.

Pese a que los acuerdos entre Castilla y Aragón eran muy claros y precisos, María de Molina no se fiaba de las verdaderas intenciones de Jaime II. Sabía que era un hombre muy hábil, tan bien dotado para la diplomacia como para la guerra, capaz de invadir Murcia, incorporarla a su Corona y justificar su acción aduciendo que lo hacía por el bien de toda la cristiandad, como ya había hecho con Alicante.

—Señora, don Juan Manuel sigue colgando el sello real en los documentos que firma como regente —le informó el mayordomo—. Así lo ha hecho en una carta que ha enviado al rey don Jaime de Aragón en respuesta a la que recibió sobre el traslado de doña Leonor a Castilla.

—¿Reconoce el rey de Aragón a don Juan Manuel como el verdadero regente de Castilla y León?

—Sí, mi señora.

—En ese caso, no nos queda más remedio que acordar un pacto de amistad. Tenemos que lograr que don Jaime no apoye las pretensiones de don Juan Manuel para convertirse en rey de Castilla y León —adujo doña María.

—¿Creéis que eso es lo que pretende ese infante? —preguntó el mayordomo, sorprendido por la suposición de la reina madre.

—No tengo duda alguna de que si contara con el apoyo de la mayoría de la nobleza, de parte de la Iglesia y de la mitad al menos de las universidades, don Juan Manuel se proclamaría rey.

—Pero no tiene derecho...

—¿Derecho decís...? Ese hombre es nieto de don Fernando,

nuestro rey más recordado. Le bastaría alegar esa razón para reclamar el trono.

—En ese caso...

—En ese caso —interrumpió doña María a su mayordomo—, nuestra única salida es llevarnos bien con Aragón, y aprovechar que don Jaime está contrariado y avergonzado por la cobardía y la afrenta de su hijo hacia mi nieta. Además, sé por nuestros espías en Valencia y Barcelona que don Jaime ambiciona la posesión de la isla de Cerdeña, ahora bajo influencia de la república de Pisa. El rey de Aragón necesita sus minas de plata y de sal, los mercaderes catalanes y valencianos ambicionan Cerdeña como base de expansión de sus negocios hacia Oriente, y la nobleza aragonesa aspira a recibir tierras y haciendas en esa isla para resarcirse y olvidar que Jaime el Conquistador no les entregara la posesión del reino de Valencia; además, su posición estratégica en el Mediterráneo es esencial para ampliar el dominio en ese mar. ¿Sabéis que se dice que el rey don Jaime ha confesado en alguna ocasión su pretensión de que hasta los peces lleven pintadas en sus lomos las barras rojas y amarillas de Aragón?

María de Molina estaba al tanto de todo cuanto ocurría en sus dominios, pero también disponía de una amplia red de espías y agentes que la mantenían bien informada de cuanto sucedía en las cortes y cancillerías de los países vecinos. Gracias a ello había logrado que su esposo don Sancho fuera coronado como rey, a pesar de las leyes en contra dictadas por Alfonso X; solo así había conseguido que Sancho IV permaneciera en el trono pese a los intentos de parte de la nobleza por deponerlo; solo así había mantenido a su hijo Fernando IV como rey pese a los convulsos tiempos de su minoría de edad, y solo así estaba haciendo posible que siguiera siendo rey su nieto Alfonso XI, pese a su minoría y a todas las conjuras y conspiraciones que los magnates del reino estaban organizando para derrocarlo.

—Y en cuanto a doña María, la esposa de vuestro hijo don Pedro, y a vuestra nieta doña Blanca, ¿qué habéis decidido? —El mayordomo requería instrucciones sobre el destino de la viuda del infante don Pedro, muerto en Granada, y de su hijita.

—Mi nieta doña Blanca ha heredado las extensas tierras y los ricos señoríos que fueron de mi hijo el regente don Pedro, pero apenas tiene dos años de edad, y no puede defenderlas por sí misma.

—Si me permitís, señora, quizás un compromiso de doña Blanca con vuestro hijo el rey acabaría con las veleidades de algunos por hacerse con esas tierras, que de este modo volverían al patrimonio de la Corona.

—Don Alfonso y doña Blanca son primos hermanos.

—Sí, haría falta una dispensa papal, pero creo que el rey don Jaime de Aragón vería con muy buenos ojos que su nieta se casara con vuestro nieto. Supongo que con esa boda se olvidaría de sus planes para anexionarse Murcia y quizás dejaría de sentirse culpable por la huida de su hijo dejando plantada a doña Leonor.

—Tal vez tengáis razón, pero he decidido que doña María y doña Blanca vayan a Aragón, y que se queden por un tiempo en la corte de don Jaime; luego, ya veremos qué hacer con ellas.

El mayordomo inclinó la cabeza y se retiró pensando que si aquella mujer hubiera sido un hombre y hubiese gobernado con plenos poderes, la Corona de Castilla y León sería sin duda la nación más poderosa de la tierra.

Doña María y su hijita doña Blanca fueron trasladadas hasta la frontera de Castilla con Aragón, y allí, una vez entregadas a una escolta enviada por el rey don Jaime, las llevaron al monasterio de Sigena, donde las dos mujeres aguardarían a que se decidiera su destino.

No parecía posible lograr la paz sin el uso de la fuerza, pero muchos de los magnates de Castilla y León no querían la paz, sino el conflicto y la guerra. Dueños de castillos y señores de mesnadas integradas por soldados mercenarios, era en la guerra donde conseguían fortuna y riqueza.

Partidarios de bandos opuestos se enzarzaban en cruentas peleas, que en ocasiones se dilucidaban en plena calle de las ciudades, como ocurrió en Sevilla en el otoño de 1320, cuando se enfrentaron partidarios de don Felipe y de don Juan Manuel.

En aquellos días los poderosos causaban estragos en las comunidades campesinas, sobre todo en tierras de Galicia y de León, donde los abusos eran constantes. Cualquier señor que poseyera una fortaleza donde refugiarse y un puñado de soldados a su servicio se dedicaba a realizar razias en aldeas y villas poco pobladas, en las que no encontrara resistencia armada.

Sin necesidad de excusa alguna, un pelotón de hombres armados aparecía de improviso en una aldea y robaba todo cuanto podía ser transportado. No les importaba otra cosa que hacerse con todo el botín, violar a las mujeres y quemar casas y graneros.

Nada era respetado por aquellas partidas de hombres violentos, dispuestos a ofrecer sus servicios al mejor postor o al noble que les garantizara absoluta impunidad y una parte de la ganancia.

Doña María de Molina sufría mucho cada vez que era informada de los daños causados por los malhechores señoriales, pero carecía de la fuerza necesaria para poner fin a tantos desmanes. Además, la regencia había quedado repartida entre los tres infantes. Don Juan Manuel, don Felipe y don Juan el Tuerto eran los regentes al mismo nivel de competencia, pero ninguno de ellos se fiaba lo más mínimo de los otros dos, de manera que cada vez que ocurría una injusticia o se producía un ataque, ninguno de los tres se aprestaba a poner remedio, no fuera a ser que el noble que había provocado el altercado se volviese contra alguno de ellos y rompiera el endeble equilibrio de la regencia.

Tenía cincuenta y siete años y era una mujer fuerte y enérgica, había salvado la minoría de su hijo Fernando y ahora lo estaba haciendo con la de su nieto don Alfonso, pero su corazón no pudo más.

Mediado el mes de junio de 1321 se sintió enferma, y supo que le quedaba muy poco tiempo de vida.

La reina viuda se levantó aquella azulada mañana con fuertes dolores en el pecho. Había llegado el momento, pensó.

—Traed a mi nieto a mi presencia —le ordenó María de Molina a su mayordomo.

El rey Alfonso se presentó ante su abuela en la alcoba que la reina ocupaba en el palacio real de Valladolid.

El joven monarca todavía no había cumplido los diez años.

—Buenos días, abuela —la saludó el rey.

—Ven, Alfonso, siéntate a mi lado.

El joven monarca se acomodó al borde la cama donde reposaba doña María.

—¿Te vas a morir?

—Todos tenemos que morir, algún día. Somos caminantes que pasamos por este mundo en tránsito hacia la vida eterna que nos prometió Dios Nuestro Señor, y debemos hacerlo cumpliendo sus mandamientos para que a nuestra muerte la recompensa sea el cielo.

—¿Vas a ir al cielo?

—Eso espero, pero antes quiero que escuches de mi boca unos consejos. Eres el rey legítimo de estos reinos, que dentro de cuatro años tendrás que gobernar. Ser rey es un don que Dios otorga mediante su gracia a muy pocos, y tú has sido elegido por Él para sentarte en el trono de Castilla y León. Los reyes no son como los demás hombres. Sobre sus hombros recae una responsabilidad extraordinaria, que algunos no saben o no pueden soportar.

—Yo sí sabré —asentó Alfonso.

—No lo dudo, pero quiero decirte tres cosas, que debes recordar siempre.

»Un rey ha de ser magnánimo con sus súbditos, escuchar y atender sus justas demandas, aplicar la ley y obrar siempre en derecho; un rey debe respetar a la Iglesia, ser un hombre de Dios y cumplir con los preceptos que nos enseñó Jesucristo, y, por fin, un rey debe obrar con fortaleza y anteponer los intereses del reino por encima de cualesquiera otros, sobre todo los de los nobles, que actúan siempre de manera egoísta y solo miran en su propio beneficio.

»Si actúas así, y lo haces con prudencia, templanza y virtud, tus súbditos te amarán, los poderosos te temerán y la Iglesia te bendecirá. Recuérdalo siempre.

Sed de justicia, temor de Dios y defensa del reino fueron los tres consejos que María de Molina le dio a su nieto. El rey Alfonso no los olvidaría nunca.

Pocos días después, la reina dictó testamento, en Valladolid, a 29 de junio de 1321, y dos noches más tarde falleció la mujer que había sostenido todo un reino. Tal cual había sido su última voluntad, su cadáver se trasladó al monasterio de las Huelgas de Burgos, donde fue sepultada.

La muerte de la tutora desencadenó un enorme desasosiego que se extendió por todos los reinos. Ella había sido la que había logrado mantener la unidad y la ley, resistiendo cuantos intentos había procurado la alta nobleza de hacerse con el poder, con el fin de convertir al joven rey Alfonso en un mero títere al servicio de aquellos egoístas magnates. Ella había logrado imponer cierta cordura en una tierra en llamas y había evitado que los daños y abusos provocados por las banderías hubieran sido todavía mayores. Ella había garantizado la legitimidad y la continuidad del linaje de su esposo don Sancho al frente de la corona.

Pero doña María ya no estaba, y todavía faltaban cuatro años para que el rey alcanzara la mayoría de edad para ejercer el gobierno por sí mismo, mientras los tres regentes se miraban con recelo y ninguno de ellos se mostraba dispuesto a renunciar a sus ambiciones.

Tanto don Juan Manuel como don Felipe y don Juan el Tuerto eran conscientes de que si fallecía don Alfonso, cualquiera de ellos podía reclamar la corona; sobre todo don Felipe, tío de don Alfonso, que se había convertido en el primero en la línea de sucesión en tanto el rey no engendrase un heredero. Aducía don Felipe a sus íntimos que su padre el rey Sancho IV había logrado el trono de esa misma manera, ocupándolo por encima de los derechos de sus sobrinos los infantes de la Cerda, que, aunque eran hijos del primogénito de Alfonso X, no habían alcanzado la mayoría de edad cuando murió el rey Sabio; y así, su padre se había convertido en rey para no dejar indefensos y en manos de un menor de edad la suerte de esos reinos.

Toda la gente de esa tierra vivía en una extrema tensión. La posibilidad de que don Felipe diera un golpe de mano y se proclamase rey alegando la minoría de su sobrino y el desgobierno que campaba por todas partes constituía una amenaza muy cierta; pero también lo era que don Juan Manuel, hombre lúcido, inteligente y ambicioso, solicitase ayuda del rey Jaime de Aragón para hacerse con el trono, alegando que era nieto y descendiente directo por tanto del rey don Fernando.

12

Los recelos entre los tres regentes no cesaban, y no había forma de que se pusieran de acuerdo, de modo que el desgobierno seguía campando por doquier.

El reino estaba dividido, lo que favorecía los saqueos y los abusos de los poderosos, pero también las algaradas en la frontera con el reino de Granada, cuyo rey aprovechaba aquella debilidad para enviar a sus caballeros a realizar razias en tierras cristianas, a las que no cesaba de instigar ante la falta de una respuesta defensiva. Los concejos de la frontera solicitaban una y otra vez auxilio a los regentes, alertando con desesperación que si esa ayuda no llegaba, los musulmanes granadinos se harían con el dominio de ciudades y villas en la frontera, y lo logrado durante el reinado de don Fernando se perdería, tal vez para siempre. Los concejos de Medina Sidonia, Tarifa, Cabra, Lucena y aun el de Jaén se sentían en grave peligro y temían no poder resistir un ataque contundente de los nazaríes.

Don Juan Manuel cazaba con halcones en los montes al sur de Cuenca. Le apasionaba la cetrería. Poseía varios halcones y gerifaltes, algunos de ellos amaestrados en el reino de Granada por los expertos cetreros de sus sultanes.

El viento del oeste soplaba con fuerza, dificultando el vuelo de las rapaces.

—Poned los pájaros con el viento a la espalda, a sotavento —ordenó don Juan Manuel.

—Si lo hacemos así, las torcaces olerán a los halcones y se espantarán —alegó un noble que lo acompañaba en la caza.

—Las palomas no huelen. Haced lo que os digo; los halcones tendrán el viento a su espalda y ganarán velocidad en el ataque.

El infante no se equivocó. Con el viento a favor del vuelo, las rapaces alcanzaron con mayor facilidad a sus presas.

Al final de la jornada de caza, decenas de piezas se apilaban en el pabellón de don Juan Manuel.

—Buena caza, señor —le dijo el maestro cetrero.

—Esos pájaros —don Juan Manuel señaló la alcándara donde reposaban— son magníficos. En el arte de la cetrería, los sarracenos saben domesticar a los halcones mejor que nadie.

—Señor —un vasallo de don Juan Manuel interrumpió su conversación con el halconero—, se ha recibido este mensaje urgente.

—Trae.

Don Juan Manuel cogió el billete de papel, que estaba sellado con el cuño del obispo de Valencia, y lo abrió.

Su rictus cambió al leer la nota.

—El papa no acepta el acuerdo de matrimonio del rey Alfonso con doña Blanca. ¡Maldita sea!

Don Juan Manuel había intentado que la joven Blanca, de dos años de edad, fuera la futura esposa del rey Alfonso XI.

Hija del infante don Pedro, muerto en la batalla de la Vega de Granada, y de doña María, una de las cinco hijas de Jaime II de Aragón, Blanca era dueña ahora de inmensas propiedades y feudos en la frontera oriental castellana. Había heredado de su padre tan rico patrimonio, y don Juan Manuel pretendía que su boda con el rey debilitara a los otros dos regentes y lo encumbrase como el verdadero señor de Castilla.

Pero el proyecto de boda, que se había llevado en secreto, se había frustrado al no dar su consentimiento el papa Juan XXII.

—Ese canalla de Garcilaso de la Vega ha sido el culpable de este fracaso; él y don Felipe —masculló don Juan Manuel.

No se equivocaba. Don Felipe y Juan el Tuerto, preocupados por el aumento de influencia de don Juan Manuel y avisados de las intenciones de Jaime II de casar a su nieta doña Blanca con el rey Alfonso, habían actuado con diligencia, frustrando la boda. El papa se había negado a otorgar su consentimiento al alegar que doña Blanca y don Alfonso eran parientes en segundo grado, y que para poder casarse era necesaria la dispensa papal, que no se otorgaría de ninguna manera.

Juan el Tuerto y don Felipe no podían consentir que la influencia aragonesa siguiera creciendo en Castilla. Recelaban de las intenciones de Jaime II, cuya desmedida ambición era considerada un gravísimo peligro para sus intereses, pues ya había podido colocar a su hijo don Juan como arzobispo de Toledo; con sus presiones y alguna generosa bolsa de dinero lograron anular el proyecto de boda.

La situación era demasiado tensa, y la muerte de María de Molina la había agravado mucho más. Los tres regentes concertaron una entrevista para tratar de evitar una guerra y la fragmentación de Castilla y León, pero no alcanzaron acuerdo alguno. Ninguno de los tres estaba dispuesto a renunciar a su parte de influencia, y ninguno se fiaba de los otros dos.

La división era absoluta, y la falta de autoridad se reflejó en tres años de saqueos, conflictos y violencia, mientras los granadinos aprovechaban el caos para saquear poblaciones cristianas en la frontera.

Durante dos años los conflictos asolaron Castilla y León. El infante don Felipe y don Juan el Tuerto cerraron una sólida alianza para evitar que don Juan Manuel se hiciera con todo el poder. Don Felipe se incautó de los extensos feudos y dominios que doña Blanca, que se mantenía al cuidado de su madre doña María en el monasterio aragonés de Sigena, poseía en las comarcas fronterizas de Castilla con Aragón, mientras Garcilaso, que había sido mayordomo del infante don Pedro, se ganaba la confianza del joven rey, que lo admitió a su lado como su principal consejero.

A comienzos del año 1324 la situación era un verdadero caos. A los saqueos y rapiñas de los nobles se sumaba la inseguridad que provocaban las bandas de soldados de fortuna convertidos en bandoleros, que asaltaban a los comerciantes en los caminos y robaban a los mercaderes. Nadie se atrevía a viajar por los caminos de Castilla y León sin una fuerte escolta que lo protegiera de los bandidos.

Una guerra total entre lo regentes parecía inevitable, y doña María de Molina ya no estaba para mediar entre ellos y evitar más derramamiento de sangre. Las peleas, los enfrentamientos y las trifulcas se extendieron por varias ciudades, cuyos concejos restauraron las murallas y las fortalecieron con nuevos torreones, muros más altos y puertas mejor protegidas. Las nuevas defensas no se levantaron para protegerse de las algaradas de los moros, como hicieran siglos atrás, sino para evitar los ataques de grupos de cristianos armados en busca del botín y de las riquezas que atesoraban las villas y ciudades más importantes. Ávila, León, Zamora o Segovia gastaron cuantiosas sumas de dinero en fortificarse, y reestructuraron sus milicias concejiles no para ir a la guerra contra el moro, sino para defenderse de la agresión de la nobleza y de las banderías organizadas.

En ese año se mostró especialmente violento el bando del regente don Felipe. Sabedor de que era el primero en el orden de sucesión y de que, si moría su sobrino el rey Alfonso, él se sentaría en el trono, permitió que sus seguidores cometieran todo tipo de desmanes.

El más grave fue el propiciado por Pedro Lasso de la Vega, el cruel y violento hijo mayor de Garcilaso y caballero al servicio de don Felipe, quien al frente de una notable mesnada arrasó las tierras de Segovia.

—¡Señor, señor, debéis intervenir y detener esta matanza! —alertó uno de sus caballeros a don Juan Manuel.

—¿Qué ocurre? —le preguntó el infante.

—Hombres al servicio de don Felipe y mandados por Pedro Lasso han arrasado las tierras de Segovia.

—¿Cómo ha sido?

—Don Felipe estaba en Segovia prometiendo a sus vecinos que guardaría sus fueros y privilegios y que los defendería de cualquier agresión, pero en cuanto salió de la ciudad las tropas que mandaba Pedro Lasso de la Vega comenzaron a robar, destruir y matar.

»Las gentes del concejo de Segovia lograron organizarse e hicieron frente a Pedro Lasso, y consiguieron ponerlo en fuga.

—El joven De la Vega es un hombre sin Dios —musitó don Juan Manuel.

—Dicen algunos que se trata del mismísimo demonio encarnado en su piel. Los segovianos han conseguido expulsarlo de su ciudad, pero Pedro Lasso ha huido con algunos de sus hombres dejando atrás un reguero de sangre, muerte y destrucción.

—¿Cómo está ahora Segovia?

—Los segovianos han asaltado la cárcel, han ejecutado a cuantos partidarios de De la Vega han encontrado y han liberado a los demás presos. La ciudad se ha convertido en un verdadero infierno. Pedro Lasso ha prometido que volverá a Segovia y la arrasará, y parece que su padre ha convencido al rey, que se ha puesto de su lado.

—En una ocasión le dije a doña María de Molina que ese hijo suyo causaría muchos problemas y que no debería ser regente, pero la reina madre no me hizo caso. Era su único hijo varón vivo, y el sentimiento materno pesó en ella mucho más que la razón. Y ahora, los De la Vega no han hecho sino agravar todavía mas la situación —dijo don Juan Manuel.

Castilla y León ardían, y no parecía que hubiera nadie capaz de apagar el incendio.

2

La mayoría de edad

1

El tiempo pasa deprisa, muy deprisa, sobre todo cuando se mira hacia atrás y se contempla cómo ha transcurrido la vida.

Don Juan Manuel miró hacia atrás aquel 13 de agosto de 1325, el día en el que Alfonso XI, rey de Castilla y de León, cumplió catorce años, y sintió que sus últimos años se habían disipado en el tiempo que dura un suspiro.

La mayoría de edad se adquiría legalmente a los dieciséis, pero la situación en el reino era tan grave que las Cortes celebradas en Valladolid acordaron de manera extraordinaria que el rey Alfonso pudiera acceder al pleno gobierno al cumplir los catorce.

Alfonso XI convocó a su consejo en el palacio real de Valladolid. Solo hacía unas horas que había cumplido los catorce y había sido investido de todo el poder sobre sus reinos. Esbelto, rubio, de piel muy blanca y de fuerte complexión para su edad, tenía muchas ganas de comenzar a tomar decisiones como monarca; había estado esperando aquel momento desde el mismo instante en el que tuvo conciencia de ser el rey.

A su lado estaba Garcilaso de la Vega, que había logrado alcanzar la plena confianza del rey y acababa de ser nombrado mayordomo real; ese era el primer cargo que había adjudicado don Alfonso.

—Señores —se dirigió el rey a los nobles y prelados allí reunidos para escuchar su primer discurso como soberano ejerciente—, al fin soy mayor de edad y puedo disponer sobre el gobierno de estos reinos. Mi primera decisión ha sido nombrar mayordomo real a don Garcilaso de la Vega, que desde ahora será el principal miembro de mi consejo; la segunda, cesar a los tres nobles que han ejercido la regencia y anular todos los privilegios y prerrogativas que pudieran tener como tales hasta este momento —don Alfonso no citó los nombres de sus parientes don Felipe, don Juan el Tuerto y don Juan Manuel—, y la tercera, nombrar al resto de los componentes del consejo real. —El rey hizo una indicación a Martín Fernández de Toledo, su consejero durante toda la minoría de edad, que leyó los nombramientos.

—«Don Nuño Pérez, abad de San Andrés, canciller, que también fue consejero de mi abuela la reina doña María; Martín Fernández de Toledo; el maestre don Pedro; don Yuzaf de Écija, almojarife y tesorero del reino, y don Álvar Fáñez. Estos caballeros, además de don Garcilaso, serán mis consejeros» —acabó la lectura don Martín.

—Es mi intención convocar las Cortes de Castilla y León enseguida y después visitar mis reinos, para hacer justicia en ellos, enderezarlos y devolverlos a la paz y la concordia que nunca debieron perder.

»Y ahora, señores, abandonad la regencia y entregad los sellos que habéis usado durante mi minoría —ordenó el rey a los tres regentes, que depositaron sus respectivos sellos encima de la mesa y firmaron su renuncia ante el notario real.

Don Alfonso no había salido de Valladolid en los últimos años de su minoría. Desde que muriera el rey Fernando, doña María de Molina lo había mantenido bien custodiado en el palacio real de esa ciudad, y el joven monarca no quería otra cosa que salir de allí y recorrer las tierras de las que era señor natural.

Al escuchar las órdenes del rey, don Juan el Tuerto y don Juan Manuel se cruzaron las miradas y apretaron los dientes.

—¿Habéis visto la frialdad de su mirada? Nos matará en cuanto pueda —bisbisó Juan el Tuerto al oído de don Juan Manuel.

—¿Qué vais a hacer? —le preguntó el infante.

—Marcharme de Valladolid cuanto antes y buscar refugio en mis tierras, y os recomiendo que hagáis lo mismo.

—¿Tan seguro estáis de que esas son las intenciones del rey?

—¿Acaso lo dudáis? Mirad las caras de Garcilaso y de su hijo Pedro. Ambos rostros son la imagen de la victoria. Garcilaso irá contra mí, y sé que ha puesto al rey en mi contra. Yo me marcho de aquí de inmediato, esta misma noche; todavía no ha llegado mi hora.

Así lo hizo. En cuanto acabó la curia regia, Juan el Tuerto salió de Valladolid por el camino de Cigales, buscando refugio en esa villa amiga, no sin antes ofrecerle a don Juan Manuel un acuerdo para la defensa mutua en caso de que el rey fuese a por cualquiera de los dos.

—Señor, don Juan el Tuerto se ha marchado de Valladolid sin vuestro permiso. Es un grave desacato a vuestra autoridad y una evidente traición a vuestra persona —anunció Garcilaso al rey Alfonso.

—Acabad con él, cuanto antes.

Al escuchar la tajante orden real, el mayordomo sonrió. Su venganza estaba a punto de consumarse. Hacía tiempo que Garcilaso odiaba a Juan el Tuerto, desde que este se comportase con soberbia y altanería cuando fue nombrado regente, y lo menospreciara y humillara en las revueltas de Zamora y Segovia.

—¿Y en cuanto al infante don Juan Manuel? —preguntó Garcilaso—. Creo que también es un traidor.

—Pero es demasiado poderoso y muy amigo del rey de Aragón. Si le pasara algo a don Juan Manuel, don Jaime podría declararnos la guerra.

—Mi señor, don Juan Manuel ha ofrecido la mano de su hija doña Constanza a Juan el Tuerto. Si ese matrimonio se celebrase, esos dos se unirían en una formidable alianza que haría peligrar vuestro trono.

—¿Y qué me proponéis?

—Que os adelantéis y le pidáis a don Juan Manuel la mano de su hija.

—Poco antes de morir, mi abuela me aconsejó que me casara con doña Constanza, y así don Juan Manuel sería un fiel aliado nuestro.

—Doña Constanza ya tiene nueve años, dentro de tres podría ser vuestra esposa, pero...

—¿No os agrada que sea mi esposa?

—No sé si conviene a Castilla que un nieto de don Juan Manuel sea el heredero a la corona —dijo Garcilaso.

—Pero si acabáis de decir que me case con ella. ¿Me aconsejáis entonces que rechace como esposa a la hija del señor más poderoso y rico de estos reinos?

—No, majestad, mi consejo es que uséis ese matrimonio para romper la alianza entre don Juan Manuel y Juan el Tuerto.

—Un rey necesita una esposa que le dé un heredero legítimo.

—Esa es la primera obligación de todo soberano, alteza, pero sois todavía joven, podéis esperar un tiempo a celebrar vuestra boda. En mi opinión, sería mejor que os casarais con una princesa de Portugal o de Aragón, o incluso de Francia, antes que con la hija de don Juan Manuel, pero si vuestra boda con doña Constanza sirve para debilitar a vuestros enemigos, bienvenida sea.

—Si me caso con doña Constanza, don Juan Manuel se alegrará mucho.

—Lo sé; es un hombre orgulloso y lleno de vanidad.

—Aceptaré casarme con la hija de don Juan Manuel.

—Señor...

—Enviadle un mensajero; quiero verlo enseguida.

El rey Alfonso XI y el infante don Juan Manuel se entrevistaron en el palacio real de Valladolid.

—He decidido solicitar como esposa a vuestra hija, querido tío. Me casaré con doña Constanza cuando cumpla la mayoría de edad. Ya he roto cualquier compromiso que pudiera tener con mi prima doña Blanca.

—Acertada decisión, alteza. Yo soy tío segundo de vuestro padre el rey don Fernando, y pariente cercano vuestro por tanto, de manera que habrá que solicitar una dispensa papal; mi hija y vuestra alteza sois familiares en cuarto grado.

—El papa la concederá.

Don Juan Manuel miró al rey con inquietud. Aquel joven de catorce años parecía mucho más maduro de lo que correspondía a su edad. Se sabía rey y señor, y obraba como tal.

—Doña María os enseñó bien vuestro oficio.

—Mi abuela era una mujer extraordinaria. No hace falta que os lo diga, la conocisteis.

—Por supuesto, alteza, fue una gran mujer.

—Que me enseñó lo suficiente como para gobernar con justicia y prudencia estos reinos, y eso es precisamente lo que voy a hacer.

—No lo dudo; espero que sus sabios consejos os guíen.

—Necesitaré de vuestra ayuda y consejo. Supongo que sabéis que las arcas del reino están vacías. He nombrado tesorero a un judío que entiende mucho de cuentas. Don Yuzaf sabrá cómo llenar de nuevo esas arcas.

—La corona debe mucho dinero a prestamistas judíos; no sé si ha sido buena elección nombrar a uno de esa raza para semejante tarea.

—Me lo recomendó don Garcilaso de la Vega, mi principal consejero y en quien tengo depositada toda mi confianza.

—Yo podría ayudaros —dijo don Juan Manuel.

—¿A cambio de qué?

—De que me concedáis el título de duque, me permitáis acuñar moneda propia en mis Estados, subáis mi renta de cuatrocientos mil a seiscientos mil maravedíes y los ciento ochenta mil que tengo de renta de mis tierras se eleven a trescientos mil; y también podéis contar con la ayuda de don Juan Núñez de Lara..., con esas mismas condiciones.

—Es una propuesta interesante; dejad que lo piense.

—No os retraséis demasiado, o será tarde.

Las palabras de don Juan Manuel sonaron como una amenaza.

El rey convocó Cortes en Valladolid en el mes de noviembre, pero poco antes, como demostración de que a sus catorce años acababa de tomar posesión del poder en su reinos y de que estaba dispuesto a ejercerlo con toda contundencia, asedió y conquistó el castillo de Valdenebro, a una jornada al noroeste de Valladolid, que estaba en manos de un noble rebelde.

En las sesiones de las Cortes quedaron ratificados todos los miembros del consejo real, a los que se sumaron otros de su plena confianza, como don Pedro Gómez Barroso, que ya había sido consejero de Fernando IV, don Juan del Campo, y don Gil Álvarez de Albornoz; y se ratificó el cese de los tres regentes que habían ostentado sus cargos desde hacía cinco años. El infante don Felipe fue nombrado mayordomo real; de los tres, era el único que había logrado ganarse la confianza del rey.

En las Cortes también se aprobó el acuerdo matrimonial del

rey Alfonso con doña Constanza, hija de don Juan Manuel y de la hija del rey Jaime II de Aragón, pero no se pudo consumar el matrimonio por la minoría de edad de la niña.

En una de las sesiones, el tesorero Yuzaf de Écija anunció en nombre del rey que los prestamistas judíos condonaban un tercio de las deudas que la corona tenía contraídas con ellos, y que los dos tercios restantes quedaban aplazados hasta que pudieran hacerse efectivos los pagos.

Aquel anuncio provocó que algunos concejos protestaran, pues sospechaban que había la intención de pagar esas deudas aumentando la contribución de las universidades del reino.

Al acabar las sesiones, Garcilaso de la Vega se acercó al rey.

—Alteza, algunos judíos han comenzado a marcharse de sus ciudades de residencia.

—¿Por qué hacen eso?

—Corre el rumor de que entre los cristianos cunde un cierto malestar por la cuestión de las deudas de la corona con los judíos, y podría haber represalias.

—Los judíos no tienen nada que temer; uno de ellos es nuestro tesorero.

—En algunas ciudades ya ha habido alborotos y amenazas, y la pasada Semana Santa algunas casas de ciertas juderías fueron atacadas y saqueadas durante la noche. Son muchos los judíos que temen que esos ataques pudieran repetirse durante la Navidad. Dicen que el rey de Aragón protege a su súbditos judíos, y algunos ya se han marchado a ese reino y también al de Portugal.

—Pues a partir de ahora, todos los judíos que vivan en estos reinos quedan bajo mi protección; si alguien va contra un judío, tiene que saber que caerá sobre él todo el peso de la justicia real.

—Además, hay otro asunto que merece vuestra consideración...

—Decid, don Garcilaso.

—Alteza, don Juan el Tuerto se va casar con vuestra prima doña Blanca.

—¡Qué estáis diciendo!

—Os dije que era un traidor. Ha acordado un pacto con el rey de Aragón en vuestra contra. Don Jaime lo ha aceptado, y entregará a su nieta al Tuerto.

—Doña Blanca también es miembro de mi familia; nadie puede acordar su boda sin mi consentimiento.

—Pues ya se ha hecho, alteza: el acuerdo matrimonial está cerrado, y supone un desafío a vuestra autoridad.

—Hace unas semanas os ordené que acabarais con él; hacedlo inmediatamente.

—Como ordenéis, señor.

Alfonso XI le había quitado la novia a Juan el Tuerto, y con ello se había roto la alianza que este mantenía con don Juan Manuel, pero no se esperaba la reacción del infante al pedir la mano de Blanca a su abuelo el rey de Aragón.

Un grave conflicto se atisbaba en el horizonte.

2

El rey Alfonso envió un mandato a Juan el Tuerto prohibiéndole que se casara con doña Blanca, pero el antiguo regente había hecho otros planes. Sin permiso del rey, Juan el Tuerto, que vio frustrado su matrimonio con Constanza, la hija de don Juan Manuel, al ser pedida su mano por Alfonso XI, se casó con Isabel de Portugal, lo que desató la ira regia.

—Ese traidor debe pagar con su vida su desobediencia —clamó el rey ante Garcilaso—. ¿Por qué no habéis acabado con él de una vez?

—Se ha refugiado en sus dominios, posee numerosos castillos y manda una nutrida hueste. No es fácil, señor.

—Pues iré yo mismo al frente del ejército.

—Debéis tener cuidado. Juan el Tuerto es nieto del rey don Alfonso el Sabio, y, como tal, uno de los principales magnates de Castilla. Si iniciáis una guerra contra él, es probable que parte de la nobleza se ponga de su lado, además del rey de Aragón y de don Juan Manuel, y, en ese caso, vuestro trono podría peligrar.

—Tenéis razón. El principal consejo de mi abuela fue que me mostrara justo pero que obrara con toda prudencia.

—Doña María era una mujer sabia: la precipitación no es buena consejera.

—Justicia, fortaleza y templanza. Esas son las tres virtudes cardinales, y el lema que he de seguir en mi reinado —dijo el joven rey, muy airado ante la desobediencia de Juan el Tuerto y la indiferencia que don Juan Manuel mostraba hacia él.

—Vuestra voluntad es la voz de la justicia, alteza —puntualizó Garcilaso.

—Y la ley de Dios.

—Señor, este es el momento de actuar. Don Juan Manuel mantiene serias disputas con el arzobispo de Toledo, pero no se enfrentará abiertamente a él porque no quiere enemistarse con el hijo del rey de Aragón. Cuando Castilla y Aragón se repartieron el reino de Murcia, el señorío de Villena quedó en los dominios de la Corona de Aragón, de modo que don Juan Manuel posee tierras en ambos reinos y debe vasallaje al rey de Castilla y al de Aragón, y esa es precisamente su debilidad. Creo que es el momento de que pidáis matrimonio a doña Constanza, la hija de don Juan Manuel. El único inconveniente es que solo tiene tres años, pero podéis aguardar. El señorío de Villena bien vale esa espera. Esa será la manera de haceros con sus posesiones. —Garcilaso hablaba con seguridad, sabedor de que sus palabras eran atendidas por el rey Alfonso.

—Sí, me casaré con doña Constanza. Enviad una carta a don Juan Manuel.

Mientras se acordaba ese matrimonio, Constanza, la segunda esposa de don Juan Manuel e hija del rey de Aragón, trataba de mediar entre su padre, su esposo, su hermano el arzobispo de Toledo, Juan el Tuerto y el rey Alfonso.

El rey de Castilla procuraba en vano pacificar sus dominios, pero no lograba reducir la influencia de la alta nobleza del reino, que mantenía en sus territorios un poder absoluto, impartía su propia justicia, oprimía a sus vasallos y extorsionaba a los campesinos imponiéndoles cuantiosas rentas.

La debilidad del poder del rey se manifestaba cada día en los caminos, donde abundaban los ladrones y saqueadores que asaltaban a los viajeros, o que aprovechando la oscuridad de la noche robaban en posadas y hostales, provocando una enorme inseguridad en aldeas, villas y ciudades.

Cuando caían las primeras sombras de la noche sobre las tierras de Castilla y León, todas las gentes corrían a encerrarse en sus casas, atrancaban las puertas con todo lo que podían acarrear, cerraban las ventanas, se pertrechaban con todo tipo de armas y utensilios para la defensa y rezaban para que su casa no fuera la elegida esa noche por los bandidos, que en su afán de robar se colaban incluso por las chimeneas.

A los ladrones ni siquiera les importaba que se hubiera dictado pena de muerte para los que perpetraran ese tipo de delitos, y seguían cometiéndolos, casi siempre con absoluta impunidad.

Las otrora animadas tabernas de ciudades como Salamanca, Zamora, Segovia o Valladolid, abiertas hasta bien entrada la madrugada, cerraban al anochecer, y sus dueños se encastillaban en sus establecimientos como si fueran los defensores de una fortaleza.

Tampoco provocó ningún miedo en los criminales el que se castigara a ladrones y violadores con la ceguera, quemándoles los ojos con hierros rusientes, y luego cortándoles las manos antes de mandarlos a la horca.

La vida en Castilla se había convertido en un caos de tal magnitud que algunos concejos impartían justicia sumarísima atendiendo a sus propios fueros, lo que hizo proliferar a un elenco de juristas itinerantes que se desplazaban de una localidad a otra resolviendo casos y defendiendo a los delincuentes, que eran perseguidos por hermandades de hombres armados constituidas en las villas y ciudades para intentar acabar de manera contundente y rápida con semejante vorágine de altercados.

Cada vez que llegaba a oídos del rey Alfonso un caso de flagrante delito, su joven corazón se conmocionaba y juraba que impartiría justicia y que ahorcaría a todos los malhechores que osaran desafiar las leyes del reino.

Los grandes nobles se burlaban de un rey tan joven y con tan escasa experiencia de gobierno, pero desconocían su determinación y cómo había jurado en privado aplicar los consejos que le había dado su abuela María de Molina durante los años de infancia y primera juventud que vivió a su lado en Valladolid.

Estaba decidido a imponer su justicia en todos sus dominios, ¡y ay de aquellos que se atrevieran a contrariarlo! Se mostró dispuesto a enfrentarse con nobles, obispos o plebeyos, y someter a todos aquellos que no acataran su autoridad real; y como escarmiento y aviso para incrédulos y atrevidos, ordenó apresar y ejecutar a su primo Juan el Tuerto.

3

—«... y en atención al parentesco que nos une, y con mi agradecimiento por haber ejercido de regente y haber gobernado en mi nombre estos reinos cuando yo era menor de edad, acepto que os caséis con doña Isabel de Portugal, y así nuestro linaje siga creciendo en gloria y fama. Y os convoco a que celebremos un encuentro en la villa de Toro para sellar nuestra amistad y alianza en estos reinos».

—¿Eso es todo? —preguntó Juan el Tuerto.

—Todo —asintió Lope Aznárez de Fermoselle, el caballero más próximo a don Juan.

—Por tu rictus, observo que recelas de esta invitación.

—No vayáis a esa cita. Es una trampa —dijo el de Fermoselle.

—¿Estás seguro?

—Completamente seguro.

—Mi sobrino el rey solo tiene quince años; no creo que sea tan taimado como para haber tramado una encerrona.

—Quizás él no, pero no olvidéis que detrás del rey está ese demonio de Garcilaso, que es quien mueve los hilos y quien asesora a su alteza; y, por lo que se dice, siempre le hace caso.

—Iré a Toro y me veré con el rey; no quiero ser tildado de cobarde.

—Señor, creo que es una estratagema para apresaros. Sabemos que el rey quiere acabar con vos, y que ha dado la orden...

—Iré a Toro. El hijo de don Juan de Tarifa y nieto del rey Alfonso el Sabio no se amedranta ante nadie. ¿Veis este ojo? —Juan se señaló el rostro—. Lo perdí en batalla contra los moros, peleando al lado de mi padre, que era quien enarbolaba el estandarte de Castilla y León. Tal vez la nunca seré rey, pero en mi pecho late el corazón de un linaje de reyes, y ninguno de ellos se achantó nunca ante nada ni ante nadie.

—Mi señor, no se trata de que demostréis valentía, la tenéis de sobra, sino que obréis con prudencia.

—Iré a Toro. Que nadie diga que el señor de Vizcaya tuvo miedo y no acudió a la llamada de un rey.

—En ese caso, permitidme que os acompañe.

—Vendrás conmigo, Lope; no hay nadie en quien confíe tanto.

Don Juan Manuel estaba eufórico. La boda de su hija Constanza con el rey Alfonso se había aprobado en las Cortes de Valladolid en noviembre de 1325, lo que significaba que se reconocían su enorme poder y su alta alcurnia. Si todo salía conforme a lo esperado, uno de sus nietos sería rey de Castilla y León, y su sangre, ya real, volvería a llenar, gracias a su hija, las venas de futuros reyes.

Aquel verano de 1326 andaba sumido en una arriesgada expedición por tierras del sur del reino de Granada. Los nazaríes habían atacado varias localidades en la frontera, y don Juan Manuel se había puesto al frente de un ejército castellano para vengar los daños causados.

A finales de agosto recorría las escarpadas tierras cercanas a Antequera con intención de llegar hasta Málaga, en cuyo puerto fondeaba la principal fuerza de la flota de los reyes nazaríes.

Si algún día se planteaba una gran ofensiva para la conquista de Granada, como pretendía el joven rey Alfonso, la destrucción de su flota resultaba fundamental para impedir que los barcos llevaran provisiones a las ciudades costeras y sobre todo para evitar que bloquearan a las naves de Castilla con base en Cartagena.

El ejército castellano avanzaba sobre Málaga descendiendo hacia el mar por el curso del río Guadalorce cuando aparecieron los primeros jinetes nazaríes cortándole el paso; era el día 29 de agosto de 1326.

—Preparaos para el combate —ordenó don Juan Manuel a sus capitanes.

Mientras se desplegaba la vanguardia castellana, unas trompetas sonaron en la retaguardia, que mandaba el infante don Sancho, hermanastro de don Juan Manuel.

—¡Es una emboscada, señor! Los sarracenos atacan la espalda de nuestra retaguardia. Los manda el general Ozmín —gritó uno de los capitanes.

—¡Nos han atrapado y rodeado en medio de sus alas! ¡Estamos perdidos! —clamó otro.

La situación era grave. Los granadinos, comandados por el general Abú Said Utmán, el mejor estratega del rey de Granada, el mismo que había derrotado a los infantes y regentes don Pedro y don Juan en la batalla de la Vega siete años antes, cargaban desde posiciones de ventaja sobre la espalda de la retaguardia castellana, en tanto la vanguardia estaba retenida por un frente de soldados de a pie bien apostados a orillas del río Guadalorce.

—¡Escuchad! —Don Juan Manuel se alzó sobre su montura y desenvainó su espada—. Esta es la Lobera, la misma que empuñó el rey don Fernando cuanto conquistó Sevilla. Jamás perdió Castilla una batalla en la que estuviera presente esta espada. Yo soy descendiente del rey Fernando, y ahora soy quien la empuña, y quien os llevará a la victoria. Rezad conmigo, encomendaos a Dios Nuestro Señor y acabemos con esos sarracenos. ¡Luchad por Castilla y por Cristo!

La arenga de don Juan Manuel y la breve oración que siguió provocaron un estallido de júbilo entre sus hombres. Los enardecidos castellanos cargaron como relámpagos contra los sorprendidos musulmanes, que nunca habían visto semejante ferocidad en sus oponentes. Cada soldado castellano parecía un titán impulsado por la energía de un rayo.

La vanguardia castellana arrolló a los nazaríes, que huyeron despavoridos, y giró aguas arriba para sorprender en un movimiento envolvente al grueso del ejército nazarí, que se había confiado al imponerse a la retaguardia cristiana.

Cuando vieron aparecer aullando como lobos a los caballeros que mandaba don Juan Manuel, el pánico cundió entre las filas nazaríes, que comenzaron a desbaratarse.

—¡Por Santiago, por Castilla! —gritaban los capitanes cristianos, cuyos hombres los seguían en el combate repartiendo mandobles entre las filas de los desesperados granadinos.

La contundente carga dirigida por don Juan Manuel cambió el signo de la batalla. Tres mil musulmanes cayeron en el combate, por apenas cien cristianos. Parecía un milagro; era un milagro.

El infante alzó la espada Lobera y la agitó al viento ante el clamor unánime de los vencedores.

—Esta es la espada que nos guiará a la victoria final sobre los sarracenos. Dios está con nosotros. Arrodillaos, rezad y recibid la bendición del señor obispo.

Todos los soldados del ejército cristiano se arrodillaron y se persignaron mientras eran bendecidos por el prelado de Jaén.

La noticia de la victoria de don Juan Manuel en la batalla del río Guadalorce sobre el general Ozmín, que era como llamaban los cristianos al adalid granadino, inquietó al rey Alfonso.

—Ese hombre se está convirtiendo en un peligro para vuestra alteza —le dijo Garcilaso al rey, en un receso de la partida de caza que estaban practicando en los llanos de Tordesillas.

—Me casaré inmediatamente con su hija —dijo el rey.

—Señor, doña Constanza es menor de edad, no podéis hacerlo todavía.

—Claro que puedo; soy el rey.

Y lo hizo. Alfonso XI se casó con la hija de don Juan Manuel en Valladolid. Tuvo que jurar ante los Evangelios que no consumaría el matrimonio hasta que doña Constanza cumpliera la mayoría de edad, pues las hijas de los poderosos debían de estar bien guardadas para llegar vírgenes al matrimonio. La niña quedó al cuidado de una dama llamada Teresa, que tenía orden expresa del rey de custodiarla en todo momento.

Recién cumplidos los quince años, el rey Alfonso demostraba un temple inaudito para su edad. Al pedir la mano de la hija de don Juan Manuel había logrado atraerse al señor más poderoso de todos sus reinos y deshacer la alianza del señor de Villena con Juan el Tuerto, que había estado a punto de hacer tambalear su trono.

Además, otorgó a don Juan Manuel el título de Adelantado de la frontera de Andalucía, uno de los cargos más importantes del reino, que le confería un gran poder militar.

La nueva situación enervó a Juan el Tuerto. Sabía que nunca sería rey, pero maquinó la manera de acabar con el reinado de Alfonso XI y encontró una alternativa.

Los infantes de la Cerda, herederos del primogénito de Alfonso X, ni habían olvidado ni habían renunciado a sus derechos al trono. Hacía tres años que había muerto uno de ellos, el infante don Fernando, pero seguía vivo el mayor, Alfonso, que a sus cuarenta y cinco años mantenía la esperanza de ser proclamado algún día rey de Castilla y de León.

En presencia de sus amigos más íntimos, Alfonso de la Cerda afirmaba que él era el verdadero y legítimo soberano de Castilla, y que su tío Sancho IV se había apropiado ilegalmente del reino, de modo que tanto su hijo Fernando IV como su nieto y actual monarca Alfonso XI habían usurpado un trono que no les correspondía en derecho.

Juan el Tuerto vio en el infante de la Cerda al aliado adecuado para arrebatar la corona a Alfonso XI; ya que él no podría ser rey, al menos intentaría que su enemigo no lo siguiera siendo.

Los dos nuevos aliados se entrevistaron en una aldea al norte de Palencia. Allí trataron el derrocamiento de don Alfonso XI y la proclamación del infante de la Cerda como rey.

—No debimos dejarlo crecer —lamentó Alfonso de la Cerda mientras degustaba un vino tinto y espeso, endulzado con miel, junto a Juan el Tuerto.

—Ya es tarde para recriminarnos los errores del pasado. Somos primos hermanos; tu padre era el mayor de los varones y el mío el menor de los once hijos de nuestro abuelo el rey Sabio, de modo que tú tienes más derechos al trono que yo, y más aún que ese niñato que ahora lo ocupa.

—Mi padre era el penúltimo de los varones; el último era don Jaime, el que fuera señor de Cameros, que murió con apenas veinte años.

—Último o penúltimo, qué más da. Lo importante es que tú eres el legítimo heredero y debes ocupar el trono de Castilla; y para ello, puedes contar conmigo y con mis hombres en lo que sea necesario.

—Querido primo, don Alfonso cuenta con el apoyo de la mayor parte de la nobleza, y más ahora que se ha aliado con nuestro tío don Juan Manuel.

—Ese traidor... Debí haberlo matado cuando lo tuve al alcance de la mano.

—No hables así de nuestro tío, tal vez lo necesitemos —dijo el de la Cerda.

—Teníamos acordado un pacto de sangre. Con sus fuerzas unidas a las mías hubiéramos podido derrocar a don Alfonso, pero ese niñato se adelantó a nuestros movimientos y le pidió la mano de su hija doña Constanza, lo que provocó que don Juan Manuel cambiara su plan de alianzas, me abandonara y se aliara con el rey. Canalla...

—Don Juan Manuel es el hombre más astuto que conozco, y no dudará en volver a cambiar sus alianzas si eso conviene a sus intereses. Ahora lo que tenemos que saber es con quiénes podemos contar para enfrentarnos a don Alfonso.

—La mitad de los magnates de Castilla y casi todos los de León odian a este rey —dijo Juan el Tuerto—. Si nos alzáramos en armas contra su tiranía, se pondrían de nuestro lado la mayoría de los nobles de Galicia y de León, y las milicias concejiles de Salamanca, Zamora y Ávila, con las aldeas de sus términos.

—¿Y la Iglesia? —demandó Alfonso de la Cerda.

—Teníamos un plan secreto para que la Orden de Calatrava siguiera nuestros pendones, aunque su maestre se ha precipitado y ha obrado de manera imprudente. El muy torpe ha revelado antes de tiempo ante un concilio de frailes de su Orden que estaba dispuesto a apoyarnos para derribar al rey, y los frailes se han vuelto contra él. No le ha quedado más remedio que huir y buscar refugio en la encomienda que los calatravos poseen en la villa aragonesa de Alcañiz. El rey ha aprovechado su ausencia para ordenar que se nombre a otro maestre de su plena confianza. Pese a este grave desliz, media docena de obispos, sobre todo los de las diócesis del reino de León, sufragáneas de Compostela, nos serían afectos, aunque ignoro qué haría el papa; probablemente esperar acontecimientos hasta ver quién resultaba vencedor, Alfonso o tú, pues Roma siempre apuesta sobre seguro.

—Con todo eso no nos sería suficiente para vencer a don Alfonso.

—Nos queda un último aliado, pero el más importante: el rey de Aragón.

—¿Don Jaime? —se extrañó el de la Cerda.

—Claro, no hay otro rey en Aragón. Somos nietos de una aragonesa, la reina Violante, y debemos hacer valer nuestra sangre; aunque la ayuda de don Jaime tendría un alto precio.

—Por lo que escucho, supongo que ya lo has tratado con él.

—Por supuesto; don Jaime nos ayudaría a que tú obtuvieras el trono si a cambio le cedieras el reino de Murcia.

—Tienes razón, es un precio muy elevado.

—Lo es, pero Castilla y León bien valen renunciar a Murcia.

—Los nobles no lo aceptarían; si el pacto con don Jaime implica la entrega de Murcia a la Corona de Aragón, perderíamos el apoyo de buena parte o, quizá, de toda la nobleza castellana.

—No si prometes a sus magnates la concesión de más privilegios, más tierras y más mercedes —aseveró Juan el Tuerto.

—¿Y de dónde saldrían todos esos feudos?

—De las tierras de la Corona y de las propias de don Alfonso, que serían enajenadas una vez depuesto del trono; e incluso la promesa de concederles feudos en el reino de Granada cuando lo conquistemos.

—¿Podemos confiar en todos esos aliados? —preguntó de la Cerda.

—Por supuesto que no.

—Entonces, ¿cómo estaremos seguros de que nos ayudarán a derrocar a don Alfonso?

—No podemos estarlo, pero voy a averiguar hasta dónde serían capaces de llegar.

—¿Y cómo vas a hacerlo?

—El rey me ha citado en Toro para celebrar una entrevista. Quiere que firmemos la paz y pongamos fin a nuestras querellas.

—¿No estarás pensando en acudir a esa llamada?

—Por supuesto que sí.

—Puede ser una trampa.

—No lo creo.

—¿Te has vuelto loco?

—Iré a Toro; no le tengo miedo al rey.

—Sí, te has vuelto loco. Si acudes a esa encerrona, date por muerto —sentenció Alfonso de la Cerda.

Los campos de Toro amanecieron cubiertos de escarcha aquella mañana de otoño de 1326. El sol brillaba en un azul intensísimo, como si el cielo fuera de cristal, pero apenas calentaba, ni siquiera a mediodía.

Era la festividad de Todos los Santos, mediada la mañana, cuando Juan el Tuerto se presentó a las puertas del palacio real en Toro, al frente de doce caballeros, el máximo número con el que el rey Alfonso le había permitido acudir a la cita.

En el palacio se iba a servir un suculento banquete. En la enorme chimenea ardían unos leños que caldeaban la sala mayor, en la que se habían dispuesto unas mesas a los lados de un estrado elevado cubierto con dosel donde se sentaría el rey.

Juan el Tuerto y sus caballeros acudieron desarmados. Una de las condiciones que se habían pactado para celebrar la entrevista era que acudieran sin arma alguna, ni siquiera los puñales que los nobles siempre llevaban al cinto como señal de su estatus. Algunos de los caballeros del infante le reiteraron sus recelos sobre lo arriesgado de aquel encuentro, pero don Juan insistió en asistir tal cual se había pactado.

Una vez dentro de la sala, Juan el Tuerto y sus doce caballeros se sentaron donde les indicó el copero real, en la mesa a la izquierda del estrado, en tanto en la de enfrente se alineaban los caballeros del rey, aparentemente también desarmados.

El infante, que se había mostrado confiado hasta entonces, percibió que algo iba mal cuando contempló la disposición de los guardias reales, armados con lanzas en las manos y espadas al cinto, y repartidos estratégicamente por toda la sala. Su inquietud se acrecentó al observar que no había nada sobre las mesas, presuntamente preparadas para celebrar un gran ágape.

Cuando todos los comensales estuvieron colocados en los sitios asignados y los guardias ubicados en sus puestos, un heraldo anunció la entrada del rey.

—Don Alfonso, por la gracia de Dios rey de Castilla y de León, de Toledo, de Murcia, de Toledo, de Sevilla, de Córdoba, de Jaén...

Uno a uno, el faraute fue desgranando todos los títulos mientras el joven rey se sentaba en el estrado, bajo el dosel engalanado con las armas y escudos heráldicos con castillos y leones.

Con un gesto de su mano, el monarca indicó a los invitados que tomaran asiento. Entonces se levantó y habló:

—Señores, os he convocado en esta mi villa de Toro para haceros partícipes de un anuncio solemne y de extraordinaria gravedad. Desde que don Juan de Haro —don Alfonso dirigió una seria mirada a Juan el Tuerto— tomó posesión de la regencia, todas sus acciones estuvieron encaminadas a minar la autoridad real. Sus intenciones siempre han sido aviesas y perjudiciales para estos reinos.

El rictus del infante cambió drásticamente al escuchar las primeras palabras de Alfonso XI. Había acudido a las vistas de Toro convencido de que su sobrino pretendía acabar con las discordias que los enfrentaban, y estaba seguro de que cara a cara podría derrotar a ese mozalbete engreído que se sentaba en el trono de Fernando III; pero en ese momento se dio cuenta de que se había equivocado, y más aún cuando contempló con inquietud cómo entraban en la sala varios caballeros armados que iban tomando posiciones detrás de sus hombres.

—¡Señor...! —alzó la voz Juan el Tuerto a la vez que se ponía en pie.

—¡Sentaos y escuchad! —ordenó tajante don Alfonso.

De Haro miró a su alrededor y contempló los rostros de los hombres del rey. Fue entonces cuando comprendió que estaba perdido.

—Es una trampa —bisbisó Lope Aznárez de Fermoselle al oído de Juan—. Os lo advertí, no debimos acudir a esta encerrona; estamos muertos.

—Vos —el rey señaló con su brazo amenazante a su pariente— sois un traidor. Desde antes incluso de que fuera proclamado mayor de edad, habéis estado urdiendo planes para derrocarme, habéis acordado pactos secretos con los reyes de Aragón y de Portugal para repartiros estos reinos, tramasteis casaros con mi antigua prometida la infanta doña Blanca sin mi consentimiento y habéis soliviantado a algunos nobles en mi contra. Habéis cometido gravísimos delitos de lesa majestad, que han de ser castigados como procede en el *Fuero Juzgo* que ratificó mi antepasado el rey don Fernando, y en las *Siete Partidas* de mi bisabuelo don Alfonso el Sabio.

»En el título tercero de las *Partidas*, «el de las Traiciones», se califica como crimen de lesa majestad el que se comete al traicionar al rey, y se castiga con la pena capital.

Juan el Tuerto miró a su lugarteniente, y en sus ojos vio el reflejo de su propia muerte.

—Sois mi sobrino y mi rey; tenemos la misma sangre en nuestras venas, no cometáis semejante injusticia —imploró.

—Nada hay más justo que castigar a los traidores como dicta la ley. Por el poder que me ha concedido Dios y tal cual ordenan las leyes que rigen en Castilla y León, os condeno a muerte por traición a la corona —sentenció don Alfonso, a la vez que hacía una inequívoca señal con su cabeza.

Los hombres del rey se desplegaron y rodearon a los de Juan el Tuerto, que se apretujaron despavoridos.

Garcilaso de la Vega, que estaba junto al estrado del monarca, fue el primero en desenvainar su espada, e inmediatamente lo imitaron todos los demás, mientras los guardias apuntaban a los rebeldes con sus lanzas cortas; con paso firme y una mueca lobuna en su boca, avanzó hacia don Juan, al que sin mediar palabra le lanzó una estocada que le atravesó el vientre.

Juan el Tuerto se convulsionó, sujetó con sus manos la espada clavada en sus entrañas y miró con rictus desencajado y la boca entreabierta a su asesino. Garcilaso tiró entonces de su espada y la arrancó del cuerpo de su rival, cuyas manos quedaron rajadas en las palmas.

Sangrando por el vientre, por la boca y por las manos, Juan el Tuerto cayó de rodillas, y luego de bruces sobre el suelo de losas de piedra, que comenzó a teñirse de rojo oscuro.

El resto de los guardias se precipitaron sobre los aterrorizados caballeros, a los que apuñalaron y degollaron uno a uno como carneros en un matadero.

El último en caer fue López Aznárez, el lugarteniente y hombre de confianza de Juan el Tuerto, el que tanto le había insistido para que no acudiera a esa cita.

Con todos los cadáveres de sus enemigos abatidos sobre el suelo, Alfonso se levantó de su sitial y avanzó hasta el cuerpo de su tío. Con la punta de la bota le giró la cabeza, que estaba de bruces sobre el pavimento, y contempló sus ojos abiertos marcados por el rictus de la muerte.

—Esta es la justicia que se aplicará sin piedad a todos los traidores a nuestra corona —proclamó el rey ante la mirada satisfecha de Garcilaso de la Vega.

Hacía tan solo dos meses y medio que Alfonso XI había cumplido quince años, pero su determinación y su voluntad parecían propias de un monarca veterano curtido en todo tipo de batallas, pleitos y envites.

La noticia de la ejecución de Juan el Tuerto y de sus doce caballeros en la villa de Toro corrió por todo el reino como un relámpago entre las nubes.

Varios nobles, contrarios hasta entonces al rey, se aprestaron a mostrarle su lealtad y su vasallaje, otros se encastillaron en sus fortalezas esperando que no recayese sobre ellos la ira regia y la mayoría se sintió amedrentada por la energía de aquel muchacho que había demostrado ser capaz de ejecutar a miembros de su propia familia si se atrevían a cuestionar su autoridad y su poder.

Cuando en algunas ciudades y villas se conoció lo ocurrido en la sala del palacio real de Toro, algunas gentes que comentaron aquellos sucesos comenzaron a llamar a don Alfonso con el sobrenombre de «el Justiciero». Y no fueron pocos los que creyeron que aquel decidido rey era el monarca que Dios enviaba a esos reinos para imponer el orden en las cosas de este mundo, y acabar así con los aleatorios desmanes de los poderosos, los robos impunes de los magnates y los frecuentes abusos de la nobleza.

Tras la muerte de Juan el Tuerto, Alfonso XI se apropió de todos los feudos y propiedades que habían pertenecido al señor de Haro, y desheredó a su única hija, la pequeña Isabel, fruto del matrimonio de don Juan con la infanta Isabel de Portugal, con la que se había casado dos años atrás al frustrarse sus enlaces con doña Constanza y con doña Blanca. Ochenta castillos y fortalezas, muchos de ellos muy poderosos y ubicados en lugares estratégicos, pasaron a pertenecer a la corona; también se apropió de los señoríos de Vizcaya, propiedad de María de Haro, la madre de Juan el Tuerto, y de Molina.

El rey envió a Garcilaso al monasterio de Santa María de la Consolación, en la villa de Paredes, donde hacía ya tres años que estaba acogida doña María Díaz de Haro, señora de Vizcaya y de Molina, y madre de Juan el Tuerto. Ante la presión de Garcilaso, al que el rey había ordenado que no tuviera la menor consideración con ella, doña María tuvo que vender sus señoríos a Alfonso XI, que se convirtió en señor de aquellos dos grandes feudos. Unos sicarios fueron en busca de la hijita y heredera del Tuerto, pero el ama de cría, temiendo que la asesinaran para eliminarla como heredera de Vizcaya, logró esconderla y huir de Castilla. Con la ayuda de fieles vasallos vizcaínos logró escapar y llegar con la niñita a Bayona, ciudad del rey de Inglaterra en la costa vascona del sur de Gascuña, donde la puso a salvo.

Alfonso XI había ganado poder y prestigio, y había atemorizado a muchos de los nobles que habían apoyado a Juan el Tuerto. Envalentonado por su éxito, envió una carta al monarca de Portugal en la que le pedía la mano de su hija doña María; con ello pretendía demostrarle a don Juan Manuel que, fracasados sus acuerdos de esponsales con Blanca de Castilla, Violante de Aragón y Constanza Manuel, era él quien decidía con quién casarse, y que su poder estaba por encima de cualquier acuerdo matrimonial previo.

Cuando el infante don Juan Manuel se enteró de los tratos de Alfonso XI para casarse con doña María de Portugal, se sintió ofendido y vejado. Había entregado a su hija doña Constanza como futura esposa del rey de Castilla, pero este la acababa de despreciar y humillar al solicitar la mano de la infanta portuguesa.

La muerte de Juan el Tuerto dejaba a don Juan Manuel como el único oponente al rey Alfonso, y su situación se tornó muy peligrosa, aunque, pese a la matanza perpetrada en Toro, seguía conservando un nutrido grupo de fieles, que le ratificaron su apoyo.

El joven soberano quería poner fin cuanto antes a las revueltas de los nobles. Estaba dispuesto a someter como fuera a cuantos cuestionaran su autoridad, y no dudó en liquidar a cualquiera que se opusiera a sus designios.

Juan Ponce, alcaide del castillo de Cabra, se negó a acatar las órdenes del rey, se apoderó de la villa de Cabra y encabezó una revuelta en la región al sur de Córdoba. Alfonso XI lo conminó a que entregara Cabra y cesara su rebelión; ante la negativa de Ponce, el rey ordenó que le cortaran la cabeza.

En la ciudad de Soria, varios caballeros y miembros del concejo también se rebelaron y rechazaron cumplir las órdenes del monarca.

Alfonso XI, airado por la desobediencia de los sorianos, envió a Garcilaso de la Vega con instrucciones para que redujera con toda contundencia a los rebeldes.

—Si se resisten y no aceptan someterse, matadlos a todos. —Fue la tajante orden que dio Garcilaso a sus hombres en el camino hacia Soria.

La ciudad fundada por el rey Alfonso I de Aragón parecía tranquila a la llegada de la hueste real, que fue recibida con signos de amistad por los oficiales del concejo y los caballeros de Soria. Incluso invitaron a los de Garcilaso a asistir a una misa de acción de gracias y de reconciliación en la iglesia de San Francisco, tras la cual estaban dispuestos a firmar la paz.

—Señor —se dirigió uno de sus capitanes a Garcilaso de la Vega—, la complaciente actitud de esta gente me parece sospechosa; no descarto que nos hayan preparado una trampa.

—Descuida, Álvaro, sin duda los sorianos han aprendido la lección que dimos a los rebeldes en Toro, y saben que, si no acatan la autoridad de nuestro rey, correrán la misma suerte que Juan el Tuerto y sus hombres.

—Tal vez sea así, pero no debiéramos confiarnos; mantengámonos prevenidos por lo que pudiera ocurrir.

Los caballeros del rey, encabezados por el propio Garcilaso, se dirigieron a la iglesia del convento de San Francisco, extramuros de la ciudad. Los sorianos profesaban una gran veneración a este lugar, pues se decía que la ubicación de esa iglesia la había marcado el mismísimo san Francisco de Asís, cuando en 1214 pasó por Soria en el camino del peregrinaje a Compostela.

A la puerta de la iglesia esperaban varios miembros del concejo de Soria y dos decenas de caballeros.

—Señores, el concejo y los caballeros de Soria os damos la bienvenida a nuestra ciudad, a la vez que declaramos nuestra fidelidad a nuestro buen rey don Alfonso —anunció uno de los oficiales del concejo.

Garcilaso y sus hombres descendieron de sus caballos y se acercaron a la comitiva de bienvenida. Miraban a su alrededor con cierta desconfianza, pero no se atisbaba nada que hiciera presagiar lo que se iba a desencadenar poco después.

—Su alteza el rey don Alfonso os envía sus saludos —dijo Garcilaso.

—Pasemos a celebrar la santa misa, pero antes depositemos aquí nuestras espadas en señal de concordia y de respeto al santo de Asís, que fundó este templo como símbolo de paz y de concordia —propuso el portavoz del concejo.

—Yo no me desprenderé de la mía —habló Álvaro.

—Descuidad, señores, nosotros sí lo haremos —habló el portavoz de los sorianos.

Los miembros del concejo y los caballeros de Soria se desataron sus cinturones y depositaron sus espadas a un lado de la puerta.

—¡Señor, no debemos quedar desarmados! —exclamó Álvaro, que seguía recelando de aquel encuentro.

—Nada debéis temer, vamos a entrar en un recinto sagrado —dijo el miembro del concejo.

—De acuerdo, dejaremos las espadas pero conservaremos nuestros puñales —añadió Garcilaso.

—Está bien.

Ya dentro de la iglesia, el capitán Álvaro miró en derredor, receloso de sufrir una emboscada, pero solo vio a unos cuantos frailes ataviados con el hábito franciscano, alineados en silencio uno detrás de otro, y a un puñado de hombres que parecían labriegos de las aldeas de Soria.

—Deberíamos salir de aquí, esto es una ratonera —musitó Álvaro al oído de Garcilaso cuando se sentaron en los bancos asignados a los hombres del rey.

—Estamos en lugar sagrado; si pretendieran atacarnos, ya lo hubieran hecho, y no habrían esperado a cometer un sacrilegio derramando sangre dentro de esta iglesia y quebrantando la paz de Dios.

Garcilaso volvió la cabeza y vislumbró la longitud del templo, el más grande todos los construidos en Soria. Nada le hizo sospechar qué trampa se avecinaba.

Sentados en los primeros bancos de la izquierda, los hombres del rey comenzaron a inquietarse con el retraso del inicio de la misa.

—Algo va mal —musitó Álvaro, que echó mano a su puñal.

—¿Qué te hace sospechar?

—Este tiempo de espera, y todos esos frailes, y aquellos labriegos; son demasiados.

—Mira, ahí sale el sacerdote.

Desde la sacristía, un clérigo que parecía el celebrante se dirigió hacia el altar. Tras él seguían varios monjes formados en dos filas.

Cuando el falso sacerdote llegó ante el altar, alzó su mano izquierda y con la derecha desenvainó una espada que llevaba oculta bajo la casulla.

—¡Ahora! —gritó blandiendo el acero.

Los hombres vestidos como frailes franciscanos se despojaron de sus hábitos, bajo los cuales portaban espadas y otras armas, y se abalanzaron contra los hombres del rey. Los labriegos sacaron de debajo de los bancos lanzas cortas y alabardas y cerraron el paso hacia la puerta del templo.

—¡Traición, traición! —exclamó Garcilaso de la Vega.

—¡Defendeos con vuestros puñales! —exclamó Álvaro.

Pero ya era tarde. Los franciscanos eran caballeros disfrazados de frailes, que cargaron contra los hombres del rey, a la vez que entraban en el templo más hombres pertrechados con espadas, lanzas, hachas y escudos.

Rodeados ante el altar por los sorianos de la ciudad y de las aldeas, los hombres del rey fueron abatidos a lanzadas, hachazos y espadazos, sin que apenas pudieran defenderse con sus dagas y cuchillos.

Tras una corta pero intensa lucha, solo quedó con vida Garcilaso, que fue sujetado por los brazos. Un caballero de Soria se acercó hasta él.

—¡Traidores! —gritó, sabedor de que su fin estaba muy próximo.

—Llegasteis a Soria con la intención de hacernos presos a todos y ejecutarnos, pero pudimos enterarnos a tiempo de vuestras intenciones. Y ya veis, ahora el preso sois vos.

—El rey acabará con todos vosotros, malditos rebeldes —masculló Garcilaso.

—Tal vez, pero no será hoy, como vos pretendíais.

—¿Por qué hacéis esto?

—Por venganza y por justicia. La matanza que vos perpetrasteis en Toro fue la peor que se ha hecho en España —el caballero soriano se refirió así al conjunto de todos los reinos cristianos peninsulares—, un enorme crimen por el que debéis pagar.

—Lo de Toro no fue un crimen, sino una ejecución; allí impartimos justicia, la justicia del rey.

—Don Juan de Haro era el señor de varios de los campesinos que están aquí presentes, y García Fernández Sarmiento y Juan Aznárez, a los que también asesinasteis en Toro, eran amigos míos.

—Eran traidores a su rey —replicó Garcilaso.

—Haced justicia; acabad ya con este cerdo.

Un aldeano, provisto de un cuchillo de hoja ancha más propio de un matarife que de un soldado, degolló de un tajo limpio a Garcilaso de la Vega, cuyo cuerpo cayó como un fardo inerte sobre el suelo de San Francisco.

—El rey don Alfonso no perdonará lo que hemos hecho, pero no teníamos más remedio que proceder de este modo; eran sus vidas o las nuestras —se justificó el portavoz del concejo.

Veintidós caballeros, incluido el propio Garcilaso de la Vega, quedaron muertos en la iglesia. Todos los presentes fueron conscientes de que el rey iría a por ellos, y que deberían estar preparados para enfrentarse a la cólera regia.

4

En la primavera de 1327 murió el infante don Felipe, el único de los tres últimos regentes en que confiaba el rey. La muerte del mayordomo real y, sobre todo, las represalias que se esperaban tras la matanza de Soria aceleraron la idea de don Juan Manuel de desnaturalizarse de Castilla, lo que venía rumiando desde que su hija doña Constanza había sido despreciada y humillada por el rey Alfonso al rechazarla como esposa, a pesar de haber firmado el acuerdo de matrimonio.

El señor de Villena, sabedor de que Alfonso XI iría a por él, escribió varias cartas en las que anunciaba que se desnaturalizaba del reino de Castilla y que no se reconocía como vasallo de su rey.

Junto a las cartas de desnaturalización, don Juan Manuel envió una copia del *Libro de la caza*, que había terminado un año antes, y en el cual hacía una descripción de los mejores lugares para cazar con halcón en el reino de Castilla, siguiendo los cursos de los principales ríos, a la vez que elogiaba esta práctica por ser propia de reyes y nobles, y un oficio loado por sabios filósofos como el cordobés Séneca.

Los reyes de la cristiandad usaban a sus hijos como moneda de cambio para firmar acuerdos políticos. Los de Aragón y Castilla, desde la época de Jaime el Conquistador y Fernando el Santo, habían casado a sus respectivos infantes entre sí, con la lejana idea de que algún día las dos Coronas más poderosas de la Península, que se habían repartido los derechos de conquista de las tierras de los musulmanes andalusíes, pudieran unirse en una sola. Los reyes de Castilla y León también habían acordado pactos matrimoniales con el vecino reino de Portugal, que hasta mediados del siglo XII, cuando alcanzó la independencia, había sido un condado del reino leonés. Entre tanto, Portugal había mirado en algunas ocasiones hacia Aragón e Inglaterra, intentando buscar en sus reyes aliados con los que protegerse de la amenaza de una invasión castellana, que siempre pendía sobre ese reino.

Ante semejante juego de alianzas, el rey Jaime II de Aragón escribió a su hermana Isabel, reina de Portugal por su matrimonio con el recién fallecido Dionisio I, avisándole de que le dijera a su hijo Alfonso IV, nuevo rey portugués, que estuviera al tanto de las intenciones de Alfonso XI, pues el castellano había roto su compromiso de matrimonio con doña Constanza, la hija de don Juan Manuel, para pedir la mano de su nieta la infanta María, y que detrás de ese movimiento se escondían las verdaderas intenciones del rey de Castilla, que no eran otras que anexionarse el reino de Portugal en cuanto pudiera, por las buenas o mediante la guerra

Jaime II de Aragón ya había cumplido los sesenta años cuando se vio por última vez con don Juan Manuel.

—Tras tres años de guerra hemos culminado la conquista de Cerdeña. Los pisanos se han rendido sin condiciones y han aceptado al fin nuestra soberanía sobre esa isla. Ahora podemos atender a los asuntos peninsulares —le dijo Jaime II de Aragón a don Juan Manuel.

—Señor, la conquista de Cerdeña es una excelente noticia que abre grandes posibilidades y expectativas para vuestra Corona de Aragón, pero no olvidéis que don Alfonso ambiciona ganar Granada, y ampliar así el poder de Castilla, y sé que no renuncia a recuperar las tierras que vuestra alteza ganó al sur de Valencia, pues considera que Alicante, Elche y Orihuela son castellanas —precisó don Juan Manuel.

—Hace ya dos siglos que castellanos y aragoneses nos disputamos las regiones limítrofes entre ambos reinos. Mi antepasado el rey Alfonso el Batallador se proclamó rey de Castilla, y su hijastro Alfonso de León ocupó Zaragoza por algún tiempo. Para evitar una guerra entre cristianos, aragoneses y castellanos firmaron tratados de paz en los que se repartían las tierras a conquistar a los sarracenos, pero todavía quedan algunos territorios en litigio.

—El rey de Castilla es un joven ansioso de gloria y de victorias; si de él depende, no cumplirá esos tratados. Debéis adelantaros a su planes.

—El reino de Navarra y el señorío de Albarracín son territorios independientes que ambos ambicionamos incorporar a nuestras respectivas coronas, y también el señorío de Molina, que fue una conquista de Aragón y ahora es vasallo de Castilla.

—Y no olvidéis el reino de Murcia, mi señor, que ganó vuestro ilustre abuelo el rey Jaime el Conquistador, y que luego regaló a Castilla en virtud de esos tratados.

—Sí, Murcia debería ser nuestra.

—Pues reclamadla.

—Mi abuelo el rey Conquistador firmó un tratado con vuestro tío el rey Sabio, y debo cumplirlo.

—Señor, los tratados obligan a las dos partes, y sé bien que en cuanto pueda y tenga oportunidad de hacerlo, el rey de Castilla lo quebrantará. No es un hombre de palabra.

—No tenéis a vuestro sobrino don Alfonso en muy alta estima.

—No. Ha pasado toda su infancia y primera juventud recluido en el palacio real de Valladolid, esperando a cumplir los catorce años para ejercer el poder; y durante todos esos años su abuela doña María y, sobre todo, sus consejeros más próximos, como Garcilaso de la Vega y Álvar Fáñez, afortunadamente abatidos en Soria, le llenaron la cabeza de sueños de grandeza y le enseñaron que Castilla tiene que dominar toda España, y que de haber un solo rey en todas estas tierras ha de ser él.

»Ahora tiene quince años, pero no permitáis que ese mozalbete siga creciendo y que aumenten su ambición y sus ansias de gloria hasta que sea inevitable una guerra para nuestra propia supervivencia.

—¿Qué proponéis entonces?

—Señor, yo me he desnaturalizado de Castilla por las humillaciones que a mí y a mi hija ha hecho don Alfonso, pero también porque mis agentes me revelaron el plan que se estaba pergeñando en la corte de Valladolid para asesinarme.

—¿Estáis seguro?

—Absolutamente seguro. Fue Garcilaso de la Vega quien convenció a don Alfonso para que acabara conmigo; fue ese canalla quien logró que el rey repudiara a mi hija como esposa y pidiera la mano de la hija del rey de Portugal; fue ese felón quien urdió la traición que acabó con la vida de don Juan de Haro en la traicionera emboscada de Toro.

—Pero Garcilaso de la Vega ya está muerto.

—Sí, lo mataron en la iglesia de San Francisco los caballeros de Soria; lo hicieron así porque sabían lo sanguinario que era ese hombre, y que o lo mataban a él, o Garcilaso los mataría a todos ellos. Fue un acto en defensa propia.

—Matanzas en Toro, Soria, revueltas en Ávila, Segovia, Sevilla, disturbios en Vizcaya y Galicia, alzamiento de los nobles..., parece que vuestro sobrino tiene muchos problema en sus dominios.

—Señor, este es el momento oportuno para que Aragón gane

más tierras: Navarra, Vizcaya, Molina y Murcia serán vuestras si así os lo proponéis. La mitad, al menos, de los nobles de Castilla y León se pondrían de vuestro lado si decidierais acabar con la tiranía de don Alfonso; hacedlo, mi señor, antes de que sea demasiado tarde y ese monstruo crezca y nos devore a todos.

—Entiendo vuestra preocupación, don Juan Manuel, y la comparto, pero los soberanos de Aragón nos debemos a nuestra palabra y a nuestros pactos. Esta Corona se rige por leyes, fueros y ordinaciones ancestrales que ni siquiera el rey puede quebrantar. Los aragoneses, catalanes y valencianos están orgullosos de sus derechos y libertades, y los defenderán hasta la propia muerte. Hace dos años tan solo, las Cortes de Aragón aprobaron una resolución por la que quedaron suprimidos el tormento y tortura en este reino, y sabed que hay tierras en Aragón donde todos los hombres son iguales y se rigen por el mismo fuero. Yo mismo he confirmado los de Daroca, Calatayud y Teruel, en los que se dice que todos los vecinos tienen los mismos derechos, incluidos en algunos casos los judíos y los sarracenos.

—Señor mi rey, los hombres no nacemos iguales. Vuestra sangre y la mía no son iguales a la de un plebeyo. Nuestra natura y nuestro linaje han sido tocados por la gracia de Dios, y así lo enseña la Iglesia.

—No hemos nacido en la misma cuna, es cierto, pero recordad el Evangelio: todos los hombres somos iguales a los ojos de Dios.

—En el cielo, señor, en el cielo, pero no en la tierra.

»Tomad, es un regalo.

Don Juan Manuel le entregó a Jaime II una copia de su obra *Crónica abreviada*.

—A lo que veo, os gusta tanto la pluma como la espada.

—Se trata de mi última obra. Es un compendio de la historia de España desde los tiempos más antiguos hasta el reinado de mi abuelo el rey don Fernando, que conquistó Córdoba y Sevilla a los moros.

—Lo leeré con atención.

—Gracias, señor.

»¿Y en cuanto a lo de Murcia?

—Las cosas se quedarán como están.

—Alteza, si así lo decidís, yo os ayudaré a ganar Murcia para vuestra corona. Puedo alistar a vuestro servicio quinientos hombres de armas, dos mil lanzas y cinco mil infantes; con esa hueste, más la que aporte vuestra alteza, Murcia será de Aragón.

—¿Y qué me pedirías vos a cambio de vuestra ayuda?

—Lo mismo que le pedí al rey Alfonso: cuatrocientos mil maravedíes de renta y el título de marqués de Murcia; no es mucho por todo un reino.

—Hace algún tiempo causasteis ciertos destrozos en tierras de Murcia, quizá todavía lo recuerden los murcianos y no aprueben vuestro marquesado.

—Tenía que vengar la afrenta que me causó don Alfonso al humillar a mi hija y a mi familia. Era una cuestión de honor; y sin honor, ¿qué quedaría de la nobleza?

—En cualquier caso, en Murcia no os recuerdan precisamente con una sonrisa, de modo que, por el momento, dejaremos las cosas tal cual están —reiteró don Jaime.

5

Era demasiado joven y muchos nobles lo menospreciaban y lo consideraban un monarca carente de experiencia y poco preparado para la guerra contra los sarracenos, pero el rey Alfonso XI estaba dispuesto a demostrarles que se equivocaban.

Las matanzas de Toro y de Soria habían estremecido a todo el reino. Algunos nobles temieron por su vida, pues si apoyaban al bando rebelde que pretendía vengar el asesinato de Juan el Tuerto, acabarían ejecutados por orden del rey, y si se decantaban por el monarca, podían caer asesinados por los sicarios de los rebeldes.

Castilla y León ardían en conjuras y temores, y algunos poderosos aprovecharon la situación de miedo y desgobierno para cometer todo tipo de delitos con absoluta impunidad. Creyendo que el joven rey carecía de autoridad y determinación, un grupo de rebeldes asaltó la catedral de Segovia, la saqueó y la incendió. Enterado de lo ocurrido, Alfonso XI, que iba camino de Sevilla para desde allí planear la guerra contra Granada, se dirigió a esa ciudad anunciando con heraldos que iba a impartir justicia con su propia espada.

En cuanto llegó a Segovia, apresó a los culpables de los saqueos e incendios, instruyó un juicio sumarísimo y los condenó a muerte. Alfonso XI dispuso que el castigo fuera ejemplarizante, a fin de que todos los rebeldes supieran qué les ocurriría si se atrevían a desafiarlo. Los condenados fueron atados por los cabellos y arrastrados por las calles de la ciudad, se les rompieron los espinazos con golpes de cadenas y mazas, se les cortaron las manos y los pies, y los que aún quedaron con vida fueron ejecutados, unos en la horca y otros mediante el degüello. Sus cadáveres se amontonaron en una pira a las afueras de la ciudad y fueron quemados hasta que sus cuerpos quedaron reducidos a cenizas, que se aventaron y dispersaron en el aire.

Durante años, desde que tuvo conciencia de ser rey de Castilla y León al lado de su abuela doña María en el palacio real de Valladolid, Alfonso XI había esperado ansioso el momento en el que ponerse al frente del ejército, dirigir una carga de caballería en una batalla y conquistar las tierras del reino nazarí de Granada, el último pedazo de tierra hispana que quedaba bajo dominio musulmán.

No pasaba una sola noche sin que antes de tumbarse en la cama se imaginara entrando triunfante en la ciudad de Granada, ocupando su fortaleza roja, consagrando sus mezquitas como iglesias y colocando con sus propias manos la cruz de Cristo sobre los torreones de sus murallas.

Ejecutados los rebeldes segovianos, y tras varios meses de preparativos, el rey se dirigió a la frontera al este de Sevilla, se vistió la cota de malla, se colocó el casco de combate, se enfundó la espada y salió en campaña militar a tierras andalusíes. Durante varias semanas recorrió las estribaciones septentrionales de la sierra de Grazalema, en la frontera de Castilla con Granada, asedió y tomó la villa de Olvera, a una jornada de camino al sur de Osuna, y derrotó en el río de Ronda a los granadinos, que estaban debilitados pues libraban entre ellos una guerra civil en la que fue asesinado su monarca. Aquella de Olvera no se trataba de una campaña de conquista, sino de una demostración de que el joven Alfonso XI era capaz de dirigir una hueste, librar una batalla y alzarse con la victoria.

Entre tanto, en la desembocadura del Guadalquivir se trabó un combate naval en el que las galeras castellanas del almirante Alfonso Jufré derrotaron a la armada granadina, pese a que la flota nazarí estaba reforzada con varias naves de sus correligionarios norteafricanos, los benimerines.

Tras la demostración de fuerza en la frontera, don Alfonso decidió regresar a sus dominios del norte, pero no quería abandonar la conquista de Olvera, en donde ninguno de sus hombres deseaba quedarse para asentar el dominio de la plaza. Por ello, el rey concedió una carta puebla a esa villa en la cual introdujo un curioso privilegio: todos aquellos criminales, delincuentes y homicidas que vivieran durante un año en esa villa, gozarían del perdón real y quedarían libres de responder por cualquier acusación y serían absueltos de cualquier pena o castigo.

De vuelta al corazón de Castilla, se detuvo un tiempo en la ciudad de Sevilla, que ya le había agradado mucho la primera vez que la vio, unos meses atrás. En esta segunda visita quería rezar ante la tumba de su conquistador, su tatarabuelo el rey Fernando, al cual algunos le atribuían milagros y lo consideraban por ello digno de santidad.

Enrique Enríquez, bisnieto del rey Fernando, salió con sus caballeros al encuentro de don Alfonso. Caía un sol de justicia, y desde el cauce del Guadalquivir se elevaba una tenue bruma producto de la rápida evaporación del agua.

Decenas de caballeros armados con lanzas y escudos esperaban alineados en dos filas a lo largo de las orillas del camino meridional de acceso a la ciudad. A un lado formaba un grupo de caballeros moros, con Ibrahim, hijo del general Ozmín, al frente, que miraban con cierto recelo a los trescientos cautivos granadinos que el rey exhibía como trofeos de guerra y muestras humanas de su triunfo tras haberlos capturado en las batallas libradas en el sitio de Olvera, en el río de Ronda y en la naval en la desembocadura del Guadalquivir.

Enrique Enríquez saltó de su caballo y se apresuró a acudir ante el del rey. Sujetó el bocado, hincó la rodilla en tierra, agachó la cabeza y dijo:

—Señor mi rey, os damos la bienvenida a vuestra ciudad de Sevilla, una de las urbes más nobles del mundo, y os rogamos que aceptéis el banquete que en vuestro honor hemos preparado en nuestra casa.

—Agradezco vuestra hospitalidad, don Enrique, pero antes quiero visitar mi alcázar real; luego acudiré a ese banquete.

—Con vuestro permiso, os escoltaremos como guardia de honor en vuestra entrada triunfal en Sevilla, señor.

El rey se colocó bajo un palio de seda dorada y comenzó el

desfile hacia la catedral; las calles estaban enramadas y cubiertas de juncos, hierbas aromáticas y flores.

La entrada real tras la victoriosa campaña de Olvera fue muy celebrada en Sevilla. La población se echó a las calles para festejar el triunfo de su soberano. Hombres y mujeres bailaban junto a la comitiva y vitoreaban a los soldados al paso del desfile de las tropas hasta el alcázar, al son de trompetas y atabales. En algunas zonas donde se ensanchaban las calles, muñecos representando a bestias que parecían estar vivas de tan realistas como eran se movían entre la multitud atemorizando a niños y mayores; algunos caballeros practicaban el juego de los bohordos en plazas y explanadas, compitiendo por sustanciosos trofeos; en el arenal se celebraban carreras de caballos con jinetes montando a la gineta; varias embarcaciones navegaban por el Guadalquivir simulando una batalla naval, y por todas partes sonaba la música, corría el vino y se celebraban alegrías por la presencia del rey.

Desde lo alto de la torre de la antigua mezquita mayor, consagrada como catedral cristiana desde el tiempo de la conquista, sonaron unas trompetas que anunciaron a toda Sevilla que el rey de Castilla había llegado triunfante a la ciudad.

La casa de Enrique Enríquez era un antiguo palacio que en su día fue propiedad de un rico visir de los reyes musulmanes de la taifa de Sevilla.

Disponía de baños propios, un amplio patio con rosales y limoneros, una fuente con figuras de leones tallados en piedra y una capilla que antaño fue oratorio para el culto de los mahometanos.

El rey llegó al palacio pasada la media tarde. Se había cambiado sus ropas de combate por una túnica de seda verde y unas calzas rojas, y lucía una corona de oro con perlas y rubíes.

Tenía el rostro tostado por el sol del verano, lo que destacaba aún más su cabellera dorada y sus ojos azules.

—Señor, os presento a mi esposa doña Juana y a mi cuñada, doña Leonor.

Alfonso XI besó la mano de la esposa de Enríquez y luego la de Leonor de Guzmán, a la que miró a los ojos asombrado. Jamás había visto a una mujer de semejante hermosura.

—De modo que vos sois Leonor. He oído hablar de vuestra

belleza, pero nunca imaginé que fuera cierto cuanto se decía de vos —mintió el rey, que hasta ese día no conocía la existencia de aquella joven—. No se han inventado las palabras para describir cuán preciosa sois.

Leonor de Guzmán tenía diecisiete años bien cumplidos. A los catorce años la habían casado con el noble Juan de Velasco, uno de los magnates más poderosos de Castilla, propietario de muchos bienes y Adelantado de la frontera de Andalucía. Velasco había muerto unos meses atrás, dejando viuda a la fascinante Leonor.

Era tan preciosa, su rostro y sus formas corporales emitían tanta belleza y su figura resultaba tan espléndida que provocó una enorme e inmediata impresión en el joven rey, casi dos años menor que ella.

No podía dormir. El calor de la noche sevillana y el recuerdo de Leonor le impedían conciliar el sueño.

Se levantó de su lecho en el alcázar y llamó a uno de sus criados de confianza, que hacía guardia a la puerta de su aposento.

—Ve en busca de doña Leonor de Guzmán. Dile que el rey quiere verla, que le ruega que venga al alcázar —ordenó Alfonso XI.

—Alteza, está mediada la madrugada y es noche cerrada —comentó el criado.

—He dicho que vayas por ella ahora mismo, con una guardia de una docena de soldados.

—Pero, ¿qué aducimos, mi señor? Igual creen que somos ladrones y se niegan a abrirnos la puerta de su palacio.

—Toma, muéstralo si alguien pone cualquier impedimento. —El rey le entregó su sello.

—Como ordenéis, alteza.

Una hora después, Leonor de Guzmán llegaba al alcázar sevillano custodiada por la docena de guardias reales.

El patio que daba acceso a los aposentos de Alfonso XI estaba iluminado por faroles y en unos pebeteros ardían astillas de madera de sándalo que aromatizaban el aire.

—Señora, os agradezco que hayáis aceptado venir en esta oscura noche a mi casa —le dijo el joven rey.

—¿Cómo podría negarme a una orden de vuestra alteza y, además, si esa orden está respaldada por una docena de soldados bien armados?

—No se trata de una orden, sino de un ruego.

—Pues aquí estoy, mi señor. ¿Qué queréis de mí?

—Volver a contemplar vuestra belleza.

—¿Y no podíais esperar a mañana?

—No podía dormir sin volver a veros. Vuestro rostro volvía una y otra vez a mi cabeza. Necesitaba mirar de nuevo vuestros ojos antes de cerrar los míos. Jamás había visto una belleza semejante a la vuestra.

—Os agradezco vuestras palabras, alteza.

—Sería capaz de estar contemplando vuestro rostro toda la vida.

—Sois muy gentil.

El rey cogió la mano de Leonor y la besó; luego le indicó que se sentara en un diván cubierto de almohadas con brocados morunos.

—¿Os apetece alguna bebida?, ¿vino, zumo...?

En ese momento un laúd comenzó a sonar en un rincón del patio y una voz cantó un poema.

—Deliciosa melodía y excelente voz —dijo Leonor.

—Esa canción la compuso mi bisabuelo, el rey don Alfonso el Sabio. Vivió algún tiempo en este alcázar,

—Lo sé. Yo nací en Sevilla, y todos los sevillanos conocemos la historia de vuestro antepasado.

—¿Os agradaría ser amada por un rey?

—Soy una mujer viuda, y, por lo que sé, estáis comprometido...

—Cuando todavía era menor de edad, mis tutores firmaron mis esponsales con doña Constanza, la hija de mi pariente don Juan Manuel, una niña muy pequeña. El año pasado, cuando cumplí la mayoría, rechacé y anulé ese acuerdo, de modo que sigo soltero.

—Me refería a vuestro compromiso con la infanta doña María de Portugal. He oído decir que vuestra boda se celebrará pronto.

—Estáis bien informada. Esa boda también ha sido pactada. Mis consejeros dicen que con ese matrimonio Castilla cerrará una estrecha alianza con el reino de Portugal. Además, doña María es mi prima hermana, hija de mi tía doña Beatriz, así que necesitaré una dispensa del papa, y puede tardar varios meses en llegar. ¿Sabéis una cosa?, los reyes no somos libres para elegir a nuestras esposas, pero sí para decidir a qué mujer amamos, y yo he decidido amaros a vos.

—Pero si ni siquiera me conocéis. Solo me visteis ayer durante el banquete que os ofreció mi cuñado, y ahora me aseguráis de modo tan rotundo que ya me amáis...

—Observaros durante un instante ha sido suficiente para mí. Ayer, nada más contemplar vuestros ojos, supe que seríais el amor de mi vida. Ya os he confesado que no he podido dormir, pues vuestro recuerdo me lo impedía

—Sois demasiado joven aún, pero ya sabéis utilizar palabras lisonjeras y halagos para cautivar a una mujer.

—Os hablo así porque habéis abierto en mi corazón una llaga que me provoca un gran dolor, y que solo vuestro amor correspondido calmará.

—Vaya, sois directo en vuestra declaración. Ni siquiera habéis utilizado una dueña como intermediaria, como suelen hacer algunos hombres que requieren amores secretos.

—No necesito ninguna alcahueta para deciros que os amo.

—¿Y si recelo de vuestras bellas palabras?

—¿Por qué habríais de hacerlo?

—Porque es frecuente que los hombres busquen seducir a las mujeres con insistencia, pues enseña el sabio Aristóteles que el varón es activo y la hembra pasiva, y como la mujer suele recelar de las buenas palabras de un hombre, este se ve obligado a cortejarla con regalos para enamorarla.

—¿Y la mujer?

—A la mujer le sobra con su belleza —dijo Leonor.

—Yo no os he traído ningún regalo, salvo un poema que esta misma noche he escrito para vos. ¿Queréis escucharlo?

—Por supuesto, mi señor.

Alfonso XI cogió un papel donde poco antes había escrito unos versos, y leyó: «En un tiempo cogí flores / del muy noble paraíso / cuidado de sus amores / y de su hermoso riso. / ¡Ay, señora, noble rosa, / merced os vengo a pedir, / fiaros de mi dolor / y no me dejéis morir!».

—Es un poema muy hermoso.

—Está sin acabar; el final será según vos decidáis.

—¿Decidir?, ¿qué es lo que tengo que decidir?

—Si aceptáis mi amor...

—¡Oh!, mi señor, ya os he dicho que hace poco que soy viuda...

—Por tanto, no tenéis esposo.

—No soy... virgen.

—Qué importa eso...

Leonor contempló los ojos del rey; en ellos pudo ver el deseo que lo embargaba.

—Soy casi dos años mayor que vuestra alteza.

—Qué importa eso...

—Estáis comprometido con una princesa de Portugal.

—Qué importa eso...

—Permitidme, señor, que no me entregue a vos ahora; necesito algún tiempo para...

—Os comprendo —la interrumpió el rey—. Bien a mi pesar, permitiré que os retiréis. Solo volveré a vos cuando vos lo requiráis.

Don Alfonso tomó la mano de Leonor y la besó con delicadeza, como le habían enseñado en la corte que debía hacerlo un caballero con las damas de la más alta alcurnia.

Aquella noche, cuando Leonor se volvió a acostar en su cama, ni siquiera pudo imaginar cuántas emociones la esperaban al lado del rey.

6

A don Juan Manuel le embargaba la doble y contradictoria emoción de sentirse a la vez furioso y abatido.

Acababa de llegar a sus manos una carta del rey Alfonso XI en la que le confirmaba de manera irrevocable que repudiaba a su hija Constanza como futura esposa y que rompía cualquier compromiso de matrimonio que pudiera existir.

Le decía que, dada la corta edad de doña Constanza, el acuerdo matrimonial carecía de validez, pues no se había consumado, de modo que su hija seguía siendo virgen, por lo que no existía vínculo alguno y quedaban anulados los esponsales.

—La palabra de un rey ya no vale nada —lamentó don Juan Manuel—. Corren tiempos de sangre y muerte; quizá tengan razón los agoreros que andan por ahí anunciando la inminente llegada del fin del mundo.

—¿El fin del mundo? —se extrañó su esposa doña Constanza.

—Sí, una vieja manía de visionarios que predican que las profecías que se anuncian en el *Apocalipsis* de san Juan están cerca. ¿Sabes que en ese libro se dice que mil años después del triunfo de Jesucristo se dará inicio al fin de los tiempos?

—Pero estamos en el año del Señor de 1327, eso debería haber ocurrido hace ya tres siglos.

—Los augures de esa profecía afirman ahora que el verdadero triunfo de Cristo no se produjo hasta trescientos años después de su muerte en la cruz, sino cuando el emperador Constantino promulgó un edicto en Milán que legalizó el culto cristiano. Si tienen razón, los mil años que anuncia la profecía se cumplirán en esta época.

»Y tal vez la tengan. Todo el mundo está sumido en las tinieblas de la muerte. Los musulmanes de Granada, de entre los cuales surgirá el Anticristo según algunos, se están matando entre ellos; Ismail fue asesinado en su palacio de la Alhambra de una puñalada en el cuello; hace unas semanas ha muerto, dicen que también asesinado, el rey Eduardo de Inglaterra en su castillo de Berkeley; aquí, en estos reinos, se han perpetrado varias matanzas de caballeros y plebeyos; el papa ha abandonado Roma y la Iglesia vive un verdadero cautiverio en la ciudad de Aviñón, mientras mueren los reyes de Francia en extrañas circunstancias.

»Y el rey de Castilla y León rompe su palabra...

Don Juan Manuel y su esposa doña Constanza pasaban aquellas semanas de otoño en el castillo de Garcimuñoz, a una jornada de camino al sur de la ciudad de Cuenca. Aquella fortaleza, desde la que se controlaban los señoríos de don Juan Manuel en Castilla y en la Corona de Aragón, le gustaba especialmente, sobre todo por el aire limpio y fresco de la región y porque en sus bosques de encinas de los cerros del Sotillo y el Montecillo abundaba la caza. Don Juan Manuel solía pasar en ese castillo largas temporadas, cazando con sus halcones y escribiendo sus libros, sus dos grandes pasiones y entretenimientos.

Aquellos días estaba redactando *El libro del caballero y el escudero*, una colección de cincuenta relatos moralizantes con los que pretendía emular las colecciones de cuentos orientales, adaptándolos al mundo y al modo de vida de los cristianos.

—Al repudiar a nuestra hija, y hacerlo con semejante desprecio, don Alfonso me ha humillado, y no puedo consentirlo —masculló don Juan Manuel.

—¿Piensas enfrentarte al rey? ¿Acaso no has visto de lo que es capaz ese hombre? —le preguntó Constanza, preocupada.

—Le pediré que nos devuelva a nuestra hija; todavía es una niña, y sigue siendo virgen, de manera que podremos casarla como conviene a su condición y abolengo.

—Mi pobre niña, mi pequeña...

Doña Constanza comenzó a toser de forma compulsiva, como si se hubiera atragantado de repente.

—¿Qué te ocurre?

—Mi pecho..., no puedo respirar, no puedo...

El corazón de doña Constanza de Aragón, segunda esposa de don Juan Manuel e hija del rey Jaime II, se detuvo a los veintisiete años de edad.

El señor de Villena la lloró con aflicción. Había estado a su lado desde muy pequeña, la había amado mucho y le había dado tres hijos, de los que solo sobrevivía Constanza, que, aun repudiada por Alfonso XI como futura esposa, continuaba encerrada en el castillo de Toro.

Una vez enterrada su mujer, don Juan Manuel reclamó al rey que le entregara a su hijita, pero el monarca se negó a devolverla. Quería mantener a la niña como rehén y garantía de que su padre no se volvería contra él.

Al recibir la negativa real, don Juan Manuel rompió relaciones con Alfonso XI y juró que se vengaría y que haría cuanto estuviera en su mano para deponerlo del trono.

7

Alfonso XI estaba decidido a no ceder ante nadie un ápice de su autoridad y poder, ni siquiera ante don Juan Manuel.

Estaba dispuesto a protagonizar hazañas formidables, y para un rey de Castilla la más portentosa era sin duda la conquista de Granada. Desde Córdoba, remitió una carta al papa Juan XXII para que le ayudara en la conquista del último reino moro en España, que pretendía culminar cuanto antes, y le solicitaba que emitiera una bula de cruzada, convirtiendo así esa empresa en un asunto concerniente a toda la cristiandad.

Dejó Córdoba y continuó hacia el norte. Al llegar a Escalona se enteró por el conde Alvar Núñez de que una nueva revuelta había estallado en Valladolid. Una multitud exacerbada por agentes de sus enemigos había asaltado la casa de su consejero el judío Yuzaf, con la intención de matarlo. El hebreo había logrado escapar y se había refugiado en el alcázar, donde le había prestado refugio doña Sancha, pariente del rey, que lo acogió bajo su protección.

Pero ni aun así los rebeldes se habían calmado, y habían puesto cerco al alcázar real demandando la entrega del judío. El concejo de Valladolid se había puesto del lado de los sublevados y había cuestionado la autoridad del rey.

—Convocad a los concejos de Medina del Campo, Arévalo y Olmedo, que recluten a las milicias y acudan a mi llamada. Juro ante Dios que daré un escarmiento ejemplar a esos traidores de Valladolid —proclamó solemnemente don Alfonso.

Al frente de esas milicias concejiles y de la hueste real, Alfonso XI se dirigió a Valladolid con la firme intención de ejecutar a los rebeldes, como ya había hecho en Toro. Mascullaba entre dientes que muchos de sus súbditos no aprendían la lección y que seguían cuestionando su autoridad. No podía consentirlo. Impondría su voluntad aunque tuviera que llevarse por delante a la mitad de los nobles y de los oficiales de los concejos de Castilla.

En la ciudad de Valladolid cundió el miedo conforme se conocían noticias de que se acercaba el ejército del rey, y comenzaron a abundar las deserciones.

Al llegar ante las puertas de la ciudad, que se encontró cerradas, Alfonso XI ordenó a sus hombres que fueran al monasterio de las Huelgas, sacaran de su sepultura el cadáver de su fundadora, su abuela la reina María de Molina, y lo colocaran en una caja.

Con el ataúd cargado en una carreta, el rey Alfonso se presentó ante la puerta meridional de la ciudad y conminó a los defensores sublevados a que se rindieran. Si lo hacían de inmediato, prometió con severa solemnidad que les perdonaría la vida, pero si continuaban con la rebelión, juró ante el cadáver de su abuela que arrasaría Valladolid, quemaría todas sus casas y ejecutaría a todos sus vecinos tras aplicarles terribles tormentos.

Aterrados por semejantes amenazas, que se sabía bien que no eran en vano, como se recordaba por la matanza de Toro y por las ejecuciones en Segovia y en Córdoba, los vallisoletanos, tras debatir la propuesta del rey, capitularon, abrieron las puertas de la ciudad y se sometieron a su autoridad.

Alfonso XI estaba eufórico. En apenas dos años había demostrado que era capaz de dirigir con éxito una campaña contra los musulmanes de Granada, de asentar su poder en Sevilla y Córdoba, de enfrentarse sin miedo a don Juan Manuel al repudiar a su hija pese a las amenazas del noble, de solicitar al papa la concesión de una cruzada, de tratar de igual a igual al poderoso y experimentado rey de Aragón y de someter con puño de hierro a los nobles rebeldes y a los poderosos concejos de las ciudades de Segovia y Valladolid.

A fines de noviembre de 1327 murió Jaime II de Aragón. Alfonso XI se sintió aliviado; era el único rival al que había temido. La Corona de Aragón estaba mucho menos poblada que la de Castilla y León, y sus reyes eran mucho más pobres que los castellanos, pero para la conquista de Granada necesitaba la alianza y la ayuda de la formidable flota aragonesa. Si quería tomar el reino nazarí, las galeras del rey de Aragón tenían que colaborar en el bloqueo del paso del Estrecho y detener a las naves que el sultán de los benimerines enviaría, sin duda, en ayuda de su correligionario granadino.

La experiencia de los marinos catalanes y valencianos, su capacidad para el combate naval y su destreza en las maniobras de guerra en el mar le harían falta para conquistar y luego retener Granada. La alianza con Alfonso IV, el nuevo rey de Aragón, se presentaba como absolutamente necesaria.

Don Juan Manuel seguía despechado y dolido por el repudio de su hija, y le declaró la guerra a Alfonso XI.

El señor de Villena había decidido que debía acabar con el reinado de su pariente, pues estaba convencido de que si no lo derrotaba y lo deponía del trono, en cuanto fuera posible don Alfonso ordenaría su muerte.

Encastillado en sus formidables fortalezas de la frontera oriental y en sus castillos del señorío de Villena, don Juan Manuel dio un paso arriesgado pero audaz. Sabedor de la obsesión de Alfonso XI por conquistar Granada y convertirse así en el soberano cristiano que acabara con la presencia musulmana en las tierras de al-Ándalus, reforzó sus defensas y escribió una carta al rey nazarí solicitándole ayuda para la guerra contra el rey de Castilla. Le aseguraba que si entre ambos eran capaces de derrotar a don Alfonso y despojarlo de sus reinos, la soberanía de Granada quedaría garantizada por muchos años, y además se comprometía a entregarle algunas ciudades y villas de la frontera como pago.

Garci Álvarez de Albornoz, consejero de la máxima confianza de Alfonso XI, se presentó ante el rey. Llevaba en sus manos una carta que don Juan Manuel había enviado al rey Muhammad IV, en la cual lo trataba de amigo y aliado.

—Señor, nuestros hombres en la frontera han interceptado a un correo de don Juan Manuel que portaba esta carta. No cabe la menor duda sobre su traición.

—Es evidente su felonía —ratificó Alfonso XI tras leer la misiva.

—Y tenemos otras. Don Juan Manuel ha enviado cartas a los alcaides de sus castillos ordenándoles que se preparen para la guerra contra vuestra alteza.

Albornoz hizo un gesto y un caballero le entregó varias cartas más, todas ellas requisadas por agentes del rey a mensajeros de don Juan Manuel interceptados entre Molina y Lorca.

—«El rey me ha hecho una ofensa muy grande, y por ello me he desnaturalizado de Castilla. Le haré todo el daño que pueda, con la mayor crueldad posible» —leyó don Alfonso en voz alta una de las misivas.

—Esa carta iba destinada a Pedro Martínez Calvillo, alcaide de Lorca, uno de sus más fieles vasallos.

—«Y os pido ayuda para vengar la calumnia que el rey me ha infligido» —leyó otra.

—Tenemos varias cartas como esa, dirigida a Alfonso Fernández de Saavedra, comendador de la Orden de Santiago y alcaide de Aledo, en las que queda claro que está organizando una conjura contra vuestra alteza. Trama poner en pie de guerra a la nobleza, a las Órdenes Militares y a los concejos, y todo con el fin de usurpar el trono que os pertenece.

8

Faltaba un par de semanas para la Navidad cuando Alfonso XI se presentó en las Huelgas de Burgos. El monasterio real gozaba de privilegios como ninguno otro de Castilla. Sus abadesas tenían tanto poder que no dependían del obispo, sino directamente del papa, y tenían la facultad de coronar reyes y nombrar caballeros.

La infanta Leonor acudió presta a saludar a su hermano.

—Mi querido Alfonso —sonrió al verlo acercarse hacia ella en el claustro.

—Soy tu rey —precisó Alfonso con cierto gracejo.

—¡Oh!, alteza —Leonor hizo una graciosa reverencia.

—Estás muy guapa, hermana.

—El aire fresco de Burgos me sienta bien.

—He venido para proponerte algo muy importante.

—Dime. —La infanta cogió de la mano al rey y ambos se sentaron sobre un murete.

—Cinco días antes de convertirse en el nuevo monarca de Aragón, don Alfonso se quedó viudo de Teresa de Entenza, con la que tuvo cinco hijos, de los que sobreviven tres, una niña llamada Constanza y dos varones, Jaime y Pedro, el heredero.

—¿Y qué tiene que ver eso conmigo?

—He decidido que te cases con don Alfonso de Aragón.

Al escuchar la propuesta de su hermano, Leonor cambió el rictus y su rostro se ensombreció.

—Sabes cómo fui humillada en ese reino; no quisiera volver a pasar por ese amargo trago.

—Lo sé, pero don Alfonso no es como ese cobarde pusilánime que te dejó plantada en el altar. Ha tenido varios hijos, pero todavía es joven y poderoso, y ahora es el rey. Si te casas con don Alfonso, serás la reina de Aragón y de toda su Corona...

—Pero dices que tiene al menos dos hijos varones, de modo que aunque yo me casara y me quedase embarazada de él, mis hijos nunca serían reyes.

—Tres de sus hijos han muerto ya, y los dos varones que sobreviven son débiles. El mayor, Pedro, nació sietemesino y es tan endeble y enteco que no creo que viva demasiado; y el otro, llamado Jaime, tampoco parece demasiado vigoroso. Tú le darás al rey de Aragón hijos fuertes y sanos, uno de ellos se convertirá en el futuro soberano de esa Corona, y en sus venas habrá sangre castellana, nuestra sangre.

—Pero fui humillada por esa familia...

—El rey don Jaime le pidió perdón a nuestra abuela por lo sucedido, y esta boda constituiría un desagravio por aquella ofensa.

Serás reina, la reina de Aragón, y lo serás desde el mismo momento en que te cases con don Alfonso.

—¿Esa es tu voluntad?

—Sí.

—¿Ha sido idea tuya?

—Me lo ha propuesto mi consejero don Garci Álvarez de Albornoz. Está casado con doña Teresa de Luna, hija de uno de los más ricos y nobles linajes del reino de Aragón. Necesito una alianza con ese reino si quiero conquistar Granada, y tú eres el aval para ese acto.

—¿Confías en ese hombre?

—Albornoz nunca me ha fallado. Desde que cumplí la mayoría de edad, él ha sido mi más fiel confidente y mi más leal vasallo.

—Si ese es tu deseo, me casaré con don Alfonso de Aragón.

—No esperaba otra cosa de ti, hermana.

Alfonso XI abrazó a doña Leonor y la besó en las mejillas. Su estrategia para alcanzar un pacto firme y duradero con la Corona de Aragón y tener a su rey como aliado para acometer la conquista de Granada parecía afianzarse.

—¿Y tú? —le preguntó Leonor.

—¿Yo?

—Sí, tú. Eres el rey, y Castilla aún no tiene heredero; eres tú quien debería casarse cuanto antes.

—He repudiado a doña Constanza, lo que ha desencadenado la ira de su poderoso y vengativo padre, nuestro pariente don Juan Manuel, pero tu boda con el rey de Aragón evitará que don Alfonso apoye a ese infante rebelde, que le ha pedido ayuda para combatirme. Yo me casaré con doña María, la hija del rey Alfonso de Portugal; ya he pedido su mano.

—Aragón, Portugal...

—Nuestras respectivas bodas significarán que Castilla será aliada de los dos reinos con los que tenemos fronteras al este y al oeste, y eso nos garantizará la seguridad necesaria para iniciar la conquista de Granada.

—Ni siquiera los reyes sois dueños de vuestro destino.

—No, no lo somos.

»Necesito la paz con Portugal y la ayuda de Aragón para ganar Granada —dijo Alfonso tras un rato en silencio.

—Haré lo que ordenes; eres el rey.

Leonor se resignó. Aunque desde el fiasco de su frustrada boda con el infante don Jaime ya habían pasado varios años, nunca había olvidado la humillación que sintió al ser abandonada instantes antes de celebrarse la ceremonia nupcial, el encierro de varios meses en Tortosa, su vergonzante regreso a Castilla y los años de enclaustramiento y retiro obligado entre los muros de las Huelgas, esperando y esperando a que primero los regentes y luego su hermano decidieran qué hacer con su vida.

3

La esposa del rey

1

Ya estaba acordado que iba a casarse con la infanta María de Portugal, pero la imagen de Leonor de Guzmán, en la que el rey no había dejado de pensar desde que la conoció, volvía una y otra vez a su recuerdo, como las olas a la orilla de la playa.

Leonor, Leonor, Leonor... Su rostro, su voz, su cuerpo, toda ella volvía una y otra vez a la cabeza de don Alfonso. La imaginaba a su lado para siempre, e incluso había considerado hacerla su esposa y su reina; pero no, ya no era posible esa boda, pues estaba comprometido con la infanta portuguesa, y, además, un rey no se casa con quien quiere, sino con quien debe. Leonor no podía ser su esposa, pero sería su amante, su amiga, su pasión, la mujer a la que amar siempre. Siempre.

La defensa de los intereses de sus reinos pasaba por su boda con María de Portugal, y así se refrendó.

—Todo está dispuesto, alteza. Vuestra boda con doña María se celebrará en el castillo de Alfaiates, una pequeña villa portuguesa fronteriza cercana a Ciudad Rodrigo; pero antes deberíais dejar cerrados algunos temas, como la devolución a su padre de doña Constanza. No conviene que os caséis estando ella en vuestro poder —comentó Álvarez de Albornoz.

—Sí, enviadla de vuelta a su casa y procurad que no sufra ningún daño —ordenó el rey.

Doña Constanza solo tenía doce años, y hacía ya cinco que vivía en Castilla, a donde llegó como futura esposa del rey Alfonso XI, que la repudió sin haber celebrado la ceremonia nupcial y sin haber consumado el frustrado matrimonio. Los últimos dos años los había pasado encerrada en el castillo de Toro, como rehén de don Alfonso.

—Ese hombre ha hecho mucho daño en vuestras tierras, señor, pero la paz bien vale ciertas renuncias, y algún que otro olvido.

—Procurad cerrar un acuerdo de concordia con don Juan Manuel, y como aval de mi buena voluntad enviadle a su hija inmediatamente.

—Hay un segundo asunto que debéis resolver, señor.

—Decidme.

—Ha llegado una denuncia anónima que implica en un caso de robo a don Alvar Núñez, conde de Trastámara.

—¿Qué ocurre con el tesorero real?

—La denuncia asegura que don Alvar se ha apropiado de cuantiosas rentas reales, que esconde en su castillo de Tordehumos, al oeste de Valladolid.

—Pasaremos por ese castillo en el viaje a Ciudad Rodrigo. No aviséis al tesorero, nos presentaremos de improviso; allí comprobaré personalmente si es cierta esa denuncia.

Una vez dispuesto todo lo necesario para la boda, la comitiva real salió de Valladolid. Se había anunciado que el rey se dirigía a Ciudad Rodrigo para desde allí pasar a Portugal y casarse con la infanta doña María, pero parte de la comitiva, encabezada por el propio monarca, se desvió unas millas al norte y se presentó de manera imprevista ante el castillo de Tordehumos, levantado en lo alto de un pequeño cerro amesetado, propiedad de don Alvar Núñez.

El tesorero, que había acudido a su castillo para desde allí asistir también a la boda real, no esperaba la visita de rey, y se mostró sorprendido a la vez que atorado cuando le avisaron de que Alfonso XI estaba a las puertas de la fortaleza.

—Alteza, no sabía que veníais a mi castillo, lamento no haber podido ofreceros una mejor recepción...

—Apresadlo —ordenó el rey.

—¡Cómo!

—Detened a los guardias y revisad todas las dependencias de este castillo.

—Pero, señor, ¿a qué viene esto?

—Si quien os ha denunciado está en lo cierto, lo comprobaréis vos mismo enseguida.

Tras un par de horas inspeccionando minuciosamente el castillo, los soldados del rey no encontraron nada extraño.

—Esa denuncia es falsa, mi señor. No tengo nada que ocultaros —adujo don Alvar.

—¡Tú! —el rey señaló al alcaide del castillo, al que sujetaban dos soldados por los brazos—, ¿dónde está oculto el tesoro?

—No sé de qué tesoro habláis, alteza —respondió.

—Cortadle la mano derecha —ordenó don Alfonso.

—¡No, no! —clamó el alcaide en vano.

Un certero tajo de espada cercenó la muñeca derecha del alcaide.

—Lo siguiente será tu cuello —amenazó el rey.

—En el suelo de la sala baja de la torre... —cantó el alcaide entre sollozos y gestos de dolor.

Varios soldados inspeccionaron el lugar indicado y dieron con una cámara subterránea oculta a la que se accedía por unas escaleras tras levantar unas losas del suelo del torreón principal del castillo.

—Señor, lo hemos encontrado —avisó el capitán de la guardia real.

Alfonso XI se dirigió a la cripta secreta y observó las riquezas acumuladas por su tesorero. En la estancia, de unos ocho pasos de lado, se apilaban varias cajas llenas de monedas de oro y de plata y media docena de cofrecillos con joyas y piedras preciosas.

—¿Podéis explicar esto, señor conde? —le preguntó el rey a su tesorero, que fue llevado a la sala sujetado por cuatro hombres.

—Son propiedades de mi familia —balbució don Alvar.

—¿De vuestra familia, decís? Aquí hay dinares recién acuñados del rey Muhammad de Granada. ¿Cómo los habéis conseguido?

—Señor, pensaba entregaros estas monedas; solo las guardaba... —El conde se mordió los labios.

—Recoged todo este tesoro, haced un inventario detallado y llevadlo al palacio real de Valladolid; e incautad todos los bienes de este traidor, que desde ahora mismo pasan a ser propiedad de la corona.

—Alteza, piedad —suplicó Alvar Núñez de Osorio.

—Cortadle la cabeza y arrojad su cuerpo a una hoguera; y prended fuego a este castillo.

—¡Misericordia, señor, misericordia! —rogó el tesorero, pero el rey ya había dado media vuelta y se marchó de la sala oculta sin mediar más palabras.

Las cuantiosas propiedades y títulos de Alvar Núñez pasaron a engrosar la rentas de la corona, y Alfonso XI se asignó el título de conde de Trastámara, que añadió a los varios que ya ostentaba.

Una vez resuelto con tanta contundencia el asunto de Tordehumos, la comitiva del rey de Castilla se dirigió a Salamanca, donde se había citado a una delegación del rey de Aragón. El embajador aragonés portaba una carta en la que el rey Alfonso IV solicitaba casarse con la infanta Leonor de Castilla. Ambas partes acordaron que la boda se celebraría en la ciudad de Tarazona, a comienzos del mes de febrero del año siguiente.

Pactado el matrimonio de su hermana con el rey de Aragón, Alfonso XI partió hacia Ciudad Rodrigo para casarse con su prima la infanta María de Portugal. Antes envió una carta a don Juan Manuel invitándolo a su boda como señal de buena voluntad y aval de la concordia que ambos acababan de pactar, pero el señor de Villena se acordó de la matanza de Toro y receló del rey; no se fiaba de ese joven, al que, pese a estar ya en paz, lo creía capaz de asesinarlo sin que le temblara un solo cabello.

En el verano de 1328 Alfonso de Castilla y María de Portugal se casaron en la villa portuguesa de Alfaiates, apenas a dos horas de camino de la frontera con León.

La infanta portuguesa era bellísima, pero ni siquiera su hermosura juvenil pudo borrar de la memoria del rey la imagen de Leonor de Guzmán.

Los dos eran demasiado jóvenes, pero consumaron el matrimonio inmediatamente después de la boda, y en los días siguientes recorrieron las tierras de la frontera, visitando castillos y fortalezas durante varias semanas. Alfonso XI llegó a pensar que tal vez algún día podría ser soberano de ambos reinos y que esa frontera dejaría de existir para siempre.

Los consejeros reales insistían en que debía engendrar un heredero que diera continuidad a su sangre. Garci de Albornoz le había recomendado que lo hiciera cuanto antes, y le recordó que los linajes reales no duran para siempre. Le citó el caso de la casa real de Áspad, la famosa estirpe de los reyes de Hungría, que se había extinguido en 1301, o el de la dinastía francesa de los Capetos, cuyo último rey, Carlos IV, había fallecido sin heredero varón en febrero de ese mismo año, y el trono francés había sido ocupado por Felipe VI, de la casa de Valois.

También le explicó que los reyes de Inglaterra, dueños de enormes posesiones en Francia, estaban en condiciones de reclamar el trono de París, lo que sin duda podría desencadenar una gran guerra entre esos dos poderosos reinos. No en vano, la reina Isabel de Inglaterra, esposa de Eduardo III y conocida como «la Loba de Francia», se había rebelado contra su esposo y había apoyado a su hermano el rey francés. Sin ir tan lejos de sus tierras, le recordó con sumo tacto que su propio padre, el rey Fernando IV, había muerto cuando don Alfonso apenas tenía un año de edad, lo que había desencadenado gravísimos problemas que habían estado a punto de hacerle perder la corona durante los convulsos años de su minoría.

Lo ocurrido en Hungría y en Francia no debía ocurrir en Castilla, así que el rey entendió que tenía que engendrar ese heredero legítimo. Era su obligación como soberano, pero no dejaba de pensar un solo día en Leonor de Guzmán. Cada vez que se acostaba con doña María, don Alfonso cerraba los ojos y se imaginaba que la mujer que estaba entre sus brazos era Leonor, la hermosa joven de la que se enamoró perdidamente aquella noche en el alcázar de Sevilla.

2

Había sido su principal consejero, el hombre que le había enseñado, junto a Martín de Toledo, cuanto sabía, y ahora estaba muerto. Garci Álvarez de Albornoz falleció en el otoño de 1328, cuando el rey más necesitaba sus consejos.

Don Juan Manuel sintió cierto alivio al conocer la muerte de Albornoz, pues había sido hasta entonces su gran enemigo y primer detractor en la corte, y siempre había maniobrado para provocar una manifiesta animadversión del rey hacia él.

Sabía bien de la astucia de aquel hombre, y de cómo había ayudado a don Alfonso a consolidarse en el trono. Sin duda, con la ausencia de Albornoz al frente de la diplomacia de Castilla, sería más fácil poner en dificultades al joven monarca.

Todavía abatido por la muerte de su segunda esposa, Constanza de Aragón, don Juan Manuel se recluyó en su castillo de Garci-muñoz, en cuyo enorme torreón circular tenía su biblioteca y donde se retiraba para escribir y cazar.

Aquel verano acabó *El libro del caballero y el escudero*, una colección de cincuenta relatos escritos en forma de fablillas, al estilo del pueblo, y a comienzo del otoño comenzó a escribir una nueva obra a la que llamó *Libro de los Estados*, en donde pretendía demostrar que el noble es más honrado que el resto de los hombres y que la nobleza es sinónimo de riqueza; y además, afirmaba que los labradores eran gente de menguado entendimiento y propicios a ser condenados a las penas del infierno dada su estulticia.

A sus cuarenta y seis años todavía se sentía fuerte y lleno de energía. Un par de días a la semana salía de caza por los montes de Garcimuñoz y, mientras sus halcones volaban en busca de una presa, imaginaba historias y pergeñaba cuentos que luego escribía en su castillo.

Cada día recibía noticias de lo que ocurría en los reinos de Castilla y de León, y cada semana emitía cartas a reyes, nobles y altos cargos eclesiásticos. De ninguna manera renunciaba a ser el protagonista de su propio destino, y seguía considerando que él hubiera sido el mejor monarca posible para sentarse en el trono de su abuelo don Alfonso el Sabio.

¿Hubiera sido...? Quizá todavía podía ser rey, ¿acaso no corría sangre real por sus venas? Tal vez una nueva boda pudiera hacer valer sus derechos al trono.

Mientras regresaba montado en su caballo de una cacería en el pago del Sotillo, don Juan Manuel pensó en volver a casarse. Había una joven que cumplía las condiciones para ser la esposa perfecta con la que soliviantar todavía más a Alfonso XI, atraerse a buena parte de la nobleza castellana descontenta y aumentar sus pretensiones al trono. Se trataba de doña Blanca, hija de don Fernando de la Cerda, el fallecido nieto de Alfonso el Sabio, y de doña Blanca Núñez de Lara, dama de una de las más ricas y poderosas familias nobiliarias.

No lo dudó. Aquella misma tarde un correo salió del castillo de Garcimuñoz con un mensaje para el infante don Alfonso de la Cerda, tío de doña Blanca y al que muchos todavía consideraban como legítimo propietario de la Corona de Castilla y León. El jinete no portaba carta alguna, pues los agentes del rey abundaban por todos los caminos y podrían interceptarlo, como ya ocurriera con las cartas enviadas por don Juan Manuel al rey de Granada. El mensaje, dictado de viva voz, era claro y sencillo: don Juan Manuel solicitaba como esposa a doña Blanca, y a cambio se comprometía a defender los derechos de los infantes de la Cerda a la Corona de Castilla y León.

La respuesta de don Alfonso de la Cerda, que odiaba a su primo el rey Alfonso XI, no se hizo esperar. Como cabeza de su linaje, aprobaba la boda de su sobrina con don Juan Manuel y le prometía cuanta ayuda necesitara en caso de una guerra con don Alfonso, al que consideraba un monarca usurpador e ilegítimo.

Una nueva gran alianza se estaba comenzado a fraguar en torno a don Juan Manuel, en la que también se alineaban las poderosas casas de Lara, de Haro y de la Cerda, además de otros nobles y varios concejos agraviados por el rey, y los vasallos de los señoríos de Vizcaya y de Molina.

En cuanto supo lo que se estaba tramando, Alfonso XI bramó como un toro enfurecido. A pesar de que se había pactado una concordia entre ambos, el rey juró que se vengaría de don Juan Manuel y que ejecutaría a todos los traidores que pululaban como alimañas por sus reinos. Debía impedir a toda costa que los partícipes de la nueva conjura lograran contar con el apoyo del rey de Aragón, y para ello necesitaba acelerar los trámites del matrimonio de su hermana doña Leonor con Alfonso IV, al que escribió una carta comunicándole que acudiría a visitarlo a Barcelona ese mismo otoño para cerrar allí definitivamente los detalles de la boda, cuya fecha se ratificó para principios de febrero de 1329, como se había cerrado en Salamanca, y firmar un pacto de paz perpetua entre ambos reinos.

3

María de Portugal era joven, tres años menor que Leonor de Guzmán, muy bien parecida y gozaba de buena salud, pero no era capaz de hacer que su esposo olvidara a la sevillana.

Siguiendo las recomendaciones que le hiciera Albornoz hasta pocos días antes de morir, el rey le hacía el amor a su esposa casi todos los días, y procuraba dejarla embarazada cuanto antes para engendrar el heredero que necesitaba. Había decidido que en cuanto doña María quedara preñada, la abandonaría y acudiría a Sevilla en busca de Leonor

Como estaba acordado, en el otoño de 1328 el rey de Castilla se presentó en Barcelona. Tras intensas negociaciones, se pactaron las capitulaciones matrimoniales de Alfonso IV de Aragón, viudo de su primera esposa Teresa de Entenza, con Leonor de Castilla, a la que mantenían recluida en el monasterio de las Huelgas de Burgos desde su frustrada boda con el infante don Jaime, el hermano de Alfonso IV. Todavía se recordaba con vergüenza en la corte aragonesa cómo el heredero de Jaime II dejó plantada a doña Leonor ante el altar y cómo renunció al trono de la Corona de Aragón para profesar en un convento.

Meses atrás, don Alfonso había logrado convencer al rey viudo para que aceptara casarse con la que había sido la prometida de su hermano mayor, a la que obligó a abandonar su retiro en las Huelgas y regresar a las tierras de la Corona de Aragón, donde había sido humillada y despreciada.

Leonor tenía veinte años y seguía soltera. Hasta entonces había esperado pacientemente en el monasterio burgalés a que su hermano decidiera su destino. Lo que nadie intuía entonces es que el futuro sería demasiado cruel con doña Leonor, muchos años después de que se convirtiera en reina de Aragón.

A su regreso de Barcelona, una vez acordada la boda, que se celebraría a comienzos del año siguiente en la ciudad aragonesa de Tarazona, Alfonso XI le escribió una carta a Leonor de Guzmán en la que le declaraba su amor, le enviaba un sentido poema y le decía que quería estar a su lado para siempre.

No podía hacerla su reina, pues sus deberes como rey y señor y las leyes de la Iglesia le obligaban a mantener su matrimonio con María de Portugal, pero le confesaba que quería vivir con ella y le prometía que pronto la llevaría a su lado para pasar juntos el resto de sus vidas.

Leonor aunaba en su persona la sangre de los dos linajes más poderosos de Andalucía: por su padre, Pedro Núñez, era miembro de la casa de los Guzmán, y por su madre, Juana, de los Ponce de León. Ambas familias eran dueñas de extensos territorios, enormes propiedades y considerables fortunas, acumuladas en el último siglo gracias a las mercedes y privilegios concedidos por los reyes cristianos durante la conquista del valle del Guadalquivir en compensación por los servicios cumplidos en la defensa de la frontera con el reino de Granada.

Entre sus antepasados más gloriosos contaban con Guzmán el Bueno, defensor de la plaza de Tarifa, sobre el cual los juglares cantaban gestas épicas y narraban leyendas extraordinarias, en las que se contaba que había dejado que sacrificaran a su propio hijo antes que entregar esa plaza a los musulmanes.

El recuerdo de un amor desbordado y pasional, todavía no consumado, era el sentimiento que guiaba al rey en su deseo de tener a su lado a Leonor, pero también era importante contar con el apoyo de sus dos poderosas familias, cuya alianza resultaba fundamental para que Alfonso XI mantuviera el control de Andalucía y obtuviera ventaja en la guerra que parecía inminente contra los rebeldes encabezados por don Juan Manuel y ahora también por don Alfonso de la Cerda.

La condición de joven viuda de Leonor de Guzmán la hacía si cabe más atractiva y sensual a los ojos del rey, pues ella tenía la experiencia de haber sido amada y desflorada por un hombre como Juan de Velasco, que le había enseñado cómo hacer dichoso a un varón en la cama.

4

Una buena boda era la mejor manera de sellar un acuerdo político; por eso, los hijos y las hijas de los reyes y de los magnates se convertían en su niñez y juventud en meras mercancías de trueque para los negocios de sus padres.

Ninguno de ellos podía elegir a qué mujer o a qué hombre unirse en matrimonio. Eran los padres quienes decidían con quién se tenían que casar sus hijos, y estos debían hacerlo sin manifestar la menor queja y sin disentir de la decisión que otros tomaban por ellos. Así era, así había sido siempre y así debía seguir siendo.

El amor carecía de importancia a la hora de acordar un matrimonio. Lo que se tenía en cuenta era el interés del reino, la consolidación del apellido y de la familia, y el crecimiento del linaje.

Sin amor, los matrimonios de reyes, príncipes y nobles se convertían en una cuestión de Estado. Los príncipes, casados por conveniencia con mujeres a las que algunos ni siquiera habían conocido antes del día de la boda, estaban abocados, lo que en ocasiones se convertía en una verdadera condena, a convivir con una mujer a la que otros habían elegido en su lugar. En el mundo de los poderosos, los sentimientos de cariño y afecto no significaban nada, y tampoco había espacio para el amor, que muchos buscaban, a veces desesperadamente, fuera del matrimonio.

El principal deber de un monarca consistía en engendrar hijos, varones a ser posible, que perpetuasen el linaje y la sangre real, y para ello sus vástagos debían nacer en el seno de un matrimonio legítimo. Que después, pese a los mandamientos de la Iglesia, los reyes tuvieran amantes e hijos bastardos, se consentía sin apenas reparos. Algunos incluso consideraban que los reyes que tenían varias amantes e hijos con ellas estaban tocados por la virtud de la fortaleza varonil, una gracia y un don que Dios les concedía como símbolo de su poder.

Los grandes señores de los reinos de Castilla y de León usaban el matrimonio de la misma forma, y muchos de ellos lo utilizaban para engrandecer sus dominios o para sellar alianzas nobiliarias que hicieran más fuerte su linaje.

El infante don Juan Manuel también lo entendía así. Viudo en dos ocasiones de dos hijas de reyes, de Isabel de Mallorca y de Constanza de Aragón, y a punto de cumplir los cuarenta y siete años, volvió a casarse por tercera vez en enero de 1329 con Blanca Núñez de Lara. Su tercera esposa no era hija de reyes, pero tenía sangre real en sus venas. Sus padres eran el ya fallecido don Fernando de la Cerda, hijo del primogénito del rey Alfonso X, y doña Juana Núñez de Lara, miembro de uno de los linajes más poderosos y ricos de Castilla.

Doña Blanca tenía diecisiete años, pero ya había demostrado una gran personalidad cuando decidió adoptar el apellido de su madre. Su aspecto era cándido y su rostro dulce y de rasgos amables, tanto que desde muy niña a la bisnieta de Alfonso X la apodaron «la Palomilla», pero su corazón albergaba un carácter firme y lleno de determinación.

En los nuevos esposos volvía a unirse la sangre real de dos descendientes del rey Sabio, de manera que en ese nuevo enlace algunos quisieron ver un reto de don Juan Manuel a su sobrino el rey Alfonso XI, su apoyo manifiesto al infante Alfonso de la Cerda como legítimo heredero de Castilla y León, y el rechazo a la rama que gobernaba estos reinos desde los reyes Sancho IV, su hijo Fernando IV y ahora su nieto Alfonso XI, que según sus detractores usurpaba un poder que no le correspondía.

—Quiere mi reino; ese felón desea este trono —masculló el rey Alfonso XI cuando le confirmaron que la boda de don Juan Manuel y doña Blanca ya se había celebrado y que el matrimonio se había consumado.

—Señor, nadie puede reclamar lo que es vuestro por derecho y ley —le dijo Vasco Rodríguez de Cornadgo, hombre leal que había sido nombrado maestre de la Orden de Santiago, tras ser expulsado el anterior, Garci Fernández, del que el rey sospechaba que estaba conjurado con los rebeldes que pretendían despojarlo del trono.

—Hace tiempo que don Juan Manuel encabeza a un grupo de nobles que trama acabar con mi reinado. También intentaron hacerse con la corona en tiempo de mi padre don Fernando, e incluso de mi abuelo don Sancho, pero nunca lo lograron.

—Y ahora tampoco lo conseguirán —asentó Vasco.

—No, si somos más fuertes que ellos. Los nobles rebeldes poseen grandes fortunas y son dueños de extensos señoríos. Algunos de esos linajes, como el de don Juan Manuel, los Lara o los Núñez, son capaces de poner en pie de guerra a varios miles de hombres armados, por eso necesito el apoyo del resto de la nobleza, de los concejos de la mayoría de ciudades y villas y de las Órdenes de Santiago, Calatrava y Alcántara.

—Sabéis que podéis contar conmigo de manera incondicional, señor.

Lo sabía. Claro que don Alfonso sabía que Vasco Rodríguez le serviría con lealtad; lo había comprobado en varias ocasiones, sobre todo cuando realizó la campaña militar en tierras musulmanas por la frontera al sur de Sevilla, y Vasco se comportó con enorme valentía y arriesgado arrojo en defensa de su rey. No en vano lo había promovido al cargo de maestre de Santiago, Orden que recaudaba enormes rentas y que era capaz de poner en pie de guerra un contingente de mil caballeros y tres mil peones, además de controlar decenas de villas y castillos.

—La corona —continuó don Alfonso sujetando amigablemente por el hombro al nuevo maestre de Santiago— necesita que las Órdenes estén a su lado, porque así es como se sirve al reino.

—Contad incondicionalmente con los caballeros de Santiago, mi señor.

—Lo sé, pero también necesito a las demás: Calatrava, Alcántara, el Hospital...

—Procuraré convencer a sus maestres para que no pongan ningún impedimento a vuestra alteza y que se sumen a vuestro bando.

—Hacedlo. Y ahora retiraos, don Vasco, que debo ir en busca de mi hermana al monasterio de las Huelgas; la semana que viene se casa en Tarazona con el rey de Aragón.

—Los aragoneses serán unos buenos aliados.

—Eso espero. Necesitaremos que sus galeras de guerra nos ayuden a bloquear el Estrecho y facilitar la conquista de Granada, que quiero emprender cuanto antes. La historia recuerda a mi tatarabuelo don Fernando por haber ganado Córdoba y Sevilla, y al gran don Jaime de Aragón por haber tomado Mallorca, Valencia y Murcia. Yo deseo ser recordado en las crónicas futuras por haber entrado victorioso en Granada.

—Lo conseguiréis, alteza, con la ayuda de Dios.

—Con la ayuda de Dios... —repitió Alfonso XI como una oración.

5

Desde Burgos, la comitiva real, con Alfonso XI y su hermana Leonor a la cabeza, se dirigió a La Rioja; en Calahorra, el rey recibió el homenaje de varios nobles de región y de los grandes concejos de esa ilustre ciudad y de Logroño.

De allí partieron hacia la frontera de Aragón. Mediante correos, los reyes de Aragón y de Castilla habían acordado encontrarse en la villa castellana de Ágreda, a menos de una jornada de camino de Tarazona, en cuya iglesia de San Francisco se iba a celebrar la boda real.

Aquellos primeros días de febrero de 1329 hacía mucho frío en las estribaciones del Moncayo. La montaña sagrada de los celtíberos, la antigua tribu que había dominado estas tierras hasta la llegada de los romanos, lucía un extenso manto de nieve que cubría todas las cumbres y laderas de la sierra y se extendía hasta el casco urbano de Ágreda.

El viento que llaman cierzo soplaba con fuerza en los altos páramos y la ventisca levantaba remolinos de nieve en las zonas más abiertas.

El rey de Aragón aguardaba a su prometida y a su futuro cuñado en la cresta de una loma a las afueras de Ágreda. Alfonso IV atesoraba fama de héroe. Con veinticuatro años de edad ya había dirigido el ejército de aragoneses y catalanes que conquistó parte de la isla de Sicilia, y a su regreso, convertido en rey, fue coronado en la catedral de la Seo del Salvador, en la ciudad de Zaragoza, durante una solemne ceremonia el domingo de Pascua del año anterior; había sido tan fastuosa que varios meses después todavía hablaban de ello las miles de personas que habían presenciado el desfile y disfrutado de las fiestas de la coronación.

A sus treinta años, era rey de Aragón, de Valencia, de Cerdeña y de Córcega, y conde de Barcelona; además, aspiraba a convertirse en rey de Sicilia y de Mallorca, y a continuar la conquista del Mediterráneo emprendida por su tatarabuelo el gran Jaime I.

Al ver que la comitiva castellana se acercaba, Alfonso IV espoleó a su caballo y acudió a su encuentro. A su lado, un jinete portaba la legendaria enseña con rayas rojas y amarillas de los soberanos de Aragón.

Los dos reyes se saludaron con un abrazo desde sus monturas ante el júbilo de sus respectivas escoltas, que vitorearon a sus soberanos con alborozados gritos de «¡Por Castilla, por Aragón!».

—Querido primo...

—Hermano, Alfonso, hermano —corrigió el rey castellano al aragonés.

—Hermano, sí; me alegro mucho de volver a verte. ¿Y Leonor?

—Ahí la tienes. —Alfonso XI señaló una carreta cerrada y pintada de verde, en cuyos laterales destacaban los emblemas heráldicos de Castilla y León.

Alfonso IV descabalgó y se acercó a la carreta. Un ventanuco se abrió y por él asomó el rostro la infanta Leonor, que se cubría con un manto de lana.

—Mi señora —Alfonso IV se inclinó ante su futura esposa—,

os doy la bienvenida a vuestro reino de Aragón y os manifiesto mi voluntad de convertirme en vuestro esposo.

—Os lo agradezco, alteza.

Desde su caballo, Alfonso XI sonreía. La boda de su hermana con el aragonés constituía la garantía definitiva de que la Corona de Aragón no apoyaría a los nobles rebeldes que pretendían derrocarlo.

Don Juan Manuel ya podía echarse a temblar.

Desde Ágreda, donde descansaron una jornada, las dos comitivas se dirigieron juntas hacia la frontera con Aragón. La sombra del Moncayo se cernía sobre ambas cuando mediada aquella tarde de febrero entraron en la ciudad de Tarazona.

Por el camino, Alfonso IV, que conocía la pasión por la caza del rey de Castilla, le indicó que en las zonas más abruptas y en los bosques más intrincados del Moncayo todavía quedaban algunos osos, y lo invitó a celebrar una cacería cuando acabara el invierno y esas bestias despertasen de la hibernación y salieran de sus oseras.

La inmensa mole de piedra blanca de la zuda, un viejo alcázar erigido por los caudillos musulmanes que enseñorearon la ciudad dos siglos atrás, se erguía imponente en un extremo de la colina rocosa en la que se asentaba el caserío, entre la iglesia de San Miguel y la de María Magdalena. Allí fueron ubicados los reyes y los principales señores; el resto se repartió por varias casas nobiliarias y posadas de la ciudad.

Ubicada cerca del río, en la zona baja de Tarazona, la iglesia de San Francisco se había engalanado con pendones y banderas de todos los reinos y Estados que se integraban en la Corona de Aragón; decenas de enseñas reales con las bandas rojas y amarillas del linaje de los Aragón cubrían las paredes del templo, y entre ellas alternaban de trecho en trecho algunos pendones de Castilla y León.

Entre los invitados había varios infantes e infantas de Aragón y de Castilla, además de nobles, prelados y los principales oficiales del concejo de Tarazona.

—¿Cómo es que esta boda no se celebra en la catedral? —se extrañó el rey de Castilla al comprobar que la comitiva nupcial se dirigía a la iglesia de San Francisco, apenas a un centenar de pasos de la catedral de Santa María de la Huerta.

—Esta iglesia es la más venerada de Tarazona. Dicen que la fundó el mismísimo san Francisco cuando pasó por esta ciudad camino de la peregrinación a la tumba del apóstol Santiago en Compostela. Francisco de Asís fue canonizado apenas dos años después de fallecer; quizá sea el santo que ha recibido la gloria de la santidad en una fecha más cercana a su muerte —repuso Alfonso IV.

—Ya, pero un rey debería casarse en una catedral —replicó Alfonso XI.

Olvidaba el castellano que él se había casado meses atrás en una modesta capilla del castillo portugués de Alfaiates.

La ceremonia nupcial se celebró con gran boato, y tras la bendición de los nuevos esposos por el obispo turiasonense se firmaron los acuerdos matrimoniales previamente tratados en Barcelona. El rey de Castilla entregó a su cuñado objetos muy valiosos de oro y plata, paños de seda de Granada y pieles de armiño; el rey de Aragón ofreció a su nueva esposa como dote la ciudad de Huesca y otros varios castillos y villas pertenecientes a la corona, y a su cuñado le regaló un abrigo de piel de oso del Moncayo, cazado por los vasallos del obispo en el término de la localidad de Calcena.

—Hermano —habló el rey de Castilla una vez acababa la ceremonia—, con esta boda queda sellada una firme alianza entre nuestros reinos, y, por lo que a mí respecta, considero saldados cualesquiera agravios que hubieran cometido nuestros antepasados o que quedaran pendientes entre nosotros.

Alfonso XI no lo mencionó expresamente, pero se refería a los graves conflictos diplomáticos que los reyes de Aragón habían desencadenado en el pasado, al devolver a Castilla a varias de sus infantas pese a haberse comprometido a desposarlas con sus príncipes, como ocurriera con Isabel, la hija de Sancho IV a la que los aragoneses enviaron de vuelta sin haberse casado con Jaime II, y sobre todo con la propia Leonor, humillada en la iglesia de Gandesa cuando su prometido el infante don Jaime salió corriendo despavorido, dejando a la novia abandonada ante el altar. Semejantes desaires habían llevado a Aragón y a Castilla al borde de la ruptura, e incluso de la guerra, pero con este enlace todos los problemas parecían haber quedado atrás.

—Nuestra alianza va más allá de mi boda con tu hermana doña Leonor. La Corona de Aragón te ayudará en la guerra contra Granada, y también lo hará contra los nobles que se mantienen en rebeldía en tus reinos —asentó el aragonés.

—¿Incluyes a don Juan Manuel? —preguntó Alfonso XI.

—Ese infante es mi vasallo por los feudos que posee en el sur de mi reino de Valencia. No hará nada en mi contra, ni en la tuya; yo me encargo de ello.

—Pero su hijo don Juan, sí.

—Hermano, el hijo de mi vasallo no es mi vasallo, de modo que obra en este caso como consideres oportuno —sentenció el aragonés.

Concluidas las fiestas por la boda del rey de Aragón con la infanta de Castilla, Alfonso XI se despidió de su hermana y de su cuñado y se dirigió a Soria, a dos jornadas de camino. Solo lo guiaba una pretensión que no había olvidado: vengar la muerte de su fiel Garcilaso, dar un escarmiento ejemplar a los asesinos y dejar bien claro que era él quien gobernaba Castilla.

El solo anuncio de la llegada del rey provocó el pavor entre los que habían participado en la muerte de Garcilaso. Algunos de ellos huyeron apresuradamente a las montañas para esconderse en los densos bosques y las abruptas quebradas, varios se entregaron voluntariamente a la justicia real, encomendándose a la misericordia regia en espera de ser perdonados, y otros fueron capturados tras ser señalados por denunciantes anónimos.

Tras escuchar las declaraciones de los acusados y de los testigos, el rey dictó sentencia sobre todos los culpables en un discurso en la plaza Mayor de Soria.

—Pueblo de Soria —habló don Alfonso desde un estrado de madera—, hace dos años unos traidores asesinaron en esta ciudad a mi fiel consejero don Garcilaso de la Vega y a dos docenas de mis más leales caballeros. Desde entonces, ha sido mi voluntad castigar a los asesinos. Algunos de ellos quizás hayan llegado a creer que ya me había olvidado de semejante crimen o que no tenía la intención de vengarlo; se han equivocado. Como rey de Castilla y de León estoy decidido a que se cumpla la ley y se haga justicia en todos los lugares de mis reinos, y he jurado por Dios ante los Santos Evangelios que así lo haré.

»Don Garcilaso vino a Soria en mi nombre; era mi más fiel

consejero y, además, ostentaba el cargo de merino mayor de Castilla, lo que convierte a este asesinato en el mayor y más execrable de los crímenes.

»Todos esos hombres —Alfonso XI señaló a los condenados, que habían sido atados con gruesas sogas por el cuello, sujetas sus manos con tiras de badana y amarrados su pies con grilletes de hierro— han sido declarados culpables de asesinato por el tribunal, y yo los condeno a morir en la horca.

—¿No va a perdonar a ninguno? —musitó un aprendiz de carpintero a su maestro; ambos presenciaban el dictamen de la sentencia real agolpados entre la gente que llenaba la plaza.

—No. Todos esos desdichados van a ser ejecutados —asentó el carpintero al que habían encargado construir el estrado y la horca.

—Las propiedades de todos los reos condenados serán incautadas inmediatamente y pasarán a formar parte del tesoro real. Ningún delincuente quedará impune de mi justicia, sea criado o señor, ninguno, ni aunque se trate de un noble de tanta alcurnia como el conde de Trastámara —asentó con determinación Alfonso XI, en alusión a la reciente condena a ese magnate por traidor a la corona.

—Tal vez habría sido mejor que los sorianos continuáramos siendo aragoneses, y no castellanos —bisbisó el aprendiz a su maestro.

—Cierra la boca, deslenguado, o acabarás con tu cuerpo colgando de una soga en el patíbulo, como todos esos rebeldes —le reprendió el carpintero.

Aunque recriminó sus palabras al aprendiz, el artesano también pensó que tal vez habría sido mejor que Soria hubiera permanecido bajo el señorío del rey de Aragón, pues no en vano fue el rey aragonés Alfonso el Batallador quien fundó la ciudad y la dotó de un primer fuero que convertía a todos sus vecinos y pobladores en hombres libres; y no eran los únicos sorianos en pensar de ese modo.

Aplicada la justicia real en Soria y vengada la muerte de Garcilaso de la Vega, Alfonso XI envió una embajada a Lisboa para solicitar una entrevista con el rey de Portugal.

Hacía ya tres años que se había empeñado en conquistar el reino musulmán de Granada, y para poner en marcha un campaña que culminara con éxito necesitaba varias cosas: estar en paz con los aragoneses, lo que ya había acordado gracias a la boda de su hermana; tener sometida y pacificada a la nobleza rebelde, algo que creía conseguido gracias a la demostración de poder y determinación mostrados con el castigo y las ejecuciones de sus oponentes; ganarse la ayuda de los concejos, lo que pretendía apoyando las reivindicaciones de las ciudades y aumentando sus privilegios, y conseguir la ayuda militar de Portugal tanto en el mar como en la tierra, en lo que andaba ocupado ahora.

Aquella primavera de 1329 convocó Cortes en Madrid. Los procuradores de las ciudades aceptaron pagar más impuestos directos para financiar los gastos de la corona y a cambio consiguieron que se acuñara más moneda para paliar la escasez de monetario circulante, que lastraba el desarrollo del comercio y dificultaba el ejercicio de los negocios. También se reorganizó la Hacienda real, y se decidió que a partir de ese momento los tesoreros serían siempre judíos, de los que el rey se fiaba más que de los cristianos.

Arreglados todos esos asuntos, Alfonso XI partió para Andalucía.

Dos ideas bullían en su mente: la conquista de Granada, su gran objetivo como rey, y volver a encontrarse con Leonor de Guzmán, su gran deseo como hombre.

En Jerez de los Caballeros se entrevistó con el rey Alfonso IV de Portugal, que le prometió que mantendría la paz acordada por sus embajadores y le enviaría quinientos hombres de a caballo para ayudarle en la guerra que iba a librar contra Granada.

Sellado el pacto, se dirigió a Sevilla; nada más llegar a la ciudad envió un mensaje a Leonor solicitándole una cita.

Desde que se despidiera de ella aquella calurosa noche en el alcázar, hacía de eso más de un año, no había pasado un solo día en el que don Alfonso no hubiera pensado en ella. Ya no era un muchacho inmaduro fascinado por una hermosísima joven, porque aunque solo tenía dieciocho años, hacía ya cuatro que ejercía con plenos poderes como monarca, estaba casado y había conocido el sexo con varias mujeres. Pero ninguna de ellas lo atraía como Leonor; ninguna era tan bella, ninguna poseía su inmenso atractivo, ninguna despertaba en él tantos deseos ni tan intensa pasión, ninguna.

Era todavía más hermosa que en sus recuerdos. Leonor mantenía el mismo aspecto juvenil, pero año y medio después su belleza aparentaba más rotunda y más plena, y su atractivo sexual resultaba mucho más deslumbrante.

—¿Todavía os acordáis de mí? —le preguntó Leonor cuando acudió a la llamada de don Alfonso al alcázar.

—Mi señora, no os he olvidado un solo instante durante todo este tiempo.

—Sé que os habéis casado.

—Creo que os dije que mi boda era una obligación.

—¿Cómo se encuentra la reina?

—Está bien. La he dejado en Burgos, porque lo que yo ansiaba era estar con vos. Os amo, Leonor, os amo con todo mi corazón. Aceptadme a vuestro lado.

—Si os abro la puerta de mi alcoba, no seré otra cosa que vuestra barragana.

—Seréis mi mujer. Mi esposa no está embarazada, y creo que no puede engendrar hijos. Si no se queda preñada, alegaré infertilidad y demandaré la nulidad de mi matrimonio; y entonces os convertiré en mi esposa legítima.

—¿Vuestra esposa...?

—Y mi reina.

—Sabed, señor, que yo tampoco os he olvidado. Durante estos meses varios nobles han pedido mi mano, pero yo me he negado a volver a casarme...

—¿Me habéis estado esperando?

—En el fondo de mi corazón latía la esperanza de que volveríais; y vuestras cartas así me lo hacían saber.

Los dos jóvenes se abrazaron y sus labios se encontraron, primero en un beso fugaz, luego en otro más largo, y por fin en una catarata de besos intensos y apasionados arrumacos.

Aquella noche se amaron en el real alcázar de Sevilla, y, al lado de Leonor, Alfonso se sintió el hombre más afortunado y más dichoso sobre la tierra.

El amanecer los sorprendió amándose todavía, entre sábanas de seda y aromas de sándalo.

Mediada la mañana, Leonor se despertó feliz y satisfecha. Sentado al lado de la cama, Alfonso la miraba absorto.

—Me he quedado dormida...

—Eres la mujer más hermosa del mundo. Me tienes hechizado. Hace horas que te contemplo y no puedo dejar de hacerlo.

—¿Has estado mirándome todo el rato?

—Mirarte es como estar en el cielo. Mientras dormías he compuesto una cantiga para ti.

—¡Un poema!

—¿Desea escucharlo?

—Por supuesto.

—«Yo soy la flor de las flores, / del que coger tú solías, / cuidado de mis amores, / bien sé lo que tú querías. / Dios lo puso de tal modo / que te lo puedo cumplir: / antes yo quisiera morir / que el verte morir a ti».

—Me gusta que me compongas versos. —Leonor estiró los brazos y volvieron a abrazarse, e hicieron el amor otra vez.

Aquel día el rey Alfonso supo que esa sería su verdadera mujer, para siempre.

En Sevilla, y cuando no estaba amando a Leonor, de cuyo lado le costaba mucho separarse, el rey preparaba la conquista de Granada con sus consejeros.

Un día de finales de mayo, mientras inspeccionaba los pertrechos para la guerra, que se almacenaban en unos almacenes junto al arenal del Guadalquivir, recibió la noticia de la llegada de varios caballeros escoceses que habían desembarcado en la desembocadura del gran río. Aquellos caballeros viajaban camino a Tierra Santa, y en una escala que habían hecho en Galicia para visitar como peregrinos la tumba del apóstol Santiago supieron de la cruzada que se estaba preparando contra los musulmanes de Granada, y decidieron detenerse y ofrecer sus servicios militares al rey de Castilla.

Alfonso XI quiso conocer a aquellos caballeros del norte y envió una escolta para que los condujera a su presencia. Toda ayuda sería bienvenida en la inmediata guerra contra los musulmanes.

Encabezaba la delegación de escoceses un noble llamado James Douglas, miembro de uno de los clanes más notables del reino de Escocia.

Aquellos escoceses hablaban entre ellos en una jerga incomprensible, pero también conocían el idioma de Inglaterra, que pronunciaban con un acento y un tono gutural, pues al hablar echaban la lengua hacia atrás emitiendo sonidos mucho más profundos que los ingleses.

Cuando los recibió en el alcázar de Sevilla, Alfonso XI necesitó de un intérprete que conocía algunas palabras y expresiones en inglés y hablaba latín.

—Señor rey de Castilla y de León —comenzó a hablar sir James Douglas, que se presentó con el rimbombante título de «guardián de Escocia»—, os agradecemos el recibimiento que nos habéis dado en vuestra tierra.

—Me han dicho que vais camino de Tierra Santa y que lleváis a Jerusalén el corazón de vuestro rey.

—Aquí está. —Sir James mostró una pequeña urna de plata que llevaba colgada al cuello con una cadena—. Esta cajita contiene el corazón de nuestro rey Robert Bruce. Antes de morir manifestó su deseo de que su cuerpo reposara para siempre en nuestra sagrada tierra de Escocia, pero nos pidió a sus más fieles caballeros que lleváramos su corazón hasta Jerusalén y lo depositáramos junto al sepulcro de Nuestro Señor Jesús; y así lo estamos cumpliendo.

—¿Cuántos hombres integráis esta expedición?

—Casi cien, alteza. Seis caballeros y veintiséis escuderos somos escoceses, y el resto son caballeros flamencos y sus criados, que se unieron a nosotros en una escala que hicimos en las costas de Flandes.

—¿Sabéis luchar? —preguntó don Alfonso.

—¿Luchar, decís? Alteza, estos hombres —sir James señaló a los suyos— pelearon como lobos en Bannockburn, donde vencimos a la orgullosa caballería del rey Eduardo de Inglaterra. Nueve mil cadáveres ingleses quedaron sobre el campo de esa batalla. No hay en toda la cristiandad unos soldados más valerosos que los hombres de Escocia.

—¿«Ban-noc-barn»? —pronunció el rey a golpes de sílabas, intentando reproducir el nombre de la batalla.

—En los campos de Bannockburn, con nuestra sangre derramada ganamos nuestra independencia y nuestra libertad, por las que llevábamos peleando con los ingleses durante más de cuatro siglos, por las que murió nuestro guardián, William Wallace, y las que logró nuestro rey Robert Bruce.

—¿Quién es William Wallace?

—Fue nuestro mejor guerrero. Gracias a su valor logramos vencer a los ingleses en la batalla del puente de Stirling, pero William fue traicionado por uno de los nuestros y cayó en manos del rey Eduardo, que lo torturó arrastrándolo atado por los pies de la cola de un caballo por las calles de Londres. Luego, con su cuerpo hecho jirones mas todavía vivo, los verdugos ingleses lo colgaron de una soga, pero sin dejarlo caer de mucha altura para que no se rompiera el cuello y se alargara su sufrimiento. Ese canalla de Eduardo «el Zanquilargo», maldito sea su recuerdo, ordenó que sir William sufriera el más terrible y doloroso de los tormentos. Todavía seguía respirando cuando fue descolgado, y allí mismo, ante la multitud congregada en la plaza del mercado de Smithfield, ese perverso monarca inglés dio orden a su verdugo para que le cortara los cojones, le abriera el vientre y le sacara los intestinos, que se arrojaron a una hoguera. Y no contento con su extrema crueldad, todavía mandó que le cortaran la cabeza y lo descuartizaran. Sus pedazos se mostraron en las semanas siguientes por varias ciudades de Inglaterra, y su cabeza se embadurnó de brea y se clavó en la punta de una pica que se colocó en lo alto del puente que hay en Londres sobre el río Támesis.

—Ese Eduardo «Piernas largas» sabía bien cómo atemorizar a sus enemigos —dijo Alfonso XI.

—Pero ni siquiera semejante perversión y maldad le sirvió para amedrentarnos. Los escoceses nos hicimos más fuertes, seguimos luchando con mayor fiereza y ganamos la guerra contra su hijo, también llamado Eduardo, que murió hace dos años tras ser depuesto de su trono por una conjura de nobles encabezada por el perverso Roger Mortimer. Ahora reina en Inglaterra otro Eduardo, el tercero de ese nombre, hijo y nieto de los dos primeros, que es una marioneta en manos de ese Mortimer, un redomado traidor que se ha casado con la madre del joven rey y ejerce con malas artes la regencia y detenta el poder en Inglaterra.

Alfonso XI escuchaba muy atento el pormenorizado relato de James Douglas, a la vez que pensaba que los peores magnates de Castilla y León era verdaderos angelitos comparados a cómo se las gastaban los malvados reyes y nobles de Inglaterra.

—Me han dicho que os habéis detenido aquí porque pretendéis participar en esta guerra santa. ¿Aceptarías combatir a mi lado contra los infieles sarracenos?

—Cuando nos enteramos en Compostela de la cruzada que vuestra alteza ha emprendido decidimos venir a veros para ofreceros nuestro servicio de armas; los flamencos estuvieron de acuerdo con nosotros, y también lucharán a vuestro lado, si así lo permitís, señor.

El intérprete tuvo que volver a traducir las palabras de sir James, cuyo latín no era demasiado bueno.

—En unas semanas comenzaré una campaña contra el reino moro de Granada, el último reducto territorial que los musulmanes dominan en España —don Alfonso usó el mismo término que su abuelo el rey Sabio para referirse a toda la península Ibérica, como ya hicieron los romanos—, y, dado vuestro ardor y vuestra voluntad de servir a Dios y a la memoria de vuestro rey, sería magnífico que combatierais a nuestro lado; por supuesto que seréis recompensados generosamente por vuestra ayuda.

James Douglas miró a sus compañeros, que habían escuchado las palabras del traductor y, tras unos gestos de asentimiento, aceptó.

—Hemos venido hasta aquí para luchar al lado de vuestra alteza en esta cruzada, y luego continuaremos nuestro viaje hacia Jerusalén para cumplir la promesa de llevar el corazón de nuestro rey hasta el Santo Sepulcro.

Alfonso XI se levantó de su asiento y abrazó al escocés.

—Será magnífico combatir junto a tan nobles y arrojados caballeros.

—Os confiaré un secreto, señor: entre nosotros hay dos caballeros de la Orden del Temple.

—¿Cómo es eso? Los templarios fueron disueltos hace unos años por el papa.

—Pero algunos de ellos se refugiaron en Escocia huyendo de la persecución del rey Felipe de Francia. Los acogimos como hermanos, y nos ayudaron a combatir a los ingleses. Ellos formaron la primera línea de combate en la carga de caballería en Bannockburn. Son los mejores jinetes de la cristiandad. Gracias a ellos pudimos ganar esa batalla a los ingleses, y ahora combatirán a vuestro servicio y al de la cruz.

Alfonso XI miró a los caballeros que acompañaban a James Douglas, y comprobó que dos de ellos lucían una cruz roja sobre fondo blanco en la sobreveste.

El primer objetivo que se fijó para preparar la toma de Granada fue la conquista del castillo de Teba, enriscado en lo alto de una cresta rocosa, desde donde se protegía y vigilaba la frontera occidental de ese reino y el camino hacia la ciudad musulmana de Málaga.

Los estrategas castellanos habían previsto ocupar las principales fortalezas nazaríes que defendían las rutas hacia la ciudad de Granada, desde las que realizaban algaradas sobre tierras cristianas, y después avanzar hacia la costa, para así ir cerrando el cerco sobre la capital hasta asfixiarla y obligar a sus pobladores a capitular.

Las tropas cristianas convocadas para esa campaña se agruparon en Córdoba a finales de la primavera de 1330 y se dirigieron hacia el sur camino de Teba a finales del mes de julio.

Tras el rey y los principales magnates castellanos y leoneses, formaba el escuadrón de caballería de los escoceses, que enarbolaban orgullosos sus dos estandartes: la bandera con la cruz aspada blanca sobre fondo de color rojo, que algunos querían cambiar por el azul, de san Andrés, patrono de Escocia pues según una leyenda se había aparecido al rey Angus, allá por el siglo XI, en una batalla en la que los escoceses vencieron a los ingleses con la ayuda del apóstol; y el guion de los reyes de Escocia: un león rojo rampante sobre fondo amarillo, que algunos de los soldados leoneses confundieron con el emblema de su propio reino.

A comienzos del mes de agosto de 1330, los castellanos asentaron su campamento cerca de Teba y comenzaron los preparativos para el asedio.

—Señor, llegan los portugueses —le anunció un heraldo a Alfonso XI, que estaba estudiando el asedio con los comandantes de su ejército y con los de los escoceses y los flamencos.

Los soldados portugueses eran quinientos, los prometidos por su rey en Jerez durante las negociaciones, aunque los castellanos quedaron decepcionados, pues habían confiado hasta el final en que fueran algunos más.

—¡Maldita sea!, solo son quinientos —masculló el rey apretando los dientes.

La columna portuguesa estaba encabezada por el maestre de la Orden de Cristo, en la que se habían integrado los caballeros templarios de Portugal tras la decisión papal de suprimir el Temple.

—Alteza —saludó el maestre inclinando su cabeza ante el rey

de Castilla—, nuestro señor el rey don Alfonso os envía sus mejores deseos, y vuestra tía doña Beatriz, nuestra reina, me ha encargado personalmente que os entregue esta carta.

Alfonso XI cogió la carta de su tía Beatriz y la entregó a un escribano sin siquiera leerla.

—Esperaba que acudierais a esta campaña con más hombres —espetó el rey con cara de circunstancias.

—Quinientos jinetes fue lo acordado, alteza. Solo hemos podido reunir, y con no poco esfuerzo, a los que veis. Portugal es un reino poco poblado.

Con sus tropas, más el centenar de escoceses y flamencos y los quinientos portugueses, no se podía conquistar un reino como el de Granada, quizá ni siquiera someter a un castillo como el de Teba, y mucho menos mantenerlo.

—En ese caso, dadle las gracias a vuestro rey y regresad a Portugal; quizás esos quinientos caballeros sean más útiles allí que aquí.

—Alteza...

—No somos suficientes para ir hasta Granada. Regresad.

—La Orden de Cristo se fundó para defender a la cristiandad...

—Regresad a vuestra tierra, hoy mismo —zanjó tajante Alfonso XI—; para ocupar Teba nos sobran nuestros propios medios.

Los portugueses se marcharon sin más reparos; su rey les había ordenado que no pusieran demasiado entusiasmo en aquella campaña.

Los ingenieros castellanos apenas tardaron cuatro días en levantar un castillo de madera y montar las tres catapultas que habían transportado a piezas desde Córdoba.

En cuanto las catapultas comenzaron a batir los muros, los sitiados comprendieron que no podían resistir mucho tiempo y pidieron ayuda a Granada.

El rey Muhammad IV acudió en su auxilio y llevó con él al general Ozmín, el mejor de sus estrategas, que solo había sido derrotado en una ocasión por don Juan Manuel. El ejército nazarí se presentó ante los muros de Teba, pero solo estaba formado por seiscientos jinetes ligeros. Eran pocos para enfrentarse a los castellanos, aunque confiaban en la capacidad estratégica de su general y cargaron por sorpresa contra la vanguardia cristiana, en la que formaban los escoceses de sir James Douglas.

Ozmín, al enterarse de que había algunos extranjeros en las filas castellanas, ordenó a sus jinetes que pusieran en práctica la maniobra del tornafuye. Así, los jinetes ligeros musulmanes cargaron sobre el flanco de los escoceses, que se aprestaron al combate con entusiasmo, pero antes de que se produjera el encontronazo de las dos vanguardias los nazaríes dieron media vuelta y huyeron.

Sir James Douglas, envalentonado al observar aquella retirada tras el amago de carga, supuso que los granadinos se habían asustado al descubrir a los escoceses ubicados en la primera línea de batalla, y sin pensarlo dos veces se lanzó al galope en su persecución, seguido por varios de sus caballeros.

Desde un altozano, el rey Alfonso contempló la maniobra y se dio cuenta de la celada que había preparado el hábil Ozmín.

—¡Avisad a los escoceses, se dirigen a una trampa! ¡Detenedlos! —gritó el rey.

Uno de sus escoltas salió como un rayo para informar de la celada, pero era demasiado tarde. Sir James cabalgaba como un poseso, ciego en su afán de alcanzar cuanto antes a los enemigos que se retiraban, sin percatarse de que ninguno de sus hombres lo seguía.

De repente se dio cuenta de que cabalgaba solo, y detuvo a su caballo. Al mirar hacia atrás vio a uno de sus compañeros, que estaba siendo acosado por varios jinetes nazaríes que habían surgido de un flanco, y sin evaluar el peligro cargó en su ayuda. Al hacerlo, los nazaríes a los que había perseguido en solitario giraron sus caballos, mucho más rápidos y con menos carga, y lo rodearon.

Solo entonces fue consciente sir James de que habían caído en una celada y de que varios de sus caballeros, y él mismo, estaban perdidos. Su compañero estaba siendo alanceado por los jinetes ligeros nazaríes, varios de los cuales cerraban el cerco sobre él, apuntando a su cuerpo con las lanzas.

—Ahora, mi rey, muéstrame el camino de la victoria, y yo te seguiré en ella o moriré en la lucha —proclamó solemne sir James, a la vez que arrancaba de su cuello la cadena de plata con la urnita que contenía el corazón de Robert Bruce y la arrojaba lo más lejos que pudo. Desenvainó su espada, la blandió al aire y gritó—: ¡Por Escocia, por San Andrés!

Y se aprestó a morir a manos de los jinetes nazaríes, que lo tenían completamente rodeado.

En el otro flanco de la batalla, los cristianos habían logrado ganar la superioridad y empujaron a los musulmanes hacia el cauce del río.

Viéndose superado y para evitar una derrota total, el rey Muhammad ordenó la retirada de sus tropas, pero antes indicó a sus hombres que recogieran los cuerpos de los escoceses abatidos en el tornafuye y recuperaran la cajita de plata.

Con sus ligeros y veloces caballos, los granadinos se replegaron a toda prisa, sin recoger los pertrechos del campamento. Los cristianos no los persiguieron; se lanzaron al saqueo, pese a saber que una añagaza de los musulmanes consistía en hacer como que huían dejando las tiendas abandonadas con el objetivo de que los cristianos se lanzaran, sin tomar precauciones, a la toma del botín, para regresar sobre los confiados saqueadores y despacharlos con esa treta. Pero en esa ocasión, los granadinos no volvieron.

Fracasado el auxilio en el que tanto confiaban, los sitiados en Teba no tenían otra opción que capitular y entregar la plaza y el castillo. Por si les quedara alguna duda y mantuvieran alguna esperanza, los proyectiles de las catapultas de los cristianos acabaron abriendo una brecha en el muro bajo de la villa. Los castellanos entraron en tropel por aquel agujero y se entabló una encarnizada lucha cuerpo a cuerpo. Viéndose perdidos, los de Teba se rindieron al poco de haber comenzado la pelea en las calles.

Tres días después de la toma de Teba, el rey Alfonso recorrió el campo de batalla sobre su caballo de guerra. Había vencido en la pelea y había conquistado la villa y su castillo, pero algunos de sus mejores caballeros habían caído en el combate y con ellos buena parte de los confiados escoceses, que habían luchado en la vanguardia sin el menor cuidado.

—Más de la mitad de los escoceses ha muerto o ha desaparecido —le comentó el maestre de Santiago, que lo acompañaba en su inspección.

—Lucharon como leones, pero no supieron evitar la emboscada de los moros.

—Debimos haberles avisado de la estrategia del tornafuye.

—Nadie pensó que los nazaríes utilizaran esa estratagema. Saben que la conocemos de sobra y que no podrían sorprendernos.

—Nosotros sí, pero los escoceses lo ignoraban. Debimos advertirles.

—¡Señor, señor!, se acerca un escuadrón de moros —avisó al rey un jinete que venía a todo galope a su encuentro.

—Proteged al rey, deprisa —ordenó el maestre de Santiago a sus hombres.

En lo alto de una loma aparecieron varios jinetes nazaríes. No venían a una nueva batalla; eran muy pocos y enarbolaban una bandera blanca.

—¡Preparaos para el combate! —gritó el maestre.

—¡No! Bajad vuestras lanzas. Esa gente viene en son de paz.

—Pero, señor, puede ser una nueva trampa —advirtió el de Santiago.

—He dicho que bajéis las lanzas; y enarbolad una bandera blanca también.

Al ver ondear la enseña de paz entre los cristianos, el escuadrón de jinetes nazaríes se detuvo a un centenar de pasos. De entre ellos se adelantaron un par de jinetes con la bandera blanca, hasta colocarse a unos veinte pasos del rey de Castilla.

—¿Qué queréis? —les preguntó el maestre de Santiago.

—Nos envía nuestro señor Muhammad ibn Ismail. Os remite sus saludos y nos encarga que os devolvamos los cuerpos de los valientes extranjeros que murieron en el combate. Ha conocido la historia de estos hombres y el contenido de esta cajita de plata que su adalid llevaba colgada del cuello antes de morir —respondió el que parecía el jefe del escuadrón nazarí.

—Traed aquí esos cuerpos —ordenó el rey.

El musulmán ordenó a su portaestandarte que agitara la bandera blanca. Una guardia de honor formada por dos filas de doce jinetes cada una se acercó al paso; en el centro de las dos líneas, tres carretas portaban los cadáveres de los escoceses abatidos en la batalla.

—En nombre de mi señor Muhammad ibn Ismail, os hago entrega de los cuerpos de estos hombres, a cuyos cadáveres hemos rendido honores por su valentía y su coraje. Y también esta cajita de plata que recogimos en el campo de batalla; sabemos que contiene el corazón de un rey. Alteza...

El adalid nazarí se inclinó ante Alfonso XI y se retiró con sus hombres, dejando las tres carretas frente a los cristianos.

Los cadáveres de sir James Douglas y de los caballeros escoceses William de Saint Clair de Rosslyn y Robert Logan de Restalrig estaban alineados con cuidado en la primera de las carretas, y junto a ellos los estandartes de Escocia; en las otras dos se amontonaban una docena de cuerpos más de caballeros y escuderos escoceses y flamencos. Junto al cuerpo sin vida de sir James, en una caja de taracea, habían colocado la urna de plata con el corazón del rey Robert Bruce.

—Llevad esos cuerpos a Teba y que sean tratados con los honores que merecen esos valientes —ordenó el rey de Castilla.

Ya dentro de la villa recién conquistada, Alfonso XI convocó a los dos únicos caballeros escoceses que habían sobrevivido a la batalla. Sus nombres eran William Keith de Glaston y Simon Lockhart.

—Señores, hemos logrado la victoria, pero vuestros compañeros han perdido la vida en el combate. Lloraremos su pérdida y honraremos su memoria, pero nos quedará el consuelo de que a estas horas están gozando eternamente de la presencia de Dios en el paraíso.

—Señor, os hemos servido con honor y como buenos cristianos; llevaremos a nuestra tierra el recuerdo y el relato de vuestra victoria —dijo Simon Lockhart.

—¿No continuareis viaje a Jerusalén? Todavía tenéis el corazón de vuestro soberano.

—No, señor; regresamos a Escocia. De los treinta y dos hombres que partimos de la bahía de Montrose solo quedamos cinco: nosotros dos y tres escuderos. Los caballeros flamencos que se unieron a nosotros durante la travesía también regresan a su tierra. La voluntad de Dios se ha manifestado y nos ha dicho que el corazón de nuestro rey debe quedarse en la bendita tierra escocesa —añadió William de Galston.

—Caballeros, no tenéis nada que reprocharos. Hicisteis cuanto estuvo en vuestras manos para cumplir vuestra promesa. Ahora volved a vuestras casas con honor y enterrad en Escocia el corazón de vuestro rey con el resto de su cuerpo.

Unos médicos judíos embalsamaron los cadáveres de los escoceses, que fueron cargados por sus compañeros para llevarlos de regreso a su lejana tierra.

Pocas semanas más tarde, la urna de plata con el corazón de Robert Bruce se enterró bajo el altar de la abadía de Melrose, en el sur de Escocia, muy cerca de la frontera con Inglaterra, donde descansaban los restos mortales de varios reyes escoceses y los del propio Robert Bruce. El cuerpo de sir James Douglas, al que conocían con los apodos de Douglas el Negro y Douglas el Bueno, fue enterrado en la capilla familiar de su clan en Saint Bride, cerca de la villa de Glasgow.

A Robert Bruce los escoceses le dieron el apodo de *Braveheart*, aunque andando el tiempo, «Corazón valiente» acabó por identificarse con William Wallace, el héroe masacrado en Londres.

En Escocia, nadie olvidó nunca esta historia.

6

De regreso de la toma de Teba, don Alfonso se detuvo en Sevilla. Allí firmó unas treguas con el rey de Granada por un periodo de cuatro años. Los cristianos se comprometieron a no hacer la guerra y los nazaríes a pagar como parias doce mil doblas de oro por cada uno de esos cuatro años.

Mas lo que el rey ansiaba por encima de cualquier otra cosa era volver a encontrarse con Leonor de Guzmán, sentir su piel, aspirar su aroma a azahar, acariciar sus cabellos de seda y hacerle el amor.

A sus diecinueve años, el rey no era grande de talla, pero tenía un cuerpo de buen talle y bien proporcionado, era fuerte y fibroso, de piel blanca y pelo rubio, y estaba lleno de vigor.

Tras verse unos días con su amante en Sevilla, partió hacia Valladolid. Sus consejeros insistían, a veces provocando la ira del rey, en que debía dejar embarazada a su esposa doña María de Portugal, pues era primordial, más incluso que la guerra con Granada, tener descendencia para garantizar la continuidad de su linaje y evitar disputas por el trono.

Pero ni siquiera los reyes jóvenes están exentos de la enfermedad. Al llegar a Madrid, el rey se sintió enfermo. Su médico judío le aconsejó que debía descansar en el alcázar de esta villa, y le aplicó emplastes y ungüentos para ver si remitía la alta fiebre que lo aquejaba. La calentura llegó a ser tan alta que se temió por su vida, pero los cuidados de su médico, su juventud y su fortaleza lo salvaron.

—Señor, habéis estado al borde de la muerte. Imaginad qué habría ocurrido si la parca os hubiera llevado consigo tan pronto. No tenéis heredero, y estos reinos se habrían sumido en el caos y la guerra, y hubieran ardido como la yesca —le dijo el maestre de Santiago—. La sola noticia de vuestra grave enfermedad ha provocado que un malvado caballero llamado Egar Paes se haya puesto al frente de una banda de malhechores, haya burlado la justicia real, saqueado varias aldeas de la comarca de Talavera y violado a algunas mujeres. Debéis engendrar con vuestra esposa la reina un hijo cuanto antes, o estos reinos se sumirán en una catástrofe.

Don Alfonso reflexionó unos instantes.

—Tenéis razón —asintió al fin.

Pero Alfonso XI no pensaba en amar a su esposa; en su corazón solo había sitio para Leonor.

Ya no podía estar sin ella, de modo que Leonor de Guzmán se incorporó a la corte real, como un miembro más del séquito permanente del monarca.

Enseguida se dispararon los rumores de que Leonor era la amante de don Alfonso, aunque por el momento mantenían en secreto su relación. Rara vez se mostraban juntos en público, aunque pasaban muchas noches disfrutando del amor que ambos se profesaban de manera tan apasionada.

—Me aconsejan que, por el bien de mis reinos, tenga un hijo con mi esposa —le comentó don Alfonso a Leonor.

El alba los había sorprendido abrazados; era la primera vez que hacían el amor tras recuperarse el rey de su grave dolencia.

—Tu deber como soberano es engendrar un heredero legítimo —comentó Leonor, cuya cabeza reposaba en el pecho de su amante.

Alfonso XI cogió un mechón de pelo de la joven y jugueteó con él entre sus dedos. El sedoso cabello de Leonor olía a esencia de lavanda y azahar.

—Deseo casarme contigo.

—No puedes hacerlo, ya estás casado con la infanta portuguesa, y la Iglesia no admite la bigamia.

—No me importa; pediré al papa que anule mi matrimonio con doña María y me casaré contigo.

—Nada me gustaría más que ser tu esposa legítima, pero si repudias a la reina, desatarás la ira del rey de Portugal, y también la del papa. Con los portugueses como enemigos, ¿cómo podrías seguir adelante con tus planes de conquista de Granada? Además, necesitas que el papa siga concediendo las bulas de cruzada para esa guerra. Si se niega, ningún cristiano vendría a ayudarte en esa empresa, y tus enemigos en estos reinos aprovecharían esa circunstancia para ir contra ti con mayor fuerza.

Leonor de Guzmán era una mujer de fuerte carácter y muy ambiciosa, pero también inteligente y sagaz, consciente de que no podía traspasar ciertos límites. Había asumido su papel de amante real, y conocía sobradamente que podía convertirse en la mujer más poderosa de Castilla y León si se mantenía al lado del rey, pero siempre que don Alfonso conservara su trono. Sabía que no podría ser reina legítima, al menos mientras viviera doña María, pero si el rey la amaba y ella permanecía a su lado, el destino de Castila y de León dependería de su voluntad.

Aquella noche hicieron el amor varias veces. Hacía ya más dos meses que Leonor no tenía el menstruo, y aunque nunca antes había estado embarazada, estaba segura de que la semilla del rey había brotado en su interior y que una nueva vida se abría paso en sus entrañas.

La sorpresa de Leonor de Guzmán fue mayúscula cuando recibió una carta del infante don Juan Manuel en la que le solicitaba una entrevista.

Aquello era lo último que habría esperado. Para evitar cualquier malentendido, se lo comunicó inmediatamente a don Alfonso, quien, tras reflexionar durante un par de días, pensó que su pariente y enemigo buscaba una paz definitiva, y como quiera que él también la necesitaba, permitió que se celebrara ese encuentro.

—Señora —don Juan Manuel besó la mano de Leonor e inclinó ligeramente la cabeza ante ella como si de la reina legítima se tratara—, os agradezco que me hayáis recibido.

—Vuestra carta era muy gentil, ¿cómo no iba a hacerlo? Aunque entenderéis que lo haya puesto en conocimiento del rey nuestro señor, que me ha autorizado a acudir a esta cita.

—Lo comprendo, señora.

—De no haberlo hecho así, y haberos recibido en secreto, don Alfonso hubiera podido deducir que estábamos tramando una conjura contra él. Por eso, también debéis saber que me he comprometido a informar a su alteza de cuanto tratemos en esta entrevista.

—Admiro vuestra lealtad y vuestra voluntad en defensa de don Alfonso; y es precisamente de eso de lo que quería hablaros.

—Decidme.

—La boda de don Alfonso con doña María de Portugal fue un enorme error; nunca debió celebrarse.

—Me temo que eso ya no tiene remedio.

—Claro que lo tiene. Vos, señora, sois miembro de dos de los linajes más excelsos de Castilla, y vuestra sangre es lo suficientemente noble como para ser esposa y madre de reyes. Varios magnates, en nombre de los cuales hablo, consideramos que vos deberíais ser la reina de Castilla y León. Somos conocedores de vuestro amor por don Alfonso, y del que él os profesa, por ello os proponemos que pidáis a su alteza que repudie a doña María y se case con vos.

Leonor de Guzmán, sorprendida por aquella propuesta, se dio la vuelta y quedó de espaldas a don Juan Manuel.

—¿Por qué me proponéis esto?

—Señora, el rey de Portugal no es un aliado de fiar. Hace unos meses, y pese a lo acordado, sus hombres se retiraron del asedio de Teba y dejaron solo a don Alfonso, lo que estuvo a punto de provocar su derrota, que se pudo evitar gracias al sacrificio en la batalla de unos valientes escoceses.

»Portugal ya no tiene tierras que conquistar en España, pero aspira a ganar nuevas posesiones en el norte de África, y no dudará en aliarse con los moros de Granada si lo considera necesario para alcanzar sus ambiciosos objetivos.

La joven sevillana era más astuta de lo que suponía don Juan Manuel, y se dio cuenta enseguida de que el infante solo pretendía engañarla y usarla como arma contra el rey.

—Vuestra propuesta agradaría a cualquier mujer. Ser reina de

Castilla y León constituye el más alto honor que una dama pueda alcanzar, pero me debo a mi señor, y mi obligación es servir a su alteza don Alfonso con total fidelidad.

—En ese caso, hacedlo como esposa y dadle hijos que perpetúen su sangre, y la vuestra, en el trono.

—Si aceptara vuestra oferta, yo tal vez sería la reina, pero... ¿qué ganáis vos y vuestros amigos con todo esto?

—¿Cómo decís...? —Esa pregunta desconcertó a don Juan Manuel.

—Si le transmitiera al rey vuestra proposición, y su alteza aceptara repudiar a doña María y tomarme como esposa legítima, yo me convertiría en la nueva reina, pero no alcanzo a comprender qué ganaríais vos y vuestros amigos con ello.

—Señora, ya os he revelado que el rey de Portugal no es un aliado fiable. Solo pretendemos el bien de Castilla.

—Quizá sea cierto que el monarca portugués no es de fiar como aliado, pero sería mucho peor tenerlo como enemigo declarado. Si don Alfonso repudiara a su esposa, su padre consideraría que se ha hecho la mayor de las afrentas al reino de Portugal. Recordad, además, que la madre de doña María es doña Beatriz, tía carnal de nuestro rey don Alfonso. Si yo le pidiera a su alteza que rompiera su matrimonio para casarse conmigo, me convertiría en una traidora a los ojos de todos los miembros de las familias reales de Portugal y de Castilla, y también a los de la Iglesia, que incluso incoaría mi excomunión. Y si eso ocurriera, ¿creéis que yo duraría mucho tiempo como reina? ¿O que mis hijos se podrían sentar algún día en el trono?

Don Juan Manuel frunció el ceño. Había subestimado la sagacidad y la inteligencia de aquella mujer de apenas veinte años. Hombre cultivado y astuto, comprendió enseguida que se había equivocado al minusvalorarla, y cambió su estrategia.

—Bien, si no queréis ser nuestra reina, supongo que también renunciáis a que vuestro hijo sea algún día nuestro rey.

—No tengo ningún hijo —replicó doña Leonor.

—Pero estáis embarazada, y lo vais a tener dentro de poco.

—¿Cómo sabéis que estoy encinta? —se sorprendió Leonor y se llevó las manos al vientre, que no mostraba todavía ningún signo externo de su preñez.

—Tenemos ojos y oídos en todas partes, señora.

—Ojos y oídos de espías, supongo.

—Suponéis bien. El rey no tiene, por el momento, ningún hijo de doña María, quien, por lo que sabemos, todavía no está embarazada, pero en cuanto lo tenga, y os aseguro que eso ocurrirá pronto, ese niño será su heredero legítimo, y se disiparán las posibilidades de que el hijo que lleváis en las entrañas se convierta en el futuro soberano de Castilla. A menos que... se anule el matrimonio de don Alfonso con doña María y vos os convirtáis en su legítima esposa y reina. Hay tiempo para hacerlo antes de que nazca vuestro hijo. Pensad en ello.

—Sois un hombre muy astuto.

—Y hay algo más —sonrió don Juan Manuel.

—Sorprendedme —dijo Leonor.

—¿Qué suponéis que un hijo legítimo y heredero de doña María haría con vos y con vuestro retoño cuando el rey don Alfonso ya no estuviese en este mundo y ese joven monarca se sentara en el trono y asumiera el poder en Castilla y León?

»Señora, la vida, incluso la de los hombres más poderosos del mundo, no es sino un torbellino de circunstancias que no dependen de nuestros deseos, sino de la voluntad de Dios; pero, a veces, se presentan ocasiones extraordinarias, y esta es una de ellas, en las que podemos decidir que cambie nuestro destino. San Agustín lo llamaba «el libre albedrío». En vuestras manos, y solo en ellas, se deposita ahora el futuro y la esperanza de estos reinos, y también qué será de ellos, y de vos misma, en los próximos años. ¿Os vais a conformar con ser la amante del rey y calentar su cama hasta que se canse de vuestro cuerpo, o queréis dar un paso más allá y convertiros en su reina y en la madre del futuro rey?

—Eso es una impertinencia impropia de un caballero como vos —se indignó Leonor.

—El mundo lo gobiernan los que arriesgan. ¿Os atreveréis a gobernar como reina estos Estados y a ocupar un lugar destacado en los anales y en las crónicas, u os contentaréis con pasar a los libros de historia como una mujer irrelevante, quizá sin nombre, que durante un tiempo solo fue la concubina de un rey, pero nada más?

—Ya he oído bastante. ¡Retiraos!

—Como gustéis, señora, pero reflexionad sobre cuanto os he dicho, porque una decisión vuestra bien vale la gloria de un reino o la irrelevancia del olvido.

Don Juan Manuel se inclinó con una leve reverencia y salió de la estancia.

Leonor de Guzmán se quedó sola, y por un instante dudó qué decisión tomar. Si le proponía al rey que repudiara a doña María y la tomara a ella como esposa, estaba segura de que este aceptaría, y así se convertiría en la reina de Castilla y León, pero eso desencadenaría un conflicto con Portugal de consecuencias imprevisibles, y quién sabe si la propia caída de don Alfonso, cuyos enemigos estaban esperando cualquier error para desbancarlo del trono.

Entonces pensó en su amor y su amante, y aceptó que se cumpliera su destino.

7

En cuanto volvieron a verse, Leonor le relató a Alfonso XI lo tratado en la entrevista celebrada con don Juan Manuel; no obvió un solo detalle.

—Mi pariente quiso engañarte, pero comprendiste enseguida su treta. Ese hombre hizo mucho daño en estas tierras aprovechando que yo era un niño; no volverá a ocurrir. Estoy muy orgulloso de ti.

—Quiero serte sincera. Cuando don Juan Manuel se marchó y me quedé sola..., bueno, por un instante dudé.

—¿Dudaste, de qué dudaste?

—De mi determinación por serte fiel.

—¿Dudaste de tu amor por mí?

—No, de mi amor no he dudado, ni dudaré jamás; dudé sobre si pedirte que repudiaras a doña María cuando me dijo que si tu esposa tenía un hijo, el mío nunca sería rey.

—Mi corazón siempre será tuyo.

—Estoy embarazada —soltó Leonor de improviso.

—¿Embarazada...?

—Sí. A finales del próximo invierno tendré un hijo tuyo.

—Nuestro hijo... Estoy feliz.

—Yo también.

—Mis consejeros insisten en que debo tener un hijo con doña María. No cesan de repetirme sus cantinelas: «Alteza, tenéis que engendrar un hijo», «Es necesario un heredero», «Necesitáis un sucesor»..., y así todos y cada uno de los días. Contigo ya lo he hecho.

—Es tu deber como rey generar un heredero legítimo, y la obligación de tus consejeros es recordártelo.

—También he ordenado que doña María quede recluida en el monasterio de las Huelgas de Burgos. Es mi esposa legal, pero tú eres mi verdadera reina, y deseo vivir contigo y con el hijo que tengamos.

—¿Y doña María?

—De momento se quedará en Castilla; pero he pensado que tal vez sea mejor enviarla al monasterio de San Clemente de Sevilla.

Todo estaba cambiando demasiado deprisa.

Don Alfonso iba a ser padre por primera vez, pero no de un hijo legítimo de su esposa doña María, sino de un bastardo de doña Leonor. El rey de Portugal, enterado de la noticia, andaba rumiando si romper sus relaciones con Castilla, dada la humillación sufrida por su hija, pero no quería que se convirtiera en rehén de su propio esposo. El rey de Aragón había dejado embarazada por segunda vez a su segunda esposa, Leonor de Castilla, que logró que les concediera grandes feudos, propiedades y honores a sus hijos, Fernando y Juan, a los que la castellana pretendía colocar por delante del infante don Pedro, hijo del anterior matrimonio del rey aragonés y el primero en la línea sucesoria de la Corona ce Aragón.

Los nobles de Castilla y León temían cada vez más a don Alfonso XI. El rey, pleno ya de poder y de fuerza a sus veinte años, se estaba apropiando de todas las propiedades de aquellos que habían osado enfrentarse a él. Ni siquiera le había temblado el pulso cuando ordenó recluir en el monasterio de las Huelgas de Burgos a doña Blanca, la hija de su tío el regente don Pedro, con la cual estuvo a punto de casarse, y requisar todo su patrimonio, que también pasó a engrosar los bienes de la corona.

El joven monarca castellano parecía capaz de cualquier cosa con tal de mantener e incrementar su poder. Su determinación era extraordinaria, y quienes lo conocían bien sabían que no se detendría ante nada ni nadie para demostrar que era el único dueño de sus reinos, y que quien osara retarlo acabaría muerto, o desterrado y expropiado.

Y por si no había quedado claro quién mandaba en aquellas tierras, por encima incluso de las leyes de la Iglesia y del derecho del reino, decidió que viviría públicamente con doña Leonor, la cual estaría permanentemente a su lado como si se tratara de su verdadera esposa y de la reina legítima.

Don Juan Manuel se sintió fracasado cuando regresó a su retiro en el castillo de Garcimuñoz.

Había subestimado la voluntad y firmeza de Alfonso XI y minusvalorado la inteligencia y astucia de Leonor de Guzmán; había creído que con su experiencia podría manejar al rey y a su amante, y engañarlos para arrastrar a Castilla a la guerra al unísono con Portugal, con Aragón y con Granada, y que, abiertos esos tres frentes a la vez, su posición quedaría tan debilitada que acabaría renunciando al trono o perdiéndolo.

El infante se había equivocado en sus predicciones. No le quedó más remedio que retirarse a sus dominios y dedicar un tiempo a reflexionar sobre el poder y el gobierno. En ello estaba cuando decidió ampliar su *Libro de los Estados*, en el cual, consciente de su linaje, orgulloso de su alta cuna y molesto por el ascenso de la baja nobleza, escribió en contra de la actitud del rey para con su esposa doña María, sin citarlos, lo siguiente: «Lo primero que el emperador debe hacer para guardar lo que debe a su mujer es que la ame y la aprecie mucho, la honre y le muestre buen talante».

Con esas frases, don Juan Manuel criticaba la actitud de Alfonso XI para con la reina, y le recriminaba que no se comportara ni como un leal marido ni como un buen soberano.

8

Toda la corte consideraba que el rey vivía en pecado, ¿pero quién se atrevería a decírselo? La única que quizá se lo hubiera recriminado habría sido su abuela la reina doña María de Molina, pero hacía ya varios años que había muerto, y el rey no tenía ningún familiar en primer grado mayor que él.

Bueno, estaba su hermana mayor, la reina de Aragón, nacida cuatro años antes que él y con la que había vivido toda su infancia en Valladolid, hasta que la enviaron a casarse con el infante don Jaime de Aragón, que salió corriendo despavorido de la iglesia de

Gandesa momentos antes de celebrar su boda, pero Leonor no haría nada que pudiera molestar a su hermano; bastante tenía con lograr que su esposo el rey Alfonso IV de Aragón siguiera concediéndoles honores, privilegios y bienes a ella y a los dos hijos que ya le había dado.

Quien sí lo hizo fue su suegro el rey de Portugal. Enterado por sus agentes en Valladolid y en Burgos del maltrato y el desprecio con el que se comportaba Alfonso XI con su hija, le escribió una carta afeándole su mala conducta y advirtiéndole que doña María no solo era su esposa y reina, sino también la infanta de Portugal, y que cualquier afrenta que le causara sería considerada como una ofensa a todo el reino portugués.

Mas don Alfonso no escuchaba ninguna voz que cuestionara su modo de vida y su decisión de tener siempre junto a él a Leonor de Guzmán, a la que en los entresijos de la corte se conocía como «la Favorita».

—El rey de Portugal está muy molesto con tu decisión de apartar a su hija de la corte y de que vivamos juntos como esposos; eso puede perjudicarte —le advirtió Leonor.

—No podría vivir lejos de ti. Necesito que estés a mi lado, y no me importa lo que digan ni el soberano portugués, ni el emperador de Alemania, ni siquiera el mismísimo papa de Roma. Si no puedes ser mi esposa legítima, serás la mujer que viva conmigo.

Los amantes reales andaban de cacería por la campiña cordobesa. Tanto don Alfonso como doña Leonor amaban la caza con halcón. Al rey le gustaba lanzar con su propio brazo a los mejores gerifaltes al vuelo, en persecución de torcaces y perdices, en tanto su amante lo hacía con un magnífico gavilán, muy bien adiestrado por un maestro cetrero granadino, que apenas fallaba uno de cada diez ataques, y que se mostraba especialmente hábil persiguiendo y atrapando codornices.

—Tendrás que soportar muchas críticas, y no pocas burlas.

—Nadie se atreverá a recriminarme en mi propia cara que viva contigo como si fueras mi esposa, nadie; y si alguien osara hacerlo, caerá sobre él toda mi cólera. Todos han de saber que eres la mujer que amo y con la que quiero vivir.

—Doña María tiene muchos adeptos; podrían volverse todos contra ti...

—No en cuanto la reina engendre un hijo mío.

—¡Oh...!

Aunque Leonor se lo había dicho en varias ocasiones, al escuchar esas palabras de los labios de su amante el rostro de «la Favorita» se ensombreció.

—Debo cumplir con mis obligaciones como rey. Mientras carezca de un sucesor, la nobleza no dejará de maquinar para buscarme un sustituto. Un reino no puede estar sin rey; la tierra y la gente lo necesitan. Si tengo un heredero con doña María, nadie discutirá que es el legítimo sucesor, y entonces nos dejarán vivir tranquilos. ¿No es eso lo que quieres?

No, no era solo eso. Leonor de Guzmán era demasiado ambiciosa como para contentarse con ser la amante del rey. La hermosísima sevillana aspiraba a convertirse en la mujer más poderosa e influyente del reino, una verdadera reina en la sombra, y ansiaba darle muchos hijos a don Alfonso por si algún día, y eso solo estaba en manos de Dios, alguno de ellos podía sentarse en el trono de Castilla.

Mediado el otoño de 1330 Leonor de Guzmán ya lucía un vientre muy abultado. En dos meses tendría su primer hijo; para garantizar su futuro, le pidió al rey que en cuanto el niño naciera lo dotase con feudos y títulos.

—Haré más que eso. Voy a crear una casa propia para ti y para nuestros hijos, para el que llevas en tu vientre y para los que vendrán. Serán los más grandes señores de Castilla y de León, los primeros en nobleza y dignidad, y los dotaré de tantos señoríos y rentas que serán los más ricos y poderosos magnates de estos reinos.

—Pero no serán reyes —se quejó Leonor.

—Mi esposa todavía no me ha dado un heredero. Si ella muriera...

—¿No estarás pensando en... eliminarla?

—No, no puedo hacerlo. Si doña María falleciera en extrañas condiciones, Portugal, Aragón, el emperador y Francia no dudarían en declarar la guerra a Castilla, y el papa dictaría mi excomunión y pondría mis reinos en interdicto.

—Tienes razón. La muerte de doña María sería la excusa perfecta para que todos tus enemigos se aliaran para expulsarte del trono.

—Por eso debo procurar que mi esposa no sufra ningún daño.

—Y dejarla embarazada.

—Y luego encerrarla en un monasterio. ¿Lo entiendes?

Leonor de Guzmán asintió; hacía tiempo que había asumido su destino.

Eran ya muchos los meses que María de Portugal permanecía recluida y custodiada en la casona que su esposo el rey Alfonso había mandado construir en el monasterio de las Huelgas de Burgos. Tanto que ya no esperaba volver a verlo; se había resignado a pasar el resto de su vida encerrada en aquel cenobio, como tantas damas viudas de la alta nobleza, sin esperar otra cosa que el paso del tiempo, la sucesión de las estaciones y la llegada de la muerte.

Pero aquella mañana cambió todo. Le habían anunciado que el rey iría a verla esa misma tarde y que estuviera preparada para recibirlo «como se espera al esposo», le dijeron.

La reina era una mujer muy bella. Cualquier príncipe se hubiera prendado de ella nada más contemplar su hermoso rostro y su esbelta figura, pero el rey de Castilla solo tenía ojos para Leonor de Guzmán.

Doña María lo aguardaba a la puerta del monasterio. El cielo de Burgos estaba cubierto de turbias nubes grises que de vez en cuando dejaban caer algunos pequeños copos de nieve. El otoño estaba siendo frío y desapacible, lo que había perjudicado la vendimia y la siembra de los primeros cereales de invierno.

Alfonso saltó del caballo con la agilidad de sus veinte años y la destreza adquirida en las prácticas de equitación. Vestido con una capa de brocados de oro y terciopelos granates y tocado con una elegante gorra bermeja, sus ojos azules y su cabello rubio lo hacían parecer el más hermoso de los príncipes.

—Mi señor, mi corazón se alegra al volver a veros —lo saludó la reina con una graciosa reverencia.

—Estáis muy hermosa, mi señora.

—El aire de Burgos me sienta bien.

—¿Sabéis a qué he venido?

—Lo sé. Vuestros mensajeros me han avisado de ello.

—Castilla y León necesitan un heredero, y vos sois la reina y yo el rey.

—Estoy preparada para ello.

—Entonces, ¿entendéis y aprobáis lo que debemos hacer?

—Lo entiendo y consiento en ello.

—¿No me guardáis rencor?

—Cuando abandone mi querido Portugal y vine a Castilla para casarme con vuestra alteza, aunque solo tenía quince años, las damas de la corte de mi madre ya me habían aleccionado sobre mi misión y mi destino.

—Y lo hicieron bien, pero entonces no quedasteis embarazada. Espero que ahora...

—¿Olvidáis que además de vuestra esposa también soy vuestra prima hermana? Las mujeres de nuestra familia tienen fama de fertilidad. No lo dudéis: os daré el heredero que Castilla necesita.

Aquella noche los dos reales esposos hicieron el amor, y repitieron varias noches seguidas. Don Alfonso deseaba tener ese hijo legítimo, y doña María puso todo su empeño en que así fuera.

9

Recluido en la seguridad de sus Estados, don Juan Manuel no cesaba de rumiar nuevos planes para debilitar a Alfonso XI.

Se acercaba ya a los cincuenta años de edad y, aunque gozaba de muy buena salud, el tiempo comenzaba a correr en su contra. Tenía que actuar deprisa y no volver a equivocarse.

Su plan para romper la alianza de Castilla con Aragón y enemistarla con Portugal había fracasado al subestimar la capacidad política de Leonor de Guzmán, y la muerte de su esposa aragonesa lo había alejado de la corte de la Corona de Aragón, donde ahora reinaba una castellana, precisamente la hermana de Alfonso XI.

Mantenía extensas propiedades y señoríos en Castilla, y era el mayor propietario de tierras en el sur del reino de Valencia, pero ya no se reconocía ni plenamente castellano, ni tampoco aragonés. Era un noble a camino entre dos obediencias, entre dos reinos, entre dos señores.

Sin la colaboración de portugueses y aragoneses, la única esperanza de don Juan Manuel para acabar con el reinado de Alfonso XI era provocar un levantamiento general en Castilla y León que provocara su derrocamiento.

Sus dos primeros matrimonios con las hijas de los reyes de Mallorca y de Aragón no habían servido para establecer una alianza tan sólida como había previsto, de manera que esperaba que su boda con Blanca Núñez de Lara uniera a todos los enemigos de don Alfonso dentro de Castilla y León.

La nueva conjura se fraguó en el castillo de Peñafiel, en un encuentro entre don Juan Manuel y Juan Núñez de Lara, señor de Vizcaya e hijo de Fernando de la Cerda. Casado ese mismo año con doña María de Haro, heredera del infante Juan el Tuerto, y riquísima propietaria con tan solo doce años de edad, había prometido vengar el asesinato de su suegro en Toro a manos de los sicarios del rey, y reivindicaba la ilegitimidad como soberanos de Sancho IV y Fernando IV, y por tanto también la de Alfonso XI.

Los dos magnates se saludaron con un efusivo abrazo. Ambos eran descendientes del gran rey Fernando III, el conquistador de Córdoba y Sevilla.

—Querido primo, me alegro mucho de verte, y te felicito por tu boda —saludó don Juan Manuel a don Juan Núñez.

—La alegría es mía. No sabes cuánto deseaba este encuentro.

—Necesitamos sumar nuestras fuerzas; es la única forma de hacer frente a don Alfonso y derrotarlo.

—¿Qué has pensado al respecto?

—Llevo meses cavilando sobre ello. La táctica de engañar a doña Leonor para que presionara al rey y le pidiera que denunciase su matrimonio con la reina doña María y se casara con ella no ha funcionado. La concubina sevillana resultó ser mucho más astuta de lo que supuse, y enseguida se dio cuenta de nuestro plan. No conseguimos enemistar a don Alfonso con Portugal ni con Aragón, de modo que, si queremos derrocarlo, deberemos enfrentarnos a él nosotros solos.

—¿Eso significa que estallará una guerra interna aquí, en Castilla?

—No hay más remedio.

—¿Podemos ganarla?

—Hasta ahora nuestros hombres no han hecho otra cosa que atacar algunas villas y castillos del rey, lo que ha provocado daños a sus pobladores, que además se han puesto en nuestra contra. Don Alfonso se está apoyando en los concejos de las ciudades, en los artesanos y comerciantes; busca el apoyo de los grandes monasterios, a los que está favoreciendo y protegiendo mucho, y ahora se está ganando también a la nobleza de segundo rango, a los hidalgos e infanzones. Tiene conflictos abiertos con los maestres de las Órdenes Militares, pues desea controlar todos los maestrazgos, y ahí podemos tener unos poderosos aliados. Sus principales enemigos somos nosotros, los magnates del reino, la nobleza de mayor abolengo, y por eso actúa contra todos nuestros privilegios. Debemos convencer a todos los grandes nobles para que se unan a nuestro bando y luchen junto a nosotros —propuso don Juan Manuel.

—¿Has hablado con ellos?

—De momento contamos con los de la Cerda, los Haro, los Lara, los Castro y los Meneses, y, desde luego, hemos de olvidarnos de cualquier ayuda de los Guzmán, los Ponce de León, los Aguilar y los Tenorio.

—Será difícil convencer a algunos de esos magnates. Los Guzmán y los Ponce de León son ahora sus más firmes aliados en Andalucía...

—Su barragana ha conseguido que sus dos linajes lo apoyen, sí. Gracias a las habilidades de esa ramera, don Alfonso ha colmado de bienes a sus familiares.

—Si esas dos casas nobiliarias no están con nosotros, Andalucía tampoco lo estará, y en esta guerra los necesitamos a todos —dijo Juan Núñez.

—Querido primo, los hombres suelen mudar de opinión y las alianzas pueden cambiar en un instante. De momento, los Guzmán y los Ponce de León apoyan al rey porque los favorece, pero si cambian las circunstancias tal vez le retiren su ayuda.

—¿Puedes lograrlo?

—Mientras esa ramera de Leonor caliente la cama de don Alfonso, y según parece lo sabe hacer muy bien, y gocen de sus favores ella y sus familiares, lo veo muy difícil, pero si el rey tiene un heredero legítimo...

—La reina ni siquiera está embarazada.

—Pronto lo estará —afirmó don Juan Manuel.

—¡Qué dices!

—Mis espías en la corte me han asegurado que el rey está haciendo todo lo que puede, y ya te puedes imaginar cómo, para preñarla. Esa es la carta que debemos jugar.

—Pero la que está embarazada es Leonor...

—Que lleva en su vientre a un bastardo. Y ahí tenemos nuestra principal baza: el bastardo de Leonor contra el heredero legítimo de doña María. Ese es el punto débil que debemos atacar y en el que debemos basar nuestra victoria.

El rey estaba feliz. Acaba de ratificar con el soberano de Granada, con la garantía del de Aragón, la tregua de cuatro años acordada en Teba, por la que recibiría doce mil doblas de oro cada año como parias, y Leonor estaba a punto de parir a su primer hijo.

El niño vino al mundo en el palacio real de Valladolid cuando el invierno de 1331 se despedía de los campos aún helados de Castilla.

—Nuestro primer hijo... —Leonor le mostró orgullosa al recién nacido.

—Lo llamaré Pedro —dijo el rey.

—¿Pedro? —se extrañó Leonor—. Ningún rey de Castilla ni de León ha llevado ese nombre.

—Lo sé; pero sí varios infantes, como mi tío el regente, que murió en combate con los granadinos. Pedro, el del primero de los apóstoles, es un buen nombre para nuestro hijo.

—¿Le darás un título?

—Te prometí que colmaría a nuestros hijos con grandes títulos y honores. Pedro será señor de Aguilar y canciller de Castilla.

Leonor sonrió, pero en su cabeza bullía la idea de que aquel niño, pese a su bastardía, debería ser un día el rey; y estaba dispuesta a luchar con todas sus fuerzas para conseguirlo.

La noticia del nacimiento de Pedro se festejó en las calles de Valladolid como si se tratara del nacimiento del heredero legítimo. Se corrieron carreras de caballos en el soto del Pisuerga, se libraron torneos, se jugaron bohordos y tablas y hubo por las calles y plazas danzas, juglarías, música y saltimbanquis.

Todos festejaron el nacimiento del que llamaban el «hijo del rey», aunque nadie se atrevió a considerarlo como el heredero al trono.

10

No podían esperar más. El bando que encabezaban el infante don Juan Manuel y don Juan Núñez de Haro, sus más relevantes enemigos, puso en marcha su conjura para debilitar la posición del rey y, si fuera posible, acabar con su reinado.

Los conjurados alegaban su relación pecaminosa con Leonor de Guzmán, su licenciosa manera de comportarse, su carencia de sentido religioso, la persecución a los magnates y la falta de cumplimiento de sus obligaciones reales.

Conforme llegaban noticias de las correrías de don Juan Núñez, quien al frente de una poderosa hueste andaba asolando la tierra, los concejos de las ciudades, desamparadas ante la inanición real, organizaron hermandades de ciudadanos armados para hacer frente a los desmanes de los nobles y de sus secuaces. Una vez más, la violencia de los señores se asentó como una plaga bíblica en tierras de Castilla, León y Galicia, y a Alfonso XI no le quedó más remedio que reaccionar si no quería perder su trono.

Tenía que demostrar a sus súbditos que era capaz de imponer la justicia y castigar a los malhechores, aunque fueran los más altos nobles de sus reinos. Necesitaba aliados que supieran montar a caballo y combatir, aunque no fueran nobles, de modo que ordenó que ningún caballero montara en mula o asno, sino solo a caballo, para que los hombres más ricos de las ciudades y villas también fueran denominados así. Desde Trujillo, donde andaba poniendo orden en Extremadura, se dirigió a Talavera, en cuya comarca se estaban produciendo muchos robos y violaciones. El rey persiguió al grupo de bandoleros causante de esos daños hasta la localidad de Santa Olalla, donde le dio caza. Tras celebrar un juicio sumarísimo y dictar sentencia de muerte, veintiséis bandidos fueron ejecutados; todos los lugares donde los delincuentes pudieran esconderse fueron registrados, incluso los pozos, pues hasta en uno de ellos encontraron oculto a un ladrón. Por acciones como aquella, algunos ratificaron el apodo por el que el rey ya comenzaba a ser conocido: «el Justiciero».

Mediada la primavera sucedió algo inesperado que confortó su ánimo. Su tío el infante Alfonso de la Cerda, que había reclamado durante años su derecho a convertirse en rey de Castilla y León por ser el heredero de la rama primogénita de don Alfonso el Sabio, y al que seguían algunos nobles rebeldes, se presentó en la localidad de Burguillos ante Alfonso XI, le rindió homenaje, le besó las manos y firmó la renuncia a todos los derechos que pudieran corresponderle a la corona como nieto de don Alfonso el Sabio e hijo de su primogénito, don Fernando de la Cerda.

En presencia de la corte y de los consejeros áulicos, proclamó solemnemente que don Alfonso, hijo de don Fernando IV y nieto de don Sancho IV, era el único, verdadero y legítimo rey de Castilla y León, y declaró que el linaje de los infantes de la Cerda, que él encabezaba, se sometía a su autoridad con la fidelidad de los buenos vasallos.

Desde luego, ni don Juan Manuel, viejo aliado de los de la Cerda, ni don Juan Núñez se esperaban semejante golpe de efecto. Una vez más, sus planes se venían estrepitosamente abajo.

—El tío de mi mujer nos ha traicionado cuando menos lo esperábamos. ¿Qué hacemos ahora? —le preguntó con cierto aire de desesperación don Juan Núñez al infante don Juan Manuel. Ambos se habían vuelto a reunir en el castillo de Peñafiel para tratar su delicada situación.

—Mantenernos serenos, y no cometer errores ni precipitarnos en nuestras decisiones.

—Jamás pensé que ese cobarde infante de la Cerda nos traicionaría de una manera tan vil; y pensar que un día lo apoyamos para que se convirtiera en nuestro rey...

—Don Alfonso de la Cerda nos ha fallado, sí; no ha tenido el coraje de resistir y ha acabado cediendo, aunque esto no es el final.

—Don Juan Manuel quería mantener sus posiciones, pero, pese a su aparente tranquilidad, todo parecía indicar que una vez más había perdido su partida con el rey.

—¿Todavía mantenéis alguna esperanza de derrocar a ese tirano?, porque supongo que tras la felonía de don Alfonso de la Cerda habrá más deserciones entre los magnates que nos apoyan.

—La tengo.

—Os escucho.

—Hace un par de años creímos que don Alfonso repudiaría a su esposa, y que acabaría así enfrentándose con Portugal y con el papa, y apostamos por esa única vía, pero calculamos más y nada de eso ocurrió. Leonor de Guzmán se comportó con gran astucia, y demostró tener mucha más ascendencia e influencia sobre el rey de lo que en principio parecía. Bien, si no hemos logrado engatusar a la barragana del rey, intentemos ahora hacernos con el favor de doña María. Es la reina legítima.

—¿Qué pretendes?

—Que se quede embarazada cuanto antes de don Alfonso.

—Llevan ya varios años casados y sigue sin darle un hijo.

—Pues hagamos que el rey desee tener ese hijo.

—¿Cómo podemos hacer eso?

—Como siempre se han hecho estas cosas: engañándolo.

11

Una nueva maquinación se puso en marcha. Los enemigos del rey, con don Juan Manuel al frente, buscaban ahora la complicidad de doña María. Pretendían que le diera cuanto antes un heredero para desmontar así la ambición de Leonor, a la que consideraban mucho más peligrosa. No sería nada fácil, pero había que intentarlo.

—Doña María no es capaz de darme un hijo, y además somos primos hermanos. Este matrimonio tiene que ser anulado por razón de nuestro parentesco. En cuanto el papa me conceda esa nulidad, me casaré con doña Leonor. Ya me ha dado un hijo, y estoy seguro de que me dará muchos más. Cuando me case con ella, legitimaré a Pedro y lo convertiré en mi heredero al trono.

—Alteza, será difícil que el papa ceda y, en cualquier caso, anular vuestro matrimonio llevará un largo proceso. Os pido que hagáis un último intento por dejar embarazada a vuestra esposa. Os propongo una peregrinación a Compostela; acudid a la tumba del apóstol, rezad con devoción ante su altar y pedidle por doña María, para que interceda por ella ante Dios y os conceda el tan anhelado heredero.

—¿Qué estáis diciendo, señor maestre?

—Un rey debe mostrarse piadoso y comportarse como un perfecto cristiano. Miles de peregrinos visitan Compostela cada año, entre ellos grandes señores, nobles y obispos; hacedlo vos también, que vean y sepan vuestros súbditos que sois un devoto creyente que adoráis a Dios y veneráis a sus santos.

—¿Yo, el rey de Castilla, un peregrino?

—Y un caballero, alteza. Todavía no habéis sido armado como tal; aprovechad el peregrinaje a Compostela para ser investido con las armas de la caballería ante el altar del apóstol, y una vez proclamado caballero, coronaos como rey. Tras esas dos ceremonias nadie podrá discutir vuestra legalidad.

—Tenéis razón; tomaré las armas de caballero y me coronaré a la vez.

—Si me permitís, alteza, creo que deberíais armaos caballero en Compostela, delante de la tumba del apóstol, a la vez que cumplís con la peregrinación; pero coronaos en Burgos, así quedarán contentos tanto vuestros súbditos castellanos como los leoneses.

—Sois astuto, maestre, muy astuto. Lo haré como proponéis —aceptó don Alfonso—, pero doña Leonor vendrá conmigo a Compostela.

—Señor, no creo que sea conveniente...

—Doña Leonor vendrá conmigo —asentó tajante.

Sofocados los focos de delincuencia en Talavera y en Toledo, a comienzos de la primavera de 1332 Alfonso XI de Castilla y León peregrinó con Leonor de Guzmán a la catedral donde se aseguraba que yacían los restos del apóstol que en los Evangelios se nombraba como primo hermano de Jesús.

Allí, tras velar las armas durante toda la noche ante el altar, fue armado caballero. Vestido con gambesón, loriga, quijotes, carrilleras y zapatos de hierro, el rey tomó las armas con sus propias manos y se autoproclamó caballero. Luego hizo lo propio con un noble francés que también estaba de peregrinación.

Cumplido este trámite, ya podía ser coronado con toda solemnidad.

Eufórico, creyéndose un nuevo Carlos el Grande, y muy excitado por todo lo vivido, aquella misma noche se acostó con Leonor de Guzmán, a la que dejó embarazada por segunda vez.

—Un rey debe coronarse, pues dicen algunos escritos antiguos que la corona hace al rey —le comentó el maestre de Santiago a Alfonso XI cuando regresaban de Compostela.

—No todos lo han hecho, y no por ello han dejado de ser reyes.

—Alteza, la ceremonia de la coronación significa la ratificación del poder y la autoridad que Dios confiere al soberano. Hace cuatro años se coronó en Zaragoza el rey de Aragón, y desde entonces su figura es sagrada para sus súbditos.

—¿Y qué proponéis?

—Que, tal cual os aconsejé, vayáis ahora a Burgos y os coronéis con toda solemnidad como rey de Castilla y de León. Pero antes...

—¿Qué estáis tramando?

—Señor, acostaos con vuestra esposa hasta que la dejéis embarazada.

—Ya hemos hablado de eso.

—Os lo ruego, alteza. Si de regreso de vuestra peregrinación vuestra esposa resulta encinta, el culto al apóstol volverá a crecer, como en los mejores tiempos del arzobispo Gelmírez. Miles de cristianos volverán su vista hacia Santiago y hacia Castilla y León, miles de caballeros y soldados de a pie volverán a creer en el poder del apóstol, el papa ratificará la bula de cruzada para la guerra contra Granada y vos seréis el monarca cristiano que culmine la conquista de España. Y cuando entréis victorioso en Granada, que sobre vuestras sienes luzca la corona real.

De vuelta a Castilla, don Alfonso visitó a su esposa y se acostó varias noches con ella. Tres semanas después de aquellos encuentros amorosos, la reina no tuvo el menstruo. El médico judío y la partera que la examinaron coincidieron en diagnosticar que doña María estaba al fin embarazada. Agentes reales no tardaron en difundir por los mercados de villas y ciudades que don Alfonso estaba santificado por la gracia de Dios y del apóstol Santiago, y que era el monarca que iba a llevar a la cristiandad al triunfo final sobre los sarracenos.

12

Hubiera preferido coronarse junto a Leonor, incluso habló a sus consejeros de hacerlo con ella pese al incipiente embarazo de la reina, pero los miembros del consejo real lo convencieron para que en esa ceremonia lo acompañara su esposa doña María, y que ella también recibiera la corona, pues llevaba al heredero en su vientre. Al fin, el rey cedió.

Todo estaba listo para la coronación en Burgos. Los burgaleses se extrañaron de que se hubiera elegido la iglesia del monasterio de las Huelgas en vez de su luminosa y espléndida catedral, pero don Alfonso quiso hacerlo en el lugar donde reposaban los restos de varios miembros de su familia, y, además, hacerlo en aquel monasterio real, cuya abadesa estaba por encima del poder del obispo y solo respondía ante el papa, evitaba problemas de protocolo, pues de hacerlo en la catedral hubiera habido una seria disputa sobre quién debía de presidir la ceremonia, si el arzobispo de Compostela, el de Toledo o el propio obispo de Burgos.

A la puerta del palacio del obispo, donde el rey pasó la noche, aguardaban el infante Alfonso de la Cerda, que tras su juramento de vasallaje y sumisión se había ganado la confianza regia, y el noble Pedro Fernández de Castro; ambos le calzaron las espuelas de caballero y le ayudaron a subir al caballo, enjaezado con arzones de oro y plata, y con los correajes forrados de oro y engastados con piedras preciosas. Alfonso XI vestía paños dorados con los motivos heráldicos de castillos y leones bordados con hilo de oro e incrustaciones de zafiros, rubíes y esmeraldas.

La comitiva de nobles, en la que faltaban el infante don Juan Manuel y don Juan Núñez, quienes, pese a estar invitados como un signo de conciliación del rey hacia ellos, se habían negado a asistir porque temían ser apresados e incluso muertos, partió hacia las Huelgas, con el pueblo de Burgos agolpado a lo largo del camino para presenciar el desfile triunfal. Cuatro pajes provistos con varias bolsas llenas de monedas las arrojaban desde lo alto de un carruaje a los asistentes al desfile, que peleaban por atrapar alguna al vuelo o por el suelo. Nunca se había visto en la ciudad que se consideraba cabeza de Castilla nada semejante.

Los consejeros reales habían preparado la ceremonia según habían sabido que lo hacían los emperadores de Alemania y de Bizancio, con el mayor de los boatos, como una demostración del poder del rey ante la nobleza y de su autoridad ante los mercaderes, artesanos y labradores.

Delante de la fachada del monasterio aguardaba la reina doña María, rodeada de sus damas de compañía. Mostraba signos de su embarazo, pero parecía un tanto ajena a cuanto estaba ocurriendo.

—Mi rey y señor —saludó doña María a su esposo, inclinando la cabeza y con una leve genuflexión.

—Mi reina y señora —respondió Alfonso XI tomando y besando su mano.

Ambos reyes entraron en la iglesia del monasterio a la vez que un coro de monjas cantaba el *Te Deum*, y caminaron por la nave central hasta colocarse ante el altar.

En el ceremonial se había previsto que se tumbaran en el suelo, en señal de humillación ante Dios, pero Alfonso XI le dijo a su esposa que dado su embarazo solamente se arrodillara. Tras ahinojarse se incorporaron y subieron unos peldaños hasta sendos sitiales, el rey a la derecha y la reina a la izquierda, en tanto en el centro se ubicaban varios obispos y el arzobispo de Compostela, todos con sus cruces de plata.

El arzobispo compostelano ungió al rey en el hombro con el santo óleo y luego bendijo con agua y con la señal de la cruz las dos coronas de plata y oro, que estaban colocadas sobre la mesa del altar, en una almohada de terciopelo rojo.

Entonces el rey se adelantó, cogió una de las coronas con sus propias manos y se la colocó en la cabeza, e inmediatamente después hizo lo mismo con su esposa. Los reyes regresaron a sus tronos y escucharon la santa misa ya coronados.

—La coronación debía de haberla presidido el arzobispo de Toledo y no el de Compostela —bisbisó el obispo de Burgos al de Palencia.

—El arzobispo de Toledo es el aragonés don Jimeno de Luna; y el rey no quería que presidiera esta ceremonia un extranjero.

—Pero don Juan Fernández de Limia, el arzobispo de Santiago, es portugués, y también extranjero por tanto —alegó el burgalés.

—Por eso el rey tampoco ha permitido ser coronado por don Juan, y se ha colocado él mismo la corona, y ha hecho lo propio con su esposa la portuguesa —aclaró el prelado palentino.

—En cualquier caso, debería haber presidido la ceremonia el arzobispo del reino de Castilla, y no el del reino de León —se quejó el prelado burgalés, un tanto molesto porque fuera el arzobispo de la archidiócesis del reino de León quien presidiera la coronación en el corazón de Castilla.

—Querido amigo, el rey ha sabido elegir dónde coronarse; aquí, en este monasterio de las Huelgas, solo el papa tiene jurisdicción por encima de su abadesa, y bien que lo sabéis; por eso se ha colocado él mismo la corona y luego ha hecho lo propio con su esposa.

A un lado del altar se había colocado la estatua articulada del apóstol Santiago, la que mandaron traer a las Huelgas desde Compostela con motivo de la coronación del desdichado rey Enrique I en 1214, y que desde entonces se custodiaba en ese monasterio. Se trataba de una imagen de madera que podía mover los brazos tanto para armar caballeros como para coronar reyes.

Acabada la misa solemne de coronación, todos los participantes salieron de la iglesia, mientras el coro de monjas cantaba el salmo 71 de David, donde se alaba la facultad de impartir justicia por parte de los reyes. Alfonso XI montó en su caballo y su esposa en una carreta, y seguidos de todos los nobles y prelados a pie se dirigieron a una explanada, donde se celebraron juegos de bohordos y lanzas, en tanto en la ciudad se festejaron grandes alegrías, bailes y fiestas por la coronación.

Al caer la tarde, los reyes se retiraron a una casa que se había mandado arreglar junto al monasterio de las Huelgas, para pasar allí la noche juntos.

—Ya se nota tu embarazo —le dijo el rey.

—No demasiado; todavía es pronto.

—Llegué a pensar que no podrías darme un hijo.

—Te daré más; ya sabes cuán fértiles somos las mujeres de esta familia. Ninguna de nosotras ha dejado de cumplir con su obligación como madre.

A la luz de los cirios que iluminaban la estancia con una luz dorada, doña María estaba realmente hermosa. Su talle, todavía fino y delicado pero más rotundo, y sus pechos habían crecido de tamaño a causa de la preñez, y eso hacía que su cuerpo luciera más atractivo y voluptuoso.

Pese a estar enamorado de Leonor de Guzmán, la virilidad del joven rey se manifestó plena con doña María, la bella portuguesa, aunque en su cabeza solo resonaba un nombre: Leonor, Leonor, Leonor...

4

«La Favorita»

1

La nueva estrategia de don Juan Manuel había funcionado a la perfección. El infante había engañado al maestre de Santiago y lo había manipulado para que a su vez convenciera al rey sobre la conveniencia de engendrar un hijo con la reina María.

Lo que no había previsto es que Leonor volviera a quedarse embarazada, y que don Alfonso quisiera mantenerla junto a él.

—Bien, la reina está preñada y Castilla tendrá su heredero legítimo, pero en un par de semanas Leonor de Guzmán dará un segundo hijo a don Alfonso. ¿Qué puede ocurrir ahora? —le preguntó Juan Núñez a don Juan Manuel.

—Que esta nueva circunstancia todavía favorece más nuestros planes.

—¿Y cómo es eso?

—El rey ha dejado embarazadas a sus dos mujeres a la vez. Tenemos que conseguir que en el corazón de cada una de ellas crezca la animadversión hacia la otra, de manera que se enojen las dos, lo solivianten y lo empujen a cometer errores —maquinó don Juan Manuel.

—El enfrentamiento de esas dos mujeres tan vez no sea suficiente para desencadenar una disputa que arrastre al rey.

—Lo sé. También necesitaremos que crezca el malestar en ciudades y aldeas. Los mercaderes se quejan de que falta moneda para que funcionen sus negocios y los artesanos protestan porque no hay dinero para comprar sus productos, de modo que provocaremos que el descontento crezca y se extienda hasta que todos consideren que el culpable de sus males es el rey.

—¿Y cómo podremos hacer eso?

—Voy a pedir a don Alfonso que me autorice a acuñar moneda en mis señoríos.

—No lo consentirá. La acuñación de moneda es una regalía que se reserva la corona; es un símbolo de su autoridad.

—Eso es precisamente lo que pretendo. Cuando me niegue ese permiso, lo acusaré de hundir el bienestar del reino a propósito y de empobrecer al reino por quedarse con el oro y la plata que se necesita para acuñar moneda.

La petición de don Juan Manuel no fue respondida por don Alfonso; entonces, el señor de Villena lo acusó de apropiarse del oro y la plata en perjuicio de todo el reino y reforzó las defensas de sus ya poderosas fortalezas, elevando sus muros y torreones, en un claro reto a la autoridad de Alfonso XI.

Una guerra abierta y total entre castellanos parecía más cercana que nunca.

2

Leonor de Guzmán dio a luz a su segundo hijo poco antes de que la reina María alumbrara a su primero.

Fue bautizado con el nombre de Sancho Alfonso. Nació con algunas semanas de adelanto, y los médicos observaron que el niño no parecía capaz de escuchar ni de emitir sonidos; tenía tantos problemas y sufría tales achaques que dudaron sobre su capacidad para sobrevivir.

—Habrá que dotar a Sancho —le pidió Leonor a don Alfonso.

—Lo haré; le concederé el señorío de Ledesma y tú recibirás también importantes dominios. He ordenado a mi canciller que prepare para ti las cartas de donación de las villas de Alcalá de Guadaira, Medina Sidonia, Huelva, Cabra, Lucena, Montilla, Paredes de Nava y Tordesillas..., por el momento, y no serán las únicas donaciones que pienso hacerte. Ya eres la señora más rica de Castilla.

—¡Oh! —Leonor se echó en los brazos del rey y lo besó.

La concesión de tantos privilegios y donaciones a Leonor y a sus dos bastardos desencadenó un notable enfado en algunas de las grandes familias castellanas y leonesas.

Los miembros de los linajes descendientes de la sangre real de

Fernando III, como don Juan Manuel, Juan Núñez y Juan Alfonso de Alburquerque, acrecentaron su odio al rey y se juramentaron para mantenerse firmes frente a un monarca que, según decían, pretendía acabar con los privilegios de la alta nobleza, apoyándose en los hidalgos e infanzones y en los hombres de los concejos, además de encumbrar a sus bastardos y enriquecer a su concubina.

Los hijos de Gil de Albornoz, los de Garcilaso de la Vega y algunos nobles como Rodrigo Álvarez de Asturias se pusieron al lado de Alfonso XI. La nobleza de Castilla y León se partió en dos bandos, y cada uno de ellos procuró hacer el mayor daño posible en las tierras y propiedades del contrario.

Don Juan Manuel no solo actuaba como cabecilla político del bando adversario al rey, también lo hacía con su pluma, escribiendo tratados en los que resaltaba el valor y la virtud de la nobleza, y justificando sus privilegios por derecho de sangre y de alcurnia, pues decía que emanaban directamente de la gracia y la voluntad de Dios.

En esos meses andaba acabando la ampliación del *Libro de los Estados* y una colección de cuentos y ejemplos, inspirados en relatos orientales, que reunió bajo el título de *El conde Lucanor*. Además, para justificar sus derechos y reclamar su honor, redactó una *Crónica*, que dejó acabada, por el momento, en el año de la muerte del rey Fernando III.

En cada uno de sus escritos, el infante dejaba claro que no reconocía a Alfonso XI como su señor natural y que no lo consideraba el rey legítimo de Castilla y León.

—Estoy asombrado, primo —le comentó Juan Núñez a don Juan Manuel cuando este le regaló una copia del *Libro de los Estados*—. Gobiernas extensos señoríos en Castilla y en Aragón, diriges la construcción de tus propias fortalezas, nos enseñas cómo actuar en esta querella contra don Alfonso, cazas como el mejor de los cetreros y, además, escribes sin cesar libros gordísimos. ¿Cómo lo haces? ¿No habrás firmado un pacto con el diablo?

—Descuida, no hay nada de eso.

—En cualquier caso, me impresiona la cantidad de cosas que eres capaz de hacer. Creo que si Dios así lo hubiera querido, habrías sido el mejor monarca de estos reinos.

—Quizás, pero Dios tenía otros planes para mí. —Don Juan Manuel sonrió.

—Todavía puedes ser nuestro soberano. Mi tío don Alfonso renunció a sus derechos al jurarle vasallaje al rey, y yo..., yo puedo ser útil en la batalla, pero carezco de la habilidad que se requiere para la política. Tú eres nieto del rey don Fernando, reclama tu condición y proclámate soberano de Castilla y León.

—No puedo hacerlo sin antes derrocar a don Alfonso. En pocas semanas nacerá el hijo que ha engendrado con doña María, y entonces estoy seguro de que su padre hará que lo juren como heredero de estos reinos. Sé que muchos que ahora dudan de don Alfonso jurarán fidelidad a su hijo, y...

—Y tal vez sea una niña, o nazca muerto, o quizás todo el pueblo de Castilla, tanto los menores como los magnates, los labradores y los artesanos, los guerreros y los comerciantes se rebelen contra ese tirano y busquen a un verdadero rey que ensalce y honre esta corona de una vez por todas.

3

—Esa mujer va camino de convertirse en la dueña de toda Castilla —comentó Juan Núñez.

—Ya lo es —replicó don Juan Manuel.

Los dos magnates se habían reunido en Peñafiel para coordinar su estrategia contra Alfonso XI. Se les había unido Juan Alfonso de Haro.

—El rey ya tiene dos hijos con esa barragana; a cada uno de ellos lo ha dotado con grandes propiedades, y todavía le ha dado más a ella. Si «la Favorita» sigue pariendo bastardos reales, se hará con todas las propiedades de la corona, y una vez enajenados todos sus bienes en su favor, vendrá a por los nuestros.

—Por lo que sé, la ambición y voracidad de esa mujer no tiene límite alguno. Ya es dueña de media Andalucía y también ha recibido extensos feudos en Castilla. El rey está embelesado con ella y le dará cuanto le pida; y te aseguro que es capaz de pedirle todo, absolutamente todo.

—Pues debemos poner fin como sea a este despropósito.

—Iré a Sevilla para hablar de nuevo con Leonor —dijo don Juan Manuel.

—La entrevista que celebraste con esa furcia no sirvió de nada.

—Entonces desconocía la astucia de esa mujer; ahora ya sé de lo que es capaz.

—¿Qué vas a proponerle?

—Nada.

—¿Nada? Entonces, ¿para qué quieres entrevistarte con ella?

—Para decirle que voy a Portugal a verme con su rey.

—¿Solo eso?

—Espero que sea suficiente para que dude sobre qué hacer.

Don Juan Manuel se reunió por segunda vez con Leonor de Guzmán en Sevilla, y le dijo que desde allí se iba a Portugal a tratar importantes asuntos con Alfonso IV, pero sin concretar nada más. Quería que ella dudara sobre sus verdaderas intenciones y que le transmitiera esas dudas a don Alfonso.

Ya en Lisboa, don Juan Manuel lo que hizo fue acordar la boda de su hija Constanza con el infante Pedro de Portugal, entablando así una alianza con ese reino. Volvía a recuperar su antigua idea de enemistar a Castilla con Portugal y con Aragón, para debilitar al máximo a Alfonso XI.

De regreso de Portugal, eufórico por el acuerdo de matrimonio de su hija, don Juan Manuel se dirigió de nuevo a Peñafiel, donde lo aguardaba Juan Núñez.

Al llegar, recibió una sorprendente noticia.

—El rey nos propone una entrevista. Parece desesperado —le dijo Juan Núñez.

—Tal vez se trate de un trampa.

—Nos cita en la villa de Becerril para que hablemos. Nos dice que, si le pedimos perdón, olvidará cualquier agravio y firmará la paz con nosotros.

—De acuerdo, iremos a esa cita, pero con todas las precauciones. Recuerda lo que le ocurrió a don Juan de Tarifa en Toro. Lo engañó y lo degolló como a un cordero.

—Tienes razón; no podemos fiarnos en absoluto de él.

—A nosotros no nos sorprenderá.

—¿Por qué nos llama ahora?

—En Lisboa supe que los benimerines se han aliado con los nazaríes de Granada y preparan una incursión conjunta por tierras de Andalucía —explicó don Juan Manuel.

—¡Claro, ahora lo entiendo!

—Es probable que los moros ataquen pronto algunas plazas en la frontera de Andalucía; quién sabe si se atreverán incluso a llegar hasta la propia Córdoba. De hacerlo así, la posición del rey quedaría muy debilitada.

—Acudamos a esa entrevista.

—Sí, pero no olvides con quién estamos jugando esta peligrosa partida.

Alfonso XI estaba cazando con halcones por los llanos de Valladolid cuando le comunicaron que don Juan Manuel y Juan Núñez habían aceptado la cita propuesta, que tendría lugar en Becerril.

El día acordado, y sin apenas escolta, el rey y los dos magnates se encontraron sobre sus caballos a las afueras de esa población. Los dos nobles habían tomado todas las precauciones y habían enviado oteadores para comprobar que aquella cita no encerraba una trampa mortal.

—Señor —habló don Juan Manuel desde su montura—, os pedimos perdón si os hemos hecho alguna ofensa, pues no ha sido esa nuestra intención.

—Señores —habló el rey—, mi deseo es poner fin al enfrentamiento que nos ha enemistado en los últimos años. Sabed que mis propósitos no son otros que procurar el bienestar de mis súbditos.

—Hemos dispuesto un banquete en mi pabellón de campaña; sería un honor que vuestra alteza aceptase comer con nosotros —propuso Juan Núñez.

Don Alfonso receló. Junto a los dos magnates había un grupo de seis caballeros de armas, y él, como estaba pactado, iba a acompañado por cuatro caballeros y cuatro escuderos.

—De acuerdo, acepto vuestra invitación. Comamos juntos.

Ya en el pabellón, a la comida solo asistieron el rey y los dos magnates, que entraron en la tienda desarmados en señal de amistad y confianza mutua.

—Señores, os agradezco esta comida y os propongo que sigamos nuestras conversaciones en Villaumbrales. Os invito a comer para que allí firmemos los términos de nuestro acuerdo y sellemos la paz definitiva.

—Lo pensaremos, alteza —dijo Juan Núñez.

—¿Acaso no confiáis en vuestro rey?

—Si me lo permitís, señor, os enviaremos mañana la respuesta a vuestra invitación con un mensajero —terció don Juan Manuel.

No irían a esa comida. Los dos magnates estuvieron de acuerdo en que el rey les estaba dando confianza para tenderles una trampa, y que si acudían a esa cita serían aniquilados, como Juan el Tuerto en Toro.

Frustrada la celada que el rey les había preparado a sus dos enemigos, decidió dar un golpe de efecto y se dirigió a Vizcaya.

En el camino desde Burgos a Vizcaya través del desfiladero de Pancorbo tomó algunas villas propiedad de Juan Núñez, y ya en Vizcaya visitó Bermeo y Bilbao, la villa fundada treinta años antes por don Diego López de Haro mediante el fuero de Logroño. Los nobles de Vizcaya aceptaron prestarle vasallaje como su señor natural, y lo hicieron en la villa de Guernica, donde le juraron fidelidad y lo proclamaron señor de Vizcaya, cuyo título y señorío había ostentado hasta entonces doña María de Haro, esposa de Juan Núñez.

La estratagema de Alfonso XI desconcertó a sus dos rivales, a los que volvió a proponer que si cesaban las intrigas y le prestaban juramento de vasallaje, los perdonaría.

Don Juan Manuel, desalentado por su nuevo fracaso, se retiró a sus dominios, y don Juan Núñez se refugió en Herrera de Pisuerga y mandó fortificar su villa de Lerma; no tenía duda de que el rey iría a por él, y quería estar preparado para defenderse.

Y así fue. Tras ser jurado como señor de Vizcaya en Guernica, el rey de Castilla regresó a Burgos y convocó a las milicias concejiles de esa ciudad y a las de Valladolid, Toro y Plasencia, con las que atacó a Juan Núñez, que se había encastillado en Herrera.

Pero la amenaza de los musulmanes crecía a cada momento, y don Alfonso tuvo que acudir a defender la frontera sur de su reino, aunque sabía que, en cuanto faltara de Castilla, Juan Núñez volvería a las andadas y a provocar graves disturbios.

Convertido en señor de Vizcaya, triunfador en su visita a las tierras del norte, acompañado por la rutilante Leonor de Guzmán, cuya belleza deslumbraba a cuantos la contemplaban, Alfonso XI regresó a Valladolid, donde pasó los últimos meses del año preparando con sus consejeros la guerra contra Granada, su gran obsesión, y amando a Leonor, de la que no se separaba un solo instante.

Entre tanto, la reina María dio a luz a su primer hijo, que fue bautizado con el nombre de Fernando. El trono de Castilla y León al fin tenía un heredero legítimo. Cuando supo del nacimiento de su hijo, Alfonso XI se encontraba con Leonor. Ni siquiera hizo por conocerlo. Ordenó que madre e hijo quedaran recluidos en Toro en cuanto estuvieran en condiciones de viajar desde Burgos, con la orden expresa de que ambos permanecieran bien cuidados y protegidos, pero que no se les permitiera salir de esa villa sin su permiso.

Hubo alegrías por todo el reino por el nacimiento del príncipe, pero ni Alfonso XI ni Leonor de Guzmán participaron en los festejos. No tenían ninguna razón que los impulsara a hacerlo; tampoco querían.

4

Hacía mucho frío en Valladolid aquella mañana del día de Reyes.

La gente de mayor edad comentaba en la plaza del mercado que los inviernos eran muy crudos y con nieves más abundantes y los veranos más cortos, fríos y húmeros que años atrás, cuando eran jóvenes. Unos comentaban que Dios estaba enviando señales a los hombres para que volvieran al camino recto, otros aseguraban que las calamidades que se estaban cebando con los cristianos se debían al mal gobierno de los poderosos, y que por eso las cosechas eran cada año más menguadas, los ganados menos fértiles y los fríos más extremos.

Algunos párrocos predicaban desde sus púlpitos que la causa de todas aquellas desgracias no era otra que la extensión del pecado por el mundo, y que la ruina de esos reinos la provocaba el alejamiento de la obediencia a los mandamientos de la ley de Dios y de su santa Iglesia.

En el palacio real de Valladolid, al calor de unos leños que ardían en una gran chimenea, el rey Alfonso escuchaba de boca de un juglar, que tañía un laúd, la declamación de un cantar sobre el caballero Ruy Díaz de Vivar; lo había aprendido de memoria en un códice escrito sobre pergamino y firmado por un tal Per Abat, en el que se relataban en verso las hazañas del Cid.

A su lado, «la Favorita», que vivía con don Alfonso como si fuera su esposa, tenía en sus manos un libro miniado con los *Salmos* del rey David.

—Este hombre fue un guerrero extraordinario —comentó el rey Alfonso en un receso del juglar.

—¿Crees que en verdad existió ese caballero, o es una fábula? —le preguntó Leonor.

—Claro que fue un personaje real. Su cuerpo todavía se guarda en un sepulcro en el convento de San Pedro de Cardeña, cerca de Burgos. Ha sido el mejor guerrero castellano, y por eso los juglares le dedican romances y cantares como este. Venció a los moros en todas las batallas que libró y nunca sufrió una derrota. Hasta sus enemigos ensalzaron su valor en el combate y su destreza en la pelea, y lo hicieron de tal modo que lo llamaron «el Campeador».

—Debió de ser un gigante.

—No, no lo creo. Fue un hombre valiente que luchó por nuestra fe y por Castilla. Cuando yo muera y mi historia se cuente en crónicas y poemas, me gustaría que mi vida se narrara como se ha hecho con la de don Rodrigo.

—Está bien que busques la gloria y la fama, es lo que todo buen caballero tiene la obligación de hacer, pero cada vez que vas a una guerra mi corazón se altera y sufre; cuando no estás junto a mí, temo que pueda ocurrirte algo malo y que te pierda para siempre.

—Tú eres lo que más quiero en este mundo, pero recuerda que soy el rey de Castilla y de León, y que tengo la obligación de gobernar estos reinos, para lo cual he de someter a los nobles rebeldes que cuestionan mi autoridad, aunque también debo engrandecer mis dominios ganando más tierras, y para eso he de guerrear con los sarracenos.

Leonor se levantó de su sillón y se acercó hasta don Alfonso, que indicó con un gesto al juglar que se retirara. «La Favorita» ya le había dado dos hijos, sus caderas se habían ensanchado un poco y sus pechos habían aumentado de tamaño, lo que la hacía todavía más atractiva si cabe a los ojos del rey, que cada vez que la miraba sentía cómo se despertaba su vigor varonil.

Don Alfonso la cogió por la cintura, le levantó el vestido y buscó su sexo. Leonor se sentó sobre él a horcajadas y abrió sus piernas para que la penetrara. El códice con los *Salmos* de David cayó al suelo mientras los dos amantes fundían sus bocas y sus sexos. A sus veintiún años Alfonso XI rebosaba de energía y de ardor varonil, y Leonor sabía bien cómo complacerlo.

Las noticias que desde la frontera sur llegaban a la corte de Valladolid eran muy preocupantes. Era cierto que el sultán de los benimerines, esos demonios africanos que pretendían conquistar España como ya lo hicieran siglos atrás sus antepasados, había firmado un nuevo tratado de alianza con el rey de Granada, y todo hacía suponer que tramaban un ataque inmediato a los dominios castellanos.

Desde que la gran coalición de los reyes de Castilla, Aragón y Navarra aplastara, más de un siglo atrás, a los almohades en la batalla de las Navas, la fuerza y el poder estaban del lado cristiano. De las amplias tierras que un día pertenecieron a los emires y califas omeyas de al-Andalus, cuyo dominio se extendió hasta Galicia, León, Pamplona y Barcelona, los musulmanes hispanos solo mantenían bajo su gobierno el reino nazarí de Granada, un rico territorio con ciudades populosas, villas bien pobladas y feraces alquerías, pero incapaz de resistir por sí solo la presión de los castellanos.

Alfonso XI ambicionaba conquistar Granada. Desde muy pequeño, mientras era educado por su abuela la reina María de Molina en el palacio real de Valladolid, sus maestros de historia y de gramática le habían relatado las hazañas de sus antepasados y las guerras que habían tenido que librar para hacer de Castilla y León el gran reino que había heredado; le habían explicado la heroica resistencia de los primeros reyes de Asturias frente al poderosísimo imperio de Córdoba, el valor de los reyes de León y de los condes de Castilla en las cruentas batallas libradas contra enemigos tan poderosos, la determinación del rey Fernando para conquistar las grandes ciudades de Córdoba y de Sevilla, y la sangre, el sudor y las lágrimas que había costado todo aquel esfuerzo secular; le habían hablado de los grandes reyes de Pamplona y de Aragón, de sus extraordinarias conquistas y de sus gigantescos logros, y le habían inculcado la idea de que quien conquistara Granada sería considerado en las crónicas y los romances como el más grande de todos ellos.

A la vez, los maestros de equitación y de esgrima habían formado al joven Alfonso en el arte de la monta y de la lucha, y los estrategas le había explicado cómo dirigir un ejército en la guerra y cómo comportarse en la batalla. Los maestros cetreros le habían enseñado a cazar con halcones, y los monteros a cabalgar con la lanza enristrada para perseguir y abatir jabalíes y venados, y a comprender que el terreno podía usarse en beneficio propio tanto en una partida de caza como en una contienda bélica.

Desde que tuvo uso de razón había sido educado para ser rey, formado en leyes para gobernar y entrenado en el palenque para combatir. Había llegado la hora de demostrar que había aprendido bien todas aquellas lecciones.

—Señor, el ejército de los benimerines ha cruzado el Estrecho y se ha desplegado desde Algeciras, cerca de Gibraltar; tienen la intención de asediar esa ciudad.

El mensajero que traía esa noticia había recorrido la distancia desde Sevilla a Valladolid en tan solo diez jornadas, aunque la presencia de los africanos en la zona se conocía unos días antes gracias a los mensajes transmitidos mediante señales de humo y luces de atalaya en atalaya.

—¿Cuántos hombres forman esa hueste? —preguntó Alfonso XI, preocupado.

—Unos diez mil jinetes y treinta mil peones, alteza; y hay que sumar el contingente que se les ha unido desde Granada, formado por otros doce mil guerreros.

El rey apretó los dientes. Con las tropas que era capaz de movilizar, de ninguna manera podía reunir un ejército de cincuenta mil soldados con el que hacer frente a los musulmanes con posibilidades de victoria, ni siquiera sumando toda la mesnada real, las de los nobles más fieles, las de las Órdenes Militares y las milicias concejiles. Si quería enfrentarse a la coalición de benimerines y nazaríes, debía contar con la ayuda de todos los nobles, incluidos sus enemigos, y además con el apoyo de las galeras del rey de Aragón, e incluso añadir refuerzos de Portugal.

—Está bien, retírate y que te sirvan una buena comida —le dijo el rey al mensajero.

Leonor, que estaba con don Alfonso cuando este fue informado, se percató enseguida del semblante serio de su amante y de la preocupación que lo acaba de embargar.

Se acercó a él, lo abrazó y le dio un beso.

—¿Problemas? —le preguntó.

—Muchos problemas. Los moros africanos han atravesado el Estrecho y han reunido un ejército de cincuenta mil hombres, uno de los más numerosos jamás visto en estas tierras. Carezco de fuerzas para presentarles batalla.

—¿Qué vas a hacer?

—Lo único posible. No tengo más remedio que requerir la ayuda a todos los nobles.

—¿Incluso la de tus adversarios, los que están conspirando para arrebatarte el trono?

—Sobre todo la de ellos. Necesito las fuerzas de don Juan Manuel, don Juan Núñez y don Juan Alfonso para enfrentarme con garantías a los moros, pero sobre todo es preciso que no se levanten contra mí cuando vaya a la guerra. Si marcho hacia el sur con todas las tropas que pueda reunir y dejo mis dominios sin defensas, esos tres lo tendrían facilísimo para ocupar algunas de mis posesiones, y quién sabe si incluso apoderarse de todo el reino.

—¿Vas a pedirles ayuda a esos traidores?

La pregunta de Leonor de Guzmán quedó sin respuesta.

Mediado febrero llegó la confirmación de que los benimerines y los granadinos habían cerrado el asedio a la ciudad de Gibraltar, y que habían proclamado la guerra santa contra los cristianos.

A pesar de la opinión de Leonor, Alfonso XI no tuvo más salida que enviar sendas cartas a don Juan Manuel y a Juan Núñez solicitándoles una nueva entrevista; les adelantaba que se trataba de un asunto de vida o muerte para todos.

Los dos magnates aceptaron la entrevista, que se pactó celebrar en las afueras de Peñafiel.

Alfonso XI llegó con varios nobles y un escuadrón de las milicias concejiles de Valladolid y de Palencia, que enarbolaban los estandartes de Castilla y de León y banderolas blancas.

El rey, acompañado por su escudero Gonzalo Álvarez, el campeón más fuerte y ducho de su mesnada, se adelantó él solo sobre su caballo. Les estaba demostrando a los nobles que no tenía miedo. Don Juan Manuel y Juan Núñez hicieron lo propio hasta colocarse a media docena de pasos frente a frente.

—Señores, os agradezco que hayáis aceptado esta vista —dijo el rey.

—Os escuchamos, alteza —repuso don Juan Manuel.

—Os decía en mi carta que se trataba de una cuestión de vida o muerte, y es cierto. Los benimerines, coaligados con los granadinos, han sitiado la ciudad de Gibraltar. Si esa plaza y su castillo caen en sus manos, los moros dominarán el Estrecho y tendrán vía libre para acceder con sus tropas a toda España.

»Los benimerines son una tribu de fanáticos pastores de cabras que han conseguido forjar un gran imperio en el norte de África y que aspiran a ganar ahora nuestras tierras. Si lo consiguen, todos nosotros seremos sus esclavos..., o cadáveres.

»Estoy reclutando una hueste para ir a la guerra y forzarlos a levantar el sitio de Gibraltar, y necesito que os suméis a mi ejército. Sois nobles cristianos; vos, don Juan Manuel, lleváis la misma sangre que yo en vuestras venas, y vos, don Juan, estáis casado con mi prima. Dejemos de lado nuestras rencillas, luchemos juntos en esta guerra santa contra los infieles y mandémoslos al infierno para siempre.

Don Juan Manuel mantenía el semblante serio y reflexivo, pero Juan Núñez dibujó una leve sonrisa lobuna. Aquella era la oportunidad que estaban esperando para poner en jaque al rey.

—No contéis conmigo, ni con mis mesnadas. Ese problema es solo vuestro, resolvedlo con vuestros propios medios. Salvo que...

—Seguid hablando —lo conminó don Alfonso.

—...que me concedáis seiscientos mil maravedíes anuales de renta y nos devolváis, a mi esposa y a mí, el dominio del señorío de Vizcaya —sentenció Juan Núñez de Lara.

—¿Y vos, don Juan Manuel, no tenéis nada que añadir? ¿Vais a permitir que mueran cristianos o caigan cautivos sin mover un solo dedo para impedirlo?

—Alteza, no puedo acudir a esa campaña en Gibraltar —se limitó a añadir el infante.

—No lo esperaba de alguien de mi sangre. Sois un traidor —espetó don Alfonso.

—Ni siquiera a vuestra alteza le consiento esas palabras. No quiero volver a veros nunca. Vámonos —le dijo don Juan Manuel a Juan Núñez, cuya sonrisa se había hecho mucho más amplia.

Los dos magnates tiraron de las riendas, dieron media vuelta y espolearon a sus caballos, alejándose del rey y de su escudero.

—Canallas... —masculló Alfonso XI.

—Solo son dos y todavía están a mi alcance. ¿Acabo con ellos, señor? —preguntó Gonzalo Álvarez echando mano a la empuñadura de su espada.

—No, dejad que se vayan.

—Señor, no permitáis que se alejen; puedo liquidarlos a los dos, ahora.

—Di mi palabra de que respetaría esta entrevista, y no voy a conculcarla.

El escudero apretó los dientes y se retuvo. Si por él hubiera sido, los cadáveres de los dos magnates yacerían muertos en unos instantes sobre aquel campo de Peñafiel.

Acudir con su ejército a liberar Gibraltar del asedio a que lo habían sometido los musulmanes suponía dejar indefensas las tierras de Castilla y de León, y el rey estaba seguro de que Juan Núñez de Lara aprovecharía su ausencia para atacar sus posesiones en el norte de Castilla, como ya había hecho en cuanto se le presentó la menor oportunidad, y de que don Juan Manuel haría lo propio en las tierras del este.

Los miembros del consejo real estaban divididos entre los que abogaban por quedarse en Castilla y defender los dominios reales del acoso de Juan Núñez y los que preconizaban acudir a la frontera, tratar de desalojar a los benimerines de la bahía de Algeciras y arrojarlos al otro lado del Estrecho.

Desde Gibraltar llegaban angustiosas peticiones de ayuda. A comienzos de mayo un mensajero trajo a Valladolid una carta en la que los defensores de la plaza gibraltareña mostraban su desesperación; informaban al rey de que estaban comiendo ratas y todo tipo de alimañas, pues el cerco al que los habían sometido los benimerines y los granadinos les impedía recibir cualquier tipo de suministro, y le suplicaban que acudiera en su ayuda cuanto antes o se perdería Gibraltar, buena parte de la frontera e incluso toda España.

El ejército musulmán lo dirigía Abd al-Malik, hijo del sultán benimerín, que había prometido no levantar el asedio hasta ganar la ciudad de Gibraltar. Ante la inanición de los cristianos, los musulmanes enviaron varias expediciones de jinetes ligeros que atacaron las localidades de Espejo y Castro, lo que desató el pánico en la ciudad de Córdoba, cuyo concejo demandó ayuda urgente ante el temor de caer pronto en poder de los sarracenos. Algunos decían que lo ocurrido en el año del Señor de 711, cuando los moros invadieron y conquistaron toda España, volvería a ocurrir en estos tiempos, si el rey de Castilla no hacía nada para impedirlo.

Las nuevas llamadas de auxilio impulsaron a Alfonso XI a movilizarse y demandar ayuda para acudir en defensa de Gibraltar, pero el tesoro real carecía de fondos para pagar al ejército.

No había tiempo para convocar Cortes y recaudar impuestos con los que sufragar la campaña, de modo que, al frente de un pequeña escolta, el rey recorrió en día y medio las ochenta millas entre Valladolid y Burgos, a cuyos mercaderes solicitó un préstamo urgente con el que poder pagar la hueste. Enriquecidos con el comercio de lana, los comerciantes burgaleses disponían de dinero suficiente para hacer frente a esos gastos.

Mientras se preparaba la expedición de auxilio, los musulmanes seguían presionando sobre Gibraltar y saqueando la frontera. Una de las cabalgadas los llevó hasta la villa de Cabra, cuyo castillo estaba defendido por Pedro Díaz de Aguayo, fraile de Calatrava, cuya Orden tenía encomendada su guarda.

Fue el propio rey de Granada quien dirigió esa algarada y quien consiguió que el alcaide calatravo de Cabra rindiera el castillo. Una vez dueños de esa villa, los musulmanes derribaron las fortificaciones y la gran torre de la fortaleza, tomaron cautivos a numerosos cristianos y los llevaron a Granada.

Sin ayuda del ejército del rey de Castilla, fueron las milicias concejiles de Lucena, Marchena, Écija y Córdoba las que se organizaron para recuperar Cabra, pues estaban seguras de que si la dejaban en manos de los enemigos, sus ciudades también serían fácil presa.

Aquel castillo era muy importante para la defensa de todo el centro de la frontera, y sobre todo para evitar un ataque directo a Córdoba, de modo que, en cuanto reconquistaron Cabra, reconstruyeron su castillo, al que dotaron de mejores defensas.

Todas las villas y fortalezas de la frontera andaban revueltas, y por toda la región corrían rumores que alertaban y confundían a sus pobladores. Unos decían que el rey Alfonso los había abandonado a su suerte y que estaban perdidos; otros aprovecharon la confusión y el miedo para provocar revueltas, como hizo en Úbeda Juan Martínez Avariro, quien consiguió, con un audaz golpe de mano, echar a los caballeros y hacerse con el poder en ese concejo durante unas semanas. No tardaría en ser condenado por el rey y ahorcado por rebelde.

A mediados de junio el ejército real estaba a punto de salir de Valladolid cuando llegó la última y agónica petición de auxilio de los defensores de Gibraltar. Temeroso de no llegar a tiempo, el rey Alfonso aceleró la marcha, pero ya era demasiado tarde. El día 17 de junio Gibraltar se rindió tras cuatro meses de duro asedio, y los benimerines izaron su estandarte en lo alto de la torre de su castillo.

—Alteza, Gibraltar ha caído —le anunció su escudero Gonzalo Álvarez.

—¿Han tomado la plaza al asalto?

—No, señor. El alcaide Vasco Pérez la ha rendido, y se dice —el escudero carraspeó— que ese hombre ha cobrado una fortuna por ello.

—¿Es eso cierto?

—Parece que sí, alteza. Lo han confirmado algunos de nuestros agentes, que aseguran haber sido testigos de esa traición.

—Ya no podemos socorrer a los defensores de Gibraltar, pues están en manos de los sarracenos, pero podemos recuperar la ciudad. Ordena a los capitanes de las mesnadas que tengan todo preparado para seguir el plan previsto.

Sin dilación, el ejército castellano salió de Valladolid y se dirigió por Segovia, Toledo, y Sevilla hasta Jerez; las milicias concejiles de estas ciudades se fueron sumando a las tropas de los concejos de Castilla y de las huestes nobiliarias.

Cuando se encontraban cerca de Gibraltar llegó una mala noticia. El rey de Portugal, a quien se había pedido ayuda urgente, se negaba a enviar tropas a esa campaña, alegando que el comportamiento de Alfonso XI con su esposa la reina María no era decoroso, y que si quería contar con la asistencia de soldados portugueses, debía abandonar a Leonor de Guzmán, volver con doña María y tratarla como la reina legítima que era.

Mas el rey de Castilla estaba tan perdidamente enamorado de

su amante sevillana que ni con esas amenazas renunció a su compañía. Necesitaba a Leonor, amaba a Leonor, no podía vivir sin Leonor; tanto era así que arriesgaba su trono, sus reinos, sus títulos, su honor y su propia vida por la mujer que llenaba todo su corazón y satisfacía todas sus pasiones. Para don Alfonso, ni siquiera Castilla y León, ni siquiera su propia sangre, estaban por delante de la mujer de su alma y de sus sueños.

Las columnas del ejército castellano cruzaban con enorme precaución y atento cuidado los pasos de la cadena de montañas que desde la sierra de Grazalema desciende hasta el mar.

Largas filas de soldados, ordenados según su hueste de procedencia, avanzaban hacia Gibraltar. Entre la soldadesca abundaban los hombres libres de los grandes concejos, dispuestos a combatir y arriesgar su vida en la batalla a cambio de un puñado de monedas que les ayudara a comprar comida y alimentar a sus familias en aquellos tiempos de suma escasez y carestía. Destacaban los nobles, con sus fulgurantes panoplias, sus estandartes multicolores y sus coloridos escudos con las armas de sus linajes, equipados con sus pesadas cotas de malla, sus brillantes corazas y relucientes cascos de combate, montados sobre los enormes caballos de guerra, lentos y pesados, pero contundentes e imparables en una carga frontal de caballería en campo abierto; esos caballeros buscaban en la guerra más honores, más posesiones y más fama. Causaba asombro una compañía de almogávares, hombres fieros y montaraces que combatían con una ferocidad inaudita por el botín ganado en la victoria, vestidos con chalecos de pieles pese al calor del estío y armados con cuchillos de hoja ancha que más parecían el instrumento de un carnicero que el arma de un soldado, pero que provocaban el pánico entre sus enemigos cuando se lanzaban corriendo contra sus filas, aullando al entrar en combate como lobos hambrientos, gritando como salvajes y peleando con un furor inigualable.

Atravesaron los pasos de las sierras sin altercado alguno hasta que un oteador de los que se habían apostado en las crestas de algunos montes para alertar de posibles emboscadas avisó mediante señales luminosas con una lámina de plata que se acercaba un regimiento de caballería compuesto por unos quinientos jinetes.

El rey dio orden a la vanguardia, donde formaban los caballeros veteranos de las Órdenes de Santiago y de Calatrava, para que se organizara un frente de combate y se lanzaran a la carga. En cuanto los musulmanes observaron la formación de la cabalgada de los cristianos y la decisión de su ataque en formación cerrada, dudaron. Algunos se detuvieron, otros deshicieron la línea y los más cobardes dieron media vuelta y se retiraron.

El envite de la caballería pesada castellana fue breve pero de una contundencia brutal, suficiente para que los cristianos lograran una fácil victoria. Cuando cayeron los jinetes de las primeras filas de los musulmanes, incapaces de soportar la embestida de los hombres de armas acorazados, los demás salieron corriendo a resguardarse en la seguridad de los muros de Algeciras. La caballeros cristianos los persiguieron, pero eran mucho más lentos a causa del peso que soportaban sus monturas y del cansancio por el largo camino recorrido, y no pudieron darles alcance.

Por las estribaciones de los montes al norte de Algeciras, las tropas castellanas se asomaron a la bahía, con el enorme peñón de Gibraltar anclado al borde del mar del Estrecho, como un gigantesco faro de piedra.

—Ahí está —señaló el escudero Gonzalo Álvarez—; quien ocupe esa escarpada roca, dominará el paso del Estrecho.

—Levantaremos el campamento en aquel arenal. Así cortaremos cualquier ayuda por tierra que pretendan llevar los sarracenos a Gibraltar —ordenó el rey.

El arenal que indicaba don Alfonso era una lengua de tierra que unía el continente con la isla que tiempo atrás había sido Gibraltar y que las mareas y las corrientes habían colmado de arena hasta convertirla en una pequeña península.

—Doña Leonor quiere estar a vuestro lado, alteza, pero estimo que es peligroso que...

—Se quedará en mi tienda —cortó tajante el rey.

—Pero, señor, un ataque por sorpresa podría ser...

—Doña Leonor permanecerá conmigo —zanjó don Alfonso mirando con autoridad a su escudero, que bajó la mirada.

El sitio de Gibraltar, ahora cercado por los cristianos, se formalizó a finales de julio, cuando llegaron transportadas por dos galeras desde el arsenal de Sevilla las máquinas de asedio, que se colocaron frente a la ciudad de la roca.

Seis ingenios no serían suficientes para abatir los gruesos muros de esa ciudad, pero por el momento eran todas las catapultas que podían ser montadas, y los castellanos no disponían de más

El rey ordenó que tres de ellas apuntaran a las murallas y las batieran constantemente, día y noche, hasta lograr abrir una brecha por donde poder lanzarse al asalto. Las otras tres batirían la zona del puerto, para evitar que barcos cargados con suministros pudieran abastecer por el mar a la ciudad mientras durara el asedio.

Cuando comenzaron los disparos, los musulmanes sitiados, que unas semanas antes habían sido los sitiadores, levantaron empalizadas de madera para protegerse del aluvión de piedras que se lanzaban desde las catapultas y de las flechas con que los arqueros barrían las almenas en cuanto alguno de los defensores asomaba la cabeza.

—Preparaos para el asalto —ordenó Alfonso XI a los capitanes de las huestes.

—Señor, no hemos causado el daño suficiente a esas murallas; ni siquiera hemos abierto una brecha. Sería prudente esperar a debilitar más los muros —adujo el escudero Álvarez.

—Estoy harto de este sitio. Tenemos que recuperar Gibraltar cuanto antes. Preparad el asalto.

Los feroces almogávares se colocaron en primera línea. El rey les había prometido que quien lograra arrancar una piedra de la gran torre que protegía el frente de la muralla sería recompensado con dos doblas de oro.

A la orden, la infantería de los cristianos avanzó hacia los muros provista con escalas y cuerdas, y se desplegó para rodear la ciudad, buscando un punto débil en el que poder concentrar el asalto.

Cubiertos por los disparos de las tres catapultas y por los tiros de los arqueros y ballesteros, los almogávares se acercaron protegidos con escudos y mantas hasta el pie de la torre, y comenzaron a excavar en la base para debilitar los cimientos y facilitar así el derrumbe.

—Alteza, los zapadores dicen que la argamasa de los cimientos de esos muros es demasiado dura; no pueden romperla con sus picos. Y desde las almenas, a pesar de los disparos disuasorios de nuestra artillería, no cesan de lanzarles piedras y aceite hirviendo. Ya han caído varios almogávares. Piden permiso para retirarse.

El rey frunció el ceño. Era evidente que el primer intento de asalto había fracasado, y que si seguían insistiendo solo lograrían acumular más bajas, de modo que ordenó la retirada.

Aprovechando el desconcierto provocado por la orden de desistir del asalto, algunos musulmanes hicieron una salida hacia el arenal y cortaron la retirada de varios cientos de cristianos que habían rodeado las murallas para atacar desde una posición elevada en la ladera del monte. Cuando se vieron aislados, no tuvieron más remedio que escalar montaña arriba y protegerse entre la vegetación y las rocas de la ladera.

Al caer las primeras sombras de la noche, más de mil hombres no habían regresado al campamento.

—Señor, muchos de los nuestros están atrapados entre las laderas rocosas del monte y los muros de la ciudad. No pueden regresar; tendrán que pasar allí la noche.

—Enviadles señales para que resistan. Esta misma noche iremos en su ayuda y les haremos llegar suministros.

El propio rey Alfonso se encargó de que en plena oscuridad se aparejaran seis galeras que se acercaron hasta la base de la roca y desde allí socorrieron a los que habían quedado atrapados, rescatándolos y devolviéndolos a salvo al campamento.

El fallido ataque había dejado claro que las defensas de Gibraltar eran demasiado fuertes para ser tomadas al asalto con solo seis catapultas. Si hacía unas semanas la habían ocupado los musulmanes con tan aparente facilidad, parecía cierto que el alcaide la había entregado a cambio de una buena suma de dinero.

El asedio se tornaba complicado y difícil, pues el ejército consumía cada día grandes cantidades de víveres y de suministros, que resultaban carísimos. La comida escaseaba debido a las malas cosechas y el coste de los alimentos se había duplicado en apenas un mes. El dinero que había conseguido el rey de los comerciantes burgaleses se acabaría muy pronto, y no quedaría más remedio que retirarse.

Pese a las dificultades, Alfonso XI ordenó que también se cerrara el asedio por mar, pero la flota castellana era mucho más débil y estaba peor dotada que la de los benimerines, cuyo sultán ordenó enviar una flota al rescate de Gibraltar.

La ausencia de Castilla del rey Alfonso debido a los graves problemas en la frontera sur era lo que Juan Núñez de Lara aguardaba para desatar su venganza.

Desde su fortaleza de Lerma esperó a que se marchara al rescate de Gibraltar y, cuando comprobó que en Castilla apenas había tropas leales al rey, desplegó su hueste y atacó villas y aldeas de propiedad real en Tierra de Campos, entre las ciudades de Palencia y Zamora, quemado las cosechas que estaban a punto de recogerse y saqueando cuadras, graneros, silos y almacenes.

La tierra se estremecía y los clamores de los campesinos atronaban el aire clamando por la vuelta del rey y de la justicia.

—Señor, muy graves noticias llegan desde Castilla. El de Lara ha atacado vuestros dominios en Tierra de Campos y ha asolado varias localidades al oeste de Palencia —anunció el mayordomo real.

—Ese traidor... Debí haberlo ejecutado cuando tuve la oportunidad de hacerlo en aquel campo de Peñafiel. Tenía razón mi escudero don Gonzalo Álvarez; debí dejar que atravesara las tripas de ese traidor con su espada. Me arrepiento de no haberlo matado como a un perro.

—Hay algo todavía peor, alteza.

—¿Qué puede ser peor, el inicio del fin del mundo?

—Señor, vuestro hijo don Fernando... ha muerto.

—¡Qué!

—El mismo mensajero ha traído esta carta de la reina. —El mayordomo se la entregó al rey.

Su esposa la reina María le comunicaba a Alfonso XI que el infante, primer y único hijo de ambos y heredero de Castilla y León, había fallecido en el palacio de Toro.

Los físicos judíos que lo habían atendido no habían logrado salvarlo de las fiebres que lo habían consumido hasta la muerte.

—¡Qué otra desgracia puede caer sobre estos reinos! —clamó el rey.

El sultán de los benimerines necesitaba dominar Gibraltar para mantener abierto el paso del Estrecho y facilitar el tránsito de sus tropas hacia la Península, y no dudó en enviar un ejército para auxiliar a los sitiados y evitar que la ciudad y sus fortalezas volvieran a caer en manos del rey de Castilla.

En la estrategia de defensa, lo primero era abastecer a los sitiados para que dispusieran de los suministros necesarios que les permitieran resistir el asedio hasta que llegara el ejército de África.

La flota castellana contaba con la dirección del almirante Alfonso Jofre Tenorio, pero la superioridad de la armada benimerín resultaba abrumadora; gracias ello podían abastecer sin problemas a Gibraltar desde Algeciras, apenas a cinco millas de distancia a través de la bahía.

El constante lanzamiento de piedras con las tres catapultas que apuntaban al puerto causaba algunos daños, pero no podían evitar la constante llegada de suministros a Gibraltar.

—¡Los sarracenos asedian Tarifa! —anunció un mensajero que llegó al galope al campamento castellano.

Don Alfonso, que estaba reunido en su tienda con los capitanes de hueste, salió apresurado al escuchar las voces de alerta.

—¿Qué ocurre?

—Alteza —el mensajero bajó de su caballo y se inclinó ante el rey—, los africanos han puesto sitio a Tarifa, y un gran ejército encabezado por el hijo del sultán y por el rey de Granada se dirige hacia aquí.

La situación se complicaba, pero Alfonso XI había decidido permanecer firme y no abandonar esa zona sin haber reconquistado Gibraltar.

Esa noche, tras hacer el amor con Leonor en su tienda, el rey se sinceró con su amante sevillana.

—Ocupar Gibraltar es muy importante, pero no puedo perder Tarifa. Costó mucho conservar esa plaza, incluso la sangre de uno de tus parientes. La caída de Tarifa, sumada a la de Gibraltar, provocaría un desánimo enorme en todo el ejército y se extendería a cada una de las plazas de la frontera. Debo ir a socorrerla.

—¿Y abandonar el sitio de Gibraltar?

—¿Qué otra cosa puedo hacer? No dispongo de fuerzas suficientes para sitiar Gibraltar y acudir a la vez al rescate de Tarifa.

—Es una trampa —dijo Leonor.

—¿Qué?

—Los sarracenos asedian Tarifa para desviar tu atención, porque lo que pretenden es que tú vayas en su ayuda y debilites el cerco a Gibraltar. Si divides tu ejército, te derrotarán con facilidad.

—Nunca dejas de sorprenderme.

—Tarifa la defendió mi antepasado Guzmán, al que algunos llaman «el Bueno», y nada me gustaría más que ver esa plaza liberada y segura, en ella radica buena parte del honor y el prestigio de mi familia, pero no te dejes llevar por un impulso que luego haga que te arrepientas por haber tomado una decisión precipitada.

Leonor se había convertido en algo más, mucho más que la amante del rey. Desde hacía dos años lo acompañaba a todas partes, incluso cuando había estado embarazada de sus dos hijos, y siempre actuaba como su más íntima y leal consejera.

Los favores que el rey le otorgaba la estaban enriqueciendo, y también a todos los miembros de su familia. Los Guzmán y los Ponce de León no dejaban de recibir cargos, mercedes, títulos y honores, para desesperación de los magnates de Castilla y León.

Mediaba agosto cuando el ejército aliado de benimerines y granadinos se presentó en el campo de Gibraltar. Desplegaron su campamento apenas a una legua del castellano, con los pabellones del rey de Granada y del príncipe Abd al-Malik en el centro.

Mientras alzaban las tiendas, levantaban empalizadas y cavaban fosos, los musulmanes no dejaban de tocar trompas y atabales en dirección al real cristiano, para dejar claro que estaban allí y que venían con ánimo de entablar batalla.

Sus verdaderas intenciones se manifestaron al día siguiente. Entre las filas de los musulmanes formaba un famoso caballero de nombre Hamubuhali, cuyo prestigio como lidiador era bien conocido en los campos de batalla.

Con la intención de dar un primer escarmiento a los castellanos, Hamubuhali encabezó una atrevida salida al frente de trescientos jinetes, que lanzaron una carga de caballería contra unas patrullas castellanas que vigilaban el extremo del arenal.

El adalid musulmán calculó mal. Supuso que con su presencia y sus trescientos hombres pondría en fuga a las patrullas castellanas, pero los comandantes cristianos decidieron hacerle frente y presentaron combate. El vehemente Hamubuhali, que se creía invencible en el campo de batalla, fue sorprendido y cayó muerto en la refriega.

Aquel encuentro también provocó bastantes bajas entre los cristianos, cuya moral decayó al comprobar que si se producía una batalla total, la ventaja quizás estaría de parte de los musulmanes.

—Esos dos traidores se han aliado y están arrasando mis tierras —le confesó el rey con amargura a Leonor—. Debí matarlos a ambos hace tiempo.

—Debes abandonar la frontera y volver a Castilla —le aconsejó Leonor.

—¿Y asumir la derrota, el fracaso...?

—Por lo que cuentas, los rebeldes están provocando muchos daños, y seguirán haciéndolo mientras tú estés ausente.

—No puedo renunciar a esta guerra; no puedo retirarme derrotado.

—Piensa bien, Alfonso: si permites que sigan asolando Castilla, no solo perderás Gibraltar, sino también todo tu reino; y entonces, ¿qué será de mí y de nuestros dos hijos?

»Juan Núñez de Lara y Juan Alfonso de Haro han pedido ayuda al rey de Aragón, y le han ofrecido vasallaje; y don Juan Manuel ha firmado una alianza con el rey de Portugal al casar a su hija con su príncipe. Sin la ayuda de Portugal, y sin el apoyo de las galeras de Aragón, no podrás recuperar Gibraltar, y si sigues empeñado en permanecer aquí, también perderás Castilla.

Tenía razón. Leonor de Guzmán acertaba al recomendar a Alfonso XI que levantara el sitio. El rey habló con algunos nobles y con los miembros de su consejo; la opinión unánime, sin que nadie discrepara, fue que había que salvar Castilla antes que recuperar Gibraltar.

Uno de los consejeros de mayor confianza del rey le recordó en privado que, tras la muerte del infante Fernando, Castilla y León quedaban de nuevo sin heredero, y que volvía a tener la obligación de engendrar otro hijo con la reina María.

A su pesar, no había más remedio que levantar el sitio de Gibraltar, dar por perdida esa plaza y retirarse; pero tenía que hacerlo con honor, y para ello necesitaba acordar un tratado de paz con los musulmanes, a los que pidió celebrar una entrevista.

Las dos delegaciones se encontraron a mitad de camino entre los dos campamentos.

Alfonso XI acudió a la cita con el maestre de Santiago y seis caballeros, y el rey de Granada y el príncipe de los benimerines con otros seis.

—Señor don Alfonso, me alegra mucho veros —le dijo el monarca granadino, que hablaba la lengua castellana.

—Para mí también supone un placer —repuso Alfonso XI.

—Os presento al príncipe Abd al-Malik, heredero del sultán de Marruecos y dueño de toda África —exageró el nazarí.

El granadino tradujo al árabe sus palabras, y el príncipe benimerín respondió alzando la mano derecha e inclinando ligeramente la cabeza.

—Señores, os he pedido esta entrevista para ofreceros un acuerdo de tregua —dijo el rey de Castilla sin más preámbulos.

—¿En qué condiciones?

—Levantaré el sitio de Gibraltar, y vos levantaréis el de Tarifa. Mi ejército se retirará a Castilla con los caminos de regreso despejados de cualquier celada.

—¿Renunciáis a Gibraltar?

—Renuncio a la posesión de esa ciudad, que quedará en vuestras manos libremente.

—Granada acepta vuestras condiciones.

El príncipe Abd al-Malik también lo hizo cuando le tradujeron las propuestas de paz.

—Hecho —dijo Alfonso XI.

—Hecho —asintió Muhammad de Granada.

—'*Ana muafiq* —añadió en árabe el benimerín.

Al día siguiente las delegaciones cristiana y musulmana firmaron las paces y celebraron una comida juntas, tras la cual Muhammad ofreció a Alfonso ricas joyas, una espada con una vaina chapada en oro y con incrustaciones de perlas, rubíes, esmeraldas y zafiros, un bacinete de oro con dos rubíes en las asas del tamaño de una castaña, paños bordados en oro y riquísimas sedas de los talleres granadinos. Por su parte, el castellano les regaló seis caballos, dos halcones blancos y unos mantos de la más fina lana de Burgos.

Los castellanos levantaron el campamento del arenal ante los vítores de los sitiados en Gibraltar, que desde lo alto de los muros agitaban banderas con inscripciones de versículos del Corán.

La columna castellana se puso en marcha hacia Tarifa, cuyo asedio también había sido levantado por los musulmanes según lo acordado. Don Alfonso fue recibido por los tarifeños con aclamaciones, como un verdadero libertador, pero su semblante era sombrío y su gesto amargo.

—Señor, muy malas noticias —le dijo el alcaide de Tarifa nada más llegar.

—Decidlas; me estoy acostumbrando a ello.

—Los hijos del general Ozmín han asesinado al rey Muhammad.

—¿Cómo ha sido?

—Ocurrió hace dos días, el 25 de agosto. Los dos hijos de Ozmín le tendieron una trampa y lo mataron a espadazos. Hace unas horas que llegó la noticia al puerto, la trajeron en un barco unos mercaderes moros de Algeciras con los que comerciamos con salazones y telas.

Aquello lo cambiaba todo.

Los hijos de Ozmín habían sido el brazo ejecutor de una conjura que se había fraguado en Granada con la intención de arrojar del trono a Muhammad y colocar en su lugar a su hermano menor, de nombre Yusuf. Los sediciosos creían que sería mucho fácil manejar al nuevo soberano, al que atribuían un débil carácter.

Para justificar el magnicidio, alegaron que Muhammad había comido amigablemente con el rey Alfonso, y que este lo había convencido para que se hiciera cristiano. También aseguraban que se había vestido con ropas tejidas por manos cristianas y bendecidas con agua por un obispo.

Uno de los conjurados, llamado Raduán, cabalgó sin detenerse hasta Granada, entró en la Alhambra con un regimiento de jinetes y tomó el poder. Para no quebrar la legitimidad de la dinastía nazarí, fue proclamado nuevo monarca el príncipe Yusuf, hermano menor del asesinado Muhammad.

Los acuerdos de paz firmados sobre el arenal de Gibraltar ya no servían para nada.

5

Fracasado en su intento por recuperar Gibraltar, pero al menos con Tarifa liberada y el ejército casi intacto, Alfonso XI regresó a Sevilla.

Durante el camino, siempre junto a Leonor, no dejaba de justificar su retirada, achacando la culpa a la traición de los nobles rebeldes.

—Si esos traidores no hubieran atacado mis tierras... —mascullaba una y otra vez.

—Supongo que les darás un buen escarmiento —le dijo Leonor.

—Acabaré con ellos en cuanto caigan en mis manos. He dado orden a mis consejeros para que preparen un plan para detener a Juan Núñez y a Juan Alfonso.

—¿Y respecto a don Juan Manuel? Es tan culpable como esos dos, y mucho más listo. Él fue quien trató de convencerme para que repudiaras a tu esposa y te casaras conmigo; lo hizo con la única intención de enemistarte con el rey de Portugal y crearte nuevos enemigos Esos dos son unos cretinos insensatos, pero don Juan Manuel es inteligente, calculador y previsor.

—Contigo no acertó.

—No me conocía, y quizá, pese a mi condición de mujer, yo sea más astuta que él —sonrió Leonor.

—Ya lo creo que lo eres.

Alfonso besó a su bella amante. Dos partos después, seguía deseándola como el primer día que la vio cuando se la presentaron en casa de su cuñado en Sevilla; entonces era una joven viuda de diecisiete años, ahora una espléndida madre de dos hijos, los hijos de un rey.

—Ya noto a tu nuevo hijo en mi interior. —Leonor se palpó el vientre, que denotaba su embarazo.

—Nuestro tercer hijo...

—Dentro de cuatro meses, si todo va bien, te daré otro niño, porque sé que también será un varón, otro caballero que siga engrandeciendo tu linaje.

Cuando alcanzaron lo alto de una suave cuesta avistaron la ciudad de Sevilla, sobre cuyo caserío destacaba la alta torre de ladrillo de su mezquita mayor, consagrada como catedral por el rey Fernando nada más conquistarla. En lo más alto, una cruz anunciaba a todos los viajeros que aquella era una ciudad cristiana.

—Algún día ordenaré que se derribe ese edificio que fue de moros y que se levante un gran templo cristiano, el mayor y más y fastuoso de todos mis reinos, y lo haré según el nuevo estilo de los de Burgos, León y Toledo.

—Hará falta mucho dinero para construirlo, y el tesoro real, por lo que me has dicho, anda más bien menguado.

—Levantaré una catedral en Sevilla con el oro que obtenga del botín cuando conquiste Granada.

—Sigues empeñado en esa empresa...

—Siendo yo muy pequeño, mis preceptores me hablaban en el palacio real de Valladolid de las grandes conquistas de mis antepasados, y de cómo yo podría ser el rey que las culminara. Sobre la tierra de España solo queda el reino nazarí de Granada bajo dominio sarraceno, y te aseguro que haré cuanto pueda para conquistar esta tierra.

—Con la ayuda de Dios —asentó Leonor.

—Con la ayuda de Dios.

Tras llegar a Sevilla e instalarse en el alcázar real, le dijeron que Juan Núñez y Juan Alfonso seguían haciendo mucho daño y causando graves quebrantos en Castilla.

Sevilla le gustaba; era la ciudad donde había conocido y amado a Leonor, la ciudad donde había sido feliz y a la que siempre anhelaba volver, pero no podía esperar demasiado tiempo. Urgía salir cuanto antes hacia Castilla para someter a los rebeldes y acabar con su sublevación.

Leonor estaba embarazada de seis meses, pero su vientre abultaba tanto como si estuviera a punto de parir. Uno de sus médicos dedujo que tal vez llevara gemelos y que, en esas condiciones, no era conveniente que acompañara al rey en su viaje al norte. Tras debatirlo con su amante, Leonor se quedó en Sevilla. «La Favorita» quería que su tercer hijo naciera en su ciudad.

Sofocar la revuelta de Juan Núñez de Lara era muy urgente, de modo que don Alfonso se dirigió hacia el norte quemando etapas a toda prisa. Nada más salir de Toledo por el camino que llevaba a Valladolid se encontró con un escuadrón de caballería que escoltaba a un mensajero de Juan Núñez.

Se había presentado seis días antes en el palacio real de Valladolid con un mensaje para el rey. Allí le habían preguntado sobre el contenido de su misiva, pero el heraldo, que no portaba encima ningún documento escrito, se había negado a revelarlo, y adujo que solo lo haría de viva voz y en presencia del propio don Alfonso.

Insistió en que era importante y muy urgente, y el mayordomo de Castilla, que gobernaba el palacio en ausencia del rey, organizó un piquete de soldados a caballo para que lo condujeran al encuentro de su alteza.

Al contemplar en el camino al norte de Toledo la escuadra de jinetes que enarbolaba el estandarte real de Castilla y León, el jefe de la guardia que escoltaba a Alfonso XI receló, pensando que podía tratarse de una trampa, pero conforme se acercaba reconoció a alguno de sus componentes y avisó al rey.

Don Alfonso fue informado de que un mensajero que portaba el sello de Juan Núñez, y que se negaba a revelar a nadie que no fuera al propio rey en persona, decía llevar un mensaje que le había transmitido su señor de viva voz.

El rey ordenó que lo condujeran inmediatamente ante su presencia. Quería escuchar cuanto antes el mensaje de los labios de aquel enviado.

El heraldo era uno de los caballeros de confianza de Juan Núñez. Vestía una sobreveste en cuyo pecho lucía un escudo con dos calderos negros, uno encima de otro, sobre fondo blanco, el emblema heráldico de la casa de Lara.

—Alteza... —El mensajero se inclinó ante el rey, que aguardaba bajo un palio preparado para la ocasión, sentado en un escabel de madera policromada.

—Hablad —le ordenó don Alfonso.

—Mi señor el noble don Juan Núñez, cabeza del linaje de Lara, me envía para que os comunique que es su deseo desnaturalizarse de Castilla, y que desde este mismo momento deja de ser vuestro vasallo.

—¿Solo eso?

El mensajero miró extrañado al rey, cuyos ojos destilaban tal frialdad que sintió como si la sangre se le helara en la venas.

Durante un tiempo que se hizo eterno, don Alfonso miró con indiferencia asesina al mensajero, que estaba temblando de miedo.

Por fin, se levantó del escabel, dio media vuelta y, sin mirar siquiera al aterrado caballero, sentenció:

—Cortadle los pies y las manos, y luego degolladlo. Meted su cabeza en un saco y enviadla de vuelta a ese felón de Lara.

Cuando Juan Núñez recibió la cabeza de su mensajero, sintió que el miedo se agarraba en sus entrañas.

Se encontraba en su fortaleza de Lerma, donde se había refugiado para resistir un posible asedio del rey, que andaba preparando su venganza desde Burgos.

Dentro de los muros de Lerma, una villa ubicada a una jornada de camino al sur de Burgos, sobre una ventajosa posición elevada muy cerca del río Arlanza, se habían concentrado varios caballeros vasallos de la casa de Lara y centenares de siervos de sus señoríos con sus recuas de ganado.

La hueste de don Alfonso se presentó ante Lerma y se enfrentó a varios caballeros, que intentaron hacerle frente para dar tiempo a que su señor fortaleciera las defensas de la villa; todos cayeron muertos ante la carga de la caballería real.

Las murallas eran sólidas, la ubicación en altura facilitaba la defensa, Alfonso XI carecía de máquinas de asedio y el invierno acechaba, de manera que, tras sitiar la villa durante unos días, decidió levantar el asedio. El aviso que le había enviado a Juan Núñez era lo suficientemente contundente como para que el señor de la casa de Lara renunciase a sus cabalgadas y se contuviera, al menos por algún tiempo.

La reina María aguardaba a su esposo en el palacio real de Valladolid, a donde había sido trasladada desde Toro. Le habían informado que estuviera preparada, pues su marido la visitaría y pasaría con ella unos días.

La muerte del infante Fernando había dejado a Castilla y León sin heredero, y el rey tenía que cumplir con su sagrada misión de engendrar otro hijo que supliera aquel vacío.

La portuguesa era hermosa, muy hermosa, aunque nadie era más bella que Leonor de Guzmán, ni siquiera doña María.

—Mi señor. —La reina flexionó ligeramente la rodilla e inclinó la cabeza ante su esposo.

—Mi señora. —Alfonso XI devolvió el gesto con galantería.

—Me alegra veros de nuevo, y lamento no poder recibiros con nuestro hijo en los brazos.

—Ha sido una desgracia; sentí mucho su muerte.

—Yo la lloré.

—Castilla y León están sin heredero; como sus reyes que somos, es nuestra obligación darle uno.

—Sabéis que cumpliré con mi deber, como siempre he hecho, tal cual me enseñaron mis preceptores y me ordenó mi padre el rey Alfonso de Portugal.

—Estás muy bella —habló Alfonso, ahora usando un trato familiar.

—El aire de estos llanos me sienta bien, ya lo sabes.

Alfonso se acercó a su esposa y la besó. La reina tenía tres años menos que Leonor de Guzmán, pero, pese a la belleza de la portuguesa, no era capaz de despertar la voluptuosa pasión que levantaba en el rey su amante sevillana.

—Estaré unos días en Valladolid; es mi deseo que pases todas las noches conmigo. Tenemos que darle a Castilla el heredero que requiere.

—Pondré todo cuanto esté de mi parte para ello; el resto queda en manos de Dios.

Durante dos semanas los dos esposos se acostaron juntos todas las noches, hasta que la reina quedó embarazada.

Se cumplía el mes de noviembre, justo antes de que los intensos fríos y las copiosas nieves cortaran los pasos de la sierra Central, cuando don Alfonso decidió volver a Sevilla. Echaba de menos a Leonor, ansiaba volver a estar en sus brazos, amarla, besarla como solo ella sabía hacerlo, pasar horas a su lado mirándola embelesado y escuchando su dulce voz.

Además, quería asistir al nacimiento del tercero de los hijos de su intensa relación, un retoño fruto del amor, y no de la obligación y el deber.

A su marcha, la reina doña María quedaría recluida en el palacio que se había construido junto al monasterio de las Huelgas de Burgos; allí gestaría al hijo que ya llevaba en sus entrañas, el futuro rey de Castilla y León.

6

La nacarada luz de Sevilla, perlada por la misteriosa bruma del Guadalquivir, recibió a don Alfonso tras su largo viaje desde Valladolid.

Estaba tan ansioso por volver al lado de Leonor y tenía tantas ganas de amarla que ni el avanzadísimo estado de embarazo de «la Favorita» ni el enorme volumen de su vientre fueron inconvenientes para que la primera noche juntos hicieran el amor con el ardor que acostumbraban, aunque con el cuidado que requería la situación.

Mediado el mes de enero de 1334, Leonor de Guzmán dio a

luz a gemelos en el alcázar. Cuando se supo el resultado del tercer parto de la hermosa sevillana, por toda la ciudad se difundieron rumores y chascarrillos sobre aquel doble natalicio. Unos decían que el nacimiento de los dos niños era consecuencia de la formidable virilidad del rey, otros aseguraban que se trataba de una bendición de Dios; había quien recurría a la Biblia para explicar el doble parto, y comentaba que en el libro del Eclesiastés se lee que dos hijos gemelos son mejor que uno, porque si uno cae, el otro lo ayudará a levantarse; aunque algún clérigo ilustrado también recurría a las Sagradas Escrituras para recordar que, tal cual se narra en el libro del Génesis, Esaú y Jacob, los hijos de Isaac y Rebeca, nacieron a la vez, y que su rivalidad era tal que ya combatían entre ellos en el vientre de su madre por del derecho de la primogenitura, y que Esaú salió primero, pero que Jacob lo agarraba por el tobillo; y cómo se enemistaron los dos hermanos durante veinte años, aunque acabaron reconciliados a la muerte de su padre.

—Se llamarán Enrique y Fadrique —dijo don Alfonso, que miraba a los gemelos mientras dos nodrizas los amamantaban.

—¿Enrique y Fadrique? —se extrañó Leonor.

—Don Enrique fue rey de Castilla a la edad de diez años, pero murió en un desgraciado accidente cuando apenas tenía trece. Lo sucedió su hermana doña Berenguela, que solo reinó un día, pues abdicó en su hijo el rey don Fernando, mi tatarabuelo, el que conquistó esta ciudad —le explicó don Alfonso.

—¿Y Fadrique?

—Hubo un infante llamado Fadrique. Fue un hombre desgraciado que murió ejecutado por orden de su hermano el rey, mi bisabuelo don Alfonso el Sabio, que lo acusó de participar en una conjura. Hay quien dice que murió ensartado en una caja con pinchos de hierro hacia el interior, pero en una de las crónicas de mis antepasados se lee que lo ajusticiaron con una presa de hierro que le aplastó el cuello.

—Cuando crezca, si Fadrique conoce esa historia, tal vez no se sienta feliz con su nombre. Dicen que todos los nombres tienen su propio significado, e incluso hay adivinos que presagian el futuro de los hombres según el apelativo que se les pone al nacer —comentó Leonor—; y si eso fuera cierto, el pequeño Enrique estaría destinado para ser rey, y Fadrique a sufrir un cruel tormento.

—Amada mía, el futuro solo lo conoce Dios.

Alfonso XI se sentía orgulloso y feliz con los cuatro hijos varones que la había dado Leonor, y su alegría creció más aún cuando se confirmó la noticia de que la reina María estaba embarazada de tres meses, y que ese mismo verano Castilla y León volverían a tener un heredero legítimo.

Había perdido Gibraltar y parte de la nobleza se había rebelado contra su autoridad, pero había logrado mantener la posesión de Tarifa, había dado un terrible aviso a Juan Núñez de Lara, tenía cuatro hijos varones con su amadísima Leonor y de nuevo la reina María portaba en su vientre un heredero al trono.

Como había hecho con sus dos primeros hijos, Alfonso XI también se preocupó por dotar a los gemelos. Enrique, que se entregó a Rodrigo Álvarez de las Asturias, conde de Gijón, para que ejerciera la tutoría y lo educara como caballero, recibió el condado de Trastámara y el señorío de Lemos, en Galicia, y a Fadrique lo invistió como maestre de la Orden de Santiago y le concedió el señorío de Haro. A Leonor le hizo lujosos regalos y le concedió más villas y señoríos, que la convirtieron en la mujer más rica de todos sus reinos.

A sus veintidós años, el rey Alfonso se sentía con la fuerza necesaria como para someter a la nobleza levantisca, pacificar el reino y derrotar a los musulmanes una y otra vez. Quizá, pensó, era él el soberano cristiano que algunas profecías auguraban que reconquistaría Jerusalén y volvería a colocar a la ciudad del sepulcro del Señor bajo dominio cristiano, aunque para que eso pudiera suceder antes tenía que conquistar Granada y poner a toda España bajo el signo de la cruz.

Conquistar Granada era su deber como rey cristiano, pero cómo podría hacerlo si la mitad de la nobleza de su reino se rebelaba contra él, si los reinos cristianos vecinos como Portugal, Navarra y Aragón constituían una permanente amenaza y si los mercaderes de las villas y ciudades y los campesinos de las aldeas estaban más preocupados por dar de comer a sus hijos que por engrandecer la cristiandad hispana.

¿De quién fiarse? Desde luego de ninguna manera de los codiciosos nobles, especialmente de los de su propia sangre, siempre celosos de sus privilegios, siempre deseosos de acaparar más tierras, más fortuna y más riqueza.

De los concejos sí se podía fiar, pero siempre que les concediera libertades y derechos, y que no permitiese que la nobleza se inmiscuyera en sus asuntos. En algunas ciudades florecían grupos de caballeros que habían ganado enormes cantidades de dinero con el comercio de lana, pieles y trigo; estos caballeros villanos se estaban convirtiendo en un estamento que reclamaba sus propios privilegios, a modo de la vieja nobleza, lo que provocaba tensiones en algunas localidades cuya población se dividía en bandos encabezados por algunos de estos caballeros, en muchas ocasiones enfrentados entre sí por el control de los órganos de gobierno del concejo.

La Iglesia de Castilla y León siempre había apoyado a sus reyes, y los monarcas la habían recompensado con generosas donaciones en tierras y rentas. Monasterios y obispados eran dueños de extensísimas propiedades, sobre todo en algunas zonas del norte de Castilla y en Galicia y León, en tanto en los territorios del centro y de la frontera sur eran las Órdenes Militares las que acaparaban un mayor patrimonio; Santiago, Alcántara y Calatrava acumulaban unos dominios y un poder extraordinarios, y además eran capaces de armar una poderosa hueste de guerreros, que había sido decisiva en algunas batallas, como en la recordada de las Navas de Tolosa.

El rey Alfonso fundó su propia Orden de caballería; poco antes de acudir al sitio de Gibraltar, ordenó a los hombres más fieles de su mesnada que salieran a su encuentro vistiendo ropas blancas y con una banda carmesí cruzada sobre el pecho. Pretendía crear un grupo de caballeros fieles al rey, ligados por unos ideales caballerescos comunes, entre los cuales se establecía la defensa de la cristiandad y la hermandad de los cristianos frente a cualquier amenaza. Pertenecer a la Orden de la Banda se consideró un excelso honor, y fueron muchos los nobles que así lo demandaron.

7

Castilla ya tenía al nuevo heredero legítimo.

El 30 de agosto de 1334 nació el segundo hijo de Alfonso XI y

María de Portugal, que de inmediato fue reconocido como sucesor al trono. La muerte del primero, Fernando, sin siquiera llegar a cumplir el primer año de vida, había sumido al reino en la zozobra, y había despertado en Leonor de Guzmán la esperanza de que alguno de sus hijos, bastardos según la ley, pudiera coronarse algún día como monarca. Pero el nacimiento de Pedro, que con ese nombre fue bautizado, relegaba de nuevo al olvido a los retoños de Leonor.

—Nuestro pequeño Fernando murió, pero ya tienes el heredero que deseabas, y si este también fallece antes de tiempo, y ruego a Dios y a Santa María que lo protejan, te daré otro, y otro más si es necesario.

María de Portugal, reina legítima de Castilla y León, estaba dichosa. Sabía que su esposo no la amaba, que el corazón del rey pertenecía por completo a su amante sevillana, pero solo ella tenía en su vientre la potestad de engendrar hijos legítimos, los únicos que podían ser reyes a los ojos de Dios, de la Iglesia y del pueblo.

Los dos reales esposos se encontraba en la sala principal del gran torreón del monasterio burgalés de las Huelgas, donde unos días antes había nacido el infante don Pedro.

—Los burgaleses son felices; están celebrando con grandes fiestas el nacimiento de nuestro hijo —comentó satisfecho don Alfonso.

—Tienen motivos para la alegría: festejan a su futuro rey —dijo doña María llena de orgullo.

Don Alfonso se acercó a la cunita de madera pintada con los emblemas heráldicos de su monarquía y contempló a su hijo. Todavía era demasiado pequeño y estaba completamente fajado, pero el médico que asistió a la reina en el parto le había indicado que el infante había nacido con una ligera deformación craneal, lo que había complicado su venida al mundo. No obstante, también le dijo que el niño había demostrado muchas ganas de vivir y que enseguida se había aferrado al pecho de la nodriza, mamando con avidez.

—¿Sobrevivirá? —preguntó el rey.

—Eso queda en las manos de Dios, pero yo estoy segura de que Pedro vivirá y será rey —asentó doña María.

El niñito dormía plácidamente en la cuna.

—Has cumplido bien con tu deber —le dijo don Alfonso.

—¿Por qué lo has llamado Pedro? —le preguntó doña María.

—Es un nombre hermoso.

—Ningún rey de Castilla y León se ha llamado Pedro hasta ahora.

—Este será el primero.

—Al primer hijo que tuviste con tu amante también lo llamaste Pedro...

—Pedro fue mi tío y regente, que murió en la guerra de Granada combatiendo con las armas de Castilla.

—Abandona a esa mujer y vuelve conmigo —soltó como un estallido doña María—. Un rey debe vivir con su reina.

—No podría vivir sin Leonor a mi lado.

—Bien, entonces no la olvides, incluso asentiré si acudes a su cama de vez en cuando, visítala cuando tu cuerpo te pida estar con ella, pero vive conmigo. Tenemos un hijo, cuidémoslo y eduquémoslo como el futuro soberano que está llamado a ser —insistió doña María.

—Nuestro hijo quedará al cuidado de don Vasco Rodríguez, maestre de la Orden de Santiago, al que he nombrado su tutor; y su aya será doña Teresa Vázquez, en la que tengo toda mi confianza.

—Es mi hijo...

—Es mi heredero. Dejaré que permanezcas con él, pero con ciertas condiciones. Os quedaréis ambos aquí, en las Huelgas, hasta que nuestro hijo coja fuerzas y pueda viajar a Sevilla, donde viviréis los dos.

—¿En el alcázar, el palacio real?

—No. Estaréis mejor en el monasterio de San Clemente; sus monjes tienen una botica con las mejores pócimas para curar cualquier enfermedad. Allí estaréis bien.

—Entiendo... Reservas el palacio real de Sevilla para tu barragana y me envías a la soledad de un convento. Bien, al menos espero que no sea uno de esos lugares sombríos y húmedos en los que el frío y la humedad penetran hasta los huesos y acaban provocando tisis y otras enfermedades.

—Sevilla es una ciudad cálida; allí el frío es una rareza, y nunca se hiela el agua.

—¿Ya lo has decidido?

—Sí.

La vida del infante don Pedro pendía de un fino hilo.

La deformación craneal con la que nació le había provocado una pequeña parálisis cerebral que hacía temer por su vida.

El rey había demostrado su vigor varonil, pues había sido capaz de engendrar hijos con dos mujeres a la vez, la reina María y Leonor de Guzmán, pero el primero de la reina había muerto y el segundo parecía correr el mismo camino; y en cuando a los de Leonor, el primogénito, Pedro, ya con cerca de cuatro años de edad, no gozaba de buena salud, y el segundo, Sancho Alfonso, casi de dos años, no daba señales de lucidez, y además los médicos habían diagnosticado que carecía de entendimiento, que sufría graves defectos sensoriales y que era sordo y mudo de nacimiento; solo los mellizos Enrique y Fadrique parecían gozar de excelente bues estado a los nueves meses de nacer.

—Creo que mi heredero tampoco sobrevivirá.

El rey estaba acostado al lado de Leonor. Tras el nacimiento de su hijo en las Huelgas de Burgos había vuelto al lado de su amante, a la que acariciaba el cabello tras haber hecho el amor.

—Lo siento por ti —dijo Leonor, cuya suave melena caía sobre el pecho de don Alfonso.

¡Dios, qué hermosa era esa mujer! No había en el mundo ninguna tan bella, de cuerpo tan grácil, de cabello tan suave y sedoso, de ojos tan luminosos y mirada tan rutilante. ¡Cómo la amaba, cuánto la quería! Tanto que sería capaz de renunciar a sus reinos por ella.

—El rey de Portugal me ha enviado una carta —soltó don Alfonso.

—¿Te felicita por el nacimiento de su nieto?

—No. Me pide que te abandone, que me aleje de ti y que vuelva con doña María.

—Eso suena a amenaza.

—Supongo que sí. Es probable que, si no te dejo, Portugal me niegue cualquier ayuda en la guerra contra Granada, o incluso que me declare la guerra.

—Yo no quiero ser la causa de tus desdichas. Ya me negué a pedirte que repudiaras a doña María cuando me lo sugirió don Juan Manuel, y sigo pensando lo mismo. No pretendo que estalle una guerra entre Portugal y Castilla por mi culpa.

—Mi amor, tú eres lo que más deseo en este mundo, más que a

mi corona, más que a mi propia vida. No hay nada ni nadie capaz de alejarme de ti.

Alfonso y Leonor se besaron. Hacía ya cuatro años que vivían como marido y mujer, habían soportado todo tipo de murmuraciones y se seguían amando con la misma pasión de los primeros meses.

—Vuelvo a estar embarazada.

—Lo sé. Lo he notado en tus pechos, en tu vientre y en el calor de tu sexo.

—Nuestro quinto hijo nacerá a fines del invierno.

—Anunciará la primavera: tal vez sea una niña.

—Tal vez...

Leonor de Guzmán cerró los ojos y abrazó a don Alfonso. Pensó que quizás el infante don Pedro no sobreviviría, que moriría muy niño, como su hermano Fernando, y que entonces el rey tal vez pidiera la nulidad de su matrimonio debido a los lazos de consanguinidad con su esposa y prima doña María, alegando la falta de un heredero, y que el rey de Portugal lo aceptaría, y una vez lograda la anulación por el papa, se casaría con ella y legitimaría a sus hijos, y en un futuro lejano uno de ellos, quizás Pedro de Aguilar, o tal vez uno de los gemelos, sería el rey de Castilla.

Ese era el único camino para que uno de sus hijos fuera el heredero y a la vez se evitara la guerra con Portugal. Desde luego, Alfonso XI estaba dispuesto a demostrar que no cedería ante presión alguna, y para certificar su deseo de imponer su voluntad mandó ejecutar a Juan Alfonso de Haro, uno de los tres cabecillas de la gran revuelta nobiliaria en la que también participaban don Juan Manuel y Juan Núñez de Lara.

Entre tanto, Leonor de Guzmán y sus hijos seguían amasando un gigantesco patrimonio. Ella era ya la mujer más rica de toda España, y quizás de toda la cristiandad, y sus cuatro hijos disfrutaban de multitud de honores, propiedades y títulos. Sancho Alfonso, pese a sus carencias físicas debidas a su sordomudez, fue nombrado con dos años alférez real, lo que conllevaba la concesión de una cuantiosa renta.

La negativa de Alfonso XI a abandonar a Leonor de Guzmán, pese a que se lo exigieron por cartas el rey de Portugal y el papa, a través de su legado pontificio, y sin importarle el escándalo que se había desencadenado y los chascarrillos que corrían por todo el reino, solivantó a la reina doña María, que tras haber parido al infante don Pedro y ser visitada por el rey en las Huelgas había albergado un atisbo de esperanza de que pudiera recomponerse la corte en torno a la legítima familia real.

Se equivocó. Pero pensó que si con la razón no podía atraer a su esposo, quizá sí pudiera hacerlo mediante la magia.

Una de sus damas de compañía, cuyo esposo había andado liado en amores con una joven, le había confesado que en el barrio burgalés de la judería de arriba, muy cerca de la sinagoga próxima al arco de San Martín, vivía un judío que elaboraba unos eficaces bebedizos de amor.

—Mi señora —le dijo la dama, desazonada ante la pena de la reina—, mi esposo estaba enloquecido de amor por una joven burgalesa que vivía en el barrio de Santa Gadea, entre esa iglesia y la catedral. Era tal su pasión por ella que me tenía abandonada. Nunca visitaba mi cama, y yo, para calmar el furor de mi natura sin recurrir a un varón que comprometiera mi honra, tenía que consolarme con un mango de madera forrado de fina piel de gamuza.

»Una amiga, a la que conté mis penas, me habló de un mago judío que elaboraba bebedizos con los cuales ningún hombre se resistía a los encantos de una mujer, ni siquiera a los de su propia esposa.

—¿Y qué hicisteis? —le preguntó la reina.

—Acudí a casa del judío, lo hice cubierta con un amplio velo para no ser reconocida, y le encargué que preparara una pócima para que mi esposo volviera conmigo.

»El judío, que también es estrellero, me pidió algunos datos sobre mi marido y elaboró su carta del zodíaco. Me explicó que el comportamiento de los hombres está condicionado por los signos del cielo y la posición de los astros en el momento de su nacimiento, que incluso rigen su forma de manifestarse en el amor. Me dijo que en todo lo referente al enamoramiento, el cielo ejerce una influencia poderosísima que no se puede evitar. En la carta zodiacal de mi marido, el judío escudriñó las razones de su comportamiento, y a partir de ahí elaboró un bebedizo para que olvidara a su amante y regresara mi lado.

—¿Tuvo efecto?

—De esto hace ya dos años, y, como os he comentado, señora, mi esposo ha olvidado a esa joven y me hace el amor todas las noches, incluso los días que tengo el menstruo.

—¿Causaría efecto uno de esos bebedizos en el rey?

—Mi señora, quizá ya lo haya provocado.

—¿Qué estáis diciendo?

—Permitidme que os hable con toda franqueza. El amor que dicen que el rey siente por esa mujer, Leonor de Guzmán, no es natural. Los hombres no aman de ese modo.

—¿Qué estáis insinuando? Sed franca.

—Las Sagradas Escrituras nos enseñan que Dios dio a Adán una mujer por compañera, y, por tanto, el amor entre un hombre y una mujer es en sí mismo noble y oportuno; y le ofreció a Eva porque no era bueno que el hombre estuviera solo, para que procrearan y se multiplicaran. Desde entonces, según dicta la natura, los hombres, como los machos de otras especies, y por eso Noé embarcó una pareja de animales de cada especie en el arca, buscan la compañía de las hembras, salvo aquellos que por vicio y desviación practican el pecado contra natura, e incurren en penas que los condenarán al infierno. También ocurre que a muchos hombres les gusta cambiar de hembra, e incluso los hay quienes quieren poseer a varias y fornicar con todas las mujeres a la vez, pues atarse a una sola les parece una pesada coyunda que no están dispuestos a soportar.

—Parecéis muy ducha en estos temas —se sorprendió la reina.

—He tenido que serlo, mi señora. Cuando supe de los amores de mi esposo con la joven burgalesa, indagué en su vida fuera de nuestra casa, y me enteré de que tenía algunas amantes más.

—¿Y qué pensasteis entonces?

—Que amar a varias mujeres es cosa de locos, y que es esa forma de locura la que empuja a algunos hombres a pecar de semejante manera, tal vez empujados por un instinto enraizado en su naturaleza, que no pueden evitar.

—Tenéis razón, el hombre siempre añora la compañía de la mujer.

—Pues haced que vuestro esposo os desee a vos sola; ese judío de Burgos puede ayudaros en ello.

Esa podía ser la solución. Si había funcionado con un caballero de la corte, ¿por qué no iba a hacerlo con un rey?

La reina se personó en casa del mago judío una mañana de principios de otoño. Una ligera neblina cubría las calles de Burgos como en un sueño. Cubierta con un manto y tapado su rostro con un velo, se presentó en la casa del hechicero a la hora convenida por sus criados.

La casa del barrio de la judería alta era una vivienda de dos plantas, con una botiga en la parte inferior donde se vendían especias y fármacos, pero en la trastienda había una especie de laboratorio de alquimista donde se elaboraban pócimas y ungüentos, además de filtros y bebedizos de amor.

Al judío le habían dicho que la dama que iba a visitarlo ese día era señora muy principal, y que no debía haber nadie en la casa durante toda esa mañana; para convencerlo le entregaron una bolsa con veinte maravedíes.

Al escuchar los cuatro golpes convenidos llamando a la puerta, Abrahán Frías la abrió con cierto recelo. Ante el umbral identificó a los dos hombres con los que había acordado aquella entrevista; tras ellos había dos damas cubiertas por amplias capas y pañuelos y otros cuatro hombres más que parecían guardias o soldados.

—No esperaba semejante comitiva —dijo el judío.

—Descuidad, solo entraremos las damas y nosotros dos. Esos hombres se quedarán afuera.

—Pasad, os lo ruego.

Los dos criados y las dos damas entraron, y Abrahán cerró la puerta tras ellos.

Ya dentro, con la estancia iluminada por dos velones de cera y un candil de aceite, las dos damas se desvelaron.

—Os presento a doña María, reina de Castilla y de León —anunció el criado que llevaba la voz.

Los ojos de Abrahán Frías se expandieron como los de una rana, hasta casi salirse de sus cuencas.

—¿La..., la... reina? —balbució el asombrado hebreo.

—Sí, yo soy la reina.

—¡Oh!, señora, es una sorpresa..., yo no esperaba...

»¡Y vos sois...! —se sorprendió Abrahán al reconocer a la mujer que dos años atrás le había pedido una pócima para volver a enamorar a su esposo.

—¿Dónde podemos hablar? —intervino la reina.

—Acompañadme a la trastienda, alteza.

Los dos criados hicieron ademán de acompañarla, pero doña María los detuvo con un gesto de autoridad.

—Quedaos aquí; iremos solas mi dama y yo.

Los criados acataron la orden.

—Señoras, tomad asiento, por favor.

Las dos mujeres se sentaron en sendos escabeles y el judío lo hizo en una silla algo más elevada.

—Os lo voy a decir sin circunloquios: deseo que preparéis un bebedizo para que mi marido reniegue de su amante y vuelva conmigo.

—¡El rey! Porque vuestro marido es el rey.

—Sí. Don Alfonso, por la gracia de Dios rey de Castilla y de León, de Toledo, de Jaén y de varios reinos más.

—Señora, para hacer ese bebedizo son necesarias dos cosas imprescindibles: un objeto de vuestro esposo...

—Tengo alguno, no será problema.

—...y que el rey se lo beba. ¿Cómo vais a conseguirlo?

—No os preocupéis por ello; ya me encargaré yo de que lo ingiera. Vos, don Abrahán, conseguid que esa pócima sea eficaz.

—En ese caso, como os he dicho, necesito una prenda de tela que haya pertenecido al rey y que haya estado en contacto con su piel.

—¿Os valdrá un pañuelo que haya llevado mi marido al cuello?

—Sí, será suficiente. Además necesitaré saber en qué fecha nació vuestro esposo, incluso la hora si es posible, pues el signo del zodíaco bajo el cual hemos nacido condiciona nuestro comportamiento en la vida y señala nuestro destino. Y algo más... íntimo.

—¿Qué es eso?

—Unas gotas de vuestra sangre, y si es del ..., del menstruo, mejor.

—Contad con ello también.

—De acuerdo, alteza. Prepararé el bebedizo en cuanto disponga de todo eso.

—¿Cuándo podéis tenerlo listo?

—Enseguida. Dos o tres días después de que me hagáis llegar el pañuelo del rey y vuestra... sangre. Dispongo en esta rebotica de todos los demás componentes que voy a utilizar.

—Pues poneos a ello.

—Queda otra cosa...

—No os preocupéis por el pago de vuestro trabajo; mañana mismo tendréis aquí la mitad de las diez doblas que habéis pedido.

—No, no, no me refería a eso, sino a cómo debéis actuar vos para que el bebedizo provoque los efectos deseados.

—Decidme.

El judío miró a la dama de la reina, cuyas mejillas enrojecieron.

—¿No le habéis dicho nada de esto a vuestra señora?

—No —respondió la dama, avergonzada.

—¿De qué estáis hablando? —preguntó la reina extrañada.

—Alteza, la mujer debe estar prevenida cuando un hombre le promete algo, en el caso del matrimonio, amor eterno, porque los hombres no suelen cumplir lo que prometen, y mucho menos en asuntos de amor. Un hombre es capaz de proferir las mayores mentiras con tal de conseguir el acceso carnal a una mujer.

»Tened en cuenta que el enamorado suele hablar con embustes, pues a una mujer se la gana más con poemas y bellas palabras que con lujosos regalos, y que las ganas de fornicio de algunos hombres son irrefrenables, sobre todo si la hembra es placentera, y vuestra alteza, y perdonad mi observación, lo sois, y mucho. Además de que vuestro marido ingiera mi pócima, deberéis comportaros con él de manera muy loca en la cama en cuanto os demande copular como macho y hembra, y de modo muy cuerdo en la casa.

—¿Cómo una loca...? —La reina miró con una cierta sonrisa pícara a su dama, que seguía avergonzada.

—Me refiero a que no deberéis negaros a nada de cuanto os pida vuestro esposo; si lo hacéis así, os aseguro que no volverá a separarse de vos, y nunca deseará volver a ayuntarse con otra mujer que no sea vuestra alteza; porque el amor que no se cultiva, suele perderse.

8

La reina María recibió en su aposento de las Huelgas el bebedizo que le había preparado Abrahán Frías. Estaba contenido en una pequeña botella de vidrio sellada con cera y guardada en una cajita de madera bien envuelta con tela acolchada.

—Vuestro esposo deberá beber esta pócima poco antes de

acostarse con vuestra alteza —explicó el judío, que había ido en persona a las Huelgas.

—¿Cómo ha de tomarse este líquido?

—Deberéis repartir el contenido en tres dosis iguales y darle a beber cada una diluida en vino especiado para que no note el sabor del filtro; si es posible, durante tres días seguidos.

»Poned la tercera parte del líquido en una copa, rellenad el resto con vino, cuanto más especiado y dulce mejor, y dádselo a beber enseguida. El efecto es inmediato, de manera que aseguraos que cuando lo tome os encontréis en la alcoba los dos solos. Vuestro esposo sentirá enseguida unas ganas irrefrenables de poseeros. Mostraos con él receptiva y haced cuanto os demande. Si hacéis con él el acto sexual tres veces de este modo, nunca más deseará a otra mujer que a vuestra alteza.

—¿Qué contiene este brebaje?, ¿cómo estoy segura de que no es un veneno? —La reina observó el líquido de color rojizo a través del vidrio.

—Contiene esencia de raíz de mandrágora, gotas de sangre de paloma, unas gotas de sangre seca de vuestro menstruo, las que me trajo vuestra dama, y un poco de miel; todo ello filtrado con el pañuelo de tela de vuestro esposo.

—¿Nada más?

—Nada más.

—Podéis retiraros, y guardad absoluto silencio sobre todo esto.

—La discreción es mi norma de comportamiento. Alteza, señora... —El judío inclinó la cabeza ante las dos mujeres, pues allí también estaba la dama de la reina, y salió de la estancia tras recoger las cinco doblas que quedaban por abonar.

—¿Resultará? —preguntó la reina mirando al trasluz el líquido rojizo contenido en la botellita de vidrio.

—Sí, mi señora, aunque esa pócima la ha elaborado un judío.

—¿Qué queréis decir?, pero si fuisteis vos quien me lo recomendasteis.

—Sí, pero el rey es cristiano, y es preciso practicar un rito con el que contrarrestar cualquier maleficio que haya podido hacerse sobre ese bebedizo.

—¿A qué os referís?

—Un sacerdote me explicó que los judíos suelen hacer a veces ciertos hechizos, que han de ser eliminados mediante un rito. En este caso, es necesario que escribáis el nombre de vuestro esposo en una tira de papel o de pergamino y que lo enterréis en sagrado una noche de luna llena, y que cuando sirváis a vuestro esposo la copa de vino con el bebedizo recéis una oración a san Rafael.

—¿Por qué a san Rafael?

—Ese mismo sacerdote me explicó que el arcángel san Rafael también es venerado por los judíos, que lo identifican con uno de los tres ángeles que se aparecieron a Abrahán, y por los sarracenos, que creen que fue este ángel quien reveló a Mahoma, que Dios mantenga en el infierno, el Corán, su libro sagrado. De modo que las tres religiones del Libro veneran a este santo arcángel.

—Es cura se equivocó de arcángel, porque el que se apareció a ese falso profeta de los sarracenos fue san Gabriel; san Rafael es el que anunciará con el toque de su trompeta la llegada del Juicio Final. —María de Portugal miró con cierta extrañeza a su dama de compañía.

—Bueno, por si acaso, rezad a los dos arcángeles.

—Os veo muy enterada de todos estos asuntos de hechicerías.

—Mi señora, tuve que aprenderlas para conseguir que mi esposo volviera a mi lado.

La reina guardó en un arcón la caja con la botella del filtro de amor y rogó a Dios que pudiera verse pronto con su esposo para tener la oportunidad de hacerle beber esa pócima. Era su última esperanza de que el rey abandonase a Leonor de Guzmán y volviera con ella.

A fines de 1334 murió el papa Juan, que dejó en el tesoro de la sede de Aviñón la suma de veinticinco millones de florines de oro. Había tenido tanta avidez de riqueza que condenó como herética la defensa de la pobreza. El nuevo papa Benedicto, hijo de un humilde panadero, les dijo a los cardenales que habían elegido a un asno; pero lo primero que hizo fue planear el abandono de Aviñón y el regreso de la sede pontificia a Roma. No lo conseguiría.

No había en el mundo ninguna mujer como Leonor.

Mediado el invierno de 1335 nació su quinto hijo, también varón como los cuatro anteriores, al que dieron el nombre de Fernando Alfonso. Vino al mundo en Sevilla, donde pasaban aquellos meses de invierno los dos reales amantes.

—Nuestro quinto hijo —le dijo orgullosa Leonor a Alfonso XI, a la vez que le mostraba al niñito fajado entre sus brazos.

—Me estás dando una gran dinastía. Dios te ha bendecido con el don de la belleza, pero también con el de la fecundidad. —El rey la besó en los labios; cinco años como amantes y cinco hijos después, mantenía hacia ella la misma intensidad amorosa de los primeros momentos.

—¿Con qué bienes vas a dotarlo?

—Todavía no lo he decidido. Eliminado Juan Alfonso de Haro, quiero someter a don Juan Manuel y a don Juan Núñez de Lara; les requisaré sus feudos y algunos de ellos serán para nuestro quinto hijo, tal vez los señoríos de Haro o de Ledesma, o ambos.

»De momento le asignaré como tutor a Garcilaso de la Vega hijo; se lo debo a su padre, a quien asesinaron en Soria, donde iba a ejecutar mis órdenes.

—Me parece justo; esa familia te ha prestado grandes servicios.

El rey de Castilla, enfrentado con parte de los magnates del reino, cuyas cabezas de linaje se sentían tan notables y de sangre tan noble como el mismo monarca, incluso más aún, estaba buscando apoyo entre la pequeña nobleza y en la nobleza de servicio, hidalgos, caballeros e infanzones que no tenían el abolengo de las grandes casas nobiliarias de Castilla y León pero que habían demostrado su fidelidad y lealtad al rey en la paz y se habían comportado con enorme valor y arrojo en la guerra.

Esa pequeña nobleza era despreciada por los grandes nobles, celosos de su dignidad, sus privilegios y su poder, que veían amenazados por el ascenso en la corte de esos linajes de segunda fila, a los que tanto estaba favoreciendo el rey Alfonso XI.

Quería ir a Sevilla, regresar a los palacios de su alcázar y vivir allí con Leonor, pero las revueltas nobiliarias y la guerra con Navarra se lo impedían.

Aquella primavera, con su nuevo hijo Fernando Alfonso ya al cuidado de sus tutores, recorrió las tierras entre León y Valladolid, procurando dejarse ver en poblados, reforzando su autoridad ante los nobles y repartiendo privilegios a ciudades y monasterios, los dos grandes pilares en los que se apoyaba su gobierno.

Las noticias que llegaban sobre el estado de salud del infante don Pedro, su heredero, no eran nada halagüeñas; pocos eran los que confiaban en que pudiera alcanzar su primer año de vida.

La reina María guardaba el bebedizo de amor en espera de poder administrárselo a su esposo, pero este ni la visitaba ni tenía intención de hacerlo en los próximos meses.

Poco antes del amanecer, fuertes golpes sonaron en la puerta de la botica de Abrahán Frías.

El judío abrió la puerta, todavía somnoliento, y se le congeló el rostro cuando vio a cinco soldados armados con lanzas y escudos que traían sujeto por los brazos al criado de doña María que había mediado en la compra del bebedizo.

—¿Es este el judío? —le preguntó con rudeza uno de los soldados, que parecía ser el jefe de la patrulla, al criado, cuyo rostro mostraba evidentes señales de que había sido brutalmente golpeado.

El criado asintió con la cabeza.

—¿Qué es esto, señores? —demandó el judío, temblando de miedo.

—¿Seguro que es este? —volvió a preguntar el soldado cogiendo la barbilla del criado y levantándole la cara con violencia.

—Sí, es él —asintió el criado, cuyos pómulos estaban tumefactos y sus ojos hinchados y amoratados por los golpes recibidos.

—Abrahán Frías, daos preso en nombre del rey don Alfonso.

—Preso..., ¿por qué?

—Por traición a su alteza y por práctica de hechicería.

Sin contemplaciones, dos de los soldados sujetaron al judío y lo sacaron en volandas de su casa.

Seis soldados de la hueste real se presentaron en el palacio ubicado en el monasterio de las Huelgas donde residía la reina doña María con su hijito el infante Pedro.

La escolta que protegía a la reina y al infante se apartó cuando los soldados mostraron la cédula que portaban con el sello y la firma del rey.

Los hombres del rey irrumpieron en la sala principal del gran torreón ante el indignado asombro de la reina.

—¿Qué hacen estos hombres aquí?, ¿cómo les habéis dejado entrar en mis aposentos sin mi permiso?, ¿cómo os atrevéis a permitir semejante ultraje? —preguntó la reina al jefe de su guardia.

—Traen orden expresa del rey, mi señora.

—Vamos a registrar el palacio —dijo el jefe de la patrulla.

—Pero cómo osáis... —Doña María les interrumpió el paso.

—Nos lo ha ordenado su alteza don Alfonso. Os ruego, señora, que no impidáis el registro o me veré obligado a...

—¿A qué?, ¿vais a apresarme?

—Si os resistís, ordenaré que os aten e inmovilicen. Y os juro por Santa María que, aunque seáis mi reina, no me temblará la mano en ello.

Doña María comprendió que cualquier resistencia sería en vano y dejó pasar a los soldados.

No tardaron demasiado en localizar la cajita de madera con la botella que contenía el bebedizo de amor.

—Esto es, sin duda —dijo el soldado al observar el recipiente de vidrio.

—Dejad eso ahí, es un jarabe para la tos —ordenó la reina.

—Señora, sabemos que es una bebida fabricada mediante un hechizo realizado por un judío, que ya tenemos a buen recaudo. Queda confiscado. Vámonos.

Cuando los soldados se marcharon, la reina se derrumbó. Su dama de compañía trató de consolarla.

—¿Sabíais vos algo de esto?

—No, mi señora. Hace dos días desapareció el criado que enviasteis a casa de don Abrahán, y no hemos vuelto a saber nada de él... hasta hoy.

—¿Qué ha sido de él?

—Según me acaba de contar uno de los soldados de la patrulla, alguien lo vio salir de la botiga de don Abrahán y lo denunció pensando que era un judío relapso. Agentes del rey lo torturaron hasta que reveló la verdad. Luego fueron a casa de don Abrahán, lo apresaron, lo interrogaron, confesó lo que había hecho, supongo que bajo tortura, y... eso es todo.

—¿Qué han hecho con ellos?

—No lo sé, mi señora, pero me temo que no volveremos a ver a ninguno de los dos.

La guerra con Navarra se saldó con una rápida victoria de Castilla. Los navarros habían ocupado el monasterio de Fitero, alegando que les pertenecía desde tiempo inmemorial, pero la reacción de Alfonso XI fue fulminante: su ejército derrotó a los navarros, ayudados por un pequeño contingente de aragoneses, en Tudela y se acabó la contienda.

Aquellos días atravesaba Castilla el arzobispo de Reims, el prelado más ilustre del reino de Francia, que hacía el peregrinaje a Compostela. Enterado de los conflictos entre Castilla, Navarra y Aragón, se ofreció como mediador entre las partes. Además, Francia e Inglaterra acababan de declararse la guerra, y el arzobispo actuaba también como consejero y embajador en busca de aliados para el rey francés.

El prelado de Reims y Alfonso XI se entrevistaron en Burgos, cuando ya se conocía la noticia del estallido de las hostilidades entre franceses e ingleses. En esos días nadie podía imaginar que ambas naciones fueran a estar enfrentadas en un conflicto que se alargaría durante tanto tiempo.

—Os traigo los saludos del rey don Felipe y sus deseos de firmar una alianza entre nuestros dos reinos —dijo el arzobispo.

—Tengo en gran consideración al rey de Francia, y le auguro un feliz reinado.

Alfonso XI había sido informado de que Felipe VI era el primer rey de la casa de Valois, que había sustituido siete años atrás al viejo linaje de los Capetos, y que la recién declarada guerra con Inglaterra obligaba a los dos reinos enfrentados a buscar aliados entre las demás naciones de la cristiandad.

Ambos querían firmar acuerdos de paz y de colaboración con Castilla, el reino más poderoso y poblado del sur, que además estaba construyendo una armada que los países beligerantes necesitaban para ganar la superioridad en el mar y decantar la victoria a su favor.

—Su alteza don Felipe estaría muy dichoso si contara con vuestra ayuda —dijo el arzobispo.

—Castilla desea mantener buenas relaciones con Francia, pero también con Inglaterra. Nuestros comerciantes de lana y paños hacen buenos negocios con los mercaderes de ambos reinos.

—Alteza, la amistad con Francia os conviene más que cualquier otra; a cambio de vuestro auxilio contra Inglaterra, el rey don Felipe os ayudaría a ganar Navarra y Portugal. Nuestra alianza se sellaría con el matrimonio de vuestro heredero don Pedro con la princesa doña María.

—Sí, sería un gran acuerdo, pero sé que doña María tiene ocho años más que mi hijo.

—No son muchos años de diferencia. Recordad la historia: la reina Leonor se casó con su segundo esposo, el rey Enrique de Francia, al que llevaba once años, y pese a ello tuvieron muchos hijos.

Alfonso XI calló que unos días antes una embajada secreta enviada a Burgos por el rey Eduardo III de Inglaterra había ofrecido a su hija la princesa Juana, nacida en febrero de aquel mismo año de 1335, como esposa del infante don Pedro, para firmar así un pacto de familia y una alianza contra Francia.

Ante el dilema de decantarse por la amistad de uno de los dos grandes reinos enemistados, Alfonso de Castilla prefería hacerlo por Francia; además, su rey le ofrecía mayores ventajas, y varias naves de guerra castellanas ya estaban luchando en el bando francés, aunque como navíos alquilados.

El arzobispo no consiguió sacarle un compromiso claro al rey Alfonso, pero logró que aceptara la boda de su hijo don Pedro con la princesa María, acuerdo que se mantendría oculto por el momento.

A finales de 1335, con poco más de un año de edad y superados los graves problemas de salud que lo habían acuciado durante su primer año de vida, el infante don Pedro ya tenía comprometidas dos novias, las dos en secreto: Juana de Inglaterra y María de Francia, princesas de dos reinos que acababan de comenzar una guerra que duraría más de un siglo.

9

El rey Alfonso IV de Aragón murió a finales de enero de 1336, poco antes de cumplir los treinta y siete años.

Casado en primeras nupcias con la noble Teresa de Entenza, con la que había tenido siete hijos, quedó viudo en 1327, solo cinco días antes de ser proclamado rey de Aragón. Año y medio después volvió a casarse con Leonor de Castilla, la hermana de Alfonso XI. De este segundo matrimonio vivían dos niños, los llamados infantes de Aragón: Fernando, nacido en 1329, y Juan, en 1330.

A la muerte de Alfonso IV fue proclamado rey de Aragón el

infante don Pedro, nacido sietemesino, de corta estatura y endeblez física, pero que a su dieciséis años tenía un voluntad de hierro.

Durante su infancia, el infante Pedro de Aragón había sido apartado de la corte por su madrastra Leonor de Castilla, que aspiraba a que uno de sus dos hijos se coronara como rey de la Corona de Aragón; pero los aragoneses, catalanes y valencianos no dudaron en proclamar como su soberano a don Pedro, que enseguida asumió las labores propias de su realeza.

La reina Leonor estaba desesperada. Sabía, porque así se lo habían contado algunos espías, que en cuanto su resentido hijastro ocupase el trono y se hiciera con el poder, trataría de acabar con su vida y con las de sus dos hijos.

No tenía otra salida que huir con sus dos retoños, y cuanto antes, de los territorios de la Corona de Aragón y buscar refugio en Castilla, al lado de su hermano.

Y así lo hizo; pero no se fue con las manos vacías. Apenas veló el cadáver de su esposo en el palacio mayor de Barcelona, lo justo para cargar una recua de mulas con todo lo que pudo recoger del tesoro real, monedas, oro, plata y joyas, antes de escapar de la represalia que esperaba sufrir por parte de Pedro IV.

Partió de Barcelona por el camino más recto hacia Castilla, la ruta a Zaragoza y Daroca, pero al llegar a Fraga le avisaron de que esa vía estaba vigilada por hombres leales al nuevo rey, y se desvió hacia Tortosa con la intención de ir a Valencia, donde contaba con partidarios que le facilitarían el paso hacia Castilla, aunque tuviera que atravesar las tierras de don Juan Manuel.

Mientras la caravana con la reina viuda, los dos infantes y los tesoros de la Corona de Aragón ponía rumbo sur, un correo disfrazado de mercader de telas salió de Barcelona hacia Castilla por el camino de Zaragoza. Portaba un mensaje oral en el que la reina Leonor solicitaba ayuda urgente a su hermano el rey Alfonso XI, porque aseguraba que el nuevo rey de Aragón la quería matar a ella y también a sus dos hijos.

Al llegar a Tortosa, la reina Leonor cambió de opinión, y decidió volver de nuevo al camino más recto, rápido y, según le dijeron, seguro hacia Castilla. Desde Tortosa se dirigió hacia Albarracín, atravesando las sierras, los valles y los altiplanos de la serranía celtibérica. Custodiada por un escuadrón de hombres fieles, cabalgando sin apenas detenerse para otra cosa que dormir, comer y descansar, apurando la resistencia de caballos y acémilas, la reina en fuga llegó a Albarracín, pasó la sierra, entró en Castilla por tierras del señorío de Molina y fue a reunirse en la villa de Ayllón con el rey Alfonso, que llegó a su encuentro desde Valladolid.

—¡Alfonso, cuánto me alegra verte! —exclamó Leonor echándose en brazos de su hermano.

—Ya estás a salvo.

—Los hombres del rey de Aragón nos han perseguido hasta la frontera. Pretendían matarnos.

—Estos son tus hijos, supongo. —El rey señaló a los dos infantes de Aragón.

—Sí. Te presento a tus sobrinos: Fernando y Juan.

Los dos niños, de cinco y seis años de edad, saludaron a su tío inclinando la cabeza, tal cual les habían enseñado. Nadie podía imaginar siquiera el terrible destino que aguardaba a esos dos infantes.

—He enviado una embajada a don Pedro. Le he ofrecido una paz perpetua entre nuestros reinos, pero me está dando largas.

—No te fíes de él. A sus diecisiete años ya es un ser astuto y malvado. Nos odia a mis hijos y a mí porque mi esposo nos amaba a nosotros más que a él, y prefería a Fernando como heredero.

—He oído que don Pedro nunca fue del agrado de su padre.

—Mi esposo don Alfonso fue un héroe amado por su pueblo y un guerrero victorioso que siendo príncipe ganó el reino de Cerdeña para la Corona de Aragón, y habría ganado más reinos y fama si no hubiera muerto tan pronto, pero su hijo don Pedro es un ser enclenque y debilucho, incapaz de sostener el peso de una espada mediana, de soportar el peso de un escudo o de vestir una armadura de combate. Mi marido anhelaba que su sucesor fuera fuerte y valiente, como él mismo, como su padre el rey Jaime, o como sus antepasados Jaime el Conquistador y Pedro el Grande, y creía que nuestro hijo mayor, Fernando, era ese heredero deseado. Además, don Pedro es muy corto de talla, tanto que parece un muchachito y tiene que vestirse con las ropas de un niño de diez años.

—Será bajo de estatura, débil y de pequeño cuerpo, pero te aseguro, hermana, que sabe negociar con astucia. De momento ha dado largas a mis propuestas de paz.

—Es un diletante. Lo que pretende es ganar tiempo. Es un joven ambicioso que utilizará el engaño y la distracción para lograr sus propósitos. Mi esposo quiso dar en herencia el reino de Valencia a Fernando, nuestro hijo mayor, hace dos años, pero don Pedro, aconsejado por juristas de Barcelona y Zaragoza, se opuso tajantemente y apeló a la ley para decirle a su padre que los territorios patrimoniales de la Corona de Aragón no podían segregarse, ni siquiera por la voluntad del rey. Ante la amenaza de su propio hijo de que habría un baño de sangre si entregaba Valencia a nuestro Fernando, mi esposo se echó atrás. Así se las gasta el nuevo rey de Aragón.

—Ningún monarca está predispuesto a perder parte de su herencia —repuso Alfonso XI.

—Hermano, la Corona de Aragón no es como la de Castilla y León; cada uno de los reinos y Estados que la componen tiene sus propias leyes y fueros, sus propias Cortes, su propia moneda, e incluso hay aduanas y fronteras entre ellos. Yo había convencido a mi marido para que el mayor de nuestros hijos recibiera el reino de Valencia con el título de rey y que le concediera a Juan los más importantes feudos nobiliarios de Aragón, pero se entrometió don Pedro y me juró odio eterno. Si no hubiéramos escapado de sus garras, ahora estaríamos muertos.

El rey de Castilla abrazó a su hermana. La comprendía perfectamente. No en vano él también tenía hijos de dos mujeres, y a los de Leonor, aunque bastardos, los estaba dotando con enormes dádivas. Lo que no pudo siquiera imaginar es que el odio del rey Pedro IV de Aragón hacia su madrastra y a sus medio hermanos era un precedente de lo que un día lejano ocurriría entre su hijo legítimo y heredero, el infante don Pedro, y los hijos de Leonor de Guzmán.

Porque los hijos de «la Favorita» seguían acumulando honores, títulos y propiedades, y sus familiares directos amasaban todo tipo de privilegios y beneficios que graciosamente les concedía Alfonso XI. El mayor, Pedro de Aguilar, fue nombrado, con apenas cinco años, canciller de Castilla, en sustitución del aragonés y arzobispo de Toledo Jimeno Martínez de Luna, del cual el rey ya no se fiaba. Enrique, el primero de los gemelos, recibió los condados gallegos de Trastámara y de Lemos, y los señoríos de Sarria, Cabrera y Ribera, y a Fadrique pensó asignarle el cargo de maestre de la Orden de Santiago para cuando quedara vacante.

Camino de regreso de Ayllón a Valladolid, la comitiva real fue alcanzada por un mensajero que venía de Calatayud. Traía una muy mala noticia que le había hecho llegar uno de los espías de Alfonso XI en la corte aragonesa: el rey Pedro IV de Aragón había acordado un tratado de amistad con don Juan Manuel.

Con algunos magnates en abierta rebelión, en estado de guerra con Navarra, Portugal y Granada, y ahora quizás también con Aragón, la situación se presentaba muy difícil. Los reinos de Castilla y León corrían un gravísimo peligro; la corona de Alfonso XI pendía de un fino y frágil hilo.

10

En cuanto Pedro IV tomó posesión del trono de la Corona de Aragón, el infante don Juan Manuel se apresuró a ofrecerle sus servicios.

Don Pedro aceptó, y ambos acordaron que a cambio de la confirmación del título de príncipe de Villena, lo que le confería a don Juan Manuel un poder en ese feudo casi como el de un rey, serían fieles aliados durante un plazo de diez años, el doble de lo que se solía pactar en acuerdos semejantes.

Don Juan Manuel había pasado largas temporadas refugiado en su formidable castillo de Garcimuñoz, desde donde había dirigido la estrategia de la lucha de la alta nobleza contra Alfonso XI, pero donde también había dispuesto de tiempo para escribir el libro que más le había divertido, una colección de cien cuentos que había reunido bajo el título de *El conde Lucanor*, donde recogía ejemplos de la cuentística oriental conocidos en occidente a través de traducciones árabes y latinas realizadas en las escuelas de Toledo, Tarazona y Huesca, como era el caso de uno de los libros que más había consultado para su recopilación, *Disciplina clericalis*, escrito por un rabino oscense que se convirtió al cristianismo y adoptó el nombre de Pedro Alfonso en tiempos del rey Alfonso el Batallador.

Y aún tuvo tiempo para escribir otras dos obras: *Libro del caballero y el escudero* y *Libro de las armas*, cuyas páginas contenían claras connotaciones y referencias a la pugna que venía manteniendo desde hacía cuatro años con el rey Alfonso.

Cercado por enemigos en todas las fronteras y con la rebelión nobiliaria en el seno de sus propios reinos, Alfonso XI consideró que o actuaba con toda contundencia o podría llegar a perder su corona.

Y lo hizo.

La nueva rebelión de don Juan Manuel y de Juan Núñez de Lara era toda una declaración de guerra. El pacto del príncipe de Villena con el rey de Aragón obligaba a Pedro IV a ayudarlo en la guerra contra Alfonso XI, pero en una entrevista que tuvieron en Castielfabib, un pequeño pueblo del reino de Valencia muy cercano a la frontera castellana, el monarca aragonés, fiel a su estrategia diletante, dio largas a la petición de auxilio que le hicieron don Juan Manuel y Juan Núñez, alegando que antes de entrar en guerra con Castilla, y como buen caballero, debía hablar con su rey.

Pedro IV envió un correo a Alfonso XI, que llegó a comienzos de abril a Valladolid. El mensajero del monarca aragonés solo traía buenas palabras, pero ninguna propuesta concreta. En la entrevista estuvo presente la reina Leonor. La viuda de Alfonso IV le recriminó al consejero de su hijastro la persecución que había sufrido y el peligro de muerte al que sus dos hijos y ella misma habían estado sometidos. Manifestó la dignidad de su condición de reina y de madre de dos infantes de Aragón y le encargó al embajador que cuando regresara a su tierra le dijera a su rey que le exigía la devolución de todos los bienes y feudos que le habían sido confiscados de manera injusta, pues eran donaciones legítimas hechas a ella y a sus hijos por su esposo, el rey Alfonso IV.

Tras la entrevista, y aunque el correo nada dijo al respecto, Alfonso XI entendió que el monarca aragonés no tenía la menor intención de declararle la guerra, y menos para ayudar a unos nobles rebeldes, aunque uno de ellos fuera el mismo don Juan Manuel.

Seguro de que la Corona de Aragón no intervendría de manera abierta en el conflicto interno de Castilla y León, don Alfonso agotó su paciencia con respecto a la conjura nobiliaria. Justo al finalizar el invierno, dio la orden de acabar con Juan Núñez y su revuelta, sin esperar un instante.

La hueste real comenzó a concentrarse en Burgos, y a finales de abril partió el primer contingente del ejército camino de Lerma, tan solo a un día de marcha hacia el sur.

Los hombres del rey plantaron el campamento a una milla de distancia de las murallas de esa villa, en un altozano desde el cual se observaba buena parte del recinto murado, donde permanecía refugiado Juan Núñez con parte de sus caballeros. Entre tanto, don Alfonso anduvo entre Burgos y Valladolid reclutando las milicias concejiles de esas ciudades para que acudieran al asedio.

Desde varios campamentos cercados con vallas levantadas con tablones traídos en carretas desde Burgos se acechaban las murallas de Lerma, en espera de que el rey diera la orden de asalto o de lanzar piedras y fuego sobre el caserío para quebrar la resistencia de los defensores y obligarlos a rendirse.

En cuanto comenzó el cerco de Lerma, Juan Núñez pidió auxilio a don Juan Manuel y al rey de Portugal, del cual era vasallo. El portugués envió una embajada a Castilla exigiendo que se levantara el asedio. Ante la negativa de Alfonso XI, el rey de Portugal estrechó su alianza con los sublevados, a la que se sumó, aunque sin participar activamente en la guerra, el rey de Aragón.

En abril, y en el castillo de Garcimuñoz, se firmó el pacto por el cual Pedro IV de Aragón ratificaba a don Juan Manuel como príncipe de Villena y a la vez se confirmaba el acuerdo de matrimonio por poderes de doña Constanza, hija de don Juan Manuel, con el príncipe don Pedro, heredero de Portugal, que ya se había firmado en ese reino varios meses antes.

Ya nada podía detener la guerra. En cuanto se enteró de esos acuerdos, Alfonso XI se opuso a esa boda y decidió acudir personalmente al sitio de Lerma para demostrar que no temía a una coalición de aragoneses, portugueses y nobles rebeldes contra él.

El rey de Portugal envió un nuevo mensaje al de Castilla: además de insistir en que levantase el asedio de Lerma y dejara de atacar las fortalezas y villas de Juan Núñez y de don Juan Manuel, le exigía que abandonara a Leonor de Guzmán y que volviera a vivir con su hija la reina doña María, pues de no hacerlo, el portugués consideraría que estaba siendo gravemente injuriado en su honor y obraría en consecuencia.

La propia reina doña María, que seguía en su retiro del monasterio de las Huelgas en Burgos, se saltó el encierro y se presentó en Lerma para solicitar de su esposo que retirara sus tropas y que acordase la paz con los rebeldes; pero el rey ni siquiera quiso recibirla y ordenó que volviese a las Huelgas y que no se moviera de allí sin su permiso.

Mediado junio, Alfonso XI hizo caso omiso de las cartas y

mensajes de varios nobles y del mismísimo rey de Portugal con las reiteradas peticiones para que dejara libres a los sitiados en Lerma. Se presentó con refuerzos frente a la villa y pidió verse con don Juan Núñez antes de tomar una decisión.

—Hablaré con don Juan antes de dar la orden de ataque. Todos los defensores que ahí resisten son castellanos; no quiero derramar sangre de mis súbditos, salvo que sea absolutamente necesario —dijo el rey.

Juan Núñez aceptó celebrar la entrevista y salió a parlamentar con don Alfonso. Los dos se encararon al exterior de la puerta principal del recinto murado, uno a cada lado del foso excavado para potenciar la defensa de las murallas.

—Señor, os saludo y deseo lo mejor para vuestra alteza —habló Juan Núñez con un deje de ironía.

—Entregad esta plaza y seréis perdonado —ordenó el rey sin más preámbulo.

—Lamento no poder contentaos, alteza. Lerma es mi dominio, y no voy a dejar que se pierda y que caiga en otras manos, de ninguna manera, ni incluso en las de vuestra alteza.

—Estáis solo. Varios de los nobles que os apoyaban os han abandonado y me han prestado juramento de fidelidad.

Durante la primavera, además de preparar el asedio y reclutar tropas para poder llevarlo a cabo con garantía de éxito, Alfonso XI había logrado con diversas estrategias deshacer la liga de nobles que habían formado Juan Núñez de Lara, Juan Alfonso de Haro, ya ejecutado, y don Juan Manuel. En algunos casos había conseguido que abandonaran la rebelión entregándoles tierras y títulos, y, en otros, amenazándolos con conducirlos al patíbulo, cortarles las cabezas y exponerlas durante meses clavadas en lo alto de unas picas a las puertas de Burgos, mientras dejaba sus cuerpos expuestos a la intemperie, hasta que los devoraran los buitres y los zorros.

—Os equivocáis. Don Juan Manuel, el rey de Portugal y el de Aragón vendrán en mi ayuda, levantarán este asedio, os derrotarán y perderéis el reino y la vida.

—Sabed, insolente, que don Juan Manuel nunca podrá llegar hasta aquí para socorreros; está bloqueado en su castillo de Garcimuñoz por las huestes de las Órdenes Militares, que solo obedecen mis instrucciones, y su hijo permanece cercado en Peñafiel. Mis tropas han tomado casi todas vuestras villas y castillos, y aquí han excavado dos fosos y han levantado una empalizada de la que no podréis escapar de ninguna forma. Podéis elegir entre rendiros y ser perdonado, o morir de hambre por el asedio o por el filo de nuestras espadas si ordeno tomar Lerma al asalto.

—Aquí os espero —zanjó Núñez, que dio media vuelta y ofreció su espalda al rey.

Furioso y lleno de cólera, Alfonso ordenó cortar una vía de acceso al agua, que todavía conservaban los sitiados, mediante la construcción de una torre de madera.

El calor apretaba aquellos últimos días de primavera, de modo que a los de Lerma no les quedó más remedio que intentar una salida en busca de agua si no querían morir de sed. Lo hicieron realizando una carga con varios jinetes desde la puerta principal, pero las tropas del rey estaban prevenidas y los recibieron con una andanada de piedras y flechas e inmediatamente una contracarga de la caballería ligera.

Los gritos de retirada atronaron desde lo alto de los muros cuando Juan Núñez se dio cuenta de que, de proseguir en su intentona, perdería a todos esos hombres.

Sin ayuda exterior, con el acceso al agua cortado, los únicos pozos de los que podían abastecerse habían sido contaminados con cadáveres, y sin suministro de víveres, Lerma estaba perdida. Era solo cuestión de semanas, quizás de días, que el hambre, la sed y las enfermedades obligaran a rendirse a Juan Núñez, y si no lo hacía, probablemente se tendría que enfrentar a un motín de su propia gente.

Solo un milagro podía salvar a los cercados en Lerma; y ese milagro se produjo de manera inesperada.

—¡Alertad al rey! —Un jinete irrumpió al galope en el campamento real.

Avisado de la llegada del mensajero, don Alfonso salió de su tienda, donde estudiaba con sus capitanes los puntos más débiles de los muros, para atacarlos en caso de ordenar la toma al asalto.

—¿Qué noticias traes con tanta prisa? —le demandó Alfonso XI.

—Señor, el rey de Portugal ha invadido vuestras tierras y ha puesto cerco a la ciudad de Badajoz. Ha proclamado la guerra contra vuestra alteza y os acusa de pretender repudiar a vuestra esposa para coronar a... doña Leonor de Guzmán como reina de Castilla. —El mensajero jadeaba tras la larga cabalgada que lo había traído en una sola jornada desde Valladolid; apenas había dormido y comido, y tan solo se había detenido para cambiar de caballo un par de veces.

En cuanto los sitiadores conocieron la noticia de la invasión de la Extremadura leonesa por el ejército portugués, pues también tenían espías entre los sitiadores, se asomaron a las almenas, gritaron consignas de victoria, agitaron las lanzas y ondearon las banderas de los Lara.

El rey de Castilla miró los muros de Lerma y apretó los dientes; estaba furioso.

—Acudiré a liberar Badajoz y después volveré. Si para entonces esos traidores siguen resistiendo, quemaré esa maldita villa y la arrasaré hasta los cimientos —clamó el rey con toda su ira.

—Entonces, ¿levantamos el campamento y el asedio, alteza? —preguntó el mayordomo real de Castilla.

—No, parte del ejército se quedará aquí bajo vuestras órdenes. El cerco se mantendrá igual que ahora, hasta que yo regrese de Badajoz. Y si me entero de que alguno de los nuestros socorre a esos rebeldes, lo colgaré del árbol más alto que encuentre y dejaré que los cuervos y los buitres se den un festín con su carroña.

11

Alfonso IV de Portugal mantenía cercada la ciudad de Badajoz, aunque el asedio no era completo y se permitían algunas entradas y salidas.

La coalición de nobles rebeldes no era tan endeble como le había dicho Alfonso XI a Juan Núñez en su corta entrevista a las puertas de Lerma; además de don Juan Manuel, también apoyaban la rebelión los nobles Pedro Fernández de Castro, Juan Alonso de Alburquerque, Gonzalo de Aguilar y Alonso Téllez de Haro; y ahora se había sumado a la guerra abierta el reino de Portugal. Si también lo hacía la Corona de Aragón, y quién sabe si los musulmanes granadinos aprovecharían la situación para atacar la frontera sur, Castilla podría ser derrotada, y su trono pasar a manos de alguno de los nobles rebeldes en cuyas venas corría la sangre del rey Fernando III.

Desde luego, Alfonso XI estaba dispuesto a defender su trono hasta el final; si tenía que caer, lo haría combatiendo en el campo de batalla. Su abuela doña María de Molina le había enseñado que quien resiste, vence, y él resistiría, pero atacando.

Nadie esperaba la rapidez con la que el rey de Castilla se presentó en Extremadura. El calor de aquellas primeras semanas del verano asolaba las dehesas extremeñas, pero ni siquiera el sofocante aire caliente, el polvo asfixiante y el sol ardiente retrasaron la cabalgada de Alfonso XI, que además envió mensajes urgentes a las milicias concejiles de Sevilla para que acudieran a liberar Badajoz.

En el camino por las dehesas extremeñas, el ejército castellano se detuvo a orillas de un arroyo cuyo caudal venía crecido tras una tormenta de verano. El riachuelo se llamaba Guadalupejo, y muy cerca de su curso se erigía una pequeña ermita que según las gentes de la comarca había sido levantada por un pastor en el preciso lugar donde se encontró una imagen de la Virgen María.

El rey se acercó a visitar el humilde oratorio, custodiado por un ermitaño. Rezó postrado ante la imagen de la Virgen y, al retirarse, el eremita le vaticinó que lograría grandes triunfos para la cristiandad.

Reforzada la hueste real por las milicias sevillanas, Alfonso XI llegó a Badajoz como un ciclón, venció a los portugueses y liberó el cerco. Expulsó al obispo de la ciudad, que era portugués, y se preparó para cruzar la frontera y darle un buen escarmiento al rey Alfonso IV en su propia tierra.

Siguiendo la costumbre de las reinas de Portugal y de Castilla como mediadoras en los conflictos y pacificadoras en las querellas entre ambos reinos, intervino la reina Isabel, madre de Alfonso IV.

Viuda de Dionisio I, la aragonesa Isabel de Portugal tenía fama de santidad. Al morir su esposo peregrinó a Compostela, y al regreso profesó en un convento en Coimbra, desde donde dedicó su tiempo y su fortuna a realizar obras de caridad. Tenía sobrada experiencia como mediadora en conflictos, pues lo había hecho varias veces durante los enfrentamientos que libró su marido por el trono de Portugal. Al enterarse de la guerra entre portugueses y castellanos, abandonó el convento y con sesenta y cinco años de edad se dirigió al encuentro de su hijo Alfonso IV y de Alfonso XI, con la intención de mediar entre los dos para que cesara la guerra. No tuvo oportunidad: el 4 de julio murió en la localidad portuguesa de Estremoz, a una jornada de camino de Badajoz.

La muerte de la reina madre convulsionó a todo Portugal. Enterada del fallecimiento de doña Isabel, fue doña Beatriz quien asumió la mediación. Se dirigió desde Lisboa a la frontera y pidió entrevistarse con Alfonso XI, a la vez que le solicitaba que pactara una paz permanente.

Hija de rey Sancho IV y hermana de Fernando IV, Beatriz de Castilla era reina de Portugal por su matrimonio con Alfonso IV, y además era la madre de la reina doña María; por tanto, tía carnal y suegra a la vez de Alfonso XI. Sin duda, dadas sus estrechas relaciones familiares, era la más interesada en que Portugal y Castilla no se enzarzaran en una guerra de consecuencias imprevisibles.

El rey de Castilla aceptó reunirse con doña Beatriz en Jerez de los Caballeros.

—Querido hijo, la última vez que te vi eras un muchacho de diecisiete años que ibas al altar a casarte con mi pequeña María.

—Querida tía y madre —el rey de Castilla aludió a su doble parentesco—, he acudido a tu llamada porque mi abuela doña María de Molina me enseñó que hay que escuchar a los miembros de la familia, pero quiero que sepas que esta guerra la inició tu esposo aprovechando que yo me encontraba en el sitio de Lerma.

—Mi madre era una mujer sabia y sensata. Tuviste la enorme suerte de ser educado por ella. Yo me marché de su lado cuando solo tenía cuatro años; me enviaron a Portugal para que fuera la esposa de su príncipe y luego su reina, y a ese reino me debo, pero nací castellana y mi sangre es la misma que la tuya, y eso me autoriza a pedirte que pongas fin a esta guerra. También soy la madre de tu esposa y la abuela de tu heredero, y te ruego, por el amor de Dios y de la Virgen, que abandones a esa dama sevillana con la que vives en flagrante contubernio y en pecado mortal desde hace tiempo, y que vuelvas con María, como deben hacerlo los esposos cristianos y los reyes responsables.

—Ha sido tu marido el que ha invadido mi reino en manifiesta traición y sin declaración previa de guerra; deberías haberle advertido a él que no lo hiciera, y yo no estaría aquí y ahora con mi ejército. Yo solo he recurrido a la legítima defensa. Y en cuanto a mi situación..., no repudiaré a doña María, que seguirá siendo la reina de Castilla y León y mi esposa legítima, pero soy muy feliz con doña Leonor de Guzmán, y no pienso dejarla. Voy a seguir viviendo con ella el resto de mi vida.

—¿Qué te da esa mujer para que arriesgues todo, incluso tu trono, por ella?

—La amo, y la necesito a mi lado.

—No la conozco, aunque supongo que es muy bella y que te satisface y te colma con todo tipo de placeres. Mi hija María también es una mujer muy hermosa, ya te ha dado dos hijos y podría tener más si tú quisieras. No hay mujer más noble que María; en sus venas se mezcla la sangre real portuguesa de su padre y la mía castellana. Deja a esa Leonor, vuelve con María y limpia el deshonor que ha caído sobre nuestra familia y el pecado que te mancha el alma.

—Ya te he dicho que jamás abandonaré a doña Leonor; a su lado soy muy dichoso. Y en cuanto a esta guerra, yo he tratado de impedir que se desatara, pero tu esposo se ha aliado con mis enemigos, y, además, tú y tu marido habéis consentido y aprobado la boda de Constanza Manuel con vuestro hijo don Pedro, a pesar de que erais sabedores de mi rechazo a ese enlace matrimonial. La futura reina de Portugal es la hija de mi peor enemigo, el hombre que se cree con más derechos que nadie a ser rey de Castilla y de León, el que está dispuesto a quitarme el trono que en derecho me pertenece.

—Alfonso, no olvides nunca que tu madre, Constanza, era portuguesa, hija de don Dionisio y de doña Isabel, y que por ella tú también llevas sangre portuguesa. Incluso podrías llegar a ser algún día rey de Portugal, si Dios lo quisiera.

—Los portugueses son gentes de vida regalada, poco dados al riesgo en la guerra y más afectos al buen vivir que al esfuerzo y a la lucha. En Badajoz ni siquiera me plantaron batalla; huyeron en cuanto aparecí con mis tropas, y, por cierto, nunca me han apoyado con la necesaria determinación en mis guerras con los sarracenos. Parecen más dispuestos a combatir contra cristianos que contra los musulmanes.

—Portugal es una tierra muy hermosa; deberías conocer Lisboa, sus verdes colinas, la suave brisa del oeste, su mar dorado...

—Portugal debería ser parte de Castilla y León, como lo fue antaño. Nunca debió separarse de estos reinos.

—Tal vez lo vuelva a ser algún día, o tal vez Castilla y León sean de Portugal.

—Eso puede ocurrir si dejo llegar a doña Constanza Manuel a Lisboa para que se convierta en la esposa de tu hijo.

—La hija de don Juan Manuel fue tu prometida, incluso firmaste el acta de boda con ella, pero rompiste ese compromiso. Deja ahora que esa muchacha sea feliz en Portugal.

—Firmamos un acuerdo de boda, es cierto, pero nunca llegamos a consumar el matrimonio, de modo que aquel acto carece de todo valor legal.

—Sí, la repudiaste antes de hacerla tuya y entonces pusiste en tu contra a don Juan Manuel, y ahora has hecho lo mismo con mi hija María y te has enemistado con Portugal.

—Yo no he repudiado a María; sigue siendo mi esposa.

—Pero maquinaste hacerlo, y creo que todavía lo piensas.

—No me daba hijos.

—No incidas en el mismo error. Deja pasar a doña Constanza Manuel a Portugal para que pueda unirse con mi hijo don Pedro.

—No. Esa boda se acordó como una provocación contra mí, y carece de mi consentimiento. Retendré a Constanza en Toro hasta que Portugal deje de ser una amenaza para Castilla.

»Tu esposo se ha puesto del lado de mis enemigos, y debe responder por ello.

La mediación de doña Beatriz no tuvo éxito.

El ejército castellano entró en Portugal, arrasó campos, taló olivares y viñedos y asoló las villas de Elvas y Yelves, apenas a una hora de cabalgada de la frontera. Se apoderó de cabezas de ganado y tomó cautivos. Los portugueses que habían sido derrotados y se habían retirado de Badajoz, avergonzados por su acción, dieron media vuelta, regresaron a la frontera y atacaron por Jerez de los Caballeros; Alfonso XI fue a su encuentro, volvió a vencerlos, los rechazó y salió en persecución del rey de Portugal. Tal era el ímpetu y la rabia que guiaban a Alfonso XI que parecía dispuesto a plantarse en una semana ante las puertas de Lisboa, pero en la villa de Olivenza sufrió un ataque de fiebre que le hizo volver a Badajoz, donde permaneció diez días en cama.

Los portugueses aprovecharon la enfermedad del rey de Castilla para retirarse en orden. Alfonso XI supo que no volverían a intentar enfrentarse con él.

Mientras todo esto ocurría entre los reyes de Portugal y de Castilla, don Juan Manuel se mantenía a resguardo en el castillo de Garcimuñoz, intentando que su pacto con Portugal y con Aragón no se viniera abajo, y que ambos reinos se decidieran a atacar a la vez al rey de Castilla para debilitarlo y conseguir echarlo del trono.

Mas al conocer las nuevas de la derrota y retirada de los portugueses en Badajoz y en Jerez sufrió una gran decepción. El príncipe de Villena no digirió el fracaso, y su odio hacia Alfonso XI se incrementó todavía más por la negativa del rey a liberar a su hija doña Constanza y no permitir que viajara a Portugal para encontrarse con su marido el príncipe don Pedro.

No le quedaba más remedio que actuar deprisa y buscar una alternativa para paliar una decepción más. A comienzos del verano escribió una carta a Pedro IV de Aragón, que se encontraba en Valencia, en la que le mostraba su malestar por lo que consideraba un secuestro del rey de Castilla a su hija doña Constanza Manuel, y se manifestaba contrario una vez más a los muchísimos favores y privilegios que Alfonso XI seguía concediendo a Leonor de Guzmán y a sus cinco bastardos, quebrantando así el derecho y las leyes de Castilla y perjudicando gravísimamente a su esposa la reina doña María y a su heredero el infante don Pedro. También le decía que se estaban cometiendo un sin número de injusticias, que Alfonso XI había mandado detener y ejecutar a todos sus mensajeros y que por todo ello le comunicaba su desnaturalización del reino de Castilla. La vigilancia a la que el señor de Villena estaba sometido era tal que esa carta tardó mes y medio en llegar a Pedro IV.

«Hoy, yo, Juan Manuel, y mis hijos Fernando y Sancho Manuel, nos desnaturalizamos de Castilla y de Alfonso», escribió de su puño y letra.

Pedro IV, tras leer la misiva de don Juan Manuel, recibió al embajador de Alfonso XI, le echó en cara los agravios que el monarca castellano cometía en sus reinos y le reclamó que dejara de proteger a su madrastra, la reina Leonor, que según el de Aragón seguía conspirando para arrebatarle el trono en favor de su hijo don Fernando.

El embajador de Castilla regresó de Valencia muy descontento, y aunque logró evitar que Pedro IV se inmiscuyera directamente en la guerra civil de Castilla, dudó sobre las verdaderas intenciones de aquel pequeño y enclenque monarca, que tenía el tamaño de un niño, la sagacidad de un sabio y la determinación de un héroe.

Vencidos en tierra firme y sabedores de que su ejército nunca derrotaría al castellano en un combate en campo abierto, la única esperanza de los portugueses radicaba en el poderío de su armada. Alfonso IV envió una flota a las costas de Huelva, pero también fue derrotada por la castellana. La bandera que enarbolaba la galera capitana de la armada portuguesa fue capturada y entregada al rey Alfonso XI en Sevilla. La maniobra del rey de Portugal para desembarcar tropas en la desembocadura del Guadalquivir, atacar Sevilla y desde allí continuar hasta Badajoz se frustró.

Tras la rotunda victoria de los castellanos en la tierra y en el mar sobre Alfonso IV de Portugal, y una vez asegurada la frontera de Extremadura y mejorado de las fiebres, Alfonso XI se dirigió a Sevilla; allí lo esperaba su querida Leonor. ¡Tenía tantas ganas de volver a amarla!

Pese a que el rey todavía estaba débil, aquella noche la amó con tanta intensidad que «la Favorita» sevillana volvió a quedar embarazada, lo que significaba que recibiría nuevas propiedades y que seguiría incrementando su ya fabulosa riqueza.

—Has obtenido una gran victoria; ahora tus enemigos se lo pensarán dos veces antes de volver a rebelarse —le dijo Leonor.

—No escarmientan; creo que volverán a hacerlo, salvo que les dé una lección definitiva, y para eso debo tomar Lerma y ejecutar a los principales cabecillas de la rebelión.

—¿Todavía dura el asedio?

—Sí. Los sitiados están aguantando demasiado; me temo que algunos traidores les están proporcionando provisiones. Hace seis meses que están cercados; sin ayuda exterior, no hubieran podido resistir tanto tiempo. En unos días regresaré a Lerma y acabaré personalmente con esta situación. Les daré tal escarmiento que nadie lo olvidará.

—¿A qué esperas?

—A que traigan a mi esposa a Sevilla.

—¿Vas a dejarla aquí?

—Sí. Permanecerá en esta ciudad con mi hijo don Pedro.

—¿En este alcázar, en nuestro palacio?

—Por supuesto que aquí no, esta es nuestra casa. Esos dos —el rey se refirió a su mujer y a su hijo con manifiesto desdén— permanecerán custodiados en el monasterio de San Clemente.

Ni siquiera quiso ir a verlos. La reina doña María y el infante don Pedro quedaron instalados en el monasterio de San Clemente, fundado por el rey don Fernando junto al extremo norte de los muros de Sevilla, en acción de gracias porque el día de la conquista de la ciudad estaba dedicado a ese santo. En cuanto le informaron de que su esposa e hijo ya estaban recluidos en el convento, ordenó a su comitiva salir hacia Lerma.

Leonor de Guzmán iba con él; había decidido que ya no se separaría de ella nunca. Nunca.

Las derrotas en Extremadura y en las costas de Huelva habían sido humillantes, pero ni con esas se amedrentaron los portugueses, que realizaron una incursión en tierras de Galicia, donde nadie esperaba un ataque. Pese a la sorpresa, fracasaron y no tuvieron más remedio que firmar una tregua, lo que provocó que don Juan, el hijo de don Juan Manuel, abandonara el castillo de Peñafiel y regresara a la seguridad de los dominios de su padre en el reino de Valencia.

Con los portugueses asustados y replegados en Lisboa, Coimbra y Oporto, y las tropas de don Juan Manuel y de su hijo retiradas de Castilla, el ánimo de Juan Núñez de Lara, que seguía al frente de los sitiados que resistían en Lerma, decayó hasta el límite de la desmoralización.

Hacía ya más de un mes que había entrado el otoño. Las primeras heladas cayeron sobre los campos de Lerma, que soportaba un ligero asedio en espera de que se endureciera a la llegada del rey.

—Señor, los rebeldes no se rinden. La semana pasada los conminamos de nuevo a que lo hicieran antes de que llegase vuestra alteza, pero se han negado.

—¿Cómo han podido resistir tanto tiempo sin suministros? —preguntó don Alfonso a su mayordomo.

—Es probable que... hayan recibido... algunas provisiones —balbució el mayordomo.

—¿Quién ha sido el culpable de que eso haya sucedido?

El monarca miró a su oficial con ojos de hielo.

—Alteza, dentro de esos muros hay encerrados parientes de algunos de los nuestros; quizá les hayan hecho llegar comida en algunas ocasiones aprovechando la oscuridad de la noche.

—Quiero saber los nombres de los traidores que han procurado esos suministros.

—No puedo asegurarlo, alteza.

El mayordomo de Castilla pensó que el rey iba a ordenar su decapitación allí mismo. Le temblaba la voz y se mostraba totalmente abatido.

—¡Los responsables, quiero los nombres de los traidores! —exigió don Alfonso.

—No lo sé, mi señor, no lo sé.

El mayordomo cayó de rodillas, esperando su inmediata ejecución.

—Levantaos —le ordenó—. Voy a olvidar que algunos de mis hombres han quebrantado mi confianza. Olvidaré lo ocurrido con los suministros, pero si alguien vuelve a socorrer a los sitiados, ordenaré que los desmiembren y que sus pedazos se arrojen sobre las ruinas de Lerma, y vos seréis el primero.

—Gracias, alteza, gracias.

El caserío de Lerma estaba destrozado por los disparos de las catapultas. Los tejados de muchas casas se habían hundido y las más cercanas a los muros se habían derrumbado por completo. El cerco se cerró todavía más con la llegada del rey, y el hambre y las enfermedades, agravadas por el frío y la humedad, acabaron por quebrar la resistencia de los defensores.

Durante el largo asedio, los sitiados habían podido construir una represa que los abastecía de un pequeño caudal de agua. La destrucción de esa presa y el corte definitivo del suministro de agua fueron definitivos para que Juan Núñez se planteara la rendición, sobre todo por las quejas de sus hombres, que se veían abocados a una muerte cierta por inanición.

A fines de noviembre Juan Núñez de Lara recibió un ultimátum: o se rendía o la villa sería tomada al asalto y todos los pobladores, se resistieran o no, serían pasados a cuchillo.

Una bandera blanca ondeó sobre la puerta principal de Lerma la mañana del 4 de diciembre.

Don Alfonso fue avisado de que Juan Núñez solicitaba rendirse, y que quería hacerlo ante el rey, quien accedió a que el noble rebelde lo hiciera en su campamento, pero sin condiciones.

El portón de madera reforzado con láminas de hierro se abrió y tras él apareció Juan Núñez, montado a caballo y desarmado. Un escuadrón de la hueste real lo esperaba para escoltarlo hasta el pabellón donde esperaba don Alfonso.

Al llegar ante el rey, el de Lara descendió de su caballo, se acercó al monarca, se arrodilló ante él y le besó las manos en señal de sumisión.

El rostro del rey mostraba serenidad y firmeza; el de Juan Núñez, aflicción y derrota.

—Alteza, yo...

—¡Callad! No habléis hasta que yo os lo permita. Habéis provocado enormes daños en mis reinos y a mis súbditos, habéis destruido mis propiedades y las de mis fieles vasallos, pero voy a ser magnánimo con vos y con los hombres que se han unido a vuestra rebelión. Os perdonaré a todos con la condición de que me juréis lealtad como vuestro señor y de que entréis a mi servicio.

Juan Núñez no podía dar crédito a lo que estaba oyendo. Se había rendido presionado por sus hombres y para evitar una matanza, y solo esperaba ya que el rey lo ejecutara como principal responsable de la revuelta y perdonara al menos a algunos de los suyos. Semejante muestra de generosidad lo desconcertó.

—Sois muy generoso, alteza.

—¿Me juráis lealtad?

—Yo os juro lealtad eterna.

—Y yo lo acepto y os perdono, pero los muros de Lerma son el símbolo de esta rebelión; deben ser derrumbados y los fosos defensivos colmatados.

»Como señal de mi perdón y de mi justicia, hoy mismo celebraremos un banquete en Lerma, y todos sus habitantes recibirán comida en abundancia y quedarán libres tras prestarme juramento de fidelidad.

Faltaban unos pocos días para la Navidad cuando las murallas de Lerma fueron derribadas y sus fosos rellenados con tierra y escombros; también se derribaron las fortalezas de Villalón, Cigales y Moral, propiedad de Juan Núñez.

El rey festejó su triunfo en Valladolid, donde lo aguardaba su amante Leonor, cuyo nuevo embarazo era manifiesto, junto a sus hijos bastardos, a los que algunos consideraban ya como una nueva dinastía y la verdadera familia real.

12

La coalición de nobles rebeldes se deshizo tras la rendición de Juan Núñez en Lerma y la renuncia de don Juan Manuel y de su hijo a seguir combatiendo contra su rey.

Ahora Alfonso XI tenía las manos libres para darle un buen escarmiento al rey de Portugal, liquidar su ejército y centrarse en la conquista del reino musulmán de Granada, que seguía siendo su principal objetivo y su mayor obsesión.

En la guerra contra los infieles mahometanos quería aparecer como el gran adalid de la cristiandad hispana, y rodearse de señales y símbolos que lo representaran como el guerrero invencible, heredero de los míticos héroes del pasado, como El Cid, Alfonso el Batallador o Fernando III.

A comienzos de marzo de 1337, de camino hacia el sur, le pidió al abad del monasterio de Cardeña, donde estaba enterrado Rodrigo Díaz de Vivar, que le enviara la cruz de ese caballero, que se guardaba en el cenobio de San Pedro. Quería que la cruz del Cid Campeador, cuyas banderas nunca conocieron la derrota, se alzara en la vanguardia del ejército real castellano cada vez que se librase una batalla contra los musulmanes.

Con su hueste reforzada por algunos de los caballeros que le habían jurado lealtad tras la toma de Lerma, Alfonso XI se dirigió a la frontera con Portugal. No olvidaba la traición que había perpetrado su rey, Alfonso IV, al atacar Badajoz aprovechando la revuelta nobiliaria en Castilla.

Cerca de Trujillo recordó que el año anterior había visitado una pequeña capilla a orillas del Guadalupejo, y que su eremita le había augurado que saldría victorioso de sus empresas guerreras; de modo que regresó a ese lugar. Allí seguían la ermita y el ermitaño a su cuidado. Como le había traído suerte, decidió construir en ese mismo emplazamiento una iglesia más importante, y la dotó de rentas suficientes para comenzar a levantar el nuevo edificio. El ermitaño, agradecido, auguró una nueva premonición y le dijo que pronto libraría una gran batalla contra los sarracenos, de la que también resultaría triunfante.

El ataque de castigo a Portugal comenzó a finales de primavera. Los castellanos lograron vencer en todos los encuentros. Algunos comandantes comentaron que si el rey Alfonso XI lo ordenaba, se presentarían en Lisboa, tomarían la ciudad y ganarían el reino de Portugal para Castilla.

La situación de guerra entre los dos reinos cristianos alarmó al papa Benedicto XII, que medió para que finalizara esa guerra cuando antes. En sus mensajes desde Aviñón, el papa aludía a la necesidad de paz entre los cristianos para que pudieran centrar todos sus esfuerzos en la guerra contra los moros de Granada.

La reina María y Leonor de Guzmán residían en Sevilla en aquel verano de 1337; doña María y su hijo el infante don Pedro recluidos en el monasterio de San Clemente, y Leonor, con sus hijos y con el rey, en el alcázar real.

Las dos mujeres vivían apenas a mil pasos de distancia, pero era Leonor la que disfrutaba del amor y de la presencia del rey, en tanto la reina permanecía encerrada en el monasterio sin poder salir salvo expresa autorización de su esposo y siempre escoltada por una guardia armada.

La reina sufría con paciencia la humillación a que estaba siendo sometida, pero aguardaba a que algún día pudiera perpetrar su venganza. Esperaría el tiempo que hiciera falta. Esperaría a que llegara esa hora. Esperaría.

—Nunca sabré si el bebedizo del judío de Burgos hubiera surtido efecto —lamentó doña María.

—Podéis encargar otro, mi señora —le dijo su dama de compañía.

—El rey tiene ojos y oídos en todas partes. Ya descubrió nuestro plan en Burgos y lo desbarató. Creo que si lo intentáramos de nuevo, volvería a desmontarlo. Además, no sé qué ha sido de aquel judío...

—Abrahán, se llamaba Abrahán Frías —precisó la dama.

—Abrahán, sí. Supongo que estará muerto.

—Conozco a alguien aquí en Sevilla que podría elaborar un nuevo filtro de amor.

—No creo que funcionara; ya os he dicho que mi esposo tiene espías por todas partes.

—Mi señora, si queréis recuperar a don Alfonso, debéis volver a intentarlo. Quizá sea esta vuestra última oportunidad.

—Os escucho.

—Conozco a una hechicera que vive en la calle de la Pimienta, un estrecho callejón muy cerca del alcázar y de la catedral. Ella podría elaborar ese nuevo bebedizo.

—Aunque así lo hiciera, ¿cómo se lo haría llegar al rey si ni siquiera desea verme?

—Don Alfonso está convaleciente en el alcázar, curándose de alguna dolencia. Sus médicos le están recetando ciertos jarabes y medicinas; habría que conseguir que se tomara la pócima de amor junto a esos medicamentos. No creo que se diera cuenta.

—¿Y cómo hacerlo?

—He sabido que el rey es visitado cada día por un fraile del convento de San Francisco que lo confiesa y le administra la comunión. El fraile siempre va acompañado de un novicio; pues bien, hagamos que ese novicio lleve a don Alfonso la pócima de la hechicera de la calle de la Pimienta.

—¿Acaso conocéis a ese novicio?

—Sí, mi señora; resulta que es mi sobrino, por eso estoy al corriente de todo este asunto.

—¿Podríais convencerlo para que...?

—Creo que sí; hará lo que yo le diga.

—No sé, si don Alfonso vuelve a descubrirlo...

—Mi señora, o lo intentáis, o asumid que pasaréis..., pasaremos el resto de nuestras vidas encerradas este convento. Y, además, si muriera vuestro hijo don Pedro, el rey podría solicitar la nulidad de vuestro matrimonio, casarse con esa mujerzuela con la que ahora convive y entonces serían sus hijos los que heredarían el trono. No quiero imaginar qué podría ocurriros en ese caso.

—Está bien. Decidle a esa hechicera que prepare un bebedizo de amor; y rogad a Dios y a todos los santos para que esta vez funcione.

La casa de la hechicera era un pequeño edificio de dos plantas en el centro de la estrechísima calle de la Pimienta. Esa mujer, una anciana a la que algunos tildaban de bruja, se ganaba la vida elaborando ungüentos, pócimas, cremas y jarabes para curar todo tipo de males y dolencias: fiebres, quemaduras, llagas, pústulas, abscesos purulentos, dolores de cabeza, menstruales, de tripas, de muelas...

La dama de la reina acudió a visitarla convenientemente camuflada y, tras comprobar que nadie la seguía, se dirigió a la casa de la curandera. Conocía bien el lugar. Antes ser destinada al servicio de doña María, había estado en varias ocasiones allí.

Llamó a la puerta con suavidad y, tras escuchar una voz al otro lado, se identificó. Un criado había acudido unos días antes para concertar la visita. La puerta se abrió enseguida y tras ella apareció una mujer de unos setenta años, muy bajita, con el pelo muy corto y completamente blanco, ojos brillantes y oscuros, mirada luminosa, sonrisa sarcástica y piel tersa, que vestía un sayal negro y una toquilla de lana también negra; se cubría la cabeza con un pañuelo rojo estampado con pequeños círculos negros, como el caparazón de una mariquita, del que se despojó enseguida.

—En verdad que sois vos —identificó la hechicera a la dama—; hacía tiempo que no tenía noticias vuestras.

—¿Puedo pasar? —preguntó la dama.

—Claro, adelante, señora.

—He venido a veros por un asunto muy delicado.

—Lo imagino.

—Soy dama de compañía de la reina de Castilla.

—¿La portuguesa o la sevillana?

—Solo hay una reina, la legítima, doña María.

—No es eso lo que algunos comentan por ahí. Todo el mundo sabe que la mujer que reina de verdad y la que colma de amor el corazón de don Alfonso no es otra que la bella sevillana Leonor de Guzmán, «la Favorita».

—¿La conocéis? —se extrañó la dama.

—Os asombraría saber la cantidad de gente importante que conozco.

—¿Cómo...?

—Traté a doña Leonor en alguna ocasión, cuando ella aún era una joven casadera, y luego, tras su matrimonio con don Juan de Velasco, elaboré por encargo suyo varios jarabes y bebedizos, e incluso algún ungüento para resaltar su ya espléndida belleza y limpiar su cutis.

—En ese caso, entenderéis mucho mejor lo que vengo a encargaros. Escuchad con atención: la reina ha perdido el favor del rey, que solo tiene ojos y oídos para su amante... ¿Podríais elaborar un filtro de amor que provocase que don Alfonso abandonara a su barragana y volviera al lado de la reina?

—Podría, sí, además...

—Además, ¿qué?

—¿No lo sabéis?

—¿Qué es lo que tengo que saber?

—No sé cómo no os habéis dado cuenta, señora. La pasión que el rey siente hacia «la Favorita» se debe a los efectos de un bebedizo de amor.

—¡Eh! ¿Cómo podéis saberlo?

—Porque lo elaboré yo.

—¡Qué! —se asombró la dama de la reina.

—Ya os he dicho que fabriqué jarabes y cremas para doña Leonor cuando estaba casada con don Juan de Velasco. Al morir su esposo y quedar viuda, conoció al rey Alfonso, y quiso que el apuesto monarca se enamorara locamente de ella; pero el rey ya estaba casado, y no podía ser otra cosa que su amante. Entonces ella vino a mí y me pidió un bebedizo para rendirlo de amor y pasión.

—¿Es cierto cuanto me estáis contando?

—Como que estamos en Sevilla. Yo le expliqué a doña Leonor que una mujer como ella, supongo que la conocéis y ya habéis visto lo hermosa y lozana que es, no necesitaba ningún brebaje para conquistar el corazón de un hombre, que bastaba con mostrarle su cuerpo para que cualquier varón se volviera loco por poseerla, pero ella insistió. Me pagó bien, pues además de bellísima es una mujer rica, y más aún desde que quedó viuda. Le preparé un filtro a base de hierba de enamorar, menta, esencia de rosas, polvo de perlas y algún que otro ingrediente secreto.

—¿Y se lo tomó el rey?

—Sí. Le dije que se lo diera mezclado con vino especiado, y ella así lo hizo. En cuanto a los efectos... bueno, podéis suponerlos vos misma. Han pasado ya nueve años de aquello y el rey sigue a doña Leonor como un corderillo a la oveja que lo amamanta.

—Preparad ese bebedizo para que don Alfonso se enamore de doña María y olvide a Leonor.

—Lo haré, pero el rey debería recibir la pócima de las manos de su propia esposa, o no sé si funcionará.

—Será difícil, pues su alteza no desea ver a su esposa.

—En ese caso, tendré que añadir un ingrediente extra.

—¿Cuál?

—Flujo vaginal de la reina.

—¿Y no queréis mejor sangre de su menstruo?

—No. Eso es lo que utilizan los hechiceros judíos, y yo soy una cristianan vieja, señora.

—¿Y cómo se consigue..., ese flujo?

—Habéis estado casada. Decirle a la reina que se toque el sexo hasta que fluya ese líquido; que recoja todo el que pueda en una redoma y traédmelo.

—De acuerdo, me encargaré de ello, pero elaborad ese elixir.

—Es bastante caro, señora. Ya os he dicho que lleva polvo de perlas, entre otras cosas.

—¿Bastará con diez doblas?

—Que sean quince.

—De acuerdo. Preparadlo cuanto antes.

—Lo tendréis listo en unos días; pero traedme el flujo vaginal de la reina. En cuanto disponga de él, venid a recoger el elixir tres días después.

—Mañana os traeré el flujo.

—El brebaje incluye polvo de perlas, y tengo que comprarlo. —La hechicera extendió la mano.

—Tomad. —La dama sacó unas monedas de un bolsito de cuero que llevaba oculto bajo el vestido, a la altura de la cintura—. ¿Es suficiente?

La curandera asintió.

Como estaba acordado, la dama se presentó con el flujo de la reina y la hechicera preparó el bebedizo, que tuvo listo el día convenido.

De vuelta al convento de San Clemente, pasó por el de San Francisco, donde había acordado verse con su sobrino el novicio.

—Querido sobrino, quiero pedirte un gran favor —le dijo.

—¿De qué se trata, tía?

—Tienes que conseguir que el rey se beba este jarabe. —Y le mostró la botellita de vidrio que contenía un brebaje nacarado.

—¿Es un veneno? —Se asustó el novicio.

—No. ¿Cómo se te ocurre semejante cosa? Es un filtro de amor para que don Alfonso abandone a la barragana con la que vive y vuelva con su esposa.

—No puedo hacerlo; si el rey se da cuenta, ordenará que me maten.

—Eres hombre de confianza, o no te permitirían que acompañaras todos los días al fraile que lo confiesa y le administra la comunión.

—Pero, tía, yo me limito a acompañar a fray Andrés hasta el alcázar y a llevar el copón con las hostias consagradas. Ni tengo trato con el rey ni siquiera acceso a él.

—Me dijiste que lo veías todos los días.

—Sí, lo veo, pero no puedo hacer lo que me pides; nunca me acerco a menos de diez pasos de él.

—El rey está enfermo y necesita medicinas para curarse, aprovecha alguna oportunidad y mezcla este líquido con alguno de los jarabes que toma.

—Está bien, lo intentaré, pero no te garantizo que pueda lograrlo.

El novicio cogió la botella y la guardó entre los pliegues de su hábito.

Una vez a solas en el convento, el novicio escondió la botella en su catre y pensó cómo podría complacer a su tía.

Algunos días, antes de confesar y comulgar, el rey hablaba unos momentos con fray Andrés, que también ejercía como consejero espiritual. El novicio se había fijado en que los jarabes que le habían recetado los médicos estaban encima de una mesa en una habitación del alcázar, muy cerca de donde el fraile preparaba el cáliz con la sagrada forma mientras llevaba a cabo la confesión.

Sí, intentaría mezclar aquel brebaje con el líquido de uno de los frascos de los jarabes, y cumplir así el encargo de su tía.

Aquella mañana, fray Andrés avisó al novicio para que lo acompañara al alcázar, como siempre. El joven había decidido que ese sería el día para mezclar el filtro de amor con los jarabes, de modo que sacó la botellita de su escondite bajo el colchón y la ocultó entre los pliegues de su hábito. Al tenerla en su mano y ver su tono nacarado, sintió una extraña tentación. Miró el líquido un instante y abrió el corcho, que estaba bien ajustado. Olió aquella sustancia lechosa y el aroma le gustó. Entonces se lo acercó a los labios y dio un sorbo. Tenía un sabor agradable, suave y dulce, y una textura cremosa. Lo paladeó y dio otro sorbo, y luego un tercero, hasta beber casi la mitad del contenido. Al escuchar de nuevo la llamada del fraile, que reclamaba su presencia, colocó el corcho en la botella y la guardó entre su ropa.

Cuando llegaron al alcázar, el rey estaba sentado en uno de los patios, al frescor de una fuente, en un diván lleno de almohadas de seda, junto a Leonor.

En un rincón del patio una cantante entonaba suaves melodías acompañada por una pequeña orquesta en la que había una vihuela, un laúd y un arpa. En otro rincón, encerrados en una gran jaula, trinaban unos ruiseñores, que parecían entender y seguir el compás de las notas musicales de la orquestina.

Y entonces, sumido en la ensoñación del canto de los pájaros, los versos de amor de las canciones, el rumor del agua, los brillos de las almohadas de seda y los coloridos reflejos de azulejos del alcázar, el novicio la vio. Estaba sentada al lado del rey, con su largo cabello rubio y ondulado cayéndole sobre los hombros, un tocado blanco con delicados encajes, con una túnica de lujosa seda que resaltaba las rotundas formas de sus pechos y sus caderas, insinuándose bajo el vestido como la escultura de una diosa antigua.

Leonor de Guzmán ya había dado a luz en Sevilla a su sexto hijo, al que bautizaron con el nombre de Tello, y había recuperado su espléndida figura. A sus veintisiete años, uno más que el rey Alfonso, y tras seis partos, todos ellos fructíferos, conservaba una silueta magnífica, un pecho terso y firme, los hombros rectos, la espalda erguida, el cabello sedoso y brillante, el rostro sin arrugas y los ojos chispeantes y luminosos, como si irradiaran luz propia.

A sus dieciocho años, el novicio nunca había sentido nada parecido a aquel ardor en el cuello, la nuca y los muslos. La visión de doña Leonor le provocó una rara sensación, un impacto emocional que nunca antes había experimentado y un calor en la entrepierna que despertó de pronto como el estallido de un trueno en la tormenta.

Ese día tuvo la oportunidad de echar el bebedizo en una jarra de vino caliente especiado y edulcorado con miel, que iban a servir al rey, pero no lo hizo. Había sentido una extraña pero agradable sensación tras beber unos sorbos y quería volver a percibirla. Y, además, estaba la figura de Leonor, cuya visión le había despertado una pulsión irresistible.

Unos días después de haber visitado a su sobrino, la dama de doña María volvió al convento de San Francisco para hablar con el novicio.

—Querido sobrino, ¿has conseguido que el rey se beba lo que te di?

—Sí —mintió—, lo ingirió hace dos días; se lo eché en una jarra de vino.

—¿Viste si lo bebía?

—Sí, sí, claro, yo estaba allí, ayudando a fray Andrés en su atención espiritual al rey. Aproveché el momento oportuno para mezclar el líquido con la jarra de vino de la que bebió su alteza.

—Te lo agradezco. Ahora tengo que ir a hablar con la reina. Si todo esto sale bien, te recompensará generosamente; quizá hasta te otorgue un obispado.

La dama de compañía de doña María le contó a la reina lo que le había dicho su sobrino.

—Ahora, mi señora, es cosa vuestra.

—¿Qué debo hacer?

—Tenéis que conseguir que el rey os conceda una entrevista, a solas.

—Será difícil, no desea verme.

—Haced lo que sea necesario, porque si el rey no está con vos, el filtro de amor no causará ningún efecto.

—Lo intentaré.

—Y aprovechad esa ocasión para seducirlo.

—¿Estás segura de que funcionará?

—La curandera de la calle de la Pimienta así lo afirma.

—¿Cómo lo sabe?

—Dice que su filtro de amor nunca ha fallado.

—Escribiré al rey para pedirle una cita. Le diré que tenemos que hablar de la educación de nuestro hijo Pedro; creo que es la única manera de llegar a él.

La reina María sostenía en sus manos una nota con la negativa del rey a recibirla.

—Se niega a verme.

—Lo siento, mi señora, pero la única forma de que recuperéis a vuestro esposo es estando a solas con él, y cuanto antes, porque el bebedizo dejará de tener efecto muy pronto.

—¿No sabéis la noticia? —le preguntó la reina su dama.

—¿Qué noticia tengo que saber?

—Ayer por la tarde detuvieron a vuestro sobrino el novicio.

—¿Qué? ¿Lo han descubierto?

—Me acaban de decir que se encontraba en el alcázar y en un momento en el que se quedó a solas durante unos breves instantes con doña Leonor, mientras el fraile iba con el rey a una sala anexa para confesarse, se abalanzó sobre ella y comenzó a manosearla.

—¡Qué estáis diciendo, mi señora!

—La barragana de mi marido gritó, y, al oírla, entraron los guardias y vieron a vuestro sobrino sobando los pechos de esa furcia.

—¡Dios santo!

—Según parece, ese joven había tenido un acceso de calentura, porque su cuerpo estaba ardiendo, o quizá de locura; incluso se dice que su actitud fue el resultado de una posesión demoniaca. Lo detuvieron, lo ensogaron y lo llevaron a la prisión del mismo alcázar. Allí ha pasado la noche y allí sigue, en espera de que el rey decida qué hacer con él.

—¡Dios mío!

Los guardias del rey encontraron en la celda del novicio, oculta bajo el colchón de paja de su catre, una botellita de vidrio vacía. Supusieron que había contenido alguna suerte de veneno, y lo torturaron para que confesara quién le había pagado para que envenenara al rey. Pese a los castigos recibidos, no reveló nada.

Fue condenado a muerte, pero antes de colgarlo por el cuello le cortaron la lengua y los testículos. El juez eclesiástico que lo procesó concluyó que un súcubo, un demonio con voluptuosas formas femeninas, lo había seducido.

A fines del verano, que pasó con algunos accesos de fiebre, el rey comenzó a sentirse mucho mejor.

Los gravísimos problemas que Alfonso XI había tenido ese año los había solventado con éxito. Los portugueses, abrumados por las sucesivas derrotas, aceptaron firmar un acuerdo de paz con la mediación del papa y la garantía del rey de Francia, y los nobles rebeldes encabezados por don Juan Manuel y Juan Núñez se sometieron definitivamente.

El rey de Aragón, ocupado en rechazar las razias que los piratas africanos llevaban a cabo en las costas de Valencia, le ofreció una alianza y le propuso celebrar una entrevista en alguna localidad de la frontera para ratificar ese pacto de amistad y acordar una estrategia común contra los sarracenos. Visto el acuerdo entre castellanos y portugueses, Pedro IV no quiso quedar al margen y medió con don Juan Manuel en un parlamento celebrado en Daroca para que se aviniera con Alfonso XI y dejaran de lado de una vez la guerra que ambos habían mantenido.

El rey de Castilla suspiró aliviado y triunfante cuando recibió una carta del príncipe de Villena en la que se retractaba de todos los agravios cometidos hasta ese momento, lo reconocía como su soberano y señor, y aceptaba someterse por juramento de vasallaje a su autoridad.

Desde su alcázar de Sevilla, al lado de su amada Leonor, Alfonso XI se sintió tranquilo como no lo había estado desde su infancia. Era feliz entre aquellos gruesos muros de piedra, los azulejos dorados, los techos de mocárabes policromados y, sobre todo, con la compañía de Leonor y de sus seis hijos, todos varones, todos ellos dotados como ricoshombres de Castilla y León.

Encerrada en el convento de San Clemente, la reina María lloraba su fracaso y su desgracia. Sentada en un rincón del claustro, jugaba con su hijo don Pedro, que ya había cumplido tres años, manejando unos muñecos articulados de madera.

El heredero tenía la cabeza con la deformación craneal con la que había nacido, aunque el paso del tiempo la iba corrigiendo lentamente. Tras superar sus primeros dos años, en los que nadie hubiera supuesto que sobreviviría, su naturaleza se había fortalecido y parecía ya fuera del grave peligro de muerte que lo había amenazado.

—Mira, hijo, este muñeco eres tú —le comentó la reina, que sostenía uno de los juguetes en la mano—, y estos otros son los malditos bastardos de tu padre.

—¿Bastardos? ¿Qué son bastardos, madre?

—Pedro, tú eres el único hijo legítimo del rey Alfonso, y algún día serás el soberano de Castilla y de León; pero tu padre tiene otros hijos con una mujer mala y perversa. Ellos pretenden arrebatarte tu derecho y quieren impedir que seas el rey. Debes tener mucho cuidado con ellos, porque quieren hacerte mucho daño.

—Los mataré a todos —dijo el niño con cara de rencor, el mismo que día a día le inculcaba su madre hacia sus medio hermanos.

—Tú eres el heredero, el único heredero, no dejes que nadie te robe tus derechos, nadie, nadie, nadie.

María de Portugal abrazó a su hijo. No pasaba un solo día sin que alimentara en él el odio que ella misma destilaba hacia Leonor de Guzmán y sus bastardos; ese mismo odio acompañaría a don Pedro a lo largo de toda su vida.

Mediado el otoño, el rey estaba totalmente recuperado de la enfermedad que lo había tenido reposando todo el verano en Sevilla, y se sintió con fuerzas para viajar a Mérida, donde pasó la Navidad, siempre acompañado de Leonor. Allí firmó el acuerdo de paz que se había negociado meses antes con el rey de Portugal.

Superados los graves asuntos que lo habían ocupado en los últimos años, su sueño de conquistar Granada volvía de nuevo a su cabeza; ahora, con la cristiandad hispana pacificada, los nobles rebeldes sometidos y aliados para combatir a su lado, y olvidadas las viejas querellas, la guerra contra los moros de Granada se presentaba como su gran objetivo.

«El único enemigo de un cristiano debería ser un musulmán», pensó.

13

Se encontraba bien en el sur, sobre todo en Sevilla, la ciudad donde había conocido y donde tanto había amado a Leonor, pero tenía que regresar a Castilla.

Tras celebrar las navidades en Mérida, la comitiva real, en medio de un frío que aumentaba conforme se desplazaba hacia el norte, viajó a Plasencia y atravesó la sierra Central por el puerto de Béjar, cubierto por una fina capa de nieve helada, camino de Salamanca, la ciudad donde había nacido, hacía ya treinta y seis años y medio. Leonor de Guzmán y Alfonso XI pasaron allí unas semanas; el rey confirmó diversos privilegios a varios monasterios y concejos, y llegó a Valladolid mediado el mes de marzo de 1338. El lunes de Pascua se organizó un gran torneo en esa ciudad, para festejar los éxitos militares en Portugal y para celebrar la pacificación de Castilla.

Ya nada tenía que temer de don Juan Manuel, y como señal de su buena voluntad permitió que dona Constanza Manuel fuera liberada de su encierro en la villa de Toro y le permitió que fuera a reunirse al fin con su esposo el príncipe Pedro de Portugal. Lo hicieron en Coimbra; tras dos años casados por poderes no habían podido estar juntos todavía por la negativa del Alfonso XI a dejar salir de sus reinos a la hija de don Juan Manuel, a la que había mantenido hasta entonces como rehén en represalia a la rebelión de su padre. Meses más tarde celebrarían una ceremonia solemne en Lisboa para solemnizar su matrimonio.

Todos los acuerdos firmados en los meses anteriores tenían que ser ratificados en las Cortes de Castilla y León, que el rey convocó en la ciudad de Burgos, además de aprobar nuevas leyes que garantizaran y sellaran la autoridad real frente a la nobleza.

En las Cortes de Burgos se manifestó la reconciliación del rey con los magnates y ricoshombres de sus reinos. En su discurso, Alfonso XI resaltó que la paz que se había conseguido era el bien más preciado, se presentó como garante de la concordia y propuso que se aprobara un estatuto por el cual sería reo de muerte todo aquel que quebrantase la tranquilidad que había logrado instaurar en sus dominios.

Todo parecía ir bien en Castilla; solo dos pesadas sombras acechaban el horizonte y amenazaban con dar al traste con tantos esfuerzos: la amenaza de los sarracenos africanos, que se estaban preparando para una nueva invasión de España, y la guerra entre Francia e Inglaterra, que había comenzado como una trifulca más entre sus reyes pero que parecía a punto de extenderse a toda la cristiandad. Eduardo III de Inglaterra se había proclamado rey de Francia y había incorporado a su escudo de armas, junto a los tres leones de su linaje, tres flores de lis, el símbolo de la dinastía francesa de los capetos; además, había enviado una carta retando a duelo singular al rey Felipe VI, al que negaba su legitimidad en el trono de París.

Pedro IV de Aragón, siguiendo su estilo diplomático e inconcreto, había escrito a esos dos reyes enemistados para quedar en paz con ambos y no verse involucrado en la contienda que se avecinaba dura y cruel. Alfonso tampoco se decantó por el momento, pero en su corazón albergaba cierta inclinación hacia Francia, con cuya casa real los reyes de Castilla habían mantenido una relación más estrecha y cordial.

Tras pasar unos días en Guadalajara, a donde llegó acompañado de la reina María, pues quería aparentar que la paz con Portugal iba más allá de un acuerdo político, se dirigió a Aragón para entrevistarse con su rey.

Llovía sobre la villa aragonesa de Daroca aquel día de abril cuando las comitivas de los reyes de Aragón y de Castilla se encontraron en la iglesia de Santa María.

—Es el mayor milagro acontecido en España, y la prueba fehaciente se guarda aquí, en esta mi villa de Daroca. La tenéis delante de vuestros ojos —explicaba Pedro IV a Alfonso XI a la vista de un paño de lino blanco de dos palmos de lado en el que estaban pegados seis círculos de color rojo oscuro.

—¿Qué es eso? —demandó con curiosidad el rey de Castilla, hombre religioso y cumplidor con sus deberes como buen cristiano.

—La prueba tangible de la divinidad de Jesucristo —asentó orgulloso Pedro IV.

Se acababa de celebrar una misa en Santa María y a su conclusión el prior de la iglesia estaba mostrando la prueba del que en Daroca se consideraba el mayor de los milagros y la más excelsa reliquia de las cristiandad.

—¿Es eso cierto?

—Lo es, querido primo. —El soberano de Aragón trató con familiaridad al de Castilla—. Ocurrió durante la conquista de Valencia por mi antecesor el valeroso rey Jaime el Conquistador. Se estaba oficiando una misa de campaña cuando de manera sorpresiva los moros atacaron el campamento cristiano. Los nuestros tuvieron que interrumpir la celebración de la eucaristía para defenderse, y el sacerdote guardó en ese paño las hostias con las que iban a comulgar los capitanes del ejército y lo escondió debajo de unas piedras. Quería evitar que fueran mancilladas si caían en manos de los mahometanos. Se libró la batalla y nuestras armas resultaron victoriosas con la ayuda del cielo.

»Como señal de acción de gracias por el triunfo, se decidió continuar con la misa. El sacerdote, que era un clérigo de Daroca, sacó de su escondite el corporal y al desenvolverlo para recuperar las hostias, estas estaban ensangrentadas, tal cual las ves ahí. —Pedro IV señaló el paño con los círculos rojizos como estampados.

—¿Y cómo llegó a Daroca ese prodigio?

—Todos los grandes concejos aragoneses presentes en aquella batalla querían quedarse con este paño, de manera que los hombres de Calatayud, Daroca y Teruel demandaban llevárselo con ellos. Como no se ponían de acuerdo, y ninguno cedía, decidieron echarlo a suertes mediante la saca de una bolsa de unas piedras blancas y negras, y por tres ocasiones la suerte correspondió a Daroca. Los de Teruel y Calatayud se negaron a lo dictaminado por el sorteo, de manera que se optó por dejar la decisión en manos del Altísimo.

—¿Cómo se hizo?

—Mediante un juicio de Dios. En un campo cercano vieron una burra que pastaba libre y que parecía carecer de dueño; probablemente había sido propiedad de alguno de los moros derrotados y huidos, y pensaron que esa acémila era el instrumento enviado por Dios de Nuestro Señor para dirimir aquel dilema. De manera que introdujeron el paño del corporal con las seis hostias ensangrentadas dentro de una caja de madera, la colocaron sobre la burrita, a la que previamente cegaron para que sus ojos no vieran por donde caminaba, y la arrearon para que comenzara su andadura hacia tierras cristianas. Antes habían convenido por juramento que en la villa donde se detuviera el pobre animal, allí quedarían depositados para siempre los Corporales ensangrentados con la sangre de Cristo. La burra comenzó a andar y al llegar a las puertas de Daroca cayó muerta. Desde entonces, aquí están y aquí se veneran.

»Esta es la más sagrada reliquia de cuantas hay en el mundo.

—En Compostela está el cuerpo del apóstol Santiago —alegó Alfonso XI.

—Una gran reliquia, sin duda, pero se trata de los restos de un mortal, un santo, sí, pero un hombre al fin y al cabo. Estas hostias, querido primo, contienen la mismísima sangre de Cristo, la que da la vida eterna y nos redime de todos los pecados. No existe una reliquia tan sagrada en toda la cristiandad.

Tras la misa y la adoración a los Corporales, las dos delegaciones trataron en Santa María sobre el acuerdo de concordia.

Los reyes de Aragón y de Castilla se comprometieron a que ambos se mantendrían en paz y en buena armonía. Pedro IV, temeroso de que la posible invasión de los benimerines africanos los llevara hasta las costas de Valencia, propuso luchar unidos contra los moros de Granada y de Marruecos, y enviar sus naves de guerra, «las galeras de la nuestra Corona de Aragón» fue la expresión que usó, para bloquear el paso del Estrecho e impedir que los benimerines enviaran tropas desde África.

Alfonso XI aceptó, pero pidió a Pedro IV que permitiera que su hermana Leonor y los dos infantes, allí presentes, permanecieran libremente en Aragón y que recuperaran sus títulos y propiedades.

El aragonés asintió y perdonó a su madrastra y a sus medio hermanos, pero reivindicó que el reino de Murcia debía ser para Aragón, alegando que había sido una conquista del rey don Jaime. El castellano, aunque realmente Alfonso XI era leonés por haber nacido en Salamanca, se negó a entregar Murcia, y defendió que en todos los tratados firmados por los reyes de ambos reinos quedaba claro que Murcia sería para Castilla, e incluso reclamó la devolución de las tierras de Alicante, Elche y Orihuela, de las que se había apropiado injustamente Jaime II de Aragón, aprovechándose de la minoría de Fernando IV de Castilla.

Pedro IV dio por bueno el acuerdo, pero manifestó que la Corona de Aragón no renunciaba a la posesión del reino de Murcia. A sus dieciocho años seguía soltero, aunque ya estaba acordada para dos meses más tarde su boda con la princesa María de Navarra, hija de los reyes Felipe y Juana, con la cual pretendía asegurar la sucesión al trono.

Cerrado el acuerdo de Daroca, don Juan Manuel solicitó entrevistarse con Alfonso XI para sellar una paz definitiva entre ambos. A fines de mayo de 1338, acompañado por su hermana la reina Leonor y sus dos hijos, viajó a Cuenca, donde se firmó la esperada concordia que ponía fin a varios años de enfrentamientos y disputas. El príncipe de Villena dio su palabra de ser fiel y leal al rey, de no volver a rebelarse nunca y de colaborar en la guerra contra Granada. Y no solo eso; don Juan Manuel se comprometió a mediar ante el rey Pedro IV de Aragón para que este reconociera todos los derechos y propiedades de la reina Leonor y de sus dos hijos, y que cesara cualquier persecución contra ellos.

Los nobles rebeldes no solo no fueron castigados sino que, a cambio de su sumisión y fidelidad, también recibieron títulos y honores; así, Juan Núñez de Lara, el que junto a don Juan Manuel había sido el gran enemigo de Alfonso XI hasta el punto de cuestionarle el trono, resultó generosamente recompensado y desde entonces se convirtió en uno de los más leales consejeros del rey.

Don Juan Manuel se retiró a Requena para preparar desde allí su hueste para acudir a la conquista de Granada, y el rey marchó a Sigüenza y luego a Guadalajara, donde lo aguardaba su esposa la reina María. En esa ciudad pasó varias semanas, recuperándose de unas fiebres, una vez más, que lo enfermaron durante el verano.

Además de la pacificación de la nobleza, para volver a la guerra contra los musulmanes sin temor a sufrir un nuevo levantamiento en la retaguardia, Alfonso XI necesitaba que la tregua con Portugal se completara con un tratado de paz, cuyos capítulos se acordaron mediante las negociaciones de sendos embajadores. El acuerdo se firmó a finales de ese año.

Durante las negociaciones con los embajadores de Portugal, Alfonso XI siempre se mostraba al lado de su esposa. Pretendía dar la impresión de que había olvidado a Leonor de Guzmán y que vivía como marido y mujer con doña María, tal cual le demandaban el papa, algunos obispos y los reyes de Portugal y de Aragón.

Pero entre tanto, el rey de Castilla seguía aumentado el poder y la riqueza de Leonor de Guzmán, de sus hijos y de sus familiares, y apoyándose en la pequeña nobleza, que aspiraba a sustituir a los sometidos magnates gracias a los favores que recibía del rey a cambio de su servicio. Varios miembros de los linajes de los Guzmán y de los Ponce de León fueron premiados por su única condición y mérito de ser familiares de Leonor; sus hijos bastardos vieron incrementar sus posesiones y títulos con más y más donaciones, incluso con la concesión del maestrazgo de las Órdenes Militares, a pesar de su corta edad.

No podía olvidar a Leonor, no quería olvidarla. Volver a su lado era su máximo deseo.

«La Favorita» lo esperaba en Toledo con sus hijos. El mayor de ellos, Pedro de Aguilar, ya había cumplido los siete años de edad. No podía ser rey, salvo que cambiaran mucho las circunstancias, pero estaba siendo educado para convertirse en un gran señor.

Mientras aguardaban el regreso de don Alfonso de su periplo por las fronteras de Daroca y Cuenca, el hijo primogénito del rey estaba siendo educado en la caza con halcón. El halconero real se encargaba personalmente de su formación, y enseñaba al niño a lanzar al ave de presa al aire, hacer sonar el silbato fabricado con hueso de gavilán para que regresara a su brazo, y recompensar al pájaro con un pedacito de carne.

El bastardo Pedro de Aguilar era un joven fuerte y sano, y a su edad ya era capaz de sostener con su brazo a rapaces del tamaño de un peregrino o de un azor, y lanzarlas al aire con cierta destreza.

Aquella mañana cazaban perdices en un cigarral al sur de Toledo, una de las muchas fincas propiedad de su padre.

—Ahora, señor, ahora —le indicaba el cetrero para que el muchachito alzara su brazo y lanzara al vuelo a uno de los mejores halcones en persecución de las perdices que cruzaban aquellos campos levantadas del suelo por los perros a los que azuzaban los monteros.

—A por ellas, a por ellas! —insistía Pedro de Aguilar, entusiasmado con la caza.

—Señor, las aves están agotándose. Es mediodía y el calor aprieta; deberíamos detener la partida de caza. Los pájaros necesitan descansar; se lo han ganado.

—Un poco más; ahora están pasando las mejores perdices; un poco más, un poco más.

Dos hermosas perdices cruzaron el cielo en vuelo hacia el sol, que rayaba en lo más alto.

—¡A por ellas, a por ellas!

El hijo primogénito del rey Alfonso alzó su brazo y lanzó al aire al halcón, que fiel a su instinto salió volando en dirección a las presas.

El animal estaba agotado tras toda la mañana alzando el vuelo una vez tras otra, sin descanso alguno. Guiado por su instinto y su entrenamiento, al ser lanzado al aire intentó seguir el vuelo de las perdices, pero sus alas estaban demasiado pesadas y sus músculos muy cansados. El sol caía como plomo y el calor hacía que apenas se moviera una brizna de viento que ayudara a la rapaz a ascender hacia el cielo.

Falló. El pájaro no pudo conseguir la altura necesaria para ganar ventaja y lanzarse en picado sobre sus presas. Las perdices volaban demasiado deprisa y no tardaron en perderse en el horizonte.

Siguiendo la pauta aprendida durante su amaestramiento, el peregrino se dejó ir y regresó planeando hasta su dueño, sin una pieza entre sus garras.

Con sus ojos metálicos, el halcón miró a Pedro de Aguilar, en espera de su pedacito de carne, pero el muchachito estaba furioso.

—¡Maldito bicho! —exclamó, y lo golpeó con un fuerte manotazo.

El halcón estaba asido al guante de duro cuero y, al sentirse atacado, reaccionó y se lanzó a la cabeza de hijo del rey, al que propinó varias heridas con sus garras y varios picotazos en el cráneo, en el cuello y en el hombro.

Los gritos de dolor del muchacho alertaron al halconero real, que estaba recogiendo y colocando al resto de los pájaros en una alcándara sobre una carreta.

Corrió para liberarlo, pero las garras del halcón se habían clavado con enorme fuerza en la carne del muchacho, una en la espalda y otra en la nuca. No tuvo más remedio que sacar su cuchillo y rebanar el cuello de la preciada ave, que aun así, y entre espasmos, mantuvo sus garras clavadas.

Las heridas eran profundas y parecían muy graves. Pedro de Aguilar sangraba profusamente por la cabeza, tenía varios cortes en la espalda, en la nuca, en el cuello y en el cuero cabelludo, y parecía mareado y muy confuso.

Lo vendaron de urgencia y lo llevaron a toda prisa a Toledo, donde un médico de la corte intentó cerrar los cortes y frenar la hemorragia. El primero de los hijos de don Alfonso y Leonor de Guzmán había perdido bastante sangre y deliraba.

Nada pudo hacerse por su vida. A los pocos días, las heridas se llenaron de pus y el joven murió a causa de la gangrena provocada por las infecciones de las garras y el pico del halcón.

Sobre su tumba en la catedral de Toledo, Leonor juró que le daría más hijos al rey, todos cuantos pudiera y Dios le concediera.

Don Alfonso transfirió enseguida los extensos dominios y ricas propiedades de Pedro a su hermano Tello, de un año de edad.

El sexto hijo de Leonor se convirtió de repente en uno de los hacendados más ricos de Castilla, dueño de Aguilar de Campoo, Liébana, La Pernía, Orduña, Paredes de Nava, Baena, Luque y Zuheros; y a la vez ratificaba al quinto, a Fernando, como señor de Ledesma, Béjar, Granadilla, Montemayor, Galisteo y Salvatierra.

Las propiedades de Leonor de Guzmán y de sus hijos eran ya la más ricas y más extensas que jamás había atesorado nadie, que no fuera el propio rey, en Castilla y León.

Alfonso XI no lloró la muerte de su primogénito. Quiso mostrarse duro y fuerte, sólido como una roca. Si Guzmán el Bueno había sacrificado a su propio hijo por mantener para Castilla la plaza de Tarifa, él, que era el soberano, conservaría su firmeza y demostraría que ni siquiera la muerte de un hijo alteraría su conciencia y su determinación.

Enterado del fallecimiento del joven Pedro de Aguilar, el rey de Portugal insistió en la necesidad de que don Alfonso abandonara a su amante, pero, lejos de hacerlo, todavía se hizo más estrecho su vínculo.

Además, los amantes reales contaban con el beneplácito de Gil de Albornoz. El prelado, recién nombrado arzobispo de Toledo, no solo no criticó que el monarca tuviera una barragana a la que mostraba en público y con la que compartía la mayor parte de su tiempo como si fuera su esposa, sino que aprobó su comportamiento y aceptó su licencioso modo de vida, pese a ser pecaminoso según la propia doctrina de la Iglesia.

Era hora de volver a la guerra en la frontera, pero antes necesitaba contar con la colaboración de Portugal.

La reina María quiso ayudar a su esposo, pues a pesar de tantos desprecios, seguía siendo la madre del futuro rey de Castilla, y le escribió a su padre el rey de Portugal para citarse con él en la localidad portuguesa de Estremoz. Allí le pidió que, pese a las infidelidades de su esposo, lo auxiliara en su guerra contra los musulmanes. Alfonso IV cedió ante los ruegos de su hija, quien alegó que lo hiciera por el infante Pedro, heredero legítimo de Castilla y nieto del monarca portugués.

En Olivenza, otrora villa en disputa entre Portugal y Castilla, se encontraron los dos reyes a propuesta de doña María. El Guadiana bajaba muy crecido y tuvieron que cruzarlo en un barco. El de Castilla iba acompañado de su esposa la reina doña María y de su hijo don Pedro. Quería dar a su suegro la impresión de que formaban una verdadera familia. Una vez tratados los puntos del acuerdo, doña María y don Pedro se dirigieron a Sevilla, donde firmaron la paz definitiva, y donde se precisó que Portugal prestaría ayuda a Castilla en la guerra contra los musulmanes; solo aportaría mil caballeros, pero aseguraron que serían los mejores jinetes de ese reino.

—Querido hijo —habló el rey Alfonso IV a su yerno—, tu relación con esa mujer —se refería a Leonor de Guzmán— ha provocado demasiadas tensiones e incluso una guerra entre nosotros. ¿Acaso merece la pena?

—Mi querido padre —replicó Alfonso XI con la misma familiaridad—, hasta ahora he cumplido con las obligaciones de todo esposo para con tu hija doña María. La he dotado convenientemente, he tenido un heredero y es la reina.

—Pero tu vida junto a esa dama sevillana es motivo de escándalo en toda la cristiandad.

—¿Escándalo? La mayoría de los monarcas cristianos tienen tantos hijos bastardos que se podría formar un gran ejército con ellos solos, y obispos y clérigos mantienen en todas partes barraganas y concubinas a costa de las rentas de la Iglesia; que todos esos hablen de escándalo es pura hipocresía.

—Yo jamás he tenido una amante —alegó el rey portugués.

—He oído que tienes una hija...

—No es cierto.

—Sea como sea, no hay muchos monarcas como tú. Quizá seas el único que no tiene una o varias amantes.

—Renuncia a Leonor y vuelve con mi hija doña María. Si lo haces, el ejército y la armada portuguesa quedarán a tu entera disposición.

Alfonso XI reflexionó; si su suegro le retiraba el apoyo militar, la conquista de Algeciras, fundamental para el control de estrecho y, por tanto, para la posterior conquista de Granada, sería harto difícil.

Mientras Alfonso IV tomaba un vino especiado y un pedazo de carnero asado, el rey de Castilla recordó un relato que había leído días atrás en un libro de cuentos y ejemplos que le había regalado don Juan Manuel. Hablaba del encuentro de un cuervo y un zorro, y de cómo con astucia se podía superar cualquier contingencia. El cuervo estaba subido en un alto y tenía un sabroso queso en el pico. El zorro, que ansiaba apoderarse del queso, solo podía hacerse con él si conseguía que el pajarraco abriese el pico y lo dejase caer. El raposo fue hablando y hablado, profiriendo halagos hacia el cuervo para engolar su vanidad, hasta que este abrió el pico para hablar y entonces el queso cayó al suelo, donde esperaba el zorro para recogerlo y comérselo.

Si quería alcanzar sus propósitos, Alfonso XI tenía que obrar con la astucia de un zorro.

—De acuerdo, renunciaré a Leonor —aceptó Alfonso de Castilla, aunque solo pretendía ganar tiempo, porque en absoluto estaba dispuesto a abandonar a su amada sevillana.

En los últimos meses de 1338 la amenaza de la invasión africana fue en aumento. Los espías destacados en la costa de Marruecos informaban del movimiento de tropas que los benimerines estaban concentrando en los puertos de Ceuta y Tánger, en cuyos muelles se amontonaban enormes cantidades de armas, víveres y pertrechos, sin duda previstos para abastecer a un enorme ejército.

14

Durante el otoño, con Alfonso IV de vuelta a Portugal, Alfonso XI recorrió la frontera por tierras de Ronda, Archidona, Teba y Antequera, acompañado por don Juan, el hijo de don Juan Manuel, y por Juan Núñez, quienes, a pesar de haber sido sus más feroces contrincantes, ahora eran sus más fieles caballeros; tanto que el rey anhelaba que alguno de sus hijos fuera tan noble como ellos cuando alcanzara la mayoría de edad.

Conseguida la ayuda de Portugal y de Aragón, necesitaba dinero para armar y pagar una hueste con la que poder enfrentarse en tierra a los musulmanes.

Ya disponía del compromiso de los grandes magnates del reino, a los que se habían sumado don Juan Manuel y Juan Núñez, y de los obispos de todas las diócesis de Castilla y León, pero necesitaba controlar todas las Órdenes Militares y sus cuantiosos recur-

sos en hombres, castillos y rentas, además de lograr que los concejos pagaran los gastos y aportaran sus milicias para la guerra que se
avecinaba. Solo los maestres de Calatrava y Santiago eran capaces
de movilizar y pagar cada uno de ellos a más de mil lanzas, cada
caballero con tres peones, además de a mercenarios ballesteros y
escuderos, especialistas en la batalla en campo abierto pero también en el asedio de fortalezas, en la construcción de ingenios de
asalto y defensa, y en las algaras e incursiones mediante escaramu-
zas en busca de botín rápido y fácil.

A comienzos del invierno, Alfonso XI volvió a Castilla.

Para hacerse con todo el poder en las Órdenes, el rey fue depo-
niendo a los diversos maestres para nombrar a sus hijos bastardos,
pese a ser unos niños; como hizo con Fadrique, al que nombró
maestre de Santiago tras acusar al anterior, Vasco López, de haber
labrado moneda falsa y haberse exiliado en Portugal tras apoderarse de parte del tesoro de la Orden.

Algunos de los nobles tuvieron que morderse la lengua cuando
en la villa de Ocaña, y en presencia del arzobispo de Rennes y del
obispo de Rodas, se impuso el hábito de maestre a Fadrique, pero
como solo tenía cuatro años, fue Alfonso Méndez de Guzmán,
hermano de Leonor, quien se hizo cargo de sus funciones.

No tardaron en correr rumores de que el rey estaba maldito.
Los que los difundían aportaban como prueba irrefutable la muerte, las enfermedades y las malformaciones tanto de sus hijos legítimos como de los bastardos, que achacaban a un castigo divino a
causa de los pecados de don Alfonso.

Pedro de Aguilar, el primero de los bastardos, había fallecido a
los siete años tras el ataque de un halcón; Fernando, el primero de
los legítimos, habían muerto sin siquiera llegar a cumplir el primer
año de vida; Sancho Alfonso, que con año y medio recibió el nombramiento de alférez real, aunque enseguida ocupó su lugar el noble Juan Alfonso de Alburquerque, había nacido sordo y mudo, y
a sus seis años era incapaz de entender casi nada de lo que se le decía; Pedro, el heredero, tenía la cabeza deformada y con solo cuatro años de edad era presa de ataques paranoicos y sufría trastornos que lo arrastraban a ejercer una crueldad extrema para con
criados y sirvientes.

La ausencia del rey desató el caos en el sur. La frontera de Granada ardía por todas partes. Soldados de fortuna, de uno y otro

lado, combatían por una paga y ofrecían sus servicios al mejor postor. El oro era el gran señor, y ganarlo en la guerra se estaba convirtiendo en el modo de vida de muchos de aquellos hombres. El oro lo cubría todo, compraba todo, y con oro se hacían y deshacían pactos y acuerdos. Incluso los grandes magnates sucumbían al oro; Gonzalo Martínez, maestre de Alcántara, fue designado por Alfonso XI como máximo responsable de la defensa de la frontera, pero en cuanto el rey abandonó la zona, alegó que quería matarlo, se rebeló y, tras pedir asilo en Portugal, donde le fue negado, ofreció sus servicios al rey moro de Granada.

Para que reyes, nobles y caballeros cristianos acudieran a la guerra de Granada, Alfonso XI necesitaba que el papa expidiera una bula de cruzada; pero el pontífice, desde su sede de Aviñón, a la que algunos llamaban la segunda Babilonia alegando que el santo padre estaba cautivo del rey de Francia, planteaba serias reticencias.

En un mensaje, Benedicto XII le recriminaba que vivía en pecado mortal, y lo conminaba a que abandonara a Leonor si quería gozar de los favores de la Iglesia. Le recordaba que el matrimonio era un sacramento y un vínculo sagrado, y le decía que un hombre casado tenía la obligación de vivir con su esposa, y «no tener amigas».

Alfonso XI no se achantó; ya había logrado engañar al rey de Portugal, al prometerle que volvería con doña María y que dejaría a Leonor, lo que nuca cumplió, pero al papa le respondió de una manera mucho más sutil.

En una carta en la que le mostraba su afecto como hijo y su devoción como cristiano, incluía un poema que había escrito a Leonor en esos mismos días:

No creáis, mi señora,
el cual decir de las gentes,
pues la muerte me es llegada
si en ello caéis en mientes.

Y no quedó ahí el reto. A comienzos de 1339, durante una estancia en Alcalá de Henares, realizó importantes donaciones a su hijo Tello, el sexto con Leonor, y colmó de regalos a su amante sevillana. No parecía que hubiera fuerza humana o sobrenatural capaz de separarlo de su hermosa «Favorita».

En el mes de abril, Alfonso XI celebraba Cortes en Madrid. Hasta esa villa llegaron amenazadoras noticias: los benimerines habían armado una flota de sesenta galeras de guerra, bien equipadas y dotadas con excelentes tripulaciones, a las que acompañaban doscientas cincuenta embarcaciones de apoyo de diversos tamaños; por su parte, Castilla solo había podido reunir treinta y tres galeras de combate, demasiado poco para enfrentarse a los musulmanes.

No había tiempo que perder. En una sesión de las Cortes, el rey solicitó dinero para la guerra, que se anunciaba inminente.

Desde Algeciras los benimerines lanzaban constantes algaradas en la frontera, y saqueaban sin apenas encontrar resistencia las tierras de Jerez, Arcos y Medina Sidonia. En sus correrías buscaban hacer el mayor daño posible: aparecían de repente, saqueaban en busca de botín, mataban a los que se oponían, quemaban cosechas y casas y se retiraban a la seguridad de los muros de Algeciras y de Gibraltar.

Los cristianos reaccionaron y pudieron detener las incursiones de los musulmanes, pero aquella táctica era una estrategia de distracción para mantener ocupados a los cristianos mientras nuevos contingentes de tropas seguían llegando desde el otro lado del Estrecho.

A comienzos de abril la flota cristiana dirigida por el almirante castellano Alfonso Jufré Tenorio, compuesta por veintisiete galeras castellanas, tres aragonesas y una genovesa, además de seis navíos de apoyo, navegó al encuentro de la armada benimerín. Tenía la orden de destruir las naves enemigas y controlar el paso del Estrecho.

Pero los benimerines, enterados de los movimientos del almirante, lanzaron desde África su enorme escuadra, que interceptó a la castellana cerca de Tarifa. La batalla naval, librada el domingo de Ramos, se convirtió en una trampa mortal. El propio Tenorio cayó muerto, las galeras castellanas fueron destruidas y el Estrecho quedó bajo el control absoluto de los africanos.

Acababa de llegar el rey Alfonso a Sevilla cuando recibió la noticia del desastre:

—Alteza, nuestra flota ha sido sorprendida por una fuerza muy superior y ha sido casi completamente destruida. Solo se han podido salvar cinco galeras. El almirante Tenorio luchó con valor hasta el final; pese a haber perdido una pierna en el combate, continuó peleando bajo vuestro estandarte hasta que fue abatido con una maza, decapitado y arrojado su cuerpo al mar —le comunicó el mayordomo.

—Era mi mejor marino —lamentó Alfonso XI—. Nosotros solos no podemos derrotar en el mar a los africanos. Bloquear el paso del Estrecho es fundamental, pero para poder enfrentarnos con éxito a esos demonios es necesaria la acción combinada de las flotas de Castilla, Aragón y Portugal. —Un hondo abatimiento cayó sobre don Alfonso—. Traed a mi presencia a la reina, inmediatamente —ordenó.

—¿A doña María? —se extrañó el mayordomo.

—¿Conocéis acaso a alguna otra reina en Castilla?

Apenas una hora después la reina María entró en el alcázar de Sevilla.

—Tus lacayos me han dicho que querías verme —espetó la reina con cara de circunstancias.

—Necesito tu ayuda; Castilla la necesita.

—¿Qué quieres que haga?

—Los sarracenos han destruido nuestra escuadra; sólo se han salvado cinco galeras. Si no lo impedimos de alguna manera, en los próximos meses sus barcos pasarán el Estrecho cargados con miles y miles de soldados, caballos y provisiones; y si lo consiguen, toda España estará en gravísimo peligro. Solo la unión de todas las fuerzas cristianas puede evitar el desastre que se avecina sobre nuestras cabezas. Te pido que medies ante tu padre y le pidas que nos ayude.

—Ya lo he hecho, y creo que estás en paz con él.

—No es suficiente con la paz; necesitamos la ayuda de sus soldados y de sus barcos.

—¿Y el rey de Aragón?

—Ya le he pedido que pelee a nuestro lado, pero me temo que sus efectivos son demasiado escasos como para rechazar la invasión de los africanos.

—Iré de nuevo a Portugal a ver a mi padre y le rogaré que te ayude.

—Te lo agradezco.

—No lo hago por ti, sino por Castilla y León, pues deseo que mi hijo herede estos reinos íntegros, como es su derecho.

Mensajes urgentes salieron de Sevilla hacia Castilla, Aragón y Portugal. La derrota naval había puesto el control del Estrecho en poder de los benimerines, que seguían atravesándolo libremente y transportando hombres, armas e impedimenta a la Península.

María se desplazó para ver a su padre, pero Alfonso IV, que seguía enfadado porque su yerno no cumplía la palabra que le había dado de abandonar a Leonor de Guzmán, le dijo que si su esposo quería su ayuda, debería pedirla él mismo.

Alfonso XI se tragó el orgullo y escribió una carta, firmada de su puño, en la que rogaba ayuda para contener a los moros y evitar que toda España cayera en manos de los sarracenos.

A los pocos días llegó un mensajero del rey de Aragón. Pedro IV ratificaba el tratado de alianza con Castilla, y le comunicaba que una flota de doce galeras de guerra navegaba hacia aguas del Estrecho para enfrentarse con los musulmanes. También anunciaba que dirigía la escuadra el almirante Jofre Gilabert, su mejor comandante.

La flota de Aragón entró en la bahía de Algeciras para bloquearla e impedir el acceso a las naves africanas. Varias galeras benimerines salieron al paso y se trabó un combate en el cual fue alcanzado con una saeta el almirante Gilabert, que poco después murió a consecuencia de las heridas. Las naves de la Corona de Aragón se retiraron hacia Cádiz, donde se les unió una escuadra portuguesa mandada por el almirante Manuel Pezagno, un marino genovés al servicio del rey de Portugal.

El príncipe Abd al-Malik, hijo del sultán de Marruecos, recorrió al frente de cinco mil caballeros algunas comarcas de la frontera, saqueando villas de cristianos, talando árboles y robando ganados. Las milicias concejiles de Andalucía lograron vencerlo en una batalla en Alcalá de los Gazules, en la que el Abd al-Malik fue abatido y muerto.

El sultán Abú Hasán montó en cólera cuando recibió en Fez la noticia de la muerte de su hijo. Juró que la vengaría y que aplastaría a esos perros cristianos o moriría en el empeño; convocó a la lucha a todas las tribus de su imperio, dispuso todos sus recursos militares y económicos y proclamó el gran *yihad*, que los musulmanes consideraban como su verdadera guerra santa, que encabezaría él mismo.

La invasión de los benimerines se atisbaba inmediata. Las noticias que llegaban desde África eran amenazadoras. Miles de combatientes, enardecidos por la llamada al *yihad*, se estaban concentrando en los puertos del norte de Marruecos, dispuestos a atravesar el Estrecho en cuanto se dieran unas mejores condiciones de navegación

Durante el invierno, Alfonso XI recorrió Castilla y León reclutando tropas y recaudando dinero para el ejército que iba a enfrentarse a la coalición de musulmanes africanos y granadinos.

A finales del invierno de 1340, con su esposa la reina María en Portugal, donde seguía intentando convencer a su padre para que ayudara a su esposo en la guerra contra los musulmanes, nació en Sevilla el séptimo hijo de Leonor, al que bautizaron con el nombre de Juan Alfonso.

El natalicio del nuevo bastardo tuvo lugar en el alcázar, y allí se encontraba Alfonso XI, que se desplazó desde Zamora para estar junto a Leonor cuando naciera su hijo.

Al enterarse del nuevo parto de la amante de su esposo, doña María se limitó a apretar los dientes y a musitar:

—Qué ironía: los hijos legítimos nacen en monasterios, los bastardos, en palacios.

Ya había pasado en seis ocasiones por ese amargo trago; una más, ¡qué importaba!

Ni siquiera esa circunstancia le hizo cambiar de opinión. Podía haberse quedado en Portugal con su padre y haber dejado abandonado a su suerte a su esposo, pero su hijo el infante don Pedro seguía en Sevilla, y doña María, perdido definitivamente la esperanza de recuperar el amor de su marido, solo tenía una ilusión en esta vida: ver algún día a su hijo coronado como rey de Castilla y de León; y un propósito: vengarse de Leonor de Guzmán y de sus bastardos. Para lograrlo, sería capaz de hacer cuanto fuera necesario: soportar mil y una humillaciones más, aguantar todos los desprecios posibles, ser el objeto de la mofa y la burla de toda la corte, y sufrir en silencio y con amargura el desdén y el olvido. Todo, padecería todo eso hasta que su hijo se convirtiera en rey y vengara tanto oprobio; y ese día, la vergüenza y el deshonor se convertirían en dicha y satisfacción.

Esperaría todo el tiempo que fuera preciso para disfrutar del dulce momento de la venganza y, entre tanto, instruiría a su hijo Pedro en el odio hacia Leonor y sus bastardos, para que el infante se convirtiera en el brazo ejecutor de su desquite en cuanto se sentara en el trono. Cuando eso ocurriera, para lo que rogaba a Dios cada noche y le suplicaba que aplicara su divina justicia, su felicidad solo sería comparable al amargo sufrimiento que iba a causar a Leonor y a su bastarda prole.

María de Portugal ya no se había marcado ninguna otra misión en la vida. Esperaría, esperaría y esperaría, y llegado el momento de su triunfo, lo saborearía con el mayor de los deleites, porque la victoria sabe mucho mejor cuanto más largo es el tiempo que se aguarda hasta su llegada.

En cuanto a comienzos de la primavera se dieron las condiciones, el sultán Abú Hasán ordenó el paso del Estrecho.

La flota castellana, auxiliada por galeras de Aragón y de Portugal, además de algunas genovesas y de la Orden de San Juan, procuraron evitarlo. Se libraron varios combates, con diversos resultados, pero la superioridad de la escuadra benimerín, reforzada con galeras de los reyes de Túnez y de Bugía, resultaba abrumadora. Sesenta galeras de guerra, muchas de ellas de un porte gigantesco, apoyadas por otras doscientas naves de transporte, formaban una flota de más de doscientas cincuenta velas.

Con tan menguadas fuerzas, los cristianos no pudieron detener a los benimerines, que atravesaron el Estrecho con hombres e impedimentas listos para llevar a cabo la gran invasión. Entre los musulmanes más exaltados, hubo quienes creyeron que lo sucedido hacía ya más de seiscientos años podría producirse de nuevo, y al-Andalus volvería a ser un país musulmán desde las aguas de Gibraltar hasta las lejanas montañas del norte de España.

Tras el nacimiento de su séptimo bastardo, Alfonso XI regresó a Castilla, donde pasó el mes de julio en Burgos, concentrando las huestes para librar la batalla decisiva. Ni siquiera la rebelión de Gonzalo Martínez, maestre de Alcántara, alteró sus planes.

El maestre se refugió en el castillo de Valencia de San Juan, esperando escapar de la justicia real, pero Alfonso XI ordenó asediarlo. Sus hombres quemaron las puertas y entraron en la torre mayor en busca de Gonzalo, que se entregó sin resistencia. Lo llevaron ante el rey quien sin mover un solo músculo de la cara sentenció que lo degollaran y lo quemaran por traidor.

En agosto ya estaba de vuelta en Sevilla, donde lo esperaban Leonor y sus hijos.

—Doña María ha conseguido que su padre envíe tropas en nuestra ayuda —le comentó el rey a su amante.

Acababan de hacer el amor en el dormitorio que ocupaban en el alcázar sevillano. Tras una década de relaciones y siete hijos en común, aquella mujer seguía atrayéndolo con la intensidad y la pasión de los primeros meses.

Su relación era tan estrecha e íntima que no se recordaba un amor igual entre un hombre y una mujer. En las viejas historias y crónicas se contaban relatos de amantes que conmovieron al mundo y acabaron desencadenando gigantescas tragedias, como los de Helena y Paris, que abocaron a troyanos y griegos a librar una larguísima y cruenta guerra, o los de Cleopatra y Marco Antonio, que acabaron con la conquista de Egipto por Roma, o los de famosos reyes y reinas, como Ginebra y Arturo, o Leonor de Aquitania y Enrique de Inglaterra, pero ninguno de esos amores podía equipararse siquiera al de Leonor de Guzmán y Alfonso de Castilla y León, ninguno.

—Tu... esposa se está comportando con dignidad —dijo Leonor.

—No lo hace por dignidad, ni siquiera por Castilla, sino por su hijo.

—Ese muchachito es tu heredero.

—Dios sabe cuánto me hubiera gustado que uno de nuestros hijos me sucediera en el trono. Pedro murió y Sancho no está capacitado para gobernar, pero Enrique sí pudiera haber sido un gran monarca. Solo tiene seis años, y ya demuestra el carácter propio de un rey. Debí repudiar a María cuando te conocí; entonces no habían nacido ni Fernando ni Pedro, y debería haberme casado contigo.

—Si lo hubieras hecho, se habría desencadenado una guerra contra Portugal, y quizá también contra Aragón, Francia y el papa, y tal vez tú y yo no estaríamos ahora aquí, amándonos bajos estos techos tan hermosos.

—No solo eres la mujer más bella del mundo, también eres la más inteligente.

—La inteligencia es una de las virtudes que debe acompañar a los reyes, pero sobre todo ha de ser la prudencia la que guíe el buen gobierno.

—Excelente consejo.

—Lo he leído en *De preconiis Hispaniae*, un libro que escribió hace más de medio siglo el fraile franciscano Juan Gil de Zamora, natural de esa ciudad. Fue uno de los sabios que trabajaron en la corte de tu bisabuelo el rey Alfonso, y fue el preceptor de tu abuelo el rey don Sancho. Lo encontré en la biblioteca de este alcázar y lo leí mientras estuviste en Castilla reclutando tropas. Ese franciscano cita el libro de la *Ética* de Aristóteles y al filosofo musulmán Averroes como autoridades, y explica que la prudencia debe dirigir siempre las decisiones de los gobernantes.

—Procuraré seguir ese consejo.

—Y también dice que la prudencia depende del conocimiento de las cosas, con el cual se pueden dominar las pasiones.

—De nuevo, una oportuna recomendación.

—Añade todavía algo más: la sabiduría ha de ser la virtud más elevada de cualquier rey, y pone como ejemplo de sabio a tu bisabuelo, al que considera como la encarnación de la sabiduría.

—«El rey sabio», así llamaron y así se conoce a don Alfonso. Además de preciosa, eres una mujer sabia...

—Tal vez porque llevo en mis venas sangre real. ¿Acaso no sabes que soy tataranieta del rey Alfonso de León, el padre del rey don Fernando, que unificó los dos reinos?

Amaba tanto a aquella mujer que Alfonso XI ni podía ni quería aplicar aquellos consejos de prudencia y dominio de las pasiones en sus relaciones con Leonor. Si hubiera tenido que elegir, hubiera optado por quedarse con Leonor antes que con Castilla y León. Solo por ella hubiera renunciado al trono; solo por ella.

—Te amo. —El rey besó a su amante.

Estaba hermosísima, como siempre y, además, con cada parto sus formas se hacían más rotundas, si cabe, y más sensuales.

—¿Otra vez? Vas a volver a dejarme embarazada —sonrió Leonor al comprobar que don Alfonso estaba listo para un nuevo envite amoroso.

15

A mediados del mes de agosto la mayoría de los contingentes del ejército cristiano ya había arribado a Sevilla.

El rey de Portugal, convencido al fin por su hija, acudió en persona a la cruzada, aunque solo llevaba consigo los mil jinetes prometidos. Pero fue la llegada de don Juan Manuel, de su hijo y de Juan Núñez de Lara lo que más complació al rey. Sus ancestrales y eternos enemigos estaban allí, con sus mesnadas, dispuestos a servir a don Alfonso y a pelear bajo sus banderas y a sus órdenes. Sin duda, ese era su gran triunfo: el que ya nadie cuestionara que él era el verdadero y legítimo rey de Castilla y León.

Don Alfonso y don Juan Manuel se saludaron como si nunca se hubieran enfrentado, como si los cinco últimos años pasados en constantes disputas, e incluso guerras entre ellos, jamás hubieran existido.

—¡Tío, qué alegría volver a veros! —lo abrazó don Alfonso.

—La alegría es mía, señor, y de mi familia—. Don Juan Manuel se hizo a un lado; tras él estaba su hijo Juan.

—Alteza. —Juan se inclinó ante el rey.

—Un abrazo, primo —le dijo don Alfonso al joven al que hace tan solo dos años hubiera estrangulado con sus propias manos si se le hubiera presentado la menor oportunidad—. Pasemos al comedor, la cena está lista.

Esa tarde el rey había invitado a cenar a los tres nobles que más problemas le habían causado, y a los que, tras la toma de Lerma, había conseguido primero neutralizar y después ganar su confianza y lograr su juramento de fidelidad.

Entraron en la sala donde se había montado la mesa para el banquete y allí, conversando con dos damas de la corte, estaba la amante del rey.

—Mi tío, el príncipe de Villena, ya lo conoces —dijo don Alfonso.

—Señora... —Don Juan Manuel le besó la mano—. Mi hijo don Juan.

—Señora...

—Sed bienvenidos a este real alcázar. —Los saludó Leonor de Guzmán, que se comportaba como anfitriona, cual si fuera la verdadera reina y señora de Castilla y León.

—Os he traído un obsequio, señora —le dijo don Juan Manuel—: dos de mis libros, copiados por mi mejor escriba, uno para vos y otro para el rey.

—Los leeré con gusto.

Don Juan Manuel le entregó los dos códices: el *Tratado de la Asunción de Nuestra Señora* y el *Libro de la caballería*.

—Sois muy gentil.

—Ahora estoy escribiendo otras dos obras, a las que voy a titular el *Libro indefinido* y *Tres razones*, y que espero terminar cuando volvamos de esta guerra. En cuanto estén listos, os enviaré una copia.

—No sé qué admiro más, si vuestra habilidad para la política o vuestra capacidad para escribir.

—Señora, yo admiro vuestra inteligencia y vuestra belleza a partes iguales.

Leonor y don Juan Manuel se miraron a los ojos con perspicacia; los dos recordaron en ese momento la última ocasión, años atrás, en la que se encontraron cara a cara, y cómo Leonor no se había dejado engañar por la argucia de don Juan Manuel con la intención de que ella convenciera al rey para que repudiara a la reina doña María y así provocar la guerra con Portugal, aunque más tarde se produjo de todas maneras.

Los criados sirvieron los mejores manjares que pudieron encontrarse en Sevilla: anguilas guisadas en vino tinto con romero y tomillo, pierna de carnero asada con cebollas y miel al estragón, morcillas y chorizos ahumados, frutas en almíbar y escarchadas, confituras de manzana y pera, pasteles de queso y de almendra, bollos de harina y pasas, y los mejores vinos de Jerez.

Durante la cena sonó una orquestina en la que destacaban los acordes de un rabel, una guitarra y una exabeba morisca, mientras una voz femenina cantaba canciones compuestas en tiempos del rey Alfonso el Sabio.

—Mi tío el rey Alfonso fue un poeta extraordinario —comentó don Juan Manuel al identificar las letras de las canciones.

—Lo conocisteis —le preguntó Leonor.

—No. Yo solo tenía dos años cuando murió don Alfonso; tampoco conocí a mi padre, que me tuvo con cuarenta y siete años y murió a los cuarenta y ocho, uno antes que su hermano el rey; pero sí conocí a mi tío el rey don Sancho, abuelo de vuestra alteza —don

Juan Manuel se dirigió a Alfonso XI—, que fue mi tutor y que me habló del buen monarca sabio, aunque ya sabéis por nuestra historia que sus relaciones no acabaron precisamente de una manera feliz.

—La felicidad absoluta no existe —dijo Leonor.

—Tenéis razón, señora; nadie es del todo feliz, ni siquiera los hombres más afortunados.

—¿Tal vez porque nadie se contenta con lo que Dios le ha dado?, ¿o porque la felicidad no depende de cada uno de nosotros, sino de lo que piensan los demás?, como ocurre en vuestro cuento.

—¿A cuál de ellos os referís? —preguntó don Juan Manuel.

—Al del padre, el hijo y el burro.

—¿Lo habéis leído?

—Sí, y me ha gustado. Sois muy perspicaz. —Leonor sonrió.

Desde luego la Guzmán era una mujer formidable: hermosísima como ninguna otra, culta y refinada, sagaz y astuta, capaz de enamorar a cualquier hombre y hacer que perdiera el sentido por ella, como le había ocurrido al rey.

—¿Qué cuento es ese? —se interesó don Alfonso.

—Es un relato que copié de una colección de cuentos y ejemplos de oriente. Lo incluí en mi libro, en el que el conde Lucanor y su consejero Patronio hablan de asuntos mundanos.

—Pues contádmelo.

—Como gustéis. Un padre y un hijo caminaban llevando a su burrito del ronzal. Un vecino los vio y les dijo que eran tontos, pues podían subir a lomos del burro y así evitar cansarse. Lo hicieron, pero enseguida los vio otro hombre, que los criticó por cargar al burro con el peso de los dos. Entonces el padre se bajó y continuaron el camino hasta que un tercer hombre advirtió que el joven era el que montaba el burro, y el más mayor el que hacía el camino a pie, y que eso no era justo. Cambiaron las posiciones, y fue el padre quien montó la acémila y el hijo el que caminó. Y también los criticaron por ello, pues les dijeron que era una vergüenza que el padre fuera en burro y el hijo andando. Continuaron caminando los dos y..., vuelta a empezar el ciclo.

—¡Bravo, bravo! —exclamó el rey.

—Como habéis escuchado, señor, nadie quedó contento.

—Y nadie fue feliz —puntualizó Leonor.

—No se puede tener en esta vida todo lo que uno desea; ni siquiera los reyes —terció don Alfonso.

—Ni siquiera los reyes —asentó don Juan Manuel ante la mirada serena y firme de Leonor de Guzmán.

—Los sabrosos manjares, las canciones y la música de los trovadores y las buenas historias son excelentes pasatiempos para una velada, señores, pero en las próximas semanas vamos a librar una batalla decisiva en la que se va a dilucidar nuestro destino y el de estos reinos. Escuchadme todos —Alfonso XI le pidió a su mayordomo, Pedro Fernández de Castro, que le trajeran su corona y su espada, se puso de pie y continuó—: Los sarracenos africanos han desembarcado tropas e impedimentas en Algeciras y, según informan nuestros oteadores, parece que tienen la intención de sitiar Tarifa. Si consiguieran rendir esa plaza, y con Algeciras y Gibraltar ya en sus manos, dominarían todo el Estrecho y estarían en condiciones de derrotarnos, pues no podríamos abastecernos por mar en esta guerra que se avecina.

»Ya perdimos Gibraltar; no voy a consentir que también perdamos Tarifa. Iremos a defender esa plaza, y lo haremos con la ayuda del rey de Portugal, con el apoyo de las galeras del de Aragón y con la bula de la cruzada que ha emitido el papa.

»Señores, nobles magnates de Castilla y de León, yo os conmino a venir conmigo a librar esta guerra santa.

»Aquí está la bula que concede a esta empresa la gracia y la protección de Dios. —El rey mostró el diploma original en pergamino del que colgaba de una cinta de seda roja y amarilla con el sello de plomo del papa Benedicto XII—. Se emitió hace unos meses, y ayer lo trajo a Sevilla un correo papal desde Aviñón, donde reside su santidad.

»*Exultamus te...* —comenzó a leer Alfonso XI—. Señores, ya podemos librar esta guerra santa.

El arenal de Sevilla, a orillas del Guadalquivir, era un bullicio de soldados que se arremolinaban entre cientos de tiendas donde se almacenaban cajas y sacos con todo tipo de mercancías, provisiones y armas.

A la puerta de algunas tiendas, las banderas de Castilla y León y las de Portugal tremolaban al viento de la suave brisa que ascendía desde el mar por el curso del gran río.

—Debemos llegar a Tarifa antes de que lo hagan los moros —comentó Alfonso XI a Alfonso IV.

—¿Quién defiende esa plaza?

—Juan Alfonso de Benavides, un caballero leal que no la rendirá jamás. La defensa de Tarifa forja héroes. —El monarca castellano se refería a Guzmán el Bueno, que medio siglo antes había defendido Tarifa con tesón.

—¡Alteza, alteza! —Juan Núñez llegó a la carrera—, los sarracenos se dirigen hacia Tarifa. Lo acaba de comunicar uno de nuestros oteadores.

—¿Dónde están?

—Han salido de Algeciras y de varias playas de la zona, donde tenían levantados sus campamentos, y son una enorme multitud. Los oteadores calculan que su ejército triplica al nuestro; quizás lo formen más de sesenta mil hombres.

—Dad la orden a nuestras huestes; partimos inmediatamente. Mi abuelo don Sancho ganó Tarifa, y yo no la voy a perder. Lo de Gibraltar no se repetirá.

—Vayamos a esa guerra y aplastemos a esos demonios —asentó el rey de Portugal.

El último día del verano, las avanzadillas del ejército musulmán llegaron ante los muros de Tarifa. Dos días después se formalizó el asedio. El ejército cristiano todavía estaba de camino por Utrera y Cabezas de San Juan.

16

Los muros de Tarifa estaban siendo batidos con veinte ingenios traídos desde Marruecos por la armada benimerín.

Catapultas, almajaneques, fundíbulos, trabucos y trabuquetes lanzaban piedras con continuos disparos, mientras mercenarios ballesteros turcos barrían con sus saetas las almenas para provocar el desfallecimiento del ánimo de los sitiados.

Era el propio sultán Abú Hasán, monarca de los benimerines, quien dirigía las operaciones de asedio. Había otorgado a aquella guerra la categoría de gran *yihad*, y ardía en deseos de venganza por la muerte de su hijo a manos cristianas. A su lado, el rey Yusuf I de Granada rezaba para derrotar a los cristianos y liberarse así, siquiera por un tiempo, de la amenaza permanente que pendía sobre su reino.

Tarifa estaba sitiada por mar y por tierra. Las llamadas de socorro por parte de los defensores sonaban desesperadas.

—Tardaremos más de dos semanas en llegar a Tarifa —alegó el mayordomo real.

—No resistirán tanto tiempo; debemos acudir antes —lamentó Alfonso XI.

—Podemos enviar la flota para que al menos distraiga a las galeras que asedian Tarifa y nos permita ganar tiempo.

—Los sarracenos disponen de sesenta galeras de guerra, muchas de ellas son enormes, con hasta tres puentes y capacidad para transportar a cuatrocientos hombres. Al menos la mitad de las suyas son más grandes que la mayor de las nuestras; y sumando nuestras galeras a las de los reyes de Aragón y de Portugal solo disponemos de veintiocho. En un combate en el mar ante Tarifa estamos en desventaja de más de dos a uno.

Tras la derrota sufrida por la flota castellana semanas atrás, solo habían quedado doce galeras operativas. A ese desastre se sumaron las pérdidas sufridas a causa de una tempestad, que desbarató las nueve galeras que envió a la guerra del Estrecho la Orden de los caballeros de San Juan.

Siguiendo las instrucciones del rey, el ejército cristiano aceleró la marcha. En la vanguardia formaban las huestes de don Juan Manuel, las de Juan Núñez de Lara, que de enemigos mortales del rey Alfonso se habían convertido en sus principales valedores, y los caballeros de las huestes y señoríos de los hijos de Leonor, con sus mayordomos enarbolando los guiones de cada una de las nuevas casas señoriales de cada uno de los bastardos reales. En la retaguardia se alineaban los caballeros de las Órdenes Militares y las milicias concejiles de las grandes villas y ciudades de la frontera y algunas otras de Castilla y León.

Tras recorrer las cien millas desde Sevilla a las riberas del Guadalete, cuyo curso serpenteante bajaba bastante crecido por las lluvias de otoño caídas en la sierra de Grazalema, el día 23 de octubre las avanzadillas cristianas avistaron ese río, en cuyas orillas había sido derrotado el rey godo don Rodrigo en aquella aciaga jornada que algunas crónicas llamaban la de «la pérdida de España». Varios escuadrones que sumaban más de mil jinetes realizaron una cabalgada hasta las cercanía de Tarifa, con la intención de demostrar a los sitiados que ya estaban allí y que acudían a socorrerlos.

Enterado de la llegada de los cristianos, Abú Hasán decidió salir a su encuentro. Sus espías y oteadores le habían informado de la superioridad de su ejército. La gran batalla se estaba preparando, y ambos bandos sabían que sería decisiva.

El domingo 29 de octubre los reyes de Castilla y de Portugal, encabezando una tropa de más de diez mil caballeros, alcanzaron la cima de un monte llamado la Peña del Ciervo y entraron en territorio del reino de Granada. El ejército musulmán se había desplegado dispuesto a ofrecer batalla.

Esa noche se reunieron los comandantes de las huestes cristianas en la tienda del rey Alfonso XI. Todo hacía indicar que el combate se libraría al día siguiente.

—Señores, los moros han desplegado sus tropas al otro lado del arroyo Salado, cuyo curso pretenden usar como foso y defensa natural ante una carga de nuestra caballería pesada. Nuestros oteadores han confirmado que existen varios vados por los cuales es fácil cruzar ese cauce. Ellos nos indicarán dónde se encuentran esos pasos y cuáles son los mejores lugares para atravesarlos. —Alfonso de Castilla explicaba su ubicación sobre un plano dibujado en un pergamino—.

»Los moros han dividido sus tropas en dos grandes alas: la de la izquierda la manda el sultán de Marruecos, que ha proclamado su odio eterno y ha jurado vengarse de todos los cristianos por la muerte de su hijo; en la derecha forman las tropas de Granada, quizás mejores soldados que los africanos pero menos fanáticos; estoy seguro de que al menor tropiezo darán media vuelta y saldrán huyendo.

»Dispongo que, en la batalla, mis caballeros carguen contra el grueso de los africanos, y que vuestra alteza —se dirigió el rey de Castilla a su suegro el de Portugal— lo haga sobre las tropas granadinas.

—¿Y los refuerzos del rey de Aragón? —demandó el de Portugal.

—No vendrán. Sus caballeros están embarcados en las galeras que manda el almirante Cruillas, que, según me han informado, se ha negado a desembarcar.

—En ese caso, estoy de acuerdo con vuestra decisión —dijo Alfonso IV.

Los nobles presentes asintieron.

—Altezas, señores —intervino don Juan Manuel—, mañana

vamos a combatir en la batalla más importante de nuestras vidas. Va a ser tan crucial como la que los reyes de Castilla, Aragón y Navarra libraron en Úbeda, en el pago de las Navas de Tolosa, cuya victoria abrió las puertas a la conquista del Guadalquivir. Si ganamos esta batalla, ahora también se abrirán las del reino de Granada, y es probable que al fin caiga en manos cristianas. En nuestras crónicas se lee que muchos reyes cristianos han guerreado durante siglos por echar de España a los moros: lo hicieron con éxito don Alfonso el Batallador, don Jaime el Conquistador, nuestro rey Alfonso el Emperador, don Fernando, que ganó Córdoba y Sevilla, y ahora lo hará vuestra alteza.

—Habéis hablado bien, don Juan Manuel.

—Gracias, alteza, pero todos debemos recordar, y hoy más que nunca, que en la guerra, además del valor y la fuerza, son virtudes esenciales la prudencia y la sabiduría.

—Ya lo habéis oído, señores: mañana luchemos con valor y fuerza, pero seamos prudentes y sabios en el combate.

Antes de finalizar la reunión, un solitario caballo llegó al campamento cristiano. Arrastraba atadas a su cola las cabezas de tres caballeros castellanos, que habían sido capturados y decapitados por los musulmanes. Parecía un aviso de lo que les esperaba al día siguiente en la batalla.

Despuntó el alba del lunes 30 de octubre del año del Señor de 1340, séptimo día del mes de *yumada I* del año 741 de la Hégira.

El rey de Castilla apenas pudo dormir esa noche; sabía que se jugaba la vida, y tal vez el reino. Anduvo dando vueltas y vueltas en su lecho de campaña, junto a Leonor, siempre a su lado, y la amó aquella madrugada; el siguiente amanecer bien podría ser el último que vieran sus ojos.

El arzobispo de Toledo levantó la hostia y la consagró. El sol apenas rayaba en el horizonte oriental cuando Gil de Albornoz dio de comulgar a los reyes de Castilla y de Portugal para que entraran en batalla con el alma limpia de pecado, puro el corazón y el espíritu reconfortado.

Acabada la misa, bendijo las armas y los caballos, y rezó una oración por el alma de todos los soldados.

—¡Señores!, hoy es el día más importante de nuestras vidas.

Luchad por Dios, por Castilla y León, por Portugal, y por toda la cristiandad. Hacedlo con la fuerza de vuestra fe y con el valor de vuestras almas. Encomendaos a María Santísima, alabad su nombre y aplastad a esos infieles. A los vencedores les esperan el honor, la fama y la fortuna; y los que caigan en el combate despertarán esta misma tarde en el paraíso.

»¡Vayamos a la batalla y ganemos la gloria! —gritó Alfonso XI.

—¡A la victoria! —exclamó Alfonso IV.

El principal campamento cristiano se había ubicado en las inmediaciones de un paraje conocido como Valdevaqueros, a hora y media de marcha de los vados del arroyo Salado, donde los musulmanes habían asentado su vanguardia y donde esperaban dispuestos para el combate.

—Recordad, señores —les dijo Alfonso XI a los comandantes de hueste—, que en las zonas de campo abierto nuestra caballería pesada cargará en haz, formando líneas paralelas alargadas hasta ocupar todo el ancho del campo; en las zonas más angostas disponeos en cuña, para romper el frente enemigo; y en otros terrenos atacad con líneas cortas, pero profundas y compactas.

—Veo que habéis leído las tácticas que describo en mis libros, señor —le dijo don Juan Manuel.

—Tuve que aprender de ellos, querido tío. Y también he leído el *Libro de Alexandre*, como supongo que ya habéis deducido.

Los castellanos habían perfeccionado sus armas y sus tácticas de batalla desde la gran victoria en las Navas de Tolosa. Alfonso XI había sido educado para dirigir las maniobras de carga de caballería por sus maestros de estrategia, y así lo ejecutaba el monarca desde la primera vez que encabezó al ejército en batalla campal.

Cuando llegaron al curso del arroyo Salado observaron el despliegue del frente de la vanguardia de los musulmanes, una multitud de peones y jinetes que cerraban y defendían los principales vados del riachuelo, que bajaba algo crecido de caudal, pero mucho menos que el Guadalete.

—Estamos preparados para la carga, alteza —le indicó el mayordomo real.

—Todavía no.

—¿Señor...?

—El sol está demasiado bajo y lo tenemos junto enfrente de

nuestros ojos. Los moros lo tienen a su espalda. Si cargamos ahora, sus rayos nos deslumbrarán. Esperaremos a que ascienda un poco más en el horizonte para que no nos moleste. Cuando medie la hora tercia y el sol esté casi en su cénit, atacaremos.

»Desplegad la caballería y que los infantes mantengan las filas prietas y compactas, pero que no se mueva nadie antes de que yo dé la orden con las señales de las banderas.

Alfonso XI miró su estandarte de batalla, que portaba el abanderado real, al lado del pendón de la cruzada, que enarbolaba otro jinete; soplaba un ligero viento de levante que hacía ondear la enseña blanca y carmesí con los leones púrpuras y los castillos dorados.

—Buen día para combatir —dijo el rey de Portugal.

—Señores, todos a sus puestos, cargaremos enseguida —ordenó Alfonso XI.

Cada uno de los comandantes del ejército se dirigió a la primera línea de su hueste, y una vez en su puesto arengó a sus hombres momentos antes de entrar en combate. En cabeza de los regimientos de los caballeros de armas, forrados con corazas de hierro y cotas de malla, formaban don Juan Manuel, Juan Núñez de Lara, Juan Alfonso de Alburquerque, el maestre de Santiago Alfonso Méndez, el arzobispo Gil de Albornoz y otros grandes nobles y magnates del reino.

Todos ambicionaban ganar un buen botín y obtener nuevas tierras y más rentas, pero a Alfonso XI solo le interesaba la gloria y salir vivo del envite para volver cuanto antes al lado de Leonor.

Los cristianos hubieran preferido librar la batalla en un terreno más abierto, como el de los llanos que se extendían por los alrededores de la laguna de la Janda, donde la caballería castellana y portuguesa, con sus jinetes protegidos por las nuevas armaduras más compactas y pesadas que les cubrían todo el cuerpo, sus lanzas largas de madera con puntas de acero, sus macizos escudos de madera reforzada con láminas de hierro y sus espadas puntiagudas de doble filo, resultaba mucho más eficaz y contundente.

Los generales de Abú Hasán conocían bien la contundencia de la carga que eran capaces de ejecutar los caballeros cristianos, y habían aconsejado a su sultán que planteara la batalla en los vados del arroyo Salado, pues los jinetes ligeros africanos, la mayor parte sin armaduras que los protegieran pero que tampoco impidieran su movilidad y agilidad, solo provistos de livianas adargas de cuero, y armados con azagayas y lanzas cortas y espadas curvas de un solo filo, se movían mucho mejor y con mayor destreza en terrenos irregulares.

Los musulmanes confiaban en el mayor número de sus efectivos y en la velocidad y movilidad de su caballería ligera para obtener la victoria; los cristianos se encomendaban a la potencia de su caballería pesada y a la bravura de las milicias concejiles, y se consideraban superiores en el cuerpo a cuerpo, mejores en la pelea y más duchos y preparados para el combate; pero todos rezaban para que Dios estuviera de su lado en la batalla.

Mediada la mañana, los dos bandos se encontraron frente a frente; solo los separaba el cauce del Salado.

—Allá está su puesto de mando. —Alfonso XI señaló la cima de un cerro, donde se desplegaba el enorme estandarte de combate de los benimerines, junto al pabellón del sultán de Marruecos, rodeado de sus generales y de los soldados de elite de su guardia personal.

En el ala izquierda ondeaba el estandarte carmesí de los nazaríes, con el rey de Granada y su escolta de veteranos al lado.

Delante de los soberanos musulmanes se extendían unas colinas que los protegían de un ataque directo, con el camino despejado a la espalda, por si las cosas se ponían mal y tenían que salir huyendo hacia Algeciras.

—Nos superan en número de dos y medio o tres a uno —comentó el mayordomo real.

—Eso ya lo sabíamos antes de llegar hasta aquí; ya no hay marcha atrás. ¿Están todos en sus puestos?

—Sí, alteza; todos listos.

—Transmitid la orden de carga.

Las banderas de señales indicaron a los comandantes de las huestes de vanguardia que debían de cargar contra los musulmanes que protegían los vados del riachuelo.

El ejército cristiano se había organizado en tres cuerpos.

El grueso de tropas en el centro, con el frente de ataque mandado por don Juan Manuel y su hijo don Juan, que portaba la espada Lobera del rey don Fernando III, junto a Juan Núñez de Lara, Juan Alonso de Guzmán y Diego López de Haro, protegidos por las milicias concejiles de León, Zamora, Carmona, Écija, Sevilla y Jerez, soldados de a pie equipados con lanzas cortas; y en la retaguardia Alfonso XI de Castilla, con el pendón real ante el que formaban ochocientos caballeros pesados del rey montados a la gineta bajo las órdenes de Alfonso Fernández de Córdoba, la caballería ligera de los hombres de la frontera, con las mesnadas de los arzobispos de Toledo, Compostela y Sevilla, de los obispos de Palencia y Mondoñedo, algunos nobles principales y los parientes de «la Favorita».

En el ala derecha formaban los caballeros de Calatrava, Santiago y Alcántara, con sus respectivos maestres, las huestes de los bastardos Enrique y Tello, varios nobles, montañeses de Vizcaya, Álava, Asturias y Cantabria, armados con bacinetes, escudos, lanzas cortas y ballestas, las milicias concejiles de Salamanca, Belorado, Badajoz, Ciudad Rodrigo, Olmedo, Carrión de los Condes, Saldaña, Tarifa, Lorca y Jerez, cubiertos por peones de la marina castellana equipados con arcos y ballestas.

En el ala izquierda, los mil jinetes portugueses, mandados por su rey Alfonso IV, con el obispo de Braga, el maestre de la Orden de Avis, y varios nobles portugueses principales, reforzados por la mesnada del heredero de Castilla, el infante don Pedro, el aguerrido caballero Pedro Fernández de Castro, Adelantado de la frontera a quien todos conocían como «el de la guerra», el mayordomo, Juan Alfonso de Alburquerque y los caballeros de San Juan.

Antes de que comenzara la batalla, el caballero Garcilaso Ruiz de la Vega se adelantó con su caballo y retó a singular combate el campeón de los musulmanes. Garcilaso portaba una lanza con un estandarte en el que se leía la leyenda «Ave María». De entre las filas de los sarracenos surgió un formidable jinete que vestía capa y turbante negros, y que se aprestó a la pelea. Los dos caballeros cruzaron lanzas a orillas del río, y en la segunda embestida, el musulmán cayó muerto, con la lanza de Garcilaso atravesando su pecho. El de la Vega, entre las aclamaciones de los suyos, ató al musulmán por los pies, lo sujetó a la cola de su caballo y lo arrastró por el suelo durante un buen trecho, tremolando al viento el estandarte del «Ave María», mientras los combatientes cristianos hacían votos y juramentos y se encomendaban a la Virgen y a los santos de su devoción.

Alfonso XI, con el sol ya en lo más alto, ordenó que comenzara la batalla con la carga de la vanguardia del centro, a cuyo frente se habían situado los caballeros pesados de don Juan Manuel y de Juan Núñez de Lara, que todos consideraban los mejor preparados para el combate.

Los jinetes cabalgaron como monstruos de hierro hacia el río Salado, pero al llegar cerca de la orilla se detuvieron y se negaron a cruzar el cauce.

—¿Por qué se detienen? —demandó el rey a su mayordomo.

—No lo sé, mi señor. Tenían la orden de iniciar la batalla con una carga contundente.

—¡Maldita sea!, si no desbordamos su frente en el río, perderemos la batalla; y eso solo podemos lograrlo con la caballería pesada.

—¿Qué hacemos, alteza?, los caballeros de don Juan Manuel se han frenado y no avanzan.

—Entonces cargaremos nosotros. —Alfonso XI se alzó sobre los estribos de su montura y arengó a su guardia—. ¡Caballeros castellanos y leoneses!, yo soy don Alfonso, rey de Castilla y de León, y en el día de hoy voy a comprobar quiénes son mis verdaderos fieles vasallos, y ellos van a ver quién es su rey. Nuestra vanguardia se ha detenido antes de cruzar el río, de modo que tendremos que cargar nosotros si queremos ganar esta batalla. Vosotros sois los hombres del rey, mis más valientes soldados. Cargad conmigo, atravesemos esos vados y ganemos la gloria.

Los ochocientos jinetes que formaban el centro del ejército, y que estaban reservados para apoyar la carga de la vanguardia, alzaron sus lanzas, aullaron como lobos y se lanzaron montando a la gineta, ladera abajo, hacia el curso del Salado.

Cruzaron el cauce como un ciclón y arrasaron las filas de los infantes musulmanes que guardaban los vados, mientras la caballería ligera africana daba media vuelta y se retiraba en lo que parecía la táctica del tornafuye.

—¡Adelante, adelante!—gritaba Alfonso XI como un poseso, blandiendo su espada al aire.

Los caballos de los ochocientos jinetes del rey galopaban como furias persiguiendo a los musulmanes, sin tener en cuenta que se estaban alejando demasiado del grueso del ejército. Desde la cima del monte en el que el sultán Abú Hasán dirigía los movimientos de sus tropas, se observaba con nitidez la estrategia de los dos ejércitos. Los ochocientos del rey Alfonso habían caído, una vez más, en la trampa del tornafuye. El sultán dio la orden de poner en marcha la segunda fase, y las banderas de señales indicaron a su caballería ligera que virara en redondo y contraatacara.

Con la práctica tantas veces entrenada, los jinetes africanos dieron media vuelta y cabalgaron al encuentro de sus perseguidores.

Los caballeros ligeros musulmanes eran más de tres mil, de modo que superaban en casi cuatro a uno a los castellanos. En un instante, los veloces caballos árabes de los benimerines rodearon a los ochocientos, que se vieron metidos en un gravísimo apuro.

Alfonso XI, que se mantenía en la retaguardia, percibió el peligro. Si caían esos ochocientos valientes, la batalla estaría perdida.

Era el rey, y debía cumplir con su deber, aun a costa de su propia vida.

—Voy a ayudar a esos hombres —le dijo a su mayordomo, y se dispuso a espolear a su caballo.

El arzobispo de Toledo, que se mantenía a su lado desde el comienzo de la batalla, reaccionó con presteza al ver la intención del rey, y sujetó con fuerza las riendas del caballo.

—¡Señor!, permaneced quieto aquí y no pongáis en riesgo a Castilla y León; dirigid la batalla, que podemos ganarla, y confiemos en que Dios os otorgará la victoria.

Alfonso XI oteó el campo de batalla; sus ochocientos resistían, aunque estaban sufriendo cuantiosas bajas.

—Ordenad al ala derecha que acuda en ayuda de esos valientes —indicó el rey.

Los caballeros de la derecha se lanzaron a la carga en ayuda de sus compañeros, pero entonces varios escuadrones de caballería granadina surgieron de la nada. Se trataba de tropas de reserva que se habían mantenido ocultas tras la ladera de un cerro y que aparecieron por sorpresa.

La superioridad de los musulmanes frenó a los caballeros de la guardia del rey. En la orilla derecha del Salado, don Juan Manuel se mantenía a la espera, sin decidirse a cruzar el río.

Al ver los apuros del centro del ejército cristiano, don Juan Manuel reaccionó al fin y dio a su vanguardia la orden de carga. Los experimentados soldados del príncipe de Villena obedecieron, ahora sí, como un solo hombre; bajaron las viseras de sus cascos, enristraron sus lanzas bajo el brazo, cerraron filas y cargaron como un compacto muro de hierro y músculos. Algunos grupos de infantes musulmanes, que habían vuelto a ocupar sus posiciones en los vados para intentar dividir a los cristianos, fueron arrollados y masacrados por la carga de la caballería de don Juan Manuel, que llegó hasta el frente donde se combatía con mayor fiereza.

Ante el ímpetu de los caballeros acorazados, los musulmanes comenzaron a retroceder.

El sultán percibió el giro que aquella carga estaba dando la batalla y ordenó un contraataque a sus tropas de la caballería de reserva, precedido de un lanzamiento de saetas por los arqueros de a pie. La rapidez de los jinetes africanos y la lluvia de flechas provocó unos momentos de desconcierto entre las filas cristianas.

Una saeta voló hacia donde se encontraba el rey de Castilla, que salvó la vida gracias a que alzó el escudo a tiempo y detuvo el virote.

Frenado el contraataque de los musulmanes, Alfonso IV de Portugal ordenó a los suyos entrar en la refriega. Sus mil jinetes cargaron desde el lado izquierdo arrollando a cuantos enemigos se encontraron en su camino; irrumpieron en el flanco de la batalla y destrozaron a los batallones de la caballería granadina que defendían esa posición, al pie del cerro donde se alzaban los pabellones de sus reyes.

Con su lado derecho destrozado, los musulmanes comenzaron a vacilar. Don Juan Manuel se percibió enseguida de esa debilidad, y ordenó a los caballeros de su vanguardia que se agruparan y lanzaran una carga definitiva directa al centro, donde combatían los hombres del rey Alfonso XI, y al flanco derecho.

Los veteranos jinetes castellanos, aragoneses y valencianos que formaba la hueste de don Juan Manuel avanzaron como un torrente desbocado que desbarató las filas enemigas. El centro de los musulmanes se derrumbó, las dos alas fueron desbordadas y el caos se adueñó de sus filas.

La brutal carga de la caballería pesada empujó al flanco de los musulmanes hacia el mar. Los de Tarifa, que se mantenían expectantes dentro de sus murallas, al ver la desbandada de los musulmanes hicieron una salida, y los atraparon como en una red. Los sarracenos no pudieron poner en práctica el tornafuye, y aunque intentaron resistir, algunos en la misma playa, luchando cuerpo a cuerpo, usando sus hondas y sus arcos, sus lanzas y sus ballestas, la fuerza de los caballos pesados los empujó hasta el agua, y muchos murieron ahogados a escasos pasos de la orilla, siendo rematados por los de Tarifa.

Desde su puesto de mando ubicado en lo alto del monte, el sultán de Marruecos y el rey de Granada se dieron cuenta de que la batalla estaba perdida. Ese día ni Alá ni su Profeta estaban del lado de sus creyentes.

Si no escapaban de allí, los dos soberanos musulmanes también estarían perdidos. Los dos dialogaron por unos momentos mientras la caballería pesada cristiana barría las desbaratadas filas de los sarracenos, provocando una matanza enorme.

No había nada que hacer. Abú Hasán y Yusuf I dieron la vuelta a sus monturas y salieron al galope hacia Algeciras, llevándose con ellos el tesoro que acumulaban en sus respectivos pabellones.

Los combatientes islámicos, al ver cómo sus soberanos desmantelaban sus tiendas y salían huyendo, perdieron las escasas esperanzas y las pocas ganas de resistir que aún conservaban, y salieron corriendo en desbandada en todas las direcciones. Los cristianos se dieron cuenta de lo que estaba ocurriendo y se lanzaron tras sus enemigos, a los que abatieron con la facilidad con la que el segador troncha las espigas durante la cosecha.

—¡Señor, señor, sus reyes abandonan el campamento; pretenden huir al galope hacia Algeciras! —avisó un oteador señalando el cerro donde se acababan de arriar las banderas de los benimerines y de los nazaríes.

—¡Vayamos tras ellos! Tenemos que atraparlos antes de que escapen —ordenó el rey de Castilla.

Un escuadrón de varias decenas de jinetes castellanos salió volando hacia la cima del otero, intentando apresar a los dos monarcas sarracenos, pero algunos miembros de ambas guardias reales se interpusieron en su camino para defender a sus señores y darles tiempo para que pudieran huir.

Tras abatir a todos los que se sacrificaron por sus reyes, los primeros jinetes castellanos irrumpieron en lo que quedaba del campamento del mando musulmán en lo alto del otero. Algunas tiendas estaban caídas en el suelo, otras no habían podido ser desmontadas a tiempo y media docena ardía envuelta en llamas.

A la entrada de las que aún se mantenían en pie, algunos hombres armados custodiaban las puertas, dispuestos a entregar sus vidas en su defensa.

Sobre una de ellas ondeaba todavía un estandarte real de los benimerines.

—¡A esa tienda, a esa tienda! —ordenó el rey Alfonso, que identificó ese pabellón como el del sultán.

Varios soldados descendieron de sus monturas y con sus espadas en la mano abatieron a los guardias, que resistieron con ferocidad pero sin éxito.

Una figura cubierta con una capa carmesí salió de la tienda aullando y se lanzó contra uno de los soldados castellanos, que reaccionó con reflejos clavándole su espada en el vientre.

Cayó al suelo fulminada, y entonces su rostro quedó al descubierto. Era una mujer. Tras ella apareció un joven que empuñaba una cimitarra aunque arrastraba la punta por el suelo. Daba tumbos, como si estuviera borracho, se tambaleaba de lado a lado y temblaba de miedo.

El caballero que había acabado con la mujer levantó su espada ensangrentada para darle un tajo mortal en el cuello, pero una voz atronadora lo detuvo:

—¡Alto!

—Mi señor, este infiel lleva una espada en la mano; es peligroso —indicó el caballero.

—He dicho que te detengas.

Alfonso XI bajó de su caballo y rápidamente lo rodearon varios miembros de la guardia real.

—*Allahu akbar, Allahu akbar...* —balbució el confuso joven.

—Dice que «Dios es grande» —tradujo uno de los nobles castellanos que conocía la lengua árabe.

—Preguntadle quién es.

—Dice que es el príncipe Abú Umar, hijo del sultán Abú Hasán.

El muchacho tiró la espada y se arrojó sobre el cadáver de la mujer muerta, cuyo cuerpo estaba empapado en sangre.

—*Al'umu alhabiba* —lloriqueó el joven sobre el cadáver.

—Era su madre, su amada madre.

El joven, entre llantos, explicó que aquella mujer que yacía con el vientre abierto en un charco de sangre era su madre Fátima, la esposa favorita del sultán benimerín.

—¡Malditos cobardes! —clamó lleno de furia Alfonso XI.

—Mi señor, no me di cuenta de que era una mujer, venía hacia mí gritando, cubierta con esa capa, no puede evitarlo... —se excusó el soldado que la había matado.

—Esa mujer defendía a su hijo; lo que no hizo su padre el sultán, que ha escapado como una rata. Vayamos por él; si lo alcanzo, le daré muerte con mis propias manos.

—¡Están todas muertas! —exclamó el rey de Portugal.

—¡Qué! —se sorprendió el de Castilla.

—Tenían espadas y dagas en las manos, se lanzaron sobre los nuestros y gritaban como locas; han tenido que abatirlas, una a una.

Alfonso XI entró en la tienda y contempló la masacre. Varias mujeres yacían sobre las lujosas alfombras con sus vientres abiertos a cuchilladas y sus cuellos rebanados. Eran las demás esposas del sultán y algunas concubinas, que habían peleado con los soldados cristianos hasta la muerte.

El sacrificio de la escolta del rey de Granada, de los guardias y de las mujeres del sultán de Marruecos había servido para que los dos monarcas musulmanes ganaran el espacio y el tiempo suficiente como para ponerse a salvo. Montaban caballos de refresco, los más veloces de su ejército, ágiles y veloces como el viento, y se habían despojado de cualquier objeto que pudiera retrasarles la cabalgada.

Alfonso XI salió en persecución de los huidos, pero apenas pudo vislumbrar, como a una hora por delante, una fina columna de polvo se alzaba cada vez más lejana en el horizonte. Tras darse cuenta de que la persecución era en vano y de que podrían caer en una emboscada, el rey se detuvo en el cauce del río Guadalmesí y ordenó regresar al campo de batalla.

La visión desde el otero donde se había alzado el pabellón de mando de los musulmanes era algo similar a una imagen del infierno.

Miles de cadáveres despedazados y llenos de sangre cubrían los campos a ambas orillas del río Salado y se alargaban cauce abajo hasta el mar, ya cerca de Tarifa.

—Ha sido una gran victoria. Dios ha estado de nuestro lado —comentó Alfonso IV de Portugal, que llegó sonriente al lado de su yerno.

—Gracias por tu ayuda, querido padre —le dijo el castellano utilizando un lenguaje familiar.

—En el día de hoy has conseguido que tu nombre se escriba con tinta de oro en los libros de historia. Las crónicas te incluirán entre los mayores héroes de la cristiandad, junto a Arturo de Bretaña, Carlos el Grande, Roldán, El Cid o Geraldo Sempavor, nuestro gran guerrero. Y hasta es posible que los juglares compongan canciones y poemas en los que se destaque esta gesta.

—Esta hazaña no quedará completada hasta que no conquistemos Granada.

—Tras esta gran victoria, Granada está al alcance de tu mano; solo tienes que extenderla y cogerla.

Durante el resto del día y todo el siguiente, los vencedores recogieron a su muertos y se deshicieron de los cadáveres de los musulmanes. Y aunque no se había podido conseguir todo el tesoro del sultán de Marruecos, el botín capturado era enorme. Una parte se envió al papa a Aviñón, como agradecimiento a la concesión de la bula de cruzada.

Cuando se hizo el recuento de bajas, Alfonso XI se sintió todavía más satisfecho; entre sus tropas había unos dos mil muertos y heridos, pero entre las filas musulmanas las bajas superaban los veinte mil.

—¿Vamos a Algeciras? Podríamos tomarla en una semana —le preguntó don Juan Manuel.

—No, pero volveremos pronto. Regresamos a Sevilla. Nuestros hombres merecen un buen descanso y disfrutar del botín conseguido.

—Ha sido un honor combatir a vuestro lado, señor.—Don Juan Manuel extendió su brazo hacia el rey.

—Debimos haber luchado juntos mucho antes, contra nuestro verdadero enemigo —dijo Alfonso XI, que abrazó a su tío.

Por todas las plazas y mercados de las ciudades, villas y aldeas de Castilla y León corrieron las noticias de la victoria del Salado. Algunos concejos celebraron fiestas y alegrías al regreso de sus soldados, que traían con ellos parte del botín logrado en la batalla.

El sultán de los benimerines, una vez a salvo en Algeciras, tomó una galera y volvió a África. En el Salado había perdido buena parte de su ejército, la mitad de su tesoro, a su esposa favorita y a varias de sus concubinas; y su hijo estaba preso en manos de los castellanos.

La entrada que hicieron en Sevilla los vencedores de la batalla del Salado fue triunfal.

En una larga procesión se mostraban los pendones ganados a los moros, carretas con baúles llenos de monedas de oro y de plata, vestidos de lino y fina lana, paños de seda, collares, pulseras y anillos de las mujeres del sultán Abú Hasán, cofrecillos rebosantes de perlas y piedras preciosas, espuelas, espadas y puñales con empuñaduras chapadas en oro y plata y engastadas con gemas, correajes de cuero, hebillas y otras muchas riquezas.

Ante una de puertas de la catedral, que había sido mezquita mayor de los moros sevillanos, junto a una esbelta torre de ladrillo que destacaba sobre el caserío de la ciudad, el rey de Castilla le dijo al de Portugal que tomara cuanto quisiera de todos aquellos tesoros ganados en la guerra.

El portugués sorprendió a todos al rechazar cuanto se le ofrecía. No quería nada; la victoria era suficiente premio para él; pero su hija la reina María, presente en el desfile, le insistió en que cogiera una cimitarra con un tahalí enjoyado y que se llevara como esclavo a un sobrino del sultán Abú Hasán, que también había sido capturado en el campamento.

Alfonso XI, al escuchar a su esposa, la miró con ceño fruncido: esa espada y ese esclavo era lo que más apreciaba de todo el tesoro ganado en el Salado; pero apretó los dientes, puso buena cara y se los entregó a su yerno, al que abrazó ante el júbilo de los sevillanos, que aclamaron a los dos reyes cristianos con grandes vítores. Aquel día las calles se llenaron de fiestas, bailes, música y comida. Nadie en Sevilla durmió hasta bien entrada la madrugada.

17

Los dos soberanos se despidieron triunfantes. Alfonso IV partió hacia Portugal y Alfonso XI hacia Carmona.

La victoria había sido extraordinaria, pero los triunfos, ni siquiera los más rotundos, no duran para siempre. Había que actuar deprisa, y tomar la iniciativa antes de que los musulmanes se rehicieran y prepararan un nuevo ejército.

Los benimerines habían demostrado que eran capaces de armar una flota completa en apenas un año, y ganar así superioridad en el mar, en tanto los astilleros de Sevilla solo tenían capacidad para construir doce galeras y quince navíos por año.

Alfonso XI, con su armada mermada por las batallas navales en aguas del Estrecho, pidió ayuda a la república de Génova, que disponía de varias naves de gran porte capaces de hacer frente a las enormes galeras africanas. El grave inconveniente era que Génova exigía el pago de ochocientos florines por cada galera y cada mes.

El rey Alfonso aprovechó la desmoralización de los musulmanes y la euforia de los suyos para dar nuevos pasos adelante. Por primera vez en mucho tiempo, la conquista de Granada parecía un objetivo alcanzable.

Alfonso XI envió al papa, con veinticuatro caballeros que parecían vestidos para participar en el más formidable torneo, el pendón del sultán Abú Hasán capturado en el Salado, abundantes regalos y varias decenas de esclavos para trabajar en las minas y canteras propiedad del papado; y a la vez convocó Cortes en Llerena, donde pidió más subsidios a los concejos castellanos y leoneses para hacer frente a una nueva campaña militar con la que pretendía plantarse a las puertas de Granada.

Le había prometido a su suegro que abandonaría a Leonor de Guzmán y que volvería con la reina doña María, pero no podía vivir sin su hermosa amante sevillana; no podía, no quería.

—Te he echado mucho de menos. Nunca volveré a separarme de ti.

Alfonso acariciaba el cabello de Leonor tras haberle hecho el amor en el alcázar de Madrid. A sus treinta años bien cumplidos y tras haber parido siete hijos, el cuerpo de «la Favorita» presentaba un aspecto formidable. Pese a cada embarazo sus pechos mantenían la tersura y firmeza de la juventud, sus cabellos seguían siendo tan suaves y sedosos como en la adolescencia, su rostro más bello y hermoso si cabe, su talle tan esbelto y grácil, sus caderas más rotundas y sus muslos mas sensuales y delicados.

Algunos cortesanos que la habían visto a lo largo de los últimos trece años susurraban entre ellos que, para mantener su belleza, esa mujer había firmado un pacto con el diablo, porque, si no, era imposible y parecía contra natura mantenerse de semejante manera con el paso del tiempo.

—Le prometiste al rey de Portugal que volverías con tu esposa, y un rey debe cumplir sus promesas —ironizó Leonor mientras acariciaba el pecho de su real amante.

—Cualquier hombre, sea o no rey, rompería una promesa, un juramento y su palabra por tenerte a ti. Eres la mujer más preciosa del mundo, te amo y quiero estar siempre a tu lado.

—¿Aunque vuelvas a poner en peligro tu trono?

—No cambiaría un solo instante dentro de ti ni por todos los tronos juntos de la tierra.

—El papa afirma que vivimos en pecado mortal. ¿No te importa condenarte al infierno por seguir conmigo?

—¿El infierno? El verdadero infierno sería separarme de ti. Además, Dios es amor, y no creo que condene a ningún hombre por amar a una mujer.

—No es eso lo que enseña la Iglesia.

—La Iglesia y el papa no cumplen precisamente lo que predican. Ensalzan la pobreza de Cristo como una virtud, pero ellos viven en la opulencia; hablan del amor al prójimo y condenan a los amantes, pero viven amancebados con sus barraganas; piden caridad, pero derrochan fortunas en lujos y extravagancias...

—Si te oyera el arzobispo de Toledo pensaría que eres un hereje —sonrió Leonor.

—Hay algunos que así lo creen.

—O que yo estoy poseída por el demonio.

—Dime quiénes son y los encerraré en una mazmorra de por vida.

—Déjalo; solo son habladurías.

Leonor besó en la boca a Alfonso; el rey sintió de nuevo un cosquilleo en su entrepierna que le avisaba de que estaba listo para un nuevo envite amoroso.

Una fortaleza formidable defendía el paso hacia Granada.

Erigida sobre un cerro rocoso, con las paredes cortadas a pico, se erigía la villa de Alcalá de Benzaide, a poco más de una jornada al noroeste de Granada, en el camino de Córdoba.

—Si no tomamos antes Alcalá, la conquista de Granada será imposible.

—¿Es tan formidable esa fortaleza como se dice? —le preguntó el rey Alfonso a su mayordomo.

—Lo es, mi señor, lo es. Está ubicada en un cerro amesetado de escarpadas laderas, dispone de sólidos muros y férreas defensas, y en su interior hay graneros y almacenes repletos de víveres, y pozos y aljibes llenos de agua. Sus pobladores siempre mantienen suministros suficientes como para resistir un asedio durante al menos seis meses.

»Además, su situación en unas tierras tan elevadas y escabrosas hace que los inviernos sean fríos, de manera que si no consiguiéramos rendir esa plaza antes de la Navidad, sería muy difícil mantener el cerco más allá del mes de enero.

—Entonces, tomaremos Alcalá este mismo verano —indicó el rey.

—Señor, la batalla del Salado resultó una gran victoria para nuestras armas, pero nosotros también sufrimos importantes bajas, quizás no dispongamos aún...

—Este verano —zanjó Alfonso XI.

—Como ordenéis, alteza.

—Dad instrucciones a nuestros espías en Granada para que hagan correr la noticia de que a comienzos de esta primavera atacaremos Málaga con una gran flota y que nuestro ejército acudirá a esa ciudad para asediarla y conquistarla, pero tener preparada la hueste para ir a Alcalá. Espero engañar a los granadinos y que envíen sus mejores tropas a defender Málaga.

El rey de Granada se tragó la argucia. A finales del invierno de 1341 envió el grueso de su ejército a vigilar los caminos y los pasos de la sierra de Málaga, y ordenó que la mitad de la flota se desplegara a lo largo de la costa entre Gibraltar y Almería, y que la otra mitad se concentrara en el puerto de Málaga, cuyas murallas fueron reforzadas con nuevas defensas y más efectivos.

Alfonso XI, acompañado de Leonor de Guzmán, salió de Madrid a finales de febrero.

Todo indicaba que la hueste real y las milicias concejiles se dirigían a la conquista de Málaga, como se había difundido durante el invierno. Yusuf I no lo había dudado, y por eso había preparado toda su estrategia a partir de un engaño.

El ejército se concentró en Écija a mediados de mayo y partió hacia el sur en dirección a Málaga. Así lo indicaron los oteadores musulmanes, que certificaron en varios mensajes la dirección que habían tomado los castellanos. El plan de distracción que había urdido Alfonso XI estaba funcionando.

Pero al llegar al curso del río Genil, el ejército castellano abandonó de pronto la dirección al sur y viró en ángulo recto hacia el este, directo a Alcalá de Benzaide.

Tenía que actuar deprisa, muy deprisa. Había logrado engañar a los granadinos, que habían descuidado la ruta hacia Granada para fortalecer las defensas de Málaga, pero debía obrar con la máxima celeridad para ocupar Alcalá antes de que Yusuf I se diera cuenta del engaño, recompusiera su plan de defensa y enviara refuerzos en auxilio de esa ciudad.

La fortaleza parecía inexpugnable. La mota de Alcalá de Benzaide se asentaba sobre la cumbre de un cerro rocoso de vertientes escarpadas y acceso casi imposible, en cuya ladera sur se extendía un arrabal amurallado mucho más vulnerable.

—Como os dije, alteza, no será fácil tomar ese lugar. —El mayordomo real señaló hacia Alcalá.

—Preparad un plan de asalto —le ordenó el rey.

—¿Asalto...? —se sorprendió el mayordomo.

—Sí, un ataque directo a esos muros.

—Pero señor, esa fortaleza parece inaccesible.

—Cavad fosos, trincheras, minas, lo que sea. Debemos ocupar Alcalá antes de que los granadinos reaccionen y reorganicen su ejército para hacernos frente. Conquistar esa plaza es ahora una prioridad absoluta; si no conseguimos dominar Alcalá, jamás podremos conquistar Granada.

El rey hizo un gesto a su mayordomo para que se retirara y entró en su pabellón, donde lo esperaba Leonor.

—Pareces preocupado —le dijo la sevillana.

—Lo estoy. Alcalá se ubica en una mota en posición muy ventajosa y posee unas defensas formidables, pero no puedo esperar a rendirla por hambre. He ordenado que se tome al asalto. Va a ser una acción muy peligrosa; quizás deberías ir a Sevilla y esperar allí a que la conquiste.

—Yo estaré donde tú estés.

—Si fracaso en esta empresa, quizá me aguarde la muerte.

—En ese caso, quiero estar contigo; ya no podría vivir sin ti.

—Voy a dictar un nuevo testamento, por si...

Leonor puso su mano sobre los labios de Alfonso XI.

—No hables de eso. Yo donaré algunos bienes al obispo de León y a su catedral para que canten misas y rueguen a Dios para que te proteja en esta lucha y para la salvación de tu alma, las la de nuestros hijos y la mía, si es que llegara el caso.

»¿Sabes?, algunos clérigos dicen que nosotros dos vivimos en pecado porque no estamos casados, y pese a ello admiten todos los donativos que les entregamos, que son muy cuantiosos.

—Así es como la Iglesia ha perdonado siempre los pecados: con dinero.

A finales del mes de junio la villa de Alcalá quedó completamente rodeada por el ejército cristiano.

El plan de asalto que se había trazado implicaba talar los árboles más cercanos, ocupar el arrabal de la ladera sur y cortar el suministro de agua. Los sitiadores confiaban en que los calores del verano que acababa de comenzar y la carencia de agua provocaran la rendición de los defensores, que se habían refugiado en el recinto de la mota, pero los de Alcalá estaban dispuestos a luchar por su ciudad con todo tipo de armas, y resistir hasta la extenuación.

Desde Córdoba se había trasladado en varias piezas una enorme torre de madera, tan alta como las murallas del arrabal, que una vez montada fue empujada sobre sus ruedas hasta colocarla frente a los muros, a la vez que bajo los torreones se cavaban minas para provocar su derrumbe.

El ataque al arrabal lo dirigió don Juan, el hijo de don Juan Manuel, que se había convertido en un verdadero experto en el asedio de fortalezas. El hijo del príncipe de Villena mandó excavar una cava justo debajo de una de las torres que protegía un pozo de agua. Supieron de su existencia por un moro cautivo en Martos, quien, para lograr su libertad, había confesado el lugar exacto en el que se ubicaba ese pozo y la debilidad que la muralla presentaba en ese tramo.

Los zapadores trabajaron día y noche hasta lograr alcanzar los cimientos del torreón, bajo los cuales colocaron una pira de leña embadurnada con grasa a la que pegaron fuego mediada la madrugada.

Los soldados musulmanes que defendían ese torreón despertaron cuando comenzaron a oler el humo del incendio y a escuchar los crujidos de la argamasa y de las piedras que se agrietaban ante el calor del fuego y el fallo de la cimentación.

Un estruendo aterrador dio paso al derrumbe del torreón, que se vino abajo con chirriante estrépito ante el jolgorio de los soldados cristianos, que estaban preparados para asaltar el arrabal en cuanto se abriera una brecha en el muro.

Al amanecer, los musulmanes se dieron cuenta de la que se les avecinaba. Los cristianos irrumpieron en el arrabal y lo asolaron. Algunos de sus habitantes habían conseguido refugiarse en la mota aprovechando la oscuridad de la noche, pero sabían que estaban perdidos sin el suministro de agua que les proporcionaba ese pozo.

Mediante señales luminosas enviadas a las atalayas pidieron desesperadamente ayuda a Granada. Yusuf I, todavía sin reponerse del engaño en el que había caído, envió un contingente de mil caballeros, pero con la mera intención de realizar un alarde, que no resultó eficaz, pues los cristianos enviaron a su encuentro a una hueste dispuesta para el combate que hizo huir a los granadinos sin que ofrecieran batalla. El propio monarca nazarí, que había dirigido esa operación desde Monclín, solicitó una tregua, que Alfonso XI no aceptó. Yusuf no tuvo más remedio que retirarse a Granada, sabedor de que Alcalá estaba perdida.

A comienzos de agosto los rayos del sol caían con toda su fuerza sobre la mota de Alcalá, donde comenzaban a escasear algunos víveres, pero sobre todo la falta de agua, que impedía amasar la harina para cocer el pan.

Algunos castillos y atalayas de los alrededores, esenciales para mantener las comunicaciones luminosas, comenzaron a entregarse a los cristianos, y el contacto visual con Granada se interrumpió.

Sin apenas suministro de agua, rodeados por completo, con las comunicaciones cortadas y sin esperanza alguna de recibir ayuda, los defensores de Alcalá sopesaron por primera vez la alternativa de rendirse. Habían comprobado con sus propios ojos la determinación del rey Alfonso para conquistar su ciudad costase lo que costase, y sabían que su señor el rey de Granada no estaba en condiciones de enviarles ayuda.

En el transcurso de apenas una semana la desmoralización fue absoluta. Las pocas voces que todavía abogaban por aguantar el asedio hasta el otoño, en espera de que las lluvias llenaran los aljibes ya vacíos, se apagaron. Unos pocos días más, y todos morirían de sed.

La resistencia cesó. En lo alto de la puerta norte una bandera blanca ondeó aquella mañana del 15 de agosto, y Alcalá de Benzaide se rindió al rey de Castilla y León.

—Habéis hecho un gran trabajo; os felicito —le dijo Alfonso X a don Juan.

—Gracias, alteza, siempre a vuestro servicio —respondió el hijo de don Juan Manuel. Parecía imposible que apenas cinco años antes ambos hubieran sido enemigos mortales.

—El rey Yusuf me ha comunicado que va a romper su alianza con Abú Hasán, y que pagará parias si no atacamos la ciudad de Granada.

—¿Vamos a retirarnos, ahora que la tenemos por fin a nuestro alcance? —preguntó don Juan.

—¿Conocéis el cuento de Esopo sobre la gallina de los huevos de oro?

—Sí. Mi padre me contó esa fábula en algunas ocasiones.

—Pues, estimado don Juan, Granada es nuestra gallina de los huevos de oro. Ese reino es muy rico, y todavía es capaz de poner huevos de oro. Si lo conquistamos ahora, será nuestro, sí, pero dejará de poner huevos. Esa ciudad y su reino deben buena parte de su riqueza al oro que llega desde África, y que dejaría de fluir si la tomamos. Esperemos a que deje de poner huevos, y entonces será nuestra.

—Pueden pasar años antes de que eso ocurra, y sabéis, señor, que el tiempo también es oro.

—Lo sé, querido amigo —el rey trató con gran deferencia a don Juan—, lo sé; yo también he leído los libros de vuestro padre, pero también sé que antes de tomar Granada debemos acabar con las bases en las que los africanos se apoyan para enviar sus tropas a esta tierra. Antes de Granada, debemos conquistar Algeciras y Gibraltar, y una vez ganadas esas dos plazas, Granada caerá como una fruta madura; pero hasta entonces, cobraremos sus parias y nos haremos con su oro.

En cuanto se conoció la caída de Alcalá, varios castillos y villas de la región también se entregaron. En las semanas siguientes se rindieron Rute, Carcabuey y Benamejí, y se ganaron Priego e Iznájar, e incluso algunos castillos en la sierra de Grazalema, como la poderosa torre Matrera. El cerco sobre Granada seguía estrechándose.

Leonor de Guzmán lucía radiante.

Su amado Alfonso había superado todas las reticencias que se levantaron durante su minoría y en los primeros años de su reinado.

El joven rey, al que muchos nobles habían considerado inhábil para sentarse en el trono y al que habían combatido con todas sus fuerzas, se estaba imponiendo a los musulmanes. Tras haber perdido Gibraltar, se había rehecho y los había derrotado en la gran batalla del río Salado, había ocupado la formidable fortaleza de Alcalá de Benzaide y dos decenas de aldeas y castillos, había logrado avanzar la frontera un poco más al sur, cerca ya de Granada, había acabado con la resistencia de la nobleza, ninguno de cuyos miembros discutía su autoridad, y se había hecho con el control de los grandes concejos, de las Órdenes Militares, de los obispados y de los monasterios. En cuanto se lo propusiera, Granada también sería suya.

—Nunca dudé de que lo conseguirías —le dijo Leonor.

—No lo hubiera hecho sin ti. Tu amor ha dado fuerza a mi espíritu en los momentos en los que yo vacilaba —repuso Alfonso.

—Mucha fuerza..., porque vuelvo a estar embarazada.

—Otro hijo...

—Esta vez será una niña; lo presiento.

—Sera nuestro octavo hijo.

—Tendrás que dotarla.

—¿Tan segura estás de que va a ser una niña?

—Completamente segura; con los seis embarazos anteriores tuve la misma sensación, pero este séptimo lo siento de forma distinta, no sé, algo diferente ocurre en mis entrañas.

—Si es una niña la prometeré con algún noble, o incluso con algún príncipe, y si es un niño lo haré señor de Alcalá la Real.

—¿Alcalá la Real?

—Sí; he decidido que Alcalá de Benzaide pase a llamarse de

esta manera. Quiero que esa villa sea una gran ciudad, y que los de Granada miren hacia ella con temor, que la sientan como una amenaza constante, hasta que se entreguen a Castilla.

—Alcalá la Real..., es un hermoso nombre; así siempre se recordará que fuiste tú quien la conquistó.

—Pero me falta Granada..., Granada.

—Si ese es tu sueño, yo estaré a tu lado cuando lo cumplas.

—¿Sabes?, cuando consiga rendir Algeciras y Gibraltar, Granada también mía, y el viejo sueño de mis antepasados de ver a toda España bajo el dominio de reyes cristianos se habrá cumplido, y yo seré el más grande y famoso de todos ellos, más victorioso que don Alfonso el Batallador, más brillante que mi tatarabuelo don Fernando y mejor caballero que el mismísimo Jaime el Conquistador. Mi nombre se escribirá en letras doradas en todas las crónicas al lado de los grandes héroes antiguos, se pronunciará con orgullo en todos mis reinos, lo alabarán papas y reyes, figurará en las lápidas de todas las iglesias y coronará las puertas de Granada cuando la cruz se alce sobre sus muros y torres bermejas. Ni siquiera el nombre de Carlos el Grande será tan recordado como el mío. Y cuando ese momento llegue, tú, mi Leonor del alma, estarás conmigo y compartirás mi triunfo.

—Así será.

Los seis hijos vivos de Alfonso XI y Leonor atesoraban unas propiedades extraordinarias. Sumadas todas ellas suponían el mayor de todos los dominios de los reinos de Castilla y León, mucho más que los que poseía el infante don Pedro, el heredero legítimo, al que su madre la reina doña María seguía educando en el odio y el rencor hacia sus medio hermanos, a los que siempre se refería como «los bastardos de la barragana».

María esperaba y confiaba en que su venganza se cumpliría algún día, y que los numerosos agravios y humillaciones a que estaba sometida durante tantos años por su esposo acabarían, bien con la muerte de don Alfonso o con la de Leonor. Entre tanto, ella esperaría, esperaría, esperaría...; porque cuanto más tiempo tarda en llegar, la venganza es mucho más dulce y placentera.

Los éxitos militares de don Alfonso corrieron por toda la cristiandad, y su prestigio aumentó cuando los caballeros franceses, ingleses y alemanes que participaron en aquellas campañas regresaron a sus tierras de origen y contaron las hazañas de aquel rey de cabellos rubios y piel blanca, cuerpo mediano pero fuerte y voluntad de hierro.

Los triunfos del rey Alfonso fueron más reconocidos fuera de sus reinos que en Castilla y León; aunque la cristiandad no estaba para muchas celebraciones, pues la guerra entre Inglaterra y Francia seguía desatada con enorme virulencia, y los combates en la tierra y en el mar entre ambos reinos amenazaban con ser más cruentos que las batallas entre los moros y los cristianos en la frontera del sur de Castilla.

La victoria del Salado, la conquista de Alcalá la Real y las de otras villas y castillos fueron celebradas con el inicio de la construcción de un gran santuario en Guadalupe, en aquel mismo lugar de la Extremadura leonesa, a orillas del río Guadalupejo, donde un ermitaño le había augurado a Alfonso XI que lograría un gran triunfo. Por su parte, el rey Alfonso IV de Portugal ordenó levantar un monumento civil en la ciudad de Guimaraes, una especie de templete abierto con arcos apuntados y un peirón en el centro, para recordar su participación en aquella formidable batalla.

Asentada la frontera sur y aseguradas las conquistas desde la imponente posición de la mota de Alcalá la Real, una verdadera espina clavada en el reino de Granada, don Alfonso regresó a Castilla.

Si la guerra había resultado un éxito, la paz se presentaba con sombríos nubarrones. La euforia de los triunfos en el Salado y Alcalá la Real habían ocultado durante unos meses que los concejos habían afrontado enormes gastos para reclutar sus milicias y enviarlas a la guerra de la frontera; algunas villas y ciudades estaba extenuadas, con sus arcas vacías, empeñadas en préstamos elevadísimos, y con muchos de sus ciudadanos al borde de la pobreza. Hacía ya varios años que habían asumido gastos muy elevados para satisfacer las demandas del rey a fin de sufragar la guerra, y sus vecinos no podían hacer frente a más dispendios, son pena de caer en la ruina y la miseria.

El efecto de las grandes victorias duró poco.

La cara del mayordomo real era la imagen misma de la inquietud cuando entró en la sala mayor de castillo de Burgos, donde el rey departía con Leonor de Guzmán y tres de sus hijos.

—Alteza —se inclinó el mayordomo.

—¿Qué ocurre?

—Señor, nuestros agentes en el Estrecho informan que el sultán de los benimerines está preparando otro gran ejército y una cuantiosa flota con la intención de llevar a cabo una nueva invasión de España.

—¡Cómo es posible tan pronto!; los derrotamos en el Salado y acabamos con miles de sus soldados hace apenas un año —se sorprendió Alfonso XI.

—Esas tierras de África parecen un vivero inagotable de hombres.

—Ese demonio de Abú Hasán busca venganza. En el Salado matamos a su esposa y a varias de sus concubinas y tomamos cautivo a su hijo; lo que pretende es vengar semejante afrenta para no quedar como un cobarde a los ojos de su pueblo. Si no acabamos con él, él acabará con nosotros.

»Tenemos que conquistar Algeciras y Gibraltar; sin esas bases no podrá desembarcar a sus tropas a este lado del Estrecho.

—Puede hacerlo en Málaga o en Almería, o en cualquier otro puerto de los moros de Granada —alegó el mayordomo.

—Si ganamos Algeciras y Gibraltar, el control del Estrecho estará en nuestras manos.

—¿Qué proponéis, alteza?

—Hacernos con Algeciras cuanto antes.

—Es una plaza muy poderosa, con fuertes defensas y sólidas murallas. No será fácil conquistarla.

—Mientras Algeciras permanezca en manos del sultán de Marruecos, los africanos pasarán el Estrecho una y otra vez con suma facilidad y cuando les parezca oportuno, y serán una amenaza constante para nosotros.

—¿Cuándo estáis pensando en conquistar Algeciras?

—El año que viene.

—Pero señor, las arcas del reino están vacías, no tenemos recursos para afrontar una campaña de esa magnitud. Tomar Algeciras requerirá de miles hombres, caballos, máquinas de asedio, una flota...

—Instituiré un nuevo impuesto.

—Los concejos no pueden aportar ni un solo maravedí más; todos ellos están endeudados, y algunos en bancarrota.

—Será un impuesto de carácter temporal, la alcabala, que gravará a todas cuantas mercancías transiten por mis reinos.

—Eso paralizará el comercio, y quizá ni siquiera con ello sea suficiente para cubrir los gastos de esa empresa.

—Solicitaré empréstitos al papa, a Portugal, a Francia, a quien sea. Algeciras debe ser conquistada, cueste lo que cueste.

El mayordomo real guardó silencio. Conocía bien al rey y sabía que cuando se empeñaba en una cosa no había manera de convencerlo para que echara marcha atrás.

Había decidido tomar Algeciras y estaba dispuesto a todo para lograrlo, aunque le fuera en ello la ruina de la Hacienda del reino, o su propia vida.

La mañana era muy fría aquel día de enero de 1342. Los campos de Castilla habían amanecido cubiertos por un manto blanco, pero no era nieve, sino una gruesa capa de escarcha.

—Es una niña, alteza —le comunicó el físico que había atendido al séptimo parto de Leonor de Guzmán.

Juana Alfonso, el octavo retoño de «la Favorita», en uno de los partos habían nacido gemelos, parecía sana y fuerte.

—¿Cómo está doña Leonor? —demandó el rey.

—En perfectas condiciones, mi señor, pero necesitará descansar.

—Quiero verla.

El rey entró en la alcoba del palacio real de Valladolid, donde su amante había dado a luz.

A sus casi treinta y dos años, y tras haber parido ocho hijos, aquella mujer mantenía la belleza de la juventud, la tersura de la piel, la sedosidad de los cabellos y el brillo de los ojos. Parecía como si hubiera firmado un pacto con el diablo para mantenerse eternamente joven; de hecho, algunas voces susurraban en los entresijos de la corte que así era.

—Ha sido una niña —dijo Leonor, sonriente al ver al rey junto a su lecho.

—Una niña preciosa, como tú.

—Quiero bautizarla con el nombre de Juana, Juana Alfonso.

—Si ese es tu deseo, nuestra hija se llamará de ese modo.

—Juana es el nombre de mi madre —comentó Leonor.

—Tengo que ir a Burgos; necesito dinero para la conquista de Algeciras y los comerciantes de esa ciudad lo tienen.

—Iré contigo —dijo Leonor.

—No. El médico ha dicho que debes descansar.

—Deseo acompañarte.

—Esta vez, no. Te quedarás en Valladolid mientras te recuperas del parto. Vendré a buscarte enseguida.

—No quiero alejarme de ti; no quiero.

—Yo tampoco deseo estar lejos de ti, pero no puedes venir conmigo. No te preocupes, volveré muy pronto, y espero que cuando lo haga podamos hacer el amor; ardo en deseos de tomarte de nuevo.

Además de su imponente belleza, algo había en Leonor que volvía loco de amor y de pasión al rey Alfonso, o quizá la suma de su incomparable hermosura, su magnífico cuerpo, la alegría que le transmitía, la sensación de felicidad que sentía cuando estaba a su lado... No podía vivir sin esa mujer; ya no podía.

Antes de partir hacia Burgos, Alfonso XI concedió a Leonor de Guzmán los señoríos de Medina de Río Seco, Tordehumos y Paredes de Nava. Si ya era la mujer más rica de Castilla y León, con esas nuevas donaciones quizá se había convertido en la mujer más rica de toda la cristiandad.

Aunque León era la antigua ciudad imperial, donde los reyes de Asturias habían establecido la sede regia, los burgaleses consideraban que su ciudad era la más importante de todos los reinos de don Alfonso.

Burgos había sido fundada al abrigo de una vieja fortaleza construida por los musulmanes siglos atrás y pronto abandonada, ubicada en lo alto de un monte desde el que se controlaba el valle del Arlanzón y el cruce del camino de los peregrinos con la ruta que unía los puertos del Cantábrico con el corazón de Castilla.

El caserío había crecido a lo largo del Camino de Santiago, y gracias a su constante flujo habían florecido los negocios de artesanos y de comerciantes de lana, con cuyas rentas se había hecho posible la construcción de una prodigiosa catedral en tiempos del rey don Fernando.

—Han venido todos, señor —le comentó Juan Núñez de Lara

al rey mientras se dirigían al encuentro con los burgaleses convocados para darles una importante noticia.

—Espero que colaboren —dijo el rey.

—Lo harán, aunque os aconsejo, mi señor, que no digáis que estáis concediendo franquicias y libertades a los que vayan a poblar las localidades de la frontera, como habéis hecho con los pobladores de la villa de Cabra, pues podrían protestar los burgaleses por esas exenciones, que ya quisieran para ellos.

En el refectorio del convento de Predicadores, los miembros del concejo y una representación de los mercaderes y ganaderos de Burgos aguardaban la llegada del rey.

—Su alteza don Alfonso, rey de Castilla, de León, de Toledo, de Sevilla...

El faraute anunció la entrada de Alfonso XI en la sala recitando todos sus títulos, y los allí reunidos inclinaron sus cabezas en señal de respeto y sumisión.

—Señores —habló el rey—, una grave amenaza pende sobre todos nosotros y sobre nuestros reinos. El sultán de Marruecos, al que derrotamos en la gloriosa batalla del Salado, está reconstruyendo su ejército y su flota. Nuestros agentes en el Estrecho nos han informado de que prepara una nueva invasión, otra vez con la ayuda del rey de Granada. En el Salado murieron varias de sus esposas y allí capturamos a su hijo y heredero, por lo que Abú Hasán nos ha jurado odio eterno y ha manifestado su deseo de vengarse.

»En su corazón alberga el odio y en su cabeza bulle la idea de acabar con la cristiandad de España. Quiere destruirnos y conquistar todos estos reinos, como hicieran sus antepasados siglos atrás. Si lo consigue, todos nosotros nos convertiremos en sus esclavos, o en comida para los buitres, y sobre nuestras iglesias y catedrales ondearán sus banderas y sus estandartes.

»Para evitar que su invasión triunfe, debemos tomar la ciudad de Algeciras, base y puerto clave para el desembarco de los demonios africanos en nuestra tierra. Debemos evitarlo a toda costa. Es una ciudad grande, tres o cuatro veces mayor que Burgos, y alberga más de treinta mil almas. Está a la orilla del mar, en una amplia bahía, y dispone de profundos fosos y fuertes murallas. Tomarla constará mucho esfuerzo y también dinero.

El portavoz del concejo de Burgos alzó la mano, y el rey le concedió la palabra con un gesto.

—Mi señor, la ciudad de Burgos siempre ha estado dispuesta a aportar el dinero necesario para vuestras empresas, pero lamento tener que deciros que nuestras arcas están completamente vacías, y que hemos tenido que solicitar empréstitos para poder afrontar tan elevados gastos; no podemos endeudarnos ni un maravedí más.

—No voy a pediros más dinero; pretendo recaudar los fondos necesarios para esta campaña aplicando un impuesto de alcabalas —explicó el rey.

—Señor, tampoco podemos soportar más cargas. No tenemos dinero; si nos imponéis estos impuestos, moriremos de hambre.

—Sé que nadie quiere pagar impuestos, pero os pido un esfuerzo, señores; si no detenemos a los africanos, los cascos de sus caballos hollarán la sagrada tierra de Castilla.

—No podemos, mi señor, no podemos...

—Las alcabalas gravarán las mercancías que transiten por esta ciudad; es un coste que sí podéis asumir.

—Pero, alteza, los precios subirán con ese nuevo impuesto, y ya están lo suficientemente altos como para que el comercio esté a punto de paralizarse.

—Debéis contribuir, o lo perderemos todo. ¿Acaso queréis ver a vuestras mujeres acostadas en la cama al lado de esos demonios africanos?, ¿a vuestros hijos convertidos en sus esclavos?, ¿vuestras casas y vuestras tierras incautadas y apropiadas? ¿Seréis capaces de asistir a la pérdida de Castilla y de todo lo vuestro sin realizar un último esfuerzo?

—Burgos y su alfoz pueden acudir a la toma de Algeciras con tres mil caballeros, pero no disponemos de dinero. No podemos sacarlo de debajo de las piedras.

—Tres mil caballeros y el impuesto de alcabalas a todas las mercancías —dictaminó el rey.

Los burgaleses presentes en el convento de Predicadores se cruzaron miradas cómplices y varios de ellos asintieron. Nadie rechazó la propuesta del soberano de Castilla.

—Sois un buen rey, mi señor. Aceptamos.

Alfonso XI suspiró aliviado.

—Habéis dado un ejemplo magnífico a las gentes de mis otros reinos; y acabáis de salvar a la cristiandad hispana de una muerte cierta.

18

La nodriza amamantaba a Juana Alfonso mientras sus padres contemplaban a su única niña. Leonor de Guzmán, ya repuesta del parto, se había trasladado con sus hijos a Burgos, donde la esperaba el rey.

Por las austeras estancias del castillo burgalés vagaba como un espectro Sancho Alfonso, que a la muerte de Pedro se había convertido en el hermano mayor. El muchacho, de diez años de edad, era mudo. La carencia de habla lo había convertido en un joven introvertido, y solía ser objeto de burlas por el resto de sus hermanos, sobre todo de los gemelos Enrique y Fadrique, que a sus ocho años no cesaban de gastarle bromas al pobre mudito. Fernando y Tello, más pequeños, seguían como perrillos falderos los pasos de sus hermanos mayores, en tanto Juan Alfonso apenas podía sostenerse en pie y Juana Alfonso solo tenía un mes de edad.

—Nunca podrá ser un gran guerrero —comentó Leonor.

—¿Quién no podrá serlo?

—Nuestro hijo Sancho. Míralo; su mudez supone una enorme carencia que limita sus facultades.

—Será un gran señor; ya hablará por señas.

—No es solo la voz lo que le falta a nuestro hijo mayor; también carece de entendederas. —Leonor usó esa expresión coloquial para referirse a la limitación intelectual del muchacho.

El rey apretó los dientes. Su hijo primogénito, Pedro de Aguilar, había muerto hacía ya más de tres años; su heredero legítimo, el hijo de María de Portugal también llamado Pedro, adolecía de ciertas carencias y alternaba un genio colérico con una actitud taciturna debido a los trastornos provocados por deformación de la cabeza que sufrió al nacer; Sancho era mudo, sordo y tenía graves problemas de entendimiento; y los demás hijos de Leonor eran demasiado jóvenes todavía como para vislumbrar cuál sería su carácter.

—Pedro, mi... heredero —titubeó Alfonso XI al nombrar a su hijo legítimo—, tiene graves problemas en su cabeza; dicen los médicos que lo tratan que tal vez no llegue a cumplir la mayoría de edad. En ese caso...

—¿Designarías heredero a Sancho?

—No; está claro que Sancho tiene tantas carencias que no está capacitado para reinar, pero Enrique, sí.

El rey miró al gemelo Enrique, que jugaba a pelear con Sancho, quien a pesar de tener dos años más solía perder siempre las riñas con su hermano menor.

—¿Enrique?

—Sí. Me he fijado en nuestro hijo desde que nació. Ya lo ves, es fuerte, aguerrido, quiere ganar siempre y no le importa pelear con su hermano mayor. Si falleciera Pedro, Enrique sería un buen rey.

A un lado de la sala, caldeada por el reparador fuego de la chimenea, peleaban Sancho y Enrique. El pequeño, mucho más ágil y rápido que su hermano mayor, lograba zafarse una y otra vez de los intentos de sujetarlo e inmovilizarlo, y cuando lograba soltarse, se giraba como un rayo y propinaba collejas al mudito, que se enfadaba y refunfuñaba para mayor hilaridad de los menores.

Dada su carencia de voz, Sancho emitía sonidos guturales, como los de una lechuza, e intentaba en vano atrapar al escurridizo Enrique, que se movía a su alrededor como una anguila, sonriendo y atizándole cachetes que el mudo no podía esquivar.

—Va a hacerle daño. Enrique es demasiado veloz para Sancho.

—¡Parad ya! —gritó el rey con voz poderosa y rotunda.

Al escuchar la orden de su padre, Enrique se detuvo, lo que aprovechó el atolondrado Sancho para propinar a su hermano un golpe en las costillas.

Enrique, sorprendido, reaccionó y golpeó con el puño cerrado el rostro de Sancho, que cayó al suelo sollozando.

—¡He dicho basta! —clamó Alfonso XI.

Todos sus hijos callaron atemorizados, pero Sancho, muy airado, se levantó e intentó golpear a Enrique.

—¿Estás sordo?

El rey sujetó por el brazo a su hijo mayor, que al sentir la mano poderosa de su padre lo miró con cara de asombro. El pobre mudito no había oído nada.

Fue entonces, al contemplar los ojos extraviados del muchacho, cuando don Alfonso percibió las verdaderas carencias de su hijo. Tenía la mirada perdida, como la de un orate, los ojos hundidos y oscuros, la faz ceñuda y un extraño rictus dibujado en los labios. Aquel muchacho no era normal; no era necesario ser un físico para darse cuenta de que no tenía todas sus facultades en regla.

Atemorizado por la presa que le había hecho su padre sobre el brazo, Sancho comenzó a convulsionarse. Su cuerpo se agitó como zarandeado por un viento inapreciable y de su boca callada surgió una saliva espumosa y rojiza.

—¿Qué le ocurre a mi hijo? —preguntó Leonor preocupada—. ¡Llamad al médico, deprisa! —ordenó a los criados.

El rey soltó el brazo de su hijo pero lo sujetó por la cintura para que no cayera desplomado al suelo a causa de los espasmos. Con cuidado, lo llevó hasta una silla mientras sus hermanitos lo miraban con cara de susto; alguno de los pequeños lloraba.

Sancho Alfonso «el Mudo» murió a comienzos del mes de marzo en la ciudad de Burgos antes de cumplir los diez años. Segundo hijo de Leonor de Guzmán y de Alfonso de Castilla y León, su padre le había concedido el señorío de Ledesma y otros honores y rentas. Fue enterrado, como si de un príncipe se tratara, en el monasterio de las Huelgas. Embadurnaron su cadáver con aceites y ungüentos aromáticos y lo vistieron con una túnica de seda, unos zapatos negros de cuero de becerro y unos guantes blancos de piel de cabritilla pespunteados con hilos verdes y amarillos, y lo colocaron en el ataúd entre cojines de seda carmesí con las armas de Castilla y León bordadas en oro y plata.

—Te daré más hijos para la vida, más guerreros para tu lucha y más hombres para engrandecer tus reinos —le dijo Leonor a su real amante cuando cerraron la tapa de piedra del sarcófago de Sancho.

La vida seguía su curso y la guerra no podía esperar.

Mediado el mes de marzo, Alfonso XI y Leonor se trasladaron a León. El rey se había propuesto recorrer durante la primavera las principales ciudades de sus reinos para recaudar las alcabalas necesarias para iniciar el asedio y la conquista de Algeciras.

En León consiguió lo que pretendía; los leoneses se amedrentaron cuando vieron entrar en su ciudad a las tropas del rey encabezadas por Juan Núñez de Lara, el arzobispo de Santiago y el obispo de Zamora.

La pasión de don Alfonso por la montería crecía con los años, y decidió acudir a los montes de León para cazar venados y quizás algún oso, pues estaban a punto de salir de su periodo de hibernación. Había pensado que si lograba abatir a una de esas enormes fieras, haría que con su piel le fabricaran un abrigo para Leonor.

Nada mejor que la piel curtida de un oso, con su pelo denso y cálido, para soportar los duros y gélidos inviernos de Castilla.

Durante dos días recorrió el valle de Babia, donde abundaban los ciervos, que buscaban refugio en las zonas más bajas y caldeadas de los valles, huyendo de los lobos y de las nieves.

Junto al obispo de Zamora, a quien le gustaba cazar casi tanto como al rey, abatieron en una sola jornada tres venados y dos jabalíes, pero no consiguieron dar con ningún oso. Quizá fuera demasiado pronto, corrían los últimos días del invierno y las nieves seguían cubriendo las laderas de las montañas hasta cotas muy bajas, y todavía no habían salido de sus oseras, pues, a pesar de adentrarse en zonas cubiertas por la nieve y el hielo, no vieron ni una sola huella de esas bestias.

Tras cazar en las montañas de Babia, Alfonso XI regresó a León, donde lo esperaba Leonor de Guzmán, ya completamente repuesta del parto de Juana.

La emoción de las dos jornadas de caza habían excitado al rey, que volvió eufórico y lleno de energía. Hacía tres meses que no le hacía el amor a Leonor; y ardía en ganas de tomarla. Esa misma noche se amaron al calor de la chimenea del palacio real de León. Tres veces derramó el rey su simiente en el interior de «la Favorita», que a la mañana siguiente tuvo la intuición de que había vuelto a quedar embarazada.

Salieron de León y se encaminaron a Astorga, para recabar las nuevas alcabalas; y desde esa ciudad se enviaron correos a Galicia en demanda de las rentas que el rey necesitaba para sus campañas de conquista. Poco después se presentó en Zamora, donde el obispo le entregó una caja llena de monedas de oro y plata y otra con objetos preciosos fabricados con esos dos mismos metales, además de un cofrecito con varias gemas. Le dijo al rey que parte de ese tesoro procedía del tiempo en el que los moros pagaban parias a los cristianos para que los dejaran vivir en paz.

Mediado el mes de abril regresó a Valladolid con Leonor, pero pasó la fiesta de la Pascua de Resurrección con la reina María y con su hijo el príncipe Pedro, que seguían en esa ciudad. Para compensarla, a Leonor le ratificó la concesión de numerosos señoríos y dotó con algunos otros a sus bastardos.

—Ha muerto el papa Benedicto; los cardenales se reunirán la semana que viene para elegir al nuevo pontífice —le anunció el mayordomo real.

—¿Tan pronto? Deben tener mucha prisa —se extrañó el rey Alfonso.

—La mayoría de los cardenales son franceses; ya están en Aviñón, donde elegirán papa a uno de los suyos.

—¿Quién es el candidato con más posibilidades?

—Sin duda, el cardenal Pedro Roger de Beaumont.

—¿Qué sabemos de ese hombre?

—Que fue el embajador y principal agente de don Felipe en la corte pontificia de Aviñón, y que le gustan el lujo, la música y la poesía; y, sobre todo, que hará cuanto le ordene el rey de Francia.

—¡Dejadme entrar, debo informar al rey, dejadme pasar!

Alguien gritaba con todas sus fuerzas estas y otras frases similares provocando un pequeño tumulto a la puerta del palacio real de Valladolid.

Esas voces llamaron la atención del monarca, que le ordenó a su mayordomo que acudiera a ver de qué se trataba semejante alboroto.

El mayordomo regresó instantes después bastante sofocado.

—Se ha desatado una considerable trifulca en la plaza delante del palacio, alteza.

—¿Una revuelta?

—No, mi señor. Se trata de una enconada disputa entre dos infanzones que se acusan mutuamente de pretender... asesinar a vuestra alteza.

—¡Qué!

—Ambos han sido apresados por los soldados de la guardia.

—¿Quiénes son esos dos cretinos?

—Sus nombres son Pay Rodríguez de Ambia y Ruy Páez de Biezma.

—¡Esos dos! ¿Están borrachos?

—No, mi señor; parece que están bien serenos. Tal vez sería conveniente ejecutar a los dos, y así acabaría de inmediato este escándalo.

—No. Esos dos caballeros son fieles vasallos. Traedlos a mi presencia. Veremos qué les pasa —ordenó don Alfonso.

—Mi señor, ambos están fuera de sí.

—Traedlos inmediatamente.

El mayordomo real sabía que cuando el rey daba una orden tajante había que cumplirla sin rechistar.

Los dos infanzones comparecieron ante Alfonso XI con las manos atadas a la espalda. los pies sujetos con grilletes de hierro por los tobillos y con una cuerda atada al cuello. Media docena de guardias armados los custodiaban por si se les ocurría cometer alguna necedad.

Para ahogar sus gritos, les habían tapado las bocas con trapos, que se mantenían sujetos con sendas tiras de badana atadas a las nucas.

—Debería rebanaros el gaznate ahora mismo por montar tamaño alboroto a las puertas de mi casa —habló el rey—. ¿Qué pretendíais con semejantes gritos?

A una indicación, el guardia que sujetaba la cuerda atada al cuello de uno de los dos infanzones le desató la tira de badana y le sacó los trapos de la boca para que pudiera hablar.

—Mi señor, ese hombre —señaló a su rival con la cabeza— pretendía mataros. Yo descubrí sus planes y traté de avisaros, pero los guardias me detuvieron en la puerta y no me dejaron pasar.

—Vos sois Ruy Páez de Biezma. —El rey reconoció enseguida a uno de sus más fieles vasallos, que había organizado la ceremonia de su nombramiento como caballero, había combatido con gran valor en la batalla del Salado, y al que había beneficiado con la concesión de algunos cargos como el de merino de Galicia—. Seguid hablando.

—Ese traidor quería asesinaros, mi señor.

—Me servisteis bien en el Salado, pero debo ser justo y escuchar también a vuestro rival.

El soldado que custodiaba al otro infanzón le quitó el bozal.

—Hablad —le ordenó el rey.

—Señor, soy Pay Rodríguez de Ambia...

—Sé quien sois, un gran guerrero, y también luchasteis con bravura en el Salado. ¿Qué tenéis que alegar ante tan grave acusación?

—Que Ruy Pérez miente; el traidor es él. Él es quien tramaba mataros.

—¡Canalla mentiroso, os estrangularé con mis propias manos! —clamó Ruy Pérez.

—Señor, soy vasallo de don Pedro Fernández de Castro, el rico hombre más poderoso de Galicia y leal vasallo de vuestra alteza. Él podrá certificar que cuanto afirmo es cierto.

—¡Mentís como un bellaco!

—Este hombre se ofreció al rey de Portugal; es un traidor a vuestra alteza —dijo Pay Rodríguez.

—¡Mentís de nuevo!

—¡Callad los dos o mandaré que os corten las lenguas ahora mismo y se las den de comer a mis perros! —clamó el rey, a la vez que indicaba a los guardias que les taparan la boca a ambos.

—Uno de estos dos hombres miente, mi señor —intervino el mayordomo.

—O tal vez ambos. ¿Qué sugerís que haga?

—Como no hay pruebas ni modo alguno de demostrar quién es el mentiroso, sugiero que sea Dios Nuestro Señor el que dirima cuál de ellos dice la verdad.

—¿Un juicio de Dios? Buena idea. ¿Preferís la prueba del agua hirviendo o la del hierro candente? —preguntó el rey; los dos infanzones no pudieron responder con sus bocas selladas.

—Autorizad que se celebre un duelo entre ambos, como dictan los fueros y las costumbres —propuso el mayordomo.

—Un duelo, sí. Ambos sois de la misma edad y dignidad, y de similar estatura, peso, fuerza y habilidad. Bien, celebrareis un duelo dentro de tres meses. Dios será quien decida el vencedor del mismo y, por tanto, el portador de la verdad. ¿Estáis de acuerdo?

Los dos infanzones asintieron con la cabeza.

—Deben de ratificarlo de viva voz, alteza —intervino el mayordomo.

—Voy a dejar que os quiten la mordaza, pero si uno de los dos alza la voz o vuelve a gritar como un maldito poseso sin que yo se lo permita, juro que haré que le rebanen el cuello aquí mismo.

Los soldados volvieron a desembozarlos. Ambos rivales se mantuvieron callados hasta que el rey señaló a Ruy.

—Acepto librar ese duelo —dijo el de Biezma.

—Yo también —asentó el de Ambia.

—Pues dentro de tres meses libraréis un torneo para dirimir quién de los dos miente. Hasta entonces os guardaréis de hacer cualquier manifestación sobre este asunto. Si me entero de que alguno de los dos desobedece mis órdenes, juro ante los cuatro evangelios que lo colgaré por el cuello a la entrada de esta ciudad y dejaré que los cuervos se alimenten con su carroña hasta que no quede otra cosa que sus huesos. ¿Lo habéis entendido?

Los dos infanzones cruzaron sus miradas llenas de rencor y asintieron con la cabeza.

—¿Los dejamos libres, señor? —preguntó el mayordomo.

—Sí, quedáis libres, pero ambos vendréis con la hueste al sitio de Algeciras. Sois buenos soldados y necesito a todos cuantos sepan empuñar un arma para conquistar esa ciudad. Allí libraréis vuestro duelo, y recordad que no quiero que protagonicéis ningún altercado hasta que llegue la hora del juicio divino.

Desde Valladolid, el rey partió hacia el sur a principios de mayo. Lo acompañaba Leonor, que, como ella misma había presentido aquella mañana en León, volvía a estar embarazada.

En su camino pasaron por Tordesillas, Segovia y Ávila, a cuyos concejos se pidió más dinero para la empresa de Algeciras. En Segovia se enteraron de que los moros de África habían armado ya una imponente flota de ochenta galeras, y que se aprestaban a embarcar un gran ejército para transportarlo hasta la bahía de Algeciras, con la intención de vengarse de la derrota del Salado.

Una pequeña flota castellana había derrotado y quemado cuatro galeras sarracenas, pero la armada de los musulmanes seguía siendo muy superior a la de los cristianos. El almirante Egidiol le rogaba al rey que se construyeran más galeras, porque con las que disponía no podría detener a la flota enemiga.

—Según el almirante, necesitamos más barcos y más galeras de guerra, alteza —le dijo el mayordomo.

—Enviaré al tesorero a Sevilla para que supervise la construcción de cuantas podamos armar, y redactad una carta para el rey de Portugal solicitándole ayuda y el envío de cuantas galeras pueda aportar para el asedio de Algeciras.

El 13 de mayo el rey Alfonso supo en Madrid que, como estaba previsto, Pedro de Beaumont acababa de ser elegido papa y que había tomado el nombre de Clemente. Había sino nombrado en el cónclave el 7 de mayo, tan solo doce días después de la muerte de su antecesor.

—Os lo dije, alteza. Todo estaba amañado, y el rey Felipe de

Francia ha impuesto a su candidato en la corte pontificia de Aviñón —comentó el mayordomo cuando se supo la noticia.

—Francia seguirá controlando al papa. Bien, espero que Clemente también nos conceda la bula de cruzada.

Antes de salir de Madrid se supo que el rey de Portugal solo aportaría diez galeras, muy pocas para las que se necesitaban. Alfonso XI no tuvo más remedio que aceptar la escueta oferta, y escribió a todos los ricos hombres de Castilla y León para que estuvieran preparados en sus señoríos junto a sus huestes, en espera de recibir sus órdenes para acudir de inmediato al sitio de Algeciras.

El rey, feliz por el nuevo embarazo de su amante, puso su firma y su signo en un documento por el que entregaba a Leonor de Guzmán el dominio señorial sobre las villas de Alcalá de Guadaira, Medina Sidonia, Huelva, Cabra, Lucena, Aguilar de la Frontera y Montilla, además de numerosos bienes y propiedades en Sevilla, Córdoba, Algeciras, Oropesa, Paredes de Nava, Villagarcía de Campos y Tordesillas, y, a la vez, en otro diploma otorgaba el señorío de Haro a Fernando, el quinto de sus bastardos.

Con estas donaciones, algunos ricos hombres de Castilla fruncieron el ceño, pues «la Favorita», que ya era la mujer más rica de Castilla y León, se convertía sin duda en la mujer con mayor fortuna de toda la cristiandad y algunos suponían que también de todo el mundo, según se comentaba en voz baja, pues nadie se atrevía a cuestionar las decisiones de don Alfonso.

Don Juan Manuel, uno de los grandes beneficiados desde que firmara la paz con el rey, hablaba con su hijo Juan de la nueva situación en la corte de Castilla.

—Hijo, nuestro linaje desciende de la sangre del rey don Fernando, que unificó los reinos de Castilla y de León tras casi un siglo de segregación. Somos herederos de una familia de sangre noble y limpia, y por eso ocupamos, y así debe seguir siendo según la ley de Dios, tal altos puestos y tan encumbrada alcurnia. Pero en los últimos años, desde que esa mujer se apoderó del amor y de la voluntad del rey don Alfonso, todos sus parientes y amigos están siendo recompensados con grandes privilegios y notables donaciones. En torno a «la Favorita» está creciendo una casta de nuevos ricos y nobles que están siendo muy favorecidos por el rey, que es incapaz de negar capricho alguno a Leonor de Guzmán.

—¿Y eso te preocupa, padre?

—Por supuesto; la nobleza solo la da la sangre, y la nobleza conlleva riqueza y fortuna, a las que tenemos derecho por designio divino. Dios ha ordenado el mundo en tres estamentos: los eclesiásticos que rezan por todos, los nobles que luchamos y defendemos a los demás y los que trabajan con sus manos para que dispongamos de vivienda, comida y abrigo. Así ha sido siempre, y así debe seguir siendo. Si alguien conculca este orden divino de las cosas, está quebrantando la ley de Dios y cometiendo un gravísimo pecado.

—¿Temes que esa..., que Leonor acabe con nuestra nobleza?

—Hijo, la ambición de esa mujer no tiene límites. Ha engatusado al rey con su prodigiosa belleza y, según dicen, lo ha hechizado con arteros embrujos y perversas artes demoníacas, con lo que ha conseguido adueñarse de su voluntad. Don Alfonso cumple todo cuanto le dicta esa mujer, que ha obtenido para ella y para su legión de bastardos tantos señoríos, rentas y privilegios que las otrora extensas propiedades de la corona de Castilla y León van a quedar en nada. Y por si no fuera suficiente con apoderarse de tantos bienes para ella y sus hijos en detrimento de las posesiones de la corona, también está mediando para que se hagan cada vez más ticos y poderosos todos los miembros de sus dos familias, los Guzmán y los Ponce de León, y sus amigos como los Coronel, los de la Vega, los Álvarez de Asturias, los Albornoz, e incluso ha colocado en los más altos cargos eclesiásticos a fieles suyos como a los obispos Fernán Sánchez en Valladolid y a Juan de Campos en León. O le paramos los pies, o pronto será dueña y señora de nuestras vidas.

—Por lo que dices, padre, Leonor y su círculo están acumulando un inmenso poder.

—Y seguirán haciéndolo si nadie se lo impide. Además, Leonor vuelve a estar preñada. Si siguen pariendo hijos del rey, pronto no habrá suficientes tierras y haciendas en todos los reinos de Castilla y León para dotar a sus bastardos.

»Y aún quedan todos esos arribistas a los que tanto ha favorecido, los mismos que le profesan una lealtad inquebrantable y que le serán fieles hasta la muerte, pues saben bien que su fortuna, su riqueza y sus privilegios dependen de ella, y solo de ella.

—Por eso justifican y aplauden su adulterio con el rey —añadió Juan.

—Hijo, la natura del hombre tiene unas necesidades que no son las mismas que las de la mujer. La honra de un hombre estriba en su nobleza y en su valor, pero la de la mujer radica en su entrepierna, y la honra de una mujer es, además, la de toda su familia. Un hombre puede yacer con una hembra que no sea su esposa sin perder ni su honor ni el de su casa, pero una mujer que comete adulterio no solo se deshonra a sí misma, sino a toda su parentela.

—¿Cómo Leonor de Guzmán?

—Bueno, «la Favorita» no está casada; cuando el rey la conoció, ella era una joven viuda. Yo me he reunido con esa hembra en dos ocasiones, y creo haber entendido que es una de esas mujeres que aparentan ser frías como un témpano de hielo, pero que son capaces de desatar en el hombre que desean conquistar una pasión tan ardiente que abrasa como el fuego. Es el tipo de mujer que puede despertar en un hombre un enamoramiento tan febril que lo lleve a hacerle perder la cabeza y el alma, y arrastrarlo hasta la locura —asentó don Juan Manuel.

—¿Y nadie se atreve a hacerle ver su... pecado al rey?

—El amor es un sentimiento elevado y bello, si es sincero, pero la lujuria suele abocar a los hombres a justificar la mentira y aprobar la falsedad. Los familiares de Leonor y los nobles y eclesiásticos que se aprovechan de su cercanía y de sus favores saben bien que lo que están cometiendo esa mujer y el rey es un pecado, y que su escandaloso modo de vida atenta contra las leyes de Dios, las de la Iglesia y las de estos reinos, pero todos ellos alaban y justifican que el rey tenga abandonada a su esposa la reina doña María y que viva en contubernio pecaminoso con su barragana. Así es la condición humana, hijo mío.

—¿Incluso los hombres de Dios se comportan de ese modo?

—Incluso ellos. El mismo Gil Álvarez de Albornoz, canciller real y arzobispo de Toledo, el hombre que ha de velar para que se cumpla la ley de Dios en estos reinos, aprueba y justifica que don Alfonso viva en escandaloso concubinato con su amante. Yo mismo he oído cómo alababa tan disoluta situación alegando a la virtud del soberano ¿Cabe tamaña hipocresía?

—¿Qué ocurriría si el arzobispo se negara a santificar esa unión pecaminosa, y el papa ratificara que el rey vive en pecado mortal?

—Sin duda Albornoz perdería su arzobispado, todos sus privilegios e incluso podría ser ejecutado, acusado tal vez de traición. No sería el primer prelado que pierde la cabeza por oponerse a los caprichos de su rey. Ya le ocurrió a santo Tomás Becket.

—¿Santo Tomás Becket?

—Sí; era arzobispo de Canterbury y canciller de Inglaterra, pero el rey Enrique, su señor y gran amigo, no dudó en permitir, e incluso alentar, que fuera asesinado por unos sicarios.

—¿Por qué hizo eso don Enrique?

—Porque el arzobispo Becket se comportaba como un hombre íntegro, se oponía a los caprichos de su rey y le recordaba sus pecados.

—Al menos ese Tomás se ganó un sitio en los altares.

—La Iglesia lo canonizó inmediatamente, cuando apenas había transcurrido cuatro años de su asesinato, pero, ¿de qué sirvió su muerte? Queda su recuerdo sí, y miles de peregrinos visitan cada año la catedral de Canterbury y rezan ante su tumba, pero nada cambió tras su muerte.

—Padre, si tú, y los reyes de Portugal y de Aragón insistierais en que don Alfonso dejara a Leonor y volviera al lado de la reina doña María, tal vez entonces os escuchara y...

—Los tres lo hemos intentado en más de una ocasión. Su suegro el rey de Portugal llegó incluso a amenazarlo si seguía cohabitando con Leonor, y como no le hizo caso, el portugués atacó sus dominios en Extremadura, le declaró la guerra y le retiró su ayuda contra los sarracenos; el de Aragón también se lo dijo en varias ocasiones, sin el menor éxito; y yo mismo lo intenté con algún subterfugio; incluso el papa Benedicto y ahora su sucesor Clemente han abogado para que don Alfonso ponga fin a su relación pecaminosa, pero todos esos intentos han sido en vano. Está tan atrapado por el hechizo de esa mujer que sería capaz de renunciar a sus reinos y de perder su vida antes que abandonarla.

—¿Crees que Leonor puede arrastrar a la ruina a Castilla?

—No es que lo crea, es que estoy seguro de que así será. El príncipe don Pedro solo tiene ocho años, pero cuando crezca y se haga fuerte y poderoso, me temo que estallará una guerra entre él y sus medio hermanos, los bastardos de Leonor, porque si muere el rey Alfonso muere antes que su barragana, estoy convencido de que «la Favorita» hará todo lo posible para que alguno de sus hijos, quizás uno de los dos gemelos, se convierta en rey de Castilla y León. Y si eso ocurre, estos reinos volverán a romperse en dos bandos y a enfrentarse en una guerra civil, como ya ha ocurrido otras veces.

—Triste sino el de Castilla —lamentó el hijo de don Juan Manuel.

—Muy triste, Juan, muy triste.

La llamada a la hueste no se hizo esperar.

Desde Madrid, Alfonso XI se dirigió a Sevilla, pasando antes por las ciudades de Ciudad Real, Córdoba, Carmona y Écija, a cuyos concejos reclamó la aportación de dinero y de soldados de las milicias concejiles para contribuir al asedio de Algeciras.

El grueso del ejército real se concentró en Sevilla, donde varios miembros de la familia Guzmán ocupaban los principales cargos, y se enriquecían gracias a las dádivas que «la Favorita» obtenía para ellos del rey.

Una vez instalado en el alcázar de la ciudad, cuyo palacio llamado del Caracol se estaba ampliando y enriqueciendo con lujosas decoraciones por iniciativa de Leonor, Alfonso XI reunió a los maestres de Santiago y de Calatrava, al arzobispo de Sevilla y a los principales nobles, y dio la orden de partir hacia Jerez, donde se concentrarían las tropas y desde donde se planificaría el asedio de Algeciras.

—¡Dios está con nosotros! —exclamó el arzobispo de Sevilla, que esperaba sobre su caballo la llegada del rey a la localidad de Cabezas de San Juan.

—¿Habéis tenido una visión? —le preguntó don Alfonso, que montaba sobre una mula blanca, como si fuera un prelado, o el mismísimo papa.

—No, alteza. Un mensajero me acaba de comunicar que una flota mora ha cruzado el Estrecho, pero ha sido derrotada por los nuestros en una batalla librada frente a la costa entre Tarifa y Algeciras. Diez de nuestras galeras se han enfrentado a trece enemigas y las han vencido; aunque en el combate hemos perdido tres naves. Por desgracia, en la pelea ha caído el almirante de Castilla.

—Don Egidiol era nuestro mejor comandante naval.

—Pero hemos salido ganando en el envite; todos los comandantes moros han resultado muertos y hemos capturado sus estandartes. Y lo mejor: una de las galeras que hemos apresado llevaba el dinero para pagar a los soldados sarracenos, y ahora todo ese oro y esa plata son vuestros.

—¿Dónde está ese tesoro?

—A buen recaudo; lo han llevado a Jerez.

—Magnífica noticia, señor arzobispo.

El rey sonrió y descendió de la mula de un ágil salto.

—No puede haber una nueva mejor en estos momentos.

—Pues demos gracias a Dios por regalarnos tan inesperado don.

Las cajas llenas de monedas de oro y plata capturadas a los benimerines cayeron como un maná sobre las vacías arcas del rey de Castilla, que vio cómo se aliviaron sus agobios financieros.

El palenque para el duelo de Dios se levantó en una explanada a las afueras de Jerez de la Frontera.

Los dos contendientes que iban a dirimir la veracidad de sus palabras en un juicio de Dios estaban preparados, cada uno en un lado del campo, con sus respectivos equipos de combate.

Se había pactado que lucharían a caballo, equipados con yelmo, cota de malla, escudo, lanza y espada, y que la pelea sería a muerte.

—Es una pena que uno de esos dos valientes tenga que morir hoy —lamentó el rey Alfonso, que se sentó en un estrado bajo un toldo al lado de Leonor de Guzmán para presidir el duelo.

—¿Era necesario todo esto? —preguntó «la Favorita», cuyo vientre ya mostraba claramente el volumen de su embarazo.

—Lo es. Esos dos hombres se acusaron mutuamente de felonía, y ningún caballero puede dejar pasar impunemente semejante afrenta. —Don Alfonso hizo una extraña mueca.

A una indicación del rey, el faraute que actuaba como árbitro del torneo indicó a Ruy Páez de Biezma y a Pay Rodríguez de Ambia que avanzaran sobre sus caballos desde sus respectivos puestos de partida y se colocaran frente al monarca, presentándole sus respetos. El de Biezma lucía en la cimera una pluma de halcón teñida de rojo carmesí y el de Ambia una hoja de palma plateada.

—Señores, os encontráis aquí en cumplimiento de la promesa

que ambos hicisteis hace tres meses. Confrontadas vuestras palabras y tras ratificaros en ellas, ambos aceptasteis que sería en un duelo de Dios donde se dirimiría quién de los dos decía la verdad y quién mentía. El momento de descubrir quién dice la verdad ha llegado.

»Vais a pelear en igualdad de condiciones, como rigen las normas y los estatutos de la caballería, y con las mismas armas; y como rige el protocolo del duelo caballeresco, antes de dar inicio al combate debo preguntaros si os retractáis de lo dicho u os ratificáis en ello.

—Yo, Ruy Páez, sostengo que Pay Rodríguez es un felón y un traidor, y que se ofreció al rey de Portugal en contra de vuestra alteza.

—Yo, Pay Rodríguez, afirmo que Ruy Páez es un mentiroso, y juro vengar en este campo del honor las injurias y falsedades que ha vertido sobre mí.

—Puesto que los dos os mantenéis en vuestras posiciones y confirmáis vuestras palabras, declaro que será en esta pelea donde se dirimirá quién de los dos dice la verdad, por la voluntad de Dios y en presencia de nuestro señor don Alfonso, rey de Castilla y de León.

El faraute se dirigió al rey, que presidía el torneo junto a Leonor, y le pidió permiso para iniciar el combate.

—Que Dios conceda la victoria al poseedor de la verdad. Podéis proceder a dar inicio al duelo —consintió don Alfonso.

Los dos caballeros se inclinaron ante el rey y regresaron a sus posiciones de salida en espera de que se diera la orden de comenzar la pelea.

—¿Quién crees que vencerá? —le preguntó Leonor.

—Los dos son guerreros formidables y curtidos en la batalla. Yo fui testigo de con qué bravura pelearon ambos en la batalla del Salado. Será un combate muy igualado. Solo Dios decidirá quién es el vencedor.

El rey le indicó al faraute que el duelo podía comenzar.

A la señal del árbitro bajando una banderola, los dos lidiadores espolearon a sus caballos, que salieron al galope al encuentro.

En el primer envite se cruzaron las lanzas, pero ambos pudieron soportar la carga del contrario y resultaron ilesos. Varios encuentros más quedaron en tablas, y con los caballos agotados, los contendientes pusieron pie en tierra y comenzó la lucha con espada y escudo.

Los dos caballeros era extraordinarios combatientes, y no parecía que fuera a decantarse con rapidez el duelo a favor de uno de ellos. Tras un buen rato cruzando espadazos, el rey decidió dar por concluida la pelea.

—Deteneos, señores. Ambos habéis lidiado bien y con nobleza.

—Pero, mi señor —protestó Ruy Páez jadeando—, no hemos acabado la lid. Esta lucha es a muerte.

—Este duelo lo dirime Dios, y yo soy su garante. Cesad la lucha. El duelo continuará mañana, a esta misma hora.

Cientos de curiosos se habían acercado al palenque para presenciar el combate; quedaron decepcionados porque no habían visto sangre..., hasta ahora.

Leonor atisbó una extraña sonrisa en los labios de su real amante.

—¿Estás seguro de que esos dos caballeros están empleándose con todo su vigor?

—Por supuesto que sí; ya te he dicho que son excelentes soldados y que sus fuerzas están muy igualadas.

En el rostro de don Alfonso se mantenía la enigmática sonrisa.

Al día siguiente se repitió el enfrentamiento, y se mantuvo el mismo resultado de tablas. Ninguno de los dos retadores era capaz de abatir y someter al otro. Sus defensas los protegían de los golpes que de vez en cuando alcanzaban al yelmo o al pecho, y no parecía que fuera a haber un vencedor claro. Tras una hora de pelea, el rey volvió a suspender el duelo, y a convocarlo para el día siguiente.

Nunca se había visto nada igual. En el tercer día, el torneo comenzó con la misma tónica que las dos jornadas anteriores, hasta que Alfonso XI ordenó que cesara la lucha de manera definitiva.

—Caballeros, ambos habéis demostrado sobradamente vuestro valor y vuestra nobleza. Todos los que aquí estáis presentes habéis sido testigos de ello. Dios ha hablado, y no quiere que ninguno de estos dos valientes muera en este duelo. Por tanto, declaro que don Ruy Páez y don Pay Rodríguez son varones honrados y fieles a mí, su rey y señor, y ordeno que depongan sus armas y abandonen esta lucha, y que me sirvan con lealtad y valor en la guerra contra los moros, nuestros verdaderos enemigos.

»Señores —se dirigió el rey a ambos contendientes—, habéis luchado con un arrojo fuera de lo común, y Dios así lo ha ratificado. Dejad vuestras espadas y daos la mano.

»Yo, Alfonso, rey de Castilla y de León, afirmo que ambos quedáis perdonados de cualquier agravio que hubierais podido cometer. Vivos sois mucho más útiles y valiosos para la suerte de estos reinos que muertos. Acompañadme pues a la conquista de Algeciras y poned vuestras armas al servicio de la cristiandad.

»¿Qué tenéis que decir?

Los dos lidiadores se quitaron el yelmo y se miraron a los ojos.

Durante unos instantes ambos se mantuvieron callados, con todos los asistentes al duelo en situación de inquieta espera, salvo el rey, que se mostraba complacido, tranquilo y sereno.

—Sois mi rey y señor. Acato vuestra decisión, me doy por satisfecho, acepto poner fin a este duelo y me someto a vuestra autoridad —dijo el de Biezma.

—Yo también reconozco esta sentencia y acepto terminar este combate. Desde hoy, solo lucharé por vuestra alteza y por vuestro reino, con la ayuda de Dios —asintió el de Ambia.

—Señores, este duelo de Dios ha terminado. Vuestro honor y vuestro buen nombre quedan limpios y vuestra fama intacta.

Los asistentes prorrumpieron en vítores. Algunos no dudaron en reclamar para don Alfonso el título de «Justiciero», con el cual algunos de sus hombres ya se referían a él.

—Y ahora, vayamos a preparar el asedio de Algeciras —suspiró Alfonso XI, aliviado por el resultado del juicio de Dios.

—¿Juicio de Dios has dicho...? —sonrió Leonor.

—Tú misma lo has visto.

—Lo que he visto ha sido a dos caballeros lidiando tres combates en tres días sin hacerse el menor daño uno a otro.

—Así la ha querido Dios Nuestro Señor.

—¿Lo has amañado con ellos, no es cierto? —volvió a sonreír Leonor.

—Los caminos del Señor son insondables —le devolvió la sonrisa el rey.

19

Con el grueso del ejército ya acantonado en Jerez y sus alrededores, se realizaron varias operaciones navales para impedir que los benimerines aprovisionaran con armas y alimentos a los de Algeciras.

Una flota combinada de castellanos y portugueses logró hundir veintiséis galeras musulmanas. Entonces, los portugueses, crecidos con esa gran victoria que se atribuían como propia, demandaron dinero al rey de Castilla. El almirante de la armada de Portugal, el marino genovés Carlos Pezano, se presentó en Jerez y reclamó que la flota portuguesa no volvería a la guerra de Algeciras si no se le pagaban dos meses adelantados. El almirante alegaba que Alfonso XI sí tenía ahora dinero, gracias al botín conseguido a los moros, y que los portugueses debían recibir su parte para continuar patrullando con sus galeras en el Estrecho y bloquear el paso a los musulmanes para favorecer la conquista de Algeciras.

—Señor, son magníficos esos pájaros.

—Son cisnes. Las ánades y otros patos ya han volado hacia el norte.

—Son aves muy hermosas.

—Hablad en voz muy baja —susurró el rey al hijo de don Juan Manuel, que aquella mañana lo había acompañado a cazar ánades a la laguna de Medina, a hora y media de camino de Jerez.

Ocultados tras unos cañaverales, los dos caballeros tenían armadas sus ballestas apuntando a una pareja de cisnes que se alimentaban en las aguas de la laguna.

—Tengo a tiro al que está más cerca de nosotros, a mi izquierda —musitó don Juan.

—Yo abatiré al de la derecha. ¿Estáis listo para disparar?

—A vuestra orden, señor.

—Contad hasta tres; dispararemos a la vez.

—Uno, dos, ¡tres!

Las dos saetas salieron al mismo tiempo de las dos ballestas y ambas acertaron en el cuerpo de las dos aves.

—¡Buen disparo! Os felicito —dijo el rey.

—El vuestro ha sido igual de certero, señor.

—Así abatiremos a los moros de Algeciras si se resisten.

—No será tan fácil. Esos demonios saben defenderse, y ellos también disponen de ballestas, arcos y espadas.

Estuvieron cazando durante otras dos horas, y abatieron a cuatro cisnes más.

—No ha sido una buena jornada de caza. Los cisnes son demasiado confiados; su caza apenas ofrece dificultades —lamentó don Juan.

—En esta época del año la mayoría de los pájaros ya ha volado hacia el norte; sólo unos pocos se quedan por aquí. Si tomamos Algeciras antes de que caiga el invierno, volveremos a cazar a esta laguna; dentro de tres meses habrá caza en abundancia, cuando en otoño las aves regresen del norte. Entonces habrá ánades, que son más escurridizas que estos cisnes y su captura resulta más meritoria.

—¿Confiáis en tomar Algeciras antes de tres meses? —se sorprendió el hijo de don Juan Manuel ante la seguridad que mostraba el rey.

—Si los portugueses nos ayudan a bloquear Algeciras e impedimos que la ciudad reciba suministros, entonces, sí.

—¿Os fiais de ellos?

—Por supuesto que no. Su almirante es un taimado genovés que solo ambiciona dinero. Me ha exigido que le adelante el pago de dos meses para seguir patrullando con sus galeras en la entrada a la bahía y en el Estrecho.

—¿Y si no le abonáis lo que demanda?

—Amenaza con retirar sus diez barcos.

—Es un chantaje.

—Claro que lo es; y por eso, antes de decidir si acepto pagar esas dos mensualidades, quiero acudir a inspeccionar personalmente las galeras portuguesas.

Además de no se fiarse del almirante genovés al servicio de Portugal, Alfonso XI pretendía ganar tiempo.

Estaba esperando una buena noticia, y esta llegó cuando entraba a lomos de su caballo en Jerez de regreso de la jornada de caza.

—Señor, don Pedro de Aragón ha enviado veinte galeras de guerra al Estrecho. Llegaron anoche y ya se han desplegado en la bahía —le informó el mayordomo, que sujetaba las riendas mientras el rey descendía de su montura.

—¡Excelente!

—Y otra buena noticia: las galeras aragonesas han interceptado a la altura de Estepona un convoy de suministros de los africanos, y han conseguido apoderarse de un gran botín. Las naves capturadas procedían de Ceuta y transportaban enormes cantidades de alimentos y otros enseres. Suponemos que eran para los de Algeciras.

—¿Quién manda la flota de Aragón?

—El almirante barcelonés don Pedro de Moncada.

Para Alfonso XI fue un verdadero alivio conocer que la flota aragonesa la dirigía el mejor marino de la Corona de Aragón.

—Moncada es el almirante más capaz de cuantos conozco. Es nieto del gran Roger de Lauria, el mejor almirante que jamás ha navegado por el Mediterráneo, según contaron los que lo conocieron. Gracias a que Moncada bloqueó las aguas del Estrecho, los africanos no pudieron desembarcar más tropas en España, y logramos derrotarlos en el Salado. Además, también combatió como el mejor en esa batalla. Con ese hombre guardando el paso del Estrecho, estamos seguros.

—También está con nosotros el almirante Jofre Gilabert de Cruillas, que ha remontado el Guadalquivir con diez galeras, y ahora espera instrucciones en Sevilla con nuestro comandante.

—En ese caso, tenemos bien guardadas las espaldas. Mañana partiremos hacia Algeciras. Que estén todos los hombres listos, justo al amanecer —ordenó el rey.

Entre tanto, los musulmanes no aguardaron pacientes el ataque castellano a Algeciras y realizaron varias algaradas en la línea de la frontera con el reino de Granada, intentando desviar la atención de las tropas cristianas.

Alfonso XI envió a Alonso Méndez de Guzmán, hermano de Leonor y gran beneficiario de numerosos favores reales, y al maestre de Santiago a rechazar esos ataques. Ambos lograron sendas victorias en Antequera y Guadix, donde talaron los campos y quemaron las cosechas para evitar que los musulmanes de esas regiones suministraran alimentos a los de Algeciras.

La columna de más de dos mil jinetes y tres mil peones, ballesteros y lanceros salió de Jerez la última semana de julio. Durante su avance hacia Algeciras tuvieron que arreglarse algunos tramos del camino y construirse dos puentes de madera sobre los ríos Barbate y Guadalete para que pudieran atravesarlos las carretas que portaban la impedimenta y las máquinas de asedio.

Con el grueso del ejército en marcha, el rey Alfonso, al frente de un escuadrón de caballería, se dirigió a la ensenada de Getares, donde estaba fondeada la escuadra aragonesa. Quería entrevistarse con el almirante Moncada para coordinar la operación del sitio de Algeciras.

—Os saludo, alteza, y os transmito los buenos deseos de mi señor, el rey don Pedro de Aragón. —Moncada se inclinó reverencial cuando Alfonso XI subió a su galera capitana.

—Que vos estéis al mando de esta flota es una garantía de éxito.

—Don Pedro me ha ordenado que me ponga a vuestras órdenes, y así lo hago. Acompañadme a mi camarote, allí hablaremos más tranquilos.

La galera capitana de la flota aragonesa disponía bajo el castillo de popa de un camarote para su comandante.

—Mañana, tres de agosto, comenzaremos el sitio de Algeciras. Mi ejército cercará la ciudad por el sur, el oeste y el norte, pero vos deberéis encargaros de cerrar el asedio por el mar, y, sobre todo, impedir que las galeras enemigas se acerquen al puerto para que la ciudad no reciba suministros. Si a los sitiados se les proporcionan alimentos y pertrechos, todo nuestro esfuerzo será vano.

—En ese caso, debéis confiar el mando sobre toda la flota a un solo comandante —asentó Moncada.

—¿Os referís al mando de las galeras de Portugal y de Castilla?

—Alteza, si pretendéis que el cerco funcione y que impidamos que lleguen suministros al puerto de Algeciras, debe establecerse un mando único.

El rey de Castilla miró a los ojos al almirante de Aragón. Aquel experimentado marino hablaba en serio.

—Que seréis vos...

—Sí. Necesito disponer de capacidad absoluta para dar instrucciones a todos los barcos de la flota, y saber que hasta el último navío y el último hombre obedecerán sin rechistar cada una de mis órdenes.

—De acuerdo. Así lo ordenaré a los comandantes de las galeras castellanas y portuguesas.

—No os arrepentiréis.

—¿Ya tenéis pensado algún plan?

—Sí, señor; lo he estudiado con mis capitanes esta misma mañana. Ayer desembarcamos a algunos almogávares en una playa al sur de Algeciras. Hicieron una incursión cerca de la ciudad y apresaron a varios cautivos. Según nos revelaron, dentro de los muros de esa ciudad habitan treinta mil personas, y su guarnición está compuesta por ochocientos jinetes benimerines, y doce mil soldados africanos y granadinos, entre ellos unos cinco mil ballesteros. Disponen de abundantes suministros de pellas de hierro y de saetas, y poseen media docena de máquinas de las que llaman truenos y catapultas para repeler cualquier ataque a sus muros.

—¿Y en cuanto a la comida?; ¿os han dicho algo de cuánta reserva de alimentos guardan en sus almacenes?

—Según nos han contado, con los víveres que ahora disponen podrán resistir unos tres o cuatro meses a lo sumo, siempre que no reciban suministros del exterior. Creo que lo más efectivo sería que vuestra alteza levante el campamento real entre la ciudad y la desembocadura del río Palmones, que vierte sus aguas en la bahía a unos tres mil pasos al norte de los muros de la que llaman villa vieja de Algeciras. Así protegeréis esa zona para que podamos fondear con nuestras galeras cerca de una playa segura y abastecer a vuestro campamento de tropas y suministros si fuera necesario.

»Hemos elaborado un mapa de la zona; aquí está.

Moncada desplegó un rollo de pergamino en el que aparecía dibujada la línea de la costa de la bahía, señaladas las playas y marcados los principales ríos y arroyos que en ella desembocaban.

—Es muy preciso, a lo que veo.

—Lo ha dibujado uno de nuestros mejores cartógrafos, un judío que se ha formado en navegación y cartas marinas en la escuela de Mallorca; ahora está al servicio del rey de Aragón.

Alfonso XI contempló el mapa; nunca había visto uno que contuvieran tal precisión de detalles.

—¿Este punto es Algeciras?

—Sí, alteza, y esta raya es el río Palmones, y esta otra, al sur de la ciudad, es el río de la Miel. Os sugiero que establezcáis aquí —Moncada señaló un lugar entre Algeciras y el arroyo de la Miel— un segundo campamento. Así tendréis a la ciudad cercada por el norte y el sur, y evitaréis que esos dos ríos sean usados como fosos naturales de defensa por los moros.

»Y con un tercer campamento en este lugar —el almirante indicó la zona occidental de la ciudad—, Algeciras quedará rodeadas por vuestras fortificaciones...

—Salvo por el mar —indicó el rey de Castilla.

—Ahí estarán nuestras naves, señor.

—¿Podréis mantener a raya a las galeras africanas?

—Sin duda. El almirante Cruillas ya ha llegado de Sevilla; mañana saldrá con ocho galeras rumbo a la costa africana. Sabemos que hay más de una docena de galeras sarracenas y varios leños y naves de transporte ancladas en el puerto de Ceuta, listas para acudir en ayuda de Algeciras. Nuestro plan es neutralizarlas antes de que sus capitanes puedan darse cuenta de lo que pasa. Atacaremos Ceuta de noche, pasado mañana, y las destruiremos antes de que puedan salir a mar abierto. Sin esas naves, no podrán socorrer a Algeciras, y la ciudad caerá más pronto que tarde en vuestras manos.

—Sois un gran estratega. Me alegro de que estéis de nuestra parte.

—Yo también, señor, yo también.

Alfonso XI cumplió treinta y cuatro años recién iniciado el sitio de Algeciras.

Leonor organizó una fiesta en el campamento real, durante la cual se sirvieron exquisitos platos de carne y de pescado, se escucharon canciones e incluso se celebró un baile bajo las lonas del pabellón del rey.

El primer mes de asedio discurrió caluroso y húmedo. Los castellanos y leoneses se afanaron en reforzar los fosos y las empalizadas con los que cerraron el cerco sobre la ciudad, en tanto las galeras aragonesas y portuguesas patrullaban frente a la bahía, oteando el mar para vigilar si alguna flota enemiga se acercaba hacia Gibraltar.

Siguiendo el plan trazado por Moncada tras enterarse de que los africanos estaban armando dos docenas de navíos para aprovisionar a los sitiados, el almirante Cruillas se puso al mando de ocho galeras y, como estaba planeado, atacó de noche y por sorpresa el puerto de Ceuta, con la intención de destruir las galeras de guerra y apoderarse del convoy que estaba listo para transportar los suministros.

El ataque se produjo poco antes de la madrugada del 7 de septiembre. Las ocho galeras aragonesas aparecieron de improviso en la bocana del puerto ceutí, abordaron a las trece galeras moras cuyas tripulaciones estaban totalmente desprevenidas, apresaron media docena de embarcaciones, quemaron el resto y regresaron con un gran botín a la bahía de Algeciras.

Cuando se retiraban, una saeta disparada desde alguna zona del puerto alcanzó a Cruillas en la espalda, entre los omóplatos. El almirante se tambaleó pero no cayó al suelo. Su chaleco de cuero había impedido un impacto mortal, aunque la herida era bastante profunda.

Llegó con vida a la bahía, pero la herida estaba infectada y la gangrena comenzó a envenenar su sangre. El almirante murió tres días después tras sufrir una altísima fiebre.

Enterados por unos espías de la muerte del segundo almirante del rey de Aragón, los sitiados en Algeciras estallaron de gozo y, aprovechando cierto desconcierto en los campamentos cristianos, realizaron una salida a caballo.

El conde de Lous, un noble de Alemania que había acudido a la cruzada de Algeciras con su mesnada, quiso demostrarle al rey de Castilla que le sobraba valor para pelear en la batalla y se adelantó con algunos de sus hombres para enfrentarse a los jinetes musulmanes, sin calcular el peligro que ello suponía.

Los impulsivos alemanes resultaron rodeados y abatidos. El cadáver del conde fue llevado a la ciudad. Aquella misma tarde se levantó una pira de leña en una zona bien visible de las murallas y se quemó el cuerpo del de Lous a la vista de los soldados cristianos.

Desde los muros, la brisa arrastraba hasta el campamento cristiano los gritos de euforia de los defensores, que amenazaban a los sitiadores con quemar sus cuerpos y aventar sus cenizas al viento si persistían en su empeño. Y para demostrar que no bromeaban, cuando se consumió el fuego de la hoguera, las cenizas del conde de Lous fueron arrojadas desde las almenas al aire, que se las llevó hacia el mar abierto, más allá de la bahía.

—¡Insensatos!, les avisé que antes de atacar tuvieran en cuenta las estratagemas que usan los moros. No me han hecho caso y ahora están todos muertos —se quejó el rey a su mayordomo.

—El conde de Lous quiso demostraros su valor.

—El valor de un soldado no está reñido con la prudencia. Los alemanes han obrado con temeridad y no han calculado el riesgo de su precipitada acción. Han caído como necios en la trampa que les tendieron los sarracenos, tal cual les ocurrió en la campaña de Teba a aquellos escoceses que también minusvaloraron la habilidad de los moros para preparar estrategias y celadas en campo abierto.

—Ordenaré a todos nuestros soldados que permanezcan atentos y que no caigan en las provocaciones de los sarracenos —el mayordomo asintió a las palabras del rey.

—Ordenad también que se excave un foso entre la villa vieja de Algeciras y el arroyo de la Miel, y que se extienda hasta al orilla del mar, y que se complemente ese foso con una valla de troncos desde el cementerio de los moros hasta este campamento. Con esas defensas nos protegeremos de otra posible salida por sorpresa como la que ha llevado a la muerte a los alemanes.

—Enseguida, alteza.

—¡Aguardad un momento! Tengo que entrevistarme con el almirante Moncada a bordo de su nave capitana; acompañadme a ese encuentro, ya os encargaréis de eso más tarde.

A bordo de su galera, en cuyo mástil ondeaba la bandera cuatribarrada roja y amarilla del rey de Aragón, el almirante Pedro de Moncada observó cómo se acercaba al galope por la orilla de la playa un grupo de jinetes al frente de los cuales un portaestandarte sostenía la bandera blanca y carmesí con castillos y leones del rey Alfonso XI.

—Ahí está Moncada —indicó el mayordomo desde su caballo.

—No presiento nada bueno —comentó el rey, al que Moncada había pedido celebrar una entrevista a bordo de su galera.

Los castellanos llegaron a la orilla del mar, descendieron de sus caballos y seis de ellos subieron con el rey Alfonso y su mayordomo a una barca que los llevó hasta la galera de Moncada, anclada a unos cien pasos de la playa.

Enseguida los remeros alcanzaron la borda de la galera, y la comitiva castellana subió a cubierta.

El almirante Moncada los esperaba apoyado en la amura de babor; se acercó hasta el rey e inclinó la cabeza; su rostro no presagiaba buenas noticias.

—Alteza, sed bienvenido a bordo de esta galera del rey de Aragón.

—Como podéis comprobar, he venido con toda presteza. Supongo que tenéis una buena razón para haberme convocado.

—La tengo, alteza.

—Pues decidla ya.

—La muerte del almirante Cruillas ha dejado a nuestra flota sin uno de sus dos almirantes.

—Terrible pérdida, sí. Era un valiente y un hombre de honor.

—Yo soy el único almirante ahora, y mi rey don Pedro me ordena que retire su armada de esta empresa y la dirija a Valencia de inmediato —soltó Moncada de improviso.

—¡Qué estáis diciendo! ¿Abandonáis esta campaña?

—El rey de Aragón ha declarado la guerra al rey de Mallorca, y don Pedro necesita disponer de todas sus galeras para la contienda que se avecina. Mi rey y señor me pide que acuda de inmediato con toda la flota. Necesitaremos hasta el último de nuestros barcos para combatir a los mallorquines, que son excelentes marinos.

—Pero..., el rey de Mallorca es pariente cercano de vuestro rey don Pedro —se extrañó Alfonso XI.

—Es tío en segundo grado, sí, pero hace ya tiempo, desde que el rey don Jaime el Conquistador le concediera a su segundo hijo ese reino y lo segregara de la Corona de Aragón, que el rey de Mallorca anda en tratos secretos con el soberano de Francia, el cual ambiciona apoderarse de Cataluña, una vieja reivindicación de los franceses desde los tiempos del emperador Carlos el Grande. Don Pedro no lo puede consentir, y de ahí esta declaración de guerra.

Alfonso XI apretó los dientes; sin el concurso de la flota del rey de Aragón sería muy difícil cortar la llegada de suministros a Algeciras y bloquear el paso del Estrecho a los barcos africanos; el asedio parecía condenado al fracaso.

—Don Pedro no puede incumplir su palabra; enviadle un mensaje y pedidle que os autorice a permanecer en estas aguas. La guerra de Mallorca puede esperar.

—Señor, nada me complacería más que seguir combatiendo a vuestro lado en ayuda de Castilla y en defensa de la cruz de Cristo, pero me debo a mi rey, y he de cumplir sus órdenes. Y esas órdenes me obligan a retirar la flota de inmediato.

—¿Abandonáis una guerra justa contra los sarracenos para librar una guerra contra otros cristianos? —Don Alfonso estaba muy enfadado.

—Solo obedezco a mi rey.

Alfonso XI miró a los ojos a Moncada; el almirante le sostuvo la mirada; el rey de Castilla supo entonces que no había manera alguna de evitar que la flota aragonesa se retirara.

—Marchaos entonces.

—Señor, os prometo que en cuanto sea posible, las galeras de Aragón regresarán a esta guerra y se pondrán a vuestro servicio.

—Quizás entonces ya sea demasiado tarde. —Alfonso XI dio media vuelta y volvió a la barca que lo había traído desde la costa, que seguía amarrada al costado de la galera capitana—. ¡Vámonos! —ordenó a sus hombres, que ajustaron los remos a los costados de la barca y pusieron proa a la playa.

La retirada de la flota de Aragón se compensó con la llegada a mediados de septiembre de las tropas del infante don Pedro y de la mesnada de don Juan, el hijo de don Juan Manuel. El heredero solo tenía diez años de edad, pero como infante de Castilla y León disponía de un pequeño ejército que mantenía con las rentas de sus señoríos y de los de la reina María, su madre; y don Juan mantenía una nutrida tropa compuesta por caballeros e infantes veteranos de los amplios dominios de sus señoríos y de los de su padre en el reino de Castilla y en la Corona de Aragón.

El rey de Aragón pretendió justificar la retirada de su flota acusando de traición al rey de Marruecos, con el que estaba en tratos para firmar un acuerdo de paz, pero lo cierto es que los castellanos tuvieron que hacer frente solos al asedio de Algeciras.

En el otoño de 1343 una lluvia torrencial comenzó a descargar sobre la bahía. A principios de noviembre el río Palmones, poco más que un arroyo el resto de año, bajaba muy crecido, lo que dificultaba el movimiento de tropas en torno a Algeciras.

No paraba de llover; un lodo resbaladizo cubría los caminos y un barro denso y viscoso se extendía por los campamentos cristianos ralentizando los desplazamientos de los caballos, cuyas patas se hundían hasta los corvejones; las ruedas de las carretas se clavaban tan profundas en el barro que resultaba imposible moverlas de los lugares donde habían quedado atascadas.

Los más viejos recordaban que treinta años atrás se había desatado una temporada de lluvias tan intensas que había durado dos años, lo que había propiciado tres anualidades de malas cosechas, pues había tanta agua y humedad acumuladas en el suelo que se pudrían las simientes antes de germinar. En aquellos tres años habían proliferado las hambrunas a causa de la escasez de alimentos y las enfermedades por las miasmas en los cuerpos de hombres y animales, provocadas por la podredumbre de las aguas estancadas.

Los sitiados aprovecharon que la tierra estaba embarrada y dificultaba el movimiento de los sitiadores para hacer una salida desde la villa vieja, por la puerta que llevaba al principal cementerio de Algeciras, y librar un combate a las puertas de la ciudad. Querían demostrar que no se rendirían y que tenían arrestos suficientes como para combatir en campo abierto.

Atacando por sorpresa, pues los cristianos no esperaban una salida de los de la ciudad con aquellas condiciones, los jinetes musulmanes llegaron hasta unas casas de adobe y paja que algunos castellanos habían levantado cerca del curso del río Palmones, para resguardarse de la lluvia.

Esa zona del cerco la guardaba la hueste del noble Juan Núñez. Dos de sus caballeros, al apercibirse del ataque los algecireños, cogieron sus espadas y salieron al encuentro de los sarracenos, pero dada su inferioridad nada pudieron hacer y fueron liquidados con facilidad. Tras destruir algunas de las defensas de los cristianos, los jinetes regresaron a la seguridad de los muros de Algeciras cantando himnos de victoria.

—¡Señor, los moros han hecho una salida por la puerta de su cementerio, y han matado a algunos de los nuestros! —informó el mayordomo al rey Alfonso.

—¿Cómo ha sido eso?

—Los soldados que guardaban esa zona estaban desprevenidos; no esperaban que esos demonios pudieran atreverse a efectuar una salida con los campos embarrados y la lluvia cayendo sin cesar.

—Di orden expresa a todos los comandantes de todos los sectores del cerco para que dispusieran vigías que mantuvieran los ojos bien abiertos, sin descuidar la atención ni un solo momento, ni de día ni de noche —se enojó el rey.

—Alteza... —el hijo de don Juan Manuel, asomó por la puerta del pabellón real e interrumpió la conversación del rey con su mayordomo.

—¿Qué ocurre, don Juan?

—Hemos capturado a dos espías, creo que debéis saberlo; es importante.

—Hablad.

—La salida que han efectuado los moros en la zona del cementerio encerraba una estratagema de distracción. En realidad, lo que pretendían era que centráramos allí nuestra atención para que dos sicarios pudieran salir de la ciudad sin ser vistos aprovechando la trifulca y...

—¿Y qué?

—E intentar asesinaros.

—¿Qué estáis diciendo?

—Señor, los dos moros capturados habían aprovechado que nuestros soldados habían centrado toda su atención en defenderse de la partida de jinetes que atacó uno de nuestros campamentos. Los dos espías salieron de la ciudad y se escondieron entre los cañaverales del río Palmones; pero gracias a Dios, uno de nuestros vigilantes los localizó, dio la alarma y varios soldados acudieron hasta donde ocultaban y los apresaron. Preguntados por lo que pretendían, dijeron que estaban escapando del asedio pues no querían morir de hambre, pero el capitán que los estaba interrogando no se fio de su palabra y los sometió a tormento para que revelaran sus verdaderas intenciones. Fue entonces cuando confesaron que tenían la orden de matar a vuestra alteza.

—Además de su palabra, ¿qué pruebas hay de que pretendieran asesinarme? —Alfonso receló de una declaración obtenida mediante la tortura, pues sabía bien que un hombre sometido a un intensísimo dolor mediante el tormento es capaz de aceptar la autoría de cualquier delito del que se le acuse, aunque no lo haya cometido.

—Los dos moros fueron cacheados y se encontraron entre sus ropas unas bolsitas de cuero que contenían unas tiritas de papel con frases escritas en su lengua. Son amuletos que usan a modo de protección.

—¿Qué dicen esos escritos?

—«En el nombre de Dios, el Clemente, el Misericordioso. Alabado sea Dios, el Protector y Sustentador del Mundo. Solo a Ti adoramos. Imploramos tu auxilio. Muéstranos el camino recto».

—¿Qué significa eso? —preguntó el rey.

—Que esos dos hombres se habían preparado y estaban dispuestos a inmolarse por su falsa fe si a cambio lograban mataros, señor. Y esos amuletos no son la única prueba de lo que pretendían; uno de ellos portaba un cuchillo cosido en un doble de la aljuba, en la cintura; y el otro había escondido su puñal en la correa de cuero de su túnica —explicó don Juan.

—No cabe duda de cuáles eran las verdaderas intenciones de esos dos moros —terció el mayordomo.

—¿Qué ordenáis que hagamos con ellos, alteza? —demandó don Juan.

—Que les corten las cabezas y que las arrojen con una catapulta sobre Algeciras.

»¡Ah!, y acompañadlas con una cartela en la que vaya escrito algún versículo de la Biblia en el que se condene a los infieles; que lo elija el arzobispo de Sevilla.

«Porque el Señor juzgará con fuego y con su espada a toda carne, y serán muchos los muertos del Señor», fue el versículo del libro del profeta Isaías el que voló hasta Algeciras junto a las cabezas de los dos sicarios.

Mediado noviembre regresaron a la bahía de Algeciras diez galeras del rey de Aragón. Pedro IV había rectificado y quería mantener buenas relaciones con Alfonso XI. Los portugueses enviaron diez más, mandadas por el genovés Carlos Penzano, una vez que el rey de Castilla aceptó pagarles por adelantado dos meses, aunque se retiraron pasados tan solo veinte días.

Los musulmanes comenzaban a desesperarse. Pese a las lluvias, al barro y tantas otras dificultades, Alfonso XI había ratificado que mantendría el cerco de Algeciras hasta que se rindiera esa ciudad, aunque tuviera que quedarse él solo frente a esas murallas, llegó a decir.

Ni siquiera un ataque de los granadinos en la retaguardia de la frontera, pues llegaron hasta los arrabales de la ciudad de Écija, distrajo a los sitiadores.

Por orden del rey, unos ingenieros genoveses construyeron veinte ingenios, catapultas y trabucos en Sevilla; desde el Arenal sevillano los trasladaron en barco por el Guadalquivir y luego por el mar hasta montarlos frente a los muros de Algeciras, apuntado dos de los trabucos a la puerta del cementerio, por donde se había producido la última salida de los moros.

Además, se abrieron nuevos fosos, se ampliaron las cavas y se comenzó a horadar el suelo para excavar un túnel que llegara hasta los cimientos de la muralla desde el cual poder derribarla con mayor facilidad.

A mediados de diciembre seis de los ingenios ya estaban armados y listos para disparar. A una orden del rey, comenzaron a lanzar una tormenta de piedras y fuego sobre Algeciras. Los disparos constantes alcanzaron de lleno y destruyeron dos de los ingenios que los musulmanes habían ubicado sobre dos torreones.

20

La fertilidad de «la Favorita» y la virilidad de don Alfonso causaban asombro en todo el reino.

A finales del mes de diciembre de 1342 nació su noveno hijo, al que el arzobispo de Sevilla bautizó con el nombre de Juan en la antigua mezquita aljama de los moros, convertida en catedral cristiana tras la conquista de la ciudad por el rey Fernando III. Durante el rito bautismal nadie hizo alusión a la bastardía del recién nacido, cuya paternidad reconoció don Alfonso de inmediato.

Por aquellos días, un clérigo llamado Juan Ruiz, que ejercía como arcipreste en la localidad de Hita en la comarca de la Alcarria, escribió un libro de versos que parecía inspirado en algunas de las aventuras amorosas del rey. En ese libro, el irreverente clérigo llegó a escribir:

«Como dice Aristóteles, cosa es verdadera:
el mundo por dos cosas trabaja; la primera
por tener mantenencia, la otra cosa era
por tener ayuntamiento con hembra placentera».

El arcipreste, un tipo enigmático y de confusos orígenes familiares que había llegado a ser encarcelado por su vida disoluta y desordenada, había manifestado que era oriundo de la villa de Alcalá, que unos consideraban que se trataba de Alcalá de Henares, por su cercanía a Hita, y otros Alcalá la Real, la ciudad en la frontera de Granada que conquistara pocos años atrás Alfonso XI.

«El amor hace sutil al hombre rudo y mantiene la juventud» o «El amor habla siempre mentiroso» eran versos de esa obra, que se conocía como *El libro del buen amor*, algunos de cuyos párrafos se utilizaban en tabernas y posadas para referirse a la escandalosa relación amorosa de Leonor de Guzmán con el rey Alfonso XI, sin tener que recurrir a citar a los protagonistas por sus verdaderos nombres.

A comienzos de 1343 el asedio de Algeciras había logrado provocar mella entre los sitiados.

En el pabellón real comían el rey Alfonso y Leonor de Guzmán, que acababa de llegar de Sevilla tras recuperarse del parto de su noveno hijo.

—He dejado a Sancho al cuidado de una nodriza de una aldea de la sierra de Aracena que llaman Jabugo.

—¿Jabugo?, qué nombre tan extraño —comentó el rey.

—Me han dicho que esa comarca se pobló hace cien años con gentes procedentes de la montañas de León, que llevaron hasta allí algunas de sus costumbres y de sus palabras, e incluso sus árboles y sus ganados. Jabugo se dice en la lengua de León «sabugu», que es el árbol que llamamos «sauco». Las amas de cría de esa aldea tienen fama de tener en sus pechos la mejor leche de toda esta tierra. Sancho se criará sano y robusto con esa mujer.

Alfonso XI besó a Leonor y le acarició los senos. Parecía un verdadero milagro que, a punto de cumplir treinta y tres años y tras ocho partos y nueve hijos, «la Favorita» mantuviera el pecho terso, el vientre liso, la piel del rostro sin apenas arrugas y el brillo de los ojos tan luminoso como cuando el rey la conoció quince años atrás.

—¿Ya puedo volver a amarte? —le preguntó Alfonso, que se había excitado al acariciar los pechos de su amante, y había metido su mano bajo la falda del vestido de Leonor buscando alcanzar su pubis.

—¿Es que has dejado de hacerlo alguna vez? —ironizó Leonor.

—Ya sabes a qué me refiero.

—Esta noche, espera a esta noche...

Aquella mujer ejercía sobre el rey una atracción irresistible. Y no era solo a causa de la belleza de su rostro y de la hermosura de su cuerpo; de toda ella surgía una especie de magnetismo mágico, una fuerza invisible que atrapaba y anulaba la voluntad de don Alfonso, que a su lado se sentía arrastrado a un universo de sensaciones extraordinarias, como si cada vez que la amaba este mundo dejara de existir para convertirse en el mismísimo paraíso. El rey estaba fascinado por las curvas del cuerpo de su amante, la tersura de su piel, la sedosidad de su cabello, la dulzura de su rostro, la luminosidad de sus ojos, el tono melodioso de su voz, el dulzor de sus besos, la frescura de su saliva, la cálida humedad de su sexo...

Cuando estaba con ella, creía tener entre sus brazos a una diosa de la Antigüedad, una de esas deidades que los griegos y los romanos adoraban como encarnación divina del amor, el sexo y el placer.

Aquella noche hicieron el amor. No eran esposo y esposa, no estaban casados, ningún sacerdote había sacralizado su unión carnal, vivían en pecado según la ley de Dios y los mandamientos de la Iglesia, pero ninguna de esas circunstancias les importunaba lo más mínimo a ninguno de los dos. Se amaban, eran felices juntos, se sentían uno parte del otro, y eso era lo único que les importaba.

Algunos de los trovadores que amenizaban con sus canciones las larguísimas veladas en el pabellón real durante aquel invierno recitaban poemas en los que enamorados no correspondidos lamentaban su fatalidad y penaban por un amor imposible.

Los poetas exaltaban el amor y sus sutilezas, parafraseaban los textos de Juan Ruiz y sublimaban a los amantes: el hombre amador era lozano, dicharachero y franco; el amor convertía en sutil y elegante al hombre rudo y tosco; convertía el habla del torpe en una dicción hermosa y fluida; los enamorados alargaban su juventud y retrasaban la llegada de la vejez; el enamorado tornaba lo oscuro y tenebroso en claro y brillante; el amor convertía lo negro en blanco, elevaba el valor de todas las cosas, hacía que lo feo se tornara hermoso, transformaba a los necios en hombres sabios. Por tanto, concluían, había que estar eternamente enamorado, y si desaparecía un amor o se extinguía, había que sustituirlo inmediatamente por otro.

Cuando escuchaban esos versos, don Alfonso y Leonor se miraban con ojos enamorados, se sonreían y deseaban que la velada con los nobles que asistían a la cena acabara cuanto antes para quedarse solos, amarse y disfrutar de sus cuerpos hasta el amanecer.

La derrota del Salado no había sido tan decisiva como don Alfonso había supuesto, y Algeciras resistía con firmeza.

Los castellanos comenzaron a levantar una torre de madera frente a la puerta de la muralla del cementerio para defenderse de las salidas de la caballería de los sitiados, que solían hacerlo por aquella puerta, pero los de la ciudad atacaron la torre cuando estaba a punto de acabarse y lograron quemarla tras librar una gran pelea.

—Señor, nuestros agentes en Ceuta informan que los benimerines están casi repuestos de las pérdidas que sufrieron en la batalla del Salado, y que andan reclutando en Marruecos otro ejército con el que atravesar el Estrecho y volver a librar una nueva batalla —informó el mayordomo real.

—Por eso tenemos que tomar cuanto antes Algeciras y Gibraltar. Mientras esas dos ciudades estén en sus manos, estarán en condiciones de poder desembarcar en esta bahía a sus tropas.

—Los algecireños están posicionados de modo mucho más sólido de lo que esperábamos; lo han demostrado destruyendo la torre que estábamos levantando en el lado del cementerio. Desconocíamos que dispusieran de esos atronadores tubos de hierro que lanzan bolas de fuego.

—Necesitaremos más soldados y más recursos para culminar con éxito este asedio.

—Apenas hay hombres disponibles en vuestros reinos, alteza; y los aragoneses y los portugueses no parecen dispuestos a enviar más tropas de refuerzo en nuestro auxilio.

—Pediré ayuda al papa y al rey de Francia, quizás ellos sí entiendan la importancia de esta campaña y la necesidad de que triunfemos para garantizar la seguridad de toda la cristiandad.

Alfonso XI confiaba en recibir esa ayuda. Envió mensajes urgentísimos pidiéndola al papa Clemente VI y al rey Felipe VI, pero ni siquiera recibió respuesta a sus misivas. El papa se limitó a comentar esa petición con vaguedades a sus cardenales en Aviñón, y el monarca francés les confesó a sus consejeros que estaba en guerra con Inglaterra y que necesitaba a todos sus soldados para librar ese conflicto.

La destrucción de la torre del cementerio había supuesto un serio contratiempo para los sitiadores, pero los sitiados comenzaban a sentir la escasez de suministros, y solicitaron al rey de Granada que interviniera para evitar que su situación fuera insostenible y se vieran obligados a rendir la plaza.

—Señor, se acercan unos jinetes que enarbolan una bandera blanca —anunció un mensajero.

—¿Quiénes son? —demandó el rey Alfonso.

—Parecen granadinos, alteza.

Lo eran. Un grupo de seis caballeros cabalgaba tras una bandera blanca en dirección al campamento donde se alzaba el pabellón real de Alfonso XI.

Se les permitió llegar a dos de ellos tras ser requisadas sus armas y cacheadas sus ropas.

—Alteza, mi nombre es Abú Naim Ridwán, y me acompaña Abú Alí Hasán; somos enviados de su majestad Yusuf ibn Ismail, rey de Granada.

—¿Qué desea mi buen amigo? —les preguntó don Alfonso, sentado en un escabel a la puerta de su pabellón.

—La firma de un acuerdo para que pongáis fin a este asedio.

—Supongo que disponéis de autorización para ofertar determinadas condiciones.

—Sí, alteza. Su majestad está dispuesto a regalaros —el embajador granadino evitó usar la palabra «pagar»— cada año una importante suma de monedas de oro si retiráis vuestro ejército de Algeciras y firmáis una tregua duradera.

—Lo haré, pero con una condición.

—¿Qué proponéis?

—Retiraré mi ejército de Algeciras a cambio de ese dinero si, además, vuestro rey rompe relaciones con el sultán de Marruecos.

Los dos embajadores se miraron con cara de sorpresa. Esa cláusula no solo no estaba contemplada en la propuesta de paz, sino que Yusuf I les había dado instrucciones precisas para rechazarla de todas las maneras, en caso de que el rey de Castilla, como había supuesto el granadino, lo propusiera.

—Nuestro señor no puede aceptar esa condición —replicó Abú Naim.

—En ese caso, regresad por el camino por el que habéis venido y dadle las gracias a vuestro soberano por su propuesta de paz, que solo admitiré cuando rompa relaciones con el sultán Abú Hasán.

La entrevista con los embajadores granadinos se saldó sin acuerdo.

Lo que no supo el rey de Castilla es que esa embajada había sido impulsada en secreto a instancia de algunos nobles de su consejo privado, entre los que estaban Juan Núñez, Pedro de Castro y Juan Alfonso de Alburquerque, que, hartos del asedio y como no se atrevían a proponerle al rey que levantara el cerco, habían encargado al caballero Ruy Pavón, alcalde de la frontera y bien relacionado con algunos aristócratas musulmanes de Granada, para que hablara con ellos y trataran de alcanzar un acuerdo pacífico con el rey de Castilla.

Alfonso XI había empleado su palabra, su honor y su prestigio en conquistar Algeciras, y no tenía la menor intención de retirarse, ni siquiera por todo el oro del mundo.

El asedio no podría durar eternamente, aunque, dada la situación, todo hacía presagiar que el cerco iba para largo; pero don Alfonso, lejos de caer en el desánimo, ordenó que se intensificara la presión sobre Algeciras y que se buscaran suministros y alimentos en Carmona y Écija, que se trajeran caballos de Alemania y que se fabricaran nuevas torres de madera para defender y reforzar la cerca que ya rodeaba toda la ciudad.

En la primavera de 1343 más de cien naves castellanas, aragonesas, portuguesas y genovesas patrullaban las aguas del Estrecho para evitar que las armadas benimerín y nazarí abastecieran de alimentos y pertrechos a los de Algeciras, en tanto los sitiadores construían nuevas máquinas de asedio, cavaban fosos más profundos que rodeaban toda Algeciras y llegaban hasta la misma orilla del mar, y levantaban torres con ruedas para acercarlas a los muros y preparar la toma de la ciudad en cuanto se ordenara el asalto definitivo.

Algunas de las cartas enviadas por Alfonso XI pidiendo ayuda a los soberanos cristianos surtieron al fin efecto, y en mayo llegaron varios caballeros francos, borgoñones y alemanes, además dos condes ingleses con sus mesnadas; todos decían hacerlo para participar en aquella cruzada por la defensa de la cristiandad y la salvación de sus almas.

Ante la acumulación de tantos efectivos cristianos, el rey de Granada temió que Algeciras no podría resistir mucho más tiempo y que sucumbiría pronto; para evitar la caída inmediata, acudió a Ceuta con el fin de entrevistarse con el sultán Abú Hasán a la vez que pedía ayuda al rey de Túnez y a otros soberanos musulmanes del norte de África, y trataba de ganar tiempo enviando otra embajada para ofrecerle un nuevo tratado de paz al rey Alfonso. Para dar visos de sinceridad a esta renovada oferta, Yusuf I se acercó hasta el río Guadairo, a media jornada de camino al norte de Gibraltar, mientras el sultán de Marruecos aguardaba acontecimientos en Ceuta.

La oferta del de Granada ratificaba la anterior: el abono a Castilla de treinta mil doblas de oro cada año si se retiraba de Algeciras. Además, se acercaba el verano y el agua escasearía pronto, a pesar de la fuente que había ordenado construir el rey en un manantial cercano; y no era menos preocupante la escasez y carestía de alimentos que se extendía por toda Castilla y León y que amenazaba con interrumpir los suministros a los campamentos cristianos y hacer fracasar el asedio.

Ante tantas dificultades acumuladas, Alfonso XI dudó. Algeciras disponía de unos sólidos y altos muros, un doble foso con doble recinto tapiado y una guarnición abundante y bien pertrechada, que de vez en cuando realizaba salidas relámpago para atacar a los sitiadores y causarles el mayor daño posible.

La carestía aumentaba día a día y los precios subían sin cesar. Una fanega de trigo costaba dos maravedíes y medio y una de cebada se pagaba a doce dineros. El rey tuvo que pedir que enviaran comida desde donde fuera, y que se remitiera a los campamentos de los sitiadores de Algeciras en barcos fletados en los puertos del norte, desde Bermeo hasta Santander.

Pese al silencio con que habían respondido a su primera petición de ayuda, Alfonso XI insistió en reclamar apoyo al papa y al rey de Francia, que al fin aceptaron prestarle veinte mil y cincuenta mil florines de oro gracias a la mediación del arzobispo de Toledo.

Tras varios meses de asedio, las arcas reales estaban casi vacías; el rey reunió en su pabellón a sus principales consejeros para explicarles la delicadísima situación.

—Señores, vivimos unos momentos críticos; solo disponemos de dinero para continuar esta campaña durante otra semana más. Si no encontramos recursos, dentro de siete u ocho días tendremos que retirarnos.

—¿Qué hacemos entonces, alteza? —demandó el señor de Alburquerque.

—Estableceré un impuesto urgente: cada persona que viva en mis señoríos deberá aportar dos dineros de plata; con lo recaudado compraremos vacas, ovejas y carneros para alimentarnos.

—Pero señor, este año las cosechas están siendo muy escasas, hay hambrunas en algunas regiones y...

—He dicho dos monedas de plata por cada súbdito de mis reinos —asentó con firmeza don Alfonso.

La llegada de las nuevas tropas francesas, alemanas e inglesas y el aviso inesperado de que el rey de Navarra se sumaba a la guerra santa con un regimiento de caballería, varios cientos de peones y una caravana de suministros de alimentos, animó mucho a Alfonso XI, que rechazó la oferta de Granada y decidió continuar con el cerco.

—Han llegado las provisiones prometidas por el rey de Navarra; ayudarán a mitigar nuestra carestía —anunció el mayordomo real.

—¿Qué nos ha enviado don Felipe? —se interesó el rey.

—Tres barcos cargados de harina, legumbres, cebada, vino, aceite y tocino salado.

Felipe de Navarra y su esposa doña Juana se presentaron en Sevilla, donde fueron recibidos con todos los honores por familiares de Leonor de Guzmán, que ejercía como verdadera reina de Castilla, en tanto doña María de Portugal, la reina legítima, vivía apartada de la corte junto a su hijo y heredero don Pedro.

Tras ser recibidos en Sevilla por los parientes de Leonor de Guzmán, los reyes de Navarra se dirigieron al campamento real ubicado frente a Algeciras.

Aunque ya le habían informado, la decepción de Alfonso XI se intensificó cuando comprobó con sus propios ojos que los reyes de Navarra solo iban acompañados por cien caballeros y trescientos peones.

Los dos reyes, hasta hacía cinco años declarados enemigos, se saludaron con un abrazo y un beso.

—Me alegro de que estéis aquí, ayudándome a conquistar Algeciras —saludó Alfonso XI a Felipe VI.

—Lamento no haber podido reclutar un mayor contingente de tropas para vuestra causa. Navarra es un reino pequeño y poco poblado.

—Cualquier soldado es bien venido a esta guerra santa.

Mientras los dos reyes estaban conversando en el real de Algeciras, un terrible acontecimiento estaba sucediendo en Ceuta. El sultán de Marruecos había sido informado de que su hijo Abdarrahmán estaba conspirando contra él.

Sin más pruebas que una denuncia anónima, Abú Hasán ordenó capturar a su hijo y cortarle la cabeza. Si el sultán meriní se las gastaba así con sus propios hijos, qué no haría con sus enemigos cristianos si consiguiera hacerse con la victoria.

Para que la guerra desatada en medio mundo conocido fuera ya total, el rey de Aragón atacó a su tío segundo con la intención de apoderarse del reino de Mallorca.

Parecía como si alguien hubiera soltado a tres de los cuatro jinetes del *Apocalipsis*, el hambre, la guerra y la muerte; algunos dijeron que ya solo faltaba la peste para que se completaran las cuatro señales que indicaban el comienzo del fin del mundo.

21

La sospecha de que algunos cristianos estaban haciendo negocio con los musulmanes de Algeciras llegó a oídos del rey Alfonso.

Aquella mañana de fines de julio decidió presentarse de improviso en uno de los campamentos en el que los espías del rey habían detectado a varios de esos traidores. Hacía tanto calor que de las aguas de la bahía ascendía un vaho producto de la intensa evaporación provocada por los ardientes rayos del sol.

En el campamento se habían construido varias casas de piedra y adobe en las que habitaban algunos nobles. Estas construcciones más sólidas alternaban con cabañas hechas de cañizos y paja, y con tiendas de lona y fieltro.

A las puertas de las moradas de los nobles destacaban los emblemas de sus linajes: banderas y estandartes multicolores, con figuras de lobos, toros, perros, águilas y leones, e incluso urracas, cuervos, asnos, patos y jabalíes, o rostros humanos tocados con yelmos de alarde rematados con plumas y palmas.

—Señalad con cruces en las puertas las casas de los traidores, apresadlos y prendedles fuego —ordenó el rey a los guardias que lo acompañaban en aquella inesperada visita.

Siguiendo las órdenes de don Alfonso, los soldados entraron en las casas marcadas y sacaron sin contemplaciones cuanto había de valor, ante la mirada incrédula y las protestas de sus propietarios.

—¡Señor, esto es un abuso! —clamó uno de los traidores.

—A ese cortadle la lengua —indicó el rey con una mirada tan fría que, pese al intenso calor estival, helaba la sangre solo con verla.

Al menos dos docenas de cristianos acabaron atados de pies y manos en la plazuela central del campamento, mientras contemplaban impotentes cómo ardían sus casas y los almacenes donde guardaban los alimentos, los paños de lino, el oro, la plata y otros objetos con los que había estado comerciando de manera clandestina con los moros de Algeciras pese a la expresa prohibición del rey de que ningún cristiano entrara en esa ciudad sin su permiso, y mucho menos para hacer negocios con los sitiados.

Al ver arder uno de los campamentos cristianos, los algecireños corrieron la voz por la ciudad, y un escuadrón de caballería se aprestó para salir a combatir en campo abierto y causar el mayor daño posible a los sitiadores aprovechando el desconcierto.

La salida se produjo por la Puerta Nueva, frente a la cual se habían desplegado las milicias concejiles de Soria y algunos almogávares aragoneses, recién llegados a Algeciras. A la pelea también acudieron los obispos de Salamanca y Jaén con sus mesnadas, tropas del concejo de Córdoba y el alcaide de los Donceles con su hueste.

Avisado de la batalla que se estaba librando, Alfonso XI indicó al conde de Foix y a su hermano que acudieran con sus hombres a apoyar a los que estaban luchando en la Puerta Nueva, pero los dos nobles fruncieron el ceño y pidieron más dinero para participar en la pelea. El rey de Castilla tuvo que ceder para evitar que se marcharan con todos su hombres y dejaran desprotegidos a los que combatían en aquella improvisada batalla. Les prometió que les pagaría un mes por adelantado, ocho maravedíes por cada uno de sus caballeros y dos por cada peón; el conde y su hermano exigieron además el pago de doscientos cincuenta maravedíes más para ellos.

Cuando el rey prometió concederles esa paga, el conde alegó que se encontraba enfermo y que no estaba en condiciones de luchar. Entonces, con la batalla a punto de decantarse a favor de los musulmanes, el rey ordenó a los hombres de su propia guardia que acudieran para reforzar a los sorianos, aragoneses y cordobeses.

A las afueras de la Puerta Nueva se libró un terrible combate en el que destacó la bravura de las milicias de Soria, que detuvieron e hicieron retroceder a los jinetes musulmanes y los obligaron a regresar al abrigo de los muros de su ciudad.

Aquella victoria reforzó la moral de los sitiadores, un tanto decaída por las carencias de suministros, el calor y lo prolongado del asedio; y volvieron a sentirse más fuertes y seguros cuando a mediados de agosto llegaron a la bahía otras diez galeras del rey de Aragón al mando del valenciano Jaime Escribano.

Aquel asedio parecía interminable.

El conde de Foix y su hermano decidieron al fin marcharse, con lo que volvió a sobrevolar sobre los campamentos cristianos la idea de levantar el sitio.

El rey de Granada, enterado de las deserciones que se estaban produciendo entre los cristianos, se acercó hasta el arenal de Gibraltar y desplegó sus estandartes de combate al otro lado de la bahía.

La situación se agravaba. Alfonso XI decidió convocar a sus principales comandantes para evaluar lo acontecido y decidir qué hacer.

En el pabellón real se reunieron don Alfonso, el rey de Navarra, Juan Núñez de Lara, don Juan, Juan Alfonso de Alburquerque y los prelados de Sevilla y Córdoba.

—Señores, nuestra posición es muy delicada. Varios nobles, entre ellos el conde de Foix, se han marchado, y con ellos sus aguerridas huestes de Gascuña y Occitania. Sufrimos de nuevo la carencia de suministros, pues los vientos contrarios han impedido que los navíos que traían provisiones desde los puertos del norte de Castilla hayan podido llegar hasta estas playas. En Andalucía hay mucha escasez de pan, y los franceses, alemanes e ingleses, que sí tienen algunos remanentes, han encarecido el precio de esos víveres. Ayer ordené que se traiga cebada y harina desde Tarifa, pero he tenido que pagar nueve maravedíes por cada fanega de cebada y once por la de trigo.

»El rey de Granada se ha asentado en el arenal de Gibraltar, al otro lado de la bahía, desde donde hace alardes y bravuconadas, pero lo peor es que nuestras galeras de patrulla en el estrecho han apresado a dos galeras granadinas en las que se han confiscado dos copias de la misma carta que le ha enviado el rey nazarí al sultán de Marruecos. Estas son —el rey les mostró las dos copias incautadas.

—Ataquemos a ese perro y acabemos de una vez con él —propuso el señor de Alburquerque en referencia a Yusuf I.

—¿Qué dicen esas cartas, alteza? —preguntó el hijo de don Juan Manuel.

—Yusuf le pide ayuda al sultán para liberar el sitio de Algeciras, y por el tono de la carta se infiere que los africanos ya tienen preparado un ejército para atravesar el Estrecho y venir a combatirnos.

—En ese caso, opino que debemos prepararnos para un ataque inminente —alegó Juan Núñez—. Ya los derrotamos en el Salado, volveremos a hacerlo en Algeciras.

—Enviaremos diez galeras para vigilar los movimientos que las naves de los moros realicen en la costa africana. Si una flota zarpa de sus puertos, nuestros vigías la observarán y darán la alerta enseguida.

Aquellos días se desataron algunas tormentas en la zona del Estrecho. Una de ellas desbarató y hundió a veinte galeras africanas y otra desarboló y dejó inservible a varias cristianas. Las intensas lluvias provocaron el desbordamiento de los ríos; en el Guadarranque murió ahogado el maestre de Alcántara cuando lo cruzaba al mando de una patrulla de reconocimiento.

Un frío húmedo cayó de repente sobre la bahía de Algeciras y provocó que varios hombres enfermaran de fiebre, entre ellos el rey de Navarra, que tuvo que permanecer en cama recluido en su tienda.

Enterado de ello, Alfonso XI lo visitó y le ofreció a sus propios físicos para que lo atendieran. El soberano navarro apenas podía hablar. La fiebre lo estaba consumiendo muy deprisa. Los médicos de don Alfonso le recomendaron una dieta a base de carne y vino, pero el físico real de Navarra se negó a que fueran los castellanos los que se ocuparan de su señor, pues recelaba de los remedios y de la pericia de sus colegas castellanos.

El médico real navarro convenció a la reina doña Juana para que abandonase el sitio de Algeciras y se retirara a Navarra con su esposo, alegando que el aire de las montañas del norte sería muy beneficioso para su recuperación.

Alfonso XI aceptó lo dispuesto por doña Juana y acudió despedirse de los reyes de Navarra.

Apenas dos días después de abandonar el campamento, habiendo llegado solo hasta Jerez, el rey Felipe falleció.

Algunos vieron en ello un signo de mal agüero, y la mayoría de los nobles alemanes, franceses e ingleses decidieron marcharse y regresar a sus tierras antes de que se echara encima el invierno.

El rey de Castilla se quedó solo con sus súbditos leoneses y castellanos, y un puñado de aragoneses. La toma de Algeciras parecía una tarea poco menos que imposible.

Todos le aconsejaron que abandonara.

Mejor levantar el asedio de Algeciras y retirarse con honor, ya habría tiempo de volver al año siguiente, le decían a don Alfonso, que permanecer allí durante todo el invierno y acabar derrotado, y quién sabe si incluso muerto, por el ejército que había armado el sultán Abú Hasán y que ya estaba preparado para cruzar el Estrecho.

La confusión en los campamentos cristianos por tantas deserciones fue aprovechada por los musulmanes para abastecer a los algecireños, que recibieron provisiones para poder aguantar el asedio durante al menos tres meses más.

A la vez que se producía esa maniobra de abastecimiento, el príncipe Alí, uno de los hijos del sultán, condujo con éxito a la flota benimerín hasta Gibraltar.

Y por si fueron pocos todos esos problemas, los marinos genoveses amenazaron con marcharse si no se les pagaban cuatro meses por adelantado; alguno de aquellos mercenarios corrió la voz de que estaban incluso dispuestos a pasarse al servicio del sultán, que sí tenía dinero para recompensarles generosamente sus servicios. Alfonso XI tuvo que plegarse, tragarse su orgullo y vender su propia vajilla de plata para abonar el chantaje de los genoveses.

Algo tenía que hacer, y deprisa, pues los víveres se estaban agotando y el otoño avanzaba raudo. Lejos de amedrentarse, el rey de Castilla ordenó estrechar el cerco de Algeciras y dispuso una estratagema ingeniosa.

Envió un mensaje al rey de Granada, que andaba frotándose las manos ante la desesperada situación de su enemigo, en el que le propuso pactar treguas y firmar un acuerdo de paz, a cambio de una buena cantidad de dinero.

Lo que pretendía don Alfonso era que el sultán de Marruecos desconfiara del rey de Granada, y que sospechara que estaba urdiendo un pacto a su espalda.

El de Granada aceptó, pero antes quiso entrevistarse con el de Marruecos y se fue a verlo a Ceuta para pedirle dinero y que le ayudara con el pago, pues la cantidad que le exigía el castellano era de cien mil dinares, demasiado elevada incluso para la riqueza de Granada.

—¡Hemos estado a punto de apresarlo! —exclamó Juan Núñez—. Ya lo teníamos al alcance de nuestra mano, pero se nos escapó.

—¿Cómo ha sido eso? —demandó el rey Alfonso.

—Una de nuestras galeras de patrulla en el Estrecho avistó a la galera real nazarí, en la cual el rey Yusuf regresaba de su entrevista en Ceuta, tal cual nos habían informado nuestros agentes en Granada. Los nuestros llegaron incluso a abordarla y subieron varios de ellos a la cubierta, pero el rey de Granada estaba protegido por sus mejores guerreros, y lograron rechazar el abordaje. La galera de Yusuf pudo llegar hasta el puerto de Gibraltar protegida por varios navíos que acudieron a su rescate.

—¿Sabemos qué le dijo el sultán al rey de Granada? —demandó don Alfonso.

—Sí, alteza. Abú Hasán rechazó la propuesta de Yusuf. Nos hemos enterado de que se negó a pagar dinero alguno a cambio de nuestra retirada de Algeciras, aduciendo que los de la ciudad están bien pertrechados y que nuestros hombres carecen de moral por estar al borde del agotamiento tras tantos meses de asedio infructuoso.

—¿Y entonces?

—El sultán pretende presentarnos batalla. Si vencemos en ella, ganaréis Algeciras, y si resultamos derrotados, deberemos retirarnos y levantar el sitio —dijo Juan Núñez.

El tiempo apremiaba para todos.

Las carencias de los cristianos eran enormes; ni siquiera disponían de cebada para alimentar a los caballos, y la poca que podían encontrar tenían que pagarla hasta cincuenta maravedíes por fanega, de modo que comenzaron a comerse a los peores caballos a falta de otro alimento que echarse a la boca.

La batalla se aproximaba. Los meriníes lograron desembarcar al resto de su ejército en la playa de Estepona a comienzos de diciembre, allí se sumaron a los granadinos y avanzaron hacia Algeciras tras reunirse con los que ya habían logrado llegar un mes antes a Gibraltar con el príncipe Alí.

El ejército musulmán llegó el 12 de diciembre ante los vados del río Palmones, justo al norte de la ciudad vieja, donde había tomado posiciones el ejército de Castilla, cuyo rey formaba al frente de sus tropas como un guerrero más.

La victoria fue mucho más fácil de lo que se pudiera haber imaginado. Protegidos por el curso del río Palmones y con la espalda resguardada por los fosos y empalizadas frente a la villa vieja de Algeciras, la caballería castellana comandada por Juan Núñez y por el hijo de don Juan Manuel aplastó a la infantería del sultán de Marruecos, que apenas ofreció resistencia. Las líneas de batalla de los magrebíes quedaron desbaratadas y los infantes huyeron despavoridos tras el primer envite.

Los jinetes del rey de Granada ni siquiera entraron en combate; se mantenían en la reserva a la espera de atacar por los flancos, pero el súbito derrumbe de la infantería musulmana no les dio opción y se retiraron hacia la sierra.

Los infantes musulmanes corrían por la playa buscando salvarse de la carnicería que se avecinaba; los que sabían nadar se metieron en el agua intentando alcanzar el refugio de algunas de sus naves, pero el rey Alfonso ordenó mediante señales que la escuadra cristiana cargara contra la armada musulmana. Treinta galeras africanas y granadinas fueron destruidas, y ardieron ante la mirada desesperada de los que nadaban hacia ellas con la esperanza de salvarse de una muerte cierta; todos se ahogaron en las aguas de la bahía.

Ahora sí, tras varios meses de fracasos, y cuando parecía más lejana que nunca la toma de Algeciras, la contundente y fácil victoria en el río Palmones había supuesto un giro en la situación, y dejaba a los defensores de la ciudad sin otra alternativa que la rendición... o la muerte.

5

Ganar o morir

1

Apenas podía dormir. La conquista de Algeciras lo obsesionaba de tal manera que pasaba muchas noches en vela, casi siempre en brazos de Leonor, aunque cuando su amante caía rendida de sueño, él se mantenía despierto, muchas noches hasta la alborada, cuando rayaba el día y el sol comenzaba a iluminar el horizonte oriental mas allá de la roca de Gibraltar.

Sus médicos le habían recomendado en numerosas ocasiones, siempre en vano, que debía descansar, que si seguía con ese ritmo podría llegar a caer enfermo de agotamiento; pero el rey Alfonso no les hacía caso. Cada día montaba su caballo y se dirigía a la primera línea del cerco para comprobar el estado de los fosos y las empalizadas, y revisar que las máquinas y los ingenios estuvieran en buenas condiciones y los artilleros dispusieran de la suficiente provisión de proyectiles para atacar los muros de Algeciras.

—Esos cretinos siguen sin entregar la ciudad. Hace ya dos meses que los derrotamos y se empeñan en resistir. Debería ordenar hoy mismo el asalto a esos muros y acabar con los algecireños uno a uno —rumiaba Alfonso a la vista de la ciudad, que seguía con sus puertas cerradas y sin que los sitiados mostraran la menor intención de rendirse.

—No pueden resistir mucho más —comentó Leonor de Guzmán, que acompañaba a su real amante en un paseo a caballo por las colinas al norte de Algeciras.

—Hace una semana una galera consiguió llegar al puerto y descargó algunas viandas, pero ayer dos moros salieron de la ciudad y se entregaron mis soldados. Los interrogué personalmente y confesaron que apenas tienen pan, y que el poco que pueden cocer es de muy baja calidad, pues la escasa harina que guardan la mezclan con avena e incluso con hierbas.

Un relámpago recorrió el cielo de la bahía y a los pocos instantes un enorme trueno asonó entre las nubes que comenzaban a cubrir las cumbres de la sierra y amenazaban con descargar una intensa lluvia.

—Se avecina una tormenta —dijo Leonor.

—Volvamos al campamento. No quiero que te mojes y enfermes

Arrearon sus caballos y regresaron al real cuando los primeros gotarrones comenzaban a caer sorbe sus cabezas.

Nada más entrar en la tienda pareció como si el cielo se abriera, las nubes se desgarraran y una catarata de agua se volcara sobre la bahía.

Aquel día de principios de febrero solo fue el primero de dos semanas ininterrumpidas de lluvias torrenciales. Tormenta tras tormenta, durante catorce días consecutivos apenas dejó de llover un solo instante. Las trombas de agua iban acompañadas de vientos huracanados que barrían el campo en medio de un vendaval atronador, como si todas las furias se hubieran unido para desatar un segundo diluvio.

Sitiadores y sitiados apenas podían hacer otra cosa que aguantar bajo techo los aguaceros, y esperar a que dejara de llover. Las galeras cristianas se vieron obligadas a refugiarse en las playas, donde quedaron varadas. Su presencia en el mar no era necesaria, pues ningún musulmán estaría tan loco como para aventurarse a navegar entre las embravecidas olas del Estrecho para llevar suministros a los de Algeciras, que mediante señales luminosas indicaban a sus correligionarios de Gibraltar que ya no les quedaban alimentos y que, si nadie lo remediaba, en una o dos semanas se verían obligados a rendir su ciudad, so pena de morir de hambre.

Mediado el mes de febrero de 1344 la lluvia cesó y los vientos amainaron. Una calma chicha se adueñó del mar y de la tierra.

Durante los tres meses del invierno el hambre, el frío y la humedad habían provocado estragos entre los algecireños. Desnutridos, hambrientos y enfermos, muchos habían muerto y habían sido enterrados en improvisados cementerios en el interior de la ciudad, en contra de lo que prescribía la ley islámica.

A finales de febrero, en Algeciras apenas quedaban hombres capaces de empuñar una espada, tensar un arco y una ballesta o cargar una catapulta. Agotados y desesperados, las voces de los que querían rendirse superaban a los que pretendían seguir soportando tanto sufrimiento.

Los gibraltareños, angustiados por las desesperadas llamada de auxilio de los algecireños, decidieron fletar un barco y cargarlo con pasas, higos, miel, manteca de cordero y de vaca y roscas de pan. Si conseguían hacer llegar aquellas provisiones al puerto de Algeciras y desembarcarlas, tal vez aumentara la moral de los sitiados y se convencieran de que podían resistir un poco más en espera de que el sultán de Marruecos fletara una flota, acudiera en su ayuda y los liberara del asedio. Confiaban en que los castellanos también estuvieran agotados y en que no pudieran sostener el asedio durante mucho más tiempo.

La galera cargada de víveres se acercaba sigilosa al puerto de Algeciras. Había salido de Gibraltar aprovechando la oscuridad momentos después del anochecer; solo tenía que cruzar la bahía para llevar la comida y la esperanza a los algecireños. Navegaba con el velamen plegado y el palo mayor abatido para evitar ser localizada y los remeros bogaban con fuerza pero con cuidado, procurando levantar el menor oleaje posible.

Una hoguera sobre el torreón más cercano al puerto indicaba la ruta al piloto, que mantenía el rumbo fijo en dirección a aquella luz.

Los tripulantes confiaban en su pericia y en el sigilo para no ser localizados, pero cuando estaban a mitad de camino, en medio de las aguas de la bahía, aparecieron de la nada dos galeras castellanas.

Los suministros nunca llegaron a Algeciras, y a la mañana siguiente, cuando los sitiados se dieron cuenta de que su comida había sido capturada por sus enemigos, perdieron toda esperanza de resistir.

Don Alfonso no aguantó más. Envió a un mensajero con un ultimátum para los algecireños, conminándoles a entregar inmediatamente la ciudad; si no lo hacían, ordenaría un asalto y dejaría que sus soldados se comportaran como mejor les placiera.

Los sitiados pidieron dos días de tregua y enviaron un mensaje mediante señales a Gibraltar, explicando la amenaza recibida.

Un par de jinetes se acercaba a todo galope por la línea de la costa. Uno de ellos enarbolaba una bandera blanca y el otro portaba una carta del rey de Granada dirigida al rey de Castilla.

—Algeciras se entregará —comentó Alfonso a Leonor.

—¡Al fin! —exclamó «la Favorita», que ardía en deseos de que aquel asedio acabara cuanto antes.

—La única condición que ponen para una rendición inmediata es que respetemos la vida de los defensores que todavía resisten.

—¿Y lo vas a admitir?

—No sé... El esfuerzo que hemos hecho para llegar hasta aquí ha sido muy grande.

—Acepta.

—Les podría pedir más dinero, y quince años de pagos, en vez de diez...

—No. Acepta que entreguen la ciudad y perdónales la vida. Bastante tienen con perder todo cuanto poseen. Y piensa en los beneficios que te reportará la conquista de esa ciudad y la alegría de abandonar este asedio.

—Tomarla al asalto significaría una mayor gloria...

—Pero causaría muchas bajas entre tus hombres. Acepta las condiciones que te han ofrecido y entra en Algeciras como su dueño y señor; toma posesión de esa ciudad y luego vayámonos a Sevilla. Necesitas un descanso, y yo te lo proporcionaré —le dijo Leonor.

—Haré lo que dices. —El rey besó a su amante.

Alfonso XI convocó a su consejo privado para dirimir las condiciones ofertadas por los musulmanes para entregar Algeciras. Algunos propusieron tomarla al asalto para dar un escarmiento a los defensores, como hubiera querido el rey unos días atrás, pero Leonor ya lo había convencido para que no se arriesgara, aceptara la capitulación y evitara cientos de bajas propias.

El enviado de Granada se presentó en el pabellón del rey de Castilla.

—Señor, mi nombre es Hasán Algarrafa; soy el embajador de su majestad el rey Yusuf de Granada, y os ofrezco esta carta como garantía.

El mayordomo real recogió las credenciales de Algarrafa.

—¿Cómo se encuentra vuestro señor?

—Apenado por la pérdida de una de las mejores perlas de su reino, pero a la vez alegre por el final de este asedio y de tanto sufrimiento.

—¿Acepta mi amigo Yusuf las condiciones que propuse a su mensajero?

—Acepta. Mi rey y señor os hace entrega de su ciudad de Algeciras. Sus moradores la abandonarán con la garantía de que no sufrirán represalia alguna por vuestra parte.

—¿Y los pagos convenidos?

—Recibiréis doce mil doblas de oro cada año, durante los próximos diez, en los que regirán treguas entre Granada y Castilla; a esa tregua se suma también el sultán de Marruecos.

—¿Y el vasallaje?

—Granada se somete al vasallaje de Castilla.

El acuerdo se firmó el 26 de marzo, y dos días después Alfonso XI y Leonor de Guzmán entraron triunfantes en la ciudad de Algeciras.

Los moros que quedaban dentro de los muros abandonaron la villa nueva y pasaron a instalarse en la villa vieja. Sobre las torres ondearon los estandartes de Castilla y León. Leonor sonrió cuando contempló que los pendones señoriales de sus hijos ondeaban al lado de los del infante don Pedro, el heredero. Alfonso XI había decidido que así fuera, colocando al mismo nivel a su hijo legítimo y a sus bastardos.

Era el domingo de Ramos cuando la comitiva real desfiló por las calles de Algeciras, desde la puerta norte a la mezquita mayor, en una procesión en la que los cristianos llevaban palmas en las manos y cantaban salmos de victoria y de alabanza a Dios.

El arzobispo de Sevilla consagró la mezquita aljama como nueva catedral cristiana dedicada a la Virgen de la Palma y ofició la primera misa, tras la cual, el rey ofreció a sus principales caballeros un banquete en el alcázar. A su lado, Leonor sonreía. Nadie dudaba ya de que, aunque el título correspondía a doña María, «la Favorita» era la verdadera reina de Castilla.

2

Lo había logrado. Había costado mucho dinero, dos años de esfuerzos y sufrimiento, mucha sangre derramada y muchos valientes soldados muertos, pero, al fin, Algeciras era suya.

Tras asentar el dominio y organizar el gobierno de esa ciudad, Alfonso XI visitó Tarifa, desde donde despidió a la armada aragonesa, cuyas galeras pusieron rumbo hacia levante saludadas desde los muros por unas salvas de cañonazos disparadas desde los tubos de metal que se habían incautado en Algeciras.

—Pasaremos unas semanas en Sevilla —le dijo Alfonso XI a Leonor.

—Sí, mereces un descanso.

La estancia en Sevilla se prolongó hasta el veinte de junio, y no hubo noche que no durmieran juntos Leonor y Alfonso.

Los consejeros más cercanos al rey seguían asombrados con la relación de los dos amantes. Hacía ya quince años que vivían como esposos aun sin serlo, habían tenido nueve hijos y seguro que vendría alguno más, su amor había desafiado al rey de Portugal, al de Aragón y al mismísimo papa, y seguían deseándose uno a otro como en las primeras semanas de su conocimiento.

Aquella primavera en Sevilla unos juglares comenzaron a escribir un poema en estrofas de cuatro versos en el que pretendían destacar la grandes hazañas del rey Alfonso XI.

En el poema se destacaban las virtudes del rey, del que se decía que era noble y de buen corazón, hermoso de cuerpo y rostro y valedor de los débiles y de la justicia, y se presentaba como vicario y guerrero de Dios.

Acababan de hacer el amor en uno de los aposentos del alcázar real de Sevilla, bajo un techo recién terminado al estilo de los moros.

—No dejo de asombrarme cada vez que estoy dentro de ti —le dijo el rey.

—A mí no deja de asombrarme tu virilidad; estoy segura de que esta noche has vuelto a dejarme embarazada.

—Si es así, sería nuestro décimo hijo —puntualizó Alfonso XI.

—Lo será.

—¿Has leído los versos de ese poema que están escribiendo en mi honor?

El rey le preguntó a Leonor por un cuadernillo que le había

pasado tres días antes en el que varios trovadores contaban las principales hazañas y los más destacados acontecimientos de la vida del rey.

—Sí, los he leído.

—¿Y qué te parece?

—Me han gustado, sobre cuando explican por qué mandaste ejecutar a Juan el Tuerto.

—Sí, esos versos son muy ingeniosos. Se deben a Rodrigo Yáñez, el compilador del poema.

—En esos versos se habla de una profecía del mago Merlín en la cual se auguraba que el león de España haría un camino, y mataría al lobo en la montaña, dentro de una fuente de vino. Tú eres ese león, como rey de uno de tus reinos, y el lobo es Juan el Tuerto, que murió ejecutado en la villa de Toro, «la fuente del vino».

—«El león de España», sonoro título, quizá debería llamarse así ese poema, ¿no crees?

—Sería lo más apropiado: has pacificado los reinos de Castilla y León, has sometido a los nobles rebeldes, has vencido a los moros, has conquistado Algeciras..., y eres el dueño y señor de mi corazón —dijo Leonor.

—Conquistar tu corazón ha sido mi mejor hazaña, y no cambiaría todas las demás juntas por esta.

Ambos estaban bien en Sevilla. Era la ciudad que más amaban, donde se había conocido y donde habían sido más felices. Se hubieran quedado allí juntos el resto de sus vidas, pero había que gobernar un reino.

En los últimos días del mes de junio visitaron Córdoba y se acercaron hasta Alcalá la Real, la gran fortaleza recientemente conquistada y desde la cual los castellanos amenazaban la ciudad y todo el reino de Granada.

Una vez inspeccionadas y ordenadas las defensas de la frontera, Alfonso y Leonor se dirigieron a la villa de Toro, donde permanecía recluida la reina doña María con su hijo don Pedro, el heredero legítimo.

—Mi señora —saludó Alfonso a su esposa besándole la mano.

—Me alegra volver a verte, mi señor —dijo la reina María.

—¿Dónde está nuestro hijo?

—Enseguida lo traerán. Está acabando su clase de latín. Algún día será el rey de estos reinos y debe formarse como tal. Como ordenaste, desde este mismo mes se encarga de la cancillería de nuestro hijo y de su educación don Bernabé, obispo de Osma, que lo está formando para ser un buen soberano según las instrucciones del tratado *Regimina Principum*, escrito por Egidio Romano, un fraile agustino que llegó a ser obispo de la ciudad francesa de Bourges hace unos años.

—Supongo que le habrá asignado un confesor. Nuestro hijo tiene diez años, y a esa edad ya se comenten algunos pecados.

—El obispo le ha asignado tres frailes, aunque es uno llamado Pedro López de Aguilar el que se ocupa casi siempre de esa tarea.

—Está bien

—Me agrada que lo apruebes.

—Hoy es 13 de agosto ¿lo recuerdas? Hoy cumplo treinta y tres años, la edad a la que murió Nuestro Señor Jesucristo.

—¡Cómo olvidarlo! Cuando me comunicaron que tenía que casarme con el rey de Castilla y León alguien me explicó que habías nacido bajo el signo de Leo, y que los regidos por el signo del León, el del Sol, erais fuertes, tenaces, con carácter de mando, y con cierto mal genio pero de generoso corazón.

—¿Así me ves?

—Así eres.

—Eres una gran reina.

—A la que no ama su rey.

—Yo...

—Ya no me importa. Amas a otra mujer, pero yo soy tu esposa legítima y la madre de tu heredero. El mes que viene hará dieciséis años que nos casamos, quizá ya no lo recuerdes...

—Claro que me acuerdo, tenías quince años...

—Cuando me dijeron que hoy vendrías a vernos y que comerías con nosotros ordené que preparan un gran banquete para celebrarlo; anguilas, truchas, atún en adobo, cecina de León, perdices escabechadas, capones en salsa...

Unos golpes sonaron en la puerta de la estancia del palacio de Toro donde conversaban el rey y la reina de Castilla y León.

—Señores —anunció el mayordomo de palacio tras abrir la puerta—, solicito vuestro permiso...

—Entrad ya y dejaos de alharacas —ordenó el rey.

El mayordomo inclinó la cabeza y tras él apareció el príncipe don Pedro.

—Vaya, cómo has crecido desde la última vez que te vi. Vas a ser un buen mozo —saludó Alfonso a su hijo sujetándolo por los hombros.

—Padre y señor. —Tal cual le habían enseñado que debía hacerlo, Pedro de Castilla inclinó la cabeza ante el rey.

Al mirarlo a los ojos, Alfonso XI sintió que se le helaba el corazón. La mirada de su hijo era penetrante y brutal, como si en ella se hubiera asentado el más profundo de los rencores.

—Tu madre la reina me ha dicho que estabas en clase de latín; no desfallezcas en el estudio, algún día serás el soberano de estas tierras y necesitarás atesorar la mayor cantidad posible de conocimientos para gobernarlas.

—Así lo hago, mi señor.

—Soy tu padre, Pedro...

—Y también mi rey, señor.

Las palabras de aquel muchachito resonaban con la misma frialdad de un bloque de hielo.

Doña María de Portugal guardaba las formas y se comportaba como la reina y la madre que era, y la esposa que quiso ser y no le dejaron, pero en su interior albergaba un enorme odio hacia la mujer que había ganado el corazón y la cabeza de su marido, y no pasaba un solo día sin que alimentara ese mismo odio en el alma su hijo, esperando paciente a que llegara el momento en el que el príncipe don Pedro se sentara en el trono y vengara todas las afrentas y cada una de las humillaciones a que estaba siendo sometida.

Entretanto, sólo vivía para disfrutar del instante en el que «la Favorita» y sus hijos perdieran sus privilegios y fueran condenados a sufrir por tanto daño como le estaban haciendo.

Algún día llegaría ese momento tan deseado, no importaba cuánto tiempo tuviera que esperar, pero hasta entonces cumpliría con su deber como reina y como madre, sin ninguna queja, sin el menor reproche.

Tras celebrar su cumpleaños con su esposa y su hijo, el rey regresó al lado de Leonor, con la que se fue a cazar perdices con azores y halcones en el pasaje de Valporquero, en León, donde abundaban esas aves.

Mediado octubre Leonor, que volvía a estar embarazada, le pidió a su real amante volver a Sevilla; quería que su décimo hijo naciera en su ciudad. El otoño avanzaba y cada día era más frío que el anterior.

Alfonso XI también deseaba regresar al sur. La frontera necesitaba ser protegida, sus fortalezas atendidas y las villas y ciudades reforzadas con nuevos fueros, como el que concedió a Cabra en octubre. Pretendía asentar el poder de algunos concejos frente a la voracidad de la nobleza, que demandaba más y más privilegios y procuraba impedir la fuerza y el poder creciente de las ciudades, el principal apoyo con el que contaba el rey.

3

Pasaron las navidades en Sevilla, en el alcázar real, donde nació el décimo hijo de Alfonso y Leonor, al que pusieron como nombre Pedro, en recuerdo del primero de sus hijos, fallecido cuando apenas tenía siete años de edad.

Pero mediado febrero Alfonso XI decidió regresar a Castilla, pues necesitaba reafirmar su poder ante los indicios de que algunos nobles estaban aprovechando su ausencia para cometer ciertas injusticias y abusos sobre sus vasallos, a la vez que reforzar los concejos de Alcalá de Henares y Burgos, a cuyos mercaderes y banqueros necesitaba para financiar las empresas de la corona.

Además, hacía tiempo que le rondaba la idea de cazar un oso en las montañas de León, y la mejor época para ello era la de finales de primavera, cuando esas bestias han abandonado las oseras de la alta montaña donde han pasado el invierno, necesitan alimentarse para acumular grasa y ya han recuperado la calidad de la piel.

—Voy a escribir un libro sobre la montería —le comentó el rey a Leonor camino de León.

—A veces dudo sobre si tuvieras que elegir entre la caza y yo, qué preferirías.

—No lo dudes. Tú eres la única persona que me haría abandonar y olvidar la caza.

—Me dijiste anoche que vas a intentar cazar un oso. ¿No es demasiado peligroso?

—Lo es. El oso es la peor de las bestias que habitan en los bosques de mis reinos, y por eso quiero cazar uno de ellos.

—¿No te basta con arriesgarte con jabalíes y venados? Perseguir a un jabalí ya entraña bastante riesgo.

—El jabalí solo es peligroso si está herido, y cazar venados apenas tiene otro mérito que disponer de buenos y expertos monteros que sepan localizar la pieza; pero dicen que cazar osos es lo más arriesgado. Esos animales se refugian en montes escarpados, entre riscos de los cuales es difícil levantarlos. Hacen falta perros muy entrenados, que no le tengan miedo a las garras y a los dientes de esas fieras, y monteros capaces de seguir rastros muy leves.

»Deseo escribir un libro en el que todo cuando he aprendido cazando se refleje de manera precisa, desde cómo se ha de elegir a los perros en las cacerías, al modo de levantar la presas o cuáles son los lugares más propicios para abatir las diversas presas que viven en los montes y las dehesas de mis reinos. Y me falta capturar a un oso para completar ese libro.

—No voy a pedirte que dejes de cazar, sé que te gusta demasiado, pero sí que evites cualquier riesgo. Si los osos son tan peligrosos como dices, ¿por qué no cazas venados, o jabalíes y dejas en paz a esas bestias pardas?

—Soy el rey de todas estas tierras, y debo comportarme como tal. Vencer a los moros no solo ha significado imponer la cruz, sino también el que la nobleza haya rebajado sus pretensions. Un rey ha de ser fuerte y que sus súbditos se den cuenta de que los es, y sobre todo que tiene la determinación y la valía necesaria para ocupar el trono. Si venzo a los moros, mis súbditos saben que tienen un rey que los defiende, si cazo un oso, sabrán que, además, soy fuerte y tengo valor para merecer lucir la corona —concluyó Alfonso.

Leonor besó a su amante.

—Si eso es lo que deseas, ve a esos montes y vuelve con la piel de una de esas fieras, pero no expongas tu vida; yo no podría vivir sin ti.

Y lo hizo. Tras una partida de caza que duró cinco días, el rey y sus monteros regresaron a la ciudad de León con la piel de un enorme oso pardo. No fue difícil localizar a la bestia, pues ese animal se había cebado en unas colmenas que había destruido, dejando a su paso un rastro que fue bastante fácil de seguir.

Las gentes de aquella región de León celebraron la muerte del oso, y aclamaron al rey cuando bajó de los montes con el cuerpo del feroz animal sobre una parihuela arrastrada por una mula, y más aún cuando los monteros lo despellejaron y entregaron la carne a las gente de la aldea en la que había provocado tantos destrozos en los abejares.

Hubiera pasado el resto de su vida con Leonor, y cazando osos, lobos, jabalíes, venados y aves, pero los asuntos de gobierno reclamaban su atención.

Acudió a Compostela, donde rezó ante la tumba en la que decían que estaba enterrado el apóstol Santiago el Mayor, y medió en el pleito que enfrentaba a los comerciante de la ciudad con el arzobispo, convocó juntas en todas las ciudades y villas que recorrió, en las que se trataron cuestiones diversas sobre el gobierno de los concejos, y a comienzos de 1345 regresó a Sevilla, en donde Leonor quería estar, a donde siempre quería volver.

En el alcázar real sevillano, el rey se entrevistó con don Juan Manuel. Allí acordaron la boda de su hija doña Juana Manuel con Enrique de Trastámara, el tercero de los hijos de Leonor, y ya el mayor de los vivos junto a su gemelo Fadrique.

Cuando se marchó don Juan Manuel y se quedaron a solas Alfonso y Leonor, la «Favorita» se desató.

—¡Ese hombre —clamó refiriéndose a don Juan Manuel— te escribió una carta hace tiempo en la que me llamó «mala mujer»!, ¿lo recuerdas? Y ahora se presenta en este alcázar para pactar la boda de su hija Juana con nuestro hijo Enrique. ¡Qué paradoja del destino!

—Don Juan Manuel y su hijo don Juan fueron mis mayores enemigos en otro tiempo, pero desde que acordamos la paz, ambos se han comportado como vasallos fieles y leales. Además, nunca llegué a pensar que el marqués de Villena fuera capaz de aceptar que su hija más querida se casara con uno de nuestros hijos —comentó el rey.

—El acuerdo ya está hecho, pero habrá que esperar a que la boda se celebre y el matrimonio sea consumado.

—Falta algún tiempo para eso; nuestro hijo tiene diez años, y Juana cinco.

—Siete años todavía —calculó Leonor.

—Siete años, sí.

—Demasiado tiempo; en siete años pueden ocurrir muchas cosas.

En el alcázar real de Sevilla los días discurrían despacio. Aquel invierno tuvieron mucho tiempo para estar juntos, rodeados de algunos de sus hijos.

Alfonso y Leonor disfrutaban de las estancias de la fortaleza sevillana, convertida en un palacio al estilo de los de los sultanes musulmanes, con patios, jardines y estanques propicios para el sosiego y el disfrute de los sentidos, aposentos decorados al estilo y gusto moruno, con paredes alicatadas con baldosas de brillantes colores, techumbres de atauriques de madera labrada y mocárabes de filigranas de yeso, como si se tratara de una recreación en la tierra del mismísimo paraíso.

Mientras la pareja de amantes vivía en el alcázar rodeada de lujos, en las tabernas de Sevilla se cantaban poemas de clérigos lascivos y borrachos, unos de ellos atribuidos al rey Alfonso el Sabio y otros a Juan Ruiz, aquel clérigo al que unos consideraban natural de Alcalá la Real y otros de Alcalá de Henares.

Había quienes querían ver en algunos de esos poemas un reflejo de los amores escandalosos de don Alfonso y Leonor de Guzmán, como por ejemplo uno de ellos en el que se citaba a una viuda convenientemente «atendida» por los clérigos de Talavera, que se comparaba con la «atención» que el rey propiciaba a Leonor, que también había quedado viuda antes de convertirse en la amante del rey.

Aquellos poemas y canciones presentaban a mujeres lascivas jugando con dados y fichas, a monjes fornicadores que dejaban un reguero de monjas encintas por cuantos conventos pasaban y a obispos hipócritas conminando a los párrocos a abandonar a sus mancebas mientras ellos disfrutaban de una legión de barraganas mantenidas a costa de las arcas de su diócesis.

Algunas canciones provocaban la hilaridad de los visitadores de las tabernas, cuando, a falta de varón al que recurrir, se presentaba a las monjas utilizando consoladores de madera para calmar sus furores uterinos. Causaban sensación unos versos del juglar Fernando Esquío, que vivió en la época del rey Sabio, en el que se narraba cómo una abadesa recibía como regalo cuatro consoladores de madera forrados de tela roja para deleite solitario de las monjas bajo su gobierno:

> *Pues que sois amiga mía*
> *o quiero el gasto mirar*
> *y os quiero yo esto dar*
> *contada urgente guía:*
> *Cuatro carajos de mesa*
> *que me dio una burguesa*
> *en sendas vainas de lía*
> *muy bien os semejarán*
> *pues sé ques levan cordons*
> *de sendos pares de collons,*
> *agora volos darán*
> *catre caballos asnais*
> *enmangados en corais*
> *con que collades o pan.*

Corrían tiempos difíciles para los reinos de Castilla y León.

Aquel invierno arreciaron los hielos, los pedriscos y las nieves; los frutales y los olivos se helaron, las cosechas quedaron arruinadas y muchas reses murieron congeladas por el frío extremo. La hambruna se extendió por toda la tierra, y no faltaron quienes acusaron a los judíos ser los culpables de semejante cúmulo de calamidades.

Los señores, al ver disminuir sus rentas, volvieron a comportarse como bandoleros, saqueando los bienes de los campesinos, quebrando sus ya menguados bienes y robando sus haciendas.

Los concejos de ciudades y villas apelaron al rey, y le reclamaron que actuara contra los abusos de los poderosos, que se comportaban como alimañas en vez de como caballeros. Alfonso XI tuvo acudir a algunas ciudades para calmar los ánimos de los miembros de los concejos, que le ofrecieron su apoyo si este les ayudaba a defenderse de los quebrantos que les estaban causando los nobles.

En las Cortes celebradas en Burgos, el rey tuvo que hacer frente a las quejas por las grandes carestía de pan y del vino, y por los abusivos precios que se tenían que pagar en los mercados. Los más pobres murieron de hambre y de frío, y comenzó a escasear la mano de obra para realizar los trabajos agrícolas.

Desbordado por tantos problemas, Alfonso XI depreció el valor de la moneda. No podía hacer otra cosa, pero esa medida provocó todavía más inconvenientes, pues nadie se fiaba de que estuviera garantizado que el oro y la plata que contenían las monedas fuera el marcado por la ley, de modo que aumentaron los fraudes, los engaños y las falsificaciones.

Las calamidades se acumulaban, una tras otra; solo las treguas por diez años firmadas con el reino musulmán de Granada otorgaban cierta tranquilidad en la frontera del sur.

Además, astrólogos de la universidad de París anunciaron que tal cúmulo de calamidades se debía a que el día 20 de marzo de 1345 se había producido la conjunción astrológica de Júpiter, Saturno y Marte en la casa de Acuario, lo que constituía la señal de que se iban a desencadenar enormes males. Aquella conjunción de los astros que representaban en el mundo pagano a los dioses del cielo, del inframundo y de la guerra era considerado como el peor de los presagios.

La conjunción de Júpiter y Marte se interpretaba como el anuncio de que la pestilencia se diseminaría por el aire y desencadenarían numerosas muertes; en la de Júpiter y Saturno se veía un augurio de que la muerte se desataría por doquier por todo el mundo.

Decían los astrólogos que Júpiter era cálido y húmedo, y que bajo su influencia se extraían vapores cálidos del agua y de la tierra; que Marte era cálido y seco, y por tanto contribuía a encender y a avivar esos vapores; Saturno significaba la melancolía, pero también la muerte.

Los más agoreros presagiaban que la conjunción de los tres astros no podía traer otra cosa que una tremenda desgracia al mundo, y desastres y desgracias sin cuento. Incluso había quienes comenzaron a pronosticar que aquello era el anuncio del fin de los tiempos. Lo justificaban diciendo que el mundo había sido creado cuatro mil ochocientos cuarenta y ocho años antes de la fundación de Roma, y que se cumpliría pronto el milenio que anunciaba el *Apocalipsis*. Aquella conjunción se presentaba como la primera de las grandes señales del fin de mundo, que ya había comenzado. Alegaban que las lluvias torrenciales de los últimos dos años, los hielos, las granizadas y las tormentas eran el inicio de ese fin.

Algunos auguraron que la lepra y la peste se extenderían por todo el mundo, y que llevarían a la muerte a millones de personas, dando así inicio a las catástrofes que había anunciado san Juan en el libro del *Apocalipsis*.

Por el contrario, también había quienes desmentían a los agoreros y lo justificaban recordando que el propio Jesús había dejado bien claro en los Evangelios que nadie sabría ni el día ni la hora del Juicio Final; y añadían que los astrólogos catastrofistas eran un peligro y que todos los reinos y Estados debían prohibir sus prácticas, pues no hacían sino confundir y atemorizar a crédulos ignorantes.

Mediado el mes de agosto de 1345 el rey Alfonso y Leonor de Guzmán descansaban de los intensos calores estivales en su palacio de Tordesillas.

Corrientes de aire abrasador levantaban una calima que arrastraba la tierra de los campos hasta la villa, cubriendo sus calles y tejados de un polvo ocre.

En la sala principal del palacio, el rey y su amante pasaban la tarde procurando refugiarse del calor y de la polvareda. En una cuna pintada con los emblemas heráldicos de Castilla y León dormía plácido el infante Pedro, el décimo hijo de los reales amantes.

Sobre la mesa había una copia de un códice que el infante don Juan Manuel había enviado a su monarca: *El libro de las armas*.

—Desde que dejó de conspirar contra ti, el marqués de Villena dispone de mucho tiempo para escribir —comentó Leonor a la vista de aquel ejemplar.

—Dice que es lo que más le gusta hacer, pero yo creo que mi tío nació para la conspiración.

—Te juró lealtad hace tiempo, y desde entonces se ha comportado como un leal vasallo.

—Sí, pero todavía albergo alguna duda sobre él. En la batalla del Salado mostró reticencias ante mi orden de atacar las defensas que los moros habían desplegado en el río.

—Eso es agua pasada.

—Pero, por si acaso, lo sigo manteniendo bajo vigilancia.

—¿Crees que aún sería capaz de traicionarte?

—No, no lo creo, pero no voy a bajar la guardia. Hay demasiados nobles interesados en derrocarme; por separado no son nada, pero si encuentran un caudillo que los encabece, como en su día hicieron don Juan Manuel y Juan Núñez, podrían hacer peligrar mi trono.

—Ya no lo harán; les va mejor aliados contigo.

Leonor cogió la mano de su amante.

—Hace ya más de quince años que estamos juntos —le susurró el rey.

—Mucho tiempo.

—Me has dado diez hijos, de los que viven ocho... Debí anular el matrimonio con doña María y casarme contigo.

—Sabes que eso no es posible —lamentó Leonor—. Nada me hubiera complacido más que haber sido ser tu esposa, pero Dios no lo quiso así.

—¿Dios?

—Sí, ha sido su voluntad la que no ha querido que fuera tu esposa legítima.

—En mi corazón, lo eres.

—Pero, amado mío, lo que cuenta a los ojos de los hombres es que tu esposa legal es doña María, y que su hijo don Pedro será tu sucesor. Los futuros reyes de Castilla y León no llevarán mi sangre, sino la de tu esposa portuguesa —comenzó Leonor con indisimulada amargura.

—Leí hace tiempo, en el *Ars Amandi* de Ovidio, que la mujer ideal había de ser donosa, hermosa y lozana, ni muy alta ni enana, de cabeza pequeña, cabellos rubios pero no rojos, cejas separadas, largas, ancha de caderas, ojos grandes brillantes, largas pestañas, orejas pequeñas, cuello alto, nariz afilada, dientes menudos iguales y blancos, un poco apretados, encías bermejas, labios rojos, boca pequeña, faz blanca, sin vello, clara y lisa. Hubiera creído, de no haber vivido hace más de mil años, que Ovidio se fijó en ti para escribir aquella descripción de la mujer perfecta.

—¿Así me ves?

El rey besó a su amante; aquella mujer lo mantenía fascinado tantos años después.

—Mi astrólogo dice que aunque nací en el signo de Leo, que rige la fuerza y el poder, tengo un fuerte ascendente en el signo de Venus, el del amor a las mujeres.

—¿A las mujeres...?

—A la mujer, a ti. Sabes que desde que te conozco ni he amado ni amaré a ninguna otra mujer que a ti.

Volvieron a besarse. No eran esposos, pero su vínculo de amor era mucho más intenso que cualquier otro que pudiera existir entre dos amantes en cualquier otra parte del mundo.

En los meses siguientes Alfonso, siempre con Leonor a su lado, recorrió sus reinos tratando de calmar a los miembros de los concejos y de paliar el malestar por las hambrunas que seguían cebándose en las gentes más humildes.

Entre el otoño de 1345 y la primavera de 1346 visitaron Madrid, Jaén, Toro, Cuéllar, Ávila...; en todas aquellas villas y ciudades los representantes de sus concejos le presentaron memoriales de agravios, quejas por los altos impuestos y alcabalas y demandas por los abusos de los nobles. Ante las protestas por la mala administración de la justicia, Alfonso XI dictó en Ciudad Real un ordenamiento en el que renovaba la administración de justicia, que logró apaciguar los caldeados ánimos de los concejos.

—Han visto a un oso merodear en la sierra que se extiende entre las aldeas de Hontanar y Arroba de los Montes, a día y medio de camino al suroeste de Toledo —le dijo Alfonso a Leonor.

—Y ya estás pensando en ir a cazarlo, supongo.

—Ha causado algunos daños en el ganado de esa región y ha destruido varios abejares. Los concejos de esas aldeas han ofrecido una recompensa a quien cace a ese oso.

—¿Tú, el rey de Castilla y León, te vas a convertir en un cazador por dinero?

—No, claro que no. Deseo cazar ese oso para que mis súbditos comprueben el valor y la fuerza de su rey.

—Ya te expusiste a un grave peligro en los montes de León, y demostraste de sobra tu valentía. No vuelvas a arriesgarte, te lo ruego.

—Los osos de los Montes de Toledo son más pequeños que los de los Montes de León.

—Pero siguen siendo bestias feroces capaces de descuartizar a un hombre de un solo zarpazo.

—No te preocupes, iré a cazarlo con mis mejores monteros, y te traeré su piel para que te hagan un nuevo abrigo.

Leonor y Alfonso se besaron. Aquel verano de 1346 Alfonso acababa de cumplir treinta y cinco años, y aunque unas leves arrugas comenzaban a dibujarse en el rabillo de sus ojos, todavía se encontraba y se sentía en plenitud. Leonor tenía la misma edad, y había parido a diez hijos, pero mantenía la tersura de la piel de la juventud y la integridad de la belleza que había cautivado a su rey.

Las manos de Alfonso acariciaron la cintura, aún estrecha, y las caderas de Leonor, más rotundas y sensuales tras tantos embarazos y partos.

—Estoy en los días más fértiles, si me haces otro hijo... —susurró Leonor al oído de su amante.

Los monteros reales, guiados por gentes autóctonas que conocían bien aquellos montes, inspeccionaron la zona donde se había visto al oso por última vez, hacía ya una semana.

—Señor —informó el jefe de los monteros—, hemos localizado rastros de un oso en dos lugares que la gente de esta comarca llaman la Celada y la garganta de San Marcos, cerca de la sierra de Montoso, al este de la aldea de Arroba de los Montes, en unos cerros escarpados y cubiertos de densa vegetación de jaras, encinas y madroños.

—¿Eran recientes esos rastros?

—Sí, alteza. Parece que se trata de un macho, que ha dejado las huellas de sus zarpas y restos de su olor en algunos troncos. Esos animales están en época de celo; quizá sea un macho en busca de hembras con las que aparearse. En este época del año buscan alimento en las madroñeras y en los ríos, pero si no lo encuentran, atacan a los abejares y los destrozan. Varios colmeneros han visto destruidas sus colonias de abejas.

—¿Habéis visto a ese oso?

—No, todavía no, pero tenemos localizadas sus huellas más recientes y sabemos por qué zona merodea. Por las noches se acerca hasta el curso del Tamujar, un arroyo que desagua en el río de San Marcos, un afluente del Guadiana, en busca de peces y mejillones de río. Si lo emboscamos, podremos abatirlo, pero hay que obrar con mucho sigilo, pues el oso pardo tiene un olfato superior al de un sabueso. No podrá localizarnos si nos colocamos a favor del viento, pero si rola en su dirección, nos olfateará de inmediato y se escabullirá entre los riscos y los brezos.

—Preparad esa celada; mañana iremos a por ese oso.

Los monteros reales hicieron bien su trabajo.

Un oso pardo macho, más pequeño que los de los Montes de León y de pelaje más claro, tanto que el pelo de los hombros y la espalda amarilleaba hasta adquirir un color dorado, fue abatido a orillas del arroyo Tamujar, cuando el animal estaba entretenido buscando algunos peces que llevarse a las fauces.

La comitiva encabezada por el rey llegó a la aldea de Arroba de los Montes con el cadáver del oso colgando de unas improvisadas parihuelas que portaban cuatro fornidos hombres.

—Señor, la gente de esta aldea quiere bailar en vuestro honor la danza del oso —le informó el mayordomo.

—¿Qué es esa danza?

—No lo sé, alteza. El alcalde del concejo me ha pedido que os transmita este ruego. Se trata de agradeceros la caza de la bestia que ha destrozado sus colmenas.

—Está bien; asistiré a esa danza.

En la plaza de la aldea, delante de la iglesia parroquial, se colocó una carreta que sirvió de estrado para el monarca.

Un hombre corpulento, quizás el más alto y fuerte de Arroba, salió al centro de la plaza vestido con una especie de falta elaborada con tiras de corcha de alcornoque. Llevaba al cuello una gruesa cuerda de cáñamo, que otro hombre, vestido como un caballero, sujetaba a la vez que con un palo daba golpes sobre el vestido de corcho, provocando un estruendo ronco y seco.

El hombre cubierto de tiras de corcho se movía emulando los pasos de un oso, cabeceaba, emitía groseros gruñidos y alzaba las manos a modo de las garras del animal que pretendía imitar. El que sujetaba la cuerda lo golpeaba con el palo en las zonas donde el corcho era más grueso, evitando hacerle daño pero provocando el mayor ruido posible.

Tras la extraña pareja, tres músicos tocaban una dulzaina, un tambor y un rabel, y cantaban una extraña canción que contaba la historia de un valeroso cazador que había capturado a una osa y a sus dos oseznos en la sierra del alfoz de Arroba de los Montes.

—¿Qué significado tiene esta danza? —le preguntó el rey al alcalde, al que habían dejado colocarse al pie de la carreta desde donde Alfonso XI presenciaba la fiesta.

—Señor, este baile se repite todos los años por carnavales. El hombre cubierto de corcho representa a un oso capturado por un valiente vecino. Lo que hacemos en esa fiesta es pasear por todo el pueblo pidiendo algo de dinero a los vecinos de esta aldea de Arroba de los Montes. Cada año se caza alguna de esas bestias, por cuya piel las autoridades de Toledo pagan una buena bolsa de monedas, lo que constituye una gran alegría para todo el pueblo.

—¿Cuántos osos cazáis cada año?

—Algunos años hemos llegado a capturar hasta tres osos grandes y tres o cuatro cachorros. Antaño había muchos osos en los montes, pero cada vez van quedando menos, por eso el concejo de Toledo paga también por la caza de lobos, que son muy dañinos para sus ganados. En estos pueblos de la sierra hay tramperos que viven de la caza del lobo y del oso.

—¿Hay alguno de esos tramperos por aquí? —le preguntó el rey.

—Sí, señor. Aquel hombre del chaleco de piel es uno de los más hábiles.

—Decidle que hable con mis monteros; y que les cuente qué métodos utiliza para la caza y en qué zonas de estos montes hay más osos y lobos.

El rey no dejaba pasar ocasión alguna para obtener toda la información posible sobre los territorios, las presas y los métodos de caza en todas las comarcas de sus reinos, a fin de incluirlo en el libro de la montería que estaba escribiendo.

Mientras el rey cazaba en los Montes de Toledo, Leonor se dedicaba desde Madrid a ordenar sus enormes posesiones.

Sumados todos sus bienes y señoríos a los de sus hijos, se reunía la mayor fortuna de Castilla y de León, y una de las mayores haciendas de toda la cristiandad, solo comparable a la de los reyes de Inglaterra.

Además de su riqueza en tierras, aldeas, castillos y rentas, Leonor acumulaba un enorme poder. Nadie en la corte osaba contradecir una sola de sus decisiones, nadie era capaz de criticar la protección y los privilegios que por su mediación el rey otorgaba a sus familiares, nadie chistaba a uno solo de sus caprichos, nadie hacía sombra a «la Favorita».

Siempre al lado del rey, conseguía cuanto se proponía. Bastaba una leve insinuación de Leonor de Guzmán para que Alfonso XI se desviviera y le concediera hasta el más extraño de sus deseos.

Entre tanto, la reina doña María seguía custodiada por hombres del rey, con la movilidad totalmente restringida y sin poder hacer nada sin permiso expreso de su esposo. Pero la portuguesa rumiaba su venganza en la soledad de su alcoba, y no cesaba de transmitirle a su hijo don Pedro, el heredero que aquel verano de 1346 cumplió doce años de edad, un odio visceral y una inquina terrible hacia la que llamaba «zorra, barragana, puta» y otros calificativos de semejante jaez.

De vuelta en Madrid, el rey pasó algunos días descansando en el alcázar real, un lóbrego y oscuro castillo colgado en el extremo de una terraza sobre el río Manzanares, donde los musulmanes construyeron una fortaleza para la defensa de sus fronteras con los cristianos y en torno a la cual surgió el caserío de Madrid.

A Leonor no le gustaba demasiado aquella villa, poco más que un poblachón en el extremo norte de la interminable planicie que se alargaba entre la Sierra Central y los montes de Sierra Morena y que se denominaba La Mancha, quizás un viejo nombre de origen árabe que significaba una extensión de tierra amplia, plana y reseca. La amante del rey prefería su ciudad de Sevilla, de la que añoraba el sofocante calor, la intensidad de su luz, el aroma a azahar y las abundantes aguas del Guadalquivir.

En cambio, Alfonso XI se encontraba a gusto en Madrid, pues al norte de la villa se extendía una amplia dehesa propiedad de los monarcas castellanos en la que abundaban los ciervos, los venados y los jabalíes.

El rey decía que Madrid era el centro de sus dominios, pues equidistaba de casi todos los puntos más lejanos del reino, de modo que desde Madrid podía desplazarse con la máxima celeridad a cualquiera de los extremos de sus Estados.

Durante el verano, aprovecharon el frescor de las noches madrileñas, mucho menos cálidas que las de Sevilla, y asistieron a algunos torneos que caballeros arrojados disputaron en su honor.

Las hambrunas seguían cebándose con las pobres gentes de Castilla, los precios del pan, el vino y el aceite subían hasta alcanzar niveles nunca vistos, la moneda se depreciaba y perdía valor año a año, y las ciudades y villas reclamaban pagar menos impuestos y alcabalas y demandaban tener un mayor protagonismo en las Cortes.

La llegada del otoño fue la escusa que esperaba Leonor para pedirle a su amante que volvieran a Sevilla, pero por primera vez, Alfonso XI no pudo complacerla.

—Sabes que no deseo otra cosa que agradarte en todo, pero no podemos ir a Sevilla mientras Castilla se encuentre en semejante estado de carestía y hambruna.

—Y tú sabes cuánto me gusta vivir en mi ciudad.

—Y a mí también. Es en Sevilla, a tu lado y en nuestros palacios del alcázar real donde mejor me encuentro. Ahí pasaría contigo el resto de mi vida, pero la nobleza de Castilla anda de nuevo soliviantada, los campesinos se amotinan y están a punto de rebelarse en algunas comarcas y las revueltas en las ciudades y grandes villas amenazan con cebarse con los judíos. Corren por ahí los poemas burlescos de un tal Juan Ruiz, arcipreste en la villa de Hita, donde manifiesta una gran animadversión contra los judíos, y me temo que sus soflamas puedan desencadenar la ira de los cristianos contra ellos.

—¿Qué dice ese arcipreste?

—Que los judíos son «un pueblo de perdición», que son los culpables de la muerte de Jesús y que no traen sino desdichas.

—Sí, ellos fueron quienes provocaron la muerte de Nuestro Señor, pero... ¿nunca has pensado que gracias a los judíos se cumplió la profecía y nos llegó la salvación?

—Es cierto.

—Los judíos, por tanto, no hicieron otra cosa que cumplir el plan de Dios en la tierra.

—Así es, pero yo soy el rey, y tengo la obligación de mantener mis reinos en paz, y te aseguro que los hombres están más inclinados hacia la perversión que hacia la concordia. Supongo que se trata de las artimañas que usa el demonio para extender el mal y la injusticia por el mundo; y en una tierra sin justicia abundan los ladrones, esto también lo dice ese arcipreste.

—Tú eres un rey justo.

—Por eso debo vigilar mis reinos, y no descuidar su gobierno.

Los dos amantes se besaron. La tarde otoñal caía sobre Madrid, pincelando en el horizonte una banda de nubes rojas y amarillas, bajo un cielo azul a cada momento más oscuro.

El tiempo no perdona, ni siquiera a los poderosos. Juez inexorable que lo puede todo, aboca a la muerte a ricos y pobres, a nobles y plebeyos, a reyes y vasallos, a monjes y papas.

Don Juan Manuel había cumplido los sesenta y cuatro años, y era un hombre cansado y abatido por los achaques y los reumas.

Pasaba la mayor parte de su tiempo en sus dominios de la serranía de Cuenca, en el castillo de Garcimuñoz, escribiendo su nuevo libro, *Tratado de la Asunción*. A pesar de los dolores que de vez en cuando lo acuciaban, aún salía a cazar algunos días soleados y cálidos por el cerro del Sotillo, en donde abundaban las perdices, los conejos, los corzos y los jabalíes, pero ocupaba la mayor parte de su tiempo escribiendo y leyendo en el gran torreón circular del castillo, donde se sentía seguro y fuerte, donde soñaba con el mundo que le hubiera gustado gobernar, un mundo imaginario en el que los caballeros, los clérigos y los labradores tenían su rol asignado y del cual nadie podían salirse, un mundo estable y firme, en el que cada hombre debía cumplir los designios de Dios.

Aquella mañana había estado cazando venados con su hijo don Juan, el heredero de sus extensos dominios, y al regreso al castillo, tras comentar la jornada de caza, hablaron de Leonor de Guzmán.

—Me resta poco tiempo de vida —confesó don Juan Manuel.

—No digas eso, padre, todavía te quedan muchos venados por abatir.

—Mi tiempo se agota, hijo; tengo sesenta y cuatro años; soy uno de los hombres más viejos de este mundo, y sé que Dios me llamará pronto para juzgarme. Desde que tuve uso de razón pugné por asentar mis señoríos y mis derechos, que son de origen divino, pues Dios ha dado a cada hombre lo que merece; y así debería seguir siendo por siempre.

—¿Por qué me dices esto?

—Porque el destino de Castilla no está en buenas manos.

—¿Las manos del rey...?

—No. Las manos de Leonor de Guzmán; las suyas son las que verdaderamente gobiernan estas tierras.

—Nunca congeniaste con esa hembra...

—Traté con ella de asuntos de gobierno, y procuré confundirla, pero no se dejó. Es difícil engañar a una mujer que sabe de letras y es entendida en asuntos de gobierno. Además, tiene encantos suficientes y ha sabido emplearlos muy bien para engatusar al rey y obtener de él cuanto ha querido. Ya sabes el dicho: «Una mujer lozana y hermosa es todo placer».

—Leonor es la encarnación del triunfo de la belleza —dijo don Juan.

—En verdad que lo es. Además, esa hembra tiene todas las virtudes necesarias para enamorar a un hombre y volverlo loco. Es de buen linaje, de noble cuna, de sutiles maneras, cuerda de entendimiento, inteligente de mente, generosa con los suyos, elegante en las maneras, apuesta en los gestos, amorosa en el trato, lozana de aspecto, doñeguil en las formas, y la supongo placentera en el lecho, tan hermosa de cuerpo como de rostro, cortés en el amor, halagüeña en el decir, y donosa en el gracejo.

—¡Vaya, padre, sí que te impactó esa mujer!

—En verdad que lo hizo; es muy lista, pero, a pesar de todo, creo que Leonor ha sido una maldición para Castilla.

—El rey me dijo en una ocasión en el sitio de Algeciras que esa mujer era para él como un regalo del cielo.

—Don Alfonso vive un amor apasionado hacia «la Favorita», y un amor demasiado pasional provoca verdaderos estragos en el alma de los hombres, y los hace temblar, demudar la color, perder apetito, el seso e incluso el habla, sufrir dolores extraños e inexplicables, cegar la vista y cerrar los oídos y caer en las más simples trampas. Ese tipo de amor, hijo mío, hace a los hombres necios, y a las mujeres bobas.

—¿Te refieres a que el rey es un necio y Leonor una boba?

—En realidad, todos los enamorados son unos necios —concluyó don Juan Manuel.

4

El invierno trajo más nieve, más frío, más hambre...

Parecía que Dios se había olvidado del mundo, o que había castigado a sus hijos con calamidades sin cuento. Los agoreros que anunciaban el inminente fin de los tiempos veían en aquella sucesión de calamidades los claros presagios del inminente final.

El príncipe Abú Umar, el hijo del sultán de Marruecos que había sido capturado en la batalla del Salado, se volvió loco. La cautividad, la imagen de su madre muerta en la refriega, el recuerdo permanente de la derrota, la vergüenza por el fracaso y el miedo a su padre lo abocaron a perder el seso.

—Señor —informó al mayordomo al rey—, el príncipe de los benimerines ha perdido el oremus. Dice el alcaide de la prisión donde lo mantenemos encerrado que se comporta como un niño pequeño, habla solo, tiembla de miedo sin motivo alguno, pronuncia frases sin el menor sentido y se hace sus necesidades encima. ¿Qué ordenáis que hagamos con él?

—Liberadlo. Que lo adecenten cuanto sea posible y lo entreguen a los sarracenos en algún lugar de la frontera. Escribid en mi nombre una carta sellada al rey de Granada y decidle que le hacemos entrega del príncipe como señal de buena voluntad.

Alfonso XI y Leonor pasaron el invierno entre Ciudad Real, Alcalá de Henares y Madrid. La corte no podía permanecer más de uno o dos meses en una misma localidad, so pena de agotar las pocas reservas de alimentos y condenar a la población a una carestía extrema.

La esperanza de la gente estaba depositada en la llegada de la primavera. En las iglesias de toda Castilla se rezaban plegarias y se decían misas para que Dios se apiadara de sus hijos y acabara con aquella serie de desdichas con las que estaban siendo castigados.

Pero la primavera de 1347 fue si cabe todavía peor que el invierno. Intensos y sucesivos temporales de lluvia y granizo anegaron los campos de Castilla, enfangaron los caminos y pudrieron la semilla de las siembras.

La carestía de alimentos arrastró a pueblos enteros a la desesperación. Sin nada que llevarse a la boca, familias enteras murieron de hambre, otras abandonaron sus casas y se marcharon a las ciudades, donde colas de mendigos aguardaban durante horas a la puerta de los conventos por si algún monje caritativo les ofrecía una escudilla de sopa caliente cocinada con hierbas, restos de verduras y huesos, o unas gachas de centeno con más gusanos que harina.

En las ciudades, muchas mujeres tuvieron que dedicarse a la prostitución para alimentar a sus hijos, haciendo bueno el refrán de que «Por dinero, toda mujer sale a la carrera», que incluía el arcipreste en su *Libro del buen amor*, algunos de cuyos relatos se recitaban en mesones y posadas de toda Castilla.

De entre los varios cuentos del arcipreste de Hita, el que concitaba más aplausos era el que hablaba de un pastor llamado Pita Paya, quien, teniendo que ausentarse largo tiempo de su casa por mor de acudir a unas ferias de ganado, le pintó un corderillo a su esposa debajo del ombligo; y cuando regresó, a la vuelta de dos años, el cordero se había convertido en un carnero. El arcipreste concluía el relato con una frase harto elocuente: «La esposa tomó un entendedor y pobló la posada», que desataba las carcajadas de los que escuchaban la narración.

Para evitar la persecución de la Iglesia, algunos de aquellos narradores, que empleaban carteles de ciegos para ilustrar sus historias, solían añadir que era el diablo quien daba lengua a la mujer, y que los clérigos que mantenían mancebas tenían que ser excomulgados.

Estos cuentos gozaban de gran éxito durante las fiestas de los días de carnaval, que daban comienzo el jueves lardero, y en las representaciones de los combates dialécticos entre don Carnal y doña Cuaresma, cuando las autoridades permitían ciertas licencias antes de que llegara el tiempo de la cuaresma y se prohibieran todo tipo de manifestaciones jocosas durante cuarenta días, a fin de respetar el recogimiento y la penitencia hasta la Semana Santa, y que no se levantaban hasta el día de Cuasimodo.

Acabado el carnaval, solían clausurarse los burdeles hasta el domingo de Resurrección, cuando en algunas ciudades las putas celebraban una irreverente procesión para celebrar la vuelta al trabajo.

Algunos poderosos, que podían pagar los servicios de una hembra hermosa, consideraban a las mujeres como si de verdaderas piezas de caza se trataran, y alardeaban de haber puesto su pierna encima de las mejores y más caras putas de los prostíbulos de Toledo, Madrid, Segovia o Salamanca. Era en esa ciudad donde se celebraba de manera más jocosa la vuelta de las prostitutas al burdel; los estudiantes de la universidad solían pasar el río Tormes en barcas, en las que llevaban a las putas de vuelta al prostíbulo tras cuarenta días cerrado.

Recién comenzada la primavera, don Juan Manuel envió una embajada al rey de Aragón.

En los últimos años el príncipe de Villena se había mostrado fiel y leal al rey Alfonso XI, pero el poder creciente de Leonor de Guzmán y de todos sus parientes acabó por hacer estallar su paciencia.

Aprovechó don Juan Manuel que los nobles aragoneses andaban soliviantados y en rebeldía contra su rey don Pedro para enviarle una carta en la que se mostraba dispuesto a combatir a su lado contra la nobleza rebelde.

«Señor rey de Aragón, como vasallo vuestro que soy, os ofrezco el servicio de dos mil caballeros con sus lanzas y veinte mil peones, si es que los necesitarais para acabar con las revueltas de los ricos hombres que tanto daño están haciendo en vuestro reino».

Al leer la misiva, el taimado rey de Aragón entendió que aquella carta encerraba una sorpresa; y continuó leyendo:

«Castilla está gobernada por un soberano de cuya voluntad y entendimiento se ha apoderado una mala mujer. La barragana llamada Leonor de Guzmán, hembra tan placentera para el rey don Alfonso como perniciosa para sus reinos, es quien realmente gobierna sus Estados, y lo hace para gran beneficio de los suyos y un enorme perjuicio para toda esta tierra».

Pedro de Aragón sonrió al leer aquellas líneas. Su reino atravesaba por graves problemas, pero si Castilla se encontraba en dificultades, su situación se tornaría mucho más cómoda.

«Esa mujer —continuaba escribiendo don Juan Manuel—, es mentirosa y cizañera, pero es de rostro y cuerpo muy lozanos, de modo que así como una mujer fea no es capaz de hacer que se pierda un hombre, menos aún un rey, una hembra como «la Favorita», plena de belleza y de malas artes, puede conseguir que se pierda todo un reino».

Conforme iba leyendo la carta de don Juan Manuel, la satisfacción del rey de Aragón iba en aumento.

«Leonor no es como esas mujeres que suelen hacer justo lo que su esposo o su amigo les prohíbe, al contrario, ella complace en lo que verdaderamente sabe a don Alfonso, lo colma de satisfacciones y no le niega nada que pueda entregarle. Es así como ha engatusado la voluntad del rey de Castilla, al que le ha hecho ingerir ciertas pócimas y bebedizos elaborados por herbolarias y curanderas que han ofuscado el seso de don Alfonso y han dejado su voluntad en manos de los caprichos de esa mala mujer».

El soberano aragonés había oído en alguna ocasión que Leonor de Guzmán se había valido de bebedizos, conjuros y hechizos elaborados con distintas hierbas para atraer de tal manera al rey Alfonso que no le negara ninguno de sus deseos, pero aquella carta de don Juan Manuel lo confirmaba plenamente.

Cuando acabó de leer la misiva, pensó qué hacer. Si aceptaba la propuesta de don Juan Manuel y permitía que sus tropas entraran en Aragón para ayudarle a combatir contra los nobles rebeldes, el castellano se lo tomaría como una grave ofensa, y dada la belicosidad de Alfonso XI no descartaba que le declarara la guerra. La Corona de Aragón no estaba en condiciones de afrontar un conflicto armado con Castilla. Las galeras, los almirantes y los marineros de su flota tal vez fueran superiores a los de la armada castellana, pero en tierra los castellanos eran netamente superiores. Castilla y León quintuplicaban al menos la población de la Corona de Aragón y podían movilizar un ejército cuatro o cinco veces superior en efectivos, tanto en caballos como en hombres a pie.

Además, el aragonés había conquistado cuatro años antes el reino de Mallorca, y había decretado que esa tierra nunca volvería a segregarse de la Corona de Aragón, como ya hiciera el rey Jaime el Conquistador a su muerte, al legar estos dominios a su segundo hijo.

Si Pedro de Aragón se enemistaba con Alfonso XI, el monarca castellano podría ayudar al depuesto rey don Jaime de Mallorca a recuperar su trono, y quizás también recibiera la ayuda del rey de Francia, que ambicionaba con adueñarse de todos los dominios del rey de Aragón al norte de los Pirineos.

La muerte de su esposa María de Navarra había dejado a Pedro de Aragón viudo y sin hijos varones, pues los dos habidos de su matrimonio habían muerto niños. Por ello, Pedro IV maquinaba cambiar la ley de sucesión al trono, que impedía que las mujeres ejercieran el poder, para que su hija mayor Constanza fuera proclamada heredera al trono, modificando así las disposiciones seculares que ratificó Jaime el Conquistador y que impedían que una mujer ejerciera el gobierno en la Corona de Aragón.

Tras reflexionar sobre todas las posibilidades que se abrían ante él, decidió al fin dejar las cosas como estaban. Demasiados problemas tenía en sus Estados, donde los nobles amenazaban con desencadenar una guerra si el rey de Aragón no atendía a los acuerdos aprobados por sus antepasados en el privilegio General y en el de la Unión, y escribió una respuesta a don Juan Manuel en la que tras divagar sobre su situación, le ratificaba su estrecha amistad pero no se comprometía a tomar ninguna medida concreta con respecto al reino de Castilla. Ni aceptaba su ayuda ni la rechazaba, en un claro alarde ambigüedad en la que tan a gusto se movía el rey de Aragón, que a sus veintisiete años bien cumplidos demostraba una notabilísima perspicacia política.

Cuando recibió la respuesta del soberano aragonés, don Juan Manuel se sintió frustrado. Sabía que no le quedaba demasiado tiempo de vida, y no quería dejar a su hijo don Juan el gobierno de sus Estados con semejante zozobra. El infante don Juan Manuel era el último representante de una nobleza de sangre real, el último miembro de una manera de entender la forma de vida de esa vieja nobleza, en un mundo que estaba cambiando demasiado deprisa. Para el príncipe de Villena la aristocracia no solo se llevaba en la sangre, sino también en la cabeza y en la inteligencia. Consideraba que los nobles eran superiores al resto de los hombres porque disfrutaban de sus privilegios por la gracia de Dios, y por tanto nadie podía ir contra ellos, ni siquiera los reyes.

Recelaba de los nuevos magnates que medraban en la corte a la sombra y con la ayuda de Leonor, a la que consideraba una advenediza que había quebrado el honor de todo el reino y la dignidad de la realeza utilizando los encantos de su cuerpo.

Abatido, con la ambigua respuesta en la carta de rey de Aragón entre sus manos, se sentó sobre el pretil de uno de los torreones del castillo de Garcimuñoz y contempló el horizonte. Desde aquella altura, las quebradas y las barranqueras parecían desvanecerse en un paisaje llano que se extendía hasta donde podía alcanzar la vista, como si aquel castillo fuera el centro de un mundo sin límites bajo un eterno cielo azul.

5

Decía el arcipreste de Hita en su libro que para que el amor nunca falle, el hombre debe saber elegir a su mujer.

No era el caso de los hijos de los reyes, a quienes sus padres les asignaban esposa según los intereses del reino.

El rey Pedro de Aragón se había casado con la princesa María de Navarra, pero esta murió en abril, y se frustraron los planes del aragonés de hacerse con ese reino, una vieja aspiración desde que Aragón y Pamplona se separaran a la muerte de Alfonso el Batallador.

Todavía joven, el viudo monarca envió una embajada a Portugal para que le buscara una segunda esposa, y la encontró en la princesa Leonor, de diecinueve años, hija menor del rey Alfonso IV.

Cuando se enteró de este acuerdo matrimonial, Alfonso XI de Castilla se enojó sobremanera. Una alianza entre portugueses y aragoneses era lo que menos convenía a los intereses castellanos.

—Aún no ha cumplido treinta años, pero el aragonés es mucho más astuto de lo que pueda parecer. Su acuerdo de boda con mi prima Leonor es una gran jugada estratégica que nos perjudica mucho —reconoció Alfonso.

—Si tan grave es para Castilla, ¿no puedes hacer nada para evitar ese matrimonio? —le preguntó Leonor de Guzmán.

—Mi tía la reina Beatriz de Portugal es una mujer que siempre aboga por el acuerdo y la conciliación. Ella fue la mediadora para que su esposo y yo pusiéramos fin a la guerra que libramos en tierras de Badajoz. La hermana de mi padre sabe bien lo que hace. Los portugueses pretenden expandir sus dominios por el norte de África y para ello necesitan la ayuda de la armada aragonesa; y los aragoneses ganan tranquilidad, pues creen que no me atreveré a entablar un conflicto con ellos teniendo a Portugal de su parte.

—¿Acaso has pensado en hacer la guerra a Aragón?

—No, pero su rey sí lo cree; o al menos eso me dicen mis espías en su corte.

—Es difícil ser rey —susurró Leonor, que se abrazó a su amante.

—La realeza es una gracia de Dios.

—Que ambicionan muchos hombres.

No dejaba de llover. Durante la primavera descargaron grandes tormentas por todas las tierras de España, anegando los ya maltrechos campos y arruinando las cosechas.

En las Cortes que don Alfonso convocó en Segovia se debatió la situación calamitosa de los reinos de Castilla y León. El rey dispuso unas ordenanzas con las que procuró mejorar la justicia en lo contendiente al derecho privado, pero las hambrunas que se cernían sobre los pobladores de ciudades, villas y aldeas arrastraron a los asistentes a las Cortes a buscar más culpables que remedios.

Unos achacaron tantos años de malas cosechas, carestías y hambres a un castigo de Dios, pero fueron muchos los que acusaron a los judíos de ser los causantes de tanta ruina y tanta miseria.

En las celebraciones de Pascua algunos predicadores señalaron a los judíos como los causantes de provocar tanta pobreza. Los acusaban de ser usureros sin conciencia, de asfixiar a mercaderes y labradores con sus abusivos préstamos, de acumular riqueza y de atesorar oro y plata para empobrecer a los cristianos.

Los clérigos más exaltados incitaban a sus feligreses a que se enfrentaran con los judíos, a que no les pagaran los intereses de sus abusivos préstamos e incluso a que asaltaran sus casas y saquearan sus bienes.

En las procesiones de la Semana Santa se vieron a numerosos cristianos con pequeñas matracas en las manos que hacían sonar una y otra vez. Algunos decían que con cada vuelta que se daba a la matraca, un judío moría en alguna parte del mundo.

La superstición y el miedo se impusieron a la razón. Por toda Castilla proliferaron los conjuros para que cesara la lluvia y se salvaran las cosechas, aparecieron numerosos magos que decían tener la fórmula milagrosa para elaborar pócimas a base de yerbas y hechizos compuestos por palabras mágicas con los que aliviar tanto dolor, aumentaron la magia negra y las prácticas demoníacas y hasta la Iglesia tuvo que admitir la práctica de la magia blanca, favoreciendo el culto a las reliquias y bendiciendo incluso objetos como espadas, anillos y talismanes para que se convirtieran en portadores de buena suerte.

Fueron muchos los que volvieron sus ojos a los cielos y buscaron en las señales de las estrellas una respuesta a tantas desdichas y tamaños infortunios. Los astrólogos proliferaron como las flores en primavera y nadie que pudiera pagarlo se privaba de consultar a un astrólogo fiduciario para que elaborara una predicción sobre el futuro que le esperaba.

Los más pobres recurrieron a visionarios y adivinos, muchos

de ellos farsantes sin escrúpulos que aprovechaban el miedo y la zozobra de las gentes incultas para estafarles algunas monedas.

Mientras se afrontaban tales desgracias, la nobleza pretendía mantener todas sus prerrogativas e incluso aumentar sus privilegios. Los ricos hombres más poderosos, dueños de inmensas propiedades, apretaban a sus vasallos con la exigencia de mantener sus beneficios a costa de exigirles más esfuerzo y sacrificio.

Entre tanto, Alfonso XI y Leonor de Guzmán recorrían aquel verano de 1347 las tierras de Castilla y León, mostrándose en público en Valladolid, Tordesillas, Madrid o León como si fueran verdaderos esposos. La reina doña María mascullaba su venganza, sin renunciar a ejercer y mostrar su realeza en ningún momento.

Emitía documentos que sellaba y firmaba como reina de Castilla, educaba a su hijo y heredero Pedro como el rey que algún día iba a ser, sin dejar ni un solo momento de recordarle que la barragana de su padre, «la Favorita», era una mujer taimada y vil que pretendía arrebatarle el trono.

—Hijo mío —le comentó al príncipe—, la mujer que vive con tu padre es una arpía que lo ha hechizado con malas artes brujeriles y que tiene la intención de que nunca llegues a ser el rey. Acabas de cumplir trece años, pronto serás declarado mayor de edad y tendrás capacidad para disponer de tus propias decisiones. Deberás tener mucho cuidado. Los hijos de esa ramera son ambiciosos y aspiran a quitarte el trono que te pertenece y a usurpar la corona de estos reinos, que solo debe estar sobre tu cabeza cuando fallezca tu padre.

—Tendré cuidado, madre. No dejaré que esos bastardos se sienten en el trono de mis antepasados —respondió con firmeza don Pedro.

María de Portugal acarició el rostro de su hijo. Aunque todavía se le notaba al tacto, la deformación craneal con la que había nacido se estaba corrigiendo con el paso de los años y la cabeza y el rostro ya no tenían aquel aspecto horrible de su infancia.

—Deberás tener cuidado sobre todo con el bastardo al que llaman Enrique. Es el mayor de todos ellos, y tiene algunos meses más que tú. Tu padre le ha concedido el condado de Trastámara y, según me dicen, es el más ambicioso de toda esa raza de víboras. Cuídate mucho de él, y de todos sus demás hermanos ilegítimos, y en cuanto seas rey, deshazte de todos ellos. Si te es posible, no dejas que crezcan, acaba con ellos cuanto antes, porque si permites que se hagan fuertes, serán ellos los que procuren acabar contigo.

En noviembre, sin que el rey de Castilla pudiera hacer nada por evitarlo, se celebró la boda de Pedro IV de Aragón con Leonor de Portugal. Para evitar atravesar tierras castellanas y leonesas, el rey de Portugal envió a su hija a Barcelona por el mar, escoltada por una formidable flota de galeras de guerra aragonesas y portuguesas frente a las cuales nada hubiera podido hacer la marina castellana en caso de que hubiera intentado librar una batalla.

El enfado del rey de Castilla fue enorme, pero tuvo que contenerse para no desencadenar un conflicto con los dos reinos vecinos, cuya alianza, o al menos su neutralidad, necesitaba para la campaña que estaba planeando para la reconquista de Gibraltar. No obstante, los monarcas se cruzaron serios reproches con cartas remitidas a través de embajadores y se acusaron de deslealtad, pero en ningún momento se vertieron amenazas tan graves como para desencadenar una guerra que a nadie convenía.

La toma de esa plaza, cuya pérdida constituía hasta ese momento la gran derrota de su reinado, se había convertido en una verdadera obsesión para don Alfonso. Desde Madrid, donde pasó el otoño de 1347 en compañía de su inseparable Leonor, preparaba la campaña militar para conquistar Gibraltar, que esperaba que resultara más fácil que la conquista de Algeciras.

—Este lugar es demasiado sombrío y húmedo; debería encargar que se derribara para levantar aquí mismo un palacio como el de Sevilla —comentó Alfonso a Leonor desde lo alto de uno de los torreones del alcázar madrileño.

—Te gusta mucho Madrid —le dijo Leonor.

—Es una villa pequeña, pero el aire es limpio y fresco, y en aquellos sotos abunda la caza, que, después de ti, es mi gran pasión. —El rey señaló hacia las laderas de los montes del Pardo que caían hacía el río Manzanares; sobre la sierra de Guadarrama ya blanqueaban las primeras nieves.

—A veces pienso que entre cazar y yo misma, elegirías la caza.

—No; para mí no hay nada por delante de ti, nada que pudiera hacerme dudar si tuviera que elegir entre ti y cualquier otra cosa.

—¿Ni siquiera Castilla?

—Ni siquiera todos mis reinos.

6

Toda la tierra de Castilla y León estaba cubierta por la nieve aquellas navidades. En los puertos de las sierras se acumulaba tanta cantidad que resultaba imposible transitarlos.

Hacía ya varios años que los temporales parecían no tener fin: invierno tras invierno enormes cantidades de nieve cubrían montañas y campos; primavera tras primavera lluvias torrenciales inundaban los sembrados, destruían los caminos y derrumbaban los puentes; verano tras verano las malas cosechas desencadenaban hambrunas que acaban con la vida de miles de personas; otoño tras otoño las fiebres provocaban enfermedades que diezmaban aldeas enteras.

Y lo peor de todo aquel cúmulo de fatalidades todavía estaba por llegar...

En enero de 1348 el rey y Leonor se trasladaron a Alcalá de Henares, donde se habían convocado Cortes.

El mayordomo real irrumpió en la sala del palacio donde se hospedaba el rey.

—Señor...

—¿Qué ocurre? —Alfonso XI estaba con algunos consejeros preparando la inminente sesión de apertura de las Cortes.

—Acabamos de recibir un mensaje de Cartagena. Unos comerciantes recién llegados de allí han contado que en la ciudad siciliana de Mesina se ha desatado una terrible epidemia. Muere tanta gente que no se da abasto para enterrar los cadáveres, que yacen abandonados por calles, plazas y casas.

—¿Cómo ha sido?

—Dicen que el primer día del pasado mes de diciembre arribó al puerto de Mesina un barco con marineros sicilianos. Procedía de la ciudad de Caffa, en la tierra que llaman Crimea, en el extremo norte del mar Negro. Toda la tripulación estaba enferma y con fiebres, afectada por unas manchas negras en las ingles y en las axilas.

»A los pocos días centenares de habitantes de Mesina estaban infectados y tenían esos mismos síntomas. Los mercaderes de Cartagena se marcharon de Mesina en cuanto pudieron hacerse a la mar.

—Es la peste —asentó uno de los consejeros del rey.

—¿La peste? —se preguntó don Alfonso.

—Sí, alteza. Esos síntomas son propios de una pestilencia.

—Es un castigo que Dios nos envía por nuestros muchos pecados —dijo otro de los consejeros a la vez que se persignaba.

—Y lo peor es que esos idiotas han podido traer la peste a estos reinos.

—¿Acaso sabéis cómo se transmite esa enfermedad? —demandó el rey.

—Nadie lo sabe, señor, nadie. Algunos dicen que lo hace por el aire, y que el viento difunde los miasmas de los cadáveres y de los cuerpos enfermos, pero lo único cierto es que los síntomas aparecen de repente en los infectados, que desarrollan una alta fiebre y sufren la hinchazón de los ganglios, a lo que sigue una tos ronca y esputos sanguinolentos, la aparición de manchas oscuras en la piel y bubas negruzcas en cuello, axilas e ingles, que llegan a reventar provocando la muerte indefectible del enfermo, dejando un olor nauseabundo.

—Otro castigo de Dios —musitó uno de los consejeros.

La iglesia de Alcalá estaba llena con los nuncios a Cortes.

Cuando entró el rey Alfonso, todos se levantaron e inclinaron las cabezas. El rey se había proclamado «corazón y alma del pueblo», tal como proclamaba la ley de las *Siete Partidas* promulgada por el rey Sabio.

El monarca comenzó su discurso alegando a la necesidad que tiene todo buen gobernante de saber cuanto pasa en sus reinos, velar por la justicia y atender las necesidades de su súbditos.

Lo que pretendía Alfonso XI era acabar, o al menos armonizar, con la enorme variedad de fueros, privilegios y legislaciones que regía en sus reinos, e imponer la primacía de los derechos de la corona y del rey sobre cualesquiera otras normas, incluidos los fueros de las ciudades más poderosas, así como la regulación de la jurisprudencia sobre los delitos

Las sesiones de las Cortes se prolongaron a lo largo del mes de febrero, y se aprobaron algunas disposiciones sobre los judíos. Había quienes pretendían que fueran expulsados de Castilla, como ya había ocurrido en el reino de Inglaterra y en algunas ciudades del reino de Francia, pero el rey se opuso alegando que sus trabajos y sus rentas generaban buenos beneficios, a la vez que defendía el que todavía era posible convencer a los judíos para que se bautizaran de buena fe y siguieran la senda recta de la Iglesia de Cristo. Los partidarios de aplicar duras sanciones a los judíos consiguieron al menos que se les prohibiera el préstamo con interés y que se les aplicaran algunas restricciones.

En una de las sesiones a las que asistía el rey se debatieron los privilegios de las ciudades. Los representantes de Toledo y de Burgos se enzarzaron en una discusión sobre cuál de las dos debía ejercer la primacía en las Cortes de Castilla.

—Burgos es la cabeza del reino. Nuestra ciudad es la del conde Fernán González, cuna de Castilla. Por eso debemos ocupar el lugar preferente en la bancada de las universidades —dijo el nuncio burgalés.

—Toledo es la ciudad regia más antigua, donde tuvieron su trono los reyes godos antes de la pérdida de España, y en Toledo está la sede primada de la Iglesia. Cuando Burgos ni siquiera era una mísera aldea, Toledo ya ostentaba el título de ciudad y constituía el centro de la cristiandad hispana. Nuestra ciudad ha de disfrutar del derecho de primacía en el asiento en Cortes.

Los procuradores de ambas ciudades cruzaron interpelaciones; las dos ciudades reclamaban para sí la potestad de hablar en nombre de todas las ciudades de Castilla.

Alfonso XI se vio obligado a intervenir; se levantó con toda solemnidad y alzó la mano pidiendo silencio.

—Señores, por Castilla hablaré yo —zanjó la cuestión.

Acabadas las Cortes de Alcalá con la aprobación de un nuevo ordenamiento que suponía un triunfo para la monarquía, el rey tenía las manos libres para preparar la conquista de Gibraltar.

No lo había dicho en las reuniones en Cortes, pero en su corazón albergaba la idea de ir más allá de Gibraltar, y pensaba en conquistar Granada y acabar así con el dominio andalusí en ese reino, que una vez ocupado incorporaría a la Corona de Castilla.

Para lograr tan ambiciosa hazaña debía garantizar la paz con todos los reinos cristianos. Las relaciones con Portugal y Aragón no corrían peligro, pero Francia e Inglaterra estaban sumidas desde hacía varios años en una terrible guerra por los dominios y feudos de los reyes ingleses en el continente, cuyas consecuencias resultaban imprevisibles. El conflicto amenazaba con extenderse a toda la cristiandad.

Hacía ya un siglo y medio, desde la muerte de Ricardo Corazón de León, que los reyes de Inglaterra venían perdiendo tierras y señoríos en la zona occidental de Francia. Antaño señores de Normandía y Aquitania, a mediados del siglo XIV apenas gobernaban la pequeña región de Ponthieu, a orillas del Canal de la Mancha, y el ducado de Guyena, fronterizo con Navarra.

Castilla no participaba directamente en esa guerra, pero la flota castellana ayudaba a Felipe VI de Francia. Sin estar seguro de la ayuda de Portugal y de Aragón, Alfonso XI necesitaba toda su flota para la conquista de Gibraltar, de modo que ordenó a las galeras que ayudaban a los franceses en las costas del Canal que regresaran inmediatamente para ponerse a las órdenes del almirante Egidio Bocanegra.

A finales de la primavera murió el infante don Juan Manuel. El señor de Villena había sido enemigo y aliado sucesivamente de su pariente Alfonso XI, y el principal detractor de Leonor de Guzmán, a la que nunca dejó de considerar una advenediza. Miembro de la alta nobleza, dedicó toda su vida a ensalzar a su clase, a la que consideraba digna de ejercer todos los privilegios, pues esa era la voluntad de Dios.

El rey de Castilla lamentó la muerte de don Juan Manuel. Había sido su gran enemigo y nunca había admitido su amor con Leonor, pero era un miembro destacado de su familia y uno de los hombres más agudos e inteligentes de su tiempo, como había demostrado en sus libros y en el gobierno de sus Estados.

El tiempo discurría inexorable y la vida tenía que seguir. La conquista de Gibraltar era la prioridad ahora, y todo el dinero y todas las fuerza que pudiera reunir sería poco para esa empresa, de modo que el rey intervino las haciendas de algunos monasterios nombrando administradores propios. Algunas abadías se quejaron, y la abadesa de las Huelgas de Burgos se negó a acoger al administrador real, anunciando que denunciaría al rey ante el mismo papa por intromisión en sus privilegios.

A principios de 1348 Alfonso XI decidió dar un drástico cambio a su estrategia de pactos. Durante la primavera, a la vez que retiraba su flota de Francia, negoció en secreto con el rey de Inglaterra Eduardo III la boda de su hija la princesa Juana con el infante don Pedro.

El rey de Castilla nunca se había interesado por su heredero, al que había entregado al cuidado de su madre la reina María y de Vasco Rodríguez de Cornago, maestre de la Orden de Santiago; pero ahora lo necesitaba como moneda de cambio.

Las negociaciones se concretaron y los reyes de Castilla e Inglaterra acordaron casar a sus hijos Pedro y Juana, ambos de catorce años de edad.

7

La muerte negra había llegado en silencio.

A finales de 1347 varias ciudades de la costa mediterránea sufrieron la pestilencia que había aparecido un año atrás en oriente y que desde Asia Central se había extendido a través de las rutas comerciales hasta las costas del mar Negro y luego a Grecia, Sicilia y Mallorca.

Tras celebrar las Cortes de Alcalá de Henares y pasar el invierno en Castilla, Alfonso XI y Leonor de Guzmán estaban al fin en Sevilla, cuando mediada la primavera de 1348 llegó la noticia del avance incontenible de la peste.

—Señor, todas las ciudades costeras de la Corona de Aragón y las del reino de Murcia sufren la pestilencia. En algunas de ellas mueren varias decenas de personas cada día. En estas condiciones no es oportuno que vuestra alteza permanezca en Sevilla —le recomendó su médico.

—La toma de Gibraltar no puede esperar —dijo el rey.

—Esta peste es enormemente contagiosa, alteza. Si concentráis ahora a todas vuestras tropas, es posible que muchos de los soldados se contagien y mueran. La pestilencia es un ejército invisible al que no se puede derrotar.

—¿Qué provoca esa peste?

—Lo ignoro, mi señor. Nadie lo sabe. Lo único cierto es que tras una semana, los infectados manifiestan bubones en ingles y axilas, manchas oscuras en la piel y cardenales de color púrpura, y mueren indefectiblemente a los tres o cuatro días tras sufrir una gran calentura.

—¿No hay remedio a ese mal?

—Algunos colegas me han dicho que los médicos de oriente tratan a los enfermos con una sustancia llamada opio, que se obtiene de la adormidera, una planta que produce unas flores similares a la amapola. Ya la usaba el gran médico Avicena, pero lo hacía como eutanásico.

—¿Eutanásico?

—Sí, alteza; Avicena usaba el opio para calmar el dolor de los enfermos, no para evitar su muerte.

—Entonces, ¿no hay cura posible?

—No; aunque cuando aparecen las bubas, algunos físicos sarracenos las sajan e intentan limpiar el mal que contienen; dicen que así se han salvado algunos enfermos, pero la Iglesia considera que es una práctica demoniaca y condena su uso.

Ante las palabras de su médico, el rey Alfonso quedó sumido en un preocupante silencio.

Leonor de Guzmán era feliz en su ciudad; le encantaban los cálidos atardeceres otoñales a orillas del Guadalquivir, los baños en su palacio, el aroma a azahar, e incluso el tórrido calor del verano.

—No quiero que nos vayamos de Sevilla —le dijo Leonor a Alfonso aquel día de mayo mientras comían en uno de los salones del alcázar—. No soportaré un invierno más en esos fríos campos de Castilla.

—Tenemos que ir a Valladolid a recibir a la princesa Juana de Inglaterra. Debo comportarme como el anfitrión que soy. En cuanto doña Juana esté a resguardo allí, la dejaremos en custodia de mi esposa y regresaremos a Sevilla.

—¿Cuándo llegará esa princesa?

—Hace unos días que salió de Inglaterra. Ahora debe de estar en Burdeos, que es una ciudad de su señorío. Desde allí viajará con una escolta de nuestra flota hasta Santander, y una vez allí la traerán a Valladolid, donde se celebrará la boda con mi hijo Pedro. Celebrada la boda, nosotros nos iremos a Sevilla.

—¿Por qué has cambiando de aliado? —espetó Leonor.

—¡Cómo! —se sorprendió Alfonso XI.

—Hasta hace unos meses apoyabas a Francia en su guerra con Inglaterra, pero has cambiado de aliado.

—Eduardo de Inglaterra tiene más arrestos que su tío Felipe de Francia. Hace dos años, en condiciones de inferioridad, lo derrotó en Crécy, y ocupó la plaza de Calais ante la dejación del francés, que tuvo que firmar una tregua. Si Eduardo se lo propusiera, en una semana entraría en París y se coronaría rey de Francia alegando que es nieto de Felipe el Hermoso e hijo de la reina Isabel, la «loba de Francia», la mujer más bella de Europa... después de ti.

—Dicen que el rey de Inglaterra es demasiado pobre.

—¿Qué rey no lo es en estos tiempos en que suceden tantas desventuras?

—Espero que no te equivoques con tu nuevo aliado.

—Eso espero yo también.

Las noticias que llegaban a Castilla eran terribles. La peste se extendía por la Corona de Aragón provocando una mortalidad nunca antes conocida. A comienzos de mayo decenas de personas morían cada día en ciudades como Tarragona. Nada podía detener aquella avalancha de muerte, que seguía avanzando inexorablemente hacia Castilla.

Alfonso XI y Leonor de Guzmán dejaron Sevilla y se retiraron a Tordesillas y Valladolid, a esperar la llegada de la princesa de Inglaterra.

A comienzos de junio se desencadenó un virulento brote en Valencia, en julio llegó a Teruel, en el sur del reino de Aragón, y ese mismo mes azotó con enorme virulencia a Zaragoza y a Barcelona, donde murieron más de cien clérigos, cuatro de los cinco consejeros de la ciudad y casi todos los miembros de su Consejo de Ciento.

En Valladolid recibió Alfonso XI la noticia de que el rey Pedro de Aragón había derrotado a la coalición de nobles rebeldes aragoneses agrupados en la Unión, en una batalla librada el 21 de julio en la localidad de Épila.

«¡Vaya con el pequeño aragonés!», pensó el rey de Castilla en alusión a la escasa estatura del monarca, «no le ha temblado el pulso para enfrentarse a los nobles y derrotarlos; quizá sea esa la única manera de acabar con su soberbia».

La peste llegó a Castilla aquel mismo verano. Los vecinos de Toledo y Madrid resultaron muy afectados; murieron cientos de ellos en pocas semanas.

La princesa Juana de Inglaterra nunca llegó a Castilla. Tras desembarcar en Burdeos resultó infectada de la peste negra y murió a comienzos de septiembre. El heredero de Castilla se quedó sin su prometida. También murieron de peste la reina Leonor, la segunda esposa de Pedro IV de Aragón con la que apenas llevaba un año casado, y varios nobles aragoneses y castellanos.

La muerte negra no respetaba a nadie. Si era un castigo del cielo, como algunos aseguraban, desde luego Dios no hacía distingos entre nobles y plebeyos, hombres y mujeres, judíos, moros y cristianos.

8

Si la peste se trataba de un castigo de Dios, debía de haber alguna causa que había desencadenado la ira divina.

Algunos enemigos del rey Alfonso dijeron que la peste había llegado por los escandalosos amores adúlteros con Leonor de Guzmán, pero los defensores del rey alegaban que la mortandad afectaba a toda la cristiandad, y aún a todo el mundo. Además, el arzobispo de Toledo, el poderoso Gil Álvarez de Albornoz, máximo representante de la Iglesia en Castilla, no solo no condenaba la relación de los dos amantes, sino que era el principal valedor de «la Favorita» y de sus familiares, y estimaba que los numerosos hijos de Alfonso XI y Leonor eran fruto de una relación amorosa, que no condenaba a pesar de ir en contra de los preceptos de la Iglesia.

Otros comentaban que la culpa de aquella epidemia, y de las demás calamidades que hacía años que asolaban a la cristiandad, era la permisividad que se tenía hacia los judíos, a los cuales se les consentía ejercer libremente como mercaderes, banqueros y médicos. Los hebreos, a los que se acusaba de ser los ejecutores de Jesucristo, se presentaban como seres perversos que envenenaban los pozos de agua, transmitían la pestilencia con sus ponzoñas, asesinaban con rituales satánicos a los niños cristianos, profanaban la sagrada forma y llegaban incluso al canibalismo, al consumir carne de jóvenes vírgenes cristianas en sus maléficos rituales.

Perseguir a los judíos, acabar con ellos, destruir sus casas y apoderarse de sus propiedades comenzaron a ser consignas habituales en algunas ciudades. A pesar de lo dispuesto en las Cortes de

Alcalá de Henares, donde se les daba una oportunidad para abandonar su fe y bautizarse, la mayoría de los clérigos de Castilla consideraba que no había ninguna posibilidad de conversión, y que lo único que cabía con ellos era el exterminio.

La muerte de la princesa de Inglaterra había frustrado los planes de Alfonso XI, pero todavía tenía muchas bazas para utilizar a sus hijos como objetos de pactos políticos.

El heredero estaba libre de compromiso, y quedaban vivos ocho de los diez hijos que había tenido con Leonor de Guzmán. Todos ellos eran aún jóvenes, pues los dos mayores, los gemelos Enrique y Fadrique, acababan de cumplir catorce años, habían sido dotados con numerosos bienes y poseían notables fortunas, de manera que eran buenos partidos para casarlos con hijas de nobles con los que cerrar alianzas.

—Propondré al rey de Aragón que se case con nuestra hija —le dijo Alfonso XI a Leonor de Guzmán.

—¡Con Juana! —se sorprendió «la Favorita».

—No tenemos otra hija.

—Pero don Pedro es mucho mayor que Juana.

—Solo veintitrés años mayor. Don Pedro se ha quedado viudo por segunda vez al morir su esposa portuguesa por la peste. Una boda con nuestra hija aseguraría un pacto con la Corona de Aragón, y la tranquilidad ante la guerra que voy a emprender contra Granada por la conquista de Gibraltar. Además, como ocurriera con la toma de Algeciras, necesito a la flota aragonesa para esta campaña.

—El rey de Aragón no aceptará esa boda.

—¿Cómo lo sabes?

—Juana es... —Leonor tragó saliva antes de seguir hablando— bastarda.

—Es mi hija, la hija de un rey y de la mujer más bella de toda la tierra.

—No es hija de un matrimonio legítimo. Sus hijos no podrían reinar en Aragón. No podrían, no podrían... —Los hermosísimos ojos de la sevillana se llenaron de lágrimas.

Alfonso apretó los dientes. Su amante tenía razón. El rey don Pedro jamás aceptaría casarse con una bastarda. Jamás.

Pese a lo que supuso Leonor de Guzmán, la carta con la petición de que el rey don Pedro aceptara a Juana Alfonso como esposa llegó a manos del monarca aragonés, que rechazó el ofrecimiento a la vez que se comprometía en matrimonio con Leonor de Sicilia y exigía a Alfonso XI la entrega del reino de Murcia, por haber sido conquista de su antepasado el rey don Jaime.

Pero el rey de Aragón no quería tensar demasiado la situación; obvió la provocación que suponía la reivindicación aragonesa sobre Murcia y aceptó que otro de los hijos de Leonor de Guzmán, Fernando Alfonso, se casara con Violante, hija del conde de Luna y de Yolanda, hija a su vez del rey Jaime II de Aragón. Así, la rama bastarda del rey de Castilla emparentaba con una de las principales casas nobiliarias aragonesas.

Gracias a ese acuerdo, Aragón y Castilla firmaron a fin de año una concordia que garantizaba la paz entre ambos reinos.

No había manera alguna de detener el avance de la pestilencia.

Toda España sufría el azote inmisericorde de la muerte negra. Gerona perdió en tres meses la mitad de sus notarios y todas la ciudades de Aragón resultaron afectadas.

La peste se cebó en una población debilitada por muchos años consecutivos de malas cosechas y hambrunas. La gente se echó a la calle angustiada; proliferaron las procesiones de flagelantes que recorrían las vías públicas lacerándose para tratar de calmar con la penitencia y el sufrimiento la ira divina.

En muchas ciudades no quedaba vivo ningún sacerdote para administrar la confesión y otros sacramentos, y la desesperación cundía porque muchos enfermos sentían que iban a morir sin recibir la extremaunción, lo que los condenaba a la pena eterna del infierno.

En algunas localidades se acumulaban tantos muertos que no había capacidad para enterrarlos a todos, de modo que muchos cadáveres fueron amortajados y arrojados a fosas comunes para quemarlos en improvisadas piras funerarias.

Las proclamas contra los judíos prendieron al fin y varias juderías fueron asaltadas por fanáticos cristianos que acusaban a los hebreos de ser los responsables de tantas calamidades.

Faltaba tanta gente para todo que las rentas de los nobles cayeron, en tanto los salarios de los trabajadores aumentaron. Sin rentas con las que mantener su modo de vida, los nobles más afectados vieron en la guerra una salida a sus necesidades, y aceptaron de buen grado la llamada de Alfonso XI a lucha contra los granadinos en la conquista de Gibraltar.

Ni siquiera la propagación y las muertes que causaba la peste detuvieron los planes de Alfonso XI. A comienzos de 1349 la cancillería real envió cartas a la nobleza, Órdenes militares y grandes concejos para que enviaran sus mesnadas a la guerra.

A la vez que se concentraban las tropas en distintos lugares, la pestilencia seguía azotando como una tormenta desatada todas las regiones de Castilla y León; en enero se cebó con Ciudad Real, en febrero llegó a Toledo y en marzo ya se había extendido por toda La Mancha.

—¿Qué hacemos, señor? —preguntó el mayordomo real—. La pestilencia está por todas partes. Los muertos ya se contabilizan por miles en Castilla. Llegan noticias terribles de toda la cristiandad, e incluso de África. El reino de Granada también sufre una gran mortandad

—Conquistar Gibraltar —se limitó a ordenar el rey.

—Pero alteza, en estas circunstancia no es aconsejable seguir con esta campaña.

—Hace años perdí Gibraltar; es la única ciudad que he perdido durante mi reinado, y no voy a pasar a las crónicas como el rey que no pudo recuperar esa plaza.

»Hace ya más de un siglo que Castilla debió conquistar Granada. No lo pudieron hacer mis antepasados los reyes don Fernando y don Alfonso, y tampoco mi abuelo don Sancho y mi padre don Fernando. No quiso Dios que fueran ellos los que pusieran sus pies sobre la colina roja de la Alhambra. Mi abuelo y mi padre hicieron frente a revueltas nobiliarias que impidieron avanzar en las conquistas, y yo mismo tuve que emplear no pocos esfuerzos en sofocar la rebelión de esos mismos nobles. Ha llegado el momento de acabar con estas conquistas. Granada será de Castilla, pero antes debemos ganar Gibraltar; y eso es lo que vamos a hacer.

—Alteza, dicen los físicos que la peste se transmite por miasmas, unos vapores ponzoñosos que se producen con la putrefacción de los cuerpos y que se inhalan por la nariz o penetran por la piel; y aseguran que cuando se producen grandes concentraciones y aglomeraciones de gentes, la pestilencia se transmite con mayor rapidez y mortandad. Aislarse y no entrar en contacto con enfermos es el único remedio para salvarse del contagio. Tantos soldados concentrados en un campamento puede desencadenar una catarata de muertes.

—La peste es la condena que Dios ha enviado para castigar los pecados de los hombres. Conquistar Granada para la cristiandad es la obligación de todo buen cristiano. Soy el rey de Castilla y León, y no huiré por miedo a la pestilencia o a la muerte. No soportaría semejante vergüenza. No lo haré.

Todas las tentativas para convencer al rey de que renunciara a la campaña de Gibraltar mientras durara la peste fueron en vano.

Ni siquiera se suspendió la guerra cuando se recibió la noticia de que habían muerto por la peste el arzobispo de Compostela y el obispo de Tuy.

9

Desde lo alto de las murallas de Algeciras, el rey y Leonor de Guzmán contemplaban la roca en cuya ladera se asentaba la ciudad de Gibraltar, al otro lado de la bahía. Aquel día de fines de julio era claro y luminoso, y hacia el sur, más allá del Estrecho, se perfilaban las montañas de la costa de África, tan cercanas, tan lejanas...

—Deberías haberte quedado en Sevilla —le dijo Alfonso.

—Sabes que ni puedo ni quiero estar lejos de ti.

—Puede ser peligroso permanecer aquí, la peste...

—Si ocurre algo, lo que sea, quiero estar contigo.

—Gibraltar... —musitó el rey.

—Extraño nombre.

—Dicen que se lo dio el conquistador árabe que pisó por primera vez estas tierras. Se llamaba Tariq, y desembarcó con su ejército invasor en ese mismo lugar —el rey señaló hacia el peñón—: Gibraltar, «la montaña de Tariq».

—Parece una posición muy fuerte; será difícil conquistarla.

—Ya lo hizo mi padre hace ahora cuarenta años; y yo la perdí. Tengo la obligación de recuperarla, y no cejaré en mi empeño hasta que el estandarte de Castilla y León ondee sobre el torreón de su castillo.

—¿Tan importante es para ti?

—Mi honor está en ello. Perdí la ciudad de Gibraltar y no pude recobrarla inmediatamente por la traición de la nobleza. Tuve que retirarme de aquel asedio porque de haber continuado aquí peligraba todo mi reino; ahora no me iré hasta conquistarla.

—Y yo estaré contigo.

Cuatro meses duraba ya el asedio a Gibraltar.

Durante el verano, Alfonso XI había pedido ayuda al rey Pedro de Aragón, quien en agosto se había casado en Valencia con Leonor de Sicilia, aunque para ello tuvo que renunciar a sus derechos a la corona siciliana.

Todavía duraba en el rey de Castilla el malestar por el rechazo del rey de Aragón a casarse con su hija Juana, la única hembra nacida de su relación con Leonor de Guzmán, pero no le quedaba otro remedio que tragarse su orgullo y procurar mantener buenas relaciones con la Corona de Aragón, cuyas galeras necesitaba para el bloqueo del Estrecho mientras durara el sitio de Gibraltar.

Para cerrar más aún la alianza con Aragón, Alfonso XI le ofreció a Pedro IV acordar el matrimonio de su hijo Enrique, el mayor de los que sobrevivía de su prole con Leonor, con Constanza, la hija que Pedro IV había tenido con su primera esposa, la reina María de Navarra. A falta de un heredero varón, Constanza había sido proclamada heredera por Pedro IV, lo que había desencadenado un enorme malestar de los nobles aragoneses, que se negaban a admitir que una mujer fuera la heredera al trono, pues alegaban que las mujeres podían transmitir la sangre y el linaje real de Aragón, como había ocurrido con la reina Petronila, pero no podían ejercer el gobierno del reino.

El monarca aragonés era demasiado hábil como para dejarse engañar de esa manera. Si aceptaba que su heredera Constanza se casara con Enrique, este se convertiría en el esposo de la futura reina de Aragón; pero Enrique, como su hermana Juana, también era un bastardo, y Pedro IV no podía consentir que el hijo de un bastardo se sentara un día en trono del rey de Aragón, de modo que rechazó la oferta; aunque para no seguir desairando al monarca castellano, le ofreció como alternativa que Enrique se casara con su hija menor Juana.

—No ha habido acuerdo. Don Pedro rechaza el matrimonio de nuestro hijo Enrique con su hija Constanza, y yo no acepto que se case con Juana como alternativa.

—¿Acaso esperabas que lo hiciera? —le preguntó Leonor de Guzmán—. Ese hombre es demasiado listo.

—No tanto; con su decisión de nombrar a su hija mayor heredera se enemistó con toda la toda la nobleza de Aragón.

—A la que derrotó, no lo olvides.

—En cierto modo, nuestras vidas son trayectorias gemelas; ambos hemos tenido que defender nuestros reinos de unos nobles egoístas y traidores.

Un consejero interrumpió la conversación del rey con Leonor.

—Señor, malas noticias. La flota aragonesa se retira.

—¿Qué ha ocurrido?

—Su almirante don Ramón de Villanueva ha enviado una misiva en la que nos comunica que su rey le ha ordenado dirigirse a Mallorca con todas las galeras de que dispone. Dice que se está preparando una gran batalla en esa isla y que su señor necesita todas sus fuerzas. Ahora están abandonando la bahía.

Alfonso XI, Leonor de Guzmán y el consejero se dirigieron a lo alto de uno de los torreones de Algeciras, desde donde pudieron contemplar cómo la flota del rey de Aragón enfilaba hacia la bocana de la bahía.

—¿Vas a seguir con este asedio? —le preguntó Leonor.

—Hasta la victoria, o hasta la muerte —sentenció Alfonso mientras contemplaba las maniobras de las galeras de la Corona de Aragón saliendo a mar abierto, rumbo al este.

El 25 de octubre de 1349 el ejército de Pedro IV de Aragón derrotó en la batalla de Lluchmayor a Jaime III, último rey de privativo de Mallorca.

En 1343 ya se había hecho con el control de ese reino, relegando a Jaime III a su señorío de Montpelier, pero el mallorquín lo había vendido al rey de Francia y con ese dinero había preparado un ejército para recuperar su reino.

No tuvo la menor oportunidad. Jaime, al que acompañaba en la batalla su hijo y heredero, fue derrotado. Tras abatirlo del caballo en pleno combate, le cortaron la cabeza.

—Habrá que tener cuidado con el rey de Aragón. Es débil y pequeño de cuerpo, pero no parece achantarse ante nada. Ha derrotado a la nobleza y ahora ha aplastado a su pariente de Mallorca, haciéndose definitivamente con su reino —comentó Alfonso XI.

—Es mejor estar a bien con él —dijo Leonor.

—Al menos mientras se quede en sus dominios.

—¿Piensas que el aragonés es un peligro para Castilla?

—Por ahora creo que no. Los reinos de Castilla y León son más poderosos, ricos y poblados que los de la Corona de Aragón. Por cada uno de sus súbditos, nosotros tenemos cuatro o cinco, por cada uno de sus caballeros, nosotros tenemos seis, por cada uno de sus soldados, nosotros tenemos siete. No puede competir en una guerra; no tendría la menor oportunidad de vencernos.

—¿Y si busca alianzas?

—Ya las tiene con Portugal, y quizá pudiera intentarlo con Francia, o con Inglaterra, pero estos dos reinos están enfrentados, y si pacta con uno de los dos, se enemistará con el otro. No, no lo hará.

—En cualquier caso, no te arriesgues a entablar ahora una nueva guerra; pacta un acuerdo con don Pedro. Si quieres conquistar Gibraltar y luego aspirar a la toma de Granada, debes estar en paz con Aragón.

—No solo eres la mujer más hermosa de la tierra, también hubieras sido un gran general de haber nacido hombre.

—No lo dudes, mi amor, no lo dudes.

Tras dos décadas a su lado, aquella mujer seguía fascinando al rey Alfonso, que no dejaba de arrepentirse ni un solo día de su vida por no haber solicitado la anulación de su matrimonio con María de Portugal.

Leonor era la mujer que llenaba su existencia, que complacía su cuerpo y que confortaba su espíritu; Leonor, solo Leonor, solo ella.

Hubiera preferido pasar el invierno en Sevilla, pero Leonor se quedó en el sitio de Gibraltar, al lado del rey.

Durante aquellos meses no faltaron quienes sugirieron la conveniencia de levantar el asedio, alegando que la peste seguía provocando una mortandad elevadísima en todas partes. En el campamento cristiano se decía que algunas ciudades habían perdido a la mitad de sus pobladores, que aldeas enteras se habían despoblado, que los judíos, considerados culpables de la epidemia, morían como los demás, y se rezaba para que la peste no apareciera entre los sitiadores, pues en ese caso provocaría más muertes que la propia guerra.

No importaban ni los sermones del papa Clemente, que pedía que no se atentara contra los judíos, ni la realidad de que la peste no hacía distingos entre cristianos, musulmanes y los propios judíos; muchos cristianos seguían considerándolos culpables de la pestilencia y los atacaban sin piedad.

En varias ciudades de la Corona de Aragón y de la de Castilla y León se produjeron asaltos a las juderías y matanzas indiscriminadas. Los supervivientes se escondieron o se marcharon a lugares más seguros, donde poder librarse de la persecución y la muerte.

10

El inicio de la primavera coincidió con el de la Semana Santa..., y con los primeros casos de peste en el campamento cristiano frente a Gibraltar.

—Señor, hay al menos tres enfermos de pestilencia en nuestro campamento —avisó el mayordomo real. Su rostro reflejaba más miedo que preocupación.

Alfonso XI se encontraba reunido en su pabellón con los nobles que habían acudido al asedio, estudiando un posible ataque a los muros.

Se hizo un silencio espeso; todos miraron al rey.

—Seguiremos aquí hasta rendir esa plaza.

—Alteza, lo más prudente sería levantar el sitio —propuso el mayordomo.

—¿Estáis sordo?

—Escuchadme, mi señor, os lo ruego, son ya tres los enfermos de peste; si seguimos aquí pronto serán decenas.

Unas voces al exterior del pabellón interrumpieron la conversación del consejo real.

—¿Quién monta semejante escándalo?

Alfonso XI salió airado fuera de la tienda. Un grupo de soldados discutían acaloradamente.

—¡La peste está aquí!

—¡Vamos a morir todos!

—¿Qué ocurre?, ¿qué es este griterío? —Alfonso XI alzó su voz con energía.

—Mi señor, los hombres están enfermando de pestilencia; ¡vamos a morir! —exclamó uno de los soldados con el rostro desencajado.

Los tres enfermos que había citado el mayordomo se habían multiplicado aquella misma mañana, y a cada momento que pasaba llegaban noticias de nuevos casos.

Las caras de preocupación de los nobles allí presentes diferían mucho del talante que presentaba el rey.

—¿Alguien desea marcharse? —preguntó don Alfonso.

—Mi señor —intervino el infante don Fernando de Aragón, sobrino del rey—, yo me quedaré aquí mientras vuestra alteza así lo ordene.

Nadie más respondió a la pregunta.

—Estamos aquí para recuperar Gibraltar, y luego conquistar Granada. Dios nos ha encomendado esa misión, y Dios nos premiará por cumplir su mandato. Cualquiera de vosotros que quiera marcharse, puede hacerlo, pero sabed que perderéis la oportunidad de ganar honor y gloria. Los que se queden serán recompensados con los bienes y la fortuna que ganemos en esta guerra.

El rey miró a la cara a cada uno de los nobles allí presentes.

—Yo me quedo, señor —dijo don Juan, el hijo de don Juan Manuel.

Uno a uno, todos los nobles asintieron permanecer en el sitio.

Alfonso XI miró entonces a Leonor, que había acudido al escuchar el vocerío; iba acompañada por sus hijos Enrique, Fadrique y Juan.

—Seguiremos aquí hasta que Gibraltar sea castellana de nuevo. Y ahora, todos a vuestros puestos, y ocupaos de los enfermos. Dios está con nosotros. Venceremos.

Leonor se acercó al rey. Llevaba de la mano a su hijo Juan, de diez años.

—Serás un gran guerrero —le dijo Alfonso a su hijo, al que acarició la cabeza.

—Juan, ve con tus hermanos mayores. —El muchachito obedeció a su madre—. ¿Estás seguro de lo que haces? —le preguntó Leonor al rey.

—¿Tú también dudas?

—Sabes que estaré contigo hasta el fin, incluso si ese fin contempla mi muerte, pero creo que lo más prudente sería levantar este sitio y regresar a Sevilla. Espera a que pase la peste para volver.

El año que viene esa roca seguirá ahí, esperando a que la conquistes. —Leonor señaló hacia Gibraltar.

—Nadie dirá que el rey de Castilla es un cobarde que huye de la peste.

—Alfonso, Alfonso...

—¿Qué pensarían mis súbditos de mí si ahora ordenara una retirada?

—Que eres un monarca prudente.

—O que tengo miedo.

—Has demostrado muchas veces que te sobra valor, que no te arredras ante ningún rival ni ante ningún reto; pero este enemigo que ahora nos ataca es invisible y nadie dispone de las armas necesarias para derrotarlo.

—Si me pides que levante el campamento y me retire, lo haré, pero solo si tú me lo pides.

Leonor se abrazó a Alfonso, y lo besó en los labios. Una inquietante sensación recorrió su cuerpo al sentir una extraña calentura en la piel de su amante.

«¡El rey tiene la fiebre!».

La noticia se extendió por todo el campamento cristiano como una ola en una tempestad.

Tumbado en su litera de campaña en el pabellón real, Alfonso XI tiritaba de frío pese a que su cuerpo ardía por la calentura.

—No os acerquéis, señora, podríais contagiaros —avisó el medico judío a Leonor de Guzmán.

—Llevo al lado de ese hombre más de veinte años, ninguna enfermedad hará que me aleje de su lado —repuso «la Favorita».

Leonor se sentó al lado de su amante y le cogió la mano; la piel de los dedos tenía un tono oscuro, como el de los africanos. El sudor empapaba el rostro del rey, que apenas podía mantener los ojos abiertos. Al limpiarle el sudor con un paño húmedo, Leonor percibió la hinchazón de los bubones del cuello.

—Leonor, Leonor... —musitó Alfonso.

—Estoy aquí, a tu lado.

El cuerpo del rey emanaba un olor nauseabundo, a putrefacción y muerte. Leonor tuvo que taparse la nariz para evitar el vómito.

—Señora, os lo ruego, debéis salir de aquí, o enfermaréis también —insistió el médico.

—Haced algo, salvad su vida.

El médico negó con la cabeza. Alfonso XI agonizaba. Fiebre, diarreas incontenibles, sangrado en la boca y en la nariz, los ganglios hinchados y amoratados, debilidad extrema, temblores y espasmos..., todos los síntomas hacían presagiar que el final del rey de Castilla era inminente.

—Señora, por favor...

Leonor se levantó y salió del pabellón real completamente aturdida. En el exterior aguardaban sus hijos Enrique, Fadrique y Juan.

—Vuestro padre el rey...

No pudo seguir hablando. Se echó las manos a la cara y rompió a llorar como una niña.

«Hoy, veintiséis de marzo del año de Nuestro Señor de 1350, su alteza don Alfonso, rey de Castilla y de León, de Toledo y de Jaén, ha fallecido en el sitio de Gibraltar a resultas de la pestilencia», escribió el notario real certificando la muerte.

—Tenía treinta y nueve años, muchas tierras por conquistar y muchos sueños por cumplir —comentó Leonor de Guzmán a los nobles que velaban el cadáver de su amante.

—Ya hemos comunicado la muerte del rey a doña María y a don Pedro —dijo el mayordomo.

Aquellas palabras despertaron a Leonor del aturdimiento que la embargaba desde hacía varias horas.

—¿Doña María...?

—La reina y el... rey, mi señora.

—El rey...

El infante don Pedro, el único hijo y heredero del matrimonio real, se acababa de convertir en el nuevo monarca de Castilla y León.

Leonor pensó en sus propios hijos. ¿Qué iba a ser ahora de ellos? ¿Qué destino les esperaba? ¿Qué decidiría el nuevo rey sobre sus medio hermanos?

—Señora, el consejo ha tomado la decisión de levantar el asedio. Nos retiramos —le dijo don Juan, el hijo de don Juan Manuel, que era quien dirigía ahora el ejército.

Leonor asintió.

Mientras se embalsamaba el cadáver del rey y se amortajaba para el traslado a Sevilla, los soldados desmantelaron a toda prisa el campamento.

Los musulmanes sitiados, al conocer la muerte del rey de Castilla y el levantamiento del sitio, subieron a lo alto de los muros de Gibraltar y agitaron banderas y estandartes. La brisa llevó los vítores de alegría de los gibraltareños hasta el silencio que imperaba en el campamento cristiano.

Cuando el ejército castellano se alejaba, un jinete salió a todo galope de Gibraltar. Llevaba a Granada la nueva de la muerte del rey Alfonso y el final del asedio a su ciudad.

En Sevilla, la reina doña María y su hijo don Pedro fueron informados de la muerte del rey Alfonso. Ninguno de los dos lloró, ninguno de los dos sintió dolor alguno.

Los miembros de la comitiva que llevaron la noticia se inclinaron ante don Pedro y se dirigieron a él como «don Pedro, rey de Castilla y de León».

María de Portugal miró a su hijo y le sonrió.

—Ha llegado la hora; ya eres el rey, hijo mío.

—Soy el rey —asintió don Pedro, que apretó los puños y dibujó una maliciosa sonrisa en sus labios, en tanto sus ojos destellaban un brillo perverso y su alma ansiaba el dulce sabor de la venganza.

– FIN –

Nota del autor

Matar al rey es la primera novela de una bilogía en la que se aborda el reinado de Alfonso XI de Castilla y León, fallecido en 1350 a causa de la peste negra. La segunda tratará sobre el reinado de su hijo Pedro I el Cruel (1350-1369).

He procurado atenerme a los hechos históricos que se conocen a través de documentos y crónicas en los que la manipulación, las falsificaciones y las contradicciones son abundantes, y que he tratado de resolver mediante criterios lógicos.

Las fuentes documentales más importantes son la *Crónica de Alfonso Onceno* (ed. de F. Cerdá y Rico, 1787, y Diego Catalán, 1976), la *Colección documental de Alfonso XI* (ed. de E. González Crespo, Universidad Complutense de Madrid, 1985), el *Poema de Alfonso Onceno* (ed. de J. Victorio, Madrid, 1991), el *Itinerario de Alfonso XI de Castilla* (ed. de Francisco De Paula Cañas Gálvez, La Ergástula, Madrid, 2014) y *El libro de la coronación de los reyes de Castilla* (Real Biblioteca de El Escoria, cod. III-3).

Sin ser uno de los reyes más conocidos de la Edad Media peninsular, la bibliografía sobre Alfonso XI es abundantísima, así como la referente a otros personajes de su época, como María de Molina o don Juan Manuel.

Agradezco la confianza que la editorial Penguin Random House vuelve a depositar en mí, así como el trabajo editorial de Carmen Romero y Clara Rasero.

Personajes

REYES DE CASTILLA Y DE LEÓN

Fernando III el Santo (1200-1252), rey de Castilla (1217-1252) y de León (1230-1252)

Alfonso X el Sabio (1221-1284), rey de Castilla y León (1252-1284)

Sancho IV el Bravo (1258-1295), rey de Castilla y León (1284-1295)

Fernando IV el Emplazado (1285-1312), rey de Castilla y León (1295-1312)

Alfonso XI el Justiciero (1311-1350), rey de Castilla y León (1312-1350)

Pedro I el Cruel (1334-1369), rey de Castilla y León (1350-1369)

Enrique II el de las Mercedes (1334-1379), rey de Castilla y León (1369-1379)

REYES DE ARAGÓN

Jaime I el Conquistador (1208-1276), rey de Aragón (1213-1276)
Pedro III el Grande (1240-1286), rey de Aragón (1276-1284)
Alfonso III el Benigno (1265-1296), rey de Aragón (1264-1296)
Jaime II el Justo (1267-1327), rey de Aragón (1296-1327)
Alfonso IV (1299-1336), rey de Aragón (1327-1336)
Pedro IV el Ceremonioso (1319-1387), rey de Aragón (1336-1387)

REINAS E INFANTAS

Beatriz de Castilla (1293-1357), hija de Fernando IV, esposa de Alfonso IV de Portugal, reina de Portugal (1325-1357)

Leonor de Castilla (1307-1359), hija de Fernando IV, esposa de Alfonso IV de Aragón, reina de Aragón (1329-1359)

Leonor de Guzmán (1310-1351), «la Favorita», amante de Alfonso XI

María de Molina (h. 1264-1321), esposa de Sancho IV, reina de Castilla y León (1284-1321)

María de Portugal (1313-1357), esposa de Alfonso XI, hija de Alfonso IV, reina de Castilla y León (1328-1357)

INFANTES

Alfonso de Aragón (1270-1333), hijo de Alfonso IV y Leonor de Castilla

Alfonso de la Cerda (1270-1333), infante de Castilla, nieto de Alfonso X

Felipe de Castilla (1292-1327), hijo de Sancho IV, regente de Alfonso XI

Fernando de Aragón (1329-1363), hijo de Alfonso IV y Leonor de Castilla

Fernando de Castilla (1332-1333), primogénito legítimo de Alfonso XI

Fernando de la Cerda, padre (1255-1275), primogénito de Alfonso X

Fernando de la Cerda, hijo (1275-1322), nieto de Alfonso X

Juna de Aragón (1330-1358), hijo de Alfonso IV y Leonor de Castilla

Juan de Tarifa (1262-1319), hijo de Alfonso X

Juan el Tuerto, (1293-1326), nieto de Alfonso X

Juan Manuel de Castilla (1282-1348), señor de Villena, escritor, nieto de Alfonso X

Pedro de Castilla (1290-1319), hijo de Sancho IV, regente de Alfonso XI

LOS TRASTÁMARA (HIJOS DE ALFONSO XI Y LEONOR DE GUZMÁN)

Pedro de Aguilar (1331-1338)

Sancho Alfonso el Mudo (1332-1342)

Enrique (1334-1379), rey de Castilla y de León (1369-1379)

Fadrique Alfonso (1334-1350)

Fernando Alfonso (1335-1350), maestre de Santiago (1342-1350)

Tello (1337-1370)
Juan Alfonso (1340-1359)
Juana Alfonso (1342-1376)
Sancho (1343-1376)
Pedro Alfonso (1345-1359)

REYES DE PORTUGAL

Dionisio I (1261-1325), rey de Portugal (1279-1325)
Alfonso IV (1291-1357), rey de Portugal (1325-1357)

REYES DE GRANADA

Nasr (1309-1314)
Ismail I (1314-1325)
Muhammad IV (1325-1333)
Yusuf I (1333-1354)

SULTANES BENIMERINES

Abú Said Utmán (1310-1331)
Abú Hasán (1331-1348)
Abú Inán Faris (1348-1358)

PAPAS

Bonifacio VIII (1294-1303)
Clemente V (1305-1314)
Juan XXIII (1316-1334)
Benedicto XII (1334-1342)
Clemente VI (1342-1352)

Cronología*

1311, 13 agosto; nace Alfonso XI, rey de Castilla y León (1312-1350)

1312, 7 septiembre: muere Fernando IV, rey de Castilla y León

1319, 25 junio: batalla de la Vega de Granada (derrota castellana)

1321, 1 junio: muere María de Molina, reina de Castilla y León

1325, 13 agosto: Alfonso XI cumple catorce años y es proclamado mayor de edad

1326, 31 octubre: Juan el Tuerto es asesinado en Toro por orden de Alfonso XI

1327: Alfonso XI conoce a Leonor de Guzmán

1328, 24 junio: boda de Alfonso XI con María de Portugal

1330, agosto: conquista de Teba por Alfonso XI; muerte de los caballeros escoceses

1333, junio: los musulmanes conquistan la ciudad de Gibraltar

1334, 13 enero: nace Enrique II, rey de Castilla y León (1369-1379); 30 agosto: nace Pedro I, rey de Castilla y León (1350-1369)

1336, asedio de Lerma por Alfonso XI; guerra entre Castilla y Portugal

1337: Alfonso XI y don Juan Manuel firman la paz

1340, 30 octubre, lunes: batalla del Salado

1342, 25 julio: comienza el cerco de Algeciras

1344, 26 marzo: conquista de Algeciras por Alfonso XI

1347, diciembre: primeros casos de peste negra en la Península Ibérica

1348, 28 febrero: Ordenamiento de la Leyes de Alcalá de Henares; 13 junio, muere don Juan Manuel

1350, 26 marzo: muere Alfonso XI

* Algunas fechas pueden ser varias según las crónicas y las fuentes que se consulten.

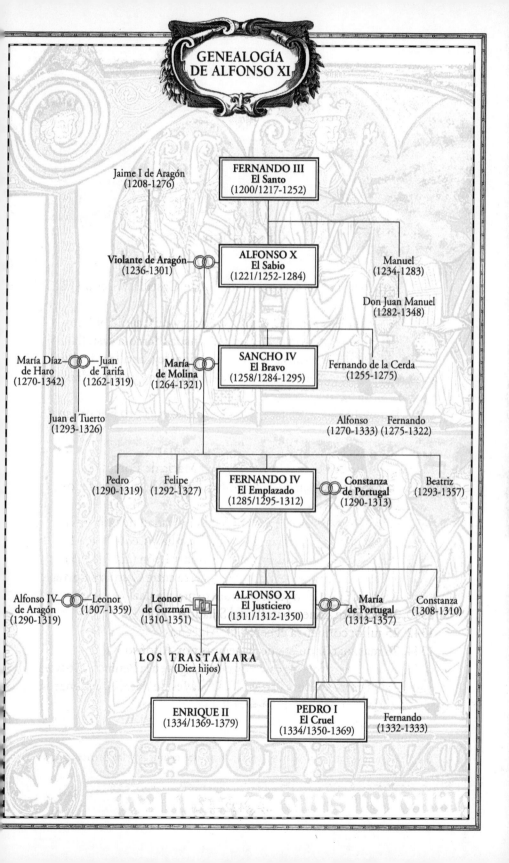

GENEALOGÍA DE ALFONSO XI

FERNANDO III
El Santo
(1200/1217-1252)

Jaime I de Aragón
(1208-1276)

Violante de Aragón
(1236-1301)

ALFONSO X
El Sabio
(1221/1252-1284)

Manuel
(1234-1283)

Don Juan Manuel
(1282-1348)

María Díaz
de Haro
(1270-1342)

Juan
de Tarifa
(1262-1319)

María
de Molina
(1264-1321)

SANCHO IV
El Bravo
(1258/1284-1295)

Fernando de la Cerda
(1255-1275)

Juan el Tuerto
(1293-1326)

Alfonso   Fernando
(1270-1333) (1275-1322)

Pedro
(1290-1319)

Felipe
(1292-1327)

FERNANDO IV
El Emplazado
(1285/1295-1312)

Constanza
de Portugal
(1290-1313)

Beatriz
(1293-1357)

Alfonso IV
de Aragón
(1290-1319)

Leonor
(1307-1359)

Leonor
de Guzmán
(1310-1351)

ALFONSO XI
El Justiciero
(1311/1312-1350)

María
de Portugal
(1313-1357)

Constanza
(1308-1310)

LOS TRASTÁMARA
(Diez hijos)

ENRIQUE II
(1334/1369-1379)

PEDRO I
El Cruel
(1334/1350-1369)

Fernando
(1332-1333)

HIJOS DE ALFONSO XI

LEONOR DE GUZMÁN
(1310-1351)

ALFONSO XI
Rey de Castilla
El Justiciero
(1311-1350)

MARÍA DE PORTUGAL
(1313-1357)

LOS TRASTÁMARA

Pedro de Aguilar—
(1331-1338)

Sancho Alfonso de Castilla—
(1332-1342)

— Fernando
(1332-1333)

ENRIQUE II DE CASTILLA
El de las Mercedes
(1334–1379)

PEDRO I DE CASTILLA
El Cruel
(1334–1369)

*Apodado el Cruel por sus detractores
y el Justiciero por sus partidarios.*

Fadrique Alfonso de Castilla —
(1334-1350)

Fernando Alfonso de Castilla —
(1335-1350)

Tello de Castilla —
(1337-1370)

Juan Alfonso de Castilla —
(1340-1359)

Juana Alfonso de Castilla —
(1342-después de 1376)

Sancho de Castilla —
(1343-1376)

Pedro Alfonso de Castilla —
(1345-1359)

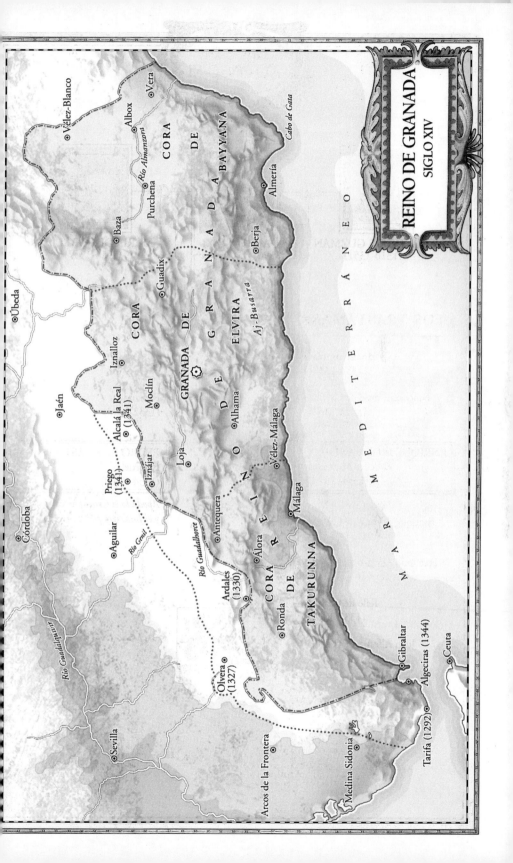

REINO DE GRANADA
SIGLO XIV

Vélez-Blanco
Vera
Albox
CORA
DE
BAYYANA
Río Almanzora
Purchena
Cabo de Gata
Baza
Almería
Berja
Guadix
Úbeda
CORA
DE
GRANADA
DE
ELVIRA
Aj-Busarra
Jaén
Iznalloz
Moclín
GRANADA DE
Alcalá la Real
(1341)
Alhama
Iznájar
Loja
Vélez-Málaga
Priego
(1341)
Aguilar
Antequera
Málaga
Río Genil
Álora
Córdoba
Río Guadalhorce
CORA
DE
TAKURUNNA
Ardales
(1330)
Ronda
Río Guadalquivir
Gibraltar
Algeciras (1344)
Olvera
(1327)
Ceuta
Tarifa (1292)
Sevilla
Arcos de la Frontera
Medina Sidonia
MAR MEDITERRÁNEO

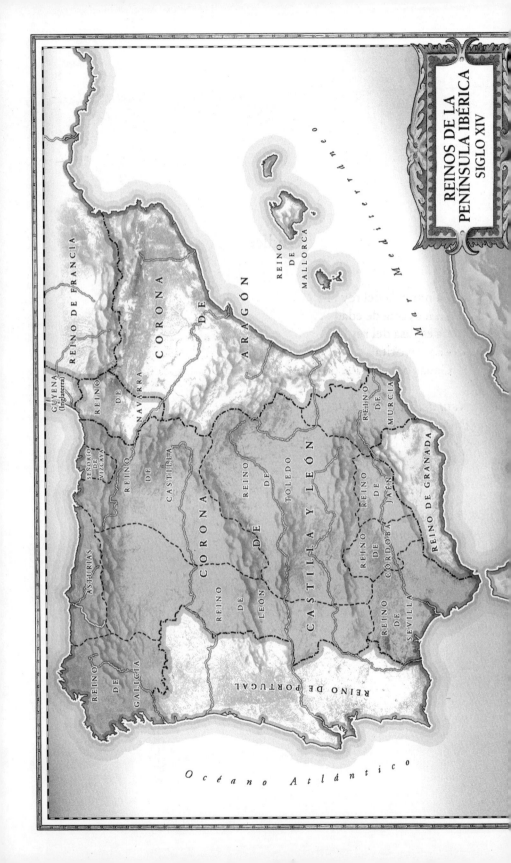

Índice